DER WOLF UND DIE HEXE

CLAIRE DELACROIX

Übersetzt von
JULIA LAMBRECHT

DEBORAH A. COOKE

DER WOLF UND DIE HEXE

PROLOG

Château de Vries, Normandie – 27. August 1375

ie Burg war herrschaftlicher, als Murdoch erwartet hatte, andererseits hieß es, Jean le Beau habe diese eine Siegesbeute allen anderen vorgezogen. So ergab es Sinn, dass der alte Bösewicht sie auch nach der Eroberung gut instand gehalten hatte, wenngleich er selbst nur selten den Burggraben überquert hatte. Murdoch hätte der Burg nicht angesehen, dass sie durch Kriegsgewinne unterhalten wurde. Alles war großzügig und elegant, selbst der *Châtelain*, der weder Überraschung noch Erleichterung darüber erkennen ließ, dass sein Herr in einem groben Sack zurückkehrte, lieblos auf einen Karren geworfen, den ein einzelner Schotte fuhr.

Ganz, wie Murdoch kalkuliert hatte, verschaffte ihm seine Bürde Einlass in die Feste und eine Begrüßung, die einem Ehrengast angemessen wäre. Nun, einen Tag nach seiner Ankunft, stand er in der Kapelle und staunte gegen seinen Willen über den Reichtum, der ihn umgab. Er wollte diesen Ort hassen, wie er Jean le Beau gehasst hatte. Der Söldner hatte Murdoch alles genommen, und Murdoch hatte endlich seine Rache dafür gefordert. Diese Burg jedoch war wirklich großartig.

Jeans Witwe, Mathilde de Vries, musste fünfzig Sommer gesehen haben, war aber schlank wie eine junge Frau, mit einem Gesicht so blass wie Alabaster. Ihr goldenes Haar war kaum von Silber durchzogen. Sie könnte aus Eis sein, diese Edeldame. Ihre Augen waren von einem so blassen, silberblauen Farbton, wie Murdoch ihn noch nie gesehen hatte. Wann immer ihr Blick auf ihn fiel, musste er ein Zittern unterdrücken.

Vielleicht hatten die Adlige und der Söldner doch manche Dinge gemeinsam gehabt.

Der Bruder der Dame, Gaston de Vries, stand neben ihr am Altar vor dem Steinsarg, in dem nun ihr toter Ehemann lag. Gaston war in Begleitung seines ältesten Sohns, Amaury de Vries, gekommen. Vater und Sohn waren edel gekleidet, und das Betragen des Sohns verriet, wie verwöhnt er war. Gastons Haar und Augen waren so silbrig hell wie die seiner Schwester, während das Haar seines Sohnes einen dunkleren Blondton aufwies und das Blau seiner Augen tiefer war. Beide hätten sie aus Stein gemeißelt sein können, so wenig Gefühl ließen sie erkennen.

Andererseits, wer würde einen Mann wie Jean le Beau schon betrauern? Sicher kannten seine Verwandten ihn besser als alle anderen. Sicher waren sie froh, ihn los zu sein.

Der Priester hob seine Hände, um den Gottesdienst zu beginnen, und die versammelten Trauergäste knieten nieder. Die Kapelle war nicht voll – sie war von großzügigen Dimensionen –, aber hinter der Dame hatte sich eine große Anzahl Diener und Dörfler versammelt. Einen Moment lang blieb Murdoch Zeit sich zu fragen, ob er sein Ziel, den Silberwolf zu sehen, verfehlen würde, als die Tür aufschwang und ein Mann den Mittelgang entlangkam, dem offensichtlich gleichgültig war, dass er sich verspätet hatte.

Der Silberwolf. In manchen Landstrichen kannte man ihn unter seinem französischen Namen, Loup Argent. Der älteste Sohn von Jean le Beau war in jeder Hinsicht der Erbe seines Vaters – und Murdochs nächstes auserkorenes Opfer.

Der Silberwolf, Erbe seines Hauses, beugte sich über die Hand seiner Mutter, aber Mathildes Gesichtsausdruck blieb kühl. Als er dann in Murdochs Richtung blickte, versuchte Murdoch erneut, ein Zittern zu unterdrücken. Die Augen des Silberwolfs waren so blau und so kalt wie die eines gefährlichen Raubtiers. Sein Haar war dunkelblond, sein Gesicht sonnengebräunt. Er trug eine Rüstung von hervorragender Machart ohne jegliche Zier, seine Handschuhe und Stiefel waren so schwarz wie sein Waffenrock und sein schwarzer Mantel mit dichtem, silbergrauem Fell gefüttert. Ein silberner Wolf war auf den Waffenrock aufgestickt, sodass über die Identität des Trägers kein Zweifel bestand.

Das war der Gegner, den Murdoch als Nächstes töten würde, allerdings versuchte er, sich die Wahrheit nicht am Gesicht ablesen zu lassen. Er war nur ein Bote, soweit die Versammelten wussten, nicht etwa ein Mann, den das Unrecht, das ein erbarmungsloser Söldner ihm zugefügt hatte, verbittert hatte. Nicht etwa ein Mann, der es selbst in die Hand genommen hatte, für Gerechtigkeit zu sorgen. Und ganz sicher kein Mann, den es nach Rache an jedem Freund und Verwandten des Unholds dürstete, der sein Vater gewesen war.

Auf den Moment, in dem der Silberwolf die Wahrheit begreifen würde, freute sich Murdoch schon und würde dafür sorgen, dass darauf der letzte Atemzug des Mannes folgte.

Dann, und erst dann, würde seine Rache vollendet sein.

Das Begräbnis seines Vaters war der erste wichtige Anlass, dem Maximilian de Vries je in einer Kirche beigewohnt hatte. In seinen Jahren als Söldner hatte er mitangesehen, wie Kirchen geplündert, ausgeraubt und niedergebrannt wurden, hatte gesehen, wie man sie als Bordelle und Tavernen nutzte, hatte gesehen, wie sie zu Gefängnissen umfunktioniert und dann in Brand gesteckt wurden, sodass die unglücklichen Gefangenen bei lebendigem Leib verbrannten. Er kannte allein ihren Zweck im Krieg, denn das Schlachtfeld war alles, wovon er etwas verstand.

Der Tod seines Vaters jedoch war ein Grund zum Feiern. Maximilian bedauerte nur, dass er selbst es nicht gewesen war, der dem alten Hundesohn das Herz herausgeschnitten hatte.

Er hatte den Rest seiner Kompanie im Wald zurückgelassen und nur Rafael und zwei Knappen mitgenommen. Maximilian war es ganz recht, wenn man ihn unterschätzte, solange er sich seines Empfangs nicht sicher war – und er fand es angesichts der Enthüllung Jean le Beaus, dass Maximilians Stellvertreter sein Bastard war, nur passend, wenn Rafael an der Zeremonie teilnahm. Es gab einen Grund, weshalb Maximilian und Rafael sich so gut verstanden, denn sie waren Halbbrüder, obgleich sie das erst im vorigen Frühjahr erfahren hatten.

Château de Vries war so prächtig, wie Maximilian es in Erinnerung hatte, und er war sich bewusst, dass Rafael sich alles genau ansah, als sie sich durch die großen Hallen zur Kapelle begaben. Maximilian hätte all die Reichtümer und Schätze des Stammsitzes seiner Mutter aufzählen können, aber er würde erst dann eine Bestandsaufnahme machen, wenn sich das Siegel des Châteaus tatsächlich in seinem Besitz befand.

Auf diesen Moment wartete er voller Ungeduld.

Und das schon seit Jahren.

Die Türen der Kapelle waren verschlossen, und der Geruch aus den Weihrauchgefäßen, der unter der doppelflügligen Tür hervordrang, zeigte an, dass der Gottesdienst bereits begonnen hatte. Maximilian hörte den Priester singen und Stoff rascheln, als die Versammelten niederknieten. Wahrscheinlich war ihnen die Teilnahme befohlen worden, denn über Jeans Tod konnte niemand trauern. Er riss die Türen auf, und es war ihm gleich, dass er die Zeremonie unterbrach. Als sie gegen die Wände knallten, verstummte der Priester und starrte ihn an. Die versammelten Trauergäste zuckten zusammen und wandten sich angstvoll zu ihm um.

Das war die Art von Begrüßung, mit der Maximilian bei seiner Heimkehr rechnete.

Er ging den Mittelgang entlang auf den Altar und den davorstehenden steinernen Sarg zu. Zu gern hätte er hineingesehen, um sicher zu sein, dass Jean le Beau tatsächlich tot war – und um ihm zum Abschied ins Gesicht zu spucken. Stattdessen blieb er neben seiner Mutter stehen und wartete darauf, dass sie Notiz von ihm nahm.

Rafael war an Maximilians Seite geblieben, einen Schritt hinter ihm zu seiner Linken. Die Knappen blieben an der Tür stehen und blockierten den Ausgang. Maximilian wusste, er war nicht der Einzige, dessen Hand auf dem Schwertgriff ruhte.

Seine Mutter wandte sich langsam um, und ihr Blick war so kalt und blass wie immer. Auch damit war zu rechnen gewesen. Mathilde stand gerade aufgerichtet da, das Kinn hocherhoben. Ihre Augen waren trocken. Sie würde den Tod des Mannes, den sie unter Zwang geheiratet hatte, wohl kaum betrauern. Den Tod eines Mannes, der ihren eigenen Vater ermordet hatte. Doch vor dem versammelten Haushalt würde sie sich ihre Befriedigung nicht anmerken lassen.

»Du kommst zu spät«, war alles, was sie zur Begrüßung sagte, und selbst das war mehr, als Maximilian erwartet hatte. Selten nur sprach sie ihn direkt an, und er antwortete nicht.

Mathilde war noch immer groß und schlank, wenn sich in ihrem Haar vielleicht auch ein Hauch mehr Silber zeigte, als Maximilian sich erinnerte. Ihr Kleid war von einem blassen Blau, mit Perlen geschmückt. Eine andere Frau wäre in einem solchen Gewand vielleicht ätherisch erschienen oder weich und feminin, aber seine Mutter ähnelte am ehesten einer aus kaltem Stahl geschmiedeten Klinge. Maximilian neigte den Kopf vor ihr, aber er sank nicht auf die Knie.

Sie neigte ebenfalls leicht den Kopf und verengte die Augen ein wenig, als sie Rafael ansah, der sich – natürlich – elegant verbeugte und ihr sein schönstes Lächeln schenkte. Maximilian musste sich nicht einmal umwenden, um das zu wissen. Der Drang seines Halbbruders, mit Frauen zu flirten, war so vorhersehbar wie ein Sonnenaufgang nach der Nacht.

Seine Mutter verzog keine Miene und nahm Rafaels Geste nicht zur Kenntnis. Ihre Natur war so kalt wie ihr Erscheinungsbild. Das hatte sich also nicht geändert. Sie wandte ihnen den Rücken zu und bedeutete dem Priester ungeduldig, fortzufahren.

Vielleicht wollte auch Mathilde Jean so bald wie möglich begraben wissen.

Zu Mathildes rechter Hand stand ihr Bruder, Gaston de Vries, und rechts neben ihm Amaury, sein ältester Sohn. Gaston ähnelte Mathilde, aber an diesem Tag war eine unerwartete Gier an ihm. Zweifellos war er froh, den Mann, den er verachtet hatte, endlich unter die Erde zu bringen, und Maximilian fand es bemerkenswert, dass er mit seinem überempfindlichen, reichen Onkel etwas gemeinsam hatte. Vater und Sohn gaben sich heute grimmig, aber möglicherweise hatten sie sich wegen einer Lappalie gestritten. Ganz sicher vergossen sie keine Tränen über Jean le Beau.

Vielleicht hatte Amaury andere Pläne gehabt, als an einer Beerdigung teilzunehmen. Das war der Nachteil daran, wenn man vom Geld seines Vaters lebte – man konnte keine freien Entscheidungen treffen.

Amaury war nicht ganz ein Jahr jünger als Maximilian und ebenfalls ein Ritter, aber die beiden Cousins hätten unterschiedlicher nicht sein können. Amaury war im Überfluss aufgewachsen und kämpfte nur in Turnieren und anderen Wettkämpfen gegen andere reiche und faule Söhne. Zweifellos würde er eine einträgliche Ehe eingehen und irgendwann in Château Pouissance die Stelle seines Vaters einnehmen, sein ganzes Leben im Wohlstand in der Burg seiner mütterlichen Ahnen verbringen.

Im Gegensatz dazu war Maximilians Klinge mit Blut befleckt, und auf seiner Schwertscheide sah man die Anzahl der Leben, die er genommen hatte. Ein Söldner tötete oder wurde getötet, und Maximilian hatte seine Wahl früh getroffen. Er besaß nichts, das er sich nicht selbst verdient hatte – während im Gegenzug viel von dem, was er eingenommen hatte, sein Vater beansprucht hatte. Er hätte seinem Cousin gut mit Verachtung begegnen können, einfach, weil Amaury ein glücklicheres Los zuteilgeworden war als ihm, aber am heutigen Tag traf Maximilian den Entschluss, die Vergangenheit ruhen zu lassen.

Sein Vater war tot. Man konnte ihm sein Erbe nicht länger verweigern.

Bei seiner Ankunft in den Ställen hatte der Stallknecht, Henri, ihm erzählt, dass Jean le Beaus Leichnam von einem unzivilisierten Schotten an das Burgtor gebracht worden war. Maximilian hielt es für wahrscheinlich, dass es sich dabei um den Mann handelte, der Amaury gegenüber auf der anderen Seite des Mittelgangs stand, den Kopf im Gebet gesenkt. Maximilian konnte den Schmutz aus mehreren Schritten Abstand riechen und wollte sich nicht vorstellen, was für ein Ungeziefer in seinen dreckigen Kleidern lebte. Aber was ihm an Zivilisiertheit fehlte, besaß dieser Murdoch Campbell an Kühnheit. Nicht viele Männer hätten es auf sich genommen, einen unbekannten Toten nach Hause zu bringen, und Maximilian fragte sich, warum der Mann das getan hatte.

Vielleicht erwartete der Schotte eine Belohnung.

Das würde vermutlich eine seiner ersten Verpflichtungen sein, wenn sein langersehntes Erbe ihm endlich in die wartenden Hände fiel. Dann wanderte sein Blick zu Yves, dem Châtelain seiner Mutter, der hinten in der Kapelle saß. Sein Gesichtsausdruck war undurchdringlich, er wirkte vollkommen gefasst. Vielleicht würde Yves in seinen Diensten bleiben. Er hatte den älteren Mann immer gemocht, und in früheren Jahren war der Châtelain hier im Château de Vries manchmal sein einziger Freund gewesen.

Gaston presste die Lippen zusammen, als er die beiden Neuankömmlinge sah, und trat dann einen kleinen Schritt zurück. Aye, er sollte sich davor fürchten, dass Maximilian sein Erbe antrat. Seinen Beinamen, der Silberwolf, hatte er verdient und war über die Landesgrenzen hinaus bekannt für seine erbarmungslosen Feldzüge. Kluge Leute schraken allein vor dem Anblick seines Banners zurück, und das sollten sie auch.

Maximilian blieb links neben seiner Mutter stehen. Rafael wählte eine strategische Position, hinter Maximilian und zu seiner Linken, aus der er die Familie gut beobachten konnte. Die Knappen, Reynaud und Mallory, standen ganz hinten, hinter den Bänken, auf dem das Gesinde saß, und bewachten die Türen. Die Vorsicht der Versammelten war spürbar. Sie kannten die Ungewissheit, die Jean le Beaus Gegenwart mit sich brachte. Anscheinend erwarteten sie selbst jetzt, da er tot war, nichts anderes.

Dies würde ein Tag der Abrechnung werden, auf die eine oder andere Weise. In Maximilian stieg die Erwartung auf, und sein Herz schlug, als wollte er sich in die Schlacht stürzen.

Endlich war seine Zeit gekommen.

Amaury hatte keine Ahnung, warum sein Vater darauf bestanden hatte, dass er ihn nach Château de Vries begleitete. Was machte es für ihn für einen Unterschied, ob Jean le Beau endlich tot war? Eigentlich hatte Amaury nach Paris reiten wollen, wo ihn der mögliche Kauf eines vielversprechenden jungen Hengstes und die Reize einer Jungfrau von edler Geburt erwarteten, aber stattdessen stand er nun hier, auf der Beerdigung eines gemeinen Schurken. Wie so oft, wenn sein Vater sich in seine Pläne einmischte, fühlte sich Amaury gereizt.

Es war nur natürlich, dass Amaury sich gerade den Tag vorstellte, an dem er an der Beerdigung seines eigenen Vaters teilnehmen würde – wenn seine Tage und Nächte endlich ihm allein gehören würden und er den Reichtum von Château Pouissance so verwenden könnte, wie er es für richtig hielt.

Es war das erste Mal, dass er seinen Cousin, den Silberwolf, je beneidete.

Die Gegenwart von Maximilians Gefährten, offensichtlich ebenfalls ein Söldner, irritierte ihn. Amaury konnte sich nicht davon abhalten, den Mann zu betrachten, der sonnengebräunt und dunkelhaarig war wie ein Mann aus dem Süden, dabei aber verblüffend blaue Augen hatte.

Der Söldner sah ihn offen an und grinste. Amaury versuchte, ihn zu ignorieren.

Es gelang ihm nicht.

Als der Priester das letzte »Amen« gesprochen hatte, räusperte sich Mathilde. Amaury wäre gern sofort gegangen und hoffte, er könnte zumindest noch auf die Jagd reiten, bevor der Tag vorüber war. Er hatte sein Pferd, seinen Falken und seine Hunde dabei, wenn sein Knappe auch daheimgeblieben war. Er konnte von de Vries einige Treiber ausleihen und vielleicht in den Wäldern hier einen Eber jagen.

Aber das sollte wohl nicht sein.

»Ihr werdet gehen«, sagte seine Tante zu dem Priester, der mit sichtlicher Verblüffung reagierte. Er gehorchte dennoch. Dann drehte sie sich auf dem Absatz um und entließ die anderen Mitglieder des Haushalts, die sich zum Gottesdienst versammelt hatten. »Und Ihr desgleichen.« Sie nickte ihrem Châtelain zu. »Yves, sorgt dafür, dass die Almosen verteilt werden.«

Almosen? Für die Mitglieder ihres eigenen Haushalts?

Amaury hätte das vielleicht hinterfragt, aber sein Vater starrte ihn böse an und hielt ihn damit vom Sprechen ab. Er war sich der Anwesenheit des Schotten sehr bewusst, der ihnen die Leiche gebracht hatte, und der Neugier des Mannes. Sprach er das normannische Französisch gut genug, um sie zu verstehen? Wie üblich ahnte Amaury nicht, was sein Cousin Maximilian dachte, obwohl ihm dessen Anspannung keineswegs entging.

Verlief etwas nicht nach Plan?

Als sich die Türen wieder schlossen, fiel ein Strahl Sonnenlicht durch die rauchige Luft der Kapelle, wie ein Fingerzeig des Göttlichen, der den Deckel des Sargs erhellte. Aye, wenn irgendetwas heute schiefging, wäre es Jean le Beaus Schuld.

Erst, als es in der Kapelle kalt und still war – eine Grabesstille – ergriff Mathilde das Wort.

»Es ist ein Tag für die Wahrheit«, sagte sie kühl. Durch die wenigen verblieben Menschen ging eine Art Ruck, und Amaury wusste, er war nicht der Einzige, der aufmerkte.

Mathilde hielt den Ring hoch, der so lange Jean le Beaus Hand geziert hatte. »Dies ist der Ring meiner Ahnen, der Siegelring von de Vries.« Einen Moment lang starrte sie darauf und suchte nach Worten. »Als Jean le Beau die Festung meines Vaters angriff und die Tore aufbrach, verlangte er zwei Dinge: Mich, damit ich seine Frau würde, und diesen Ring und alles, wofür er stand. Mein Vater weigerte sich, seine einzige Tochter einem brutalen Söldner auszuliefern. Sie kämpften gegeneinander.« Sie richtete sich gerade auf. »Und am Ende wurde ich ergriffen, von seinen Männern umringt und festgehalten, während er nahm, was ihm nicht gehörte, und mein Vater dabei zusehen musste. Jean le Beau schnitt meinem Vater diesen Ring von der Hand und steckte ihn an seine eigene, während das Blut meines Vaters noch das Siegel befleckte. Das war der letzte Moment im Leben meines Vaters.« Sie wandte sich Maximilian zu. »Er blieb das einzige Mal, dass Jean le Beau mich nehmen konnte, denn ich bewaffnete mich und verschloss meine Tür vor ihm. Du aber warst das Resultat.« Ihre Lippen verzogen sich verächtlich, als sie ihren einzigen Sohn betrachtete. »Gezeugt in Gewalt und Hass. Es ist kein Wunder, dass du in dem Handwerk brillierst, das er dich gelehrt hat.«

Maximilian zuckte nicht zusammen, andererseits tat er das nie.

Er streckte die Hand nach dem Ring aus, die Handfläche nach oben gerichtet, in eindeutiger Erwartung.

Stattdessen schloss Mathilde ihre Hand darum. »Über die Jahre habe ich mich gefragt, ob ein Mann von Jean le Beaus Blut es verdient hat, mein geliebtes Heim zu besitzen, aber letztlich ist es nicht meine Entscheidung. Wie mich mein jüngerer Bruder erinnert hat, ist es üblich, dass das Erbe auf den ältesten Sohn der Linie übergeht.«

Erstaunt sah Amaury zu, als Mathilde den Ring Gaston reichte, der ihn sofort auf den eigenen Finger gleiten ließ. Maximilians Blick brannte so heiß, dass Amaury sich fragte, ob er die Tat seines Vaters wiederholen und den Ring von Gastons Finger schneiden würde.

Doch dann blinzelte der Silberwolf und wandte den Blick ab. Er schluckte einmal, bevor er seine Fassung wiedergewann. »Also soll mir kein Vermächtnis beschieden sein?«, fragte er, und die Wut klang in seinen Worten mit.

Amaury trat einen Schritt zurück. Er fürchtete den Zorn seines Cousins.

Gaston schnaubte verächtlich. »Dein Vermächtnis ist die Wahrheit, nicht mehr oder weniger.«

Maximilian kniff die Augen zusammen. »Mutter …«

Mathilde hob die Hand und brachte ihn mit dieser Geste zum Schweigen. »Du bist nicht der Einzige, dessen Schicksal heute eine neue Wendung nimmt, Maximilian. Lange hat mein Bruder geduldet, dass ich das Heim unserer Familie verwaltet habe, aber das wird er nicht länger tun. Ich soll noch heute aufbrechen, mit allem, was ich tragen kann und in Begleitung einer einzigen Zofe, und mich in das Konvent von Sankt Radegunde zurückziehen, um mein Leben dort zu beschließen. Die restlichen Bediensteten wurden fortgeschickt.«

Maximilian atmete scharf ein. Amaury sah, wie sein Vater dünn lächelte, und wusste, er genoss die Situation.

»Ich werde mich selbst um Château de Vries kümmern, während mein Sohn Herr über Pouissance werden wird«, sagte Gaston, unfähig, seine Genugtuung zu verbergen. »Natürlich verdienen jene, die mir gegenüber loyal sind, eine Belohnung.«

Herr über Pouissance! Und das noch vor dem Tod seines Vaters! Amaury war dem Schicksal ausgesprochen dankbar. »Ich danke dir,

Vater«, begann er, aber Gaston gebot ihm mit einer knappen Geste zu schweigen.

»Sag es ihm«, forderte er Mathilde auf, deren Lippen sich verächtlich verzogen.

»Es war nicht allein meiner eigenen Wachsamkeit zu verdanken, dass Jean le Beau nur einmal mit mir verkehrte«, gestand sie. »Wie er selbst oft sagte, gefiel ihm besser, als Erster durch die Tore zu gelangen. Als meine Entbindung bevorstand, kam Gastons Verlobte Florine, um mir zu helfen. Sie war ein reizendes Mädchen, und so hübsch ...« Mathilde schüttelte den Kopf, während Furcht in Amaury aufstieg. Die Erwähnung seiner Mutter konnte nichts Gutes bedeuten. »Natürlich nahm sich Jean le Beau, was er für sein Recht hielt, und schon bald, nachdem Maximilian seinen ersten Schrei ausgestoßen hatte, wölbte sich ihr Leib.« Mathilde sah ihm kalt in die Augen. »Dieses Kind bist du, Amaury.«

Er war verblüfft. »Aber das kann nicht sein!«

»Es ist wahr«, sagte Gaston scharf. »Um des Châteaus willen habe ich Florine geheiratet, obwohl sie schwanger war, aber unsere Ehe war keine glückliche. Die wahren Umstände deiner Zeugung standen zwischen uns. Sie starb im Kindbett, und ich entschied mich, dich als mein eigenes Kind aufzuziehen, um den guten Ruf unserer Familie zu bewahren.« Gaston warf Amaury einen Blick zu, der ihn zum Frösteln brachte. »Aber seitdem habe ich erneut – und dann ein drittes Mal – geheiratet und habe zwei weitere Söhne. Wie du weißt, hat sich Philip bereits die Sporen verdient. Er wird der neue Lord de Pouissance werden, denn du stammst nicht von mir ab.« Gaston verzog die Lippen und trat einen Schritt zurück, als sei die Natur von Jean le Beau eine Krankheit, mit der ihn dessen Abkömmlinge anstecken könnten. »Es ist an der Zeit für eine längst fällige Abrechnung. Du magst das Pferd behalten, auf dem du hergeritten bist, und was auch immer du sonst noch bei dir trägst. Aber komme niemals an mein Tor, um zu betteln, denn du hast mehr von mir bekommen, als ein Sohn deines Vaters von mir verdient.«

Amaury konnte es nicht fassen. Er hatte keinen Vater. Er hatte kein Gold. Keine Einkünfte, kein Heim, keine Zuflucht, keine Mittel, um auch nur für die Unterbringung seines Pferdes zu zahlen. Er hatte noch nicht einmal einen Knappen – andererseits hieß das, er musste zumindest nicht für einen anderen Menschen aufkommen. Er schaute auf, stellte fest, dass Maximilian ihn ansah, und wusste, sein Cousin begriff allzu gut, in welcher Situation er sich befand.

Vielleicht musste er Maximilian sogar um Hilfe bitten, und das war keine Entscheidung, die ihm leichtfallen würde.

Anscheinend war es Zeit, dass Amaury mehr Mut in sich entdeckte.

GASTON HOLTE sich Château de Vries zurück, seine Mutter würde in ein Konvent gehen, und Maximilian sollte mit leeren Händen dastehen. Das war ein schmählicher Lohn für die zwanzig Jahre, die er in den Diensten seines üblen Schurken von einem Vater gestanden hatte.

Anscheinend teilten beide Seiten der Familie das Verlangen, ihn zu betrügen.

Und welchen Weg sollte er nun einschlagen? Er hatte die Führung der Compagnie Rouge abgegeben, da er davon ausgegangen war, dass seine Tage als Anführer einer Söldnergruppe vorüber wären. Was für ein Irrtum. Allein die Aussicht, sein Erbe in Château de Vries anzutreten, hatte ihn zu einem solchen Fehltritt verleiten können. Nur vier Männer begleiteten ihn, dazu fünf Knappen, die zusammen das Gerüst seiner neuen Garde hätten sein sollen. Nun hatte er keine Arbeit für sie und auch nicht die Mittel, sie zu bezahlen oder für ihr Überleben zu sorgen.

Wenn Maximilian schnell genug handelte, konnte er Gaston vielleicht töten, aber es ließ sich nicht sagen, was Amaury tun würde, von dem Schotten ganz zu schweigen. Würde Amaury den Mann, den er als Vater kannte, reflexhaft verteidigen? Die Instinkte eines Mannes waren nicht so leicht vergessen, nicht einmal nach Neuigkeiten wie diesen, und er hatte Amaury nie als sonderlich entschlossen erlebt – und schon gar nicht tödlich.

Mathilde unterdessen näherte sich dem steinernen Sarg. »Hier stehen wird nun, dreißig Jahre später, und die Wahrheit ist endlich ausgesprochen. Ihr seid Brüder, Söhne eines bösen Mannes, gezeugt durch Gewalt, von seinen Sünden befleckt, und habt nichts außer einander.« Offenbar verlieh ihr das eine große Befriedigung, was bedeutete, dass sie Jean le Beau mehr gehasst hatte, als sie Maximilian liebte.

Nichts anderes hatte er erwartet.

Was blieb ihm noch in den Trümmern seiner Erwartungen? Darauf gab es nur eine Antwort.

»Was ist mit Kilderrick?«, fragte er und sah, wie der Schotte überrascht zusammenzuckte.

Auch seine Mutter hatte es bemerkt. Sie wandte sich zu dem Schotten um. »Kennt Ihr es?«

»Aye. Alle in meiner Heimat kennen es«, antwortete er, was Maximilian ihm nicht glaubte. Er sprach zögernd, als wäre ihm das normannische Französisch nicht sonderlich geläufig, war aber anscheinend der Unterhaltung gefolgt. Und der Nachdruck in seinem Ton enthüllte sein Interesse. War dieser Mann in Kilderrick gewesen, als Maximilian es vor fünfzehn Jahren zerstört hatte? Vielleicht war das der Grund, warum er die Reise nach Süden unternommen hatte. Der Schotte nickte. »Es liegt in Trümmern, auch wenn es einst sehr viel Neid erweckte.«

Maximilian wusste, dass Kilderrick eine Ruine war, denn er war es gewesen, der es angezündet hatte – auf Jean le Beaus Befehl. »Wem gehört es jetzt?«, fragte er seine Mutter.

Sie zuckte die Schultern und sah den Schotten an.

»Dem Wind und dem Regen.« Er lächelte leicht, ein wenig Bosheit in den blauen Augen. »Den Wölfen.« Sein Blick wanderte zu Maximilian, ein Beweis, dass er seinen Beinamen kannte.

»Und ein Wolf wird es wieder in Besitz nehmen«, sagte Maximilian. »Es wird mein Erbe sein.«

»Aber …«, protestierte Mathilde.

»Es wurde mir einst versprochen, und damals wurde ich ebenfalls darum betrogen«, sagte Maximilian. »Ich werde es nun als meinen Lohn fordern.«

»Ich werde deinen Anspruch nicht anfechten«, sagte Gaston und winkte nachlässig mit der Hand. »Ich habe kein Verlangen nach Ländereien, die mit Gewalt erobert wurden, und schon gar nicht nach solchen in einem entfernten Land voller Wilder.«

Der Schotte richtete sich sichtlich empört auf.

Maximilian wies Gaston nicht darauf hin, dass auch Château de Vries mindestens einmal auf diese Weise in Besitz genommen worden war. Es war nicht wichtig, denn es war nicht länger sein Heim.

Wenn es das überhaupt je gewesen war.

»Aber ich nehme an, du wirst darauf bestehen, dass alles Geld in der Schatzkammer hier dir gehört«, bemerkte er.

Das Lächeln seines Onkels blieb knapp. »Meine Männer sind mir gefolgt und werden inzwischen die Burg betreten haben. Ich habe sie angewiesen zu warten, bis du durch das Tor wärst, um sich zu zeigen. Solltest du nicht freiwillig noch heute abreisen, werde ich dafür sorgen, dass du es tust. Das Heim meiner Familie ist nicht länger eine Zuflucht für Söldner.«

Maximilian hatte Gaston de Vries eine Lektion zu erteilen, aber er würde den Zeitpunkt dafür selbst wählen.

»Wie es scheint, hast du dich auf diesen Tag gut vorbereitet«, sagte er milde und bemerkte, wie überrascht sein Onkel auf seinen Ton reagierte. Er streckte die Hand aus. »Ich bitte nur um das Siegel von Kilderrick, bevor ich aufbreche, wenn es dir recht ist.«

Gaston ging ihm voraus in die Schatzkammer, wie Maximilian es geahnt hatte. Die anderen folgen ihnen, aber das Wichtigste war, dass Rafael an Maximilians Seite blieb. Es gab drei Schlösser an der Tür zur Schatzkammer, und sie warteten, während Yves sie für Gaston öffnete. Gaston betrat den Raum, sichtlich erfreut, dass alles darin nun ihm gehörte. Maximilian sah Rafael zu dem einzigen, hohen Fenster aufschauen, das gegen Eindringline gesichert und in seiner gewölbten Form sehr markant war, und dann lächeln. Ihre Blicke trafen sich einen Moment, und Maximilian wusste, er würde seine Rache bekommen.

Gaston beugte sich über eine Truhe, während Maximilian neben Yves stehen blieb. Während sein Onkel abgelenkt war, nahm sich Maximilian drei kleine Beutel mit Münzen und reichte zwei dem Châtelain, den er schon sein ganzes Leben lang kannte. »Zu Sonnenuntergang, am alten Ort. Nur sechs«, sagte er fast unhörbar. »Zu Pferd oder zu Wagen. Sorgt dafür, dass die übrigen ihren Lohn erhalten.«

Yves ließ sich nicht anmerken, dass Maximilian etwas gesagt hatte, aber die beiden Säcke mit Münzen verschwanden unter seinen Kleidern wie der dritte unter Maximilians Waffenrock. Beide Männer zollten Gaston höflich Aufmerksamkeit, als er sich umwandte, in der Hand einen kleinen Lederbeutel mit dem Siegelring von Kilderrick. Von der Tür aus tat Rafael, als sähe er sich staunend um, obwohl seine Neugier allein strategischen Erwägungen geschuldet war.

Maximilian hob einen goldenen Ring auf, dessen Glanz ihm ins Auge fiel, und drehte und wendete ihn, als wollte er ihn auf seinen Wert schätzen. Gastons Blick fiel darauf, und Maximilian steckte den Ring in die Tasche. Die Augen seines Onkels verengten sich, aber Maximilian hielt seinem Blick stand und forderte ihn förmlich heraus, daraus eine große Sache zu machen.

»Ein einfaches Andenken an mein Zuhause«, sagte Maximilian.

Gaston blinzelte als Erster, was niemanden überraschte. »Ein Andenken«, stimmte er zu, wenn auch schmallippig. »Gute Reise, Maximilian«, sagte er kühl, als er ihm das Siegel überreichte.

Maximilian neigte leicht den Kopf. »Gute Reise, Onkel.«

Verwirrung spiegelte sich in Gastons blassem Blick. »Aber ich begebe mich auf keine Reise.«

»Natürlich nicht.« Maximilian lächelte und verbeugte sich. »Mein Fehler.« Er wandte sich um und verließ die Schatzkammer, winkte dann seine Begleiter zu sich. Neben dem Schotten, der noch immer da war, zu aufmerksam, als dass man ihm seinen Gleichmut hätte abnehmen können, blieb er stehen. Der Gestank, der von dem Mann ausging, war widerlich. »Kehrt Ihr nach Schottland zurück?«

»Aye.«

»Dann reitet Ihr am besten mit uns.« In Maximilians Stimme lag Stahl. Er wollte wissen, wo der Mann war, solange er nicht wusste, was er vorhatte. Er lächelte schwach. »Die Straße ist für Leute, die allein reisen, nicht sicher.«

Der Schotte zögerte nur einen Moment, bevor er zustimmend den Kopf neigte. »Ich danke Euch für das Angebot und werde es annehmen.«

Maximilians Misstrauen besänftigte das nicht.

»Und du«, fuhr er fort und wandte sich an seinen Cousin Amaury. »Wirst du dich in meine Dienste begeben, oder bleibt dir eine bessere Möglichkeit?«

Amaury war der Ärger anzumerken, die Bitterkeit, die gegen praktische Vernunft kämpfte. Es gelang ihm, leicht den Kopf zu neigen. »Ich danke dir für deine Großzügigkeit, Cousin.«

»Bruder«, korrigierte ihn Maximilian und sah, wie Amaury blinzelte. »Ich vertraue darauf, dass du mit uns mithalten kannst. Dein Pferd ist edel genug, aber wir werden sehen, wie gut du reitest.«

Amaury holte scharf Atem. In seinen Augen lag ein Groll, der ihn berechenbar machen würde.

Maximilian hob die Hand zum Gruß vor seiner Mutter, die noch immer im Gang zur Kapelle stand, ihre Züge wie in Stein gemeißelt. Sie umarmten sich nicht und sagten kein Wort. Er bezweifelte, dass er sie je wiedersehen würde. Dann verließ er die Burg, in der er groß geworden war, entschlossen, dass sein Onkel niemals in den Genuss dessen kommen sollte, was er dem Silberwolf gestohlen hatte.

Yves beeilte sich. Er verbarg, was er tat, vor dem neuen Burgherrn. Zunächst kümmerte er sich um die Abreise der Lady mit ihrem Geleitschutz und einigen ihrer Besitztümer. Sie schien überrascht, dass er sie nicht in das Konvent begleiten wollte. Glücklicherweise gehörte Lady Mathilde nicht zu den Menschen, die viel hinterfragten, denn sie gestand niemals ein, wenn sie sich irgendeiner Sache nicht sicher war. Yves sorgte dafür, dass der Tisch so üppig gedeckt wurde, wie Gaston es erwarten würde, dann verließ er die Halle, wobei er über eine milde Erkrankung klagte.

Unter den Dienern verbreitete sich die Nachricht wie ein Lauffeuer, und zu dem Zeitpunkt, als er seinen Mantel und seine wenigen Besitztümer gepackt hatte, erwarteten ihn die ausgewählten sechs im Burghof. Henri, der Stallknecht, ritt auf einem Zelter. Vor ihm im Sattel saß sein kleiner Sohn. Seine Frau war bei der Geburt vor sechs Jahren gestorben, und an Henris Loyalität gegenüber Maximilian gab es keine Zweifel.

Denis, der Koch, und seine Frau Marie saßen bereits auf dem Karren, und Yves nahm an, dass sie ihre besten Töpfe und Pfannen ebenfalls eingepackt hatten. Sie waren schon älter und kinderlos, und

Yves hatte kein Vertrauen, dass der neue Herr sich um ihr Wohlergehen kümmern würde. Ihnen schien es genauso zu gehen.

Ein Dienstmädchen war bei ihnen, Nathalie, eine hübsche junge Frau, die keinen Ort hatte, an den sie sich flüchten konnte, wenn in Château de Vries etwas schiefging – und das würde es bald tun, wie Yves wusste. Eudaline, eine alte Frau, die sich mit heilenden Kräutern auskannte, saß ebenfalls auf dem Wagen. Ihre Zuneigung zu Maximilian war ausgeprägt und ließ sich nicht verheimlichen. Auch sie würde in dem neuen Hausherrn keinen wohlmeinenden Beschützer finden.

Yves holte ein weiteres Pferd aus den Ställen des Lords, froh, dass Maximilian ihm das Geld gegeben hatte, den Schicksalsschlag abzumildern, der die übrigen Dienstboten erwartete. Der Torwächter, in dessen Taschen wahrscheinlich die Münzen klimperten, zog das Fallgatter hoch und salutierte schweigend, als sie vorbeiritten. Yves wusste, er würde nie in die Burg zurückkehren, die den größten Teil seines Lebens sein Heim gewesen war, aber er schaute nicht zurück.

Sondern voraus.

Die tiefe Sonne schien auf die Marschen westlich des Châteaus, Yves aber führte sie nach Osten, auf die Straße nach Niort, zu der Anhöhe im Wald. Maximilian hatte diese Stelle als Kind geliebt, den »alten Ort«, wo man ihn fast immer antreffen konnte und von dem aus man einen guten Blick auf die Burg hatte. Sie erreichten die Lichtung, als die Sonne gerade unterging, und einen Moment fürchtete Yves, sie wären zu spät. Die Lichtung schien verlassen.

Dann gerieten die Schatten in Bewegung, und Maximilian trat vor. Er gebot ihnen mit einer Geste Schweigen und führte sie tiefer ins schützende Dunkel des Waldes. Yves sah, dass dort andere warteten: Amaury, der Schotte und weitere Männer mit Pferden und Knappen. Amaurys Falke saß auf seiner Faust, eine Haube über den Augen. Drei Jagdhunde, große, haarige Tiere, die ebenfalls Amaury gehörten, saßen neben ihrem Herrn. Ihre Augen leuchteten in der Dunkelheit. Alle blieben still, und die Gruppe machte noch keine Anstalten loszureiten.

Der Söldner, der Maximilian in die Kapelle begleitet hatte, der mit dem dunklen Haar, versuchte anscheinend, die Distanz zu der Burg unten zu schätzen. Hinter ihm stand ein hölzernes Konstrukt auf dem Boden. Es war eindeutig eine Belagerungsmaschine, allerdings deutlich kleiner als ein Trebuchet. Ein Katapult also, aber Yves fragte sich, was es wohl verschießen sollte. Der Söldner hielt eine runde, in Stoff gewickelte Kugel in Händen. Und sein Blick war fest auf das Château gerichtet.

Sie standen dort so lange, dass Yves Knie schmerzten und die Kälte vom Boden in seine Stiefel drang. Dann warteten sie noch länger. Als er schon fürchtete, Nathalie würde eine Frage stellen, leuchtete in einem Fenster in dem Turm weiter unten ein Licht auf. Es war das gewölbte, verriegelte Fenster der Schatzkammer.

Gaston war dorthin zurückgekehrt, um seine Schätze zu zählen.

Maximilian nickte einmal. Der dunkelhaarige Söldner schlug Feuer. Als er den Stoff, der die Kugel umhüllte, entzündete, roch man den beißenden Geruch irgendeiner Substanz. Das Feuer verbreitete sich rasch, als er die Kugel in das Katapult legte. Er rückte es noch ein wenig zurecht, dann betätigte er den Mechanismus. In einem Feuerbogen flog das Geschoss durch die Luft und traf die Gitterstäbe vor dem Fenster. Feuer breitete sich aus, lief förmlich die Wand hinab – wahrscheinlich auch auf der Innenseite der Mauer.

Hörte Yves einen entfernten Schrei?

»Deine Zielsicherheit wird mit jedem Tag besser, mein Bruder«, sagte Maximilian, und Yves hörte es mit Erstaunen. Ein dritter Bruder?

Der dunkelhaarige Söldner neigte bei dem Lob den Kopf, dann griff er nach den Zügeln seines Pferds.

Das unter ihnen liegende Château de Vries brannte.

Maximilian winkte Amaury herbei, der ein wenig alarmiert wirkte. »Den Pfad vor uns beschreiten wir gemeinsam, verbunden durch unser Blut und unseren Zorn. Ich schlage eine Allianz vor, zwischen neu entdeckten Blutsbrüdern. Ich werde Kilderrick für mich beanspruchen und dort auch euch eine Zukunft ermöglichen.«

»Wie willst du das vollbringen?«, fragte Amaury. Sein Misstrauen war offensichtlich.

»Es waren einst reiche Ländereien«, offenbarte der Schotte. »Mit einem Dorf im Schatten seiner Mauern und einem anderen, Rowan Fell, ein wenig weiter weg gelegen. Damals wuchs und gedieh es.«

Yves staunte, dass der Schotte den Ort kannte.

»Und nun?«, fragte Amaury.

»Die Gegend ist wild, an den Grenzen gibt es Streit, in den Hügeln leben Viehdiebe und andere Übeltäter.« Der Schotte lächelte. »Kilderrick, so heißt es, sei ein Ort der Hexen. Schon ganz andere Männer sind daran gescheitert, es für sich zu beanspruchen."

»Aber ich werde es zu unserem Besitz machen. Kommst du mit mir, Amaury?« Maximilian ließ ein wenig Verachtung durchklingen. »Oder hast du bessere Aussichten?«

»Du weißt, dass ich das nicht habe.« Der jüngere Ritter war mürrisch.

Maximilian zog seinen Dolch und ritzte die Innenseite seines Handgelenks, sodass Blut hervortrat. Selbst in der wachsenden Dunkelheit sah man es glänzen, rot wie Granate. »Ich schwöre einen Eid mit euch als meinen Blutsbrüdern.« Maximilian reichte seinem dunkelhaarigen Gefährten die Klinge, der die Geste wiederholte. Maximilian presste ihre Handgelenke aufeinander, sodass sich ihr Blut vermischte. »Dies ist Rafael. Im Frühjahr erst hat Jean enthüllt, dass er mein Halbbruder ist.« Er winkte Amaury herbei, der schluckte, dann den Dolch nahm und sein eigenes Handgelenk ritzte, wenn auch mit deutlich weniger Begeisterung.

Maximilian nahm Amaurys Handgelenk und presste es auf seines, dann legte er es auf Rafaels. Rafael wiederum umfasste Maximilians Arm. »So schließen wir einen Bund zu unserer gegenseitigen Verteidigung, vereint im Streben nach einem gemeinsamen Sieg«, sagte Maximilian.

Yves sah, wie die Tropfen ihres vermischten Bluts auf den Boden fielen.

»Drei zusammen«, sagte Maximilian. »Einander verschworen, einander am nächsten vor allen anderen, vereint in der Absicht, Kilderrick für uns zu gewinnen. Eher werde ich sterben, als diesen Eid zu brechen.«

»Ich ebenfalls«, gelobte Rafael.

Amaury zögerte nur einen Moment. »Ich ebenfalls«, schwor er, dann spuckte Maximilian auf das Blut, das den Boden befleckte. Die anderen wiederholten die Geste und wandten sich schließlich zielstrebig ihren Pferden zu.

»Wir reiten!«, rief Maximilian, und der ganze Tross setzte sich in Bewegung.

Die Pferde gelangten auf die Straße und liefen aus dem Wald. Die Söldner umringten den Karren, in dem die Dörfler saßen. Die weniger edlen Reitpferde ließen sich von den Schlachtrössern der Kämpfer mitreißen und rannten wie noch nie, den Wind in ihren Mähnen. Und schnell wie der Wind waren sie auf der Straße nach Niort, unterwegs zum Hafen, und ließen die brennende Feste hinter sich zurück.

Yves verspürte eine Euphorie wie selten zuvor und wusste, in dieser Nacht hatte ein neues Kapitel seines Lebens begonnen. Sie ritten nach Kilderrick. Und wehe jedem Mann, der sich dem Silberwolf entgegenstellte – oder einen Bluteid brach, den er ihm geleistet hatte.

AUF DER HEIDE, weit im Norden, versammelten sich vier Frauen in der Dunkelheit in einem Ring aufrecht stehender Steine, Ninestang Ring genannt. Alys sah zu, wie Nyssa unter dem Vollmond ihren Kreis zog, und spürte eine vertraute Beklommenheit. Der Wind war magisch, und Alys konnte die Veränderung darin spüren, obwohl sie nicht die Gabe der Vorausschau hatte wie Nyssa.

Die andere Frau löste ihr Haar und ließ die blonden Strähnen frei flattern. Sie murmelte den Zauberspruch, den sie immer beim ersten Neumond nach einem der hohen Feiertage sprach, und streckte die Hände gen Himmel, die Augen geschlossen. Ihr gezähmter Rabe Dorcha saß auf dem Stein, der ihr am nächsten war, und erteilte mit einem Krächzen seine Zustimmung zu dem Geschehen.

Die anderen drei standen schweigend dabei, während Nyssa murmelte und die Sterne über ihnen am Himmel standen. In der Ferne heulte ein Wolf, und der Wind hob an. Der Rabe flatterte mit den Flügeln und stieß einen warnenden Schrei aus, dann hob Nyssa den Hexenstein an ihr Auge und starrte durch das Loch in seiner Mitte. Sie schrie auf, dann taumelte sie und fiel zu Boden. Was auch immer sie gesehen hatte, erschreckte sie. Ceara und Alys knieten besorgt neben ihr nieder, während Elizabeth ihnen aus einigem Abstand ängstlich zusah.

»Der Wolf kommt«, flüsterte Nyssa. »Der Wolf kommt, und er ist hungrig.«

Der Rabe krächzte und erhob sich flügelschlagend in die Luft, die Wölfe heulten, während sie sich an sie heranpirschten, und der Wind legte sich so plötzlich, dass Alys vor Frucht erschauderte.

Nyssa konnte doch damit nicht meinen, dass nach fünfzehn Jahren der Silberwolf zurückkehren würde, oder doch? Aber Alys' Narben schmerzten, als wollte ihre Haut Nyssas Vorhersage bestätigen.

Wehe dem Söldner, wenn er wirklich Narr genug war, nach Kilderrick zurückzukehren. Alys würde von dem Mann, den sie mehr als alle anderen hasste, einen hohen Preis fordern – und wenn es das Letzte war, was sie tat.

KAPITEL 1

Kilderrick, Schottland – Samhain 1375

»Warum gerade Kilderrick?«, fragte Rafael und lenkte sein Pferd neben das von Maximilian. »Sicher gibt es bessere Orte als diesen?«

Sie entfernten sich von der englischen Grenze. Der Weg war so schmal, dass nur zwei Pferde nebeneinanderpassten. Die Nacht war unerwartet finster. Sie hätten lagern sollen, aber sie waren bereits so nahe an Kilderrick, dass Maximilian erst sein Ziel erreichen wollte. Es gefiel ihm nicht, dass sich der Tross zu einer langen Schlange hatte formieren müssen, wenn die Männer auch so dicht zusammenritten, wie sie nur konnten.

Auch, wenn sie allein waren, schien es nicht so. Im Wald auf der einen Straßenseite raschelte und knisterte es, als wollten die Bäume selbst ihrer kleinen Gruppe folgen. Böig zerrte der Wind an ihren Mänteln, und die Pferde machten zögernde Schritte, die Ohren zurückgelegt. Die Schatten waren von wechselnden Umrissen erfüllt, und hin und wieder drangen seltsame Geräusche aus dem Wald.

Wenn Maximilian ein Mann gewesen wäre, der an Zauberei glaubte, hätte er dies eine Nacht für Hexen genannt. Stattdessen schob er es auf die Nähe zu Kilderrick, das ihm einst als der unheimlichste Ort in der christlichen Welt erschienen war.

Noch fünfzehn Jahre später fragte er sich, wie das möglich war. Er zweifelte nicht daran, dass dieser Eindruck bewusst hervorgerufen wurde, aber das tat der Wirkung keinen Abbruch. Die Dörfler aus de Vries waren wachsam und unsicher, und die Söldner schauten sich immer wieder misstrauisch um.

Selbst ihm stellten sich die Nackenhaare auf.

Der Pfad, der sich Straße nannte, führte nach Norden in ein Tal, zu dessen beiden Seiten sich steile Hänge erhoben. Durch die Talsohle wand sich ein breiter Fluss. Zu dieser Jahreszeit floss er träge, aber Maximilian wollte wetten, dass er im Frühjahr schnell und reißend sein würde. Die Straße lag auf der Westseite des Flusses und folgte mehr oder weniger seinem Verlauf. Am östlichen Ufer wuchs dichter, alter Wald. Die Bäume waren so hoch, dass ihre kahlen Äste die Wolken zu kratzen schienen, die den Himmel bedeckten.

Im Westen war die Erde nur von Gras bewachsen, und er konnte die Furchen erkennen, die darauf hinwiesen, dass das Land einst bestellt worden war. Er erinnerte sich, dass es südlich unweit der Burg eine Stelle gab, an der beide Ufer bewaldet waren und die Straße im Schatten lag. Dahinter lag die Ruine und westlich davon das kleine Dorf. Die Burg hatte den Eindruck erweckt, das ganze Tal zu überschatten, und einem das Gefühl verliehen, beobachtet zu werden. War er nur jung und leicht zu beeindrucken gewesen, oder gab es in Kilderrick etwas Böses, wie andere behaupteten?

»Weil es hier Fragen gibt, die nicht beantwortet wurden«, sagte Maximilian zu Rafael. »Und eine unvollendete Aufgabe.«

Einen Schatz, den nie jemand gefunden hatte.

Rafael schnaubte, dann nickte er mit dem Kopf in Murdoch Campbells Richtung. »Der Schotte sagte, dieser Ort sei verlassen, den Hexen, den Wölfen und dem Wind ausgeliefert.« Er zog seinen schweren Mantel fester um sich und warf einen misstrauischen Blick auf den Wald.

»Ich könnte sagen, dass mich eine Verwandtschaft mit den Wölfen verbindet und ich den Wind mag.«

Rafael lachte. »Und was ist mit den Hexen?«

»Es gibt keine.«

»Ich habe welche getroffen …«

»Nein, du bist Lügnerinnen und Betrügerinnen aufgesessen.«

Rafael warf ihm einen festen Blick zu. »Du hast mir noch immer nicht gesagt, was du hier zu finden erwartest.«

»Eine verlassene Burg, die Art, die man besonders leicht einnehmen kann.«

Rafael schüttelte den Kopf. »Und mit dem geringsten Lohn.«

»In diesem Fall denke ich das nicht.« Auf den Seitenblick seines Bruders reagierte Maximilian mit einem Schulterzucken. »Ich kann nicht glauben, dass unser Vater mich vor fünfzehn Jahren hergeschickt hätte, wenn hier nichts zu holen gewesen wäre.«

»Vieles mag sich verändert haben.«

»Vielleicht hat es das aber auch nicht.« Maximilian zuckte die Schultern. »Wir brauchten ein Ziel, und Kilderrick kam mir gerade recht.«

Rafael ließ sich nicht abschrecken. »Es ist mehr daran als das.«

»Ich verlange meinen Lohn. Er wurde mir versprochen.«

»Wir wissen beide, was die Versprechungen unseres Vaters wert waren.« Rafael wartete nicht auf eine Antwort, sondern runzelte die Stirn. »Aber er war gerissen, trotz all seiner Fehler. Was hat er über Kilderrick gesagt?«

Maximilian erinnerte sich an jedes Wort. »Dass die Familie den schottischen Königen seit Jahrhunderten gedient habe. Er sagte, die Schuld zwischen dem König und dem Laird sei so groß, sie könne nie zurückgezahlt werden, und deshalb sei die Schatzkammer des Lairds überreichlich gefüllt. Jean le Beau versprach mir Kilderrick und seinen Schatz, wenn ich es einnehmen könnte.«

»Ah«, murmelte Rafael. »Seinen Schatz.«

Maximilian war sich bewusst, dass Amaury zu ihnen aufschloss, um sie besser verstehen zu können. Zweifellos hörte auch der Schotte zu, denn er besaß die Neigung zu lauschen. Maximilian wusste noch nicht viel über ihn oder seine Pläne, aber nun, da sie in Kilderrick ankamen, würde manches offenbar werden.

Nichts erregte die Neugier eines Mannes so sehr wie die Erwähnung eines Schatzes.

»Dem ersten Laird wurde das gesamte Tal zugesprochen, und alles Gold, das er durch Steuern und Abgaben für sich beanspruchen konnte, vor mehr als einhundertfünfzig Jahren. Es heißt, mehr als ein Jahrhundert lang sei die Familie erstarkt, ihr Vermögen habe sich einmal verdoppelt und dann ein zweites Mal. Sie bauten einen Turm und eine Mauer, erst aus Holz und Erde, dann ersetzten sie sie durch Bauwerke aus Stein. Zu Recht wurde die Anlage eine Burg genannt, wenn sie vielleicht auch keine so große war wie de Vries. Zwei Gebäude aus Stein, zwei Geschosse im Osten und drei im Westen, dazwischen ein von Mauern umschlossener Hof.«

»Leicht zu verteidigen«, bemerkte Rafael anerkennend.

Maximilian nickte. »Aber als ich mit einer kleinen Kompanie hier anrückte, vor so vielen Jahren, stand das Tor offen und die Feste war scheinbar verlassen.«

»Geplündert.«

»Nein, sie stand leer, oder zumindest wirkte es so. Ich dachte, der Laird sei ausgeritten, denn wer sollte Robert Armstrong angreifen, einen Mann, der in der Gunst des Königs stand und dem man mit Respekt und Furcht begegnete?«

»Du«, sagte Rafael, was Maximilian zum Lächeln brachte. »Und alle Männer haben Feinde, besonders die reichen.«

Maximilian nickte. »Ich dachte, der Laird sei zur Jagd geritten oder zu Besuch am Hof des Königs, doch das erklärte nicht, warum es so still in der Burg war.«

»Es hätten ein Kastellan und Wachen dort sein sollen. Dörfler.«

»Aye. Und es erklärte auch das seltsame Zeichen nicht, das in die Mauer des Burghofs eingebrannt war, ein fünfzackiger Stern in einem Kreis.«

»Lieber Gott«, murmelte Amaury. Er hätte sich bekreuzigt, wenn er nicht seinen Falken auf der Faust und die Zügel in der anderen Hand gehabt hätte. Der Vogel plusterte sich auf, als spürte er seinen Aufruhr, und stieß einen Schrei aus. Er trug eine Haube und Fesseln, verhielt sich aber nicht so ruhig wie sonst unterwegs. Er bewegte sich unruhig, und die Glöckchen an seinen Falkenschuhen klingelten. Vielleicht wegen des Windes.

Rafael unterdessen schaute Maximilian an. »Ich habe das Zeichen schon einmal gesehen.«

»Das hatte ich auch – und seitdem sah ich es noch viele Male. Auf unserem Weg nach Norden hatte ich Gerüchte und Geschichten gehört, aber ich hatte ihnen wenig Beachtung gezollt, bevor ich Kilderrick erreichte und dieses Zeichen sah.«

»Was für Gerüchte und Geschichten?« Rafael scheute niemals vor Einzelheiten zurück, wie grausig sie auch sein mochten.

»Berichte über seltsame Lichter in der Feste und seltsame Besucher zu ungewöhnlicher Stunde. Schatten, wo keine sein sollten, und Kerzen, die sich weigerten zu brennen. Mehr als ein Dörfler erzählte mir, Robert Armstrong sei einen Handel mit dem Teufel selbst eingegangen, habe seine Seele verpfändet und besitze seltsame Kräfte. Man fürchtete ihn – und vor allem seinen Zorn.«

Rafael gab einen Laut von sich, der enthüllte, dass er Maximilians Skepsis solchen Behauptungen gegenüber teilte. »Dann würde es niemand wagen, ihn auszurauben, oder?«

»Das hängt davon ab, wer die Geschichte verbreitet, nicht wahr?« Maximilian runzelte die Stirn. »Dahinter standen die greifbareren Fakten, dass die Ernte schon zwei Jahre in Folge ausgefallen war – in den beiden Jahren, seit Robert Armstrong die Gunst des Königs verloren hatte. Er hatte die Steuern erhöht, statt sie seinen Leuten zu erlassen, und sogar den Zehnt eingezogen, der der Kirche zustand, und ihn für sich behalten. Die Geschichten, dass er sicher in seiner Feste säße und sein Geld zählte, waren von einem Raunen der Unzufriedenheit begleitet.«

»Aber es gab keine offene Rebellion.«

Maximilian zuckte die Schultern. »Meine Männer flohen, als sie das Zeichen sahen, und ließen mich allein im Hof der vermeintlich leeren Burg zurück. Das nahegelegene Dorf war verlassen. Die Sonne ging unter, und es braute sich ein Sturm zusammen. Die Wolken waren finster und türmten sich dunkel und drohend über den Hügeln.«

»Ähnlich wie heute Nacht.« Rafael deutete auf den westlichen Himmel, und Maximilian folgte seinem Blick. Die Wolken taten genau dasselbe wie beim letzten Mal, als er hier angekommen war. Sie würden bald ein Lager aufschlagen müssen, wenn sie nicht durchnässt werden wollten, aber er wollte heute zumindest noch in Sichtweite der Burg gelangen. Er gab Tempest die Sporen, und das Schlachtross lief schneller. Die anderen hielten Schritt.

»In der Tat. So hat es immer ausgesehen, wenn ich in diesem Tal war«, sagte er zu Rafael. »In jener Nacht hatte ich das Gefühl, jemand würde mich beobachten.«

Rafael erschauerte und schaute über die Schulter zum Rest ihrer Reisegruppe. »So ergeht es mir auch heute.«

Maximilian empfand dasselbe, aber er würde es nicht laut zugeben. »Ich war damals jung und ungeduldig. Mir gefiel der Gedanke nicht, dass ich die Reise umsonst unternommen haben könnte, und erst recht nicht, dass mein Vater – *unser* Vater – mich für nichts und wieder nichts hergeschickt hatte. Ich war entschlossen, den Schatz zu finden, bevor ich ging.«

»Und gelang dir das?«

Maximilian schüttelte den Kopf. »Ich fand einen alten, erschrockenen, zitternden Diener, der schwor, er würde seinen Herrn bis zum Letzten verteidigen. Ich zwang ihn, mich zu Robert Armstrong zu führen. Der Laird hatte sich in seinem Gemach oben im Westturm eingeschlossen und faselte von Rotkappen und Banditen.«

»Rotkappen?«

»Eine Art von Kobolden, wie man mir sagte, die Orte heimsuchten, an denen Böses geschehen sei. Es heißt, sie färbten ihre Kappen im Blut der Toten.«

»Hanebüchen«, schnaubte Rafael.

Amaurys Nervosität war spürbar.

»So sollte man meinen. Aber als ich Robert Armstrong gegenübertrat, sprach er mit jemandem, den ich nicht sehen konnte, und befahl ihm, mich zu ergreifen und mich zu töten. Der Diener sagte mir, der Kobold sei Roberts Vertrauter, beschworen, um ihm auf unheilige Weise zu dienen, dann bekreuzigte er sich voller Schrecken und floh. Um ehrlich zu sein, wollte ich nur das Gold. Ich konnte mir nicht vorstellen, dass Robert Armstrong keins besaß. Ich dachte, er hätte sein Vermögen versteckt und ich könnte ihn ermutigen, das Versteck preiszugeben.«

»Ermutigen«, wiederholte Rafael und lächelte.

»Ermutigen«, stimmte Maximilian zu und wusste, sie verstanden einander. Er war sich bewusst, dass Amaury seine Worte missbilligte. Der jüngere Ritter hörte dennoch genau zu. »Wir kämpften gegeneinander und ich gewann, denn er war kein guter Schwertkämpfer.«

»Ich nehme an, andere fochten für ihn seine Kämpfe aus.«

»Aye. Er befahl seinem Kobold, mich niederzustrecken, aber ich fand keine Hinweise darauf, dass dieses Geschöpf existierte. Niemand stellte sich mir in den Weg. Ich band Robert Armstrong an einem schweren Stuhl fest, und als er noch immer nicht sprach, zündete ich den Stuhl an. Ich dachte, ein Vorgeschmack auf die Flammen würde ihm ein Geständnis entlocken, aber er schrie und weinte, rief nach seinem Kobold und wurde zunehmend unzusammenhängender.«

»Und so brannte die Feste nieder.« Rafael schüttelte den Kopf. »Es fällt mir schwer zu glauben, dass du diese Möglichkeit nicht einkalkuliert hattest.«

Maximilian erinnerte sich daran, wie klein das Feuer gewesen war und wie plötzlich es sich ausgebreitet und den ganzen Raum erfüllt hatte, als hätte irgendeine andere Macht es angefacht – aber das war Unsinn. »Der Wind hatte in jener Nacht einen eigenen Willen. Er ergriff die Flammen und verbreitete sie, vom Stuhl zum Teppich bis zu den Bettvorhängen, und das mit entsetzlicher Geschwindigkeit. Allzu bald brannte die ganze Kammer, und ich sah, wie das Feuer auf das Dach übergriff. Es war, als wäre die Burg von einem deiner Geschosse getroffen. Ich wusste, sie würde niederbrennen, und zwar schnell. Es gelang mir nicht, Robert zu erreichen, um ihn zu befreien. Ich musste zwischen seinem Überleben und meinem wählen.«

»Eine leichte Wahl.«

»Ein letztes Mal schrie er den Namen seines Kobolds, dann stürzte das Dach ein. Dieser Name schien in der leeren Burg Widerhall zu finden. In meiner Eile stürzte ich über den Diener, der tot auf der Türschwelle der Kammer lag. Und dann das Symbol.« Er schüttelte den Kopf, noch immer unfähig zu erklären, was er gesehen hatte.

»Was war damit?«

»Das Pentagramm auf der Mauer im Hof flammte auf, sobald ich aus dem Turm trat, hell leuchtend in der Dunkelheit. Es brannte sich in mein Gedächtnis ein. Ich glaubte sogar, das Lachen eines Mannes zu hören. Mein Pferd kämpfte gegen den Zügel, wollte verzweifelt fliehen, und ich brauchte es nicht erst zum Galopp anzuspornen, um diesen verfluchten Ort in aller Eile zu verlassen. Hinter mir brannte die Burg, und das Feuer erhellte den Himmel.«

»Es klingt, als sollte man an die Macht dieses Kobolds durchaus glauben«, bemerkte Amaury.

Maximilian schnaubte. »Es war eine List. Nur, weil ich nicht weiß, was dahintersteckte, heißt es nicht, dass der Teufel existiert, und schon gar nicht, dass er kam, um seinen Lohn zu fordern.«

»Und dann?«, fragte Rafael.

»Ich fand meine Männer, die in geringer Entfernung ein Lager aufgeschlagen hatten. Wir blieben über Nacht. Am Morgen kehrte ich in die Feste zurück. Ich ging durch die noch rauchenden Ruinen, Schritt für Schritt, aber es war nirgends auch nur eine Münze zu finden.«

»Dann war er niemals reich?«

»Vielleicht war jemand zuerst da«, warf Amaury ein.

»Oder das Gold ist noch hier«, sagte Rafael, der wie so oft Maximilians eigene Gedanken nachvollzog.

Maximilian jedoch runzelte die Stirn angesichts des finsteren Wegabschnitts, der vor ihnen lag. Sie näherten sich der Stelle, wo die Straße durch den Wald führte. Es war eindeutig so, wie er sich erinnerte, denn vor ihnen war es beinahe vollständig dunkel.

Außer, dass auf einmal ein fünfzackiger Stern im Dunkeln aufflackerte, aus dem Flammen schlugen und die Äste der Bäume erhellten. Flammen tropften aus dem Fünfeck, aber statt auf dem Waldboden zu landen und das tote Laub in Brand zu setzen, spiegelte sich das Zeichen in bewegter Dunkelheit.

»Was ist das?«, fragte er leise.

»Zauberei«, zischte Amaury. Sein Falke schlug mit den Flügeln, kämpfte gegen die Fesseln. Amaurys Pferd scheute unruhig und legte die Ohren an.

»Nein, die Straße führt an dieser Stelle durch den Wald. Es ist hier besonders dunkel«, protestierte Maximilian, aber er konnte die glänzende Wasseroberfläche des Flusses sehen. Der Fluss war über die Ufer getreten, obwohl das im Oktober keinen Sinn ergab.

»Dieses Zeichen«, flüsterte Rafael.

»Es kann kein Zufall sein«, brachte Maximilian noch heraus, bevor ein seltsames Klingeln die Luft erfüllte. Es kam von überall und nirgends, und der hohe Ton jagte ihm einem Schauer über den Rücken.

Die Pferde trabten ins Wasser, versuchten der überspülten Straße zu folgen. Mehr als eins von ihnen stolperte, als ob sich unter seinen Hufen irgendwelche Unebenheiten befanden. Maximilian blieb keine Zeit abzusteigen und nachzusehen, denn alles versank im Chaos.

Kieselsteine prasselten auf einmal auf sie ein und fielen hinab in den Fluss. Die Pferde kämpften gegen die Zügel, als auf die kleinen Steine flammende Pfeile folgten. Royces Schlachtross stieg, die Reitpferde scheuten und brachen zur Seite aus. Yves schrie, als die Pferde, die den Wagen zogen, von der Straße nach Westen in das Unterholz flüchteten. Tempest stolperte. Amaury nahm seinem Falken Haube und Fesseln ab und warf ihn mit geübtem Schwung in den Himmel. Der Vogel stieg in die Nacht hinauf und schrie. Die Gruppe zerstreute sich in alle Richtungen.

Das alles war kein Zufall, und Maximilian wollte wissen, wer es auf ihn abgesehen hatte. Er gab Tempest die Sporen und ritt auf das brennende Zeichen zu, wo der Schurke sich versteckt halten musste.

DIE ERSTE BEUTE DER SAISON, und es war eine große Gruppe. Das Glück war auf ihrer Seite. Schlachtrösser! Als sich die Reisenden näherten, hörte sie den unverwechselbaren Klang der beschlagenen Hufe. Ceara würde für sie einen ordentlichen Preis erzielen. Alys konnte sich vorstellen, dass diese Reisenden einiges an Reichtümern bei sich hatten. Die Banditen hatten sich bei ihrer Rückkehr beeilt, aber vielleicht fürchteten sie, verfolgt zu werden. Und das sollten sie auch, wenn sie solchen Erfolg gehabt hatten. Alys war froh, dass alles vorbereitet war.

Schon bald würden die gestohlenen Reichtümer Alys und ihren Kameradinnen gehören. Der Mond, ohnehin nur eine schmale Sichel, war hinter den Wolken verborgen: Die Dunkelheit würde Furcht vor dem wecken, was unsichtbar blieb. Die Vorstellungskraft der Männer würde größeren Schrecken heraufbeschwören, als sie tatsächlich sahen, das wusste Alys.

Immerhin genoss Kilderrick einen gewissen Ruf.

Als Alys die trockenen Zweige des Symbols anzündete, die sie am Tag zuvor an den Ästen befestigt hatte, war das das Zeichen für Nyssa, tätig zu werden. Anfangs lief alles wie geplant. Alys hockte auf einem Ast, verborgen in der Dunkelheit, und ihr Herz schlug vor Erwartung schneller, während die Windspiele erklangen. Die Gruppe Banditen ritt ins Wasser, wo der Fluss die Straße überflutet hatte, und es gab viel Geplätscher, als sich ihr Tempo erheblich verlangsamte. Dann regneten die Steine auf sie herab und sorgten für die Verwirrung. In rascher Abfolge schoss Ceara ihre Pfeile ab. Die meisten fielen ins Wasser und erloschen mit einem Zischen, aber auch sie sorgten für Entsetzen. Laute Rufe erklangen, die Pferde gingen durch. Ein Karren fuhr den Hügel hinauf und kippte dort auf die Seite, sodass die Ladung auf den Boden fiel. Ein Vogel schrie und erhob sich in den Himmel.

Aber das erste Pferd in der Reihe lief unbeirrt weiter und stürmte geradewegs auf sie zu. Der Mantel des Reiters wehte hinter ihm, und Alys sah das Glitzern seiner Rüstung.

Ein Ritter!

Augenblicklich begriff sie die Wahrheit. Dies war keine Bande Viehdiebe, die aus dem Süden zurückkehrte. Dies war eine andere Gruppe. Diese Männer ritten Kriegspferde, weil sie Ritter waren – oder Söldner – und waren stärker bewaffnet als erwartet. Sie würden sich auch mit der Kriegskunst auskennen. Und ihre Schätze würden sie sich nicht so einfach abnehmen lassen, wenn überhaupt.

Sie hatte sich in der Tat geirrt.

Sie stieß den Pfiff aus, für ihre Kameradinnen das Zeichen zum Rückzug, und begriff dann verspätet, dass sie ihre eigene Position verraten hatte. Der Reiter in Schwarz verfolgte sie, ließ sich vom Wasser oder dem brennenden Symbol nicht davon abhalten. Alys sprang von Ast zu Ast, und nun schlug ihr Herz vor Schrecken wie verrückt. Wenn er sie erwischte, das wusste sie, würde sie ihren Irrtum bitter bereuen.

Endlich landete sie im Wasser und wollte das letzte Wegstück rennen, aber das Plätschern lenkte ihren Verfolger in die richtige Richtung. Obwohl sie versuchte, ihren Mantel hochzuziehen, sank ein Teil davon ins Wasser. Sein Gewicht verlangsamte sie, womöglich zu sehr. Sie stürmte den Fluss hinauf, griff mit nassen Händen den Rand der Staumauer und blickte zurück.

Das Pferd näherte sich stetig. Seine Augen reflektierten die Flammen des brennenden Zeichens, als sei das Tier besessen. Der Reiter war groß und dunkel, und es war Alys Einbildungskraft, die sie seine Absichten fürchten ließ.

Sie schwang sich über die steinerne Barriere und verlor in dem tieferen Wasser die Balance. Dennoch gelang es ihr, den Stein beiseitezuschieben, der die Wassermassen zurückhielt. Das aufgestaute Wasser ergoss sich durch das Flussbett, und das Pferd stolperte zurück, verlor das Gleichgewicht und strauchelte.

Aber wenn Alys geglaubt hatte, das würde sie vor seinem Reiter retten, hatte sie sich erneut getäuscht.

Er fluchte mit einer Wut, die Eis durch ihre Venen strömen ließ, dann sprang er aus dem Sattel und rannte mit erschreckender Geschwindigkeit auf sie zu, während das Pferd weiter unten im Fluss wieder auf die Beine kam. Bei einem entsetzten Blick über die Schulter sah sie, wie er mühelos über die Steinmauer setzte. Seine Größe verlieh ihm einen Vorteil, als er durch das Wasser lief. Alys versuchte zu fliehen und stolperte stattdessen, sank unter Wasser. Sie hielt den Atem an und hoffte, im dunklen Wasser unbemerkt an ihm vorbeizutreiben.

Ihr Herz setzte aus, als er sie mit einem erbarmungslosen Griff packte. Er zog sie mit einer Hand aus dem Wasser und schüttelte sie dabei, als wäre sie ein räudiger Hund. Alys blickte zu ihm auf, bereit, ihm ins Auge zu spucken, und starrte ihn dann geschockt an.

Er war es. Der Silberwolf war zurückgekehrt.

Nyssa hatte recht gehabt. Alys wurde das Blut in den Adern kalt.

Sie hätte ihn überall erkannt, den Mann, der ihr Leben zerstört hatte, der Söldner, dessen Gesicht sie in ihren Albträumen verfolgte. Dennoch hoffte Alys, dass ihre Augen sie täuschten, aber dann lächelte er langsam, voller Befriedigung, und sie wusste, ihr Gedächtnis trog sie nicht. Er war so gutaussehend, wie sie es in Erinnerung hatte, so anziehend wie bösartig, so selbstsicher und gnadenlos wie sein Ruf.

Sie spie ihm ins Gesicht, und er blinzelte überrascht. Aber sie ließ ihm keine Zeit, sich zu erholen, sondern trat ihm hart in den Schritt. Als er scharf Atem holte, riss sie ihren Mantel auf und wand sich in seinem Griff. Er fluchte wieder, kämpfte darum, sie festzuhalten. Sie biss ihn, dort, wo zwischen seinem Handschuh und seinem Ärmelsaum eine Lücke zu sehen war. Er grunzte, und in diesem kurzen Moment der Überraschung riss Alys sich los. Den Mantel ließ sie in seinen Händen zurück, als sie losrannte, auf die Staumauer sprang und sie entlanglief, hinein in die rettende Dunkelheit des Waldes.

Er fluchte mit einer Gründlichkeit, die Alys noch schneller laufen ließ. Sie hörte ihn im Fluss plätschern, als er versuchte, auf den Damm zu klettern, und dann erneut schimpfen.

Das Gewicht seiner Rüstung und seines nassen Mantels würde ihn verlangsamen.

Alys rannte weiter. Ihr Herz raste. Sie wusste, ihr blieben nur wenige Augenblicke, um zu entkommen, aber ihre Gedanken überstürzten sich.

Warum war der Silberwolf zurückgekehrt?

Sie wusste es nicht, aber sie fürchtete, dass seine Ankunft nichts Gutes für ihre Zukunft verhieß.

Wie konnte sie ihn dazu bringen, wieder zu gehen?

Es war ein schmutziger Mantel, der vor Flusswasser triefte, aber das Gewicht verriet Maximilian, dass er einst viel Geld gekostet haben musste. Hatte sie ihn gestohlen? Oder war seine Angreiferin von edler Geburt?

Und wenn das der Fall war, warum lebte sie versteckt im Wald und raubte des Nachts unschuldige Reisende aus?

Leider fielen Maximilian gleich mehrere Gründe ein. Dass sein Widersacher eine Frau war, bezweifelte er nicht. Er hatte ihre Kurven bemerkt, als sie gegen ihn gekämpft hatte, und wie zierlich sie war und wie schlank ihre Taille. Ihr Haar war wild zerzaust und ihre Hände waren rau, aber sie war ungewöhnlich stark für jemanden ihrer Größe. Allerdings war sie so schmutzig, dass ihr Geruch allein ihn beinahe dazu brachte zurückzuschrecken. Einen Blick und nicht mehr hatte er auf ihr Gesicht erhascht, aber das hatte ausgereicht, um ihre Verachtung zu enthüllen. Er hatte ein klares, scharf blickendes grünes Auge gesehen, das ihm verriet, dass sie klug und gewitzt war.

Auch ihr Entsetzen hatte er bemerkt, obwohl er es sich nicht erklären konnte. Furcht oder Bangigkeit hätte Maximilian verstanden, aber Entsetzen? Es war ihm ein Rätsel.

Er warf den nassen Mantel auf die steinerne Mauer und seinen eigenen darüber. Nur ohne dieses zusätzliche Gewicht gelang es ihm, sich aus dem Fluss zu hieven und auf etwas zu steigen, das offensichtlich ein Staudamm war. Er war zu einem bestimmten Zweck errichtet worden, daran zweifelte er nicht. Er vermutete, dass es weiter südlich noch einen zweiten gab, der dazu diente, die Straße zu überfluten. Dieser hier hatte weiteres Flusswasser zurückgehalten, sodass sie ihn hatte überraschen können, indem sie den Damm geöffnet und eine große Menge Wasser abgelassen hatte.

In gewisser Weise bewunderte Maximilian die List. Es hatte Planung erfordert, ihre Gruppe so effektiv aufzuhalten. Aber sie konnten nicht das Ziel gewesen sein, denn niemand hatte von seinen Plänen gewusst, nach Kilderrick zu kommen.

Wen hatte diese Frau erwartet?

Wer war sie?

Er hatte keine Zweifel, dass noch andere mit ihr im Bunde waren, denn jemand anders hatte die Steine geworfen und ein Dritter die Brandpfeile abgeschossen. Seine Angreiferin hatte mindestens zwei Verbündete, vielleicht sogar mehr.

Die hellen Töne in den Bäumen hielten an, und er nahm an, es waren irgendwelche Glöckchen in den Bäumen aufgehängt.

Und das Symbol. Maximilian schnitt ab, was davon übrig war. Zischend erloschen die Flammen im Wasser. Es bestand aus verwobenen Zweigen und Ruten und sollte Angst schüren. Nichts Übernatürliches war daran. Er zog die Überreste aus dem Fluss, nur für den Fall, dass es einen Hinweis auf ihre Identität gab, der sich im Licht des Morgens finden ließ.

Vielleicht hatte es ihm sogar schon einen gegeben. Hatte sie dieses Symbol gewählt, weil sie es in der Burg gesehen hatte? War es noch immer dort? Lebten sie und ihre Gefährten in der Ruine?

Maximilian spähte nach Osten in den Wald und sah dort nichts als Dunkelheit und Bäume. Er würde sie diese Nacht nicht mehr finden, denn zweifellos kannte sie sich im Wald gut aus.

Am Morgen würde das anders aussehen.

Er holte seinen eigenen Mantel und ließ ihren auf dem Damm liegen. Das Symbol nahm er mit und kehrte zu Tempest zurück, der im seichten Wasser auf ihn wartete. Er führte das Pferd durch den Wald bis an den Punkt, wo die Straße wieder aus dem Wasser tauchte.

Kilderrick schaute auf ihn herab, beeindruckend selbst als eine Ruine, und Maximilian hielt bei seinem Anblick den Atem an. Die niedrigen Mauern waren aus Stein und standen noch, verkohlt und geschwärzt wie Zähne, die aus der Erde ragten. Im Gegensatz zu Zähnen waren sie allerdings regelmäßig geformt, und man konnte die Umrisse der beiden quadratischen Türme gut erkennen, wenn man hinsah. Der Hof war wie ein dunkles Loch zwischen ihnen, und Maximilian hatte kein Bedürfnis, das Symbol diese Nacht noch einmal zu sehen, wenn es denn tatsächlich noch auf der Wand zu sehen war.

Rafael war bereits dabei, alle wieder zusammenzuholen, und führte sie auf Maximilian zu. Sie waren schmutzig und durchnässt, eindeutig entmutigt, und einige der Pferde lahmten.

»Dort«, sagte Maximilian und deutete auf einen Punkt. »Wir schlagen im Tal direkt unterhalb der Burg unser Lager auf. Ich hoffe, Denis hat noch ein wenig Suppe für uns.«

»Da bist du nicht allein«, sagte Rafael grimmig und erteilte den Knappen rasch Anweisungen. Einige würden die Zelte aufschlagen, andere Feuerholz sammeln. Sie hatten ein System dafür, das Lager so schnell wie möglich zu errichten, die Zelte der Söldner am Rand, die Dörfler und Pferde in der Mitte.

Maximilian blickte in den bewölkten Himmel. Es würde noch vor Tagesanbruch regnen, darauf wollte er wetten.

Aber er würde seine Gegnerin jagen, ganz gleich, welches Wetter herrschte, und zwar, sobald es hell wurde. Er zog seinen Ärmel hoch und betrachtete den Bluterguss an seinem Handgelenk.

Maximilian und diese Furie waren noch nicht fertig miteinander.

~

»HUNDERTE VON IHNEN«, sagte Elizabeth in offensichtlichem Entsetzen, als sie sich auf ihr Lager in der kleinen Hütte sinken ließ, die sich die vier Frauen teilten. Mit zitternden Händen zupfte sie an dem ausgefransten Saum ihres samtenen Umhangs.

Elizabeth, die erst kürzlich zu ihnen gestoßen war, hatte sich noch nicht an ihr Leben im Wald gewöhnt. Sie zuckte bei jedem Geräusch zusammen und sah Gefahr in jedem Schatten. Dennoch war sie entschlossen, bei den übrigen Frauen zu bleiben. Alys wusste, dass Elizabeth niemals in das Heim ihres Vaters zurückkehren würde, ganz gleich, wo es war, ganz gleich, welchen Preis es sie kostete. Sie wusste auch, dass Elizabeth heute Nacht nicht schlafen würde, nicht, während so viele Männer ganz in der Nähe waren.

Auch Alys würde vielleicht keine Ruhe finden. Sie war durchnässt und unterkühlt, aber das war nichts im Vergleich zu der Furcht, die ihr Herz rasen ließ, selbst nachdem sie ihre Zuflucht sicher erreicht hatte.

Er war zurück.

»Insgesamt vielleicht zwei Dutzend«, korrigierte Ceara und schnaubte, während sie ihren Bogen achtsam beiseitelegte. »Und nicht alle sind Kämpfer.« Sie warf ihren roten Zopf über ihre Schulter zurück und überkreuzte die Arme vor der Brust, als sie sich Alys zuwandte. Dabei dachte sie praktisch wie immer und hatte keine Angst, ihre Ansichten kundzutun. »Wir hätten die Pferde für gutes Geld verkaufen können. Das können wir immer noch, wenn es uns gelingt, sie zu stehlen.« In ihrem Ton lag eine Herausforderung, die Alys galt.

»Es waren zu viele.«

Elizabeth schnalzte mit der Zunge, als sie Alys' nasse Kleidung bemerkte. »Du bist ja ganz nass!« Sie drückte ihr ein trockenes Gewand und Unterkleid in die Hände. »Es ist zu kalt dafür.«

Alys zog ihre nassen Kleider aus, ließ Elizabeth sie auswringen und zum Trocknen aufhängen, dann schrubbte sie sich mit einem groben, trockenen Tuch ab. Ihre Haut wurde wieder warm, was ihr sehr willkommen war. Ihre Stiefel waren ebenfalls nass, aber das würden sie bleiben, bis sie ein Feuer machen konnten.

Diese Nacht wagten sie nicht, eins anzuzünden, denn es würde sie verraten.

Zumindest hatte er ihren Mantel nicht mitgenommen. Er tropfte vor Flusswasser, aber Alys hatte ihn gefunden, und er würde trocknen. Sie versuchte, ihn auszuwringen, und Nyssa half ihr dabei.

»Du hättest den Angriff nicht abbrechen sollen.« Ceara blieb beharrlich. »Ich konnte es gar nicht glauben, als du gepfiffen hast! Wir hätten ihnen vier Pferde abnehmen können, ganz ohne Schwierigkeiten. Vielleicht fünf.«

Alys stand auf. Sie war größer als Ceara und brauchte bei dieser Auseinandersetzung jeden Vorteil. »Ich war um dein Leben besorgt.«

Ceara schnaubte. »Ich hatte meinen Bogen.«

»Es sind Ritter oder Söldner«, erklärte Alys. »Sie sind in der Kriegskunst bewandert, und die Schlachtrösser gehören ihnen. Sie hätten es nicht zugelassen, dass wir die Pferde stehlen, nicht, ohne ihre Schwerter zu gebrauchen. Du hättest den Versuch mit dem Leben bezahlt.«

Elizabeth erschauderte. Ihre Augen waren groß.

»Unmöglich«, antwortete Ceara. »Warum sollten solche Männer herkommen? Es sind Banditen, von der Sorte, der wir immer auflauern, auch wenn sie bessere Beute gemacht haben als die meisten.«

»Und so viele«, murmelte Nyssa und schüttelte den Kopf. »Wann haben wir das letzte Mal eine so große Gruppe gesehen?« Ihr Rabe Dorcha krächzte und pfiff, als wollte er ihr zustimmen. Nyssa gab ihm ein bisschen von dem Rest des Brotes, das sie einer früheren Reisegruppe abgenommen hatten.

»Ihr habt euch täuschen lassen«, beharrte Ceara. »In den Schatten und der Dunkelheit kam es euch so vor, als wären es mehr, als sie sind. Ich bin mir nicht einmal sicher, dass es zwei Dutzend waren.« Diese letzte Bemerkung galt Elizabeth. »Auf manchen Pferden saßen vielleicht noch nicht einmal Reiter.«

»Es sind Krieger«, sagte Alys. Ceara öffnete den Mund und wollte widersprechen, aber Alys hob eine Hand, um sie zum Schweigen zu bringen. »Ich habe ihn erkannt.«

Die anderen drei starrten sie schweigend an und warteten auf eine Erklärung.

Alys berührte ihre vernarbte Wange. »*Er* hat das hier getan.« Sie deutete in die Richtung der Ruine Kilderricks. »Und das dort. Er ist der Silberwolf, der Loup Argent.« Selbst Ceara hielt bei diesem Namen und dem, wofür er stand, den Atem an. »Vor fünfzehn Jahren hat er meinen Vater getötet und Kilderrick niedergebrannt. Nun ist er zurück, auch wenn ich nicht weiß, warum.«

»Du kannst dir nicht sicher sein«, protestierte Ceara, aber ihrer Stimme fehlte der übliche Nachdruck.

»Ich werde sein Gesicht nie vergessen«, sagte Alys voll Überzeugung. »Er ist älter, aber er ist der Silberwolf.«

Elizabeth begann kaum hörbar, ihre Gebete zu flüstern. Ceara kniff die Lippen zusammen und ging in die Hocke, stocherte im Herd, als wollte sie ein Feuer machen. Der Wind heulte lauter, ließ die Äste über der Hütte knarzen und drang durch die Spalten und Ritzen in den Raum. Alys zitterte nicht nur vor Kälte.

Sie sah, dass Nyssa die Stirn runzelte. »Hast du ihn gesehen?«, fragte Alys. »War er der Wolf, den du gesehen hast?«

Nyssa besaß die Gabe des Zweiten Gesichts. Sie war mit einer Glückshaube geboren und hatte häufig prophetische Träume. Ceara begegnete diesen Visionen mit Skepsis, aber Alys hatte gelernt, darauf zu vertrauen, sie zumindest als Warnung zu sehen.

Nyssa wandte den Blick ab. »Vielleicht. Ich habe einen silbernen Wolf gesehen, der den Mond anheulte. Der Wolf kam näher. Er hatte blaue Augen – und einen Hunger, der sich nicht leicht würde stillen lassen.« Erschaudernd verstummte sie. Dorcha machte ein klickendes Geräusch und nickte, als hätte er diese Vision geteilt.

Ceara schnaubte.

Alys grübelte.

»Riskieren wir ein Feuer?«, fragte Elizabeth leise.

Alys schüttelte den Kopf. »Nicht heute Nacht.«

»Lasst sie weiterziehen«, sagte Ceara. »Wir können die Falle wieder herrichten, bevor weitere Viehdiebe durchkommen.«

Nyssa schüttelte den Kopf. »Ich glaube nicht, dass sie weiterziehen werden.«

»Ich auch nicht«, stimmte Alys zu.

»Warum nicht?«, fragte Ceara, an Nyssa gewandt. Nyssa war als Letzte in die Hütte zurückgekehrt, denn ihre Position bei dem Überfall war am weitesten davon entfernt gewesen.

»Sie haben unterhalb der Mauern von Kilderrick ein Lager aufgeschlagen«, sagte sie.

»Aber wenn er es ist, der Kilderrick niedergebrannt hat, warum sollte er zurückkehren?«, fragte Ceara gereizt. »Hier ist nichts übrig außer der Ruine. Was könnte er hier wollen?«

»Sie haben ein Lager aufgeschlagen«, beharrte Nyssa. »Ich habe gesehen, wie sie begonnen haben, Zelte aufzustellen.«

Alys spürte ein Frösteln, das ihr bis in die Knochen ging. »Beim ersten Mal entstand nichts Gutes aus der Ankunft des Silberwolfs«, sagte sie. Fünfzehn Jahre später erwartete sie von ihm nichts Besseres.

»Wir können eine Gruppe Männer nicht in solcher Nähe dulden«, sagte Ceara. »Sie wollen uns vielleicht die Beute auf dieser Straße streitig machen, die uns immerhin ernährt.«

Nyssa nickte. »Vielleicht vertreiben sie uns aus dem Wald.«

»Oder tun Schlimmeres«, sagte Alys.

Elizabeth holte scharf Atem. »Was können wir tun?«, flüsterte sie mit weit aufgerissenen Augen.

In der Ferne heulte ein Wolf, wie es in einer Herbstnacht üblich war. Der Klang war so entsetzlich wie immer, aber die Tiere hielten sich zumeist von der Hütte fern. Die Frauen hatten sich mehrfach mit Feuer gegen sie verteidigt, und die Wölfe erinnerten sich daran.

Aber heute Nacht waren die Frauen nicht die einzige mögliche Beute.

Alys Blick fiel auf die Hasen, die hinter dem Herd hingen. Nyssa hatte die Fallen kontrolliert, nachdem sie alle den ganzen Tag daran gearbeitet hatten, die beiden Dämme auszubessern. Nyssa hatte noch nicht mehr tun können, als die Tiere auszunehmen, bevor Ceara sie gewarnt hatte, dass die Banditen sich näherten.

Sie waren fast frisch.

»Wir können sie dazu ermuntern, früher wieder aufzubrechen«, sagte Alys entschlossen. Sie griff nach den Hasen.

Elizabeth gab einen leisen Protestlaut von sich, aber die anderen stimmten rasch zu.

»Wölfe«, sagte Ceara und nickte.

»Sie sind diesen Herbst bereits hungrig«, sagte Alys und reichte

Nyssa und Ceara je einen Hasen. »Vielleicht können wir sie einladen, im Lager der Söldner zu speisen.«

Ceara lächelte. »Ein solcher Angriff könnte selbst den tapfersten Mann davon überzeugen, lieber wieder aufzubrechen.«

»Du bleibst hier«, sagte Nyssa zu Elizabeth, ihr Ton freundlicher, als der Cearas es gewesen wäre. »Dann kann sich Alys deinen Mantel borgen.«

»Werdet ihr euch mit der Rückkehr beeilen?«, fragte Elizabeth und rang die Hände, sobald sie ihren Mantel übergeben hatte. »Ich möchte heute Nacht nicht allein sein.«

»Wir kommen so bald wie möglich zurück«, sage Alys, warf sich Elizabeths Mantel über und ging voraus.

Je schneller sie anfingen, desto früher wären sie fertig.

KAPITEL 2

Sie hatte ihn gebissen.

Seine Gegnerin war eine Frau, aber sie hatte das Wesen einer Wildkatze.

Maximilian betrachtete das Mal auf seinem Unterarm im Licht, das im Zelt brannte. Ihre Zähne hatten einen Halbmond hinterlassen, der sich schnell von rot zu purpurn verfärbte. Sie hatte ihre Zähne in das Fleisch gerade oberhalb des Handgelenks gegraben, und Maximilian fragte sich, ob das Mal für immer bleiben würde. Es war die einzige Körperstelle, an der er nicht geschützt war, und sie hatte sie augenblicklich gefunden.

Sie hatte so fest zugebissen, als hätte sie vorgehabt, ihm die Hand abzubeißen oder ein Stück Fleisch herauszureißen.

Aber sie war weder verrückt noch vor Furcht außer sich gewesen. In ihrem Blick hatte ein Kalkül gelegen, das er mit kühler Planung in Verbindung brachte. Sie war kämpferisch, aber nicht wild. Gerissen nutzte sie ihren Vorteil durch die enthüllte Schwäche.

Wie ein Wolf.

Die Erkenntnis brachte ihn zum Lächeln. Vielleicht waren sie beide einander ähnlich.

Er saß in seinem Zelt, das die Knappen in ihrer Kompanie fertig aufgestellt hatten. Die fünf Jungen arbeiteten zusammen, wenn sie das

Lager auf- oder abbauten. Maximilians Zelt kam stets als Erstes. Sie hatten drei Zelte von etwa gleicher Größe, eins für Maximilian, eins, das Rafael allein gehört hatte, das er sich aber nun mit Amaury teilte – und mit dessen Hunden, eine Tatsache, die für allerlei Auseinandersetzungen sorgte –, und eins, dass sich Royce, Matteo und Victor teilten, die drei Söldner, die sich entschieden hatten, Maximilian zu folgen, als er das Kommando über die Compagnie Rouge abgegeben hatte.

Ein größeres, schlichteres Zelt vervollständigte den Kreis ihres Lagers. Yves und die übrigen Diener aus de Vries hatten es für sich aufgeschlagen. Die Pferde wurden des Nachts in der Mitte angepflockt, und die Knappen schliefen unter freiem Himmel, um auf sie achtzugeben. Für den Winter eignete sich dieses Arrangement freilich nicht, aber Maximilian hatte bereits Pläne, eine bessere Unterkunft zu errichten.

Im Augenblick war es eine Erleichterung, vor dem Wind geschützt zu sein. Ein Kohlenbecken in der Mitte des Zelts verströmte eine willkommene Wärme. Maximilian hatte seine Handschuhe und den Mantel auf seine Truhe gelegt und betrachtete noch immer seine neue Verletzung, als Rafael die Zeltklappe hob und den Kopf hineinsteckte.

»Der Schotte hat uns vor Hexen in dieser Gegend gewarnt«, sagte er und warf sich auf den freien Stuhl. Dort lümmelte er sich mit einer vertrauten Lässigkeit, den Blick auf Maximilian gerichtet.

»Er hat nichts davon gesagt, dass sie beißen.« Maximilian zog seine Ärmel zurück, um ihm das Mal zu zeigen, und Rafael grinste.

»Endlich eine Frau, die gegenüber deinem Charme immun ist.«

»Wer ist sie?«, fragte Amaury. Er war Rafael gefolgt, blieb aber auf Höhe der Zeltklappe stehen und wartete offenbar auf eine Einladung. Maximilian bezweifelte, dass sein Halbbruder sich die höfischen Manieren jemals abgewöhnen würde. Er winkte, und Amaury betrat das Zelt und schloss die Klappe gegen den Wind, setzte sich aber nicht.

»Wer weiß das schon?«, sagte Maximilian und fragte sich dasselbe.

»Ist dein Falke zurückgekehrt?«, fragte Rafael Amaury.

Der Ritter schüttelte den Kopf und runzelte die Stirn. »Es ist wahrscheinlich zu windig, als dass sie meinen Ruf hören würde.«

»Und als Resultat werden wir alle eine Nacht ungestört schlafen«, sagte Rafael. »Ich nehme nicht an, dass du vielleicht vorhast, auch die Hunde loszulassen, bevor wir uns schlafen legen?«

Amaury sah Rafael finster an. »Nein«, sagte er knapp.

»Ich weiß nicht, warum du sie überhaupt hast fliegen lassen«, beschwerte sich Rafael. »Du hättest sie genauso gut einfach in die Wildnis entlassen können.«

»Lässt du nicht auch die Zügel locker, wenn du einen steilen Hügel hinunterreitest?«, fragte Amaury.

»Natürlich. Es ist immer besser, wenn das Pferd seinen eigenen Weg findet. Es gibt auf sich selbst acht, was dem Reiter zugutekommen kann.«

»Und so ist es mit einem Falken auch. Sie trug eine Haube und Fesseln, und alles brach in Chaos aus. Es war besser, ihr die Haube abzunehmen und sie frei fliegen zu lassen, damit sie für sich selbst kämpfen kann.«

»Selbst, wenn du dabei vielleicht einen wertvollen Besitz verlierst.«

»Ich werde sie finden«, sagte Amaury entschlossen. »Am Morgen werde ich sie suchen, so lange, bis ich sie gefunden habe.«

»Ich wünsche dir Glück dabei«, gab Rafael zurück. »Sie ist vielleicht schon auf halbem Weg zurück nach de Vries.«

Amaurys Gesichtsausdruck wurde steinern, und sein Ärger war spürbar, wenn er auch beherrscht blieb. »Du solltest mir Glück wünschen, denn ohne Persephone werde ich nicht jagen, was bedeutet, dass du kein Fleisch essen wirst, bevor sie nicht gefunden ist und wieder auf meiner Faust sitzt.«

Rafael rollte die Augen. »Du gehst davon aus, dass ich auf dich angewiesen bin, um zu essen«, sagte er. Sein Blick verfinsterte sich, wie er das immer tat, wenn er verärgert war. »Denke nur nicht, *Bruder*, dass ich jemals auch nur einen Bissen Fleisch gegessen habe, bevor du dich uns angeschlossen hast.«

Die beiden starrten einander böse an, und die Spannung brachte die Luft förmlich zum Knistern. Maximilian war sich nicht sicher, wie sie es fertigbrachten, im selben Zelt zu schlafen – andererseits war ihre Gereiztheit vielleicht das Resultat eines Mangels an Schlaf und Erholung. Er räusperte sich bewusst. »Die Frau«, sagte er. »Und ihre Verbündeten.«

»Zwei?«, fragte Rafael. »Drei?«

»Mindestens zwei, vielleicht mehr.«

»Einer mit Steinen, ein anderer mit Pfeilen«, stimmte Amaury zu.

»Oder jeweils zwei für jede Aufgabe. Es könnten auch mehr sein.« Maximilian ging auf und ab, während er darüber nachdachte. »Sie haben den Fluss aufgestaut, um die Straße zu fluten, ihn dann flussaufwärts noch einmal aufgestaut, um je nach Bedarf eine Flutwelle auslösen zu können. Sie haben das Symbol angefertigt und aufgehängt, um Reisende zu ängstigen, und Glockenspiele im Wald angebracht, die im Wind klingeln und pfeifen.«

»Aber woher konnten sie wissen, dass wir kommen würden?«, fragte Rafael. »Solche Vorbereitungen nähmen mindestens einen Tag in Anspruch.«

»Vielleicht hatten sie es gar nicht auf uns abgesehen«, sagte Amaury.

Maximilian wandte sich ihm zu. »Aber auf dieser Straße herrscht nicht viel Verkehr. Es könnten Wochen vergehen, ohne dass sich ein Reiter nähert.«

»Es ist jedenfalls keine besonders effiziente Falle«, sagte Rafael. »Andererseits sind Frauen nicht immer sonderlich gerissen, wenn es um Fragen der Taktik geht.«

Maximilian schüttelte den Kopf. »Nein. Diese hier ist es. Ich würde mein Pferd darauf verwetten. Es gibt da eine Einzelheit, die wir nicht kennen.«

»Mehr als eine«, sagte Amaury. »Wir wissen nicht, wer diese Leute sind.«

»Hexen«, sagte Rafael und schüttelte sich. »Genau, wie Murdoch gesagt hat.«

»Aber warum hier?«, fragte Maximilian. »Und warum benutzen sie dasselbe Symbol?«

Rafael zuckte die Schultern. »Du hast erzählt, es sei an der Mauer der Feste erschienen. Wenn es dort geblieben ist, werden es alle in der Gegend kennen. Es zu benutzen, bringt andere vielleicht dazu zu glauben, sie seien Hexen oder sie hätten Robert Armstrong gekannt.«

»Oder wären einen ähnlichen Handel eingegangen«, ergänzte Amaury.

»Oder hätten denselben Vertrauten, die … wie hieß es noch? Die Rotkappe«, fügte Rafael hinzu.

»Oder sie möchten, dass ihre Opfer glauben, sie seien unheilige Kreaturen«, grübelte Maximilian. »Ich habe nichts gesehen, das sich nicht auf normale Weise erklären ließe. Ich denke, sie betreiben diese Täuschungsmanöver, weil es ihnen nützt. Ich möchte nur wissen, warum gerade hier.«

Rafael lachte leise. »Ich möchte wetten, dass diese dort sich nicht so einfach wird fangen lassen, um sich von dir befragen zu lassen«, sagte er und nickte zu dem Mal auf Maximilians Arm. Es war so dunkel, dass es beinahe schwarz wirkte.

»Aber wenn es dir gelänge«, sagte Amaury, dessen Augen blau funkelten, als er vortrat, »dann könnte der Sheriff sie daran identifizieren, wie sehr ihre Zähne dem Abdruck ähneln. Dieser Abdruck ist ein Beweis, Maximilian.«

Maximilian sah seinen Halbbruder an. Er war weniger an der Gerichtsbarkeit interessiert als an der Idee, auf die er bei Amaurys Worten gekommen war. »Der Sheriff«, wiederholte er. »Er wird alles Wichtige über die Gegend hier wissen, die Gerüchte und die Tatsachen.«

»Es gibt einen Sheriff hier in dieser Wildnis?«, fragte Rafael. »Es macht fast den Eindruck, als wären wir über die Grenzen der Zivilisation hinausgeritten.«

»Es gab ein Dorf, das zweifellos noch existiert, Rowan Fell genannt. Es gehörte zu Kilderrick. Es lag etwa anderthalb Meilen westlich von hier, hinter dem Hügel.« Maximilian nickte. »Ich werde den Sheriff am Morgen aufsuchen, wenn auch nur, um ihn wissen zu lassen, dass Kilderrick einen neuen Herrn hat.«

»Eine Stadt«, sagte Rafael. »Darf man es wagen, auf Wein und Mädchen zu hoffen?«

»Ale und Töchter«, sagte Maximilian. »Wenn du mich begleitest, dann nicht, um dich zu vergnügen. Kilderrick wird nicht geplündert.«

Rafael verzog das Gesicht, nickte aber zustimmend.

»Und du?« Maximilian wandte sich Amaury zu. »Wirst du am Morgen auf die Jagd gehen?«

»Wenn ich Persephone finde, ja. Ihr Wohlergehen hat für mich Vorrang.«

»Und für mich hat es das Wohlergehen unserer Gruppe. Wenn du nicht jagen kannst, werde ich Matteo und Victor ausschicken, damit sie es tun.«

Amaurys Missbilligung war ihm deutlich anzumerken. »Sie jagen nicht, sie schlachten. Das ist keine Kunst …«

»Dann musst du selbst auf die Jagd gehen, wenn du sicher sein willst, dass es so passiert, wie du es für richtig hältst. Andernfalls kannst du dir eine andere Unterkunft suchen.« Maximilian schlug einen schärferen Ton an. »In diesem Lager folgst du meinem Befehl.«

Amaury presste die Lippen zusammen. »Aye, Mylord.« Er betonte das letzte Wort und verbeugte sich knapp, bevor er das Zelt verließ.

Rafael seufzte und erhob sich, dann streckte er sich wie eine große Katze. »Nun wird es die ganze Nacht keinen Frieden geben. Er wird ungeduldig im Zelt auf und ab marschieren, die Miene so finster wie ein Donnerwetter, und sich dann auf seinem Lager herumwälzen wie ein Sturm.«

»Du wirst es überleben.«

»Nur, weil die Hunde in letzter Zeit nicht so reichlich zu fressen hatten. Nach unserer letzten ordentlichen Mahlzeit entwichen ihnen solche Fürze, dass ich mich die ganze Nacht fürchtete zu atmen. Ich dachte, wir würden den Morgen nicht erleben.«

Maximilian lachte und hätte seinem Bruder auf den Rücken geschlagen, aber auf einmal begann ein Wolf ganz in der Nähe zu heulen. Amaurys Hunde fielen sofort ein, dann begannen sie warnend zu bellen. Eine Frau schrie, die Hunde knurrten und ein Pferd wieherte voller Unruhe.

»Wölfe«, sagte Rafael. »Untiere.«

»Wie es scheint, sind diese Frauen nicht die einzigen Jäger in diesem Wald«, stimmte Maximilian zu. Die Brüder eilten aus dem Zelt, ihre Dolche bereit.

ALYS schlich sich als Erste an das Lager heran.

Die drei Frauen bewegten sich wie Gespenster, kamen aus dem Wald und teilten sich auf, durchquerten das Tal und näherten sich dem Lager, das zuvor nicht dort gewesen war. Die dünne Mondsichel erhellte die Ruine Kilderricks nur schwach, aber ein prasselndes Lagerfeuer ließ einen Funkenregen in den nächtlichen Himmel steigen.

Das Lager war größer, als sie erwartet hatte. Vielleicht lag Ceara falsch, und die Gruppe war doch so groß, wie es zunächst ausgesehen hatte. Alys zählte vier Zelte, rund und mit spitzen Dächern, was sie zu der Vermutung veranlasste, dass es in jedem einen zentralen Pfosten gab, der das Dach stützte. Sie schienen aus einfachem Stoff zu bestehen, nicht aus gestreifter Seide wie die Zelte der Helden in den Geschichten und Liedern. Die Zelte bildeten einen Kreis, und auf einer Seite brannte ein Feuer. Sie konnte keine Öffnungen sehen und vermutete, dass alle Eingänge zur Mitte zeigten.

Sie konnte Stimmen und das Wiehern von Pferden hören. Der Wagen, den sie zuvor bemerkt hatte, war wieder aufgerichtet worden und stand in der Nähe des Feuers. Menschen eilten geschäftig umher.

Wer hatte in dem Wagen gesessen? Gefangene? Sklaven? Am Feuer saß ein Mann mit silbernem Haar, der lachte und sich von einem anderen, untersetzten Mann eine dampfende Schüssel reichen ließ. Er war also ein Sklavenhalter, in einer Position, die ihm Bequemlichkeit und Autorität garantierte. Zwei Frauen unterhielten sich und kamen dann näher zum Feuer, um ebenfalls Schüsseln entgegenzunehmen. Vielleicht hatten sie sich mit ihrer Gefangenschaft abgefunden. Vielleicht hatten sie sich eine bessere Position erarbeitet, indem sie den Männern ihre Gunst schenkten. Alys konnte das Essen riechen, vielleicht eine Suppe oder Eintopf, und der Geruch ließ ihren leeren Magen knurren.

Aye, eine heiße Mahlzeit jeden Tag würde auch die widerspenstigsten Gefangenen zähmen.

Wölfe heulten im Westen. Noch waren sie weit entfernt, aber die am Feuer versammelten Menschen wurden still und blickten sich um. Im Lager antwortete ein Hund dem Wolfsgeheul mit einem Jaulen, dann bellten weitere. Insgesamt mochten es drei sein. Der Wachposten offenbarte seine Gegenwart, indem er aus dem Schatten trat und nach Westen schaute. Nyssa nutzte den Moment seiner Unaufmerksamkeit und lief rasch den Hügel auf der anderen Seite des Lagers hinauf.

Es sah aus, als hätte der Silberwolf einen ganzen Haushalt nach Kilderrick mitgebracht. Sicher wollte er doch nicht hierbleiben?

Aber was mochte er sonst vorhaben? Direkt im Norden gab es mehrere Städte, aber keine davon war sonderlich reich oder wehrlos. Im Westen lagen die wilden Inseln, auf denen Ceara aufgewachsen war. Weit im Norden lagen Inverness und Sutherland, Nyssas Heimat, aber es gab einfachere Wege dorthin. Und die Reichtümer Carlisles und der Orte entlang der Grenze lagen weiter im Süden.

Was war sein Plan? Alys wusste, er musste einen haben.

Doch würden die Einzelheiten von keinerlei Bedeutung sein, wenn Alys ihn erst einmal vom Land ihrer Familie vertrieben hatte. Der Wachposten kehrte an seine Position zurück, und sie betrachtete ihn. Er war groß, bärtig und blond, und an seinen Fingern glitzerten Ringe. Der stämmige Mann brachte ihm eine Schale, und die beiden unterhielten sich, obwohl Alys ihre Worte nicht verstehen konnte.

Ceara bewegte sich im Schatten der Ruine, wartete und beobachtete. Nyssa war auf dem Gipfel des Hügels verschwunden. Alys umrundete das Lager, wobei sie die Ruine der Burg mied, und eilte rasch hinter Nyssa den Hügel hinauf. Elizabeths Mantel war dunkel genug, um sie vor Blicken zu verbergen.

Die Wölfe heulten wieder, und diesmal waren sie schon näher. Vielleicht spürten sie, was Alys vorhatte.

Als sie einmal hinter dem Gipfel waren, schnitt Ceara die Hasen in Stücke. Nyssa lauschte, dann deutete sie in die Ferne, wo sie die Wölfe gehört hatte. Sie und Ceara rannten auf die Tiere zu, während Alys zusah. Nyssa erblickte die erste verborgene Silhouette, dann blitzten Augen golden in der Dunkelheit, als die Wölfe sich ihnen kampfbereit näherten. Ceara sprang vor und warf ein Stück rohes Fleisch in ihre Richtung, wirbelte dann herum und rannte zurück, ließ Fleischstücke fallen, während sie auf Alys zukam. Die Wölfe sprangen los, um das Fleisch zu fressen, und heulten erneut, bevor sie ihnen folgten.

Nyssa tat dasselbe, lief auf Alys zu und hinterließ eine Spur, die zum Lager des Silberwolfes führte. Alys wartete, bis ihre Gefährtinnen bei ihr waren, fast schon außer Atem, und dann in unterschiedliche Richtungen weiterliefen. Sie hatten kein Fleisch mehr bei sich und würden einen weiten Bogen um das Lager schlagen und dann zur Hütte zurückkehren.

Alys blieb stehen und wartete, bis die Wölfe näher kamen. Sie musste dafür sorgen, dass sie das Lager überfielen, und hatte noch den zweiten Hasen in Händen, mit dem sie sie dazu bringen würde, genau das zu tun. Ihr Herz raste, als ihre Umrisse deutlicher zu sehen waren. Das Heulen und Knurren wurde lauter. Die Hunde im Lager hinter ihr bellten wie verrückt, und die Männer stießen laute, alarmierte Rufe aus.

Sie wartete, bis sie das Glitzern in den Augen des ersten Wolfes sah. Dann ließ sie ein Stück Fleisch fallen, drehte sich um und lief geradewegs auf das Lager zu. Der Wolf blieb stehen, um das Stück Hase für sich zu beanspruchen, ein zweiter blieb zurück, um sich mit ihm um die Beute zu streiten, aber die übrigen folgten Alys den Hügel hinunter. Sie ließ ein weiteres Fleischstück fallen, schließlich noch eins und stolperte beinahe, als sie sich dem Lager näherte. Dann warf sie das letzte Stück, sodass es zwischen den Zelten landete. An ihren Händen und ihrem Kleid klebte Blut, und sie wusste, den Wölfen wäre egal, woher es stammte.

Ein Mann musste gehört oder gesehen haben, wie das Fleischstück aufgeprallt war, denn er erschien in der Lücke zwischen den Zelten, sein Umriss vom Feuerschein erhellt. Alys musste nicht erst raten, wer er war. Sie sah den silbernen Wolf auf seinem Waffenrock, und ihr blieb beinahe das Herz stehen.

Er hob die Hand und brüllte etwas, aber es war, als wären Alys Füße beflügelt. Immerhin hielt er einen Dolch in der anderen Hand, und er konnte keine guten Absichten haben. Sie rannte zum Fluss hinab und sprang hinein, um das Blut von sich abzuwaschen. Während ihr Herz raste, stand sie im eisigen Wasser und beobachtete im Schutz der Dunkelheit, wie im Lager des Silberwolfs das Chaos ausbrach. Dann lächelte sie in dem Wissen, dass die Wölfe ihm das Willkommen bescheren würden, das er verdiente.

∾

MAXIMILIAN STAND in der Dunkelheit und beobachtete den Grat der umgebenden Hügel vor dem Hintergrund der Nacht. Das Heulen der

50

Wölfe wurde lauter, und Amaurys Hunde bellten und zogen an ihren Leinen. Die Pferde stampften unruhig. Maximilian hielt seinen Dolch in der Hand. Royce hatte barsch darauf bestanden, dass Yves und die Dörfler sich in ihr Zelt zurückzogen und den Eintopf über dem Feuer hängen ließen. Die übrigen Männer hatten sich aufgeteilt, und jeder hatte Position bezogen, um von dort aus die Umgebung zu bewachen.

Die Wölfe kamen noch näher, obwohl Maximilian nicht klar war, warum.

Dann auf einmal sah er *sie*.

Vom Westen her kam sie über den Hügel, und ihr Hüftschwung verriet ihm ihr Geschlecht. Sie trug einen langen Mantel, der hinter ihr flatterte, und rannte aus vollem Leib. War es dieselbe Frau, die ihn gebissen hatte? Er konnte ihr Gesicht aus dieser Distanz nicht sehen, aber sie besaß zumindest die richtige Größe. Maximilian glaubte nicht, dass es viele Frauen in dieser Wildnis gab, aber es waren jetzt bereits mehr als erwartet.

Sie lief den Hügel hinab auf sein Lager zu und hielt dabei etwas in der Hand. Er kniff die Augen zusammen, konnte aber nicht sagen, was es war. Floh sie vor den Wölfen? Sein Instinkt war es, sie zu beschützen, unabhängig davon, wer sie war oder was sie ihm vielleicht angetan hatte. Als er sie schon rufen wollte, hielt sie an, wirbelte herum und warf etwas hinter sich, das etwa die Größe einer Faust besaß. Es fiel zu Boden, und die Wölfe heulten erneut, diesmal gefährlich nahe.

Maximilian sah, wie sie ihr folgten und oben auf der Hügelkuppe auftauchten, die Silhouetten eines guten halben Dutzends struppiger Biester. Sie waren größer, als er erwartet hätte, und zweifellos wütender. Er konnte das Funkeln in ihren Augen in der Dunkelheit bereits sehen.

Die Frau rannte auf das Lager zu. Maximilian trat einen Schritt vor und wollte ihr etwas zurufen, damit sie sich in Sicherheit brachte. Die Wölfe heulten und knurrten und folgten ihr dann mit mächtigen Sätzen. Amaurys Hunde gerieten außer sich. Maximilian konnte die Schritte der Frau hören und ihren heftigen Atem.

Er hörte sie stolpern und keuchen, dann trat er einen Schritt näher. Würde er sie beide in Gefahr bringen, wenn er den Versuch unternahm, ihr zu helfen? Insgesamt war nun ein gutes Dutzend Wölfe hinter ihr her. Sie ließ etwas fallen, das das Interesse der Wölfe erregte. Einer sprang und schnappte es sich, dann kam ein zweiter, und beide kämpften um die Beute. Die anderen folgten der Frau.

Abrupt blieb sie stehen. Ihre Brust hob und senkte sich heftig, während die Wölfe auf sie zurannten. Obwohl sie eine Kapuze aufhatte, wusste Maximilian, dass ihre Augen von einem klaren Grünton sein mussten. Zu seiner Verblüffung näherte sie sich der Sicherheit des Lagers nicht weiter, sondern drehte sich um, als wollte sie abschätzen, wie nah die Wölfe waren. Was sollte das nur? Auf einmal warf sie etwas in seine Richtung. Das Geschoss landete zu seinen Füßen, und Maximilian saß im Feuerschein, dass es das Hinterbein eines Hasen war, roh und noch blutig.

Er schaute auf, aber sie flüchtete bereits in Richtung des Flusses.

Dann war der erste Wolf bei ihm, machte einen Satz in den Kreis der Zelte. Sein Ziel war offensichtlich das Fleisch zu seinen Füßen, und er schnappte danach.

»Die Wölfe! Bringt Feuer!«, brüllte Maximilian und griff das wilde Tier an. Seine Klinge drang ihm in die Schulter. Der Wolf knurrte, duckte sich und sprang ihn dann an, eindeutig so hungrig und rasend, dass ihm die Gefahr und seine Verletzung gleichgültig waren.

Maximilian hörte Rafael und die anderen brüllen, während sie gegen die Wölfe kämpften, und irgendjemand schlug die kostbaren Kochtöpfe laut aneinander, um die Raubtiere durch den Krach zu vertreiben. Er hielt den Blick auf den Wolf vor ihm gerichtet, der an Kopf und Schulter blutete und dessen Augen voller Kampfwut glitzerten. Als der Wolf erneut auf ihn lossprang, die Zähne gebleckt und mit der Absicht zu töten, war Maximilian bereit.

Er stieß dem Wolf seinen Dolch in die Brust, unter die Rippen, sodass die Klinge bis zum Knauf versank. Er hob das mächtige Tier, auf die Klinge gespießt, hoch und sah, wie die Augen blicklos wurden, dann warf er den Körper beiseite.

Natürlich war die Frau verschwunden.

Sie hatte die Raubtiere zu ihrem Lager geführt, sie mit frischem Fleisch angelockt und alle in Gefahr gebracht, die ihm folgten. Maximilian musste ihre Klugheit bewundern. Sie lebte im Wald, ohne Beschützer, vielleicht sogar ohne Waffen, aber sie wusste zu nutzen, was sie zur Hand hatte.

Eindeutig wollte sie, dass er wieder ging. Und genauso eindeutig hatte er nicht die leiseste Absicht zu gehen. So sehr Maximilian ihren Einfallsreichtum auch bewunderte, eine solche Tat durfte sich nicht wiederholen.

Was bedeutete, dass er mit dieser sogenannten Hexe entweder ein Bündnis schließen, sie vertreiben oder sie töten musste.

Maximilian zog die erste Option bei Weitem vor. Er wollte mehr von dieser kühnen Frau wissen, die seinen Anspruch infrage stellte. Noch nie war er einer Frau begegnet, die so viel gewagt hatte.

Er wollte sich vergewissern, wie es um den Kampf stand, aber den Geräuschen nach zu urteilen, war er bereits vorbei. Rafael hatte einen Wolf getötet und Matteo desgleichen. Die drei Wolfskadaver wurden neben dem Feuer zu einem Haufen aufgeschichtet, und die übrigen Wölfe umkreisten das Lager langsam und zogen sich dann zurück. Die Dörfler waren verstört. Denis zeigte sich empört vom Missbrauch seiner Töpfe, aber die Hunde beruhigten sich bereits. Maximilian gab Befehl, die Wölfe zu häuten, denn die Felle würden ihnen im kommenden Winter willkommene Wärme bieten, und das Fleisch Amaurys Hunden zu geben.

»An diesem Ort wird es von Nutzen sein, wenn sie einen Geschmack für Wolfsfleisch entwickeln«, sagte er. Während die anderen sich beeilten, seinen Anweisungen zu folgen, kehrte Maximilian ins Zelt zurück. Er fühlte sich um etwas betrogen, das er nicht benennen konnte.

Die Frau natürlich. Jetzt schon faszinierte sie ihn.

»Aber warum haben sie unser Lager angegriffen?«, fragte Amaury, der ihm gefolgt war. »Sind die Wölfe hierzulande so mutig?«

»Oder so hungrig?«, fragte Rafael. »Das verheißt nichts Gutes für den Winter, der vor uns liegt.«

»Sie wurden zu uns geführt«, sagte Maximilian, holte den Hasenschenkel hervor und warf ihn Amaurys Hunden zu. Er hatte kaum den Boden berührt, da war er schon verschwunden.

»Hast du gesehen, wer es getan hat?«, fragte Rafael.

Maximilian nickte und hielt sein Handgelenk hoch, zeigte die Bissspuren.

Rafael lachte. »Die Lady ist wirklich immun gegen deinen Charme«, neckte er.

»Und ich frage mich, warum«, grübelte Maximilian. »Lasst uns hoffen, dass der Sheriff ein wenig Licht ins Dunkle bringen kann.«

Später erst, als die anderen sich zurückgezogen hatten und im Lager friedliches Schnarchen erklang, während Royce stetig seine Runden zog, fand Maximilian Zeit zum Nachdenken. Rowan Fell hatte einst dem Laird von Kilderrick gehört. Wenn es keinen Laird gab, wer zog dann die Steuern für den König ein?

Und, wichtiger noch, wer behielt den Anteil des Lairds?

Er würde nach Roberts verstecktem Schatz suchen, aber vielleicht gab es Geld, das ihm zustand, an das er leichter herankam.

Der Sheriff würde es wissen, obwohl Maximilian sich fragte, ob der Mann ihm die Wahrheit anvertrauen würde. Er lächelte, während er langsam eindöste. Der Silberwolf konnte sehr überzeugend sein.

ELIZABETH KAUERTE sich nervös in der Hütte zusammen und befahl sich, keine Angst zu haben. Die Söldner waren in ihrem Lager. Niemand würde die versteckte Hütte so einfach finden, schon gar nicht bei Dunkelheit und solange kein Feuer ihren Standort verriet. Aber ihr eigener Rat war schwer zu befolgen: Ihr war kalt, und sie war hungrig und im Wald niemals so daheim gewesen wie die anderen Frauen.

Und das würde sie auch nie sein. Sie vermisste Mauern und Wachen, Tore und Burggräben und den Schutz durch bewaffnete Kämpfer. Auch die Bequemlichkeit vermisste sie, die Weichheit einer Federmatratze statt eines Strohlagers oder einer Bettstatt aus Zedernzweigen. Schmerzlich sehnte sie sich danach, sauber zu sein und hübsche Kleider zu tragen, mehr als ein Kleid zum Anziehen zu haben. Sie vermisste heiße Mahlzeiten zu festen Zeiten und sonnige Nachmittage in den Gärten. Sie vermisste den Luxus, einen Nachmittag mit der Stickerei zu verbringen, und die Sicherheit, dass ein köstliches Essen für sie zubereitet wurde.

Aber Elizabeth hatte gelernt, dass der Preis für diesen Luxus zu hoch war.

Sie zitterte und ging wieder und wieder in der kleinen Hütte auf und ab, zog förmlich eine Furche durch den Boden in ihrer Beunruhigung. Wie lange würde es dauern, bis die übrigen zurückkehrten? Wie lange waren sie schon fort? Dorcha beobachtete sie mit glitzernden Augen, und es sagte vermutlich viel über ihren Zustand aus, dass sie die Gegenwart eines Raben als tröstlich empfand. Sie streckte einen Finger aus, um die glänzenden Federn auf seiner Brust zu streicheln, aber er hackte nach ihr, und sie zog ihre Hand hastig zurück.

Dorcha duldete nur Nyssas Berührung. Daran sollte sie besser denken.

Im ersten Moment meinte Elizabeth, sie hätte sich den Ruf des Falken nur eingebildet. Er klang höher als für einen Falken üblich und war zu dieser nächtlichen Stunde ungewöhnlich. Eher schon riefen die Eulen und kleinen Waldtiere, die des Nachts jagten. Der Ruf erklang erneut, und sie wusste, sie hatte es sich nicht nur eingebildet.

Tatsächlich klang es ganz nach einem der Wanderfalken ihres Vaters.

Aber im Wald waren keine Ritter und Damen unterwegs, und selbst wenn, würden sie nicht bei Nacht jagen. Sie nahm nicht an, dass man hier in der Wildnis häufig Falken sah: Bisher hatte sie noch nie einen gesehen, und ihr Vater hatte stets gesagt, sie zögen Landschaften vor, in denen steile Felsen hochgelegene Nistplätze boten.

Wieder erklang ein Schrei, und dann hörte sie Glöckchen bimmeln, wie solche, die an den Falkenschuhen der kostbaren Jagdvögel hingen. Also war es kein wilder Vogel, sondern ein gezähmter – und er musste seinen Herrn verloren haben.

Der Vogel hatte sich bestimmt verflogen.

Und wenn sich seine Fesseln irgendwo verfingen, überlebte er vielleicht nicht.

Das war hinreichend Anlass für Elizabeth, den Versuch zu unternehmen zu helfen. Sie öffnete die Tür der Hütte und spähte hinaus in die Finsternis. Der Wald lag im Dunkeln, und der Wind rauschte durch die kahlen Zweige über ihr. Es war kälter als zuvor. Der Vogel rief erneut, und sie fragte sich, wo er wohl steckte. Sie wollte ihn nicht erschrecken.

Dann erinnerte sie sich daran, wie Nyssa die Hasen ausgenommen hatte. Ihr war keine Zeit geblieben, die Innereien zu verbrennen, und der Geruch würde den Falken anlocken. Elizabeth ging zurück in die Hütte und holte einen kleinen Beutel und ein Stück Leder hervor. Einen Augenblick betrachtete sie den Beutel unschlüssig, dann schnitt sie einen Schlitz hinein. Sie wickelte sich das Leder um den Unterarm und wünschte sich dabei, sie hätte noch ihren Mantel.

Vorsichtig schlich sie hinüber zu der Stelle, wo Nyssa stets ihre Beute ausnahm. Es war so dunkel, dass sie einen Moment lang glaubte, sie hätte sich geirrt. Dann raschelte etwas und flatterte, der Falke schrie erneut, und die Glöckchen klingelten.

Der Falke saß am Boden!

Elizabeth kam näher. Sie ging in die Hocke, als sie den Vogel auf einem am Boden liegenden Ast hocken sah, ganz in der Nähe der Abfälle. Er zog an seinem Bein, sodass das Glöckchen erneut bimmelte. Elizabeth vermutete, dass sich die Bänder irgendwo verfangen hatten. Der Vogel reckte sich, gelangte aber nicht an die Innereien und zog erneut an der Fessel, diesmal heftiger. Je mehr der Vogel sich aufregte, desto schwerer würde es werden, ihn zu fangen. Aber an den Boden gefesselt würde er bald vom Jäger zum Gejagten werden.

Elizabeth wünschte, sie wüsste, welche Lieder der Falkner diesem Vogel vorsang. Aus Mangel an Alternativen sang sie leise das Futterlied, das man die Falken ihres Vaters lehrte. Der Vogel wollte wieder wild mit den Flügeln schlagen, zögerte dann aber, neigte den Kopf zur Seite und spähte in die Dunkelheit. Der nächste Ruf klang eher fragend als wie ein Hilfeschrei, und Elizabeth näherte sich ihm und sang dabei leise.

Als sie den Falken erreicht hatte, zögerte sie nicht, sondern stülpte ihm den Beutel wie eine Haube über. Sein Schnabel ragte aus dem Schlitz, der genau die richtige Länge hatte. Der Vogel zitterte, aber Elizabeth sang ein wenig mehr, um ihn zu beruhigen.

Sie gab ihm auch ein Stück Hasenleber.

Der Falke fraß es, plusterte seine Federn auf und beruhigte sich ein wenig.

Elizabeth sang ihm das Futterlied noch einmal vor, dann löste sie vorsichtig das Band seiner Falkenschuhe von dem Ast, an dem es sich verfangen hatte. Sie hielt die Enden der Fesseln fest und brachte den Vogel dazu, sich auf ihren Arm zu setzen. Das Leder verhinderte, dass die Krallen in ihre Haut drangen. Noch ein Stück Leber half, den Vogel endgültig zu beruhigen, der anscheinend glaubte, alles sei nun wieder beim Alten.

Elizabeth nahm noch ein kleines Stück Leber, dachte dabei daran, wie vorsichtig der Falkner ihres Vaters stets die Portionen bemessen hatte, und sang für den Falken, während sie in die Hütte zurückkehrte. Dorcha schaute interessiert zu, blieb aber auf seinem Platz am anderen Ende der Hütte. Elizabeth fand einen Stock, verkeilte ihn in der Ecke, sodass er als Sitzstange fungierte, und band den Falken sicher daran an.

Erleichtert atmete sie auf, als der Vogel in Sicherheit war. Die Falkenschuhe bestanden aus feinem Leder und waren bestickt. Die Glocken klangen, als bestünden sie aus Silber. Es war also ein kostbares Tier, und selbst, wenn sein Besitzer es für immer verloren hatte, würde Elizabeth vielleicht in der Lage sein, auf diese Weise Nyssa bei der Jagd zu helfen.

Tatsächlich fühlte es sich an, als sei ein kleiner Teil ihres früheren Lebens mit dem Falken zu ihr zurückgekehrt. Sanft und achtsam streichelte sie seine Federn und fühlte sich nicht mehr so allein in der Hütte, während sie auf die Rückkehr der anderen Frauen wartete.

DER MORGEN DÄMMERTE DUNKEL und kalt, und der Wind trug bereits den Geruch von Regen mit sich. Die Wolken türmten sich am Himmel und wurden immer finsterer. Auch der Wind war stärker als in der Nacht zuvor, und wenn der Sturm losbrach, würde er heftig werden.

Alys, die kaum ein Auge zugetan hatte, war schon bei Anbruch der Dämmerung auf den Beinen. Sie wollte sehen, wie der Silberwolf aufbrach. Seine nächtlichen Besucher würden dafür sorgen, dass er und seine Begleiter die Gefahr verstanden, die ihnen in Kilderrick drohte. Sie erwartete, dass seine Gruppe das Lager abbaute und davonritt – und das schlechte Wetter würde sie nicht davon abhalten, diesem frohen Anlass beizuwohnen. Ihr und den anderen blieb genug Zeit, ihre Falle wieder herzurichten, in Vorbereitung auf die Banditen, deren Rückkehr noch ausstand.

Ihr Mantel war noch nicht trocken, aber recht steif. Allerdings konnte sie Elizabeths Mantel nicht länger behalten und zog deshalb lieber ihren eigenen über. Auch ihre Stiefel waren noch feucht, doch an solche Unannehmlichkeiten war sie gewöhnt – und wenn es heute regnete, würde sie ohnehin wieder nass werden. Sie freute sich auf ein ordentliches Feuer heute Abend, wenn der Silberwolf fort war, und würde dafür sorgen, dass sie Holz hatten. Sie ließ die anderen drei Frauen schlafend zurück. Elizabeths neuer Falke döste unter seiner improvisierten Haube, und Dorcha beobachtete sie vom anderen Ende der Hütte aus mit einigem Missfallen.

Zweifellos würde Ceara sich weiterhin über die Gegenwart des Falken beschweren. Schon Dorchas Anwesenheit missfiel ihr, aber wie Nyssa sie ständig erinnerte, war Dorcha bei ihnen gewesen, bevor Ceara angekommen war. Alys würde nicht böse darum sein, wenn sie die nächste Wiederholung dieses Streits verpasste.

Sie nahm einen Umweg mit vielen Haken zum Fluss und lauschte währenddessen auf Eindringlinge in dem Wald, den sie so gut kannte.

Es gab keine.

Alys überquerte den Fluss ein Stück weiter flussabwärts, wo es eine Reihe von Trittsteinen gab, sodass ihre Füße trocken blieben. Sie war zuversichtlicher Stimmung. Der Wind wehte von Westen her, also würde sie sich dem Lager von Osten her nähern, damit die Hunde sie nicht witterten, wenn sie denn tatsächlich noch dort waren. Sie eilte hin zu dem Punkt, wo der Wald bis an die Straße reichte, und kletterte auf den höchsten Baum im Umkreis. Sie hielt den Atem an, in Erwartung, die Fläche vor der Burg leer vorzufinden, und schaute.

Das Lager hatte sich kein bisschen verändert.

Wenn überhaupt, schien es ein wenig größer geworden zu sein. Knappen führten Pferde über das Feld am Flussufer, untersuchten ihre Hufe, striegelten Fell und Mähnen. Die Jungen lachten und scherzten bei der Arbeit. Sie schienen keinerlei Vorbereitungen für einen Aufbruch zu treffen. Man hätte den Eindruck gewinnen können, sie stünden im Burghof einer Festung und wären so sicher, dass sie nicht einmal Wachposten aufstellen mussten.

Nur ein Schlachtross, kastanienbraun mit einem Stern auf der Stirn, wurde aufgezäumt, und Alys sah einen Mann aus dem Zelt kommen, der sich gerade Handschuhe überzog. Er war groß und breitschultrig, aber sein Haar war von einem dunkleren Goldton als das des Silberwolfs. Sein Benehmen war jedoch befehlsgewohnt, und er war bewaffnet. Er trug Kettenrüstung und eine Kettenhaube unter seinem Mantel. Als er gestikulierte und etwas sagte, liefen zwei der Jungen los, um zwei Reitpferde zu satteln.

Der Aufbruch eines Mannes und zweier Jungen war nicht gerade das, was Alys zu erreichen gehofft hatte. Der Mann band sich einen Köcher auf den Rücken, kontrollierte seine Bolzen und ließ sich dann von einem der Jungen eine Armbrust reichen. Sonst hatte er kein Gepäck bei sich, und sie musste daraus den Schluss ziehen, dass er zur Jagd ausritt.

Aye, eine Gruppe von dieser Größe brauchte eine Menge Vorräte.

Das konnte nur bedeuten, dass sie vorhatten zu bleiben. Alys runzelte die Stirn.

Ein stämmiger Mann, der kein Kämpfer sein konnte, kam aus dem Lager und rief den Ritter an, als dieser schon auf dem Pferd saß. Er mochte derjenige gewesen sein, der dem Wachposten gestern Abend die Schüssel gebracht hatte. Er gestikulierte heftig, und Alys fragte sich, was er wohl sagte. Es schien den berittenen Mann zu amüsieren, der lächelte und nickte und dann die Jungen zu sich winkte. Auf seinen Pfiff hin kamen drei Hunde bellend angerannt und sprangen ausgelassen vor den Pferden voraus. Es waren große Tiere mit dichtem, struppigem Fell, zwei dunkelgrau und der dritte und größte von ihnen schwarz.

Alys hätte dem Jäger sagen können, dass die Rehe gern auf einer bestimmten Lichtung im Osten ästen, aber vielleicht würden die Hunde das entdecken. Der Jagdtrupp ritt direkt auf Alys zu, sodass sie keine Chance hatte, davonzulaufen, und ihr keine Wahl blieb, als auf ihrem Ast sitzen zu bleiben und zu hoffen, dass man sie nicht sah.

Die kleine Gruppe machte allerdings genügend Lärm, dass die anderen Frauen sie kommen hören würden. Alys musste sich um sie also keine Sorgen machen. Nyssa und Ceara waren immer aufmerksam und mittlerweile bestimmt erwacht. Sie sah, wie der Mann den Jungen vorausritt, an ihrem Baum vorbei, so gut gelaunt wie ein Adliger, der zum Vergnügen jagte. Aus größerer Nähe sah sie, dass sein Waffenrock dunkelblau und am Saum und Halsausschnitt mit Gold bestickt war, allerdings kein Wappen trug. Seine Kleider und sein Zaumzeug waren so edel wie sein Pferd. War er ein Ritter? Gehörte ihm Elizabeths Falke? Alys konnte sich nicht vorstellen, woher das Tier sonst gekommen sein sollte. Aber warum ritt ein Adliger, der so ein edles Pferd besaß, ohne Abzeichen?

Warum war er in Kilderrick?

Warum ritt er mit dem Silberwolf? Alys konnte sich seine Gegenwart nicht erklären. Er wirkte eher, als sollte er den Hof des Königs in Edinburgh besuchen, statt sich mit einem Söldner an der Grenze herumzutreiben.

Mehrmals pfiff er, als sie in den Wald ritten, und schaute sich um, als suchte er etwas am Himmel. Obwohl er an ihr vorbeigeritten war, erstarrte Alys, denn die kahlen Äste der Bäume würden sie nicht verbergen, wenn er zurückblickte. Aber er schaute geradeaus und pfiff immer einmal wieder. Es war ein anderes Pfeifen als das, das er für die Hunde benutzt hatte, und sie ignorierten es.

Er musste nach dem Falken rufen. Würde der Vogel antworten? Alys verstand wenig von Falken und Jagdhunden und fürchtete, Elizabeths Güte würde sie noch alle in Schwierigkeiten bringen. Aber bevor sie sich bewegen konnte, bellte ein Hund und sprang los. Die anderen liefen ihm hinterher. Sie rannten nach Osten, folgten einem Wildwechsel, und Alys wusste, der Hund hatte die Fährte des Wildes aufgenommen. Der Ritter wendete sein Pferd in augenscheinlicher Vorfreude, und binnen weniger Augenblicke verklangen die Geräusche.

Alys schaute zurück zum Lager des Silberwolfs. Noch immer brannte das Feuer an einer Seite des Zeltkreises. Bei diesem Anblick merkte sie besonders deutlich, wie kalt ihre Füße waren. Roch sie da Brühe? Ihr leerer Magen knurrte, als wollte er es bestätigen. Frauen lachten, anscheinend zufrieden mit ihrem Los, auch wenn sie sicher Sklavinnen oder Huren waren. Ein großer Mann mit dunklem Haar kam in ihr Blickfeld und spannte etwas, das ein Wolfsfell sein musste, auf einen Rahmen. Zu seinen Füßen lag ein großer, grauer Haufen – anscheinend hatten mehrere Wölfe den Angriff nicht überlebt.

Wer der große Mann war, der als Nächstes erschien, ließ sich nicht missverstehen, denn alle im Lager richteten sich bei seinem Anblick gerade auf. Sein schwarzer Mantel wehte hinter ihm, und das Sonnenlicht tanzte in dem dunklen Gold seines Haars. Alys wurde der Mund trocken, als sie sich an sein gutaussehendes Gesicht und sein verfluchtes Selbstvertrauen erinnerte. Der Silberwolf konnte sie aus dieser Entfernung nicht sehen, aber als er den Blick über den Wald schweifen ließ, schrak Alys dennoch zurück und spähte vorsichtig um den Stamm herum. Er streichelte die Nase eines schwarzen Hengstes, anscheinend dasselbe Pferd, das er gestern geritten hatte, da kein anderes Pferd diese Farbe hatte. Er erteilte zwei der Jungen Anweisungen, dann ging er in Richtung der Ruine Kilderricks.

Dort würde er außer Asche und Trümmern wenig finden. Selbst das Zeichen auf der Mauer des Burghofs war schon vor Jahren verblasst, und Alys hatte es nicht erneuert. Es gab keinen Grund, da niemand mehr die Ruine betrat. Selbst die neugierigsten Besucher waren durch ihre Listen vertrieben worden.

Dennoch beobachtete sie den Silberwolf und bewunderte widerwillig seine Anmut, als er oben auf die Mauer kletterte. Es war eine Stärke an ihm, die die Männer in Rowan Fell nicht besaßen, ja, nicht einmal die Banditen, die sie sonst überfielen. Er ging überall umher und spähte hinunter in die alten Gewölbe, dann sprang er von der Mauer herab ins Innere.

Unterdessen sattelten die Jungen den Rappen und zwei weitere Schlachtrösser. Drei Männer standen vor dem Lager. Einer zog seine Handschuhe an, den Helm unter den Arm geklemmt. Alle trugen Schwerter und Dolche und Kettenhemden. Einer war der große blonde Mann mit den Ringen, den sie gestern Nacht schon gesehen hatte. Der zweite war beinahe ebenso groß und sonnengebräunt und hatte ein herzliches Lachen. Der dritte war schlank und dunkel. Er war es, der seine Handschuhe angezogen hatte. Sie scherzten miteinander und mit dem Mann, der die Felle säuberte, der seine Aufgabe nun beendet hatte und sich die Hände wusch.

Ein Mann mit rotbraunem Haar und Bart schloss sich ihnen an, der ein Schotte sein musste. Das Wolltuch, das er um die Taille gegürtet hatte, wies ihn als einen solchen aus, auch wenn Alys nicht ahnte, warum er überhaupt in der Gruppe war. War er ein Führer? Aber sicherlich kannte der Silberwolf den Weg nach Kilderrick. Sie betrachtete den Schotten näher, aber sie vermochte nicht zu sagen, ob sie ihn kannte oder nicht.

Was für eine seltsame Gesellschaft. Waren alle von ihnen Söldner? Warum kam eine solche Gruppe Männer nach Kilderrick, wenn es hier weder etwas zu holen noch einen Krieg zu führen gab? Alys konnte sich keinen Reim darauf machen, aber sie bezweifelte, dass der Silberwolf jemals handelte, ohne einen Plan zu haben.

Wie konnte sie die Wahrheit herausfinden?

Als der Silberwolf endlich aus der Ruine zurückkehrte, saßen zwei Männer bereits im Sattel und waren zum Aufbruch bereit. Sie erkannte den, der die Felle gesäubert hatte, und den dunklen. Die Sonne stand deutlich höher am Himmel, obwohl Alys nicht ahnte, was der Silberwolf an der Ruine so interessant gefunden hatte, dass er dort so viel Zeit verbracht hatte. Die anderen beiden Söldner blieben mit dem Schotten zurück und salutierten zum Abschied, während der Silberwolf und seine Gefährten ihre Pferde anspornten und sich zielbewusst vom Lager entfernten.

Sie ritten nach Westen, in Richtung Rowan Fell, bewaffnet, und Alys fragte sich, warum.

KAPITEL 3

Der Sheriff von Rowan Fell aß gebratene Ente zu Mittag. Tief atmete er den Geruch der dicken Soße ein und lächelte seiner Frau Jeannie anerkennend zu. Sie wusste, dass es sein Lieblingsessen war, und züchtete die Vögel nur, um ihm dieses Gericht immer einmal wieder zubereiten zu können.

Er schaute über den Tisch, auf dem ihre zwei kostbaren Zinnteller standen, und genoss den Moment. Seit dem Tod Robert Armstrongs war das Leben gut zu ihnen gewesen, und er betete wie so oft, dass es niemals wieder einen Laird von Kilderrick geben würde.

Die Situation kam ihm sehr zupass.

Eamon schnitt das Fleisch sorgfältig mit einem Messer, dass er zuvor für diese Aufgabe geschärft hatte. Er stahl ein Stück von der Kruste, und Jeannie kicherte, als er gespielt genussvoll die Augen verdrehte. Er legte ein perfekt gebratenes Stück Brust auf seinen Teller und einen Schenkel auf ihren. Das sei ihr am liebsten, behauptete sie. Jeannie tat Klöße dazu, nahm dann den Topf mit der Soße vom Feuer und goss eine großzügige Menge über das Fleisch.

»In der ganzen christlichen Welt kann es keine bessere Mahlzeit geben, Jeannie«, sagte er zu ihr. »Danke für deine Mühe.«

»Mir schmeckt es auch, Eamon. Es ist so köstlich, dass wir es nicht die ganze Zeit essen könnten«, sagte sie, praktisch denkend wie immer.

»Du würdest zu dick für dein Pony werden.« Beim Lächeln zeigten sich ihre Grübchen, und er wusste es besser, als ihre eigenen, durchaus üppigen Proportionen zu erwähnen.

»Ich kann nicht widerstehen«, sagte er und hob den ersten Bissen an die Lippen.

Doch statt ihn dabei zu beobachten, runzelte Jeannie die Stirn und wandte den Kopf. »Pferde«, murmelte sie und schaute über ihre Schulter. »Jemand kommt.«

»Niemand kommt nach Rowan Fell.« Noch während er es sagte, legte Eamon das Messer beiseite. Er hörte mehr als ein Pferd – es waren definitiv keine Ponys! – und spürte einen Hauch von Furcht.

Die Pferde kamen vor seiner Tür zum Stehen, und Jeannie sah ihn alarmiert an. Eamon runzelte die Stirn und wollte sich erheben, wenn er auch zögerte, sein Essen im Stich zu lassen. Aber ein Tritt ließ die Tür auffliegen, bevor er auf den Beinen war, und Jeannie stieß ein entsetztes Quietschen aus und zog sich in den Schatten des Herds zurück.

Zwei Männer kamen durch die Tür, so groß und mächtig, dass sie das Cottage komplett ausfüllten. Sie hatten Helme auf und waren schwer bewaffnet, trugen Kettenrüstung, hohe Stiefel und lange Mäntel.

Und Schwerter und Dolche.

Kämpfer. Waren es Ritter oder Söldner? Eamon schluckte. Mit beidem hatte er wenig Erfahrung und war sich nicht sicher. Hatte der König sie geschickt?

War der Tag der Abrechnung gekommen?

Als sie ihre Helme abnahmen, sah er, dass einer hell war und der andere dunkel. Der helle, der auffällig gut aussah, betrachtete den Sheriff, dann kam er mit lässigen Schritten auf ihn zu, steckte das Schwert weg und zog den Dolch. Der dunkle drängte Jeannie in die Ecke, berührte sie aber nicht. Sein raubtierhaftes Lächeln weckte ein Frösteln in Eamon.

Der hellhaarige Kämpfer stach mit seinem Messer in das Fleisch auf Eamons Teller und hob es hoch, biss davon ab, während er den Blick des Sheriffs festhielt. Sein kalter Gesichtsausdruck forderte den Sheriff förmlich heraus, dagegen zu protestieren. Der Sheriff schluckte, und sein Blick verharrte auf dem zum Sprung bereiten Wolf, der den schwarzen Waffenrock seines Besuchers zierte.

Der Silberwolf war zurückgekehrt.

Das war gar nicht gut.

Eamon war ein deutlich jüngerer Mann gewesen – und ein deutlich schlankerer –, als der Söldner vor fünfzehn Jahren Liddesdale überfallen hatte. Er selbst hatte damals im Norden gekämpft, hatte aber später die Geschichten gehört. Alle kannten den Ruf des Söldners: das Gesicht eines Engels und ein Herz, schwärzer als das des Teufels.

»Köstlich«, sagte der Silberwolf und aß das Fleisch auf. Er beäugte den Rest des Bratens. »Ungewöhnlich in diesem Teil der Welt, meine ich.«

»Meine Frau ist eine gute Köchin, Mylord.«

»Und Ihr lebt hier nicht ohne einen gewissen Luxus, nicht wahr?« Der Silberwolf blickte sich in ihrem Heim um und hob dann eine Braue. Er gönnte sich den zweiten Teil der Entenbrust. Diesmal nahm er Eamons Teller und stippte das Fleisch in die Soße, bevor er es, Bissen für Bissen, von der Messerspitze aß. »Du magst das dunklere Fleisch lieber, nicht wahr, Rafael?«

Sein Gefährte brachte Jeannie zum Tisch und zwang sie, sich neben den Sheriff zu setzen statt auf ihren üblichen Platz. Der Silberwolf wandte sich dem anderen Kämpfer – Rafael? – zu und schob ihm Jeannies Teller hin, auf dem der Schenkel lag.

Der Mann tippte auf den Zinnteller, dann drehte er ihn, beurteilte die Dicke des Metalls und die Handwerkskunst, während Jeannie empört zusah. »Hübsch«, sagte er, dann nahm er den Schenkel und grub die Zähne hinein.

Sie standen da und aßen das Mittagessen des Sheriffs, während sie das unglückliche Ehepaar genau im Auge behielten. Ihr Lächeln ließ Eamons Furcht um ein Vielfaches wachsen.

»Es war ein langer Ritt«, erklärte Rafael und warf den abgenagten Knochen auf den Tisch. Das Paar wechselte einen Blick, während der Silberwolf für seinen Kameraden den zweiten Schenkel abschnitt. »Ich nehme nicht an, dass Ihr einen weiteren Vogel habt? Matteo würde es zu schätzen wissen.«

Eamon begriff, dass noch ein dritter Söldner dabei sein musste, der wahrscheinlich vor der Tür wartete.

»Nicht gerupft und gebraten, Sir«, gestand Jeannie atemlos.

»Also gut«, sagte der Silberwolf. »Dies hier wird für heute reichen müssen.« Er betrachtete den Rest des Bratens, fand noch ein paar Fleischstücke, die er auf den Teller legte, den er für sich beansprucht hatte. Skeptisch schaute er auf den Teller, auf dem sich keine Soße mehr befand, und Jeannie holte ihm eiligst mehr. »So lange, wie Ihr alle über Kilderrick Bescheid wisst.« Er sah Eamon ins Gesicht. Seine Augen waren von einem verblüffend klaren Blau.

»Kilderrick wurde niedergebrannt«, sagte Eamon, ohne nachzudenken.

»Ich weiß, denn ich selbst habe dort Feuer gelegt«, gestand sein Besucher, ohne bei diesem Eingeständnis zu zögern. Er hielt Jeannie den Teller hin, und sie gab eine großzügige Menge Soße auf das Fleisch. Er schenkte ihr ein Lächeln, das sie blinzeln ließ. »Danke, Madame. Ihr seid wirklich eine exzellente Köchin.« Er wandte sich wieder dem Sheriff zu, und sein Blick war kühl.

»Es stand die letzten fünfzehn Jahre verlassen, denn der Laird ist tot.«

»Auch das ist mir bekannt, denn ich habe Robert Armstrong getötet.«

Den Silberwolf schien deshalb keine Reue zu plagen – und dafür gab es auch keinen Grund, denn Laird Robert war bis ins Mark verdorben gewesen.

Eamons unwillkommener Besucher nahm elegant einen weiteren Bissen des Fleischs. »Aber in Wirklichkeit ist der Ort nicht verlassen, oder?«

»Ihr meint die Hexen, Sir?«

Der Silberwolf warf ihm einen mitleidigen Blick zu. »Ich glaube nicht an Hexen.«

»Aber viele tun es. Es gibt ... *Vorfälle* in den Ruinen von Kilderrick.«

»Vorfälle?«

»Feuer, Sir. Geschichten von Goblins und Gespenstern. Flüche, die ausgesprochen werden, Zaubersprüche, für die bezahlt wird. Die

Menschen meiden die Ruinen, es sei denn, sie benötigen die Hilfe der Hexen.«

»Untreue Geliebte und unwillkommene Kinder«, sagte der Söldner beinahe unhörbar. Dann warf er Eamon einen bohrenden Blick zu, der in die Tiefe seiner Seele zu dringen schien. »Wer erzählt solche Geschichten?«

Es war nicht der rechte Zeitpunkt, Jeannies Vorliebe für Klatsch und Tratsch zu offenbaren.

Eamon zögerte, Jeannie aber tat es nicht. »Sie sind Hexen – und Huren, diese drei! Die alte Hexe, Morag, hat sie ausgebildet, und obgleich sie nun tot ist, setzen ihre Schülerinnen ihr unheiliges Werk fort. Frauen wenden sich an sie um Hilfe für ihre Leiden, Männer gehen dorthin, um ihre Lüste zu befriedigen, und niemand wagt es, sie offen herauszufordern.«

Der Silberwolf nickte. Sein Blick wanderte langsam hinüber zum Sheriff, dem die Verlegenheit zu schaffen machte. »Wie ich mich entsinne, war Rowan Fell ein Teil von Kilderrick, von Laird Roberts Ländereien. Das Dorf wirkt sehr wohlhabend.«

Eamon richtete sich auf. »Die Steuern werden entrichtet, Sir, und der König erhält seinen Anteil, wie es sich gehört. Es ist meine Verantwortung, dafür zu sorgen …«

»Wer behält den Anteil des Lairds, wenn es keinen Laird gibt?«, unterbrach ihn der Silberwolf glatt.

»Er … er ist in Treuhand, Sir, für die Zukunft.«

Der Silberwolf lächelte, und dieser Anblick ließ den Sheriff frösteln. Der Söldner steckte langsam und bewusst das Messer weg, griff in seinen Beutel und holte einen Gegenstand hervor, von dem der Sheriff nicht geglaubt hatte, ihn je wiederzusehen. Er legte ihn auf den Tisch zwischen ihnen, und der Sheriff blinzelte.

Es war der Siegelring von Kilderrick.

Eamon schluckte. Der Tag der Abrechnung war in der Tat gekommen.

»Ich komme, um mein Vermächtnis zu beanspruchen«, sagte der Silberwolf und beobachtete den Sheriff dabei so genau, dass dieser es nicht wagte, sich sein Entsetzen über diese Neuigkeiten anmerken zu lassen. »Ich habe vor, ein pflichtbewusster und guter Laird zu sein.«

Sein Gefährte bellte ein Lachen, dann warf er den zweiten abgenagten Schenkelknochen auf den Tisch. Mit dem Messer spießte er einen Kloß auf und aß ihn ganz.

»Ich werde den Anteil des Lairds nun entgegennehmen.« Der Ton des Silberwolfs war gefährlich leise, als wüsste er, dass der Sheriff das Geld nicht mehr hatte. »Nach fünfzehn Jahren muss es eine erkleckliche Summe sein.«

Eamon spürte, wie ihm der Schweiß über den Rücken lief. Der berüchtigte Söldner beobachtete ihn und blieb dabei so still, dass er nicht einmal zu atmen schien. Dieser Mann würde ihm das Herz herausreißen und es an ihn verfüttern, daran hatte der Sheriff keinen Zweifel.

»Ich kann es Euch nicht aushändigen, Sir«, stammelte er. »Nicht ohne die Zustimmung des rechtmäßigen Erben von Kilderrick.«

»Robert Armstrong hatte einen Erben?«

»Eine Erbin, um genauer zu sein. Alys Armstrong ist die Anführerin der Hexen.«

Der Söldner wirkte auf einmal sehr viel angespannter. Seine Lider senkten sich und verbargen seine Augen, aber sein Mund bildete eine harte, gerade Linie. Der Sheriff spürte, dass ihn diese Enthüllung sehr interessierte. Warum? War er den Frauen bereits begegnet? »Alys Armstrong«, murmelte er und genoss es offenbar, den Namen auszusprechen.

»Aye«, stimmte der Sheriff zu. »Sie ist Roberts Tochter, die einzige Überlebende ihrer Familie.«

»Jede Seele in der Feste war tot, bevor ich sie bis auf die Grundmauern niederbrannte«, sagte der Silberwolf, als wäre das eine würdige Tat gewesen.

Eamon erholte sich rasch. »Eine habt Ihr übersehen, Sir.« Dann bedauerte er seine Worte – fürchtete um sein eigenes Schicksal, das seiner Frau und selbst das von Alys Armstrong.

Die Augen des Silberwolfs blitzten, und er sprang abrupt auf. »Welch glückliche Fügung«, sagte er und verblüffte Eamon mit seinen Worten erneut. »Mögt Ihr Hochzeiten, Madame?«, fragte er Jeannie und schaute sie dabei kaum an.

»Aye, Sir«, sagte Jeannie, von seiner Frage eindeutig verwirrt. Sie schaute zu ihrem Ehemann und dann zurück zu ihrem unerwarteten Gast. »Das tut jeder, Mylord.«

»Nimm sie mit«, befahl er seinem Gefährten. »Wir werden Zeugen brauchen.«

Blitzschnell griff der Silberwolf über den Tisch hinweg den Sheriff beim Kragen. Er entledigte ihn seiner Waffen und band ihm die Hände auf dem Rücken zusammen, während sein Gefährte mit Jeannie dasselbe tat. Innerhalb weniger Augenblicke stieß man sie aus ihrem Haus auf die Straße, wo ein dritter Söldner mit drei stampfenden Pferden wartete.

Es waren riesige Tiere, Schlachtrösser, wie der Sheriff sie bislang nur am Hof des Königs gesehen hatte. Sie schnaubten und stampften, voller feuriger Ungeduld. Ihre Augen funkelten, als seien sie von Dämonen besessen.

Der Silberwolf stieß den Sheriff auf den dritten Mann zu, der sich bückte und ihn am Gürtel hochzog und über den Rücken seines Pferdes legte wie einen Getreidesack. Es war verflucht unbequem, aber Eamon wagte nicht, sich zu beschweren, nicht, als er die Messerklinge des Söldners an seinem Hals spürte. Jeannie ritt auf eine ähnliche Weise, nur vor Rafael. Ihre Augen waren groß und ihr Entsetzen offensichtlich.

Der Silberwolf schwang sich in den Sattel eines schwarzen Hengstes, der ebenso gefährlich aussah wie sein Herr. Die Nüstern des Pferdes bebten, und Schweif und Mähne flatterten, als der Söldner ihm die Sporen gab. Der Silberwolf verließ Rowan Fell mit wehendem Mantel. Seine Gefährten folgten ihm im Galopp und hielten geradewegs auf Kilderrick zu. Jeannie stieß ein tiefes Stöhnen aus, eins, das auf einmal abbrach, wahrscheinlich, weil auch sie ein Messer an der Kehle spürte. Der dritte Söldner sagte etwas zu dem zweiten, das der Sheriff nicht verstand, aber als sie beide lachten, gerann ihm das Blut in den Adern.

Eamon war sich sehr bewusst, dass die Dörfler aus ihren Hütten spähten, während die Gesellschaft an ihnen vorbeiritt. Die Geschichte würde sich schnell verbreiten. Der Silberwolf war zurückgekehrt, ein Jäger, der sich seine Beute sichern wollte.

Und dank der losen Zunge des Sheriffs würde Alys Armstrong sein erstes Opfer sein.

Er selbst, fürchtete Eamon, der Sheriff von Rowan Fell, wäre der Nächste.

~

SIE HIEß ALYS ARMSTRONG.

Wieso hatte Maximilian nicht gewusst, dass Robert ein Kind gehabt hatte? Sein Vater, erinnerte er sich jetzt, hatte nur gesagt, der Laird von Kilderrick habe keinen Sohn, was nicht dasselbe war. Aber Maximilian besaß das Siegel von Kilderrick. Wenn er Alys heiratete, die Erbin der Ländereien, konnte ihm niemand seinen Anspruch streitig machen, noch nicht einmal der König. Die Frau des Sheriffs behauptete, Alys sei eine Hure, aber das war Maximilian sogar noch gleichgültiger als die Andeutung, sie sei eine Hexe. Ihre Vergangenheit spielte keine Rolle, denn er hatte einen Plan für ihre Zukunft.

Er würde sie heiraten.

Sie würden einen Sohn haben.

Sie würden Kilderrick wiederaufbauen. Aye, ihr gemeinsames Wissen würde den Erfolg sicherstellen. Sie wusste, was gewesen war, und er wusste, was sein konnte. Zusammen würden sie triumphieren. Diese Lösung war so brillant, als hätte das Schicksal selbst sie für sie beide vorgesehen. Maximilian wusste es besser, als eine solche Gelegenheit verstreichen zu lassen.

Und wenn er sich selbst gegenüber ehrlich war, war es die Aussicht, mit der temperamentvollen Alys zu schlafen, die ihn in Flammen setzte. Sie würde nicht einfach stillhalten und seine Berührung erdulden. Nein, sie würde ihm auf gleiche Weise antworten. Vielleicht würde sie sich widersetzen, vielleicht würde er sie verführen müssen, aber ihre Vereinigung würde wunderbar werden.

Aye, sie würden gut zueinander passen.

Und vielleicht wusste sie mehr über den versteckten Schatz ihres Vaters. In den Ruinen war nichts zu finden gewesen, aber das war nach alle diesen Jahren ohnehin unwahrscheinlich gewesen. Er hatte nach versteckten Winkeln gesucht, einem losen Stein, einem Ort, an dem ein

Schatz viele Jahre lang verborgen liegen könnte, aber nichts gefunden. Hatte ihn in den Jahren seit Roberts Tod schon ein anderer gefunden?

Hatte Alys selbst ihn beiseitegeschafft? Sie würde am ehesten die Geheimnisse ihres Vaters kennen.

Diese Frau zu seiner Ehefrau zu nehmen, könnte mehrere Vorteile haben.

Allerdings machte Maximilian sich nicht einmal einen Moment lang Hoffnung, dass die Furie aus den Wäldern ihn so einfach erhören würde.

Tatsächlich konnte er es kaum erwarten, dieser Herausforderung zu begegnen und sich mit seiner künftigen Frau zu messen.

Wenn nicht noch mehr … und zwar noch heute Nacht.

ELIZABETH WARTETE, bis Ceara und Nyssa die Hütte verlassen hatten. Ceara duldete den Falken genauso ungern in der Hütte wie Dorcha. Nyssa wiederum hatte gesagt, es sei nett, dass Elizabeth versuchte, den Vogel zu beschützen. Alys war es egal, und zu dem Zeitpunkt, als Elizabeth erwachte, war sie schon gegangen.

Dieser Vogel war der Schlüssel dazu, dass Elizabeth ihren Teil zum Überleben beitragen konnte. Ihr war bewusst, dass die anderen mehr taten, um für ihr aller Auskommen zu sorgen als sie. Sie schuldete ihnen viel. In Beaupoint hatte sie mit einem Falken gejagt, und wenn sie diesen hier dazu abrichten konnte, zu ihr zurückzukehren, konnte sie helfen, sie alle mit Essen zu versorgen.

Ceara würde schon sehen.

Als sie allein war, trug Elizabeth den Falken auf eine kleine Lichtung und murmelte ihm die ganze Zeit beruhigende Worte zu. Sie erinnerte sich, wie der Falkner daheim einen Vogel mit einem Köder trainiert hatte. Bestimmt war dieser hier auch so ausgebildet worden. Sie hatte kein frisches Fleisch, aber der Vogel war schon einmal zu ihr gekommen.

Der einzige Weg herauszufinden, ob er es ein zweites Mal tun würde, war, ihn freizulassen und ihn dann zu rufen. Elizabeth wählte die Lichtung deshalb, damit der Vogel sie sehen konnte. Sie sang das

Lied, das den Vogel auch am Abend zuvor besänftigt hatte, und sang es noch einmal. Dann nahm sie dem Vogel die Haube ab und sang es ein drittes Mal.

Der Falke schaute sie aus wachsamen Augen an.

Sie hätte so gern eine Übungsleine, aber es ließ sich keine finden.

Elizabeth holte tief Atem, sang erneut das Lied, und warf den Vogel dann in die Luft. Mit einem mächtigen Flügelschlag stieg der Falke in die Höhe. Er stieß einen triumphierenden Schrei aus und kreiste über der Lichtung. Elizabeth sah ihm staunend zu, dann hob sie die Faust und sang das Lied.

Der Falke schrie. Er kreiste und stieß dann auf Elizabeths ausgestreckte Faust herab, die Krallen vorweg. Elizabeth blieb ein Augenblick, zu glauben, sie könnte Erfolg haben, dann stieß der Vogel erneut einen Schrei aus, flog an ihr vorbei und stieg wieder hinauf in den Himmel. Sie drehte sich herum und sang weiter, aber der Falke flog davon. »Nein!«, rief Elizabeth, dann rannte sie ihm hinterher. Sie würde ihn niemals fangen, aber wenn der Vogel landete, wäre sie vielleicht in der Nähe und könnte ihm erneut helfen.

Sie musste es versuchen.

AN MANCHEN TAGEN schien eine Jagd von Anfang an aussichtsreich. An anderen brachte sie kein Ergebnis, ganz gleich, wie viele Stunden man durch die Wälder streifte. Amaury hatte von Anfang an Zweifel gehabt, sich in diese unvertrauten Wälder zu wagen, während offensichtlich ein Sturm im Anmarsch war. Er wäre nicht auf die Jagd gegangen, wenn Maximilian nicht darauf bestanden hätte. Als die Hunde Witterung aufgenommen und die Jäger tiefer in den Wald geführt hatten als geplant, waren Amaurys Zweifel gewachsen.

Aber er hatte sich getäuscht.

Die Hunde hatten reichlich Wild gefunden, das so wenig an Jäger gewöhnt war, dass er es mit Leichtigkeit zur Strecke brachte. Fast war es, als wäre seine Armbrust verzaubert. Jeder einzelne Schuss traf, und um die Mittagszeit hatten sie so viel Wild erlegt, wie sie tragen konnten. Zwei Rehböcke, groß und gesund, ein halbes Dutzend

Rebhühner und ein Dutzend Hasen. Alle im Lager würden in den nächsten Tagen gut speisen. Amaury holte seine Bolzen und säuberte sie im Unterholz, während die Jungen das Wild verschnürten. Den Hunden warf er die Lebern zu und wünschte, er könnte Persephone finden. Normalerweise hätte sie die Leckereien bekommen. Die Knappen, Oliver und Louis, schwärmten schon von Rehbraten und Wildeintopf und Denis' berühmten Klößen, als Amaury einen vertrauten Schrei hörte.

Er hielt die Hand hoch, damit Oliver und Louis schwiegen, dann lauschte er. Der Schrei erklang erneut, unverkennbar der Ruf eines Falken. Oliver riss die Augen auf. Amaury pfiff, benutzte die Melodie, auf die Persephone gelernt hatte zu hören. Er sah einen Schatten über sie fallen, und sein Herz machte einen Freudensprung.

»Persephone!«, rief er und brach durch das Unterholz auf eine Lichtung. Er hielt seine Hand, die in einem festen Handschuh steckte, hoch, hielt nach ihr Ausschau und pfiff erneut.

Sie schrie, dann stieß sie mit funkelnden Augen herab und landete schwer auf seiner Faust. Er griff nach ihren Fesseln, und die Erleichterung ließ ihn beinahe auf die Knie fallen. Sie plusterte ihr Gefieder auf und betrachtete ihn so gelassen wie immer.

Als wäre er ein Dummkopf, weil er an ihrer Rückkehr gezweifelt hatte. Amaury atmete erleichtert aus.

Sie musste halb verhungert sein. Er holte ein Stück Leber und hielt es ihr hin, aber sie roch daran und drehte dann den Schnabel beiseite.

Wie konnte es sein, dass sie keinen Hunger hatte? Was hatte sie erlegt?

Er überprüfte ihre Krallen und ihren Schnabel, aber sie war so sauber, dass er wusste, sie hatte keine Beute geschlagen. Was hatte sie dann gefressen?

Er zog den anderen Handschuh aus und stülpte ihr die Haube über, dann ließ er den Finger über sie gleiten. Sie kam ihm nicht leichter vor, und ihr Federkleid glänzte so prächtig wie immer.

In diesem Moment knackte ein Zweig. Das Geräusch kam von der gegenüberliegenden Seite der Lichtung, nicht von dort, wo die Jungen arbeiteten. Amaury wirbelte herum und erhaschte einen Blick auf eine Frau in einem dunkelgrünen Mantel. Ihr Haar war von einem prächtigen Rotbraun und fiel ihr offen über die Schultern. Sie war das schönste Wesen, das er je gesehen hatte.

Er erstarrte und schaute sie an.

Sie suchte etwas, den Blick gen Himmel gerichtet, und achtete nicht darauf, wohin sie ging. Dann stieß sie mit dem Zeh gegen irgendetwas und stolperte. Es gelang ihr, das Gleichgewicht wiederzugewinnen, dann sah sie Amaury und erstarrte. Sie keuchte, ihre Augen weiteten sich. Ihr Blick fiel auf den Falken auf seiner Faust.

Die Zeit blieb stehen, als sie einander verblüfft ansahen.

Sie errötete auf eine höchst anziehende Weise, und er dachte, vielleicht wäre ihm das Glück beschieden, sie lächeln zu sehen – aber stattdessen wirbelte sie herum und floh. Sie war schneller als ein Reh und viel leiser, sodass Amaury sie nicht hören konnte. Allzu bald verlor er sie aus den Augen.

Er hielt inne, um zu lauschen, aber er konnte nur die Jungen und Zephyr hören, der beim Geruch des Blutes unruhig stampfte.

Sie war fort.

Amaury ging zu der Stelle zurück, wo er sie zuerst gesehen hatte. Dort sah er etwas auf dem Boden liegen. Er bückte sich und hob einen Beutel aus roter Seide auf, von der Art, wie eine Edeldame bei Hof ihn an ihren Gürtel hängen mochte. Er war ein wenig schmutzig, sah aber ansonsten sehr hübsch aus.

Und auf einer Seite war er aufgeschnitten. Amaury drehte ihn um und fragte sich, warum. Es wirkte wie ein frischer Schnitt. Im Beutel befand sich nichts. Aber während er ihn umgekehrt herum in der Hand hielte, erriet er, welchem Zweck er gedient hatte. Sie hatte ihn als Haube für Persephone benutzt! Sie hatte sich um den Falken gekümmert, ihn in der Nacht beschützt. Diese junge Frau mochte im Wald leben, aber sie kannte sich mit Falken und der Jagd aus.

Amaury lächelte. Eine solche Tat verdiente eine Belohnung.

Aber um das zu vollbringen, würde er in Erfahrung bringen müssen, wie er sie wiederfinden konnte.

Er kehrte zu den Jungen zurück, übergab Persephone Oliver und wies die Jungen an zu bleiben, wo sie waren. Mit einem Fingerschnippen rief er Bête herbei, den größten und treusten seiner Hunde, der die beste Nase hatte. Er hielt ihm den aufgeschnittenen Beutel unter die Nase und befahl im Flüsterton: »Finde sie, mein Junge. Finde sie.«

Amaury würde heute nicht nur Wild erjagen, sondern auch die junge Frau, die mit einem einzigen Blick sein Herz gestohlen hatte.

~

»WIR KÖNNTEN den Fluss aufstauen und die Wiese überfluten«, schlug Ceara vor. Sie und Nyssa hatten erraten, wohin Alys gegangen war, und sie schließlich gefunden. Die drei Frauen hatten sich hinter den Bäumen verborgen und beobachteten das Lager, von dem Alys sich wünschte, es würde sich einfach in Luft auflösen.

Der Silberwolf zeigte keine Anzeichen, ihr diesen Wunsch zu erfüllen.

»Es würde zu lange dauern«, sagte sie zu Ceara. »Er hat für sein Lager höhergelegenes Gelände gewählt, verflucht sei er.«

»Er ist kein Narr, so viel ist sicher«, gab Nyssa widerwillig zu.

»Wir könnten das Lager bei Nacht angreifen und ein Zelt anzünden«, schlug Ceara vor.

»Wenn man uns dabei erwischt, wird er keine Gnade walten lassen.«

»Wir könnten den Sheriff rufen.« Der Tonfall, in dem Nyssa den Vorschlag äußerte, verriet, dass sie selbst an dem Sinn dieses Plans zweifelte.

Alys schnaubte. »Und Eamon würde sein gemütliches Heim verlassen müssen.«

»Um sich diesen Männern zu stellen und sie zu vertreiben?« Ceara lachte. »Ich glaube, er würde nicht einmal den Versuch wagen.«

Alys lehnte sich an den Baum und dachte angestrengt nach. »Wenn wir nur einen Verbündeten hätten.«

»Einen mit einer Streitmacht«, stimmte Ceara zu, dann seufzte sie schwer. »Warum sind sie überhaupt nach Kilderrick gekommen?«

Alys schüttelte den Kopf. Auch ihr war es ein Rätsel. »Warum ist er ausgeritten, und wohin ist er gegangen?«

Sie alle zuckten gleichzeitig die Schultern.

»Wartet! Sie kommen zurück!«, flüsterte Nyssa, als könnte der Silberwolf sie von der anderen Seite des Lagers aus hören. Alys und Ceara spähten um ihre Bäume herum. Alys' Herz machte beim Anblick der drei Kämpfer, die über den entfernten Hügel westlich des Lagers geritten kamen, einen Sprung. Vorweg ritt der Silberwolf auf seinem schwarzen Schlachtross.

»Sie haben etwas mitgebracht«, sagte Ceara.

»Zwei Säcke«, sagte Nyssa verwirrt. »Aber woher, und zu welchem Zweck?«

In einem trägen Kanter erreichten die Pferde das Stück Wiese, wo die Jungen sich um die übrigen Tiere kümmerten, und die Leute des Silberwolfs versammelten sich um sie. Die beiden Säcke wurden von den Pferden heruntergelassen – und wie sich herausstellte, waren es ein Mann und eine Frau. Sie kämpften sich mit sichtlicher Mühe auf die Füße.

»Das sind Eamon und seine Frau«, flüsterte Ceara mit mehr als ein wenig Genugtuung. »Sie müssen Gefangene sein.«

Der Silberwolf ritt um das Lager herum und gab Anweisungen, während Alys ungläubig zusah.

»Aye, ihnen sind die Hände gefesselt«, bestätigte Nyssa.

Ceara lachte leise. »Und Jeannie, diese Ziege, sieht gar nicht glücklich aus.« Die Frau des Sheriffs stolperte ein paar Schritte zur Seite, beugte sich vornüber und übergab sich. Cearas Lächeln wurde breiter. »Ich könnte ihn dafür mögen.«

Alys stieß ihr hart in die Seite. »Es wird dir nicht gefallen, wenn du die nächste bist.«

»Nein, aber Jeannie ist eine giftige Kröte. Du kannst mir keinen Vorwurf daraus machen, wenn ich es genieße, dass sie zumindest einen Teil dessen bekommt, was sie verdient.«

Alys ignorierte Cearas Worte, denn in diesem Moment ritt der Silberwolf los, direkt in ihre Richtung. Er brachte sein Schlachtross etwa zwanzig Schritte vor dem Fluss zum Stehen, und das Tier warf den Kopf zurück. Am Himmel ballten sich die Sturmwolken zusammen, und in der Ferne zuckten schon Blitze.

Der Silberwurf wendete sein Pferd, das dabei stolz den Kopf neigte und tänzelte. Das Ross war schwarz, so schwarz wie die Mitternacht, und sein Fell glänzte, ein Anzeichen guter Gesundheit. »Was für ein Pferd«, flüsterte Ceara bewundernd.

Das Schlachtross reagierte perfekt auf die Befehle seines Herrn, aber Alys war nicht überrascht, dass der Silberwolf ein erfahrener Reiter war. Sollte Ceara ruhig sein Talent bewundern.

Sie bewunderte nichts an diesem Mann.

Diesmal sah sie mehr von ihm, als es in der Nacht zuvor möglich gewesen war. Dass seine Kleidung dunkel war, hatte sie bemerkt, aber er trug pures Schwarz, eine teure Farbe. Der lange, schwarze Mantel wehte hinter ihm, er trug hohe, schwarze Lederstiefel, und sein schwarzer Wappenrock war mit einem silbernen Wolf bestickt, der zum Sprung ansetzte. Zweifellos trug er eine Kettenrüstung – sie meinte sogar, deren metallisches Glitzern sehen zu können. Alles an seiner Kleidung zeugte von einem Wohlstand, der, wie Alys wusste, unrechtmäßig erworben war.

Seine Kettenhaube trug er gerade nicht, denn sein Haar glänzte in dunklem Gold. Sah er so gut aus, wie sie sich erinnerte, dieser Mann, dessen Herz von Schlechtigkeit erfüllt war? Brannten seine Augen wirklich mit blassblauem Feuer oder war es das Entsetzen eines jungen Mädchens, das ihre Erinnerung färbte?

Sie entsann sich der furchteinflößenden Stärke, mit der er sie in der vorigen Nacht festgehalten hatte, die harten, muskelbepackten Arme um sie geschlungen, und empfand etwas anderes als Furcht. Etwas höchst Unwillkommenes. Sie erinnerte sich an den Geschmack seiner Haut, seinen sauberen, männlichen Geruch, und runzelte über sich selbst die Stirn.

Nein, nicht dieser Mann. Niemals dieser Mann.

»Alys Armstrong!«, brüllte er auf einmal. Es war die Stimme, die sie in ihren Albträumen verfolgte, und Alys' Herz setzte einen Schlag aus. »Zeigt Euch!«

Alys presste sich gegen den Baum. Ihr Herz raste. Als wäre es wieder jener Tag, an dem der Himmel sich verfinstert und ein Sturm sich zusammengebraut hatte. Damals war sie davongerannt, um sich zu verstecken, und sie würde auch jetzt davonrennen. Aber sie war kein

Kind mehr, auch wenn ihr Herz genauso heftig schlug, wie es das an jenem Tag getan hatte. Sie ballte die Hände zu Fäusten.

Er würde ihr diesmal nicht wehtun. Das würde sie nicht erlauben.

»Woher kennt er deinen Namen?«, flüsterte Nyssa, die hinter ihrem eigenen Baum stand.

»Die Kröte muss es ihm erzählt haben«, murmelte Ceara. »Jeannie, diese treulose Gans.«

»Wenn sie damit sein Wohlwollen erringen wollte, hat es ihr wenig genützt«, bemerkte Nyssa.

Ceara runzelte die Stirn. »Jemand sollte ihr die lügnerische Zunge herausschneiden und sie für immer zum Schweigen bringen.«

Wie immer gab sich Ceara sehr blutrünstig, andererseits hegte sie schon lange einen Groll gegen Jeannie. Im Augenblick war jedoch eher der Silberwolf Alys' Sorge.

»Alys Armstrong, ich will mit Euch verhandeln«, brüllte er. Er hatte einen schwachen Akzent, als wäre Französisch seine Muttersprache, aber Alys verstand ihn gut genug.

Seine Stimme war lauter, als wäre er bereits nähergekommen.

»Im Leben nicht«, flüsterte sie. Als ob sie einem Mann ihre Gegenwart enthüllen würde, der das Heim ihrer Familie zerstört, ihren Vater ermordet und sie selbst beinahe getötet hatte.

Niemals.

Ihr Herz schlug unregelmäßig, und ihr Mund wurde trocken.

Nyssa spähte wieder um den Baum, dann sog sie scharf den Atem ein. »Sie haben vor, uns zu jagen«, flüsterte sie und brachte sowohl Ceara als auch Alys dazu, einen Blick zu riskieren.

Drei Söldner waren auf ihre Pferde gestiegen und hatten sich hinter dem Silberwolf zu einer Reihe formiert. Dazwischen warteten drei Jungen auf gewöhnlichen Reitpferden. Alys begriff sofort. Die sieben würden in Formation durch den Wald reiten, ein Versuch, Alys aufzuscheuchen und die Verhandlung, von der er sprach, zu erzwingen. Zumindest befehligte der Silberwolf nicht auch noch die Hunde, die noch immer mit dem anderen Kämpfer auf der Jagd waren.

»Liefere dich ihm ja nicht aus«, sagte Ceara hitzig.

Alys schüttelte den Kopf. »Elizabeth«, sagte sie leise zu ihnen.

Nyssa nickte einmal. »Wir werden sie finden. Bring dich in Sicherheit.«

»Ich brauche eine Ehefrau, Alys«, brüllte der Silberwolf zu Alys maßlosem Erstaunen. »Und da ich Kilderrick nun als mein Eigen beansprucht habe, wird allein Robert Armstrongs einzige Tochter genügen.«

Ceara fiel der Unterkiefer herunter, und Nyssa wandte sich Alys erschrocken zu. Alys stand da und blinzelte geschockt. »Das ist eine Falle«, flüsterte Ceara, und Alys konnte nur zustimmen. »Wehe dir, wenn du je in seine Gewalt gerätst.«

Der Silberwolf senkte seine Stimme ein klein wenig. »Ich denke, wir würden gut zueinander passen, Alys.«

Oh, sie würde ihm die verfluchte Zunge herausschneiden, dass er es wagte, einen solchen unfassbaren Vorschlag zu machen.

»Niemals!«, schrie sie, obwohl sie wusste, dass ihm das einen Hinweis auf ihren Aufenthaltsort geben würde.

»Doch, Alys«, wiederholte er eindringlich. »Noch heute.«

Das war also sein Plan. Alys würde lieber sterben. Sie presste die Lippen zusammen. »Netz«, sagte sie, womit sie auf eins der bewährten Mittel Bezug nahm, mit denen die Frauen sonst den unwillkommenen Eindringlingen entkamen.

»Dickicht«, sagte Nyssa.

»Dann bleibt mir das Moor«, sagte Ceara mit einem Lächeln voller Vorfreude.

Sie nickten einander entschlossen zu.

»Die Göttin sei mit euch«, sagte Nyssa.

»Und mit euch«, flüsterte Alys. Ceara nickte, und einen langen Moment sahen sie sich an.

Der Silberwolf stieß einen schrillen Pfiff aus. »Ich werde Euch finden, Alys Armstrong«, brüllte er. »Und wir werden noch heute heiraten. Verlasst Euch darauf, Mylady.«

Sie würde niemals seine Lady sein.

Er brüllte einen Befehl, dann erklangen Hufschläge. Die Pferde stürmten auf den Wald zu, die Reiter nach vorn gebeugt. Ein Mann stieß ein Johlen aus, und ein anderer lachte – offensichtlich sah er es als ein Spiel.

Die Frauen rannten.

Als Alys Ceara und Nyssa aus den Augen verlor, zuckte ein Blitz auf und zog eine lebhafte weiße Linie durch den Himmel. Alys stellten sich die Nackenhaare auf, dann traf der Blitz einen Ort nicht allzu weit entfernt. Der Boden bebte, doch der Donner übertönte das Geräusch der sich nähernden Pferde. Der Wind hob an, ließ die Bäume rauschen und die Äste wie wild ächzen. Einen Moment lang schien die Welt den Atem anzuhalten, dann öffnete sich der Himmel und kalter Regen strömte herab, durchnässte alle binnen weniger Augenblicke. Aber der Sturm machte für Alys oder ihren Jäger keinen Unterschied. Sie hörte die Pferde durch den Wald stürmen.

Das Netz.

Sie rannte, so schnell sie konnte. Ihr Leben hing davon ab, dass sie die Falle rechtzeitig erreichte.

~

MAXIMILIAN HATTE EINE HERAUSFORDERUNG ERWARTET. Sie würde die Eroberung nur umso süßer machen. Er trieb Tempest an und lenkte ihn in die Richtung, aus der er Alys' Stimme gehört hatte. Er erspähte sie und spornte das Pferd an, ließ Tempest sich einen eigenen Pfad durch das dichte Unterholz suchen.

Der Regen fiel in Strömen und kam so ungelegen, dass er halbwegs geeignet war, Alys' Ruf als Hexe Glaubwürdigkeit zu verleihen. Als hätte sie den Sturm gerufen, um die Verfolgungsjagd zu behindern, aber der Gedanke war Torheit.

Doch der Wind ließ die Äste der Zweige beben und ächzen, und Alys war in dem fallenden Regen schwer zu sehen. Sie lief im Zickzack querfeldein, duckte sich unter niedrig hängenden Zweigen hindurch, um das Vorankommen des Pferdes zu erschweren, und er musste ihre Klugheit bewundern.

Ihr Mantel war so schmutzig, dass er die Farbe des Waldes besaß, und es waren allein ihre Bewegungen, die ihm erlaubten, sie gelegentlich auszumachen. Sie war schnell und trittsicher und kannte offensichtlich ihren Weg. Dass sie nicht zögerte, hieß, sie hatte einen Plan und ein Ziel vor Augen. Er wusste genug von ihr, um das zu erkennen.

Und ihr Plan wäre nicht zu seinem Vorteil. Sie überlebte seit fünfzehn Jahren im Wald, und nicht einfach nur, indem sie ständig auf der Flucht war.

Aye, sie führte ihn in eine Falle.

Maximilian würde nicht auf ihre List hereinfallen. Alys hatte sicher keine Skrupel, ihn oder sein Pferd zu verletzen, aber er hatte andere Pläne.

Er brachte Tempest zum Stehen und lauschte. Außer dem Prasseln des Regens hörte er, wie seine Gefährten durch den Wald ritten. Jemand – vielleicht Rafael – brüllte etwas, und er wusste, sein Bruder hatte seine Beute gefunden. Amaurys Hunde bellten, allerdings in einiger Entfernung.

Er hörte jemanden durch den Wald laufen, jemanden, der zu laut war, um Alys zu sein, aber kleiner und leichter als seine Männer.

Jemand, der erschrocken Atem holte.

Alys hatte Verbündete im Wald, und dank dem Sheriff wusste er, es waren mindestens zwei andere Frauen darunter.

Seine Gedanken überstürzten sich. Bestimmt würde sie sich ihren Kameradinnen verpflichtet fühlen. An ihrer Stelle täte er das jedenfalls.

Die Schritte wurden lauter, die Frau kam näher. Eindeutig war sie sich seiner Gegenwart nicht bewusst. Maximilian glitt vom Rücken des Pferdes und legte ihm die Hand auf die Nase. Tempest, der an seinen Herrn gewöhnt war, wurde still. Er verstand den unausgesprochenen Befehl.

Der heftige Atem der Frau war von kleinen schluchzenden Lauten begleitet, die ihr Geschlecht und ihre Angst verrieten. Maximilian sah ihre Silhouette nicht einmal zwanzig Schritte entfernt. Sie ließ sich auf den Boden sinken und barg in offensichtlicher Verzweiflung das Gesicht in den Händen. Er ließ die Zügel fallen und bewegte sich wie ein Schatten durch den Wald, schnell und leise. Der Regen dämpfte jedes Geräusch, das er vielleicht machte. Er schlug einen Bogen. Als er sie von hinten packte, hatte sie ihn noch nicht bemerkt. Er schlang einen Arm um ihre Taille und hielt damit auch ihre Arme fest. Die andere legte er über ihren Mund.

Die Frau erstarrte, dann begann sie, sich hektisch zu wehren. Ihre Kapuze fiel herunter, während sie gegen ihn kämpfte, und ihr rotbraunes Haar fiel ihr über die Schultern. Ihr Mantel war einmal von edler Machart gewesen, aus dunklem Samt, vorn und um die Kapuze herum bestickt. Nun war er zerrissen und schmutzig.

Und nass. Sie waren beide bis auf die Haut durchnässt.

Sie kämpfte bis zur Erschöpfung und unterdrückte bebend ein Schluchzen. Es verschaffte Maximilian einen Eindruck davon, was sie ursprünglich dazu gebracht haben mochte, sich im Wald zu verstecken. Ihr Herz schlug wie das eines wilden Vogels, und sie schien kaum Atem holen zu können.

Er hatte nicht vor, ihre Reize zu kosten, aber das musste sie jetzt noch nicht wissen.

»Ruft nach Alys«, flüsterte er, die Lippen an ihr Ohr gepresst.

Sie schüttelte wild den Kopf und zitterte wie Espenlaub.

Maximilian presste sie gegen einen Baum, hielt sie mit seinen Hüften dort gefangen. Er ließ seine Hand von ihrem Mund zu ihrer Brust gleiten.

Sie geriet erneut in Panik, und er wusste, er hatte richtig gelegen. Sie fürchtete Männer. Vielleicht war sie vergewaltigt worden. Vielleicht hatte sie Gewalt erleben müssen und war in den Wald geflohen, um dort bei Alys Zuflucht zu finden. Maximilian interessierte es nicht sonderlich.

»Nein!«, wisperte sie und kämpfte mit neuer Kraft. »Nein, nein, nein.« Ihre Stimme brach, und er sah Tränen auf seinen Handschuh fallen.

»Ruft sie«, befahl er hart. »Dann lasse ich Euch frei.«

»Ihr lügt.« Sie spie die Worte voller Feindseligkeit.

Er presste sie fester gegen den Baum. Er wollte so schnell wie möglich aus dem Regen heraus. »Ich lüge nie«, sagte er leise. »Ruft sie.«

Sie holte scharf Atem und zitterte, dann rief sie: »Alys! Hilf mir, Alys!«

»Lauter.«

Sein Opfer rief wieder, und dann noch einmal.

»Gut gemacht«, sagte er und wich ein wenig zurück. Ihre Erleichterung war spürbar, und sie stolperte beinahe, als ihre Knie nachgaben. Er hielt sie weiterhin fest. Sie war noch immer gefangen, aber er presste sich nicht mehr an sie oder berührte ihre Brust.

»Noch einmal!«, beharrte er.

Wie erwartet diente die kleine Belohnung als Ermutigung. Sie rief lauter nach Alys, und ihre Stimme hallte durch den Wald.

Der Regen fiel als wahre Flut. Von den anderen Männern hörte er nichts mehr. Es gab nur den Regen auf dem toten Laub, das Heulen des Windes und das Warten auf Alys.

Maximilian zweifelte nicht daran, dass sie kommen würde.

KAPITEL 4

Rafael war der Frau, die er verfolgte, dicht auf den Fersen, und bewunderte das Geschick, mit dem sie lief. Sie trug Hosen, und über ihre Schulter war ein Köcher geschlungen, dennoch glaubte Rafael nicht einen Moment lang, einen Mann oder Jungen zu verfolgen. Ihr Hüftschwung ließ keinen Zweifel an ihrem Geschlecht.

Und der Anblick weckte in ihm ein neues Interesse an der Jagd. Es war ein langer Ritt von Château de Vries gewesen, und einer ohne die Vergnügungen, die Rafael sonst häufig genoss. Ein geschmeidiges Mädchen wäre ihm willkommen.

Der Regen fiel heftig und durchnässte ihn bis auf die Haut, aber ausnahmsweise war Rafael das Wetter egal. Er spornte sein Pferd an und lächelte, als die Frau im letzten Moment um einen umgestürzten Baum herumlief. Sein Pferd sprang elegant darüber und wurde nicht einmal langsamer, wieherte sogar aus reiner Freude.

Die Frau schaute über ihre Schulter zurück, und ihre Kapuze fiel ihr auf die Schultern, enthüllte ein hübsches Gesicht und langes Haar in einem feurigen Rotton. Bei allen Heiligen, sie war eine Schönheit! Aber ihr Gesichtsausdruck war voller Entschlossenheit. Rafael verstand es als Warnung. Sie blieb stehen, zog einen Pfeil aus ihrem Köcher, während sie zu ihm herumwirbelte, legte ihn auf die Sehne und schoss.

Er war so überrascht, dass er sich erst im allerletzten Moment duckte und spüren konnte, wie der Pfeil sein Haar berührte.

Das war kein Glückstreffer gewesen. Nein, sie besaß eine tödliche Treffsicherheit.

Seine Bewunderung wuchs, und er spornte Phantôm an. Die Frau verschwand hinter einem Baum, im Schatten und dem Unterholz.

Rafael verlangsamte sein Pferd und horchte, aber es gab keinen Hinweis auf ihren Verbleib. Wo war sie hin?

Der zweite Pfeil streifte seine rechte Schulter, riss seinen Waffenrock auf und hinterließ eine Blutspur auf seinem Arm. Er hätte heute seine Rüstung tragen sollen, aber er hatte nicht mit einem Kampf gerechnet. Die Wunde war nicht tief; dennoch würde er sie versorgen lassen müssen. Er sah noch immer nicht, wo die Frau war, bis sie schließlich weiterlief. Rafael murmelte einen Fluch und folgte ihr.

Auf einmal gelangte er an einen kleinen, sprudelnden Bach, der in den breiteren Fluss münden musste, der hinter ihm lag. Der Bach war beinahe komplett von den Bäumen verborgen, die dicht am Ufer standen. Ihre Zweige bildeten darüber ein Dach. Mühelos durchquerte Phantôm das steinige Flussbett – das Wasser war nur seicht. Vor ihnen fiel das Land ab, und Rafael konnte hin und wieder eine weibliche Gestalt sehen. Der Wald wurde weniger dicht, und er nahm an, dass sich in der Ferne eine Lichtung befand, vielleicht in einem geschützten Tal.

Sein Pferd galoppierte weiter, aber die Frau schoss keine Pfeile mehr ab. Rafaels Misstrauen wuchs und wuchs noch weiter, als er auf einer Seite des Wegs auf einmal einen weggeworfenen Mantel zwischen den kahlen Büschen sah. Er brachte das Pferd daneben zum Stehen, aber es gab keinen Zweifel, das Kleidungsstück gehörte ihr.

Warum hatte sie ihn zurückgelassen?

Hatte sie vielleicht die gleichen Absichten wie er? Rafael wagte es, sich dieser Hoffnung hinzugeben.

Die Frau des Sheriffs hatte gesagt, die Frauen wären Huren, was bedeutete, dass sie irgendwo ihr Handwerk ausüben mussten. Rafael hatte die Erfahrung gemacht, dass Frauen sich nicht gern unter freiem Himmel vergnügten, selbst die, die damit ihr Geld verdienten. Vielleicht gab es in der Nähe einen Unterstand für solche Gelegenheiten. Sie hatte ihn vielleicht absichtlich hergeführt.

Aye, das war vielversprechend.

Rafael lächelte, seine Vorfreude wuchs, und er glitt aus dem Sattel und band das Pferd im Schutz des Waldes an. Er näherte sich der Lichtung, die vor ihm lag, und sah, dass sie sehr groß war, sich in der Ferne in silbrigem Nebel verlor, als dehnte sie sich bis in alle Unendlichkeit. Dort, wo Büsche wuchsen, reichten sie ihm etwa bis zur Taille und verbargen den Untergrund. Er aber war mehr an der Frau interessiert. Sie stand nicht mehr als zwanzig Schritte von ihm entfernt und wandte ihm den Rücken zu. Ihr Haar war lose, hing ihr als feuchte Mähne über den Rücken. Die Nässe ließ den feurigen Farbton dunkler wirken.

Während er sie ansah, zog sie ihr Hemd bis zur Taille hoch, dann zog sie es sich über den Kopf. Ihr nackter Rücken war so blass wie Alabaster. Regenwasser lief daran herab, und Rafael trat fasziniert einen Schritt näher. Sie drehte sich zu ihm um, und er sah die volle Rundung ihrer Brüste, ihre dunklen, steifen Brustwarzen, ihr einladendes Lächeln. Sie war wunderschön! Die Entschlossenheit war aus ihrem Gesicht gewichen, und es blieb die reine Verführung. Ihre Haut war nackt und glänzte, und er trat einen Schritt näher. Er wollte sie berühren.

Sie lächelte und hob den Finger. »Lasst Eure Waffen zurück«, sagte sie heiser. »Ich werde mich Euch hingeben, aber ich will Euch nicht hilflos ausgeliefert sein.«

Rafael öffnete seinen Gürtel und legte sein Schwert beiseite. »Ich werde den Dolch nicht ablegen, falls ich Euch verteidigen muss.«

Sie lachte. »Dann werdet Ihr mich nicht bekommen.« Sie hob eine Braue. »Um mir zu begegnen, braucht Ihr heute nur *eine* Klinge.«

Rafael grinste und legte seinen Dolch, noch in der Scheide, beiseite. Hier war niemand, der seine Waffen oder sein Pferd stehlen konnte, und er hatte so lange keine Frau gehabt, dass die Vereinigung nicht lange dauern würde.

Er trat auf die Lichtung und ignorierte, wie der Matsch an seinen Stiefeln sog. Die Frau wandte sich zu ihm um, ohne dass ihr Lächeln verblasste, und ihre prallen Brüste luden ihn ein, sie zu liebkosen. Die Frau hob sogar die Hände an ihre Brustwarzen und drückte sie, bis sie sich vor seinen Augen versteiften. Er bewegte sich schneller auf seine Beute zu. Der Matsch schwappte unter seinen Füßen, saugte an ihnen, ging ihm bis zu den Knöcheln und hinderte ihn am Vorankommen.

Alarmiert schaute er nach unten, als seine Füße komplett versanken. Mühsam machte er einen weiteren Schritt und versank bis zur Wade.

Was war das hier für ein Ort?

Als er wieder aufsah, war die Frau verschwunden. Das Schilf raschelte und Rafael sah sie wieder, diesmal aus sehr viel größerer Nähe. Das unheilvolle Funkeln in ihren Augen sagte ihm, dass sie andere Dinge im Sinn hatte als Verführung.

Dann hob sie den Bogen. Sie war ihm so nahe, dass sie unmöglich verfehlen konnte. Rafael hob flehentlich die Hände, aber sie ließ den Pfeil los. Er duckte sich schnell, verlor die Balance und spürte den Pfeil an sich vorbeifliegen. Er machte einen Schritt, um sein Gleichgewicht wiederzufinden, aber der Boden unter seinem Stiefel schien zu verschwinden. Es war als wäre er in ein tiefes Loch getreten – sein Stiefel sank in den Morast, sank und sank. Rafael kämpfte darum, sich zu befreien, und versank nur noch tiefer. Der Sumpf wollte ihn offenbar verschlingen.

Rafael brüllte und ruderte mit den Armen, aber das verschlimmerte seine Lage nur. Er versuchte sich verzweifelt am Schilf festzuhalten, aber auch das hielt den Prozess nicht auf.

»Helft mir!«, rief er, während der Regen auf ihn einprasselte. Bis zu seiner Taille steckte er nun im Schlamm, der ihm in die Stiefel und den Waffenrock sickerte.

Was für eine üble Teufelei war das?

Und wohin war die Frau verschwunden? Er konnte sie nicht sehen, hörte aber Schritte, während sie um die Lichtung herumrannte. Der Regen fiel unablässig, aber er war die geringste von Rafaels Sorgen.

Dann hörte er das Wiehern seines Pferdes. Es war das Geräusch, das Phantôm machte, wenn er eine neue Bekanntschaft machte.

Eine, die er mochte.

»Wagt es nicht, mein Pferd zu stehlen«, brüllte Rafael und hörte nur ein Lachen. Er wandte sich mühsam um und sah, wie sie sich, die Zügel in der Hand, nach seinem Dolch bückte. Sie lächelte ihm zu, als wollte sie ihm danken, dann wirbelte sie herum und sprang in einer einzigen fließenden Bewegung in den Sattel.

Sie wollte ihn ausrauben – und ihn zum Sterben zurücklassen. Rafael war empört, doch seine Entschlossenheit, sich zu befreien, ließ ihn nur noch tiefer versinken. Er brüllte und grapschte nach den Pflanzen auf beiden Seiten, die ihm keinen Halt gaben, sondern nur abrissen.

»Lasst mich nicht zurück, Hexe!«, bellte er und fürchtete dabei, dass sie genau das tun würde.

Das Seil landete einen Fuß von ihm entfernt. Sein eigenes Seil, das er stets aufgerollt an einer Seite seines Sattels befestigte. Rafael kannte es gut, einschließlich des Knotens am Ende. Er betete, dass sie es sicher an einem Baum festgebunden hatte, dann zog er daran. Das Steil straffte sich. Anscheinend war das Herz dieser Hexe zumindest nicht gänzlich ohne Mitleid.

Vielleicht war sie noch nicht fertig damit, ihn zu verspotten.

Rafael biss die Zähne zusammen, als er hörte, wie die Hufschläge verklangen, dann zog er sich mühsam Zoll für Zoll aus dem Sumpf. Als er endlich wieder festen Boden unter den Füßen hatte, war er durchnässt und dreckig, weit vom Lager entfernt, ohne sein Pferd und seinen Dolch.

Rafael griff sein Schwert, das immerhin noch da war, rollte das Seil auf und machte sich auf den Weg zurück zum Lager. Seine Stiefel gaben bei jedem Schritt widerliche Geräusche von sich, und er war sich des Schmutzes, der seine Haut bedeckte, wohl bewusst.

Maximilian würde lachen.

Rafael würde diese Hexe finden, früher oder später, und sie würde für ihre Dreistigkeit zahlen.

Auf die eine oder die andere Weise.

AMAURY KEHRTE im strömenden Regen zurück und fand das Lager so gut wie verlasen vor. Er setzte Persephone auf ihre Stange in dem Zelt, das er mit Rafael teilte, trocknete sie vorsichtig und setzte ihr die Haube auf. Sie schüttelte sich und schlief ein, als wäre sie müde von ihren Abenteuern und froh, sich wieder in seiner Obhut zu befinden.

Oliver striegelte die Pferde, und die Hunde begleiteten Amaury, als er ging, um sich um das Fleisch zu kümmern. Es blieb ihm nicht verborgen, dass es im Lager sehr still war. Die Zelte, in die er beim Vorübergehen spähte, waren leer.

Wo waren sie alle? Die Stille machte ihn unruhig.

Er ging hinüber zum Feuer. Der Pavillon, den sie immer bei sich hatten, war inzwischen aufgestellt und die Zeltleinwand darübergespannt. Die Vorrichtung sorgte dafür, dass es ein Feuer gab, ganz gleich bei welchem Wetter, und Amaury war noch nie so dankbar für Maximilians Umsicht gewesen wie an diesem Tag. Er hielt seine Hände über das Feuer, um sie zu wärmen, und schüttelte sich das Wasser aus dem Haar. Das Regenwasser sammelte sich bereits in den Fußspuren und verwandelte den Pfad zwischen den Zelten in Matsch. Ohne das Feuer, so viel war ihm klar, wäre die Situation sehr viel schlimmer.

Denis, der Koch, freute sich nicht nur, ihn zu sehen und war mit dem Ergebnis der Jagd zufrieden, er war auch im Besitz geheimer Neuigkeiten. Amaury kannte seinen Gesichtsausdruck gut. Seine Frau war beinahe ebenso schlimm. Aber beide sagten wenig, stattdessen beglückwünschten sie ihn zu seinem Talent, was bedeuten musste, dass Yves sie angewiesen hatte, Schweigen zu bewahren.

Amaury musste nicht lange auf das Erscheinen des Mannes warten, der Maximilians Lager verwaltete, als wäre es eine riesige Burg. Yves, der ehemalige Châtelain von Château de Vries, ein Mann, der, wie Amaury wusste, eine unerklärliche Zuneigung zu Maximilian empfand, schloss sich ihnen prompt an. Amaury vermutete, es ginge ihm darum, die Menge des erlegten Wilds abzuschätzen, aber Yves gab sich ungewöhnlich enthusiastisch.

Vielleicht freute auch er sich auf eine heiße Mahlzeit.

»Rehbraten für das Hochzeitsessen«, sagte der Mann zu Amaurys großer Überraschung zufrieden. »Das ist nur angemessen.«

Wer wollte denn heiraten?

»Ich habe noch ein paar Pfefferkörner und Wacholderbeeren übrig«, erklärte Denis. »Die Soße wird wunderbar werden.«

»Und es ist noch ein wenig Mehl da«, stimmte seine Frau zu. »Frisches Brot für die Teller. Ich kann den Teig heute Abend ansetzen.« Die drei strahlten erst einander an, dann Amaury, dessen Mühen zum Gelingen dieses besonderen Tages beitrugen.

»Welche Hochzeit?«, war er gezwungen zu fragen.

»Mylord Maximilian hat vor, sich zu vermählen«, sagte Yves, dessen Genugtuung unübersehbar war.

Amaury blinzelte. »Er wird sich vermählen?«

Wen würde Maximilian heiraten? Es gab nur wenige Möglichkeiten. Die Dienstmagd aus de Vries, Nathalie, war die einzige Kandidatin, die Amaury spontan einfiel, aber Maximilian hatte bislang kein Interesse an der jungen Frau gezeigt. Amaury war sich nicht einmal sicher, dass sein Halbbruder sie überhaupt wahrgenommen hatte. Dass Maximilian sich auf einmal bemüßigt fühlen sollte, sie zu heiraten, war unerklärlich, wenn nicht absurd.

Auch wenn Maximilian oftmals undurchschaubar war, verhielt er sich niemals irrational.

»Aye, und zwar heute Abend«, teilte Yves ihm mit. »Er ist losgeritten, um seine Braut zu holen.«

Amaury kam es vor, als sei er länger als einen halben Tag fort gewesen. »Woher?«

Zu seiner Verwirrung deutete Yves auf den Wald.

Amaury fiel nur die junge Frau mit dem rotbraunen Haar ein, die sich um Persephone gekümmert hatte. Sein Herz zog sich bei dieser unvermeidlichen Schlussfolgerung zusammen. Bestimmt würde sie doch nicht gezwungen werden, seinen Halbbruder zu heiraten?

Und woher wusste Maximilian überhaupt von ihrer Existenz? Maximilian war verflucht aufmerksam, aber das schien zu viel, sogar für ihn.

»Aus dem Wald?«, sagte er, als hätte er dort nicht selbst schon eine hübsche Frau gesehen und könnte sich nicht vorstellen, dass Frauen unter solchen Umständen lebten. Er dachte an die Hütte, die er mit der Hilfe seiner Hunde entdeckt hatte, und den zerschnittenen seidenen Beutel, den er in seinen eigenen ledernen Geldbeutel gesteckt hatte, und konnte nicht glauben, dass es wirklich so war, wie er fürchtete.

»Die Frau, die sich ihm widersetzt, ist Alys Armstrong«, steuerte Denis bei und verstummte, als Yves ihm einen bohrenden Blick zuwarf.

»Sie wird sich ihm nicht länger widersetzen, wenn sie erst verheiratet sind«, tadelte der Mann. »Das wäre ungehörig. Aber die Ehe ist einfach *parfait*. Sie ist die Tochter – das einzige Kind – des letzten Lairds, und Mylord besitzt das Siegel. Zusammen werden sie Kilderrick wiederaufbauen.«

»Aber das würde heißen, dass Maximilian ihren Vater getötet hat«, protestierte Amaury. »Bestimmt wird sie den Gedanken einer Heirat nicht gerade willkommen heißen.« Das war noch untertrieben, fand er, aber Yves winkte ab.

»Wenn sie klug ist, wird sie sehen, dass ihr kaum eine Wahl bleibt. Und selbst, wenn sie nicht besonders klug ist, wird sie gewiss erkennen, dass es ihr besser ergeht, wenn sie Mylords Frau wird, als wenn sie wie eine Wilde im Wald lebt.« Yves zog die Stirn in Falten. »Aber ich denke, sie ist keine Närrin. Der Hinterhalt, der uns gestern Abend aufgehalten hat, war sehr klug ausgedacht.«

Amaury runzelte die Stirn. Er konnte die Absicht, einen Raub zu begehen, nicht mit dem fürsorglichen Wesen der jungen Frau in Einklang bringen, die Persephone gerettet hatte.

Yves, dem die Beunruhigung des Ritters nicht auffiel, deutete auf eine Frau und einen Mann mittleren Alters, die sie misstrauisch beobachteten. Sie waren so still und leise, dass Amaury sie vorher nicht bemerkt hatte. Beide saßen auf der anderen Seite des Feuers, allerdings nicht komplett unter dem schützenden Zeltdach. Ihre Rücken waren dem Regen ausgesetzt, aber sie unternahmen nichts dagegen. Ihre Haltung veranlasste Amaury zu der Vermutung, dass ihnen die Hände auf dem Rücken gefesselt waren. Die Frau war rundlicher als der Mann, der vor Empörung ganz rot im Gesicht war. »Mylord hat den Sheriff und seine Frau hergebracht, damit sie die Eheschließung bezeugen«, sagte Yves. »Wie es sich gehört.«

Es sah Maximilian ähnlich, sich mit den Details wie der Rechtmäßigkeit der Ehe zu befassen, dabei aber die Meinung seiner künftigen Braut wie auch der Zeugen zu missachten. Eindeutig waren sie gegen ihren Willen hergebracht worden, um dem selbsternannten Laird von Kilderrick zu Diensten zu sein.

Und es sah Yves sehr ähnlich zu glauben, Maximilian könne nichts Falsches tun.

Die beiden schauten zwischen ihnen hin und her. Ihr Misstrauen und ihr Mangel an Begreifen war offensichtlich.

»Sprechen sie kein normannisches Französisch?«, fragte Amaury Yves.

»Er scheint ein wenig mehr zu verstehen, auch wenn er versucht, es zu verbergen«, sagte Yves. Der Mann wandte hastig den Blick ab und bestätigte damit Yves' Vermutung. »Sie spricht mit ihm nur in dieser vulgären Sprache.«

Er meinte Gälisch, das im westlich gelegenen Irland und auf den Inseln gesprochen wurde. Amaury nickte. Er fand die Sprache unverständlich, andererseits hatte er auch nie versucht, sie zu lernen, obwohl sie auf ihrer Reise nach und nach immer häufiger zu hören gewesen war.

»Lasst Murdoch ihnen zuhören«, riet er Yves leise und wandte den beiden dabei den Rücken zu. »Ohne, dass er sich ihnen zeigt.«

Yves lächelte. »Er ist bereits im Zelt hinter ihnen versteckt, auf meine Anweisung.« Der ältere Mann holte tief Atem. Aus jeder Pore drang Entrüstung. »Es war an der Zeit, denke ich, dass der Schotte sich seinen Platz unter uns verdient.«

»Er hat einen Platz, weil Maximilian ihn eingeladen hat.«

»Aber ich weiß nicht, warum, Sir.« Yves schüttelte den Kopf. »Ich weiß nicht, warum.«

Auch Amaury wusste es nicht, aber er hatte es schon vor langer Zeit aufgegeben, Maximilians Entscheidungen verstehen zu wollen. Sein Halbbruder benahm sich, als wäre das Leben ein Schachspiel, und ein Ziel, das er verfolgte, mochte gut Jahre in der Zukunft liegen.

Er blieb noch eine Weile, erfuhr aber nichts weiter über Maximilians zukünftige Braut. Besorgt um das Schicksal der jungen Frau und unfähig, etwas dagegen zu unternehmen, ging Amaury sich um sein Pferd kümmern und wartete auf Maximilians Rückkehr, während er sich zugleich fragte, was er tun könnte, um die junge Frau mit dem rotbraunen Haar zu retten.

~

MAXIMILIAN WUSSTE NICHT, wie viel Zeit verstrichen war, bevor er das Geräusch eines Schrittes hörte. Der Himmel war dunkler, und aus dem Sturm war ein stetiger, ergiebiger Regen geworden. Der Donner war gen Osten abgezogen. Er hörte noch einen Schritt, und sein Puls ging schneller.

Alys war gekommen.

Im Wald war Bewegung zu sehen, ein Schatten in den Schatten, und Maximilian lächelte.

»Elizabeth?«, fragte eine Frau leise. Ihre Stimme war tief, ein wenig heiser, und sie klang womöglich sinnlicher, als der Sprecherin selbst bewusst war.

»Ich bin unverletzt, Alys. Es tut mir leid! Er sagte, er würde mich freilassen, wenn ich dich herbeiriefe.«

»Du bist noch nicht frei.« Alys war misstrauisch, und nicht ohne Grund. Maximilian empfand Respekt dafür, dass sie genug Verstand hatte, sein Handwerk zu verstehen und seine taktischen Entscheidungen. In ihrer Stimme hörte er einen schwachen Akzent, ein Echo des Nordens in ihren Vokalen, obwohl sie zu Elizabeth im normannischen Französisch des englischen Adels sprach.

Robert Armstrong musste dafür gesorgt haben, dass seine Tochter Unterricht bekam. Die Nachrichten wurden immer besser.

Aber Maximilian war es leid, im Regen zu stehen, und wollte die Angelegenheit zu ihrem unvermeidlichen Abschluss bringen. Er zog sein Messer und hielt es seiner Gefangenen an die Kehle. Sie stieß ein befriedigend lautes Keuchen aus.

Er bewegte sich auf Alys zu, hinaus auf eine kleine Lichtung, Elizabeth als Gefangene vor ihm. Obwohl der Regen mit unverminderter Heftigkeit auf ihn einprasselte, wusste er, dass der Glanz seiner Messerklinge an ihrer Kehle deutlich zu sehen war.

Auch wenn Alys keinen Laut von sich gab, schien Spannung in der Luft zu liegen.

»Wie viel werdet Ihr aufgeben, um Euch mir zu widersetzen, Alys?«, fragte er und appellierte an die Loyalität gegenüber ihren Kameradinnen, die sie bestimmt fühlte. Immerhin war sie Elizabeth zur Hilfe geeilt. »Das Leben dieser Frau ist mir egal, wenn das der Preis ist, den

Ihr zahlen wollt.« Er senkte seine Stimme. »Oder wir könnten uns zuerst auf andere Weise vergnügen.«

»Alys!«, schrie seine Gefangene panisch.

»Was wollt Ihr von mir?«, fragte Alys, die sich noch immer im Dunkeln verborgen hielt.

»Ich habe es Euch schon gesagt. Wir werden heiraten. Ich werde Kilderrick wiederaufbauen, mit Euch als meiner Ehefrau."

»Warum?« Sie traute seinen Worten offensichtlich nicht.

»Weil ein Mann ein Heim braucht.« Er hielt inne und fuhr dann fort: »Und einen Sohn?«

Sie spuckte aus, und er kämpfte gegen ein Lächeln, als er hörte, wie das Geschoss landete.

»Ich werde Euch nicht heiraten und nicht mit Euch das Bett teilen«, sagte sie mit kalter Wut. »Ich werde kein Kind von euch empfangen und einen weiteren Dämon in diese elende Welt setzen.«

»Und ich bin den Regen leid. Ergebt Euch, Alys.«

»Nein!«

»Ich verliere nicht, Alys«, ließ er sie wissen. »Gerade Ihr solltet das wissen.«

»Und ich ergebe mich nicht der Tyrannei!«

»Aber wenn Ihr Euch mir jetzt ergebt, wird Eure Freundin unverletzt überleben. Andernfalls kann ich keine Garantien abgeben.« Er bewegte das Messer ein bisschen, fügte der Frau einen winzigen Schnitt zu, sodass eine geringe Menge Blut austrat. Ihr Keuchen verriet unmissverständlich ihren Schrecken, aber Alys rührte sich nicht. Er konnte ihre Wut fühlen, die die Luft förmlich zum Knistern brachte, und wenn sie wirklich finstere Kräfte besäße, dann wäre Maximilian längst von einem tödlichen Blitz getroffen, das wusste er.

»Erpresser und Unhold«, murmelte sie, eindeutig im Zwiespalt.

»Die Entscheidung, meine Alys, liegt bei Euch.«

»Ich bin nicht *Eure* Alys«, sagte sie hitzig, als sie auf die Lichtung trat. Er musterte ihre in einen Mantel gehüllte Gestalt, hungrig nach weiteren Einzelheiten. Sie war groß für eine Frau, aber kleiner als er. Sie war auch sehr schlank, und in ihrer Stimme klang eine Entschlossenheit mit, die er bewunderte. »Ich werde niemals Eure Alys sein, aber Ihr werdet meinen Freundinnen dennoch nichts tun.« Sie ging auf ihn zu, so furchtlos, dass sein Herz einen Sprung machte, und blieb dann etwa vier Schritte vor ihm stehen. »Lasst sie los«, befahl sie. »Lasst sie *jetzt* frei.«

»Nein, Alys. Das sind nicht meine Bedingungen.« Maximilian ließ seine Stimme härter klingen. »Ihr werdet zustimmen, meine Frau zu werden, und dann werde ich sie freilassen.«

»Ich werde niemals Eure Frau sein«, gab sie zurück. »Allerdings werdet Ihr es sein, der sich dieser Ehe verweigert.«

Maximilian verstand nicht. Er runzelte die Stirn und schüttelte den Kopf.

Alys beugte sich vor. Ihre Stimme senkte sich, aber er konnte ihre von der Kapuze verborgenen Züge nicht ausmachen. »Selbst Ihr werdet mich nicht wollen, wenn Ihr erst gesehen habt, was Ihr getan habt. Lasst sie frei, *jetzt*, oder ich werde sie Euch überlassen.«

»Alys!«

Von ihrer unerwarteten Finte fasziniert, ließ Maximilian die andere Frau los. Elizabeth ergriff die Gelegenheit und rannte davon. Ihre Schritte verklangen im Wald, als sie sich in Sicherheit brachte.

»Zeigt Euch mir«, befahl Maximilian der verhüllten Gestalt vor ihm.

Alys zog ihre Kapuze zurück und offenbarte sich ihm zum ersten Mal. Sie stand aufrecht da, das Kinn hocherhoben. Ihre ganze Haltung war eine Herausforderung, und ihre Augen funkelten wütend.

Ihr Haar war zurückgebunden, aber Maximilian konnte sehen, dass es rabenschwarz war und sich wellte. Ihre Augen waren grün und klar. Auf ihrer rechten Seite war sie eine Schönheit, ihre Züge perfekt geformt, ihre Lippen voll, ihr Blick stet. Doch die andere Seite ihres Gesichts war vernarbt. Die Verletzung ließ sich nicht verbergen. Sie hatte Verbrennungen erlitten, schwere noch dazu, die ihre Wange und ihre Schläfe verunstalteten. Die Haut war rot und uneben geblieben. Maximilian vermutete, dass die Narben auch unter der Kleidung weitergingen. Sie war die Schöne und das Biest, und ein Teil von ihm wollte sich schaudernd abwenden.

Aber genau das erwartete Alys von ihm. Ihr herausfordernder Blick verriet es.

Der bessere Teil von ihm bewunderte ihren Mut. Sie besaß keine

Waffen. Sie war ihm allein mit ihrer Tapferkeit entgegengetreten und zeigte ihm offen ihre Narben, um des Lebens ihrer Gefährtin willen. Maximilian war gleichermaßen überrascht und beeindruckt. Noch nie war er einer Frau mit so viel Tatkraft und Entschlossenheit begegnet – und er verstand sie so gut, als ob er sie schon ein Leben lang kannte. Sie würde alle Mittel einsetzen, um das gesetzte Ziel zu erreichen, aber sie war denen gegenüber loyal, die sie beschützte. Sie folgte festen Prinzipien und war tapfer und kühn.

Sie war wie er.

Aye, Alys Armstrong würde eine gute Frau für ihn abgeben.

Er steckte sein Messer in die Scheide, dann trat er vor und legte beide Hände um ihr Gesicht. Er spürte ihr Erstaunen, aber er sah ihr tief in die Augen, als er sie an sich zog, und stellte sicher, dass sein Gesichtsausdruck nichts anderes als die Bewunderung verriet, die er jetzt schon für sie fühlte.

»Du hast gespielt und verloren«, sagte er leise in vertraulichem Tonfall und sah das nervöse Flackern in ihrem Blick. »Du wirst meine Alys werden, und ich werde dafür sorgen, dass du darüber froh sein wirst.«

Dann küsste er sie, ein erobernder, triumphierender Kuss, der darauf abzielte, ihr Blut in Flammen zu setzen.

In seinem eigenen schürte er jedenfalls die Glut.

Er wich nicht zurück.

Den Silberwolf kümmerte es nicht, dass Alys Narben trug.

Es war ihm egal, dass sie entstellt war, oder dass sie schmutzig war.

Stattdessen küsste er sie, als wollte er sie gleich jetzt, an dieser Stelle, für sich beanspruchen, auf der Lichtung im Regen. Alys war von seiner Reaktion so geschockt, dass sie nicht zurückwich, und dann legte sich sein Mund so fest auf ihren, dass es sie beinahe überwältigte. Noch nie war sie von einem Mann geküsst worden, nicht so, mit einem verführerischen, bezaubernden Kuss, der ihr die Knie weich werden ließ und sie gänzlich ihres Verstandes beraubte.

Es gab nur die Lust, ein glorreiches, unwiderstehliches Vergnügen.

Lieber Himmel, wer hätte ahnen können, dass der Kuss eines Mannes so wunderbar sein konnte?

Er hielt sie in seinen Armen gefangen, und seine Hände, die in Handschuhen stecken, umfassten ihr Gesicht. Das Leder fühlte sich kühl und nass auf ihrer Haut an, und seine Berührung war perfekt geeignet, sie festzuhalten, ohne sie zu verletzen. Es war sonderbar, sich kostbar zu fühlen, vor allem, weil es gerade dieser Mann war, der sie behandelte, als sei sie ein wertvoller Schatz. Der Silberwolf hob sie ein wenig hoch, sodass sie auf den Zehenspitzen stand, und schmeckte ihren Mund, als wäre sie allein für sein Vergnügen gemacht. Sie spürte, dass sie auf seine Berührung reagierte, bevor sie einen klaren Gedanken fassen konnte – und dann begriff sie, was er vorhatte.

Sie *war* ein Schatz, einer, den er zu seinem eigenen Vorteil benutzen würde.

Alys löste ihren Mund mühsam von seinem, stellte fest, dass er sie gegen einen Baum presste, und starrte ihn böse an. »Schuft!«, spie sie. »Schänder und Erpresser!«

Seine blassen Augen glitzerten, von einem so hellen Blau, dass sie silbern wirkten, und sein Mund verzog sich zu einem zufriedenen Lächeln. Aye, er sah gut aus, auf eine verruchte Weise. Diese Augen schienen bis in die Tiefe ihrer Seele zu blicken. Alys hatte den Eindruck, als wären all ihre Geheimnisse für ihn offenbar – und sie wusste, dass er sie gegen sie verwenden würde. Sie wandte den Blick ab. Ihr Atem ging schneller.

»Ein guter Anfang, meine Alys«, murmelte er und griff nach ihr, um sie wieder an sich zu ziehen.

Alys schlug ihn, bevor er diesen hassenswerten Kosenamen wiederholen konnte, und das Klatschen ihrer Handfläche klang sehr laut auf der Lichtung. Hart stieß sie ihn von sich, dann beobachtete sie ihn misstrauisch, als sie begriff, dass sie nicht fliehen konnte. Verspätet bekam sie Angst, auf welche Weise er sich vielleicht für ihre impulsive Tat rächen würde. Verspätet fragte sie sich, warum er zugelassen hatte, dass sie ihn wegstieß. Bestimmt würde sie dafür bezahlen. Der Regen fiel, kalt und unbarmherzig, während sich ihre Blicke trafen.

Sie wappnete sich gegen einen Schlag, aber seine Augen verdunkelten sich lediglich. Er presste die Lippen zu einer Linie purer

Entschlossenheit zusammen, die Angst in ihr aufsteigen ließ, dann packte er sie, blitzschnell und überraschend. Er griff sie beim Ellbogen und zwang sie, sich umzudrehen und in Richtung des Lagers zu laufen, schleifte sie dabei beinahe hinter sich her. Er war größer als sie und zog immer wieder an ihrer Hand, stellte dadurch sicher, dass sie keinen Halt fand und sich nicht losreißen konnte. Alys war sich seiner Macht und Stärke sehr wohl bewusst – und der Tatsache, dass er ihr dabei dennoch nicht wehtat.

Wahrscheinlich gefiel es ihm nicht, wenn eine Frau von Blutergüssen gezeichnet war. Das hieß nicht, dass ihm an ihrem Wohlergehen gelegen war.

Sie kämpfte gegen seinen Griff, obwohl sie wusste, dass es vergebens war, während Dornenranken an ihrem zerlumpten Überkleid zerrten. Zielbewusst und unbeeindruckt von ihrer Gegenwehr oder irgendwelchen Hindernissen marschierte er durch das dichteste Unterholz und dann durch den Fluss.

»Mistkerl und Widerling«, schimpfte sie leise und versuchte, ihren Arm seinem Griff zu entziehen. »Ihr wollt mich nicht heiraten. Ihr wollt mich vor den Augen aller in Eurer verfluchten Kompanie entehren und mich dann zwingen zuzusehen, während ihr meinen Freundinnen dasselbe antut.«

»Ich habe dir meine Absichten erklärt«, antwortete er. Sein Ton war ruhig, aber Alys spürte, dass er dabei die Zähne zusammenbiss. Eindeutig war er angespannt. »Ich mag vieles sein, meine Alys, aber ich bin kein Lügner.«

Sie glaubte ihm nicht. »Ungeziefer. Teufelsgezücht. Natürlich lügt Ihr.«

»Es ist, als glaubtest du, mich bereits zu kennen«, stimmte er leichthin zu, und sie sprang vor und versuchte, ihn zu treten. Er war nicht überrascht. Vielleicht hatte er ihre Tat vorausgesehen. Mühelos hob er sie hoch und warf sie sich über die Schulter, als wäre sie ein kleines Kind oder ein Sack Getreide.

»Jeder kennt Euren Ruf, und ich weiß besser als die meisten, wie verdient er ist«, sagte sie heftig und wehrte sich mit aller Kraft. Dass es ihn so wenig Mühe kostete, sie festzuhalten, erzürnte sie umso mehr.

»Zwing mich nicht, dich zu fesseln«, fuhr er mit einem Gleichmut fort, der sie jetzt bereits wütend machte. Er watete durch den Fluss und hielt sie dabei fest. »Es wären schlechte Aussichten für unser künftiges Glück.«

»Es gibt keine Aussichten auf künftiges Glück«, entgegnete sie und zielte mit einem Tritt auf seinen Schritt. Stattdessen traf ihr Knie das Kettenhemd, das so hart war wie erwartet. »Nicht, wenn ich gezwungen bin, einen Schuft wie Euch zu heiraten.«

»Und trotz meines schlechten Rufs zögerst du nicht, mich zu provozieren«, bemerke er. »Anscheinend hältst du mich doch nicht für so gewissenlos.«

»Oder ich bin überzeugt, dass ich nichts zu verlieren habe.«

»Aber so viel zu gewinnen, meine Alys.« Als sie das andere Ufer erreicht hatten, zog er sie von seiner Schulter herab und in seine Arme. Er blickte sie eindringlich an. »Du lebst in Schmutz und Elend, ohne Schutz, und leidest wahrscheinlich an den meisten Tagen Hunger.«

»Ich ...«, begann sie zu widersprechen, aber er sprach bereits in stählernem Tonfall weiter.

»Ich habe ausreichend Mittel, um Kilderrick wiederaufzubauen, sodass du in Bequemlichkeit leben und regelmäßige Mahlzeiten essen kannst. Sicherlich liegt darin ein gewisser Reiz.«

Dass er die Burg wiederaufbauen wollte, war eine Lüge, dessen war sich Alys sicher. Die Kosten wären enorm, und sie konnte nicht glauben, dass er den Rest seines Lebens an diesem einen Ort zubringen wollte.

Aber wenn sie ihn danach fragte, würde er wahrscheinlich schlicht behaupten, er lüge nicht.

Die Zeit würde ihr recht geben – wenn sie diese Zeit tatsächlich hatte.

»Ihr verlangt zu viel im Austausch für Nahrung und Obdach«, protestierte sie, und ihre Panik wuchs, obgleich sie sich bemühte, sie zu verbergen.

»Ich biete mehr als das. Niemand legt Hand an das, was ich für mich beanspruche, und bleibt am Leben, um sich der Tat zu rühmen.« Seine Augen funkelten mit einer Entschlossenheit, die sie mit einer unwillkommenen Erwartung erfüllte. »Als meine Ehefrau und Mutter meiner Kinder wirst du sicher sein, sicherer noch als eine Königin.«

»Jetzt sind es schon mehrere Kinder«, sagte Alys, der nicht sofort ein anderes Argument einfiel. »Vor einigen Augenblicken noch wolltet Ihr nur einen Sohn.«

Sein Lächeln blitzte auf, strahlend und unerwartet. Lieber Gott, er war ein gutaussehender Mann – und er wusste es. Sein Blick wanderte über sie, warm, als fände er sie anziehend, auch wenn Alys wusste, das musste eine Lüge sein. »Aye. Ich vermute, dass unser Bund sehr fruchtbar sein wird, in vielerlei Hinsicht.«

Sein Spott weckte ihre Wut. Sie starrte ihn böse an, während er sie weiter zum Lager trug. Was konnte sie tun? Er pfiff, und sein schwarzes Schlachtross wieherte. Es lief hinter ihnen her und wurde langsamer, als es sie erreicht hatte. Seine Nüstern weiteten sich, und es stellte die Ohren auf. Seine Zügel schleifte es mit sich, hörte aber auf den Ruf seines Herrn und stieß liebevoll mit dem Kopf gegen seine Schulter. Es war ein feines Pferd, und sie erinnerte sich an die Worte ihres Vaters, Pferde seien die besten Menschenkenner.

Sie würde sich nicht umstimmen lassen.

Seine übrigen Gefährten kamen mit ihren Pferden aus dem Lager, alle bis auf die Haut durchnässt. Sie sahen aus, als wären auch sie erst kürzlich aus den Wäldern zurückgekehrt. Alys konnte etwas Köstliches riechen, vielleicht gebratenen Fasan, und ihr Magen knurrte und erinnerte sie daran, wie leer er war.

»Ceara?«, rief sie. »Nyssa?«

»Deine Freundinnen sind heute Nacht nicht bei uns«, sagte der Silberwolf glatt.

»Gut.«

»Würden sie nicht gern deine Eheschließung bezeugen?«, murmelte er, und sie schaute hoch und sah in seine Augen, die in der Dunkelheit glänzten.

Es war ein Scherz auf ihre Kosten, und Alys wusste es. Einmal mehr wurde ihre Angst durch Ärger ersetzt. Sie war es, die in Gefahr war; ihre Gefährtinnen würden diese Nacht sicher in der Hütte schlafen.

Sie allein konnte sich retten.

Der Sheriff und seine Frau wurden zu ihnen geführt. Beide wirkten verärgert, wenn sie anscheinend auch unverletzt waren. Die Söldner erwarteten den Befehl des Silberwolfs – zu Pferd oder neben ihren

Pferden stehend. Sie alle trugen dunkle Mäntel und waren offenbar bewaffnet. Die meisten trugen die Helme unter den Armen, und alle hatten sie Kettenhemden an, die ihnen bis zum Knie gingen. Sie waren nass und bestimmt froren sie, warteten aber geduldig auf ihre Befehle.

Genau wie die Gruppe von Dörflern oder Gemeinen, die im Wagen gefahren waren. Sie trugen keine Waffen und wurden nicht bewacht. Ein großer, schlanker Mann mit silbernem Haar schien sie anzuführen. Zwar trugen sie keine Fesseln, aber Alys vermutete, dass sie dennoch Gefangene waren. Zu welchem Zweck? Würde der Silberwolf sie gegen Lösegeld freilassen oder sie weiterhin als Sklaven halten?

»Habe ich Euch nicht eine Hochzeit versprochen?«, fragte er Jeannie, die Frau des Sheriffs, nun in mildem Tonfall. Jeannie war blass, aber es brauchte mehr als Unsicherheit, um ihre geschwätzige Zunge zum Verstummen zu bringen.

»Aye, Mylord«, antwortete sie.

»Es muss einen hübscheren Ort für das Ablegen der Eheschwüre geben.«

»In Rowan Fell steht eine Kapelle«, sagte Jeannie. »Obwohl der Priester sich zu dieser Stunde bestimmt nicht gern stören lässt.«

Der Silberwolf schüttelte den Kopf. »Nein. Ich werde nicht jetzt schon dorthin zurückkehren.«

»Dann kann es keine Hochzeit geben, denn wir haben keinen Priester«, erinnerte ihn Alys.

Er hob eine Braue. Es gelang ihm, gleichzeitig charmant und teuflisch zu wirken. »Die Ehe ist das einzige Sakrament, das keines Priesters bedarf, meine Alys. Sicher kenne ich den Katechismus doch nicht besser als du? Wir brauchen nur Zeugen, für die ich bereits gesorgt habe. Wir können uns später den Segen erteilen lassen.«

Sie war stark versucht, etwas zu tun, um diesen Mann zu überraschen, sein Selbstvertrauen zu erschüttern, wenn nicht, es zu zerstören. Er lächelte sie an, so selbstsicher, dass sie ihn dafür hasste, und dabei so anziehend, dass es obszön erschien, wie böse seine Natur war.

Konnte sie ihn in eine Falle locken? Alys musste es versuchen. Sie hatte wahrlich nichts zu verlieren.

»Der Ninestang Ring«, sagte sie. »Es ist ein Ort der Hoheit und der Macht, wie es zum Ablegen von Schwüren passt.« Sie sah ihm ins

Gesicht und achtete darauf, dass in ihrem Blick eine kühle Herausforderung lag.

»Ein Ort der Hexerei und des Übels«, schimpfte Jeannie.

Alys lächelte den Silberwolf an. »Wenn Ihr es wagt, eine Hexe dazu zu zwingen, Euch dort zum Mann zu nehmen.«

»Dann also der Ninestang Ring«, stimmte der Mann, der sie in seiner Gewalt hatte, zu. Er hob Alys in den Sattel seines Pferdes, und das Schlachtross stampfte ungeduldig. Alys, die das Reiten nicht gewohnt war, hielt sich verzweifelt fest, bemerkte aber, dass er die Zügel mit festem Griff hielt. Zweifellos würde das Pferd sich nicht bewegen, ohne dass er es befahl.

Zweifellos fürchtete selbst das Pferd seine Vergeltung.

Dann schwang sich der Silberwolf hinter ihr in den Sattel. Er schlang den Arm um ihre Taille und hielt sie fest an seinen muskulösen, starken Körper gepresst. Trotz allem musste Alys an den Kuss denken und spürte eine unwillkommene Reaktion auf seine Berührung.

»Der Sheriff und seine Frau sind selbstverständlich herzlich eingeladen, als Zeugen anwesend zu sein, genau wie Yves.« Der silberhaarige Mann verbeugte sich, und Alys fragte sich, welche Rolle er wohl in der Gruppe spielte. Unterdessen deutete der Silberwolf auf zwei andere Männer. »Amaury, du reitest mit uns, und du auch, Matteo.« Der erste war der Mann mit dem blonden Haar, den sie am Morgen zur Jagd hatte ausreiten sehen. Der zweite war der schlanke, dunkelhaarige, der den Silberwolf begleitet hatte, als er nach Rowan Fell geritten war. »Bringt die Zeugen her.« Der dunkelhaarige Söldner wandte sich um und brüllte Befehle. Er sprach normannisches Französisch, allerdings so schnell und abgehackt, dass Alys seine Worte nicht verstand.

Zwei Jungen luden den Sheriff und seine Frau auf Pferde, als wären sie Getreidesäcke. Jeannie stöhnte, aber niemand zollte ihr Aufmerksamkeit. Wenn sie den ganzen Weg von Rowan Fell so hatte reiten müssen, quer auf dem Pferd liegend, konnte Alys nachvollziehen, warum sie so blass war.

Der Regen fiel noch immer ohne Unterlass, aber weniger heftig, und ein schwacher Donner grollte. Das Gewitter war nach Osten abgezogen. Die Blitze schlugen nun in der Ferne ein.

Als alle versammelt waren, setzte der Silberwolf sein Pferd in Bewegung. Das Tier galoppierte mit einer unerhörten Geschwindigkeit los nach Norden, und Alys hielt sich an seiner Mähne fest.

Der Ring alter Steine war nicht weit entfernt, und bald würde sie diesen Mann los sein. Ihre Fallen befanden sich nicht nur im Wald, es gab auch eine am Ninestang Ring. Bald würde sie wieder frei sein.

Würde sie dem Silberwolf einen Handel anbieten, im Austausch gegen seine Freiheit? Der Gedanke allein war so kühn, dass er sie zum Lächeln brachte. Es war eine verlockende Idee, sich mit ihm zu messen, aber Alys wusste, es wäre ein gefährliches Spiel.

Nein, sie sollte ihn einfach zum Sterben zurücklassen, wie er es einst mit ihr getan hatte.

Nicht weniger hatte er verdient.

KAPITEL 5

Alys hatte einen Plan.

Maximilian hätte seine rechte Hand darauf verwettet. Nein, seine Seele. Ihre plötzliche Gefügigkeit konnte nichts anderes bedeuten. Er war fasziniert und neugierig und nahm an, es hatte etwas mit dem Ninestang Ring zu tun. Der Sheriff hatte sich bei der Erwähnung des Ortes versteift, also gab es dort sicher etwas, von dem nur die Einheimischen wussten, nicht aber Maximilian.

Was auch immer er dort entdeckte, würde ihm bestimmt nicht zum Vorteil gereichen.

Allerdings bezweifelte er, dass es viel mit Hexen oder Zauberei zu tun hatte.

Er ritt den anderen voraus und ignorierte den Regen und die Dunkelheit. Das wirkte wagemutig oder selbstbewusst und würde Alys davon überzeugen, dass sie ihn erfolgreich getäuscht hatte. In Wahrheit traute er Tempest, einen Weg zu finden. Und er würde in absehbarer Zukunft nicht in der Gegenwart dieser Frau schlafen. Ihr Hass auf ihn wurzelte tief, und er fragte sich, was ihre Verletzung sie gekostet hatte. Einen besonderen Verehrer? Irgendeine Ehe? Ein besseres Leben als jenes, das sie in dieser Wildnis führte?

Maximilian wusste es nicht, aber er würde es herausfinden.

Wie sich herausstellte, handelte es sich bei dem Ninestang Ring um einen Kreis aufrecht stehender Steine, vielen anderen, die er in seinem Leben bereits gesehen hatte, nicht unähnlich. Dieser Ring war von sehr großem Durchmesser, so groß, dass er ihn vielleicht nicht einmal als solchen erkannt hätte, besonders in einer Regennacht. Die Steine waren breit und hoch, obwohl er nur fünf ihrer zerklüfteten Spitzen in den Himmel aufragen sah.

»Vor diesem dort«, sagte Alys und deutete auf den größten von ihnen, der ein wenig erhöht stand. »Er ist der Anführer.«

»Der Anführer der Steine?«, fragte er und klang dabei bewusst spöttisch.

Sie versteifte sich ein wenig. »Er ist der Mittelpunkt der Macht. Der richtige Ort, um Gelöbnisse auszutauschen oder einen Schwur abzulegen. Es ist bei uns so Sitte.«

»Ich verstehe. Dann ist er eine sehr passende Wahl.« Der Boden war uneben, überwachsen und mit Steinen und Laub bedeckt, das vom nahen Wald herübergeweht sein musste. Mitten im Kreis kam ihm die Luft auf einmal kälter vor. Der Wind ließ nach, der Regen aber fiel umso heftiger. Ein abergläubischer Mann hätte vielleicht eine üble Vorahnung gehabt, aber Maximilian dachte nur an das Wohlergehen seines Pferdes.

Er stieg ab, während die anderen von hinten zu ihnen aufschlossen, und hob Alys vom Pferd. Er nahm ihre Hand in seine und sah, wie sich ihre Lippen bei dieser intimen Berührung wütend verzogen. Dass sie nicht vor ihm zurückschrak oder versuchte, sich ihm zu entziehen, war ein weiterer Hinweis darauf, dass sie etwas vorhatte. Dennoch genoss er das Gewicht ihrer Hand in seiner, als sie zusammen auf den Stein zugingen. Es könnte sich freundschaftlich anfühlen, wenn sie ihn nicht bis ins Mark verabscheute.

Seine Eroberung würde wahrlich süß schmecken.

Maximilian ließ sie vorweggehen, lud sie förmlich ein, ihm die Falle zu zeigen. Als sie sich dem Stein näherten, stockte und stolperte sie auf einmal. Ihre Hand glitt aus seiner. »Ah! Ein scharfer Stein!«, sagte sie und bückte sich, um ihren Fuß zu betrachten. Offensichtlich erwartete sie, dass er einen weiteren Schritt tat, aber Maximilian ließ sich nicht täuschen. Er betrachtete den Abstand zwischen ihnen und dem großen Stein, sah aber nichts Auffälliges.

Dann bemerkte er, dass der Bewuchs vor dem Stein flacher war, als ob jemand die natürliche Vegetation verändert hatte. Und im Schatten des Steins war der Boden trocken, als könnte der Regen dort keine Pfütze bilden.

Er hörte ein schwaches Tropfen und wusste, vor ihm lag eine Fallgrube.

Seine zukünftige Braut wurde mit jedem verstreichenden Moment interessanter. Was für eine kluge und listige Kreatur sie war!

Wie perfekt sie zueinander passten.

Maximilian tat, als wollte er den nächsten Schritt machen. Alys kam wieder auf die Füße und wich eilig ein Stückchen beiseite. Maximilian grinste, weil er ihre Absicht richtig erraten hatte. Blitzschnell packte er sie um die Taille und ging dann weiter. Wenn er in die Grube fiel, dann würde sie ihn begleiten.

In der Dunkelheit würden sie vielleicht Gelegenheit haben, eine Einigung zu erzielen.

Unter seinem Fuß befand sich nichts als eine Schicht trockener Pflanzen. Sie brach sofort ein, und Maximilian stürzte in das Loch. Alys kämpfte wütend gegen seinen Griff, als er sie mit sich hinab in die Dunkelheit zog.

»Nein!«, rief sie. »Nein!«

Es gelang ihm, sich so zu drehen, dass sie über ihm war, während sie mit den Fäusten auf seine Brust trommelte, und gab einen Schmerzenslaut von sich, als er auf dem Boden der Grube auf dem Hintern landete. Es lagen Laub und Gras am Boden, aber nicht genug, um den Fall zu dämpfen. Vor allem aber befand sich unter ihm eine Pfütze, die seinen Waffenrock durchnässte. Er verzog das Gesicht – seine Brautwerbung würde weitere Blessuren zur Folge haben. Das kalte Wasser auf seiner Haut ließ ihn erzittern.

Alys hockte über ihm, wogegen er an sich nichts einzuwenden hatte. Sie kämpfte sich allerdings rasch auf die Füße und wich vor ihm zurück. »Mistkerl!«, spie sie und trat nach ihm, wobei sie ihn mit einer Fontäne kalten Wassers bespritzte. Maximilian kämpfte gegen den Drang, über ihre Wut zu lachen.

Das Licht, das in das Loch hineinfiel – wenn man es so nennen konnte – kam von hoch über ihren Köpfen. Sie mussten mehr als zwanzig Fuß gefallen sein. Zumindest hatte der Aufprall sich so angefühlt. Er stand auf, bürstete sich ab und machte sich dann daran, ihr Gefängnis zu erkunden. Die Seitenwände bestanden alle aus glattem Stein. Es musste vor langer Zeit errichtet worden sein. Das Wasser reichte ihm nur bis zu den Knöcheln, es musste also einen Abfluss geben. Das war eine Erleichterung angesichts des heftigen Regens.

»Widerling!«, schrie Alys, schlug in seine Richtung wild um sich, schaffte es aber nur, seinen Arm zu treffen. »Seht nur, was Ihr getan habt.«

»Ich nehme an, ich hätte allein hier unten sein sollen.«

»Natürlich solltet Ihr das.« Sie holte zittrig Atem. »Dämon.«

»Bist du verletzt?«

»Nein.«

»Du wusstest, dass dieses Loch sich hier befand.«

»Alle wissen es«, sagte sie abfällig. »Es ist eine alte Begräbnisstätte.«

»Und eine effektive Falle.« Maximilian zog die Handschuhe aus und steckte sie in seinen Gürtel. In seinem Beutel fand er einen Feuerstein und schlug Funken, mit denen er ein verdrehtes Stück Stoff entzündete, das er ebenfalls immer bei sich trug. Es war das Beste, stets für Notfälle gewappnet zu sein.

Das flackernde Licht reichte aus, um ihr Gefängnis zu erhellen, auch wenn es nicht lange brennen würde, da der Stoffstreifen recht kurz war. Er war als Docht gedacht, nicht als Laterne. Der Raum war auf einer Seite vielleicht so breit, wie ein Mann groß war, und aus behauenem Stein. Ein ganzes Stück oberhalb des höchsten Punkts, an den er gelangen konnte, endete das Mauerwerk und ging in feste Erde über, so glatt, dass es unmöglich wäre, daran Halt zu finden und hinauszuklettern.

Maximilian ging einmal im Raum herum, mied die tiefste Pfütze in der Mitte und lauschte dabei auf Alys' Atem. Es gab keinen Weg hinaus, außer dem, auf dem sie hineingelangt waren, und er vermutete, dass sich in dem Haufen Schutt in einer Ecke auch das Skelett irgendeines unglücklichen Wesens befand. Er hielt seine improvisierte Kerze hoch und sah, dass Alys die Augen weit aufriss. Dann erreichte die Flamme seine Fingerspitzen, und er ließ das Stück Stoff in die Pfütze fallen. Das Licht ging aus, und sie atmete scharf ein.

Hatte sie in der Dunkelheit Angst vor ihm?

Bisher hatte sie wenige Anzeichen von Furcht gezeigt. Daher vermutete Maximilian, dass die Dunkelheit schuld war – und dann erriet er, warum. »Wo warst du?«, fragte er.

»Wann?«, sagte sie misstrauisch, aber er vermutete, dass sie begriff.

»In jener Nacht in Kilderrick.« Er stand ihr gegenüber und lehnte sich an die Wand. Es gab ihm Zuversicht, dass sie nicht fliehen konnte. »Ich hatte nicht vor, jemanden am Leben zu lassen.«

»Ihr habt Euch geirrt.« Es war klar, dass sie darüber Genugtuung empfand.

»Wo warst du?«, fragte er wieder.

»Im Vorratskeller«, gestand sie.

»Ich habe den Keller durchsucht.«

»Nicht gut genug«, sagte sie in kämpferischem Ton.

Maximilian dachte an den Keller, die Weinfässer, den Behälter mit Öl, der so nützlich gewesen war, um das Feuer zu entzünden, die Wände, die diesen hier so ähnlich waren. Er erinnerte sich so deutlich an alle Einzelheiten, als stünde er von Neuem dort.

»Ein alter Sack«, sagte er schließlich. »Der, von dem der alte Kastellan behauptete, er sei leer.« Aye, Maximilian erinnerte sich an die Vehemenz des Mannes, die ihn an dessen Aussage hatte zweifeln lassen, aber dann hatte der Laird in der Kammer über ihnen geschrien.

Vielleicht hatten sie sich abgesprochen, um die Tochter des Lairds zu beschützen.

Vielleicht war es nur Zufall gewesen.

»Das war er nicht.« Alys' Feindseligkeit schien in der Dunkelheit noch ausgeprägter.

Er nickte. »Ich verriegelte die Tür von außen, weil ich ihm nicht glaubte.«

»Ich weiß.« Ihr Ton war bitter. »Sein Name war Rupert.«

Maximilian erinnerte sich an die Wut des Feuers, die hellen Flammen, die sich vor dem Nachthimmel abgehoben hatten, während er dagestanden und zugesehen hatte. »Wie hast du überlebt?«

»Spielt es eine Rolle?«

»Ich bin neugierig.«

»Weil Ihr versagt habt.«

»Weil du allen Erwartungen trotzt. Ich wüsste gern, wie.«

Einen Moment lang dachte er, sie würde nicht antworten. Er konnte ihre Wut auf ihn spüren und ihr daraus keinen Vorwurf machen.

»Die Decke stürzte ein«, sagte sie schließlich. »Der Boden darüber brannte, und es gelang mir schließlich, hinauszuklettern.« Sie atmete tief aus. Vielleicht erlebte sie die Nacht in ihrer Erinnerung wieder, so wie er. Es musste ein Inferno gewesen sein. Erneut war er von ihrer Tapferkeit beeindruckt. »Ich musste so weit klettern. Ich dachte nicht, dass ich es schaffen würde.«

»Doch das hast du«, sagte Maximilian leise.

»Aber alle anderen waren tot«, antwortete sie. »Ich sah die Leiche meines Vaters am nächsten Tag.«

Zu Asche verbrannt, kaum zu erkennen. Das war kein Anblick für ein Kind, und Maximilian hätte ihn ihr erspart, wenn er gewusst hätte, dass sie überlebt hatte.

Was hätte er mit Alys getan, wenn er sie gefunden hätte? Er war selbst kaum mehr als ein Kind gewesen, nicht einmal zwanzig Sommer, erfüllt vom Gift und der Wut seines Vaters.

Vielleicht war es besser für sie, dass er sie nicht gefunden hatte, aber Alys würde das sicher nicht so sehen. Ihre Narben belasteten sie, und wieder fragte er sich, was sie sie gekostet hatten.

»Wie alt warst du?«, fragte er.

»Zehn Sommer.«

Er hob unwillkürlich die Brauen, so beeindruckt war er von ihrer Stärke. Und dennoch, mit zehn Sommern wäre sie weiblich genug gewesen, um manche Männer in der Kompanie seines Vaters in Versuchung zu führen, die damals mit ihm geritten waren. Vielleicht waren die Brandwunden der geringere Preis gewesen. »Wer hat sich um deine Verletzungen gekümmert?«

»Wo steht geschrieben, dass es jemand getan hat?«

»Ich nehme an, dass du sonst nicht überlebt hättest.«

»Haltet mich nicht für schwach.«

Maximilian lächelte. Das würde er niemals tun. »Glaubst du an das Schicksal, meine Alys?«

Sie lachte, ein hartes Geräusch. »Nein.«

»Aber ich tue es.«

»Dann seid Ihr ein abergläubischer Narr.«

»Und du bist es, die so tut, als sei sie eine Hexe.«

»Ich tue nicht nur so.«

Maximilian zuckte die Schultern. »Ich glaube nicht an Hexerei, aber ich glaube an das Schicksal.«

Sie schnaubte.

Er fuhr fort, wissend, dass sie sein Lächeln nicht sehen konnte. »Ich sehe die Absicht in den Ereignissen, die andere für Zufall halten. Ich sehe einen Plan in der Welt am Werk.«

»Wie könnt Ihr in dieser Situation eine Absicht erkennen?«

»Ich vermute, dass du die Nacht damals überlebt hast, damit wir in dieser Nacht heiraten können, sodass ich den Rest meiner Tage und Nächte Wiedergutmachung leisten kann.«

Sie schnaubte. »Meine Hoffnung, dass deren Anzahl gering sein wird, wird Euch nicht überraschen.«

Maximilian lachte. »Nein, das tut sie nicht.«

»Und in der Tat, wenn Ihr auf dieser Torheit besteht, werde ich tun, was ich kann, um Eurem Leben möglichst schnell ein Ende zu setzen.« Wieder lag die Wut in ihrer Stimme, Wut und Hass, aber auch jener Trotz, der ihn so fesselte.

»Nicht weniger würde ich erwarten.«

»Aber Ihr fürchtet meine Rache nicht. Ist das, weil ich eine Frau bin?«

»Nein.« Maximilian sagte ihr nicht die ganze Wahrheit. »Es ist einfach nur so, dass ich die Eroberung deines Herzens als eine Herausforderung betrachte, meine Alys. Sei gewarnt: Ich triumphiere am Ende immer.«

»Dann seid auch Ihr gewarnt: Bald werdet Ihr lernen müssen, eine Niederlage zu akzeptieren«, erwiderte sie. »Mein Herz steht für eine Eroberung nicht zur Verfügung.«

Maximilian lächelte und dachte bei sich, ein Kuss wäre gut geeignet, ihre jeweiligen Drohungen zu untermauern. Er trat einen Schritt auf seine zukünftige Braut zu und konnte ihre finstere Entschlossenheit förmlich spüren.

Leider fiel in diesem Moment ein wenig Erde von oben herab, und er wusste, sie hatten Gesellschaft.

»Maximilian?«, rief Amaury, dessen Silhouette oben an dem eckigen Loch erschien. »Geht es dir gut?«

»Einigermaßen«, gab Maximilian leichthin zurück. »Und meiner Verlobten ebenfalls.«

»Ich dachte, du wärst mittlerweile herausgeklettert.«

»Aber die Gesellschaft hier ist einfach zu bezaubernd.«

Amaury unterdrückte ein Lachen. Alys kochte eindeutig vor Wut.

»Ich habe Oliver nach einem Seil geschickt«, sagte Amaury.

»Exzellent. Und in der Zwischenzeit sehe ich keinen Grund, den Austausch unserer Gelübde weiter hinauszuzögern.« Maximilian suchte in der Dunkelheit nach Alys' Hand, fand sie und zog Alys daran zu sich, sodass sie sich im Dunkeln gegenüberstanden. Er nahm auch ihre andere Hand.

»Nicht hier«, murmelte sie.

»Doch, hier«, beharrte er. »So vergeht die Zeit sehr angenehm.«

»Das denke ich nicht.«

»Dann müssen wir wohl anerkennen, dass eine Meinungsverschiedenheit besteht.«

Es würde eine ungewöhnliche Zeremonie werden – der Beginn einer ebenso ungewöhnlichen Ehe, vermutete Maximilian.

Er konnte es kaum erwarten, sich auf dieses Abenteuer zu begeben.

DAS SCHICKSAL.

Gerechtigkeit.

Der Silberwolf klang wie Morag, was bedeuten musste, dass er versuchte, sie zu täuschen – trotz seines Beharrens, er sei kein Lügner.

Natürlich log er. Sein Handwerk waren Lügen, Diebstahl und Grausamkeit. Sein gutes Aussehen besagte nichts über seinen Charakter, und sein Reichtum hieß nur, dass er in seinem gewählten Beruf brillierte. Seine Taten sprachen deutlicher als seine Worte, und er hatte Alys gefangen genommen, um sie zu einer Ehe zu zwingen. Für einen Mann des Kriegs wirkte das wie eine törichte Entscheidung, aber wer konnte schon wissen, wie viele andere Frauen er sich auf diese Weise genommen hatte, oder was mit ihnen passiert war, wenn sie einmal entehrt waren? Verstieß er sie? Oder wartete er, bis klar war, ob seine erwählte Beute ihm einen Sohn gebären würde oder nicht?

Alys wollte es nicht wissen.

Maximilian. Was für einen Namen er trug. Er klang beinahe edel. Alys fiel auf, dass sie nur wenig mehr über ihn wusste als seinen Beinamen: der Silberwolf. Wie war er ein Söldner geworden – und warum? Woher stammte er? Warum war er nach Kilderrick zurückgekehrt? Warum war er damals, vor so vielen Jahren, überhaupt hergekommen? Wer waren die Männer, die ihm folgten – und warum taten sie es? Eine solche Neugier war verhängnisvoll, wie Alys wusste, aber sie sagte sich auch, es sei das Beste, ihren Feind zu kennen. Das konnte ihr einen Hinweis auf seine Schwächen geben.

Sofern er denn welche hatte.

Der Sheriff rezitierte von oberhalb ihres Gefängnisses die Hochzeitsschwüre, und sein Widerwille war aus jedem Wort herauszuhören. Der Silberwolf wiederholte sie, dann tat Alys dasselbe, da ihr keine andere Wahl blieb. Maximilian de Vries hieß er, ein edler Name, der zu jedem Lord gepasst hätte. Alys blinzelte, als er ihn sagte, hielt aber den Mund.

Diese Ehe musste eine Farce sein. Ein Scherz, und einer auf ihre Kosten. Aber der Silberwolf zog etwas aus seinem Beutel, als sie ihre Schwüre ablegten, einen Gegenstand, den er offenbar allein durch die Berührung erkannte. Er ließ einen kühlen metallenen Ring auf ihren Mittelfinger gleiten, so sicher, als könnte er ihre Hände sehen.

Einen Ring. Er trug einen Ring bei sich, war also offensichtlich darauf vorbereitet zu heiraten. Er zuckte nicht einmal zusammen, als er ihr vernarbtes Fleisch fühlte, obwohl er gemerkt haben musste, dass ihre linke Hand auch die Klaue eines Drachens hätte sein können.

Wie viele Frauen waren vor ihr gekommen?

»Habt Ihr stets einen Ehering bei der Hand?«, fragte sie süßlich, und er lachte leise.

»Ich habe ihn aus der Schatzkammer meines Vaters genommen, zusammen mit dem Siegel von Kilderrick.«

»Warum?«

»Eine Frau und einen Sohn, meine Alys. Es ist nicht sonderlich kompliziert.«

Zu gern hätte sie den Ring näher betrachtet. Sie konnte fühlen, dass er breit war, und als sie die Fingerspitze über die Oberfläche gleiten ließ, fühlte es sich an, als trüge er eine Inschrift. Er war schwer, ein unvertrautes Gewicht an ihrer Hand, und eine unwillkommene Erinnerung an ihren neuen Status. Sie würde in der Tatsache, dass er ihr perfekt passte, nicht das Schicksal am Werk sehen und auch nicht der Illusion erliegen, dass ihre Ehe vorherbestimmt war.

Alys wusste, was auf die Zeremonie folgen musste, damit die Ehe gültig war.

Ihr Schicksal war noch nicht besiegelt.

Sie wich vor dem unvermeidlichen Kuss zurück, aber der Silberwolf hob ihr Kinn mit Daumen und Zeigefinger und zwang sie, ihn anzusehen. Sie konnte spüren, wie bohrend sein Blick war, auch wenn die Wärme seiner Hand ein Beben durch sie sandte, das ihr ganz und gar nicht willkommen war.

»Ich habe noch nie eine Frau mit Gewalt genommen, Alys«, sagte er leise, und sie wünschte, es wäre die Wahrheit.

»Das bezweifle ich«, flüsterte sie.

»Dann lass mich dich überzeugen, mir auf halbem Weg entgegenzukommen«, sagte er und legte seine Lippen auf ihre. Sie hielt den Atem an, erwartete, dass er sie fest an sich zog und so leidenschaftlich küsste wie beim ersten Mal, aber er neckte sie mit einer nur zarten Berührung seiner Lippen.

Das verdutzte sie, und einmal mehr eröffnete ihr Zögern ihm Raum für eine kleine List. Er küsste sie flüchtig, einmal, zweimal, dreimal, leicht wie die Flügel eines Schmetterlings in der Dunkelheit. Alys überlief ein erwartungsvoller Schauer. Dann küsste er ihre Schläfe, sanft, aber mit Hitze. Er küsste ihr Ohr, und die flüchtige Berührung seines Mundes auf ihrer Haut erhitzte sie. Als seine Zunge vorschnellte, stockte ihr der Atem. Die Dunkelheit schien es möglich zu machen, der Versuchung nachzugeben, ein Geheimnis, von dem keine Seele erfahren würde. Als sein Mund wieder zu ihrem zurückkehrte, öffneten sich Alys' Lippen scheinbar ganz von selbst, als wollten sie ihn einladen.

Sie wurde ihm gegenüber nachgiebig und sagte sich, es sei nur klug, ihn glauben zu lassen, er hätte sie gezähmt. In Wirklichkeit hätte sie weder sich selbst noch ihm den Kuss verweigern können, der folgte.

Er war ein exquisites Vergnügen und weckte in Alys ein schockierendes Verlangen nach mehr.

»Heda!«, rief jemand von oben, eine rauere Stimme als die des ersten Mannes. Ein Seil fiel von oben herunter, und der Silberwolf trat zurück und ließ das verknotete Ende in die Pfütze fallen. Alys stellte fest, dass sie sich noch an ihm festhielt, und zog rasch die Hände weg.

Sein leises Lachen weckte in ihr den Wunsch, ihn noch einmal zu schlagen.

»Es ist sicher am Stein befestigt«, sagte der Mann über ihnen, und der Silberwolf zog probehalber daran.

Das Seil roch vertraut nach Matsch und Sumpf und erinnerte Alys an Cearas Vorhaben.

»Es riecht nach dem Moor«, sagte sie.

»Aye, das Seil ist nass, aber es wird dennoch seinen Zweck erfüllen.«

»Du hast gesagt, meine Freundinnen seien nicht eure Gefangenen«, sagte sie in der Absicht, ihn bei einer Lüge zu ertappen, und ohne recht zu merken, dass sie ihn nun auf eine vertrauliche Weise ansprach, die sie bisher vermieden hatte. Bei ihren Worten wurde er augenblicklich wachsam.

»Warum ist das Moor von Bedeutung, meine Alys?«, fragte er in einem gefährlichen Flüsterton, bei dem sich ihr die Nackenhaare sträubten.

»Wo ist Ceara? Wenn sie verletzt ist, wirst du nichts von mir bekommen«, sagte sie wütend. »Wenn du gelogen hast und sie eure Gefangene ist, werde ich mich dir niemals hingeben.«

Die Luft zwischen ihnen knisterte förmlich, und dann trat der Silberwolf einen Schritt zurück. »Rafael!«, brüllte er. »Berichte mir, was der Gefährtin meiner Gemahlin geschehen ist!«

Der Mann fluchte leise. »Sie hat mich in den Sumpf geführt und mein Pferd gestohlen.«

»Hast du sie erwischt?«

»Nein, sie war so schlüpfrig wie ein Aal«, gab Rafael offensichtlich verärgert zu. »Und so schön wie die Morgendämmerung.«

»Dann ist klar, wie sie dich in die Falle locken konnte«, sagte der Silberwolf, was seinem Gefährten ein widerwilliges Lachen entlockte.

»Wie es scheint, geht es Ceara gut, Alys, und sie ist nun im Besitz eines edlen Pferdes.«

Alys konnte ein zufriedenes Lächeln nicht unterdrücken.

Der Silberwolf senkte seine Stimme. »Aber ich muss dich warnen. Wenn Phantôm etwas zustößt, werde ich nicht in der Lage sein, Rafael davon abzuhalten, Rache zu nehmen.«

Alys erzitterte. »Ceara versteht eine Menge von Pferden.«

Einen langen Moment war er still, und sie konnte spüren, wie eingehend er sie musterte. »Und nun liegt die Entscheidung bei dir, meine Alys.«

»Auf einmal bleibt mir eine Wahl?«

Sie hörte ihn leise lachen. »Ich habe dir gesagt, ich werde für deine Bequemlichkeit und deine Sicherheit sorgen, und ich habe dir auch gesagt, ich werde nicht lügen. Nun triff die Entscheidung, ob du klettern möchtest oder ich dich tragen soll.«

Die Aussicht, dass er sie berühren würde, reichte, dass Alys sich in der Dunkelheit auf die Suche nach dem Seil machte. »Ich kann klettern.«

»Daran zweifle ich nicht«, sagte er milde und führte ihre Hand an das Seil. Es war gespannt. Er musste auf dem anderen Ende stehen, um es zu fixieren. Alys ertastete die Knoten, die in regelmäßigen Abständen gemacht waren.

»Wird dich dieser Rafael verraten?« Sie musste fragen.

»Er ist mein Bruder, meiner Sache verschworen. Nein, das wird er nicht.«

Brüder. Alys hätte es nie erraten, aber ihr neuer Ehemann sprach mit völliger Gewissheit. Vielleicht hatten sie einander schon das Leben gerettet. Vielleicht musste selbst ein Söldner jemandem vertrauen. Sie griff nach dem Seil und begann zu klettern, von einem Knoten zum anderen.

Das einzig Gute war, dass ihr neuer Gemahl im Dunkeln nicht einfach unter ihre Röcke blicken konnte.

ENDLICH WÜRDEN sie diesem teuflischen Regen entkommen.

Maximilian war froh, dass das Feuer schon munter brannte, als sie sich der Ruine Kilderricks näherten. Er wusste, eine warme Mahlzeit würde bereitstehen. Selbst eine einfache Suppe wäre nach diesem Tag willkommen, solange sie heiß war, aber er konnte gebratenes Fleisch riechen, und das war noch besser. Er war sich Alys' Erstaunen bewusst, ahnte aber den Grund dafür nicht. War sie überrascht, weil sie die Mittel hatten, im Regen ein Feuer am Brennen zu halten, oder weil die vorbereiteten Speisen so appetitlich rochen? Nach diesem Tag hätte Maximilian leicht ein ganzes Wildschwein vertilgen können – und dabei hatte er am Vortag zu essen gehabt. Was war mit Alys?

»Aber …«, begann sie und verstummte dann.

Reynaud erschien, und Maximilian stieg vom Pferd. Alys unterdessen sah sich verblüfft um und schaute auf das geschäftige Treiben in ihrem improvisierten Dorf. Rafael, so viel wurde deutlich, war nur oberflächlich verletzt – von der Wunde, die sein Stolz erlitten hatte, einmal abgesehen.

Er stritt kurz mit Maximilian darüber, ob er Alys ermutigen sollte, den Zufluchtsort der Frauen preiszugeben, seine Worte schnell und barsch. Alys konnte seinem Dialekt eindeutig nicht folgen.

»Du wirst meine Gemahlin nicht anrühren«, sagte Maximilian kalt und sprach dabei so deutlich, dass Alys es verstehen würde. Sie wandte sich alarmiert zu ihnen um und musterte Rafael dann mit großer Beunruhigung.

»Ich könnte sie überzeugen, mir zu erzählen …«

Maximilian zog seinen Dolch und senkte seine Stimme. »Du wirst meine Gemahlin nicht anrühren.«

Rafael atmete scharf aus und trat einen Schritt zurück. Seine Augen blitzten. »Dann werde ich den Sheriff und seine Frau nach Rowan Fell zurückbringen, wenn du mir ein Pferd leihst.«

»Aye.«

Rafael machte sich mit entschlossenen Schritten mit Matteo zusammen auf den Weg.

»Wie gut zu wissen, dass du mich wie einen kostbaren Gegenstand in deinem Besitz verteidigen wirst«, sagte Alys verärgert. »Wird das auch dann noch gelten, wenn ich dir in absehbarer Zeit keinen Sohn gebäre?«

»Es ist gut, dass du das weißt«, stimmte Maximilian zu und ignorierte ihre Frage. »Rafael ist in der Folterkunst sehr bewandert.«

»Seid ihr das nicht alle?«

Er schüttelte den Kopf. »Ich habe nicht das gleiche Talent wie er, durch Gewalt zu überzeugen, obwohl ich ermutigend sein kann.«

»Das ist verwerflich«, murmelte sie voll Abscheu. Sie sah sich mit offenem Missfallen um.

Maximilian ließ ihre Bemerkung unkommentiert. Er könnte sich mit Alys sicher über alles trefflich streiten, aber er würde versuchen, sich nicht auf jedes Scharmützel einzulassen. Er führte sie zu seinem eigenen Zelt. Lächelnd empfing Nathalie sie am Eingang und machte einen Knicks. Wie es schien, hatte Yves mit ihrer Ankunft gerechnet. Die Zofe trug gefaltete Kleidungsstücke in den Händen, die sie Alys mit einem weiteren Knicks reichte.

»Es ist das Beste, was ich habe, Mylady«, sagte sie. »Und ich hoffe, Ihr werdet es gebrauchen können.«

Alys rührte sich nicht.

Maximilian hatte kein Verständnis für schlechtes Benehmen oder einen Mangel an Anstand. »Sie bietet dir die besten Kleider an, die sie besitzt, da du nun ihre Herrin bist«, sagte er mit stillem Nachdruck. Nathalie würde einen Lohn erwarten, aber darüber würde er später mit Alys sprechen, falls sie es nicht begriff.

»Ich kann sie nicht annehmen«, sagte Alys würdevoll. Die Dienstmagd schaute ängstlich zwischen ihnen hin und her. »Sie schuldet mir kein solches Geschenk.«

»Und doch bietet sie es dir aus eigenem Willen an, und du wirst niemanden in diesem Lager beleidigen«, sagte Maximilian leise. »Sicher möchtest du doch nach dem Bad nicht dein eigenes Kleid wieder anziehen, wenn es so dringend der Wäsche bedarf?«

Sie wandte sich ihm zu. Überraschung stand ihr ins Gesicht geschrieben. »Nach welchem Bad?«

Maximilian lächelte, als er die Zeltklappe öffnete. Wie erwartet brannten zwei Kohlebecken, verbreiteten goldenes Licht und Wärme. Das Bett war mit Fellen bedeckt, und davor stand ein lederner Zuber mit heißem Wasser. »Vielleicht könnte Nathalie dir behilflich sein«, sagte er und deutete auf die Magd, die erneut lächelte und knickste, den Blick nervös auf Alys gerichtet.

Alys blinzelte und versuchte, ihre Überraschung zu verbergen. »Ich dachte, du schliefest auf dem Boden.«

»Ich bin kein Barbar, meine Alys.«

Sie schluckte, und ihr Blick wanderte zu der Magd. »Nathalie?«, sagte sie und versuchte, den Namen auf französische Weise auszusprechen.

»*Oui, madame*«, antwortete die Magd, offenkundig erfreut. Sie begann zu plappern, erklärte, sie hoffe, das Wasser habe die richtige Temperatur, denn sie habe raten müssen, wie Mylady es haben wolle und wann sie kommen werde. Alys tat einen Schritt ins Zelt. Das Bad stellte eindeutig eine Verlockung dar.

»Ich schlage vor, wir verbrennen dein altes Kleid«, sagte Maximilian, dem nun, da sie besseres Licht hatten, deutlicher auffiel, wie dreckig alles war.

»Aber ich kann unmöglich ihre Kleider nehmen …«

»Du wirst ihr bessere Kleider kaufen.«

»Aber ich habe nicht das Recht …«

»Sie hat es angeboten«, unterbrach Maximilian sie entschlossen. »Wir sind eine Gruppe von Menschen, die überleben, weil wir unseren Besitz teilen und zusammenarbeiten. Diese Leute sind weder meine Vasallen noch meine Diener.«

»Sklaven«, zischte Alys, und ihre Augen blitzten. Sie war wunderbar, selbst in ihrem Schmutz. Maximilian konnte es kaum erwarten, sie passend gekleidet zu sehen.

»Nein«, sagte er. »Sie alle haben ihren Platz, aber sie haben sich uns freiwillig angeschlossen. Ich beschütze sie und sorge, so gut ich es vermag, für ihr Wohlergehen. Im Gegenzug tragen sie zu unserem Überleben und unserem Erfolg bei. Heute Nacht brauchst du saubere Kleider. Nathalie hat meiner Braut ihre Kleider angeboten. Du wirst sie annehmen und ihr ihre Güte so bald wie möglich vergelten.«

Alys blinzelte. Sie schaute skeptisch von ihm zu Nathalie und ließ sich dann anscheinend von Nathalies Lächeln überzeugen. »Ich danke dir«, sagte sie und neigte vor Nathalie den Kopf, deren Lächeln breiter wurde, als Alys die Kleider entgegennahm. Bewundernd ließ Alys die Hand über die blassblaue Wolle des Überkleids gleiten. »Sehr hübsch.«

»*Jolie*«, sagte Maximilian zu Nathalies offensichtlichem Vergnügen. »*Très jolie.*«

Das veranlasste Nathalie sogleich zu einem neuen Wortschwall darüber, dass der Stoff aus Ghent stamme. Sie drängte Alys ins Zelt, schwenkte gespielt mahnend den Finger vor Maximilian und schloss dann die Zeltklappe. Er hörte ihre Kommentare über Alys' schmutziges Kleid und abgetragene Stiefel und hielt es insgeheim für eine gute Sache, dass seine temperamentvolle Braut das Ausmaß der Missbilligung ihrer neuen Dienstmagd nicht verstehen würde.

Er entschloss sich herauszufinden, was Denis zum Abendessen vorgesehen hatte, während seine Lady badete.

Für die vor ihnen liegende Nacht würde er Energie brauchen.

Maximilian lächelte. Aye, und genauso würde es seine Gemahlin. Er konnte nicht anders, als sich darauf zu freuen herauszufinden, welche amourösen Talente sie besaß. Ihre erste Vereinigung würde sicher sehr befriedigend sein.

Die Aussicht allein war beinahe genug, um ihm ein fröhliches Pfeifen zu entlocken.

In der Hütte, die tief im Wald verborgen lag, gab es eine heftige Auseinandersetzung über das Schlachtross. Alle drei Frauen waren erregt, und es war eine kalte Nacht. Sie waren bereits übereingekommen, kein Feuer anzuzünden, weil dessen Geruch die Söldner anlocken konnte, die noch immer in Kilderrick lagerten. Elizabeth sehnte sich so sehr nach der Burg ihres Vaters zurück, dass es ihr beinahe egal war, welchen Preis sie dafür entrichten müsste.

Das sagte viel über die Kälte aus.

»Er ist ein sehr edles Ross«, beharrte Ceara. »Wir können ihn nicht draußen im Regen lassen. Er könnte krank werden.«

»Ein Pferd in der Hütte«, antwortete Nyssa und stemmte die Hände in die Hüften. »Was für ein verrückter Einfall ist das?«

»Ein Hengst«, korrigierte Elizabeth leise. »Ein Kriegspferd.«

Nyssa rollte die Augen und fuhr fort: »Es ist kaum Platz genug für uns, und du willst ein Pferd hier hereinbringen?«

»Nur für diese Nacht«, sagte Ceara und sah sich in der Hütte um. »Wir könnten ihn dort drüben anbinden.«

»Und du hast dich letzte Nacht noch über den Falken beschwert«, bemerkte Elizabeth und schnaubte. »Er hat still auf der Stange über meinem Bett gesessen und geschlafen. Das Pferd wird wahrscheinlich stampfen, furzen und sich erleichtern.«

»Sich erleichtern«, wiederholte Ceara. »Du meinst, er wird äppeln. Und wenn? Es gibt keinen erhebenderen Geruch als den von frischem Pferdemist.«

Nyssa und Elizabeth wechselten einen Blick. Sie waren sich beide einig, dass kein anderer Mensch auf der Welt Pferde so sehr lieben konnte wie Ceara.

»Er wird stampfen und schnauben«, sagte Nyssa. »Er könnte alles anknabbern. Oder auffressen.« Dorcha krächzte und nickte zustimmend mit dem Kopf.

Ceara war erzürnt. »Er ist keine Ziege! Er ist ein edles, nobles Tier, das uns in Carlisle einen exzellenten Preis einbringen wird, wenn er nicht an Vernachlässigung stirbt, bevor ich ihn dort hinbringen kann.«

»Und wenn ihn etwas aufregt …« Nyssa erschauderte und schüttelte den Kopf. »Absolut nicht.« Sie wandte sich Elizabeth zu, während Ceara zur Tür ging und nach dem angebundenen Schlachtross sah. Elizabeth konnte sehen, dass das Tier niedergeschlagen wirkte. Es war ein Apfelschimmel, seine Mähne und sein Schweif dunkelgrau. Ein wirklich prächtiges Tier.

»Was denkst du, wohin der Silberwolf Alys gebracht hat?«, fragte Nyssa.

»Zurück in sein Lager natürlich. Er hat gesagt, er wolle sie heiraten.«

»Denkst du, er lügt?«

Elizabeth zuckte die Schultern. »Alle Männer lügen, wenn es ihnen gelegen kommt.«

»Er hat dich freigelassen, als sie kam. In diesem Moment zumindest hat er sein Wort gehalten.«

Elizabeth verzog das Gesicht. Sie musste zugestehen, Nyssa hatte recht, und das gefiel ihr kein bisschen.

»Wir kommen vom Thema ab! Wir haben einen Schatz zu verteidigen«, beharrte Ceara. »Schaut euch an, wie sein Fell glänzt. Und seht nur, wie muskulös er ist. Wie könnt ihr ihn zu einer Nacht im strömenden Regen verurteilen?«

»Der Söldner könnte ihn sich wiederholen«, sagte Elizabeth. »Wahrscheinlich hat er nicht viele andere Dinge von solchem Wert.«

Die Frauen tauschten beunruhigte Blicke.

»Er kann uns nicht finden«, beharrte Ceara. »Besonders, wenn das Pferd nicht sichtbar ist. Wir werden kein Feuer machen, bevor ich nach Carlisle aufgebrochen bin.«

»Und wie willst du nach Carlisle gelangen, ohne dass sie dich sehen?«, fragte Nyssa.

»Durch den Wald natürlich.« Es mangelte Ceara nicht an Selbstvertrauen. »Es winkt ein hinreichender Lohn, um das zu tun. Ich habe dort schon früher Pferde verkauft.«

»Aye, solche, die wir Dieben abgenommen hatten, die zu Fuß unterwegs waren«, entgegnete Nyssa. »Sie hatten keine Chance, dich zu entdecken oder dir zu folgen.«

»Oder an dir Rache zu nehmen«, fügte Elizabeth hinzu. Ihr Frösteln war nicht allein der Kälte geschuldet.

»Was können wir tun, um Alys zu helfen?«, fragte Nyssa ungeduldig.

»Ich habe eine Idee«, sagte Elizabeth und deutete auf ihre Sammlung von frisch gefertigten Zaubersymbolen. Seit ihrer Rückkehr war sie damit beschäftigt gewesen, sie zu machen, und der Anblick brachte Ceara zum Lachen.

»Verflucht sollen sie sein«, sagte sie.

Nyssa lachte nicht. »Aye, wir können sie vielleicht ängstigen und vertreiben«, sagte sie und berührte eins davon. »Das ist ein guter Einfall, Elizabeth.«

Elizabeth lächelte und errötete ein wenig.

»Wir sollten warten, bis sie schlafen.« Ceara setzte sich. »Ihr hättet ihn sehen sollen«, murmelte sie. »Er war so wütend!«

»Deine List war erfolgreich«, bemerkte Nyssa.

»Er ist seinem Schwanz gefolgt. Versuchung war der beste Köder.« Ceara zuckte die Schultern. »Und ich habe ihn nicht schwer verletzt.«

»Das war vielleicht ein Fehler«, sagte Nyssa leise.

»Er sah recht gut aus, auf eine gefährliche Art«, gestand Ceara. »Dunkles Haar und funkelnde Augen. Groß und breitschultrig.« Sie seufzte und lächelte ein wenig. »Vielleicht wäre es nicht so schlimm gewesen, wenn er mich gefangen hätte.«

»Ceara!« Elizabeth war schockiert, aber die andere Frau lachte nur.

»Es spielt jetzt keine Rolle. Er wird mich für immer hassen, und das ist wahrscheinlich für alle das Beste.« Ceara lächelte bei sich. »Denkt Ihr, er wird ein neues Schlachtross kaufen? Es würde mir gefallen, ihm ein Pferd nach dem anderen zu stehlen.«

»Er wird sich dieses zurückholen und dich für die Beleidigung zahlen lassen«, sagte Nyssa.

»Hast du das vorhergesehen? Oder versuchst du nur, mich zu ängstigen?«

»Du unterschätzt seine Entschlossenheit«, sagte Elizabeth. »Männer mögen es nicht, wenn man sich ihnen widersetzt.«

»Du weißt nichts über ihn!«, beschwerte sich Ceara.

»Aber du hast ihn hinters Licht geführt, und ein Mann, der um sein Vergnügen betrogen wurde, vergisst diese Kränkung nicht so einfach«, sagte Nyssa.

Elizabeth nickte weise.

Dann wieherte das Pferd auf einmal, als wollte es jemanden begrüßen, und alle drei Frauen verstummten. Der Regen trommelte auf die Zweige über ihnen, und an einigen Stellen drang er durch die Schichten von Reisig und tropfte auf den festgetretenen Boden der Hütte. Der Wald raschelte und das Pferd stampfte. Ceara öffnete den Mund, zweifellos, um zu sagen, dass es nichts gewesen sei, als sich auf einmal ganz in der Nähe ein Mann räusperte.

Elizabeth dachte, ihr Herz würde stehenbleiben.

Sie blieben reglos, die Augen weit. Nyssas Hand lag auf dem Griff ihres Messers. Ceara hatte ihren Bogen gegriffen und legte leise einen Pfeil auf. Sie alle lauschten angestrengt, und Elizabeth zweifelte daran, dass sie die Einzige war, die das Geräusch sich entfernender Schritte hörte. Das Pferd schnaubte und stampfte, scharrte rastlos mit dem Huf.

Ceara öffnete vorsichtig die Tür und enthüllte das nassglänzende Dunkel des Waldes. Nichts war zu hören, und Nyssa trat an ihre Seite, um sich umzusehen. Elizabeth blieb auf ihrem Bett, die Arme furchtsam um ihre Knie geschlungen. Nyssa gab ein Zeichen, Ceara nickte, dann schlichten sie sich wie Schatten aus der Hütte.

Keine von beiden bat Elizabeth mitzukommen, und das war ihr ganz recht.

Einen Augenblick später kehrten sie mit zwei Bündeln zurück, jedes in ein Leintuch gewickelt. Der Inhalt war warm, und der Geruch erfüllte die Hütte, sobald sie eintraten.

»Es war ein Mann«, sagte Ceara. »Er ist so schnell im Wald verschwunden, wie er gekommen war.«

»Wir haben ihn nicht gesehen«, sagte Nyssa. »Nicht deutlich.«

»War es dein Söldner?«, fragte Elizabeth.

Ceara schüttelte den Kopf. »Nein, er war schlanker. Und er hatte helles Haar, glaube ich.«

Elizabeth senkte den Blick, um ihre Reaktion zu verbergen. Das Herz schlug ihr bis zum Hals. Jede Vermutung, dass der Ritter, dem der Falke gehörte, ihr zurück zur Hütte gefolgt war, würde nicht gut aufgenommen werden.

»Und er hat das Pferd nicht mitgenommen«, bemerkte Nyssa. »Also kann er es nicht gewesen sein.«

»Hast du einen Hund gehört?«, fragte Ceara, und die andere Frau nickte.

»Ich denke schon, allerdings nicht in der Nähe.«

Er war es gewesen!

Ceara betrachtete stirnrunzelnd die beiden Bündel. »Als wäre ihm befohlen worden, zurückzubleiben.« Sie beugte sich vor. »Es riecht wie gebratenes Rebhuhn.« Sie öffnete das Bündel, und sie alle starrten auf das perfekt gegarte Rebhuhn, das in den Stoff gewickelt war.

Wie lange war es her, seit sie etwas so Köstliches gegessen hatten?«

»Es könnte vergiftet sein«, sagte Nyssa, ließ sich aber nicht davon abhalten, näher zu kommen und den Geruch tief einzuatmen.

Elizabeth war bestimmt nicht die Einzige, der das Wasser im Mund zusammenlief. Sie öffnete das zweite Bündel und fand darin einen Laib Brot. Es war ein bisschen hart, aber sie stellten selbst kein echtes Brot her. Teigfladen, die auf dem Herd gebacken wurden, waren nicht dasselbe.

»Was sollen wir tun?«, fragte Ceara. »Eine heiße Mahlzeit wäre mehr als willkommen, aber nicht, wenn es unsere letzte ist.«

Dorcha hüpfte auf den Boden der Hütte, als sei auch er neugierig. Er stieß das Krächzen aus, das Elizabeth immer ein wenig wie eine Frage vorkam, und legte dann den Kopf auf die Seite, um sie anzusehen.

Elizabeth hob das Brot hoch und lächelte, als sie sah, was darunter versteckt war. Sie nahm die Falkenfeder in die Hand und drehte sie, zeigte sie ihren Freundinnen. »Es ist ein Dankeschön«, sagte sie und spürte, wie sich ihre Wangen röteten, als sie sich an den Anblick des Ritters mit dem Falken auf der Faust erinnerte. »Weil ich dem Falken Obdach gegeben habe. Dies ist eine seiner Federn.«

»Woher weißt du das?«, fragte Ceara, aber Elizabeth warf ihr einen bezeichnenden Blick zu.

»Ich erkenne eine Falkenfeder, wenn ich sie sehe«, sagte sie.

»Woher wusste er, wo wir zu finden sind?«, fragte Nyssa misstrauisch.

»Ich habe ihn heute gesehen, als der Falke zu ihm flog. Er hörte auf seinen Ruf.«

»Und dann?«, fragte Nyssa.

»Dann bin ich davongerannt«, gab Elizabeth zu.

»Und er ist dir gefolgt«, schloss Ceara angewidert. »Ich sollte noch heute Nacht mit dem Pferd aufbrechen, um der Entdeckung zu entgehen.«

Nyssa hatte mit dem Messer ein Stück von dem Rebhuhn abgeschnitten und schloss die Augen, als sie den ersten Bissen kostete. »Wenn das der Lohn ist, den sie für die Pflege eines Falken bringen, dann würden sie uns die Rückgabe des Pferdes vielleicht so reichlich vergelten, dass du es gar nicht nach Carlisle bringen müsstest.«

»Ich bringe ihm das Pferd nicht zurück«, begann Ceara zu protestieren, aber Nyssa schob ihr einen Schenkel zu, um sie zum Schweigen zu bringen.

Die Taktik funktionierte hervorragend. Elizabeth riss das Brot in Stücke und alle drei Frauen setzten sich und verschlangen das

Geschenk des unbekannten Ritters. Es war nicht nur die Mahlzeit, die Elizabeth bis in die Zehen wärmte, sondern auch die Erinnerung an ihn und das Staunen in seinem Blick, als er ihr Gesicht gesehen hatte.

Er war ihr gefolgt, aber nicht, um ihr zu schaden.

Sondern um ihr zu danken, und das war wirklich ganz erstaunlich.

KAPITEL 6

Das Bad war heiß und tief. Der Zuber bestand aus schwerem Leder, das an den Nähten versiegelt war. Eine kluge Idee, denn damit war er leicht und flach genug, um ihn zu transportieren. Alys vermutete, dass sie nicht die Einzige war, die das Vergnügen eines Bades zu schätzen wusste. Wie lange war es her? Sie wollte nicht darüber nachdenken.

Und sie würde sich nicht an einen solchen Luxus gewöhnen. Sobald es ihr gelang, sich von dieser Farce einer Ehe zu befreien, würde Alys in die Hütte im Wald zurückkehren, zu dem Leben, das sie am besten kannte.

Dennoch war es ihr unmöglich, den Luxus nicht zu genießen. Das Wasser war wunderbar heiß und der Zuber so hoch, dass sie bis zum Kinn darin versinken konnte. Es gab sogar ein Stück Seife aus der Stadt Paris. Anscheinend war der Silberwolf in der Absicht in den Norden geritten, eine Braut zu werben. Alys glaubte nicht, dass sie seine erste Wahl gewesen war. Dennoch war es ein beinahe vergessenes Vergnügen, ihre Haut sauberzuschrubben, sich von der Dienstmagd das Haar waschen und bürsten zu lassen, bis es glänzte. Sie hatte seit dem Sommer, als die Sonne den Fluss gewärmt hatte, nicht gebadet.

Aber welchen Preis hatte dieses Vergnügen? Alys fürchtete, es zu wissen.

Einen Sohn.

Sie nutzte die Gelegenheit, den Ring zu betrachten, während sie im heißen Wasser einweichte und Nathalie sie umsorgte. Der Ring war aus Gold und sehr breit, reichte fast bis zu ihrem Knöchel. Die Buchstaben waren tief eingraviert, ergaben für sie aber kaum Sinn. Hätte der Ring von einem anderen Mann gestammt, hätte sie ihn für ein Erbstück gehalten. Als Geschenk des Silberwolfs, vermutete Alys, war er wohl eher aus der Schatzkammer eines anderen Mannes gestohlen worden.

Über ihren Gemahl sagte das lediglich aus, dass er ein Auge für kostbare Schätze hatte.

Und wie passte das mit ihrer Anwesenheit an seiner Seite zusammen? Was war sein Plan? Sie konnte nicht glauben, dass er wirklich eine Ehefrau wollte – oder dass sie diejenige war, die er wählen würde.

Er hatte sie angesehen und war nicht zurückgezuckt. Das allein war verblüffend.

Und er hatte sie sogar geküsst. Die Erinnerung sandte Hitze durch Alys und eine andere Art von Freude. Er hatte sie erwählt, obwohl er ihre Narben gesehen hatte.

Er musste wirklich der Überzeugung sein, dass er sie brauchte, und verbarg seine Abscheu, um sein Ziel zu erreichen. Bei diesem Gedanken spürte Alys ein Frösteln. Er konnte unmöglich die Wahrheit kennen.

Oder doch?

Das Zelt war rund, vielleicht ein Dutzend Schritt im Durchmesser, und bestand aus schwerem, braunem Stoff. Ein Pfosten in der Mitte stützte das Spitzdach. Sie hatte einmal gehört, dass Höflinge und Könige Zelte aus gestreifter Seide besäßen, aber dies war eine praktischere Konstruktion. Der Stoff war dick, und der Regen drang nicht hindurch. Vielleicht verschmolz das Zelt auch wegen seiner Farbe besser mit dem Wald. Es besaß einen Boden aus schwerem Segeltuch, der dunkel, aber trocken war, und auf dem ein hübscher Teppich lag. Das Zelt war größer als erwartet, und sie fragte sich, ob der Silberwolf oft auf diese Weise lebte. Es ergab Sinn, dass ein Mann des Kriegs sich nicht in einem Gasthof einquartierte. Vielleicht gab es dort, wo er seine Schlachten austrug, auch keine Unterkunft.

Eine Öllampe erfüllte das Innere mit einem goldenen Glanz. Neben dem Zuber stand ein Kohlenbecken, das eine willkommene Wärme verströmte. Auf der gegenüberliegenden Seite des Zeltes befand sich ein zweites. An einer Seite stand ein Bett, ein hölzernes Gerüst mit Seilen, auf dem Felle ausgebreitet waren. Zwei Truhen standen zu beiden Seiten der Zeltklappe, die als Tür fungierte, eine große und eine kleine, und auf der anderen Seite ein Tisch auf hölzernen Böcken. Der Regen fiel auf das Dach, aber die Kälte der Nacht wirkte fern. Es war eine Zuflucht, eine ohne unnötigen Luxus, ein Rückzugsort, der Obdach und ein wenig Bequemlichkeit bot.

Alys fühlte sich an Morags Hütte erinnert. Ihr fiel auf, wie ähnlich ihre Lebensumstände und die des Silberwolfs waren. Bestimmt jedoch hatte er Sklaven, die für ihn kochten und das Wasser für das Bad erhitzten. Morag – und Alys und ihre Gefährtinnen – hatten alle anfallenden Arbeiten ohne Hilfe verrichtet.

Die Dienstmagd, Nathalie, musste eine Gefangene oder eine Sklavin sein, ganz gleich, was der Silberwolf behauptete, aber keine, die etwas Besseres von ihrem Leben erwartete. Sie war sehr hübsch und vielleicht zehn Jahre jünger als Alys, schlank und mit dunkelbraunem Haar, das so lockig war, dass es ihrem Zopf entkam und sich um ihr Gesicht ringelte. Alys glaubte nicht, dass sie in dieser Gruppe hatte reisen und dabei ihre Unschuld hatte bewahren können, aber ihre Fröhlichkeit konnte nicht gespielt sein. Ihre Augen waren erstaunlich blau, und das Kleid, das sie Alys gegeben hatte, stand ihr selbst sicherlich ausgezeichnet.

Nathalie musste einen Beschützer hier im Lager haben, das oder einen Söldner, der sie freundlich behandelte. Sie schien nicht unter einer Form der Grausamkeit zu leiden. Andererseits wusste Alys sehr gut, dass ein Mensch sich an fast alle Umstände gewöhnen konnte. Nathalie redete unablässig. Ihr Gesichtsausdruck gab Alys einen Hinweis auf das, was sie sagte. Sie sprach normannisches Französisch, allerdings zu schnell, als dass Alys sie verstehen konnte, und ihr Akzent war unvertraut. Alys verstand nur einen Bruchteil, aber es gelang ihnen, sich mit Gesten verständlich zu machen.

Würde Nathalie ihr bei der Flucht helfen? Alys vermutete nicht – sie war sich sicher, dass ihr neuer Gemahl dafür sorgen würde, dass sie keine Verbündeten fand.

War das Zelt umstellt? Bestimmt wurde es bewacht. Trotz des Regens hörte Alys gelegentliche Rufe oder Unterhaltungsfetzen. Die Männer des Silberwolfs waren also in der Nähe.

Sie würde warten müssen, bis sie schliefen.

Sie würde warten müssen, bis *er* schlief.

Es bestand keine Chance, dass der Silberwolf das tun würde, bevor er nicht befriedigt war, was wiederum hieß, dass er ihr die Unschuld nehmen und sie unleugbar seine Ehefrau sein würde.

Es sei denn, es gelänge ihr, Abscheu in ihm zu wecken und ihn zu verschrecken. Im Regen und der Dunkelheit hatte ihm ihr Anblick nichts ausgemacht, aber vielleicht würde ihr das Licht als Verbündeter dienen.

Der Gedanke allein ließ Alys sich aus dem Bad erheben. Sie wollte die Angelegenheit hinter sich bringen. Das Badewasser war dunkel, als sie aus dem Zuber stieg, und Nathalies Missbilligung war offensichtlich. Die Zofe half Alys beim Abtrocknen und zögerte nur leicht, bevor sie sanft das Wasser von ihrer vernarbten Haut tupfte.

Nathalie verbeugte sich, als sie ihr das Unterkleid reichte, das neu zu sein schien. Es war ein schlichtes Kleidungsstück aus sauberem weißen Leinen, das am Hals geschnürt wurde. Es reichte Alys bis über die Knie, und die Ärmel gingen ihr bis zu den Handgelenken, wo sie mit Bändern verschnürt wurden. Der Stoff war weicher als alles, was Alys in den letzten Jahren auf ihrer Haut gespürt hatte, und so fein wie Spinnenseide. Durch den zarten Stoff sah man die Umrisse ihres Körpers. Nathalie zupfte daran und rückte die Bänder zurecht. Sie war eindeutig stolz auf das Kleidungsstück. Alys wusste, es war teuer gewesen.

Vielleicht war es für ihre Hochzeitsnacht bestimmt gewesen. Ihre Blicke trafen sich, und sie sahen sich an. Nathalie lächelte, obwohl in ihren Augen Tränen glitzerten. »*Si jolie*«, sagte sie mit heiserer Stimme und konnte es nicht lassen, ein letztes Mal über den Stoff zu streichen. »*Parfait.*«

Irgendwie würde Alys dafür sorgen, dass ihr ihre Güte vergolten wurde. Sie nickte und lächelte, versuchte, ihre Dankbarkeit zu zeigen. Sie vermutete, es war ihr gelungen, als sie Nathalie erröten sah.

Nathalie deutete auf das Bett, lächelte schalkhaft und legte die Hände auf die Wangen. »*Le loup argent*«, flüsterte sie und seufzte dann in offensichtlicher Verzückung. Anscheinend bewunderte ihn die Dienstmagd, wider Erwarten. Bestimmt, weil er so gut aussah.

Nein, Nathalie würde Alys nicht bei der Flucht helfen.

War die Dienstmagd seine Konkubine? Alys runzelte die Stirn, als sie an seine verlockenden Küsse dachte. Sicher würden sich viele Frauen durch seine Liebkosungen verführen lassen, oder von seinem Aussehen. Aye, ein Mann, der anziehend wirkte und über Charme verfügte, konnte seine finstere Natur sicher mit einigem Erfolg verbergen.

Spielte Nathalie auf die amourösen Talente des Silberwolfs an? Der Gedanke gefiel Alys nicht. Sie wollte keinen Ehemann, den sie mit jemandem teilen musste. Langsam machte sie einen Schritt zurück und ging unruhig im Zelt auf und ab. Nathalie sah ihr mit großen Augen zu und schwieg nun endlich.

Herrin und Magd zuckten beide zusammen, als die Zeltklappe mit einer raschen Bewegung gelüftet wurde.

Natürlich war es der Mann, der Alys gefangen genommen hatte, und er wirkte so entschlossen wie immer. Ihr Herz machte einen Sprung, als er den Blick über sie wandern ließ. Er musterte sie noch eindringlicher als zuvor. Im engen Raum des Zeltes wirkte er größer und breitschultriger, männlicher und sehr kraftvoll. Regentropfen fielen auf die Schultern seines dunklen Mantels und glänzten in seinem Haar. Er zog die Handschuhe aus und warf sie auf die größere der beiden Truhen. Dabei hielt er ihren Blick fest.

Alys wurde der Mund trocken, als sie die Bewunderung in seinem Blick las. Warum konnte er sie nicht abstoßend finden? Wie war es möglich, dass gerade dieser Mann sich nicht an ihren Narben störte?

Wie konnte es sein, dass seine Bewunderung sie mit solch heimlicher Genugtuung erfüllte? Alys verfluchte sich selbst dafür, dass das Bewusstsein seiner Gegenwart ein solches Prickeln in ihr hervorrief. Sein anziehendes Äußeres musste der Grund sein. Sie hatte noch nie einen so gutaussehenden Mann gesehen, schon gar keinen, der es darauf angelegt hatte, sie für sich einzunehmen.

Ihr Puls ging schneller, als er seinen Mantel abnahm, nähertrat und ihn ihr über die Schultern legte. Er lächelte auf sie herab, während er die silberne Spange am Hals schloss. Der Mantel war mit silbernem

Pelz gefüttert, noch warm von seinem Körper, und umgab Alys wie ein Kokon. Das Gewicht seiner Hände ruhte noch einen angespannten Moment lang auf ihren Schultern, sein Gesicht war dem ihren sehr nahe. Verlockend stieg ihr der Geruch seiner Haut in die Nase.

»*Si jolie*«, sagte er, seine Stimme ein tiefes Schnurren. Er imitierte Nathalies Tonfall so perfekt, als hätte er zugehört – aber Alys wusste, das Kompliment war eine Lüge.

Sie wandte sich von ihm ab, empfindlich und gereizt. »Es ist nicht so kalt, dass ich deinen Mantel brauche.«

»Aber du wirst ein wenig Schutz vor neugierigen Blicken wollen, Mylady. Ich habe nur deine Schicklichkeit im Sinn.«

Alys hätte vielleicht widersprochen, aber er nahm ihre linke Hand in seine und ignorierte dabei erneut die vernarbte Haut. Er drückte einen Kuss auf den Finger, der seinen Ring trug, ohne den Blick von ihr abzuwenden, und der Hals wurde ihr eng.

Sie war sein Besitz und nicht mehr als das.

Alys wirbelte herum und zog sich zu dem Kohlebecken auf der anderen Seite des Zeltes zurück, hielt die Hände darüber, um sie zu wärmen.

Ihr neuer Gemahl sprach schnell mit Nathalie. Vielleicht lobte er sie, denn sie errötete und verbeugte sich tief. Nathalie schaute zu Alys hinüber und schenkte ihr ein ermutigendes Lächeln, bevor sie ging. Er hatte die Dienstmagd nicht berührt oder ihr einen bedeutungsvollen Blick geschenkt. Schliefen sie doch nicht miteinander? Warum verachtete die Dienstmagd ihn nicht, weil er sie auf diese Weise gefangen genommen hatte?

Draußen vor dem Zelt erklang ein Geräusch, und ihr Ehemann rief eine Erlaubnis. Ein Junge betrat das Zelt und verbeugte sich tief vor dem Silberwolf. Sein Blick wanderte in offener Neugier zu Alys. Es war derselbe, der dem Silberwolf bei ihrer Rückkehr die Zügel des Schlachtrosses abgenommen hatte. Er mochte etwa fünfzehn Sommer alt sein und war schlaksig, beinahe so groß wie der Silberwolf, aber sehr viel schlanker. Sein Haar war dunkel und wellte sich, seine Augen von einem tiefen Braun, von dunklen Wimpern überschattet. Er trug einen Eimer mit heißem Wasser.

»Dies ist Reynaud, mein Knappe«, sagte der Silberwolf zu Alys.

»Reynaud, dies ist meine Gemahlin, der du stets den größtmöglichen Respekt zollen wirst.«

Reynaud verbeugte sich, und die Röte kroch ihm in den Nacken. Sein Gruß war beinahe unverständlich. Alys neigte leicht den Kopf und war froh, dass sie den Mantel trug. Sie zog ihn dichter um sich, versteckte das dünne Unterkleid vor den Blicken des Jungen und verspürte einen Hauch von Dankbarkeit über die Voraussicht ihres Gemahls.

»Ich habe ihm gesagt, dass er von diesem Tag an sein Kommen anmelden muss«, sagte der Silberwolf zu ihr. »Denn ein anständiger Mann überrascht eine Dame niemals in ihrer Kammer.«

»Woher weißt du das?«, fragte Alys. Sie konnte nicht anders.

Reynaud schaute sie schockiert an, aber ihr neuer Ehemann lachte leise. Er löste seinen Gürtel, und Reynaud legte ihn auf die Truhe, achtete besonders auf das Schwert in seiner Scheide. Der Junge kehrte zurück und schnürte dem Silberwolf den Waffenrock auf, den dieser ungeduldig abstreifte. Reynaud faltete ihn und legte ihn neben die Schwertscheide, bürstete mit geschäftigen Fingern ein wenig Schmutz vom Saum. Anschließend beugte sich der Silberwolf vornüber, und sein Kettenhemd glitt ihm über die Schultern. Der Junge half ihm auch hierbei und fing es auf.

Wie war es möglich, dass ihr neuer Gemahl ohne seine Rüstung noch größer wirkte? Sein Haar war zerzaust, und er trug nur sein Hemd, Beinkleider und Stiefel. Sein Hemd stand offen und enthüllte einen gebräunten Hals und goldenes, lockiges Brusthaar.

»Den Rest schaffe ich allein«, sagte der Silberwolf, und der Junge verbeugte sich erneut. Er nahm Rüstung, Scheide und Schwert mit, verbeugte sich und verschwand geduckt durch den Zelteingang.

Alys schluckte. Ihr war bewusst, dass sie mit ihrem Ehemann allein war. Er rollte die Ärmel hoch und wusch sich geräuschvoll mit dem heißen Wasser aus dem Eimer, verspritzte einiges davon, während er sich schrubbte. Alys fielen die beiden dunkelroten Halbmonde an seinem Handgelenk auf, die Male, die ihr Biss in der vorigen Nacht verursacht hatte. Würde er sich für diese Beleidigung rächen?

»Heute Nacht werde ich lieber nicht im selben Wasser baden«, neckte er sie zu ihrer Überraschung und deutete auf den Zuber.

Ein Kratzen an der Zeltklappe, und zwei Männer erschienen, um den Zuber abzuholen. Sie sahen neugierig zu ihr hin. Der Silberwolf befahl ihnen, dass Wasser auszugießen und den Zuber dann für Rafael neu zu befüllen. Kurz scherzten sie über Rafaels dreckigen Zustand, dann waren sie verschwunden. Ihr Ehemann trocknete sich ab und beobachtete Alys dabei mit einem Lächeln. Sie fragte sich, was er beabsichtigte – dann räusperte sich erneut jemand vor dem Zelt.

Es ging hier so geschäftig zu wie in einer großen Halle.

In gewisser Weise, vermutete Alys, *war* dies seine große Halle.

Diesmal waren es Eheleute, ein rundlicher Mann und eine schlanke Frau, beide mittleren Alters. Der Mann senkte höflich den Blick, aber die Frau schaute Alys immer wieder verstohlen an. Sie legte ein Tuch auf den Tisch, stellte Schüsseln und Becher aus Steingut darauf, legte Löffel und Servietten daneben. Der Mann stellte eine Platte und eine Schüssel auf den Tisch. Alys konnte gebratenes Rebhuhn riechen. In der Schüssel befand sich dampfende Suppe. Die Frau legte einen Laib Brot dazu, in Stoff gewickelt, dann traten beide zurück. Beim Geruch des gebratenen Fleischs wurden Alys die Knie weich, und sie verschränkte ihre Hände fest ineinander und kämpfte darum, ihren Hunger zu bezähmen.

Sie schienen nicht misshandelt worden zu sein. Das brachte Alys erneut zum Nachdenken. War es wirklich möglich, dass diese Menschen dem Silberwolf freiwillig folgten?

Warum sollte sich irgendjemand, der selbst kein Kämpfer war, entschließen, sich einer Söldnerbande anzuschließen? Waren sie frei? Bezahlte er sie gut genug?

Wie viel Geld besaß er?

Was würde mit ihm passieren, wenn er alles ausgegeben hatte?

»Mylady, dies sind Denis, mein Koch, und seine Frau Marie«, sagte der Silberwolf. »Sie haben meiner Familie viele Jahre lang treu gedient und sind nun so gütig, für mich zu arbeiten.«

Alys neigte grüßend den Kopf und wählte ihre Worte mit Bedacht. »Ich danke Euch für diese Mahlzeit.«

»Es tut mir leid, dass das Hochzeitsessen erst morgen fertig sein wird«, sagte Denis mit etwas, das Beunruhigung zu sein schien. Alys fragte sich, ob es die Angst vor Strafe war, die ihn so nervös machte.

»Mylord Amaury hat erst heute das Wild gebracht, und es gibt viel vorzubereiten …«

»Es wird auch frisches Brot und Klöße geben«, ergänzte seine Frau.

»Ich habe Gewürze …«

»Bestimmt wird es köstlich sein, Denis«, unterbrach sie der Silberwolf. »Deine Mahlzeiten sind immer ausgezeichnet.«

Der Koch verbeugte sich erneut vor Alys. »Die besten Wünsche zum unverhofften Glück, das Euch mit dieser Ehe beschieden ist, Mylady.«

So gern sich Alys auch dagegen verwehrt hätte, dass ihre Ehe als ein *Glück* bezeichnet wurde, sie konnte gegenüber Menschen mit so offenkundig guten Absichten nicht garstig sein. Wie es zuging, dass die beiden in den Diensten ihres Ehemanns standen, konnte sie sich nicht erklären, aber sie würde die Wahrheit schon herausfinden.

Sie neigte den Kopf und dankte ihnen.

Die beiden verbeugten sich und gingen.

»Amaury?«, wiederholte Alys.

»Mein anderer Bruder, der, der am ehesten wie ein Ritter aussieht. Er hat uns zu den Steinen begleitet.«

»Der mit dem helleren Haar.«

Er nickte zustimmend. »Er jagt mit einem Falken und mit seinen Hunden, wenn er nicht gerade auf einem Turnier die Gunst holder Damen erringt.« Bei diesen Worten lag ein Hauch von Verachtung in seiner Stimme.

Amaury musste der Falke gehören, den Elizabeth gefunden hatte.

»Wir sind zu siebt«, fuhr er fort und zählte an den Fingern ab. »Ich, mein Bruder Rafael und mein Bruder Amaury. Dazu kommen drei Söldner, die in der Vergangenheit zusammen mit mir gedient haben: Royce, Matteo und Victor. Und schließlich ist da noch ein Schotte, Murdoch Campbell, der sich entschieden hat, mit uns zu reiten.«

Alys ließ sich nicht anmerken, dass sie den Namen kannte. Es mochte ein anderer Murdoch Campbell sein als der, den sie einst gekannt hatte. »Warum?«

»Wir sind nach Schottland geritten, und er auch. Ich nehme an, dass er uns bald verlassen wird.«

»Und Reynaud ist als Knappe für alle zuständig?«

Er schüttelte den Kopf. »Es gibt fünf Knappen: Reynaud, der für mich zuständig ist, und Mallory, Oliver, Louis und Nicholas.«

»Und Nathalie.«

»Sie ist eine von sechs Dienstboten, die aus Château de Vries, dem Heim meiner Kindheit, mit uns gekommen sind, genau wie Yves, der ehemalige Châtelain der Burg.«

»Denis und seine Frau stammen also auch von dort?«

»Aye, und Henri, der Stallbursche, und sein kleiner Sohn. Dann ist da noch Eudaline, die schon alt ist und in der Heilkunst bewandert.«

Alys war überrascht, dass eine alte Frau sich entschlossen hatte, mit diesen Menschen zu reisen, und fragte sich, was in Château de Vries vorgefallen war, das sie alle dazu gebracht hatte zu gehen. Es kam selten vor, dass ein Châtelain so spät in seinem Leben den Haushalt verließ, den er geführt hatte.

Vielleicht hatte der Silberwolf es niedergebrannt, so wie einst Kilderrick, und sie hatten entkommen können – vom Regen in die Traufe gewissermaßen.

Der Silberwolf lud sie mit einer Geste ein, sich an den Tisch zu setzen, und Alys konnte nicht ablehnen. Er stellte die Laterne an das eine Tischende, und Alys setzte sich so hin, dass das Licht auf ihre Narbe fiel und die heile Seite ihres Gesichts im Schatten lag.

Sollte er ruhig sehen, was er angerichtet hatte. Es würde ihm vielleicht weniger gut gefallen, wenn er es richtig sehen konnte.

Ihr Ehemann ließ nicht erkennen, dass es ihm auffiel. Alys saß auf dem einzigen Stuhl, und er trug die kleinere der beiden Truhen herüber, sodass er sich ihr gegenübersetzen konnte. Er bediente sie geschickt, schnitt den Vogel mit dem Messer und legte die leckersten Bissen auf ihren Teller, der aus Zinn bestand. Eine Serviette lag vor ihr, und ihr Steingutbecher war mit etwas gefüllt, das Ale zu sein schien.

Alys konnte sich kaum davon abhalten, über die Mahlzeit herzufallen wie ein ausgehungerter Wolf.

Vielleicht würde er sich an ihrer Neugier stören.

»Warum reitet Amaury mit dir, wenn er ein Ritter ist und kein Söldner?«

»Weil er kein Geld hat und kein Erbe. Auf der Beerdigung meines Vaters erfuhr Amaury, dass der alte Widerling auch sein Vater gewesen war.« Der Silberwolf hob die Brauen und richtete seine Aufmerksamkeit auf den Inhalt seines eigenen Bechers. »In der Folge wurde Amaury von dem Mann, der ihn aufgezogen hatte, verstoßen – meinem Onkel Gaston, der die Rache meines Vaters endlich nicht länger fürchten musste. Amaury ist nichts geblieben außer seinem Falken, seinen Hunden und seinem Pferd, aber auch er ist mein Bruder. Ich konnte ihn nicht im Stich lassen.«

Fühlte er wirklich eine solche Loyalität? Allerdings war es nützlich, jemanden dabeizuhaben, der jagen konnte, denn dann hatten alle anderen mehr zu essen.

»Was sagt deine Mutter zu diesem Bund von Brüdern?«, fragte Alys.

»Sie hat sich in ein Kloster zurückgezogen.« Er schaute zu ihr. Seine Augen waren sehr blau. »Aber wir haben alle drei unterschiedliche Mütter. Mein Vater war nicht für seine Zurückhaltung bekannt.«

Er hielt ihren Blick und forderte Alys förmlich auf, die offensichtliche Frage zu stellen.

»Und du?«

»Die einzige Eigenschaft, die mein Vater und ich je gemeinsam hatten, war das Talent für die Kriegskunst.« Der Silberwolf prostete ihr mit seinem Becher zu. »Er hat mich sehr jung darin unterwiesen, und der Krieg war alles, was ich kannte. Tatsächlich habe ich ihn schon vor Jahren in dieser Hinsicht übertroffen.«

»Du wirst in Kilderrick keinen Krieg finden.« Alys nippte an dem Bier, dann aß sie einen Bissen Fleisch. Es war köstlich, die Haut gesalzen, das Fleisch zart und aromatisch. Unwillkürlich schloss sie die Augen und genoss den Geschmack.

Als sie den Silberwolf wieder ansah, lächelte er sie an. Sie hasste es, dass sie so durchschaubar war. »Vielleicht wird der Kampf in meinem Schlafgemach künftig all meinen derartigen Bedürfnissen genügen«, sagte er seidig. »Wenn ich mich dort mit meiner Gemahlin messe.«

Sie hätte vielleicht eine beißende Antwort gegeben, aber der Silberwolf hielt den Finger hoch.

Und natürlich, es kratzte schon wieder leicht an der Zeltwand.

Auf seine Erlaubnis hin betrat der silberhaarige Mann das Zelt. Das musste Yves sein. Er schaute sich im Zelt um, als wollte er sich vergewissern, dass alles seine Ordnung hatte, und Alys wusste, sie hatte richtig geraten. »Mylord? Gibt es noch etwas?«

»Mylady, dies ist Yves, der ehemalige Châtelain von Château de Vries. Er wird in Kilderrick unser Kastellan sein.«

Wieder war da dieses Beharren darauf, dass er in der Burg ihrer Familie bleiben würde. Alys fragte sich, warum er das unbedingt wollte.

»Ich fühle mich geehrt, Eure Bekanntschaft zu machen, Mylady«, sagte Yves beflissen. Sein klares Französisch war für sie leicht zu verstehen. »Wenn ich Euch irgendwie zu Diensten sein kann, zögert nicht, nach mir zu rufen.«

Alys war versucht zu fragen, ob er ihre Ehe annullieren könnte, aber die stete Wachsamkeit des Silberwolfs überzeugte sie davon, das lieber zu lassen. Sie beugte lediglich den Kopf und dankte dem älteren Mann.

»Ich werde dafür sorgen, dass Ihr nicht gestört werdet, Mylord«, sagte Yves, dann ging er. Alys hörte Gemurmel männlicher Stimmen vor dem Zelt und vermutete, dass ein Wachposten davorstand, dann erhob sich ihr Gemahl.

»Endlich allein«, murmelte er, als er mit einer fließenden Bewegung aufstand. Er kam um den Tisch herum und blieb hinter ihr stehen, dann beugte er sich vor und flüsterte ihr ins Ohr: »Ist dir warm genug?«

Seine Nähe ließ Alys erzittern. »Mir geht es gut.«

»Nein, dir wird bald schon zu warm sein.« Er nahm ihr den Mantel von den Schultern, und sie hörte ihn scharf Atem holen, als ihr Unterkleid wieder zum Vorschein kam.

Sie schaute an sich herab und konnte die Rundungen ihrer Brüste unter dem Stoff sehen. Der Lichtschein ließ Schatten entstehen, wo ihre Brustwarzen gegen den Stoff drückten.

Sie sollte nicht schüchtern sein. Dies war ihre Chance, Abscheu in ihm zu wecken.

Er warf den Mantel über die andere Truhe, dann setzte er sich wieder ihr gegenüber. Als er sie ansah, ließ der Hunger in seinem Gesicht ihr den Mund trocken werden. Seine Lider senkten sich, als wollte er seine Gedanken verbergen, dabei war es ohnehin immer eine Herausforderung, sie zu lesen. Alys zog ihren Zopf zur Seite und legte ihn über die Schulter, die im Schatten lag, sodass er die Narben an ihrem Hals deutlich sehen konnte. Er blinzelte nicht einmal.

»Und so sehe ich meine Gemahlin unverhüllt«, murmelte er, während er seinen Platz wieder einnahm.

Die Hitze in seinen blauen Augen verzauberte Alys. »Du kannst ruhig sehen, was du mir angetan hast«, sagte sie und schob den linken Ärmel hoch. Ihre vernarbte Haut sah im Lampenschein schlimmer aus, rauer und unebener, und sie konnte nur hoffen, dass der Anblick das Verlangen ihres neuen Gemahls ersticken würde.

Doch leider schien dieser verfluchte Mann geneigt, all ihre Erwartungen zu enttäuschen.

ALYS VERSUCHTE, ihre Narben als Waffe zu verwenden.

Maximilian konnte ihre Strategie nur bewundern, allerdings war sie zum Scheitern verurteilt. Er war sich der Tatsache bewusst, dass sie sich absichtlich so hingesetzt hatte, dass das Licht auf die verletzte Seite ihres Gesichts fiel, denn die Herausforderung in ihrem Blick war unmissverständlich gewesen. Sie musste wegen ihres Äußeren früher zurückgewiesen worden sein, doch es war viel zu spät, als dass Maximilian sich davon hätte abschrecken lassen.

Ihr Verstand und ihre Entschlossenheit bezauberten ihn viel zu sehr.

Dass sie etwas anderes erwartete, hieß nur, dass die Freier, die zu ihr und ihren Gefährtinnen gingen, nicht blieben. Diese Männer nahmen sich nicht die Zeit, neugierig zu werden, Alys' Wesen zu ergründen, die Wildheit ihres Willens zu erkennen.

Oder vielleicht fürchteten sie sie.

Vielleicht nahmen sie sie in der Dunkelheit und schauten sie gar nicht an.

Maximilian war die Vergangenheit egal, und er hielt nichts von Narren, die das, was sie vor sich hatten, nicht zu schätzen wussten. Er würde sich mit dieser Frau zusammen ein Leben aufbauen, was bedeutete, er musste ihr Vertrauen gewinnen. Er gab sich keine Mühe, seine

Bewunderung zu verbergen, und beobachtete, wie sein Benehmen Alys mit jedem verstreichenden Moment mehr verwirrte.

Er schob seinen Teller beiseite, trank nur sein Bier und beobachtete sie mit unverhohlenem Vergnügen. Dabei lächelte er. Sie errötete. Ihr Blick wanderte immer wieder zu ihm, und ihre Unsicherheit wuchs. Auch sie schob ihren Teller beiseite. Ihre Portion hatte sie nicht aufgegessen, obwohl sie ganz ausgehungert sein musste. Sie beäugte ihn mit einem Misstrauen, das ihn zum Lächeln brachte.

»Wie ich sehe, hast du Hunger auf mehr als das Rebhuhn«, sagte sie, eine erneute Herausforderung.

»Niemand mit Verstand könnte mir daraus einen Vorwurf machen. Es ist unsere Hochzeitsnacht.«

Sie wischte sich die Finger an der Serviette ab, dann schnürte sie die Bänder ihres Unterkleids auf und offenbarte ihm mehr von ihrem Hals. Ihre Bewegungen waren verführerisch, doch die wütende Wahrheit auf ihrer Haut ließ sich nicht verbergen.

Maximilian sah genau hin. *Er* hatte das getan. Versehentlich und ohne Vorsatz, aber es war dennoch sein Werk. Erneut fragte er sich, was die Narben Alys gekostet hatten, und wusste, sie würde ihm diese Geschichte nicht so bald anvertrauen. Er trank sein Bier, verbarg seine Gedanken vor ihr und musste zugeben, er verspürte ein Gefühl der Schuld.

Nie zuvor hatte er seine Taten bereut. Er büßte nicht dafür. Er tat, was nötig war, und schaute nicht zurück.

Aber als er seine neue Ehefrau ansah, fragte er sich, ob es nötig gewesen war, Kilderrick niederzubrennen. Welchen Zweck hatte es gehabt? Er hatte keine Schätze gefunden und stattdessen das Leben einer Frau zum Schlechten verändert, die eine Unbeteiligte gewesen war. Der Tod des Lairds war unnötig gewesen. Ein Unfall, genau wie Alys' Verletzung.

Aber keins von beidem ließ sich ungeschehen machen.

»Hast du eine Vorliebe für entstellte Frauen?«, fragte Alys erhitzt.

Wenn sie damit seinen Widerwillen wecken wollte, verkalkulierte sie sich. Maximilian sah nur die Kühnheit in ihrem Gesicht und das Funkeln ihrer Augen, und in seinem Körper erwachte die Vorfreude auf ihre Berührung. »Ich habe eine Vorliebe für Frauen mit Verstand und

Tatkraft, für Frauen, die ihre Gedanken offen äußern, für Frauen, die mutig sind. Du wirst gut zu mir passen.« Er ließ sein Gesicht widerspiegeln, wie sehr er sie bewunderte, und sah sie erröten. Er senkte seine Stimme. »Wir beide werden gut zueinander passen, Alys.«

Sie presste die Lippen zusammen und wandte den Blick ab. »Du setzt sehr viel voraus.«

»Ich erkenne die Anzeichen. Sicher tust du es auch.«

Sie runzelte die Stirn, brach ein Stück vom Brot ab und nahm einen Bissen, den sie sicher nicht wollte. Sie versuchte, Zeit zu gewinnen, auch wenn er nicht ahnte, wieso. Er würde dafür sorgen, dass die Erfahrung eine angenehme war. Vielleicht hatten andere das nicht getan.

Maximilian gelobte sich, es zu versuchen. »Du musst wissen, dass unter allen Männern auf der Welt gerade ich begreife, dass das Aussehen täuschen kann«, sagte er sanft.

Sie warf ihm einen feindseligen Blick zu. »Du willst mich nur verspotten.«

»Ganz im Gegenteil, ich will dich ehren.«

»Du lügst!«

Entschlossen schüttelte er den Kopf. »Niemals, Alys. Und deine Narbe wird mich nicht dazu bringen, von meinem Ziel abzulassen.«

»Warum ich?«, fragte sie gequält. »Such dir doch eine andere Frau als Beute!«

Maximilian stellte seinen Becher ab und hielt ihren Blick. »Aber du bist die Erbin von Kilderrick. Unsere Ehe besiegelt die Frage der Erbfolge unwiderruflich.«

»Aber die Burg ist wertlos.«

»Nicht für mich.«

Sie sah ihn an. »Du kannst nicht wirklich vorhaben, hier zu leben, als seist du der Laird dieses Landes.«

Warum überraschte sie dieser Gedanke so? »Und was, wenn doch?«

»Aber du bist ein Söldner. Du schlägst dein Lager auf, wo auch immer du gerade bist, und bist stets auf Reisen, lässt dich von dem anheuern, der am meisten bietet.«

Das war eine gute Beschreibung seines bisherigen Lebens. »Wer wäre besser geeignet, Kilderrick zu verteidigen, als ein Mann, der in der Kriegskunst bewandert ist?«

»Mein Vater …«

»War kein Kämpfer, was der Grund ist, weshalb er sowohl sein Land als auch sein Leben verlor.«

»Die Burg ist eine Ruine.«

»Sie wird wiederaufgebaut werden.«

»Von wem?«

»Die Steinmetze sollten in ein oder zwei Tagen aus Carlisle eintreffen. Da ich annahm, dass sich der Zustand der Burg nicht geändert hatte, seit ich sie das letzte Mal gesehen hatte, und in dem Wissen, dass der Winter bald kommen würde, nahm ich mir die Freiheit, sie anzuheuern.«

»Das wird ein Vermögen kosten!«

Maximilian verzog das Gesicht. »Zweifellos.«

Sie sah ihn böse an und warf das Brot auf ihren Teller. »Und mit wie vielen Frauen wirst du dich vergnügen?« Die Hitze in ihren Worten sagte ihm, dass diese Frage die wichtigste von allen war.

»Ich brauche nur eine, meine Gemahlin, und wir werden täglich miteinander schlafen – oder vielmehr nächtlich –, bis du ein Kind empfängst.«

»Und dann?«

»Dann wirst du das Kind zur Welt bringen.«

»Und dann?«

Maximilian beugte sich vor und sprach in scharfem Ton. Seine Geduld schwand zusehends. »Du wirst noch ein zweites bekommen, und es wird mein Kind sein.«

»Wie viele?«

»Wer kann das schon sagen?«

»Ich werde nicht deine Zuchtstute sein!« Sie sprang auf die Füße. Ihre Wangen waren rot.

»Nein, du wirst meine Ehefrau sein, in jeder Hinsicht.« Maximilian holte tief Atem und zwang sich zur Ruhe. »Du hast keine Wahl, meine Alys. Wir sind verheiratet.« Er warf seine Serviette hin, des Spiels überdrüssig. »Es ist Zeit, die Sache zu Ende zu bringen.«

Sie zuckte zusammen, als er um den Tisch herumkam, aber Maximilian glaubte nicht, dass sie ihn fürchtete, nicht eine Sekunde lang. Sie hatte ihn provoziert und ihn herausgefordert und ihm ins Gesicht gesehen. Vielleicht dachte sie, er würde sie schlagen. Aber er wusste, dass sie lediglich nach einer Schwäche suchte – und keine finden würde.

Und er würde sich auch nicht als grausam erweisen. Maximilian holte tief Atem, dann horchte er auf die Atemzüge seiner Ehefrau.

Er roch die Furcht, die sie zu verbergen versuchte.

Anscheinend eilte ihm sein Ruf voraus.

Ihre Vereinigung würde angenehmer sein, wenn er ihre Sorgen beschwichtigen konnte. Er blieb hinter ihr stehen, sah sie zusammenzucken und hob mit einer Hand langsam das Ende ihres Zopfes. Ihr Haar war dicht und gewellt, lang genug, dass es ihr bis zur Taille reichte. Der Zopf, zu dem sie es geflochten hatte, war dick und glänzend. »So dunkel wie Ebenholz«, murmelte er und bemerkte, wie steif ihre Schultern waren. Sie saß so aufrecht da wie ein Krieger, und wenn er sich nicht täuschte, hielt sie den Atem an.

»Davon verstehe ich nichts.«

»Mit einem Hauch von Seide.« Er öffnete das Band am Ende, langsam, als wäre sie ein wildes Tier. Sie war ähnlich unberechenbar und leicht zu erschrecken. In diesem Moment war sich Maximilian ihrer Gegenwart überaus stark bewusst, des Geruchs ihrer Haut, der üppigen Kurve einer Brust unter dem Unterkleid, ja, selbst der geröteten Haut ihrer Narben.

»Ich habe noch nie Seide gesehen.« Die Feindseligkeit war ein wenig aus ihrem Ton gewichen.

»Dann werde ich das korrigieren müssen.« Als er das Band geöffnet hatte, löste er ihren Zopf, ganz langsam und mit gleichmäßigen Bewegungen. Sie erbebte. Aye, andere waren dabei zu schnell gewesen. Er würde es genießen, sie zu lehren, dass Mann und Frau Vergnügen empfinden konnten, wenn sie das Lager teilten.

Als ihr Haar offen war, fuhr er mit den Fingern hindurch, genoss es, die Strähnen zwischen seinen Fingern zu spüren, und breitete es ihr über die Schultern. Es war dunkel und schimmerte, ein üppiger Vorhang, der als Mantel taugen könnte.

»Oder so schwarz wie Rabenfedern«, flüsterte er und beugte sich vor, um ihre Wange mit den Lippen zu berühren. Es war kein Zufall, dass er die Wange wählte, auf die das Licht fiel, die vernarbte Wange, und er spürte, wie sie zusammenzuckte, als sie seine Lippen auf ihrer Haut spürte.

»Nur passend für eine Hexe.« Sie drehte sich zu ihm um, und ihre Blicke trafen sich. Sie waren einander so nahe, dass er ihren Atem spüren konnte.

»Du bist keine Hexe. Du bist wunderbar.«

»Du verspottest mich«, sagte sie und klang dabei atemlos.

Maximilian schüttelte langsam den Kopf. »Niemals.« Er kam noch näher und legte seine Lippen auf ihre. Wie zuvor versteifte sie sich, als fürchtete sie, er würde sie verletzen, und schloss dann, als sein Kuss sanft blieb, die Augen und erzitterte. Dieser Hauch von Verwundbarkeit, mochte er noch so flüchtig sein, weckte in ihm den Wunsch, sie zu beschützen. Er vertiefte den Kuss langsam, gab ihr Zeit, ihn willkommen zu heißen.

Beinahe tat sie es, doch dann entzog sie sich ihm, und der Zorn in ihren Augen loderte von Neuem auf.

»Ich werde dich im Schlaf töten«, drohte sie, und er lachte leise.

»Aye, du hast deinen Plan bereits offenbart.« Er hatte sich auf diese Eventualität vorbereitet, aber Alys musste davon noch nichts wissen. Er zog den Stuhl zurück und hob sie in die Arme, bevor sie fliehen konnte, und ging mit ihr zum Bett hinüber. »Wenige Menschen können mich überraschen, Alys, aber du kannst es gern versuchen.«

Ihre Augen blitzten, und sie hätte ihn gekratzt, aber Maximilian ließ sie auf das Bett fallen und griff ihre Handgelenke. Sie wehrte sich, kämpfte vergeblich gegen das Gewicht seines Knies auf ihrer Hüfte. »Ich könnte dich fesseln. Ich könnte mich dir aufzwingen«, sagte er, ein angespanntes Flüstern. »Aber es wäre ein schlechter Beginn, Alys. Ich möchte, dass diese Nacht süß wird.«

»Sie kann nicht süß sein.«

»Zumindest muss sie nicht bitter werden.«

Sie wand sich unter seinem Gewicht und starrte ihn böse an. »Das wird sie, ganz gleich, welche Lügen du mir erzählst.«

Ihre Worte trafen einen wunden Punkt, und sein Temperament regte sich, trotz seines Bemühens, ruhig zu bleiben. »Ich lüge nicht, meine Alys«, sagte er erneut zu ihr.

Sie wand sich unter ihm, entzog ihm ihre Hände und zog sich seinen Ring vom Finger. Sie warf ihn ihm ins Gesicht, aber Maximilian blinzelte nicht einmal, als er seine Wange traf und dann zu Boden fiel und unter den Tisch rollte. Er würde ihn später aufheben.

»Genug«, sagte er mit zusammengebissenen Zähnen und hielt sie mit einer Hand fest. Er wusste, dass sich seine Wut zeigte, denn in ihren Augen sah er einen Hauch von Furcht. Sie bleckte die Zähne, aber er hatte dafür gesorgt, dass sie nicht noch einmal dicht genug an ihn herankam, um ihn zu beißen. Er griff ihre Handgelenke und fesselte sie mit dem Band, das er aus ihrem Haar gezogen hatte, an den Bettrahmen.

»Das kannst du nicht tun«, protestierte sie wütend.

»Ich habe es getan, weil du mir keine Wahl lässt.«

»Ich will dich nicht!«

»Das wirst du, weil ich dafür sorgen werde.« Maximilian bückte sich nach dem Ring, dann zog er sein Hemd aus. Sie schaute ihn an, und ihr Blick wanderte über ihn, als hätte sie noch nie einen Mann nackt gesehen. Vielleicht hatten ihre Freier die Kleider anbehalten. Er zog Hosen und Stiefel aus, ließ sie seinen gesamten Körper sehen.

Sie schluckte und bewegte die Finger, um ihn zu verhexen, obwohl ihre Handgelenke noch gefesselt waren. »Ich verfluche dich«, sagte sie, ihre Stimme tief und eindringlich. »Ich verfluche dich, Silberwolf, mit all meiner Macht, ich verfluche dich, auf dass du unfruchtbar wirst und schrumpfst, zur nichts zusammenschrumpfst und mich diese Nacht nicht anrührst.«

Maximilian lachte nicht. Allerdings warf er einen Blick hinunter auf seine Erektion, bevor er dem Blick seiner Ehefrau begegnete. »Du siehst, weshalb ich nicht an Hexerei glaube«, sagte er leise. »Dein Zauber scheint nicht zu wirken.«

»Ich lege einen Fluch auf dich«, begann sie, aber Maximilian legte sich neben sie und beugte sich ein wenig über sie. Sie hielt den Atem an und starrte ihn an, als er seine Lippen auf ihre presste, ein weiterer Kuss von einer Macht, die schwindlig machte.

Es war etwas an dieser Frau, etwas, das ihm sagte, er würde sie und ihre Berührung niemals leid sein, er könnte sich die ganze Nacht an ihr gütlich tun und sein Hunger würde dennoch ungestillt bleiben. Er küsste sie langsam und gründlich, brachte sie dazu, ihm zu antworten, bis sie, ohne es zu wollen, ein leises Stöhnen von sich gab. Sie hatte bereits gelernt, darauf zu vertrauen, dass ihre Küsse lustvoll sein würden.

Genau wie Maximilian.

Ohne den Kopf zu heben, ließ er den Ring wieder auf ihren Finger gleiten, dann stützte er sich auf einen Ellbogen. »Hast du die Inschrift gelesen?«, fragte er und drehte den Ring an ihrem Finger.

»Ich konnte es nicht.«

»*Vous et nul autre*«, murmelte er leise. »Du und keine andere. Es ist ein Ehering, der auf diese Weise für ein anderes Paar graviert wurde, aber einmal mehr beeinflusste das Schicksal meine Wahl. Ich spüre, Alys, dass du wie keine andere bist und nur wir beide einander genug sein werden.«

»Darin irrst du dich«, sagte sie. Ihre Augen blitzten.

Maximilian schüttelte den Kopf. »Nein, ich muss dich nur überzeugen.« Er starrte auf sie herab und ließ die Hand besitzergreifend über ihren Körper gleiten. Mit den Fingern fuhr er unter den Saum ihres Unterkleids und zog es hoch bis zur Taille, schlug den Stoff zurück, sodass sie entblößt war und er sie sehen konnte. Sie war glatt und lebendig unter seiner Hand, weich – und doch fühlte er ihre muskulöse Stärke.

»Zweifle nie an deiner Schönheit«, flüsterte er und klang beinahe so wütend wie sie. Sie keuchte laut auf, als er ihre Brust umfing und sein Mund eine Weile still seine Arbeit tat, bevor er sich gezwungen fühlte, sie erneut zu küssen.

Diesmal küsste er ein wenig wilder, ein wenig fordernder, und zu seiner Genugtuung reagierte Alys in gleicher Weise. Sie erwiderte den Kuss, und ihr Hunger wuchs mit jedem Augenblick. Sie hob sich ihm entgegen, als er erneut ihre Brustwarze neckte, und ihr Atem ging schneller. Er konnte spüren, wie heftig ihr Herz schlug, und als er schließlich den Finger zwischen ihre Beine gleiten ließ, war sie feucht und heiß vor Erregung.

Ihre Reaktion zu spüren, sandte Feuer durch ihn, denn das war keine Täuschung. Sie begehrte ihn, so wie er sie. Dies war die Wahrheit. Als er mit dem Daumen über ihre Knospe strich, keuchte sie laut auf, und er konnte nicht länger widerstehen. Er löste das Band, das ihre Handgelenke gefesselt hielt, und wie er erwartet hatte, streckte sie die Arme nach ihm aus.

Sie wand die Hände in sein Haar, während er sich vorbeugte, um ihre Brustwarze mit den Lippen zu umschließen. Er saugte daran, und Alys zitterte vor Verlangen, so verloren in ihrer Lust, dass er wusste, es war an der Zeit. Er legte sich zwischen ihre Beine und stieß in sie hinein ... und spürte eine unerwartete Barriere. Ihm blieb eine Sekunde, in der sich ihre Blicke trafen, dann war er in ihr, die Barriere durchbrochen.

Alys schrie schmerzerfüllt auf, und die Wahrheit war offenbar.

»Du bist Jungfrau«, flüsterte Maximilian überrascht. »Wie kann das sein?«

KAPITEL 7

Der Silberwolf behauptete beharrlich, er glaube nicht an Zauberei, aber Alys fand keine andere Erklärung für den Aufruhr, den er so mühelos in ihr entfesselte. Seine Küsse ließen ihre Einwände gegen ihn und seine Berührung verfliegen. Seine Liebkosungen ließen alle Gedanken an Widerstand schwinden und hinterließen in ihr eine brennende Sehnsucht, die sie nicht erklären konnte. Sie wusste, dass er das Verlangen, das er in ihr weckte, auch stillen konnte, wenn auch nicht genau, wie. Dabei verfluchte sie, dass sie ihre Entschlossenheit, gegen ihn zu kämpften, vergaß, anschmiegsam und einladend wurde, jede seiner Berührungen erwiderte.

Aber dieser Hunger, den er wachrief, ließ sich nicht leugnen, war unwiderstehlich, und sie konnte nur daran denken, dass sie mehr wollte.

Bis er ihr Jungfernhäutchen durchstieß und erstarrte.

Ohne den Zauber seiner Liebkosungen kehrten ihre Einwände mit neuer Heftigkeit zurück. Sie lag im Bett, ihr Ehemann auf ihr, weil ihre entschlossene Absicht, gegen ihn zu kämpfen, davongetragen worden war wie Staub im Wind.

Und sie hasste ihn dafür.

»Ich bin eindeutig keine Jungfrau mehr«, schnappte sie.

»Aber ...« Er war eindeutig erstaunt. Sein Adamsapfel bewegte sich und sein Körper verharrte angespannt. Alys begriff, welche Willenskraft es ihn kostete, nicht zu beenden, was er angefangen hatte. Seine Augen funkelten wie Saphire, als er auf sie herabschaute und den Kopf schüttelte. »Aber sie haben gesagt ...«

»Aye, sie sagen, wir seien Huren und Hexen.« Sie schüttelte den Kopf. Dass die Frau des Sheriffs diese und andere Dinge über sie und ihre drei Gefährtinnen sagte, war ihr bekannt. »Du warst bereit, mich für eine Hure zu halten, aber nicht für eine Hexe?«

»Ich glaube nicht an Hexen«, sagte er erneut. »Aber jeder Mann mit Augen im Kopf weiß, dass es zahllose Huren gibt.«

»Ich bin keine davon.« Sie hielt seinen Blick, forderte ihn erneut heraus.

Er schien überrascht zu sein.

Sie fragte sich, was er tun würde.

Wenn er sie aufgefordert hätte, eine Entscheidung zu treffen, wäre es ihr nicht möglich gewesen, begriff Alys. Einerseits war sie entschlossen, ihm gegenüber nicht nachzugeben. Andererseits ließ dieser Vorgeschmack des Vergnügens sie sich fragen, ob es vielleicht mehr gab, ob er Mittel kannte, die Anspannung zu lindern, die sie noch immer erfüllte.

»Nein, das bist du nicht.« Er atmete aus und beugte den Kopf, legte die Stirn an ihre Schulter. Als er fortfuhr, klang er reumütig, was sie überraschte. »Und nun schulde ich dir noch mehr, meine Alys, und du kannst sicher sein, dass ich meine Schulden zurückzahlen werde.«

Zu ihrer Überraschung zog er sich aus ihr zurück und rollte sich neben ihr auf den Rücken, einen Arm über seine Augen gelegt. Sein Mund war eine feste Linie. Seinen Körper an ihrem zu spüren, war nicht unangenehm. Er war fest und warm, und ihr gefiel der Geruch seiner Haut. Er verstärkte das Prickeln, das seine Gegenwart in ihrem Körper wachrief, das sie genoss und von dem sie sich gleichzeitig wünschte, sie könnte es ignorieren.

Sie hatte seine Hände schon vorher bemerkt, so viel größer und schwerer als ihre eigenen, und betrachtete sie, während er abgelenkt war. Sie waren stark und sonnengebräunt, mit langen Fingern, und bewegten sich mit Anmut und Präzision. Auf seinem einen Handrücken befand sich eine alte Narbe. Die Verletzung musste tief genug gegangen sein, dass bei der Heilung eine weiße Linie zurückgeblieben war, und war eine eindringliche Mahnung, welches Handwerk er ausübte.

Sie ließ den Blick über ihn wandern, verweilte bei dem goldenen Haar auf seiner Brust und den harten Kurven seiner Muskeln. Er war sonnengebräunte Stärke, seine Haut glatt und ohne Makel, ihr goldener Ton ein Hinweis darauf, dass er vor Kurzem noch in wärmeren Gefilden geweilt hatte. Alys hatte Jungen im Fluss schwimmen sehen, junge Männer mit frisch sprießenden Bärten, und sich im Wald versteckt, um sie zu beobachten, aber keiner von ihnen hatte ausgesehen wie der Silberwolf. Er war ein Mann, kein Junge. Ein Bartschatten bedeckte sein Kinn, und er bestand ganz aus Muskeln und Sehnen. Sie konnte nicht anders, als ihn zu betrachten und die Unterschiede zwischen ihren Körpern wahrzunehmen.

Alys riskierte es, den Blick weiter abwärts wandern zu lassen, und sah Blut auf seinem Glied, das noch immer erigiert war. Anscheinend hatte er keineswegs das Interesse verloren.

»Du hast fünfundzwanzig Sommer gesehen«, sagte er angespannt. »Wie kannst du noch unschuldig sein?«

»Indem ich nie mit einem Mann geschlafen habe«, antwortete sie, und er musste unwillkürlich leise lachen.

Er nahm seinen Arm fort und drehte den Kopf, um sie anzusehen. In seinen Augen tanzte eine unerwartete Heiterkeit, und sein Mund war ihrem auf einmal so nahe, dass es sie verblüffte. »Aye, das ist wohl die richtige Strategie.« Sein Lächeln bezauberte sie, und sie entzog sich ihm nicht, als er ihr das Unterkleid über den Kopf zog und beiseitewarf. Nackt lag sie neben ihm und wusste nicht, was sie tun sollte, außer zu erröten, während sein Blick über sie wanderte. Einmal mehr war seine Bewunderung offensichtlich – oder er war geschickt darin, so zu tun, als dächte er etwas, auch wenn er es nicht tat.

Alys erinnerte sich an sein Beharren, er würde nicht lügen. Was, wenn ihr Gemahl sie tatsächlich anziehend fand? Der Gedanke war auf eine höchst unwillkommene Weise aufregend. Als der Silberwolf die Hand wieder auf besitzergreifende Weise über sie gleiten ließ, hob sie sich seiner Berührung unwillkürlich entgegen.

Sie sah zu, wie er ihre Brustwarze zwischen Zeigefinden und Daumen nahm und sie dann neckte, bis sie sich erneut versteifte. Wie seltsam, dass er besser als sie selbst wusste, wie er ihr Vergnügen bereiten konnte. Sie hatte den seltsamen Gedanken, dass ihr Körper die Seiten gewechselt hatte, und hielt dann den Atem an, als eine Welle der Erregung sie durchfuhr.

»Du willst mich wie einen Hund dressieren«, flüsterte sie.

»Ich habe noch nie einen Hund auf diese Weise abgerichtet«, teilte er ihr nüchtern mit, obwohl in seinen Augen noch immer ein Hauch von Lachen lag. Alys kämpfte gegen ein Lächeln, als sich ihre Blicke trafen, dann beugte er sich über sie und nahm einmal mehr ihre Brustwarze in den Mund. Diesmal ließ er sich mehr Zeit, entlockte ihr eine Antwort, benutzte seine Zunge und seine Zähne, um ihr Lust zu bereiten. Alys stellte fest, dass sie sich an ihm rieb, unter seinem Gewicht gefangen, und nicht länger den Wunsch hatte, seiner Berührung zu entkommen. Er ließ den Aufruhr, die Rastlosigkeit in ihr wieder anschwellen, und sie verfluchte sich selbst für ihre Neugier.

Aye, sie wollte mehr.

»Du willst mir beibringen, mich dir hinzugeben«, beschuldigte sie ihn atemlos.

Er antwortete nicht, sondern wandte seine Aufmerksamkeit der anderen Brustwarze zu. Unterdessen ließ er die Hand weiter abwärts gleiten. Alys hielt den Atem an, erwartete Schmerz, aber stattdessen berührten seine Finger sie sehr sanft. Sie keuchte laut auf, als er sie geschickt liebkoste, und stieß unwillkürlich ein Seufzen aus.

Es fühlte sich so gut an.

Er streichelte sie langsam und stetig, und als er seinen Mund wieder auf ihren legte, begegnete Alys ihm mit einem neuentdeckten Hunger. Ihr Herz raste, ihr Atem ging schnell und sie war von Kopf bis Fuß errötet. Sein Kuss ließ sie beinahe ohnmächtig werden. Zusammen mit seinen Berührungen sorgte er jedenfalls dafür, dass Alys schwindlig wurde. Sie zog an seinem Haar, klammerte sich an seine Schultern, imitierte ihn und spürte, wie die Erregung in ihr sich in unerträglicher Weise steigerte.

Es gab nichts mehr in ihrer Welt außer seinem Mund und seiner Hand, seinem Gewicht, halb auf ihr, dem Gefühl seiner Schultern unter ihren Händen. Sie wollte mehr. Sie konnte ihr Ziel nicht benennen, aber sie vertraute ihm, es zu erreichen. Ein Fieber stieg in ihr auf, wurde mit jedem verstreichenden Moment heißer, ließ sie sich heftig nach Erlösung sehnen. Alys hörte sich stöhnen, streichelte ihn, erwiderte seine Küsse mit einer Wildheit, von der sie nicht gewusst hatte, dass sie sie besaß.

Auf einmal kniff er sie an jener intimsten Stelle, und Alys schrie auf, als Feuer ihren Körper erfüllte. Im Moment der Erlösung, der folgte, stöhnte sie laut und tief, wusste nicht, wie ihr geschah, und erbebte. Sie klammerte sich an seine Schultern und wand sich unter ihm, nicht, weil sie entkommen wollte, sondern um sie beide miteinander zu verschmelzen. Sie ritt auf einer Welle purer Lust, und die Hitze, die in ihr flammte, ließ sie erschöpft und befriedigt zurück.

Maximilian.

Sein Name war Maximilian.

Sie kämpfte darum, Atem zu holen, ließ sich auf das Bett zurücksinken und begegnete seinem Blick. Er lächelte nun, einen warmen Glanz in den Augen.

»Jetzt wird es leichter sein«, murmelte er, und sie glaubte ihm. Er glitt auf sie, küsste sie erneut. Sie sah ihn einatmen, und er schien den Atem anzuhalten, als er ganz vorsichtig wieder in sie eindrang. Es war ein wenig unangenehm, aber es tat nicht weh. Er blieb angespannt, bewegte sich langsam. Ihre Blicke trafen sich, als er nach und nach tiefer in sie glitt.

Alys hatte noch nie etwas Ähnliches gefühlt.

»Ich werde nicht lange aushalten«, flüsterte er angestrengt. »Vielleicht ist es so besser.« Er bewegte sich ein paarmal vor und zurück, ließ Alys scharf Atem holen und sich an seine Schultern klammern. Sie konnte die Hitze fühlen, die in ihm aufstieg, und vermutete, er würde eine ähnliche Form der Erfüllung finden wie sie. Es war wohl nur gerecht, wenn sie beide diese Nacht Befriedigung erlangten.

Aber in seinen Augen funkelte die Entschlossenheit, und er rollte sich abrupt auf den Rücken und zog sie mit sich. Alys fand sich auf ihm wieder, während er, offenbar zufrieden mit der Situation, zu ihr auflächelte. Er ließ die Hand zwischen sie beide gleiten und streichelte sie erneut an jener Stelle. Alys keuchte.

»Ich würde wetten, dass du, meine Alys, lieber selbst den Rhythmus bestimmst«, knurrte er. Er legte die Hände um ihre Hüften, gab ihr so einen Hinweis, was er meinte, und sie stützte die Hände auf seine breite Brust und hob sich auf ihm. Es war ein Wunder, den Effekt zu sehen, den das auf ihn hatte, zu beobachten, wie seine Lust wuchs, und zu wissen, dass sie dafür verantwortlich war.

Als wäre er *ihr* Gefangener. Das war ein verführerischer Gedanke.

Alys Haar fiel ihr über die Schultern, und sie schaute auf den Silberwolf herab, genoss es, dass sie seine Reaktion so leicht kontrollieren konnte. Sein Blick funkelte, als er sie ansah, und sie erinnerte sich an seine Worte, sie sei wunderbar. Wenn seine Augen so strahlten, fühlte sie sich wie eine Schönheit, und wieder einmal wollte sie nur noch mehr.

Er neckte sie mit den Fingern, während sie ihn quälte, und zusammen fanden sie einen Rhythmus, den sie bestimmt nicht lange aushalten konnten. Alys bewegte sich schneller, konnte nichts anderes tun, während seine Finger sie zum Tanzen brachten. Sie spürte erneut diesen Tumult, und diesmal kannte sie ihr Ziel. Ihre Blicke trafen sich, seiner in feurigem Blau, und das ganze Bett schwankte. Dann flüsterte er ihren Namen und kniff sie erneut ganz leicht.

Zugleich mit ihrem Ehemann schrie Alys auf, dann fiel sie auf ihn und bebte, während der Höhepunkt sie durchlief. Er schloss fest die Arme um sie, und sie konnte den Donner seines Herzens unter ihrer Wange fühlen. Erst da bemerkte sie, dass ihre vernarbte Seite wieder dem Licht zugewandt gewesen war und es ihn kein bisschen abgeschreckt hatte.

»Aye, Alys, wir werden gut zueinander passen«, sagte er schließlich mit heiserer Stimme, und sie konnte ein Lächeln nicht unterdrücken.

DER SHERIFF und seine Frau waren erst wieder daheim, als es bereits dunkel war. Das Herdfeuer war ausgegangen, und in ihrer Hütte war es kalt. Regen war unter der Tür hindurchgedrungen und hatte auf dem Boden eine Pfütze gebildet. Als die Hufschläge verklangen und die Söldner Rowan Fell verließen, regte sich der Sheriff schließlich, als erwachte er aus einem schlechten Traum. Er schlug Feuer und entzündete eine Lampe, dann betrachtete er die Überreste der Mahlzeit, die sie nicht hatten essen können, die noch auf dem Tisch standen.

Jeannie, die bis vor wenigen Augenblicken noch gefürchtet hatte, die Nacht nicht zu überleben, war nun, da die Gefahr zunächst vorüber war, verärgert. Ihr Cottage war kalt und schmutzig, der Geruch von Entenfett hing in der Luft. Sie hatte hart daran gearbeitet, ein feines Essen zuzubereiten, und nun blieb ihr nur das Aufräumen, während ihr eigener Magen vor Hunger knurrte. Mit ungeduldigen Bewegungen schürte sie das Feuer, stellte fest, dass wie durch ein Wunder noch Glut im Herd schwelte, und heizte sie an, bis es wieder munter brannte. Die Soße, in die sie ihre letzten Pfefferkörner getan hatte, war im Topf geronnen, die Entenknochen lagen sauber abgenagt auf den Tellern. Sie war bis auf die Knochen ausgekühlt und bewegte sich zügig, kratzte die Reste des Essens zusammen und tat sie für das Schwein des Schmieds in eine Schale.

Es war die Verschwendung einer köstlichen Mahlzeit, und sie war zutiefst erbittert.

Zumindest waren sie erst so spät wieder daheim angekommen, dass die Nachbarn bereits schliefen – oder es nicht wagten, zu dieser Stunde an ihre Tür zu klopfen. Ihr blieb Zeit, sich eine Geschichte auszudenken, die sie vorteilhafter dastehen ließ als die Wahrheit.

»Verflucht sei Alys Armstrong«, sagte sie leise. »Und verflucht sei der Silberwolf.«

Ihr Ehemann biss in den Silberpfennig, den man ihm als Lohn gegeben hatte, und an der Art, wie er die Brauen hob, sah sie, dass er echt sein musste.

»Das war Murdoch Campbell«, fuhr sie fort, leise, als könnte der Silberwolf ihre Worte selbst auf die Distanz hören. »Er hat sich einen Bart wachsen lassen, seit ich ihn das letzte Mal gesehen habe, aber er war es.«

»Aye«, stimmte ihr Ehemann zu und ließ sich schwer auf den Stuhl sinken. »Ich fürchtete, du könntest ihn enttarnen, so überrascht, wie du warst. Es war gut, dass du es nicht getan hast.«

»Ich hätte es tun sollen. Ich hätte ihn zur Rede stellen sollen!« Jeannie war empört. »Wie konnte er sich willentlich diesem Bösewicht anschließen, der seinen eigenen Vater getötet hat? Es ist nicht zu begreifen. Rupert wäre mehr als entsetzt.«

Eamon schüttelte den Kopf. »Erinnerst du dich nicht, Jeannie? Murdoch hat dem Silberwolf Rache für Ruperts Tod geschworen.«

»Das war vor vielen Jahren! Er war nur ein Junge.«

»Und nun ist er kein Junge mehr.« Ihr Ehemann pickte ein Stückchen Fleisch von der Ente, verzog das Gesicht, als er sah, wie trocken und zäh es geworden war, und warf es wieder auf das Gerippe. »Und nun sitzt er im Bau des Wolfs und wartet auf den Moment der Abrechnung.«

Jeannie blinzelte. Die wenigen Worte reichten, ihre Meinung über Murdoch komplett zu ändern. »Das würde ich gern mit eigenen Augen sehen«, sagte sie und wandte sich zu ihrem Ehemann um.

»Ich nicht!« Eamon sah sich stirnrunzelnd in ihrem Cottage um. »Wie gut, dass wir nicht so nahe wohnen, dass man von mir erwarten könnte, im Namen von Recht und Gesetz einzuschreiten.«

»Ich bezweifle, dass der Silberwolf deine Hilfe braucht, mein Gemahl.«

Eamon grinste und warf den Silberpfennig in die Luft und fing ihn mit grandioser Geste wieder auf. »Das hat er bereits getan, Frau. Das hat er bereits getan.« Er rollte die Münze zwischen Zeigefinger und Daumen und hielt sie hoch, als sollte sie sein Auge ersetzen.

Jeannie konnte über seine Scherze nicht lachen. Tatsächlich missfiel es ihr, dass er sich so bereitwillig mit der Veränderung abfand. »Aber warum sollte er erneut deine Hilfe brauchen?«

Eamon zuckte die Schultern. »Er braucht den Anschein der Legitimität, aus welchem Grund auch immer. Das Siegel und die Erbin hat er bereits, aber ich frage mich, ob seine Position so sicher ist, wie er glaubt.«

»Merk dir meine Worte, Ehemann, er wird von dir eine Abfindung verlangen.« Eamons Stirnrunzeln vertiefte sich, während Jeannie ihn ansah, und sie fragte sich, ob er einen Plan hatte. Wenn, dann würde er ihn ihr nicht anvertrauen, denn er dachte, das Geld wäre allein seine Angelegenheit. Sie zitterte. »Ich möchte diese Nacht nicht Alys Armstrong sein, nicht für alle Schätze der Welt.«

Eamon schürzte die Lippen. »Und ich möchte nicht an der Stelle des

Mannes stehen, dem daran gelegen ist, Alys Armstrong zu zähmen. Sie ist wild und verbittert. Der Silberwolf ist vielleicht einen weniger vorteilhaften Handel eingegangen, als er selbst begreift.« Er warf die Münze in die Luft und fing sie einmal mehr elegant auf. »Dies ist ein fairer Lohn für das Zelebrieren einer Hochzeit.«

»Vergiss die Ente nicht«, erinnerte ihn Jeannie. Sie war noch immer verärgert, dass ihnen kein Bissen davon geblieben war.

»Vergiss die Geschichte nicht, die wir nun kennen«, erwiderte ihr Ehemann. »Viele werden morgen jede Einzelheit hören wollen, wieder und wieder.«

»Aye, und du wirst dein Ale bekommen«, sagte Jeannie. »Was *ich* möchte, ist eine neue, feine, fette Ente.« Sie schwenkte mahnend den Finger vor ihrem Mann, bevor er das Offensichtliche vorschlagen konnte. »Und dieses Geld wirst du nicht dafür ausgeben. Der Silberwolf schuldet mir eine Ente, und das werde ich nicht vergessen.«

Ihr Ehemann schüttelte den Kopf. »Dann treibe deine Schulden ein, meine Frau. Ich habe jedenfalls größere Sorgen als eine bloße Ente.«

Sein Ton war nachdenklich, und Jeannie wandte sich zu ihm um. »Was wirst du tun?«

»Ich denke, der König sollte wissen, dass der Silberwolf nach Kilderrick zurückgekehrt ist, um Anspruch darauf zu erheben.« Eamon zog die Stiefel aus, dann streckte er sich. »Es kann nicht gut für die Menschen in Rowan Fell sein, einen Söldner so dicht in ihrer Nähe dulden zu müssen, oder?«

»Und du hast dem König jedes Jahr seine Steuern gezahlt.«

»Das habe ich. Das muss einiges Gewicht haben.«

Jeannie biss sich auf die Lippen. Sie fragte sich, ob die Worte des Königs reichen würden, den Silberwolf davon zu überzeugen, auf die Steuergelder aus fünfzehn Jahren zu verzichten, die dem Laird von Kilderrick zustanden.

Das Geld war verloren, also musste sie das Beste hoffen.

MAXIMILIAN DÖSTE NUR einen Moment oder zwei, aber die Zeit reichte, dass Alys das Bett verlassen hatte. Sobald er erwachte, rollte er sich auf die Seite und sah, dass sie sich gerade erneut wusch. Bei seiner Bewegung war sie ein wenig zusammengezuckt, und er fragte sich, was sie vorgehabt hatte. Sein Dolch lag noch auf dem Tisch und seine Börse, in der sich eine Phiole mit Mohnpulver befand, auf der Truhe. Beides, glaubte er, war unberührt; dennoch war er misstrauisch.

»Das Wasser muss kalt sein«, sagte er und erhob sich.

»Wärmer als der Fluss«, sagte sie und trocknete sich ab. Sie zog sich das Unterkleid über den Kopf und begann, erneut ihr Haar zu flechten. Als sie an ihm vorbeiging, um das Band zu holen, warf sie ihm einen ihrer herausfordernden Blicke zu.

Maximilian lächelte nur und machte sich seinerseits daran, sich zu waschen. Auch er zog ein Hemd an, nicht aber seine Beinkleider. Das Hemd, das er zuvor getragen und beiseitegeworfen hatte, ließ er für Reynaud liegen, damit dieser es waschen konnte, und holte ein frisches aus der Truhe. Das gab ihm die Gelegenheit ein bisschen von dem Mohnpulver in den Becher zu geben, den er dort hatte stehen lassen. Als er sich wieder umwandte, saß Alys am Tisch und machte sich mit einem Hunger über die Reste des Rebhuhns her, den sie zuvor nicht gezeigt hatte.

»Es ist gut«, sagte sie auf seinen Blick hin.

Er musste sie ablenken, sodass sie das Bier trank.

»Du hast alles aufgegessen«, beschwerte er sich und versuchte, empört zu klingen. Er drehte den Teller und betrachtete die Knochen in scheinbarem Unglauben von allen Seiten. Es war nichts mehr übrig.

Ihr Lächeln war so schalkhaft, dass er ihr weitaus mehr vergeben hätte als das.

»Es ist Jahre her, seit ich ein so köstlich zubereitetes Stück Geflügel gegessen habe.« Alys leckte sich lautstark die Finger und genoss seinen Ausdruck von Entsetzen. »Dein Koch ist sehr talentiert.«

»Und das Brot?«

Alys steckte sich den letzten Bissen in den Mund und kaute ihn. »Ich war vorhin zu beunruhigt, um großen Appetit zu haben.« Sie schenkte ihm ein Lächeln, dessen Strahlkraft ihn verblüffte.

Allerdings war Maximilian nicht so verwundert, dass ihm das Verschwinden seines Dolches nicht aufgefallen wäre.

Sie hatte ihn gewarnt.

»Ich habe Hunger, nach dem Liebesspiel«, sagte er.

»Dann wirst du nach deinem Koch rufen müssen«, antwortete sie ohne jede Reue.

»Es ist zu spät, ihn zu behelligen.« Er setzte sich auf die Truhe ihr gegenüber und gab sich den Anschein von Missgunst, als er den Becher auf den Tisch stellte. Ihrer war leer, und er schaute in den Krug, goss dann den Rest des Ales in den Becher mit dem Pulver. Als der Krug leer war, gab er sich überrascht, dass für sie nicht mehr genug übrig war. »Du kannst genauso gut noch den Rest des Ales haben.« Er ging sicher, dass er hinreichend gereizt klang, und schob ihr grollend den Becher zu.

Alys leerte ihn in einem einzigen Zug, dann stellte sie ihn mit einer ausladenden Geste ab. »Falls du deine Meinung änderst«, sagte sie triumphierend, und in ihren Augen funkelte die Herausforderung.

Maximilian sah sie an und ließ ganz langsam ein eigenes, triumphierendes Lächeln erblühen. Rafael sagte immer, es sei ein Lächeln purer Bosheit und extremer Befriedigung.

Alys wurde nüchtern, als sie ihn ansah, dann schob sie den Stuhl zurück. »Was hast du getan?«, fragte sie ihn mit einem Argwohn, den sie früher an den Tag hätte legen sollen.

»Ich habe sichergestellt, dass du schlafen wirst.« Maximilian stand auf, dann stützte er die Hände auf den Tisch und beugte sich zu ihr. »Du hast mir eine wilde Verfolgungsjagd beschert, und ich brauche diese Nacht meine Ruhe.«

Ihre Augen blitzten, dann wirkte sie verwirrt.

Sie gähnte, eindeutig nicht in der Lage, sich davon abzuhalten. Es war ein Gähnen, bei dem sie den Mund weit aufriss und das lange dauerte. Anschließend blinzelte sie, als wären ihre Augenlider schwer geworden. Sie schüttelte den Kopf und richtete den Blick auf ihn. »Was hast du getan?«, wiederholte sie, und ihre Worte klangen ein wenig undeutlich.

»Ich habe das Ale mit etwas versetzt«, gab er zu. Ihr Blick wanderte sofort zu seinem Beutel, der auf der Truhe lag.

»Du willst mich vergiften!« Die Worte waren kaum noch zu verstehen. Sie war bereits dabei einzuschlafen.

»Niemals, meine Alys«, sagte er sanft. »Ich möchte diese Nacht lediglich in Sicherheit ruhen.«

»Unhold«, warf sie ihm vor, aber es war nicht mehr als ein Flüstern. »Niederträchtiger Lump. Verbrecher.«

»Aye, all das und mehr«, stimmte er zu.

»Du hast mich angelogen.«

»Nein, aber ich habe dir auch nicht die Wahrheit gesagt.«

»Hundesohn«, sagte sie, aber das Wort kam nur noch als gedehnter Laut heraus. Sie sank in sich zusammen und kämpfte mit aller Kraft gegen die Wirkung des Mohns. Maximilian ging zu ihr, um sie hochzuheben. Allein würde sie es nicht bis zum Bett schaffen. Sie hatte nicht genug gegessen, um die Wirkung des Mohns abzumildern. Sein Dolch fiel von ihrem Schoß zu Boden, und er schaute darauf herab, dann lächelte er sie an.

»Und du denkst, wir würden nicht gut zueinander passen«, sagte er und schüttelte den Kopf, dann trug er sie zum Bett. Sie knuffte ihn in den Arm, obwohl ihr Kopf dabei schon an seiner Schulter lag.

»Ich werde Rache nehmen«, sagte sie, aber diese letzten Worte erstarben bereits.

»Ach, Alys«, murmelte Maximilian, als er sie auf das Bett legte. »Mögest du deine Absichten immer so deutlich vorher kundtun.« Er wickelte seinen Mantel um sie, um sicherzugehen, dass ihr warm genug war, und sah zu, wie sie tief einschlief.

Er hätte sich ihr vielleicht gleich angeschlossen, aber vor dem Zelt erklang Rafaels Stimme. Maximilian hob die Zeltklappe, um seinen Bruder einzulassen, der erst die schlafende Alys betrachtete und dann die Überreste des Rebhuhns.

»Kein Fetzen Fleisch mehr«, sagte Rafael, schüttelte den Kopf und ließ sich schwer in den Stuhl sinken. »Dann ist es wahr, dass eine Hochzeitsnacht auch andere Arten von Appetit weckt.«

»Ich habe mir das Mahl redlich verdient, und mehr als das, indem ich diese spezielle Braut für mich gewonnen habe«, sagte Maximilian.

Rafael lachte leise. »Aye, ich weiß von deiner Bisswunde.«

»Es ist nicht die einzige Verletzung. Der Fall in dieses Loch war sehr tief.«

Rafael lachte laut. Es bestand nicht die Gefahr, dass ihre Unterhaltung Alys wecken würde. Sie atmete tief und regelmäßig.

»Ich bezweifle, dass ich nach dem Sturz in die Fallgrube in den nächsten Wochen bequem sitzen werde.« Maximilian strafte seine eigenen Worte Lügen, indem er sich wieder an den Tisch setzte.

Rafael schüttelte den Kopf. »Wie hat es dir gefallen, mit einer Hure zu schlafen?«, fragte er und griff nach dem Becher, den Alys geleert hatte. »Immerhin entspricht das nicht deinen üblichen Vorlieben.«

Maximilian wusste, dass die anderen über seine Vorliebe für Witwen scherzten, aber er hatte nicht den Wunsch, sich die Pocken zu holen.

»Rühr das nicht an«, warnte er, als Rafael den Becher an die Lippen heben wollte. Er war bereits leer, aber Rafael hatte die Tendenz, bei jedem Becher noch einmal sicherzugehen. Maximilian stellte ihn umgedreht auf den Tisch, sodass es nicht zu einem Versehen kommen konnte.

Begreifen zeichnete sich in Rafaels Augen ab. »Du hast immer noch das Mohnpulver.«

»Eudaline hat mir noch ein wenig mehr gegeben«, gab er zu.

Rafael nickte. »Also wird deine Braut bis zum Morgen tief schlafen. Ich dachte, es würde dich vielleicht die ganze Nacht kosten, ihrer Talente müde zu werden.«

»Sie hat keine«, sagte Maximilian flach. »Sie war noch Jungfrau.«

Rafael starrte ihn entsetzt an. »Du scherzt.«

»Ich versichere dir, das tue ich nicht.«

Rafael fluchte leise. Sein Blick wanderte zu Alys. »Ich frage mich, was mit den anderen ist.«

»Sie sind keine Hexen. Warum sollten sie Huren sein? In Wirklichkeit fühle ich mich wie ein Narr, dass ich auch nur die Hälfte des Gerüchts geglaubt habe.« Maximilian schaute seinen Bruder an. Ihm fiel auf, dass Rafael nach seinem Bad die Kleider gewechselt hatte. Sein langes Haar war noch nass. Es hatte einen Grund, dass er noch hier war, nachdem er berichtet hatte, der Sheriff und seine Frau seien wieder daheim, und es hatte nichts mit Alys zu tun. »Was hast du heute Abend noch auf dem Herzen?«

»Nur den Tratsch aus dem Lager, wie üblich.« Rafael lehnte sich zurück und spielte mit dem anderen leeren Becher. »Das Wichtigste zuerst: Das Ale ist aus!« Er warf Maximilian einen eindringlichen Blick zu. »Es ist kein Tropfen mehr da.«

»Vielleicht können wir am Morgen in Rowan Fell etwas kaufen.«

Der andere Mann nickte. »Außerdem gibt es heftigen Streit zwischen Amaury und Denis.«

»Wieso das? Denis hat sich über das Wild gefreut, als ich das letzte Mal mit ihm gesprochen habe.«

Rafael wackelte mit dem Finger. »Aber es fehlt ein Rebhuhn, wenn man Denis Glauben schenkt. Er sagt, es seien sechs gewesen, und behauptet, Amaury habe eins genommen, bevor das Essen aufgetragen wurde. Amaury leugnet, das getan zu haben, und sagt, es seien immer fünf gewesen. Denis sagt, er wisse, was er zubereitet habe. Amaury sagt, er habe als Kind gelernt zu zählen und die Lektion nicht vergessen.« Er hob die Brauen. »Ich dachte schon, sie würden sich prügeln. Ich bin überrascht, dass ihr Streit nicht bis hierher zu dir gedrungen ist.«

»Ich war anderweitig beschäftigt.«

Rafael nickte und fuhr fort: »Marie schlägt sich auf Denis' Seite. Oliver beharrt, Amaury habe richtig gezählt. Die Hunde haben es nicht gefressen, es liegt Misstrauen in der Luft, und der verfluchte Vogel ist zurück.« Er drehte den anderen Becher um, als würde auf magische Weise Bier darin erscheinen. »Im Augenblick würde ich ein Dorf niedermetzeln für einen Schluck Ale.«

Maximilian verstand den Wink seines Bruders und holte einen Schlauch mit *Eau-de-vie* aus seiner Truhe. Er nahm den leeren Becher, in dem kein Mohnpulver gewesen war, goss eine kleine Menge hinein und schob den Becher über den Tisch Rafael zu.

Sein Bruder grinste. »Sag mir, dass du nicht erwartest, dir auch nur einen Schluck übrig zu lassen.«

»Diese Portion ist für dich«, sagte Maximilian. »Um sicherzugehen, dass du nach deinem Aufenthalt im Moor nicht krank wirst.«

Das ernüchterte Rafael, und ein tödliches Glitzern trat in seine Augen. »Ich werde sie niedermetzeln, wenn Phantôm irgendein Leid geschieht«, sagte er finster. »Aber vielleicht werde ich zuerst herausfinden, ob sie eine Hure ist oder nicht.«

»Trink besser schnell«, riet Maximilian, und Rafael leerte den

Becher in einem Zug. Er schloss die Augen und verzog das Gesicht. Die feurige Flüssigkeit musste in seinem Hals brennen. »Welcher Vogel?«, fragte Maximilian.

»Amaurys Falke.«

Maximilian war überrascht. »Er hat sie wiedergefunden? In dieser Wildnis? Ich hatte angenommen, sie sei für immer fort.«

»Aye, aber er hat sie gefunden. Oliver hat gesagt, Amaury habe gepfiffen, und der Falke habe den Ruf beantwortet und sei dann auf seiner Faust gelandet. Ganz ohne einen Köder.«

»Sie muss hungrig gewesen sein.«

Rafael schüttelte den Kopf. »Oliver verneinte das. Wahrscheinlich hat sie selbst Beute geschlagen.«

»Mit ihren Fesseln und Glöckchen?« Maximilian war skeptisch.

Sein Bruder zuckte die Schultern, erhob sich und streckte sich dann. »Wer kann das schon sagen? Vielleicht hat sie Aas gefunden, das sie fressen konnte. Mir ist es egal, denn ich werde nun damit belohnt, dass sie in der Nacht herumhüpft und schreit und klingelt.« Er schüttelte sich. »Sag mir, dass du vorhast, in der Burg eine Falknerei einzurichten, wo die Falken zusammen hausen können, und einen Stall, wo sich die Hunde im Heu wälzen und furzen können, wie sie lustig sind, sodass ein Mann mit seinesgleichen schlafen kann und sonst mit niemandem.«

»Ich hatte angenommen, du würdest eine Frau wollen.«

Rafael lächelte. »Aye, eine gibt es, die ich sicherlich gern hätte.«

Ihm blieb keine Gelegenheit, das näher auszuführen, denn von draußen erklang auf einmal ein Schrei, auf den eine große Unruhe folgte. Beide Männer richteten sich auf und schauten in Richtung des Flusses. In der Ferne schrien Männer, Pferde wieherten, und Maximilian lächelte in plötzlichem Begreifen.

»Ihre Gefährtinnen haben erneut jemanden in die Falle gelockt«, sagte er beifällig. »Was für umtriebige Frauen.«

»Aber wer reitet denn zu dieser Stunde durch das Tal?«, fragte Rafael.

»Beeil dich, und wir werden es herausfinden!« Maximilian zog sich schnell Hosen und Stiefel an. Er schnippte mit den Fingern, aber Reynaud kam ohnehin schon mit seiner Rüstung und seinem Schwert. Er warf einen letzten Blick auf Alys, die friedlich schlief, und rief dann nach Nathalie und trug ihr auf, über ihre neue Herrin zu wachen. Dann lief er zum Fluss hinunter, neugierig darauf, was die Frauen taten – und welches Opfer sie sich auserkoren hatten.

ELIZABETH WARTETE, bis das Lager des Silberwolfs beinahe leer war. Sie zählte, wie viele Männer zum Fluss hinunterliefen, wo Ceara und Nyssa die Banditen bei deren Heimkehr überrascht hatten. In der Dunkelheit erklangen Schreie. Die Hunde aus dem Lager liefen den Männern voraus. Anscheinend hatten sie nicht einmal einen Wachposten dagelassen, was Elizabeth sehr zupass kam.

Der Regen fiel langsamer, und ihr blieb nicht viel Zeit für ihre Streiche. Sie hatte sich das Gesicht und die Hände mit Ruß geschwärzt und ihre Zaubersymbole mitgebracht. Sie eilte auf leisen Füßen ins Lager und machte sich daran, Unheil zu stiften.

Sie hoffte nur, der Ritter mit dem Falken erwischte sie nicht.

ÜBER DEM FLUSS HING, genau wie vor zwei Tagen, ein flammendes Symbol. Maximilian erkannte seine Form und die Stelle, an der es in der Dunkelheit brannte. Wie zuvor spiegelte sich das Feuer im Wasser – und wie zuvor erklangen Schreie und Gebrüll, als das Chaos in der Gruppe reisender Männer ausbrach.

Wer waren sie, und warum ritten sie nachts durch das Tal von Kilderrick? Wer auch immer sie waren, die Frauen hatten mit ihnen gerechnet. Maximilian sah die Steine fliegen und hörte sie ins Wasser fallen. Er sah die Brandpfeile, die von einer zweiten Position aus dem Wald geflogen kamen.

Damit waren es zwei von Alys' Gefährtinnen, die zu diesem Durcheinander beitrugen. Wo steckte die dritte?

Einem Impuls folgend drehte er um und rannte zurück ins Lager. Leise und geduckt schlich er sich zwischen die Zelte. Wenn dies ein Ablenkungsmanöver war, war der Plan vielleicht, Alys zu helfen. Er hob die Klappe zu seinem Zelt, und Nathalie wirbelte alarmiert herum, die Augen weit aufgerissen. »Was ist, Mylord?«

Maximilian legte den Finger auf die Lippen und lauschte. Es erklang ein Knacken, als jemand auf einen Zweig trat, dann ein leises Plätschern. Er folgte leise dem Geräusch und gelangte schließlich zu der Stelle, wo sie den Unterstand für Denis' Feuer errichtet hatten.

Das Feuer war zu einem Haufen schwelender Glut zusammengesunken, aber von dem Unterstand hing eine flammende weitere Kopie des großen Fünfecks. Auch dieses bestand aus Bündeln von Zweigen, und seine Flammen warfen einen Schatten auf die andere Seite des improvisierten Herds.

Obwohl er wusste, dass es nur eine List war, jagte der Anblick Maximilian einen Schauer über den Rücken.

Eine verhüllte Gestalt trieb sich dort herum, deren Silhouette sich beinahe in den Schatten verlor.

»Alys«, flüsterte die Frau, und Maximilian erkannt den Mantel, den Alys getragen hatte, als sie die Wölfe in sein Lager gelockt hatte.

Er hatte ihre dritte Gefährtin gefunden. Langsam näherte er sich ihr, in der Absicht, sie zu fassen und ihrem Treiben ein Ende zu bereiten. Dabei sah er, dass die Frau gerade auf eine Seite des Zeltes mit Ruß ein weiteres Pentagramm malte. Ihr Gesicht war dunkel, vielleicht ebenfalls mit Ruß geschwärzt, aber ihre Augen weiteten sich erschrocken, als sie Maximilian bemerkte.

Er sprang auf sie zu, aber sie lief davon und ließ beim Laufen etwas hinter sich fallen. Einen Moment später war sie fort, verschwunden in den Schatten, während die Rufe seiner Gefährten unten am Fluss erklangen. Ein Pferd wieherte, und er vermutete, es war Phantôm. Er ließ sich auf ein Knie fallen, um aufzuheben, was die Frau hatte fallen lassen, und fand eine Reihe kleiner Pentagramme.

Anscheinend hatte sie geplant, sie überall im Lager zu hinterlassen und mit Ruß noch weitere zu zeichnen – während sie nach Alys suchte. Angewidert sammelte er sie alle ein und warf sie ins verglühende Feuer, genau wie das größere Symbol. Er trat in die Kohlen, sodass die Glut wieder aufflammte, und bemerkte dann, dass er nicht länger allein war.

Die Dörfler aus Château de Vries waren um ihn versammelt, ihre ängstlichen Gesichter vom Feuer erhellt. Marie hielt eins der Symbole in der Hand, und ihre Furcht war offensichtlich. Selbst Yves wirkte erschüttert. Eudaline murmelte etwas und rang die Hände.

Der Stallbursche, Henri, stets ein tapferer Mann, hielt seinen Sohn, der die Augen weit aufgerissen hatte, an einer Hand und bekreuzigte sich mit der anderen. »Dies ist ein verfluchter Ort, Mylord«, murmelte er. »Wir sollten gehen.«

»Genau davon versucht uns jemand zu überzeugen«, antwortete Maximilian. Er trat vor und nahm Marie das Hexensymbol aus der Hand. »Wo war dieses?«

»Vor dem Eingang des Zeltes, in dem wir alle schlafen, Mylord. Es ist ein Zeichen.«

»Sie verspotten uns, nicht mehr und nicht weniger.« Maximilian warf das Symbol ins Feuer, und Marie zuckte zurück. »Es ist nur Stroh und Garn und der Versuch, uns zu vertreiben.«

»Die Frau des Sheriffs sagt, sie seien Hexen«, steuerte Yves mit leiser Stimme bei. »So viel zumindest habe ich verstanden.«

»Mylord, habt Ihr eine Hexe geheiratet?«, fragte Marie. Sie fiel vor ihm auf die Knie und rang die Hände. »Nehmt eine solche Frau nicht zur Ehefrau, Sir, ich flehe Euch an. Sie wird Euch Eure Seele stehlen.«

»Das wird sie keineswegs tun«, sagte er streng. »Es gibt keine Hexen. Es gibt keine Zauberei. Allerdings gibt es Menschen, denen es lieber wäre, wenn ich Kilderrick verließe. Aber sie werden eine Enttäuschung erleben.« Maximilian konnte sehen, dass die Frau des Kochs nicht überzeugt war, und schüttelte angesichts solcher Albernheit den Kopf. Auch, wenn er es für noch so närrisch hielt, es gab unter seinen Gefolgsleuten Menschen, die daran glaubten.

Verflucht seien Alys und ihre Freundinnen. Sie hatten zu viel Erfahrung darin, Angst zu säen.

Das durfte nicht so weitergehen.

»Es gibt einen Dämon an diesem Ort«, flüsterte Marie. »Er hat das Rebhuhn gestohlen …«

»Ich habe es dir doch gesagt«, unterbrach Denis sie ungeduldig. »Amaury hat das Rebhuhn genommen.«

»Aber …«

»Meiner Erfahrung nach haben Dämonen selten einen Appetit auf Rebhuhn«, sagte Maximilian fest.

»Weil sie sich an unseren Seelen vergehen«, flüsterte Marie und vergrub das Gesicht in den Händen.

Maximilian wechselte einen Blick mit Denis und wusste, dass sich seine Ungeduld zeigte, als der Koch rasch sagte: »Ich werde mit ihr reden, Mylord.«

In diesem Moment kam Rafael zurück ins Lager, bis zu den Oberschenkeln nass und mit blitzenden Augen. »Sie haben sich am Fluss des gleichen Tricks bedient«, ließ er Maximilian wissen. »Genau wie bei uns. Es war eine Gruppe von Männern auf Ponys oder zu Fuß, schwer mit Gepäck beladen, denen der Angriff galt.«

»Was ist mit ihnen geschehen?«

»Die Männer haben das meiste zurückgelassen und sind nach Norden geflohen.« Rafael wandte sich um und deutete in die entsprechende Richtung. »Sie haben sich aufgeteilt, sodass es nicht leicht war, ihnen zu folgen. Die Frauen haben drei der Ponys mitgenommen, aber wir haben die restlichen eingefangen. Die anderen bringen die erbeuteten Waren gleich zu dir.« Er runzelte die Stirn. »Ich habe einen Blick auf Phantôm erhascht und auf die Versucherin, die ihn gestohlen hat.« Sein Ton klang beinahe wehmutsvoll. »Sie ist ohne Sattel geritten. Gott weiß, was mit seinem Zaumzeug passiert ist.«

»Und Phantôm? Geht es ihm gut?«

Rafael schaute böse. »Dieses treulose Biest. Er hat mir kaum einen Blick geschenkt.« Er zuckte die Schultern. »Andererseits, wenn sie *mich* ohne Sattel reiten würde ...«

Missbilligend atmete Yves scharf ein, aber Maximilian wandte sich ab und dachte nach.

Drei Frauen, ein Schlachtross, drei Ponys.

»Sie haben eine Zuflucht«, sagte er. »Versteckt im Wald. Sie muss zerstört werden.«

In diesem Moment kehrte Amaury zurück, den Maximilians Worte zu verblüffen schienen. Er stellte eine kleine Kiste vor sie, die eindeutig schwer war, und öffnete sie. Münzen kullerten heraus.

»Diebesbeute«, murmelte Maximilian und bückte sich, ließ die Münzen durch seine Finger gleiten. »Ich habe jemanden sagen hören, diese Täler seien voll von Banditen und Plünderern.« Er blieb in der Hocke und schaute nachdenklich zum Fluss hinüber. »Wenn diese

Banditen eine übliche Vorgehensweise haben, werden Alys und ihre Gefährtinnen sie kennen.«

»Vielleicht sehen sie sie in den Süden reiten«, mutmaßte Rafael.

Maximilian nickte. »Und sie bereiten sich auf die Rückkehr der Reiter vor.« Das war seiner Ansicht nach eine brillante Idee. Im Endeffekt erhob Alys einen Zoll auf dieser Straße, einen, der nur eingezogen wurde, wenn Leute aus dem Norden nach Süden reisten, um die englische Grenze zu überfallen. Wenn sie, beladen mit Waren und Münzen, zurückkehrten, wurden sie durch den überraschenden Überfall am Fluss um einen Teil davon erleichtert. Zweifellos war das die Art, wie die Frauen überlebten.

Maximilian würde dasselbe tun, nur, ohne auf das Überraschungsmoment zu setzen. Er würde ein Tor bauen und das ganze Jahr über Zoll verlangen. Solche Zölle hatte er selbst schon entrichtet, wenn er eine Straße hatte benutzen müssen, und der Gedanke, dass er bald das gesamte Tal beherrschen würde, beflügelte ihn.

»Sie rauben Diebe aus.« Rafael grinste. »Nur wenige Männer verteidigen das, was sie selbst gestohlen haben, mit großer Tapferkeit.«

»Besonders, wenn sie um ihr Leben fürchten. Es ist eine Art von Zoll. Ein Zoll, den wir selbst eintreiben werden, auch wenn wir einfach nur die Straße absperren und unseren Obolus verlangen werden, gleich an welchem Tag oder zu welcher Stunde.« Maximilian richtete sich auf, als die anderen Söldner zurückkehrten und eine weitere Kiste mit Münzen mitbrachten, eine Reihe von Waffen und einen Karren mit drei Fässern darauf. Sie legten, was sie erbeutet hatten, neben das Feuer, damit alle ihre Beute bewundern konnten.

»So einfach war das Plündern noch nie«, sagte Matteo und lachte. »Sie haben die Sachen einfach fallenlassen und sind davongerannt.«

Maximilian wusste, er würde die Beute aufteilen und dafür sorgen müssen, dass seine Männer für ihre Mühen entlohnt wurden. »Jeder von euch darf sich eine Waffe aussuchen«, sagte er zu den Söldnern. »Das meiste Geld werde ich für den Wiederaufbau der Burg behalten.«

»Ich dachte, du hättest genügend Gold dafür«, bemerkte Rafael.

»Aye, aber solche Aufgaben verschlingen doch meist mehr als erwartet«, sagte Maximilian und hob die Hände. »Und nun müssen wir auch noch eine Zollstation auf der Straße errichten.«

Das brachte Rafael zum Lachen. Er bückte sich und untersuchte die Waffen. Mit Victor tauschte er sich über die Qualität zweier Dolche aus, und die anderen begannen sich ebenfalls zu unterhalten.

Denis kletterte auf den Wagen, um die Fässer zu begutachten, und lachte laut. »Kein Dämon würde Burgunder zu Mylords Hochzeitsfest bringen«, sagte er mit unverhohlener Begeisterung zu Marie. »Einmal Wein und zweimal Bier, Yves, für deine Inventur.«

»Pflichtschuldigst vermerkt«, sagte Yves ernst. Sein Blick wanderte zu Maximilian. »Was werdet Ihr tun, Mylord?«

»Die Zuflucht dieser Frauen noch heute Nacht zerstören«, sagte Maximilian, der seine Entscheidung getroffen hatte. »Und mit etwas Glück auch Phantôm zurückholen.« Er hob die Stimme. »Rafael, Matteo und Royce kommen mit mir. Amaury und Victor halten Wache. Nathalie, bitte gib acht, dass meine Frau in ihrem Bett bleibt. Die Jungen werden die Pferde bewachen. Wir gehen zu Fuß, damit wir unsere Beute besser überraschen können.«

Die drei Söldner nickten und bewaffneten sich. Die übrigen sicherten die gerade errungene Beute, während die Dörfler sich flüsternd für die Nacht zurückzogen. Binnen weniger Augenblicke führte Maximilian seine Gesellschaft in den Wald, entschlossen, die Angelegenheit mit aller gebotenen Eile zu erledigen.

KAPITEL 8

»Wir treffen alle Vorbereitungen, und er beansprucht die Beute«, sagte Ceara angewidert. »Ich könnte diesen Mann und seine Leute hassen.«

Die drei Frauen waren wieder in Morags Hütte, in nervöser Stimmung. Selbst Dorcha hockte geduckt auf seiner Stange.

Trotz Elizabeths Bemühen hatte es keine Anzeichen gegeben, dass die Gruppe des Silberwolfs sich zerstreute.

Und sie hatten auch noch die erbeuteten Schätze der Banditen an sich genommen.

Für Ceara war es klar, dass sie nicht in der Lage sein würden zu überleben, solange der Silberwolf mit seinen Leuten hierblieb – und dass er keineswegs vorhatte zu gehen.

»Was ist mit Alys?«, fragte Elizabeth.

Nyssa seufzte. »Inzwischen wird er sie geschändet haben.«

»Wir haben sie im Stich gelassen«, schloss Ceara, dann stand sie auf und ging in dem engen Raum auf und ab. »Wir müssen sie irgendwie befreien.«

»Aber wie?«, fragte Nyssa. »Wir sind deutlich in der Unterzahl, und sie sind Kämpfer.«

»Sie lassen sich nicht leicht abschrecken, so viel ist sicher«, sagte

Ceara, dann drehte sie sich zu den anderen beiden um. »Vielleicht müssen wir ihn töten.«

Elizabeth keuchte auf und erblasste.

Nyssa starrte stirnrunzelnd auf den Boden der Hütte. »Das wird sich auch nicht leicht vollbringen lassen. Er ist die ganz Zeit von seinen Leuten umringt.«

Ceara setzte sich neben sie. »Alys könnte es tun, wenn sie eine Waffe hätte. Und ich wette, sie würde es tun.« Sie sagte nichts weiter, aber sie wusste, die anderen Frauen verstanden sie. Wenn Alys vergewaltigt worden war, würde sie bereitwillig einen Dolch im Herz des Täters versenken.

Nyssa schaute auf. »Sicher haben sie achtgegeben, dass sie in der Hochzeitsnacht keine Waffe bei der Hand hatte, aber vielleicht tun sie es kein zweites Mal. Sie werden einfach annehmen, sie könnte ihnen keine wegnehmen.«

Elizabeth nickte voller Enthusiasmus. »Und sie ist nun die Herrin von Kilderrick«, sagte sie aufgeregt. »Wenn der Laird stirbt, kann sie als seine Witwe alles für sich beanspruchen.«

»Natürlich versteht Elizabeth die rechtliche Seite des Ganzen«, flüsterte Ceara.

Die Frauen wechselten Blicke, und die Atmosphäre in der Hütte wandelte sich bei dieser Aussicht. »Wir müssen einen Weg finden«, gelang es Ceara zu sagen, bevor Nyssa den Atem anhielt und in Richtung des Lagers herumwirbelte.

»Sie kommen, um uns zu vertreiben«, flüsterte sie drängend. »Nehmt mit, was ihr tragen könnt, und flieht!«

»Zur Morgendämmerung im alten Versteck«, sagte Ceara.

»Lasst die Pferde hier«, befahl Nyssa. »Das gibt uns vielleicht Zeit.«

Ceara verzog das Gesicht, aber sie sah ein, dass das eine vernünftige Idee war. Sie band die Pferde los und schlug ihnen auf die Kruppe, sodass sie in unterschiedliche Richtungen davonstürmten, dann floh sie selbst in den Wald. Still wie Gespenster verschwanden die drei Frauen in den Schatten, aber Cearas Groll gegen den Silberwolf und seine Männer verstärkte sich um ein Vielfaches.

Sie mussten ihn vertreiben, und das bald.

~

ALYS ERWACHTE, als das Sonnenlicht durch das Zeltdach fiel. Dem Einfallswinkel nach zu urteilen, war der Morgen bereits zur Hälfe verstrichen. Sie fühlte sich noch ein wenig benommen. Diese Nacht hatte sie fester geschlafen, als es ihre Gewohnheit war, und ihre Gedanken waren ein einziges Wirrwarr. Sie runzelte die Stirn, als sie sich entsann, wer dafür verantwortlich war, und schwang verärgert die Beine aus dem Bett. Welcher Fluch lastete nur auf ihr, dass sie einen solchen Mann hatte heiraten müssen?

Die letzte Nacht würde ihr eine Lehre sein, vor ihrem Ehemann stets auf der Hut zu sein. Er hatte ihr einen Schlaftrank verabreicht – gegen ihren Willen und ohne ihr Wissen. Er war abscheulich, verfolgte seine eigenen Ziele, gleich, zu welchem Preis, war nicht im Geringsten vertrauenswürdig und ein echter Schurke. Ein Söldner und ein Halunke! Ein Grobian, ohne Zweifel.

Allerdings war es gar nicht so schlimm, sauber zu sein und satt und in einem trockenen Bett auf Fellen geschlafen zu haben. Ihr war warm und es ging ihr gut, sie war erholt und ihr Bauch beschwerte sich nicht, weil er leer war. Alys schürzte die Lippen und musste zugeben, mit den Bequemlichkeiten im Leben ihres Ehemanns konnte man sich möglicherweise abfinden. Dann spähte sie aus dem Zelt. Es gab keine Chance zu entkommen, nicht einmal barfuß und im Unterkleid, denn ein großer dunkler Mann stand draußen Wache. Sie huschte wieder hinein, als er sich umdrehen wollte, und hörte ihn nach dem Silberwolf rufen.

Alys ging auf und ab und erinnerte sich an die Mängel ihres Ehemanns. Sie würde nicht zugeben, dass sie versuchte, die eigene Entschlossenheit zu stärken, um seiner Gegenwart etwas entgegenzusetzen zu können.

Denn er würde zu ihr kommen. Schon bald.

Hatte der Mann, der sie zur Frau genommen hatte, irgendwelche guten Seiten? Er hatte sie gegen ihren Willen geheiratet und mit ihr geschlafen – nein, schlimmer noch, er hatte sie überredet, ihm auf halbem Weg entgegenzukommen, was die Leidenschaft anging. Der Mann kannte ihren Körper besser als Alys selbst, und sie misstraute vehement seiner Fähigkeit, sie ihre eigenen Ziele vergessen zu lassen.

Sie waren jetzt tatsächlich verheiratet, und niemand konnte das bestreiten, denn Alys würde nicht lügen.

Sie weigerte sich zuzugeben, dass sie diese Eigenschaft mit ihrem Ehemann gemeinsam hatte. Nein, er sagte nur, er würde niemals lügen, aber das allein musste bereits eine Lüge sein. Tatsächlich hatte er ja auch zugegeben, dass er nicht die volle Wahrheit sagte, wenn ihm das gerade so passte.

Was für ein schrecklicher Mann.

Er hatte ihr unvorstellbare Lust bereitet. Das musste Alys zugeben. Er hatte sie verführt, wo er schlicht hätte nehmen können, was ihm gehörte. Er hatte sie nicht gefesselt – zumindest nicht lange – oder ihr wehgetan. Auf ihre vernarbte Haut hatte er geblickt, ohne zurückzuscheuen.

Aber er hatte ihren Vater und den Kastellan ermordet, die Männer, die sie aufgezogen hatten. Er hatte ihr Heim niedergebrannt. Er war an ihren Narben schuld und hatte ihr ganzes Leben ruiniert, den Wert der Ländereien, die ihre Mitgift hätten sein sollen, zerstört, sie mittellos im Wald zurückgelassen. Aye, sie hatte dem Silberwolf vieles vorzuwerfen.

Aber ihre Ehe konnte nun nicht länger annulliert werden. Sie waren bis zum Tod aneinander gebunden. Das war die entsetzliche Wahrheit.

Besaß Alys den Mut, ihn zu töten? Besaß sie die nötige Schläue, um dabei Erfolg zu haben? Es war keine Tat, deren Versuch scheitern durfte, nicht, wenn sie selbst am Leben bleiben wollte.

Sie blieb stehen und dachte darüber nach, auf welche Weise sie am besten zur Witwe werden konnte, und ihr Blick wanderte durch das Innere des Zeltes. Es waren keine Waffen in Sicht, was natürlich die allererste Erwägung war, aber das hieß nicht, dass es keine gab. Er war ein Söldner und musste reichlich Messer und Dolche besitzen. Sie bezweifelte allerdings, dass sie viel Zeit für sich allein haben würde. Ihr Ehemann würde ihr sicher nicht vertrauen.

Alys musste zugeben, sie hatte ihm auch keinen Grund dazu gegeben.

In diesem Moment öffnete der betreffende Ehemann das Zelt, musterte sie eindringlich und trat ein. Er trug seine Kettenrüstung und seinen Waffenrock, genau wie zuvor. Aber der Waffenrock war gesäubert worden, und seine Stiefel waren poliert und glänzten. Er steckte den Kopf aus dem Zelt und rief nach Nathalie, dann sah er wieder Alys an. Seine Augen waren sehr blau, und sie wünschte sich, er hätte kein so schönes Gesicht. Sie fand ihn anziehend, was wirklich gefährlich war – und geradezu närrisch in Anbetracht dessen, was sie über seine Natur wusste.

»Ich hoffe, du hast gut geschlafen«, sagte er, als die Zeltklappe herabsank und sie beide allein waren. Alys' Herz schlug ungleichmäßig, allein wegen seiner Nähe; sein Ton aber war gleichmütig.

Weil ihre Gegenwart ihm egal war. Wirklich, ihr Leben wäre ein Elend, wenn sie seiner Berührung nicht widerstehen könnte, während ihm irgendeine beliebige Frau genügte. Andererseits, was sonst konnte sie erwarten? Sie war ein Mittel zum Zweck, nicht mehr, und der einzige Segen war, dass er nicht die gesamte Wahrheit kannte. Er würde mit ihr schlafen, bis sie schwanger wurde, und dann wahrscheinlich ihrem Bett fernbleiben.

Was für ein Elend, dass diese Aussicht nicht so verlockend schien, wie sie es eigentlich tun sollte.

»Natürlich habe ich das«, sagte sie ungehalten und überkreuzte die Arme vor der Brust. »Dafür hast du ja gesorgt.«

»Das Mohnpulver hat seinen Zweck erfüllt.«

»Ich möchte dich bitten, es mir kein weiteres Mal zu verabreichen.«

Sein Blick flackerte, aber er gab ihr kein solches Versprechen. »Wenn du schwörst, mich im Schlaf zu ermorden, kannst du nichts anderes erwarten.«

Dagegen konnte Alys nichts sagen. In Zukunft würde sie ihn nicht vor ihren Absichten warnen.

Dass er ihr eben diesen Ratschlag selbst erteilt hatte, war nur noch ärgerlicher.

Der Silberwolf schien keine Antwort zu erwarten. »Es ist gut, dass du wach bist. Es gibt heute viel zu tun.«

»Und ich hatte erwartet, die Frau des Lairds von Kilderrick würde ein Leben der Muße führen. Sollte ich nicht meine Talente in der Stickkunst unter Beweis stellen?«

Er wirkte belustigt. »Hast du denn solche Talente?«

Alys schüttelte den Kopf. Ihr Gesichtsausdruck verriet wohl, was sie von solchen Tätigkeiten hielt, denn ihr Ehemann lächelte. »Ich hasse das Sticken und war nie auch nur annehmbar darin.«

»Leider werden wir für dich eine andere Arbeit finden müssen. Vielleicht kannst du mir von unseren Nachbarn erzählen und von jenen, die sich um Hilfe an mich wenden.«

»Tut das denn jemand?«

»Es wird jemand tun.« Er hockte sich auf einer Seite auf den Tisch, so männlich und kraftvoll, dass sein Anblick ihr den Atem raubte. Ihr wurde warm, als sie sich an seine Liebkosungen in der Nacht zuvor erinnerte, und dem Funkeln in seinen Augen nach zu urteilen, erriet er das. »Pflegte die vorige Lady von Kilderrick den Müßiggang?«

Sein Ton war mild, aber seine Worte riefen eine unwillkommene Erinnerung hervor. Alys wandte den Blick ab und zog es vor, ihm nicht direkt zu antworten. »Mein Vater erging sich nicht im Schlachten und Stehlen. Er verfügte nicht über die Reichtümer, die du besitzen musst.« Sie hielt es für eine Einladung, mit dem Gewicht seiner Börse zu prahlen, erlebte aber eine Enttäuschung.

Er schürzte die Lippen. »Wir könnten heute Morgen nach Rowan Fell reiten und den Segen des Priesters erbitten.«

»Ich bezweifle, dass das das Einzige ist, was du dort vorhast.«

Sein Lächeln war schwach, aber in seinen Augen stand Wärme. »Es gefällt mir, dass meine Frau so klug ist.«

Alys spürte, wie ihr Hitze in die Wange stieg. Bestimmt errötete sie gerade tief.

»Du hast recht«, fuhr er fort. »Es ist Zeit, dass die dort Lebenden wissen, dass es einen neuen Laird von Kilderrick gibt. Wir werden an der Messe teilnehmen und um den Segen bitten. Du wirst Almosen verteilen.«

Alys starrte ihn an. »In der Kapelle in Rowan Fell hat seit zwanzig Jahren niemand Almosen verteilt.«

»Nicht einmal dein Vater?«

»Nicht in seinen letzten Lebensjahren. Er hatte kein Geld mehr und erhöhte stattdessen die Steuern.«

Der Silberwolf hob die Brauen. »Eine schlechte Strategie, wenn man auf den guten Willen seiner Pächter angewiesen ist. Wie lautete der Rat deiner Mutter in dieser Angelegenheit?«

»Sie hatte keinen, denn sie war tot.« Es klang ein wenig gefühllos, aber es stimmte.

Der Silberwolf schaute bei diesen Worten mit scharfem Blick auf. »Wann ist sie gestorben?«

»Als sie mich zur Welt brachte.« Alys schaute ihn an. »Du hast nur eine Seele in der Burg übersehen, keine zwei.«

Der Hieb schien ihn nicht zu treffen. In seinem Blick stand Neugier. »Dann wurdest du von deinem Vater allein großgezogen?«

»Eine Weile gab es eine Amme, aber sie ging. Und den Kastellan natürlich, du musst dich an ihn erinnern.« Sie hob herausfordernd ihr Kinn, denn auch für Ruperts Tod konnte sie ihn verantwortlich machen.

»Aye, Rupert«, stimmte er leise zu. »Ein überaus loyaler Diener.« Eine Weile sah der Silberwolf sie an, und Alys fragte sich, was er dachte. »Deine Liste meiner Verbrechen ist in der Tat lang.«

Bevor sie eine Antwort erwägen konnte, schaute er erwartungsvoll über seine Schulter. Nathalie kam in das Zelt und verbeugte sich, nachdem der Wachposten ihr die Klappe hochgehalten hatte. Der Silberwolf konnte wirklich selbst den leisesten Laut hören!

Nathalie trug einen Eimer mit dampfendem Wasser und hatte Alys' alte Kleider über dem Arm. Es sah aus, als hätte sie sie noch in der Nacht nach bestem Wissen und Gewissen gesäubert und genäht, und Alys war überrascht, dass sie es getan hatte – und davon, wie erfolgreich sie dabei gewesen war. Es waren beinahe Lumpen und noch dazu sehr dreckige. Die Mühe, die das Mädchen auf sich genommen hatte, rührte sie, besonders, als Nathalie die alten Kleider sorgsam auf dem Bett ausbreitete.

Sie dankte der Dienstmagd und hörte, dass ihre Worte vor Rührung heiser klangen. Nathalie lächelte sie an, so heiter wie zuvor, und ihr Blick wanderte zwischen den beiden neuen Ehepartnern hin und her. Erwartete sie ein Geständnis?

Der Silberwolf räusperte sich. »Wenn du bitte etwas zum Frühstück für meine Gemahlin holen könntest, Nathalie.«

Die Dienstmagd zögerte und schaute auf den Wassereimer. Alys begriff, sie hatte vorgehabt, ihr erst beim Waschen und Anziehen zu helfen. Sie schauten beide den Silberwolf an, der die Braue hob, die

Geste so befehlsgewohnt, dass kein weiteres Wort nötig war. Nathalie eilte davon und ließ Alys mit ihrem undurchschaubaren Ehemann zurück.

Was dachte er?

Erst, als Nathalie außer Hörweite war, sprach er wieder, diesmal mit leiser Stimme. »Ich habe Nachrichten für dich. Während du geschlafen hast, haben deine ehemaligen Gefährtinnen sich als Diebinnen betätigt«, sagte der Silberwolf, und Alys blinzelte. Sie wusste, dass ihm ihre Reaktion nicht entging. »Aye, es waren Reisende unterwegs, in Richtung Norden. Sie sind fort, aber sie haben viele ihrer Besitztümer zurückgelassen, was, wie ich annehme, der Plan war.«

Alys konnte ein Lächeln nicht unterdrücken, weil es Ceara und Nyssa gelungen war, selbst in ihrer Abwesenheit den Plan in die Tat umzusetzen. Sie war froh, dass es ihren Freundinnen geglückt war, die Viehdiebe zu bestehlen, und das unter der Nase des Silberwolfs. Er war um diese Beute betrogen worden, was sie nicht bedauern konnte. Sicherlich war zumindest sein Stolz verletzt.

Er fuhr fest fort: »Die Überlebenden werden natürlich mich dafür verantwortlich machen, denn zu dem Zeitpunkt, an dem sie ihre Dörfer erreichen, wird sich die Nachricht, dass der Silberwolf hergekommen ist, dort bereits verbreitet haben. Gibt es bestimmte Zeiten, zu denen solche Gruppen durch Kilderrick reisen?«

»Warum fragst du?«

»Ich möchte wissen, ob es zusätzlichen Gewinn zu erwirtschaften gibt.«

Alys zuckte die Schultern. »Ich kann es nicht sagen. Wir sahen diese Gruppe vor fünf Tagen nach Süden reiten.« Sie entschied sich, ihm einen Teil der Geschichte zu erzählen. »Wir wussten, sie würden zurückkehren.«

»In der Nacht?«

»Sie reisen langsamer mit ihrer Beute und vermeiden es für gewöhnlich bei der Rückkehr, ein Lager aufzuschlagen.«

»Sie rechnen mit Verfolgung und wollen eiligst nach Hause gelangen«, riet er. »Ihr dachtet, wir wären diese Gruppe.«

Alys nickte. »Es ist besser, wenn sie des Nachts durch Kilderrick kommen.« Sie biss sich auf die Zunge und verstummte, als sie begriff, dass sie zu viel gesagt hatte.

»Denn dann ist es leichter, sie zu überraschen und zu ängstigen.« Der Silberwolf nickte einmal und erhob sich dann. »Ich frage noch einmal, gibt es eine bestimmte Zeit dafür, oder geschieht es das ganze Jahr?«

»Weil du dir die zusätzliche Beute sichern willst?«

Er warf ihr einen Seitenblick zu, der sie glühen ließ, genauso wie das tiefe Timbre seiner Stimme. »Du kannst mir daraus keinen Vorwurf machen, Alys. Du würdest dasselbe tun. Tatsächlich hast du das bereits.«

Wieder errötete sie. »Sie reiten das erste Mal nach Süden, wenn die Ernte eingebracht ist, aber sie werden aufhören, sobald das Wetter zu schlecht wird.« Triumphierend begegnete sie seinem Blick und freute sich, ihm sagen zu können: »Um Samhain herum findet der größte Überfall statt, und du hast ihn verpasst.«

Doch dann lächelte ihr Mann, eins dieser Lächeln, denen sie bereits gelernt hatte zu misstrauen. »Nein, Alys, ich habe nichts verpasst. Deine Gefährtinnen haben die Gruppe aufgehalten, aber den größten Teil der Beute haben sie nicht bekommen.«

»Wie kann das sein? Du hast gesagt, die Diebe hätten ihre Beute zurückgelassen«, sagte Alys, aber ihr verflixter Mann hielt einen Finger hoch.

Zwei Knappen kamen ins Zelt, und beide trugen Truhen, die offenbar schwer waren. Wieder hatte er sie kommen hören und sie nicht. Alys sollte sich wirklich für die Zukunft merken, wie aufmerksam er war.

Einer der Knappen war Reynaud, der vor ihr den Kopf neigte und einmal mehr errötete. Der andere schaute in ihre Richtung, und sie wünschte sich, sie trüge mehr als nur ein Unterkleid. Ein scharfer Blick des Silberwolfs ließ diesen Jungen jedoch den Kopf senken. Ein dritter erschien, der eine Auswahl von Dolchen und Messern brachte und sie auf den Tisch fallen ließ. Er schaute nicht einmal auf, bevor er wieder ging.

Als sie alle fort waren, bedeutete der Silberwolf Alys schweigend, sich zu setzen. Er reihte die Dolche und Messer vor sich auf, zog hin und wieder eins aus seiner Scheide, um es dann zurückzulegen. Sie war sich sicher, dass er die Klingen bereits untersucht hatte. Sein Benehmen war so lässig, dass sie vermutete, er hatte ihr etwas Wichtiges zu erzählen.

Etwas, das ihm zum Vorteil gereichte.

Konnte sie eins nehmen, ohne dass er es bemerkte? Wollte er sie in Versuchung führen? Sie konnte es nicht sagen.

»Was ist geschehen?«, fragte Alys, als er nichts sagte.

»Deine ehemaligen Gefährtinnen haben drei Ponys und ein paar Münzen erbeutet.« Er setzte sich ihr gegenüber, seine Augen von lebhaftem Blau. »Den Rest haben wir uns genommen.«

»Ihr habt mehr als das getan«, riet Alys.

»Du solltest wissen, dass dich eine von ihnen hier im Lager gesucht hat, während wir abgelenkt waren.«

Alys konnte seinem eindringlichen Blick nicht ausweichen. Ihr Herz machte einen Sprung. Ihre Freundinnen hatten versucht, ihr zu helfen – auch wenn ihr Plan wegen des Mohnpulvers fehlgeschlagen war. »Woher weißt du das?«, fragte sie und fürchtete um das Wohl derjenigen, die das Lager betreten hatte.

»Das Symbol«, sagte er mit einer abschätzigen Geste. »Kleine Zauber, in Ruß gezeichnet, und ein großes Symbol über dem Feuer.« Er zuckte die Schultern, aber Alys sah seinen Ärger und freute sich darüber. »Als deine Gefährtinnen sich zurückzogen, wusste ich, sie müssen im Wald eine Zuflucht haben.« Er arrangierte von Neuem die Dolche, als wollte er seine Hände beschäftigt halten. »Sie mussten sich an eine bestimmte Stelle zurückgezogen haben.«

Alys' Mund wurde trocken, und sie stand auf. »Was hast du getan, du verfluchter Mann?«

Diese Worte brachten ihr die volle Aufmerksamkeit des Silberwolfs ein. Er beugte sich vor. Seine Augen glühten förmlich. »Was haben *sie* getan?«, fragte er, und sie sah zum ersten Mal seine Wut. Dann zählte er ihre Vergehen an den Fingern ab. »Du bist nicht die Einzige, die eine Liste im Kopf hat, Alys. Du und deine Gefährtinnen habt uns angegriffen, als wir ankamen. Du und deine Gefährtinnen habt mit rohem Fleisch ein Rudel Wölfe in unser Lager gelockt und sie dazu gebracht, uns anzugreifen. Du und deine Gefährtinnen habt mich und meine

Männer bewusst in den Wald in die Fallen gelockt, die ihr vorbereitet hattet, wodurch Rafael sein Pferd verloren hat. Deine Gefährtinnen haben diese Männer überfallen – auch wenn sie, wie ich zugeben muss, selbst Diebe waren – und sie ausgeraubt. Gleichzeitig hat sich eine von ihnen in unser Lager geschlichen, eins eurer Pentagramme über das Feuer gehängt, Ruß auf die Zelte geschmiert und Zaubersymbole vor den Zelten verteilt, um meine Leute zu erschrecken.« Er schloss die Faust. Sein Blick war wie Stahl, als er die Stimme hob. »Ich werde das nicht tolerieren, Alys. Ich bin der Laird von Kilderrick, und du, die Erbin, bist meine Frau. Weder werde ich Diebe auf meinem Land dulden, noch werde ich erlauben, dass man den Menschen, die unter meinem Schutz stehen, Angst einjagt.«

Sie hatte ihn noch nie so wütend gesehen, und Alys fürchtete, was passieren könnte – aber sie weigerte sich, nachzugeben. »Was hast du getan?«, fragte sie wieder, diesmal im Flüsterton.

Er holte scharf Atem und erhob sich, beugte sich über den Tisch, sodass sie sich auf Augenhöhe begegneten. »Ich habe dafür gesorgt, dass es im Wald nicht länger eine Zuflucht gibt, und ich habe Rafaels Pferd wiedergeholt«, sagte er scharf. »Trotz der Provokation habe ich Zurückhaltung an den Tag gelegt.« Er sah sie finster an. »Und obwohl ich deine Reaktion vorausgeahnt habe, habe ich dir die Geschichte erzählt, denn zwischen uns soll es keine Lügen geben.«

Alys griff nach seinem Ärmel, unfähig, in diesem Moment der Ungewissheit still zu bleiben. »Ich will noch mehr von der Wahrheit. Was ist mit meinen Freundinnen?«

Der Silberwolf machte eine wegwerfende Geste mit einer Hand. »Verschwunden. Mit etwas Glück sind wir sie für immer los. In Kilderrick ist kein Platz mehr für Hexen und Huren.«

Alys wusste, wohin die Frauen wahrscheinlich geflohen waren, aber dieser Ort würde ihnen im Winter keinen hinreichenden Schutz bieten. Der Unterstand war klein und verfallen, weshalb sie lieber in Morags Hütte lebten.

Die ihr Ehemann wahrscheinlich zerstört hatte. Ärger stieg in Alys auf, mischte sich mit Frustration und dem Bewusstsein ihrer eigenen Machtlosigkeit. Dieser Mann wollte ihr alles wegnehmen! »Sie sind meine Freundinnen und Gefährtinnen!«

»Nicht mehr.« Er war wieder kalt und ungerührt, als wäre er aus Stein gemeißelt. »Als Lady von Kilderrick brauchst du solche Bekannten nicht.«

Er war so ruhig, so geringschätzig, dass Alys ihr Temperament nicht im Zaum halten konnte. Wie konnte er ihre Freundinnen abtun, als hätte deren Leben keinen Wert? Wie konnte er sich so wenig um ihre Zuneigung zu den Frauen scheren, die beinahe so etwas wie ihre Schwestern waren? Sie stürzte sich auf ihn, mit vorstreckten Händen, hoffte, ihm ein Auge auszukratzen.

Der Silberwolf umfasste ihre Handgelenke. Seine Augen funkelten, als er sie mit Leichtigkeit überwältigte. »Du wirst mich nicht schlagen«, sagte er mit einem tiefen Knurren. »Und du wirst dich mir nicht widersetzen.«

In diesem Augenblick hasste ihn Alys, dafür, dass er größer war, stärker, und über sie triumphierte – hasste ihn für seine Überzeugung, dass er allein über ihr Schicksal entscheiden würde. »Und du wirst diese Nacht nicht wieder mit mir schlafen«, sagte sie mit zusammengebissenen Zähnen, forderte ihn geradezu auf, es zu versuchen.

Er nahm die Herausforderung bereitwillig an, packte sie und hob sie hoch, aber sie wand sich, und es gelang ihr, ihm mit dem Absatz in den Schritt zu treten. Bei seinem schmerzerfüllten Grunzen lächelte sie befriedigt, allerdings blieb ihr Triumph kurzlebig. Er fluchte mit einer Gründlichkeit, die sie überraschte, drehte sie dann um und drückte sie auf den Tisch nieder. Er hielt noch immer ihre Handgelenke fest und presste sie auf das Holz. Sein Gesicht, nur ein paar Zoll von ihrem entfernt, wirkte angespannt und wütend. Seine Augen waren hart wie Saphire. »Ich habe dir gesagt, Alys, dass wir jede Nacht miteinander schlafen werden, bis du schwanger bist.«

»Vielleicht bin ich das schon.«

»Bis wir beide *wissen*, dass du schwanger bist«, stellte er klar. Er war wütend auf sie, und sie sah es an dem lebhaften Blau seiner Augen, aber sie war selbst zu zornig, als dass es sie gekümmert hätte.

»Vielleicht wirst du mich töten«, höhnte sie. »Vielleicht ist das mein Ausweg aus dieser Ehe, die ich nicht will.«

»Lass diese Aussicht nicht so verlockend klingen, Mylady«, murmelte er, aber etwas änderte sich in seinem Benehmen, als sie einander in die Augen sahen. Einmal mehr schien die Luft zwischen ihnen zu knistern, und das Aufeinandertreffen ihres Willens und seines war wie eine spürbare Macht. Alys musste an seine Liebkosungen in der Nacht zuvor denken und war sich bewusst, dass er sie festhielt – schon wieder –, ihr aber nicht wehtat. Sie atmete scharf ein, von Neuem durch seine Nähe gequält, und durch die Bewegung stießen ihre Brüste gegen seinen Oberkörper. Er schaute herab, und als er den Kopf wieder hob, um ihrem Blick zu begegnen, lag in seinen Augen eine andere Form von Hitze.

Der Anblick setzte ihren verräterischen Körper in Flammen.

Er lächelte, der Schuft, erkannte offensichtlich den Effekt, den er auf sie hatte. Wenn Alys sich befreien und einen der Dolche greifen könnte, ließe sich diese Angelegenheit schnell zu einem Ende bringen …

»Küss mich, Alys«, lud er sie mit tiefer, leiser Stimme ein. Der Klang seiner Stimme allein ließ sie beben und bis zu den Zehen erschauern. Er blieb still und eindringlich, hielt sie zwischen seinem starken, muskulösen Körper und dem Tisch gefangen.

»Ich würde dich lieber töten.« Sie sprach mit zusammengebissenen Zähnen.

Er hob eine Braue. »Durch pures Vergnügen? Wahrscheinlich könntest du damit Erfolg haben, meine bezaubernde Braut.«

»Ich bin nicht …«, begann Alys hitzig zu widersprechen, aber er beugte sich vor und presste seine Lippen auf ihren Mundwinkel.

Einmal mehr nahm seine Zärtlichkeit ihrer Wut die Kraft. Alys kämpfte gegen den Impuls, aber er ließ sich Zeit, berührte sie so sanft und achtsam, dass er von Neuem dieses Verlangen in ihr weckte. Sie erschauerte. Ihre Augen schlossen sich, als sie begriff, er würde sie dazu bringen, ihre eigenen Prinzipien zu verraten.

Sie war schwach. Es gab keine andere Erklärung. Es hieß, Frauen seien schwach, und das stimmte, denn dieser Mann konnte ihre Gedanken mit der leisesten Berührung in Richtung Intimität lenken. Er strich mit seinem Mund über ihren, bescherte ihr eine Gänsehaut, murmelte ihren Namen, einen Schmerz in der Stimme, bei dem sie sich fragte, ob auch er das Verlangen zwischen ihnen unwiderstehlich fand.

Alys öffnete die Augen und stellte fest, dass er sie mit vertrauter

Hitze ansah. Ihre Blicke trafen sich einen Moment, in dem ihr Herz stillstand, dann senkte er seine Lider, während er auf ihren Mund sah. Er hielt den Atem an, als wäre er unfähig, ihr zu widerstehen, und presste seine Lippen auf ihre.

Das Wissen, dass auch er sich dazu getrieben fühlte, sie zu berühren, sie zu küssen und zu liebkosen, war eine Erkenntnis, die für Alys alles änderte.

Sie standen beide im Bann dieser seltsamen, mächtigen Anziehung, dieses Feuers, das im Inneren brannte und verlangte, gelöscht zu werden.

Als er ihre Handgelenke mit einem Stöhnen losließ, fanden sich Alys' Hände in seinem Haar wieder, ihre Lippen öffneten sich unter seinem verführerischen Kuss und ihr Körper wurde von einer brennenden Begierde erfüllt, die nur er stillen konnte.

Als der Silberwolf den Kuss vertiefte, war Alys alles außer seiner Berührung egal. Vielleicht war er der Dämon, der ihre Seele in Besitz nehmen würde.

~

ER HÄTTE sie nie heiraten sollen.

Diese Einsicht kam Maximilian im selben Moment, da er wusste, er hätte nichts anderes tun können. Nachdem er Alys einmal gesehen hatte, nachdem sie sich begegnet waren – nachdem er sie einmal berührt hatte –, hatte er gewusst, dass sie ihn für immer in seinen Träumen heimsuchen würde. Keine andere Frau hatte ihn je so herausgefordert oder ihn so wütend gemacht. Keine andere Frau hatte ihn so in Versuchung geführt, ohne es überhaupt zu beabsichtigen, und keine rief ein solches Inferno in seinem Blut hervor. Keine andere Frau überraschte ihn, kämpfte gegen ihn, provozierte ihn – oder wäre vielleicht in der Lage, ihn zu überlisten. Keine andere Frau war es wert, seine Partnerin und Gefährtin zu sein.

Keine andere Frau erwiderte seinen Kuss und lernte dabei mit solcher Leichtigkeit jedes Mal mehr über die Kunst der Verführung. Sie war eine Jungfrau gewesen, aber sie wurde nun rasch zur Versucherin, genauso so furchtlos darin, sein Verlangen zu wecken wie seine Wut. Er war kurz davor, sie direkt auf dem Tisch zu nehmen, obwohl er genau wusste, dass zu dieser Tageszeit jederzeit jemand unangekündigt sein Zelt betreten konnte. Es schockierte ihn, dass es ihm, einem Mann, dem sein Auftreten und die Etikette so wichtig waren, egal war.

Maximilian hatte niemals nachgegeben. Auch keiner Versuchung.

Bis Alys gekommen war.

Diese Erkenntnis war ganz und gar nicht beruhigend.

Aber Alys seufzte und wurde weich unter ihm, verlockte ihn, den Kuss weiter zu vertiefen, und er konnte nicht widerstehen.

Auf einmal hörte er Nathalie scharf Atem holen, und ein Hauch von Zugluft verriet, dass die Zeltklappe geöffnet worden war. Maximilian hob den Kopf, riss sich von der Ablenkung los, die Alys bot, und richtete sich auf. Er wollte keinen Blick in ihre Richtung riskieren, denn er wusste, ihr dunkles Haar wäre zerzaust und ihre Lippen von Küssen geschwollen. Ihre Wangen wären errötet, ihre Augen würden vor Begierde leuchten, und ihr Unterkleid säße locker genug, um die üppigen Kurven ihrer Brüste zu enthüllen. Er konnte sich ihren Anblick lebhaft vorstellen, und dann *musste* er hinschauen, wenn auch nur, um seinen Verdacht zu bestätigen. Alys sah genauso aus wie erwartet, obwohl sie sich nun erhob und das Unterkleid am Hals schnell wieder zuschnürte. Der Anblick sandte eine heiße Erregung durch ihn und ließ ihn eine Hand zur Faust ballen.

Alys und keine andere.

»Ich warte auf dich, wenn du dich angekleidet hast«, sagte er zu ihr und neigte den Kopf, während er die Messer auf dem Tisch zählte. Sie waren noch alle da, sie hatte also keines versteckt. »Nathalie, Mylady wird heute meinen kurzen Mantel und dein Überkleid brauchen. Wir reiten zur Kirche nach Rowan Fell.«

»Aye, Mylord.«

Alys' Blick wanderte zu den Dolchen, aber Maximilian sammelte sie ein, zählte sie dabei laut und legte sie dann in die größere der beiden Truhe. Auch die Kisten mit den Münzen passten gut hinein, und während sie zusah, verschloss er sie sicher.

»Lass dir Zeit, Mylady«, sagte er zu Alys. Er verbeugte sich und ging, bevor er sich dazu verführen ließ, sie erneut zu berühren.

Innerlich siedete Maximilian. Er musste sich beruhigen, bevor sie zum Dorf ritten. Dort würde es vielleicht zu Provokationen kommen, ja, er rechnete damit, und er musste sich maßvoll betragen.

Er ließ Victor, der Wache hielt, am Zelt zurück und winkte Oliver herbei. Der Knappe, den er in Amaurys Dienste gestellt hatte, war klüger als die meisten und besaß ein Talent für Sprachen. Er konnte sich beinahe an jede Kreatur heranschleichen, und seine Fähigkeiten waren ideal für Maximilians Aufgabe. Oliver folgte ihm zügigen Schrittes. Der Junge gehörte darüber hinaus auch noch zur schweigsamen Sorte, eine willkommene Eigenschaft.

Maximilian stieg auf den Hügel südlich seines Lagers, Oliver hinter ihm, und stellte fest, dass es ein hervorragender Aussichtspunkt war. Er konnte den Verlauf des Flusses im Süden sehen, als breiter, träger Strom, der sich leicht eindämmen ließ. Östlich des Flusses und der Straße lag der dichte Wald, der bis ans Ufer reichte. An der einen Stelle, wo auch das Westufer bewaldet war, ließ der Schatten der Bäume Fluss und Straße verschwinden.

Im Westen stieg das Land in geschwungenen Hügeln an. Sie waren von Büschen bewachsen, unter die sich vereinzelt Bäume mischten. Er bemerkte die Furchen, wo einst Äcker bestellt worden waren, und die Ansammlung verlassener Hütten unterhalb der Burg. Er würde sehen müssen, wie viele davon sich mit wenig Aufwand wieder instand setzen ließen. Im fernen Westen erhob sich eine Rauchfahne über dem Dorf Rowan Fell. Maximilian fragte sich, ob alle dort bereits vom Abenteuer des Sheriffs gehört hatten, und lächelte. Im Westen war der Himmel leuchtend blau, und der Wind aus jener Richtung enthielt einen Hauch von Meeresluft.

Maximilian atmete langsam aus und gewann mit Mühe seine übliche Fassung wieder. Kilderrick war eine feine Besitzung, und es würde seine Festung werden.

Was war es an Alys, das ihm so zu schaffen machte? Er dachte an ihre Sorge um ihre ehemaligen Gefährtinnen und musste anerkennen, dass es keine schlechte Sache war, auf solche Loyalität zählen zu können.

Wenn er ihr versichern könnte, dass es ihnen gutging, ließe sie sich vielleicht besänftigen.

Oder auch nicht.

Maximilian würde es versuchen. »Du reitest heute mit Amaury auf die Jagd?«, fragte er.

»Jagt er denn? Es ist Sonntag.«

»Er muss jagen, denn wir haben viele hungrige Mäuler zu stopfen.«

Oliver nickte. »Dann werde ich mit ihm gehen, Mylord.«

»Ich hätte gern, dass du ihn verlierst, ja, dich vielleicht im Wald verirrst.«

Oliver lächelte. »Ich verirre mich nie, Mylord.«

»Aber du hast genug Verstand, um den Anschein zu erwecken.« Maximilian drehte sich um und sah dem Jungen ins Gesicht. Er war beinahe so groß wie Maximilian, aber noch sehr schlank. Er war stärker, als er aussah, aber Maximilian würde darauf setzen, dass man ihn unterschätzte. »Du bist besser im Fährtensuchen als die meisten. Ich möchte, dass du die Frauen findest, die Gefährtinnen meiner Frau. Sie können nicht weit gegangen sein. Vielleicht haben sie irgendwo eine weitere Zuflucht.«

»Und dann, Sir?«

»Und dann könntest du es darauf anlegen, dass sie dich fangen, sodass du sie besser belauschen kannst. Ich möchte mehr über meine Gemahlin, ihre Bündnisse und ihre Vergangenheit erfahren. Was hat sie an diesem Ort erleiden müssen? Wem schuldet sie etwas? Wer hat sie verraten, sofern das das Fall war? Hat sie noch lebende Verwandte? Sie wird mir diese Dinge nicht freiwillig anvertrauen, aber ihre Freundinnen werden alles darüber wissen. Wenn sie denken, du würdest sie nicht verstehen, unterhalten sie sich vielleicht offen.

»Ich könnte auch Schlaf vortäuschen, Sir.«

»Was immer du für angemessen hältst.«

»Ich habe ein wenig von ihrer Sprache von Murdoch gelernt, Sir.«

»Exzellent.«

Oliver verbeugte sich. »Ich werde in zwei Tagen oder weniger zurückkehren, Sir, und Euch berichten, was ich in Erfahrung bringen konnte.«

Maximilian nickte, und der Junge stieg den Hügel hinab und ging auf Amaurys Zelt zu. Denis war bereits bei der Arbeit – er würde das Wild für die Abendmahlzeit braten, für das Hochzeitsmahl. Marie würde heute Morgen frisches Brot backen. Auch das wäre ein willkommener Beitrag.

An einem klaren, kühlen Morgen wie diesem war es unmöglich, an Hexerei zu glauben, aber Maximilian wusste, dass die Dienstboten aus Château de Vries, und womöglich auch die Knappen, nicht vergessen hatten, was die Frau gestern Abend ins Werk gesetzt hatte.

Er würde sie alle einladen, die Kirche in Rowan Fell zu besuchen. Einige würden dort vielleicht ihre Zuversicht und ihren Glauben erneuern können.

Er sah Rafael aus dem Bereich kommen, wo die Pferde untergebracht waren, und dann auf ihn zugehen. Maximilian war ein Gedanke gekommen, und er würde ihn mit den Einschätzungen seines Bruders vergleichen.

Und vielleicht würden ihn dann die Gedanken an seine einnehmende Ehefrau nicht länger beherrschen.

Alys mochte gut wirklich eine Hexe sein, angesichts des Banns, unter dem er stand. Maximilian rief sich wieder zu Bewusstsein, dass Hexen und Zauberei nicht existierten.

Obgleich er einzusehen begann, dass Alys eindeutig die Fähigkeit hatte, ihn zu bezaubern.

KAPITEL 9

*D*ieser Mann.

Alys wollte gern etwas treten oder zerreißen oder mit den Fäusten auf ihren Ehemann einschlagen. Stattdessen ging sie wie ein gefangenes Tier unruhig im Zelt auf und ab. In Wahrheit war sie genauso wütend auf sich selbst wie auf ihn. Wie konnte sie auch nur einen Moment lang vergessen, ihn zu verachten? Ein zärtlicher Kuss, und sie schmolz vor ihm dahin.

Verflucht sollte er sein.

Nathalie erschien wieder und verbeugte sich tief, bevor sie die Schüssel mit Eintopf auf den Tisch stellte. Hasenpfeffer, wenn Alys richtig lag, und dazu ein großes Stück Brot. Sie musste zugeben, es hatte seine Vorteile, im Lager ihres Ehemanns zu leben. Das Essen war köstlich und reichlich, und nachdem sie sich jahrelang nicht hatte satt essen können, wusste sie das zu schätzen.

Aber zu welchem Preis?

Die Dienstmagd konnte es ihr sagen.

Sie deutete an, dass sie sich zuerst waschen wollte, und anscheinend war Nathalie damit einverstanden. Diesen Morgen kümmerte sich die Magd um ihre Nägel, schnitte sie und säuberte sie und schrubbte sie, bis sie glänzten. Alys sprach langsam, denn ihr Französisch war nicht so fließend wie Nathalies, und sie wollte sichergehen, dass die Magd sie verstand.

»Wie lange reist du schon mit dem Silberwolf und seinen Männern?«

Die Magd lächelte. »Seit etwa zwei Monaten. Seit er zur Beerdigung seines Vaters nach Château de Vries kam.«

War es von Bedeutung, dass sein Vater gestorben war? »Und dort hat er dich gefangen genommen?«

Verwirrt schaute Nathalie auf. »Es war jahrelang mein Heim, das stimmt, aber ich wurde nicht entführt, Mylady. Ich erhielt das Angebot, mich dieser Gruppe anzuschließen.«

»Zu welchem Preis?«

Die Magd zuckte die Schultern. »Keinem, außer meiner Treue.«

Alys fürchtete, missverstanden zu werden. »Wie beweist du deine Treue, Nathalie?«

»Auf diese Weise«, sagte die Magd und fuhr mit der Feile über Alys Nagel.

»Wirst du gezwungen, mit den Männern das Lager zu teilen?«

Nathalie war sichtlich geschockt. »Nein, nein, Mylady! Ich bin Jungfrau, und das werde ich bis zu meiner Heirat bleiben.« Sie errötete ein wenig und senkte den Blick. »Deshalb freue ich mich, dass ich nun eine Herrin habe, denn eine Herrin findet für die Mägde, die ihr dienen, Ehemänner.« Sie schenkte Alys ein schüchternes Lächeln. »Ich möchte Euch darum bitten, Mylady, mir einen guten Mann zu suchen, und vielleicht schon bald. Ich bin siebzehn Sommer, und es ist an der Zeit für mich zu heiraten.«

Alys war erstaunt. »Gibt es keinen Mann hier in der Gruppe, der deine Gunst genießt?«

Nathalie gab sich geringschätzig. »Ich will keinen Kämpfer, Mylady. Ich wünsche mir einen Mann, der sich auf ein Handwerk versteht, der ehrlich ist und hart arbeitet, einen Mann, der jede Nacht in seinem eigenen Bett schläft, der mir Kinder schenkt und mit mir des Sonntags zur Kirche geht.« Sie schaute auf. »Einen Kämpfer führt sein Beruf immer wieder von zu Hause fort, oft für Monate.« Überzeugt schüttelte sie den Kopf. »Keinen Kämpfer für mich.«

»Es überrascht mich, dass keiner von ihnen dich begehrt.«

»Oh, einer von ihnen hat mich oft angestarrt, sehr begierig. Victor ist sein Name. Er ist groß und stark, aber ihm fehlt ein Finger.« Nathalie deutete auf den kleinen Finger an ihrer linken Hand. »Das ist gar nicht so schlimm, aber mich verlangt es nicht nach einem Kämpfer. Ich habe es Yves gesagt, und Yves hat es dem Loup Argent gesagt, und Victor, nun, er starrt mich nicht länger an.« Ihr Lächeln wurde schalkhaft. »Der Silberwolf ist ein Mann, wie? Eure Hochzeitsnacht war vergnüglich, ja?«

Alys stellte fest, dass sie errötete, was Nathalie zum Lachen brachte. »Also wünschst du dir auch einen Gemahl?«

Nathalie seufzte. »Ich möchte eine Familie haben, Mylady.« Sie machte eine Geste, als wollte sie die Köpfe eines halben Dutzends Kinder tätscheln, die sie umgaben. »*Les enfants*. Viele davon.«

»Hast du eine große Familie gehabt?«

Die Magd wurde ernst und schüttelte den Kopf. »Ich weiß es nicht. Als Kind wurde ich in einen Konvent gebracht, entweder, weil meine Eltern starben oder weil sie mich nicht wollten. Sie haben mir keine Mitgift mitgegeben, sondern mich nur vor der Tür abgelegt. Die Nonnen aber nehmen nur jene auf, die Geld mitbringen. Yves hat mich nach Château de Vries gebracht und Lady Mathilde gebeten, mich in der Küche arbeiten zu lassen.«

»Lady Mathilde?«

»Die Mutter des Loup Argent. Ihr war es gleich, aber Yves nicht, und so blieb ich. Er war gut zu mir, genau wie Denis und Marie.«

Es fiel ihr schwer sich vorzustellen, dass der Silberwolf eine Mutter hatte, geschweige denn ein Heim. Alys hörte der Magd fasziniert zu.

»Als Yves sagte, sechs von uns könnten nach dem Begräbnis von Jean le Beau mit dem Silberwolf gehen, waren Denis und Marie die ersten, die sich meldeten.«

»Jean le Bau?« Selbst Alys erkannte den Namen des berühmten Anführers einer Söldnerkompanie, obwohl sie sich nicht sicher war, welche Rolle er in dieser Geschichte spielte.

»Der Vater des Silberwolfs! Mylady, Ihr passt nicht auf!« Nathalies Tadel war von einem Lächeln und einem Kopfschütteln begleitet. »Da ich wusste, Yves würde gehen, schloss ich mich der Gruppe ebenfalls an. Ich hätte nie geglaubt, dass ich England sehen oder so weit reisen würde.« Freude erhellte ihre dunklen Augen. »Und nun werdet Ihr mir in diesem Land einen Ehemann finden, und ich werde wieder eine Familie haben, und ich werde Euch, Mylady, bis ans Ende meiner Tage treu dienen. *Bon!*«

»Und in den Jahren in Château de Vries ... Hast du den Silberwolf gut kennengelernt?«

Nathalie schüttelte den Kopf. »Er kam gelegentlich, aber er lebte dort nicht. Er brachte Geld, das sein Vater schickte, für die Schatzkammer. Yves sagte, der Vater des Silberwolfs sei ihn holen gekommen, als er zwölf Jahre alt gewesen sei, um ihn die Kriegskunst zu lehren.«

»Bestimmt hat er sich danach gesehnt zu gehen.«

Nathalie biss sich auf die Lippen. »Das glaube ich nicht. Yves sagte immer, Vater und Sohn seien ganz unterschiedlich, aber andererseits behandelte ihn auch Lady Mathilde nicht wie ihren Sohn.« Sie hielt inne, als wäre es ungehörig, die Wahrheit auszusprechen. »Sie hatte nie ein freundliches Wort für jemanden übrig. Ich war froh, ihren Haushalt zu verlassen.« Sie lächelte gewinnend, während Alys darüber nachdachte, wie die Kindheit des Silberwolfs wohl gewesen sein musste.

Sie würde kein Mitleid für ihn fühlen.

»Hier ist es viel besser«, schloss Nathalie. »Und nun gehen wir in die Kirche!«

Sie wirbelte herum und griff nach dem blauen Kleid, aber Alys langte nach ihren alten Kleidern. »Du hast die hier gewaschen und so gut geflickt, Nathalie. Danke. Ich werde sie heute tragen.«

»Aber Ihr müsst mein Kleid zur Kirche und zur Hochzeitsfeier tragen! Ich bitte Euch, Mylady. Ihr müsst hübsch aussehen, wie es eine Braut sein sollte.«

»Ich werde niemals hübsch aussehen, Nathalie.« Unbewusst rieb Alys die vernarbte Haut an ihrem linken Arm.

Die Magd kniff die Lippen zusammen, dann holte sie ein kleines Steingutgefäß aus ihrer Tasche. »Der Loup Argent hat gesagt, Eure Narben würden Euch vielleicht noch wehtun. Er hat Eudaline um eine Salbe gebeten, und sie hat dies hier für euch angemischt.« Nathalie knickste. »Es ist Honig, mit fein gemahlenen Kräutern verrührt. Sie sagte, es könnte helfen.«

Unwillkürlich war Alys von dieser mitfühlenden Geste gerührt.

»Honig und Kräuter haben geholfen, meine Haut überhaupt so weit zu heilen«, gab sie zu.

»Woher wusstet Ihr, wie Ihr das tun solltet? Ich dachte, Ihr wärt ein Kind gewesen, als Ihr diese Verbrennungen erlitten habt.« Die Magd rieb ein bisschen von der Salbe auf Alys' Arm, und der Geruch brachte Erinnerungen an Morag zurück.

Alys wurde bewusst, dass die übrigen im Lager sicher über sie sprachen. »Ich wusste es nicht. Im Wald gab es eine Heilerin, die sich um mich gekümmert hat.«

»Wie Eudaline! Habt Ihr Ihre Kunst erlernt? Denn Eudaline ist neugierig auf die Pflanzen hier. Manche unterscheiden sich von denen, die sie kennt, und sie ist sich nicht sicher, wo sie die finden kann, die sie am häufigsten braucht.«

»Spricht sie Französisch?«

»Aye, aber ihr Akzent ist stärker als meiner.«

»Wirst du mir helfen, mit ihr zu sprechen?«

Nathalie lächelte. »Aye, Mylady. Und jetzt werdet Ihr Euer Frühstück einnehmen und heute das blaue Kleid tragen.«

Alys lachte, gegen ihren Willen bezaubert. »Und ich werde dir einen guten Mann finden, Nathalie.«

Die Magd war so begeistert, dass sie Alys mehrfach die Hand küsste. Als Alys sich an den Tisch setzte und den köstlichen Eintopf aß, dachte sie über das nach, was Nathalie ihr von dem Silberwolf erzählt hatte. Sie zweifelte nicht, dass die Magd das Gesagte auch glaubte, fragte sich allerdings, ob Nathalie die ganze Geschichte kannte.

Immerhin war Nathalie nach zwei Monaten in der Gesellschaft von Söldnern noch immer Jungfrau, weil der Silberwolf ihr Recht auf eine freie Entscheidung verteidigt hatte. Das war unerwartet, so unerwartet wie seine Sorge um ihre Narbe.

Vielleicht war mehr Gutes an ihrem Gemahl, als sie geahnt hatte.

Vielleicht konnte sie heute noch mehr über ihn erfahren.

Erst aber würde sie herausfinden, was mit Morags Hütte und ihren Freundinnen geschehen war. Sie musste wissen, dass es Ceara, Nyssa und Elizabeth gutging.

Und wehe ihrem Ehemann, wenn es nicht so war.

~

»HAST DU DEINE BRAUT GEZÄHMT?«, fragte Rafael, als er den Gipfel des Hügels erreicht hatte. Sein Lächeln war spöttisch, und Maximilian lachte beinahe laut auf.

»Es wird Jahre dauern, wenn ich überhaupt Erfolg habe.« In Wahrheit störte ihn die Aussicht keineswegs, tagsüber mit Alys zu streiten und sie des Nachts zu verführen.

»Warum machst du dir dann die Mühe?« Rafael drehte sich um und schaute über das Land. Er kniff die Augen gegen das Sonnenlicht zusammen.

Maximilian dachte über seine Worte nach. »Mir gefallen ihr Verstand und ihr Kampfgeist.«

»Und dir gefällt die Herausforderung.«

»Aye, das auch.«

Rafael reichte ihm einen Apfel und behielt einen für sich. Die beiden bewegten sich synchron, ohne eine Ahnung, dass ihre Bewegungen sich aufs Haar glichen. Jeder betrachtete seinen Apfel, polierte ihn an seinem Waffenrock und nahm einen Bissen, ohne dabei auf den anderen zu achten. »Heute Mittag gibt es Suppe«, sagte Rafael, und Maximilian nickte. »Die Wolfspelze trocknen gut und werden uns diesen Winter warm halten.«

»Der Luxus eines Heims«, sagte Maximilian leichthin.

»Zumindest ein Teil davon.« Rafael grinste, dann deutete er gen Norden. »Wohin führt diese Straße?«

»Nach Norden, bis zum Ende des Tals, nach Hawick und Jedburgh und dann nach Galashiels.«

Rafael kaute und nickte. »Was für Leute leben dort?«

Maximilian zuckte die Schultern. »Solche, wie sie heute Nacht durch Kilderrick gekommen sind, möchte ich annehmen.«

Rafael nickte erneut, dann deutete er auf das Lager. Ein weiterer Mann trat aus dem Kreis der Zelte. Selbst auf die Entfernung erkannten sie ihn: Murdoch Campbell. Er trug ein gegürtetes Wolltuch um die Hüften. Seine Beinkleider hatte er in England abgelegt. Dazu trug er einen Harnisch aus gekochtem Leder über seinem Hemd sowie hohe Stiefel. Sein Hemd besaß einen goldbraunen Farbton. Maximilian begriff, dass seine Kleidung den Farbtönen des Landes entsprach. In der Ferne mochte der Stoff gut verschwinden.

»Was hältst du von dem Schotten?«, fragte Rafael, und sein Tonfall verriet sein Misstrauen.

»Ich traue ihm nicht«, gestand Maximilian. »Und du?«

Rafael schüttelte den Kopf. »Nein.« In seinem Ton lag keinerlei Zweifel.

»Warum?« Maximilian hörte sich gern an, was Rafael von anderen hielt. Sie beide nahmen unterschiedliche Einzelheiten wahr, gelangten aber häufig zum selben Schluss.

»Er sieht mir nicht in die Augen. Er hat ein Geheimnis, möchte ich wetten.«

Maximilian nickte zustimmend. »Wenn nicht zwei.«

»Und du?«, fragte Rafael. »Warum misstraust du ihm?«

»Mir gefällt seine Geschichte nicht.«

»Inwiefern?«

Maximilian beobachtete Murdoch, der mit den Knappen sprach und dann begann, beim Striegeln der Pferde zu helfen. »Erwäge zwei Möglichkeiten«, sagte er. »Die erste ist die Geschichte, die Murdoch selbst erzählt. Während er seinen Angelegenheiten nachging …«

»Nicht näher beschriebenen Angelegenheiten«, ergänzte Rafael.

»… entdeckte er die Leiche eines Mannes. Er glaubte, der Mann sei ein Söldner gewesen, obwohl man den Toten ausgeraubt hatte.«

Rafael schnaubte und nahm noch einen Bissen seines Apfels. Dabei blieb sein Blick auf Murdoch gerichtet.

»Das würde bedeuten, dass das Geld, die Waffen, die Rüstung und selbst die Kleidung des Mannes wahrscheinlich gestohlen worden waren, sodass wenig übrig blieb, um die Leiche zu identifizieren. Und doch kannte Murdoch den Namen des Toten oder erriet ihn.«

»Wie?«, fragte Rafael.

»Ja, wie?«, wiederholte Maximilian. »Vielleicht hatte er ihn zuvor gesehen. Vielleicht wusste er, dass er sich in der Gegend aufhielt. Vielleicht erkannte er unseren teuren Vater.« Er zuckte die Schultern. All diese Erklärungen fand er unzureichend.

»Vielleicht hat er nach ihm gesucht.«

Maximilian deutete mit dem Apfel auf seinen Gefährten. »Das ist kein Teil *dieser* Geschichte!«

Rafael grinste.

»Und so, da er den Namen des Mannes und seinen Heimatort kannte …« Maximilian nickte, als Rafael erneut schnaubte. »… nahm Murdoch es auf sich, der Witwe des Söldners die Leiche zurückzubringen.«

»Warum?«, fragte Rafael.

»Warum?«, wiederholte Maximilian. »Vielleicht wollte er sichergehen, dass ein Mann, der so viel Böses getan hat, ein christliches Begräbnis erhielt. Immerhin kannte er die Identität unseres Vaters.«

Rafael lachte leise.

Maximilian wusste, er war mit seiner Skepsis nicht allein. »Vielleicht hoffte er auf eine Belohnung.«

Rafael zuckte die Schultern und aß den Rest seines Apfels. »Aber es gab keine.«

»Nein, es gab keine, denn der älteste Sohn, der dem Mann gern gutes Geld für seine Mühen gezahlt hätte, wurde um sein Erbe betrogen. Und dennoch stimmte der Schotte zu, als besagter Sohn darauf beharrte, sie sollten gemeinsam mit seinen Leuten nach Schottland reisen.«

»Warum?«, fragte Rafael erneut.

»Vielleicht, weil es ohnehin sein Ziel war.« Maximilian aß seinen Apfel auf und wischte sich die Hände ab. »Oder vielleicht, weil Murdoch Campbells Geschichte von Anfang an gelogen war.«

Rafael nickte zustimmend.

»Denke über eine andere Version nach«, forderte Maximilian ihn auf. »Murdoch kannte die Identität unseres Vaters, weil er es auf ihn abgesehen hatte. Er folgte Jean le Beau, stellte ihn zur Rede, verlangte etwas von dem alten Schurken und wurde um das, was er für seinen Lohn hielt, betrogen. Sie kämpften, und Murdoch tötete seinen Gegner.«

»Keine geringe Leistung. Jean war ein listiger alter Fuchs. Er kämpfte nicht fair.«

»Dann müssen wir in Betracht ziehen, dass Murdoch entweder sehr fähig oder sehr skrupellos ist.«

»Oder beides.«

»Aber Murdoch bekam dennoch nicht, was er wollte. Daher brachte er die Leiche nach Château de Vries und hoffte, sie würde ihm Zutritt verschaffen und damit zumindest einen Hinweis geben, wie er an sein Ziel gelangen könnte.«

Rafael nickte. »Aber er erfuhr, dass sich sein Schatz nicht dort befand, also begleitete er uns nach Norden und hoffte, du wüsstest mehr.«

»Oder er plante, mich zu verraten.«

»Oder dich herauszufordern und zu töten.«

»Dazu bräuchte er schon Glück, mich zu verwunden und selbst zu überleben«, sagte Maximilian, und Rafael lachte.

»Aye, ich würde mich auf die Wette nicht einlassen. Aber wonach sucht er?«

»Ich weiß es nicht«, gab Maximilian zu. »Aber ich finde die zweite Geschichte weitaus überzeugender als die erste.«

»Sie ist plausibler.«

»Besonders, weil die Frau des Sheriffs ihn erkannt hat.«

Rafael wandte sich erstaunt um. »Nein!«

»Aye.« Maximilian nickte. »Sie kannte ihn, und zwar gut. Sie war geschockt, Murdoch in unserer Mitte zu sehen, so geschockt, dass es sie einen wertvollen Moment zu viel kostete, ihre Reaktion zu verbergen. Sie musste ihn immer wieder ansehen, um sich sicher zu sein. Er war also eine Weile fort – oder man rechnete nicht mit seiner Rückkehr.«

»Er hat sich nichts anmerken lassen.«

»Er war nicht überrascht. Und wenn er aus dieser Gegend stammt, rechnete er sicher damit, Leute zu sehen, die er kennt. Ich frage mich, wer er wirklich ist.«

Rafael holte noch einen Apfel aus dem Beutel. »Kennt ihn deine neue Frau?«

Maximilian behielt seinen Verdacht für sich. »Das weiß ich nicht, noch nicht.«

»Aber du wirst es herausfinden.«

»Aye.«

»Weil es von Interesse wäre, seine Verbindung zu Kilderrick zu kennen.«

»Das wäre es, sofern eine besteht.« Maximilian lächelte. »Gib acht, dass du weiterhin so tust, als würden wir ihre Zunge nicht verstehen.«

Rafael lachte leise. »Allerdings verstehe ich ohnehin nur ab und zu einen Brocken.«

»Dann wird es nicht schwer sein, einen kompletten Mangel an Verständnis vorzutäuschen. Ich frage mich, ob er uns jetzt verlassen oder eine Entschuldigung finden wird, länger bei uns zu bleiben.«

»Das dürften wir bald erfahren.«

»Aye.« Maximilian wandte sich zu dem anderen Mann um, seinem ältesten Gefährten und Bruder. »Was würdest du von einem neuen Posten halten?«

Rafael hob die Augenbrauen. »Was meinst du damit?«

»Ich möchte einen Sheriff, dem ich vertrauen und der die Stadt verteidigen kann, wenn nötig. Natürlich habe ich dabei an dich gedacht.«

»Solange ich nicht die Frau des Sheriffs heiraten muss.«

»Nein, aber du wärst in der Lage zu heiraten, wenn du das wolltest.«

Rafael schüttelte den Kopf. »Ich? Nein.« Sein Blick wurde kalkulierend. »Was ist mit dem Sheriff, den du bereits hast?«

»Er wird sich in Kürze eine neue Aufgabe suchen müssen.« Maximilian begann den Hügel hinabzusteigen. »Ich stelle mir vor, auf dieser Straße Zoll zu erheben«, sagte er, und Rafael nickte. Er deutete auf die Stelle, wo die Straße zwischen den Bäumen verschwand, wo die Frauen den Fluss aufgestaut und die Straße geflutet hatten. »Genau dort.«

Rafael grinste. »In der Tat. Die ideale Wahl.«

Maximilian nickte. Einmal mehr kam ihm zu Bewusstsein, dass seine neue Frau einen scharfen Verstand besaß. Und sie war loyal, denn sie hatte sich um das Wohlergehen ihrer ehemaligen Gefährtinnen gesorgt. Er musste erst noch entscheiden, ob er die drei ins Lager bringen sollte, sofern er das überhaupt konnte.

Es würde sich als kompliziert erweisen eingedenk Rafaels Erfahrung mit zumindest einer von ihnen.

»Wirst du die gleichen Tricks anwenden wie die Frauen?«, fragte Rafael.

»Nein, wir haben unsere eigenen Taktiken.« Maximilian wandte sich seinem Halbbruder zu. »Ich bin sicher, der Drache weiß am besten, wie man ihr Fortkommen verhindert.« Er sah Rafaels Augen voll Vorfreude aufleuchten.

»Aye. Ich muss in Übung bleiben, damit meine Fähigkeiten nicht einrosten.«

»In der Tat«, stimmte Maximilian zu, dann bemerkte er, dass seine Frau das Lager verließ, Victor als ein großer Schatten hinter ihr. Sie trug Nathalies blaues Überkleid und den kürzeren seiner beiden Mäntel. Die Schuhe, nahm er an, waren ihre eigenen. Sie sah ordentlicher aus, aber ihre zielbewussten Schritte waren dieselben.

Er hob die Hand zum Gruß. Sie konnte ihn unmöglich übersehen.

Aber falls sie ihn sah, ließ sie es sich nicht anmerken. Stattdessen wandte sie sich in die entgegengesetzte Richtung und machte sich auf den Weg in den Wald. Victor schaute zwischen ihr und Maximilian hin und her, dann folgte er Alys. Er schien ihr etwas hinterherzurufen, aber Alys ignorierte ihn komplett.

»Und was ist mit *deinen* Fähigkeiten?«, fragte Rafael, dem die Belustigung anzuhören war. »Es gab eine Zeit, mein Bruder, als eine Frau, die du verführt hattest, unfehlbar mit dem Verlangen nach mehr zu dir zurückkehrte. Vielleicht sind *deine* Talente eingerostet.«

»Vielleicht ist Mylady noch nicht wahrhaft verführt«, gab Maximilian zurück.

»Entweder das, oder Rowan Fell hat über Nacht den Ort gewechselt«, spottete Rafael.

Maximilian antwortete nicht, sondern folgte seiner Frau, während Rafael lachend zurückblieb. Er konnte nicht abwarten zu entdecken, welche Herausforderungen sie ihm noch präsentieren würde, bevor der Tag vorüber war, und kam nicht umhin zu bemerken, dass die Erwartung seinen Schritten Flügel verlieh.

WIDER ALLER ERWARTEN war es Elizabeth, die über ihr Vorgehen entschied.

Ceara und Nyssa stritten darüber, ob es besser wäre, die drei Ponys direkt nach Carlisle zu bringen oder abzuwarten, ob sich noch mehr Beute machen ließ. Nachdem Morags Hütte zerstört worden war, hatten sie die Ponys wieder eingefangen, nicht aber das Schlachtross, und Ceara war merklich enttäuscht. Nyssa hatte wieder von Wölfen geträumt und wollte sofort aufbrechen, um die Ponys zu verkaufen. Die drei Frauen stapften durch den Wald, die Ponys am Zügel, unterwegs zu der alten Zuflucht, wo Alys einst allein gelebt hatte.

Elizabeth blieb stehen. Sie hatte von der Diskussion mehr als genug. Es entsprach nicht ihrer Art, das Wort zu ergreifen, denn Ceara war von deutlich energischerem Wesen, aber sie konnte nicht zulassen, dass ihre Gefährtinnen eine unkluge Entscheidung trafen – nicht, wenn die richtige für sie so offensichtlich war. »Wir sollten eine Falle aufstellen«, sagte sie. »Vielleicht könnten wir die Netzfalle dafür benutzen.«

Ceara und Nyssa starrten sie an, aber natürlich war es Ceara, die protestierte. »Eine Falle? Zu welchem Zweck? Wir haben keine Zeit, Wild zu jagen.«

»Eine Falle für denjenigen, der uns verfolgen wird«, sage Elizabeth und ließ sich auf einen umgefallenen Baumstamm sinken. Sie hatte nun schon einige Nächte lang nicht gut geschlafen und war mehr als müde.

»Was soll das heißen?«, fragte Nyssa und setzte sich neben sie.

»Der Silberwolf wird nicht zulassen, dass wir hierbleiben«, erklärte Elizabeth. »Wir haben seine Leute angegriffen, wir haben Wölfe in sein Lager gelockt und bieten Alys einen Rückzugsort. Er wird nicht ruhen, bis er uns vertrieben hat.«

»Ich höre keine Armee«, sagte Ceara und lächelte.

»Er hat bereits Morags Hütte zerstört«, gab Nyssa zu bedenken.

»Und das wird ihm nicht reichen.« Elizabeth schüttelte den Kopf. »Er wird eine Person allein schicken, einen Jäger und Spion. Vielleicht eine Frau oder einen Jungen. Es wird jemand sein, den wir nicht fürchten. Und diese Person wird uns entdecken und dann zurückkehren, um ihm von unserem Aufenthaltsort und unserem Zustand zu berichten. Dann wird der Silberwolf dafür sorgen, dass wir aus diesem Wald vertrieben werden, aber ihr werdet ihn nicht kommen hören.«

Die beiden anderen Frauen wechselten einen Blick.

»Woher weißt du das?«, fragte Ceara.

»Weil es das ist, was mein Vater getan hätte. Er war ein Kämpfer und ein Laird wie der Silberwolf und hat mir oft gesagt, dass man seinen Besitz verteidigen muss. Der Silberwolf sieht Kilderrick als seinen Besitz, und wir bedrohen seinen Anspruch.«

»Doch nicht wirklich«, protestierte Ceara.

Elizabeth sah ihr ins Gesicht. »Er wird kein Risiko eingehen. Wenn er uns am Leben lässt, könnten wir Verbündete finden. Wir könnten uns gegen ihn verschwören. Wir könnten Alys dabei helfen, ihn zu verraten.« Sie schüttelte wieder den Kopf. »Er wird einen Spion schicken, und er oder sie wird wahrscheinlich mit dem Jäger zusammen ausreiten. Wir wissen bereits von dem Jäger und achten vielleicht nicht so sehr auf seine Gegenwart im Wald.« Sie biss sich auf die Lippen. »Mein Vater hat sich die Erwartungen seiner Feinde immer zunutze gemacht. Ich möchte wetten, dass bei dem nächsten Jagdtrupp jemand dabei sein wird, der die Gruppe verlässt, um unserer Spur zu folgen.«

»Ein anderer Jäger«, sagte Nyssa.

Elizabeth nickte. »Wäre ich mein Vater, würde ich diese List vorhersehen. Ich würde eine Falle stellen und einen Köder präsentieren, und ich würde sichergehen, dass der Spion zum Silberwolf mit genau den Nachrichten zurückkehrt, von denen ich möchte, dass er sie mitbringt.«

Ceara lachte bei diesen Worten laut und setzte sich auf Elizabeths andere Seite. »Das ist brillant. Ich hätte nicht gedacht, dass du so hinterlistig sein kannst.«

»Ich habe als Besitz unter der Herrschaft eines Mannes gelebt«, ließ Elizabeth sie in kühlem Ton wissen. »Ich war der Schatz und auch der Köder, und deshalb bin ich nicht länger dort.«

Sie sah, wie Ceara sich ein wenig aufrichtete, einen Ausdruck von Überraschung im Gesicht, dann wandte sich die andere Frau um. »Die Netzfalle also. Wo sollen wir sie aufstellen?«

»Weit weg von Alys' Zuflucht«, antwortete Nyssa. »Dieser Ort sollte zwischen uns ein Geheimnis bleiben.«

Die Frauen nickten übereinstimmend, dann erhoben sie sich, um Vorbereitungen für den erwarteten Besuch zu treffen.

~

»Rowan Fell und seine Kirche liegen in der entgegengesetzten Richtung«, sagte der Silberwolf hinter Alys, während sie sich dem Fluss näherte.

Sie hatte erwartet, dass er ihr folgen würde. Sicher würde er es nicht gern sehen, wenn sie Nachforschungen über ihre Freundinnen anstellte. Als der andere Söldner stehen geblieben war, hatte sie gewusst, dass er ihr folgte. Solange sie mit diesem Mann verheiratet war, würde sie niemals unbeobachtet sein, und bereits jetzt sehnte sie sich nach Freiheit.

Alys wirbelte herum. Der Silberwolf stand direkt hinter ihr. »Wie es scheint, hast du mein Ziel erraten.«

»Du hast deine Sorge um deine ehemaligen Gefährtinnen ja schon zuvor zum Ausdruck gebracht.«

»Ich möchte wissen, was genau du getan hast.«

Ihre Ankündigung schien ihn nicht zu überraschen, so wenig wie ihr kämpferischer Tonfall. Er machte eine Geste, und sie gingen schweigend weiter. Jeder Schritt brachte sie Morags Hütte näher. Dass er an keiner Stelle zögerte, hieß, er kannte den genauen Standpunkt.

Jede Hoffnung, dass er vielleicht einer Täuschung erlegen war, schwand.

»Uns bleibt nicht viel Zeit«, war sein einziger Einwand.

Obwohl Alys versuchte, sich auf das Schlimmste vorzubereiten, stieß sie dennoch unwillkürlich einen Schrei aus, als sie sah, was von der Hütte übrig geblieben war. Ihr Ehemann blieb stehen und überkreuzte die Arme vor der Brust, während er sie grimmig beobachtete. Alys rannte auf die Hütte zu, die sie früher mit Morag und dann mit Ceara, Nyssa und Elizabeth geteilt hatte.

Noch am Tag zuvor war es eine Hütte aus Zweigen und Ästen gewesen, über die Jahre zusammengepresst und ausgebessert, die beinahe mit dem Wald verschmolz. Nun waren die Äste, die auf dem Dach gelegen hatten, heruntergerissen, die Wände auseinandergebrochen, sodass sie keinen Schutz mehr boten. Die Steine des selbstgebauten Herdes lagen im Wald verstreut, und die wenigen Küchenwerkzeuge hatte jemand weggeworfen. Ihre Betten waren zertrümmert und zerrissen, die Zerstörung so umfassend, dass niemand dort je wieder Zuflucht finden würde.

Alys ging mehrfach um die Hütte herum, suchte nach einem Zeichen, das ihr Hoffnung gab.

»Sie sind geflohen«, sagte der Silberwolf schließlich.

»Sind sie das? Du hattest Zeit, ihre Leichen beiseitezuschaffen, falls sie tot sind«, gab sie zurück.

Er lächelte dieses Lächeln, das sie verrückt machte, und sie wünschte sich, sie könnte ihm einen Dolch in das schwarze Herz stoßen. »Ich greife keine Frauen an.«

Sie deutete auf Morags zerstörte Hütte. »Das hier ist kein Angriff?«

»Das ist eine Ermutigung, eine andere Unterkunft zu finden, weiter entfernt von meinem Lager und meiner Frau.«

Alys wirbelte herum, damit er nicht sah, wie groß ihr Ärger war. Cearas Bogen war verschwunden, genau wie ihr Köcher. Dorcha war fort und sein Lieblingsplatz zerstört. Die Hufe der Pferde hatten die Erde aufgewühlt, allerdings konnte sie nicht sagen, ob die Behauptung des Silberwolfs, er hätte das Pferd seines Gefährten wieder, stimmte: Es waren zu viele Spuren, die alle durcheinanderliefen. Ceara würde wütend sein, wenn es der Fall war. Sie hatte wahrscheinlich bereits die Münzen gezählt, die das Tier in Carlisle einbringen würde.

Es waren keine Waffen in der Hütte zurückgeblieben. Obwohl sie und ihre Gefährtinnen nur wenige besaßen, wäre es Alys eine Erleichterung gewesen zu wissen, dass Nyssa und Ceara sie hatten und nicht der Silberwolf. Zumindest waren sie nicht unter den Dolchen gewesen, die er ihr heute Morgen präsentiert hatte. Alle Vorräte waren fort und die Hasenfelle, die Ceara hatte gerben wollen, aus ihren Rahmen gerissen. Die getrockneten Kräuter waren in alle Winde zerstreut.

Diese mutwillige Zerstörung all dessen, das von Wert gewesen war, erschütterte Alys.

Sie hätte dort oder zumindest in der Lage sein sollen, sie zu warnen.

Vielleicht hatte Nyssa im Vorfeld von dem Angriff gewusst. Sie hatte schon viele Überfälle auf sie vorhergesehen, und ihre Visionen hatten ihnen geholfen, sich auf das Schlimmste vorzubereiten. Es gab nur einen Weg, es sicher zu wissen.

Alys war sich bewusst, dass ihr Ehemann sie beobachtete, allerdings aus der Entfernung, und bückte sich. Die Herdsteine waren an dem einen Ende der Hütte aufgeschichtet gewesen, und hinter ihnen hatte sich im Erdboden ein Versteck befunden. Sie sah, dass dort eine kleine, zersplitterte Phiole lag. Das war ein Teil von Morags Vermächtnis gewesen, vier kleine, kostbare Flaschen, von denen jede eine wertvolle Kräutermedizin enthielt. Alle bis auf eine waren inzwischen leer, und Alys griff hinter den letzten Stein und in das verborgene Loch. Das Herz schlug ihr bis zum Hals.

Die übrigen Fläschchen waren verschwunden, und Nyssas Hexenstein auch. Nyssa musste sie mitgenommen haben. Das war ein gutes Zeichen.

Sie drehte sich zu ihrem Ehemann um und hob den zerbrochenen Rahmen mit dem Hasenfell. »Niemand von deinen Gefährten wird diesen Winter Wärme brauchen?«, fragte sie und warf ihn zu Boden. »Du musstest diesen Ort zerstören.« Angewidert betrachtete sie das Ausmaß der Verwüstung. »Du musstest dich gegenüber drei wehrlosen Frauen behaupten und sie in die Wildnis treiben, noch bevor die Sonne wieder aufging.« Sie schüttelte den Kopf und ging an ihm vorbei. »Du hast heute viel zu beichten, scheint mir.«

»Sie sind alles andere als wehrlos.«

»Sie werden diesen Winter sterben«, entgegnete Alys.

Sein Blick flackerte. »Ich zweifle nicht daran, dass sie eine andere Zuflucht finden werden.«

»*Ich* zweifle sehr daran. Hast du nicht selbst gehört, sie seien Hexen und Huren? Solche Frauen sind nicht in jedem Dorf und jeder Burg willkommen.«

»Du bist in meiner willkommen genug.« Er griff nach ihrem Arm, aber Alys befreite sich von ihm.

»Für den Augenblick, weil ich vielleicht nützlich bin. Es ist möglich, dass ich dir einen Sohn gebären werde.« Sie wandte sich zu ihm um. »Aber wenn ich das nicht tue, was dann? Wirst du mich in der Wildnis zurücklassen, während du dir eine geeignetere Braut suchst? Oder droht mir ein schlimmeres Schicksal?«

Einmal mehr war sein Blick stählern. »Du stellst zu viele Mutmaßungen über mich an.«

»Ich stelle keine Mutmaßungen an. Ich kenne nur deinen Ruf. Ich möchte wissen, wer du in Wahrheit bist, bevor es zu spät für mich ist.«

Sie deutete in Richtung der zerstörten Hütte. »Dies dort ist keine Beruhigung.«

Sein Mund verzog sich zu einer grimmigen, geraden Linie. »Ich verteidige, was mein ist. Ich verteidige jene, die mir folgen. Ein Laird garantiert denen, die ihm Treue geschworen haben, Schutz und Beständigkeit und Gerechtigkeit.«

»Ein Laird gewährt auch Gnade.«

»Damit habe ich wenig Erfahrung.«

»Ich weiß.« Alys drehte sich auf dem Absatz um. Sie hatte vor, zum Lager zurückzukehren. Sie war unruhig und unsicher, wusste nicht, was sie glauben sollte oder wie es ihr in Zukunft ergehen würde. Sie würde nicht daran denken, dass er von einer Adligen aufgezogen worden war, von der Nathalie sagte, sie sei kalt. Sie würde nicht darüber grübeln, dass sein Vater ein legendärer Söldner war, oder dass der Silberwolf von zu Hause fortgeholt worden war, um seinem Vater zu dienen, sobald er alt genug gewesen war. Sie würde sich nicht fragen, was es hieß, dass er sechs Menschen aus seiner Heimat eingeladen hatte, ihn in den Norden zu begleiten, obwohl seine Leute viel schneller ohne sie hätten reiten können.

Sie würde nicht an das Waisenkind Nathalie denken, das er verteidigt statt im Stich gelassen hatte.

Das waren Geschichten, die ihr erzählt wurden, um ihren Widerstand gegenüber dem Gemahl, den sie nicht wollte, zu schwächen, nicht mehr.

Alys wünschte, sie könnte sicher sein, dass es Nyssa, Ceara und Elizabeth gutging, aber sie konnte nicht gehen und nach ihnen suchen. Auf keinen Fall würde sie ihren Ehemann zu der Zuflucht führen, in der sie sich wahrscheinlich aufhielten.

Der Drang war stark, den Versuch zu unternehmen, vor diesem Mann zu fliehen. Aber dann hörte sie etwas in der Entfernung. Einen Hilferuf?

Alys musste an Cearas Netzfalle denken. Sie musste von dem Ort, wo sie sich am Vortag befunden hatte, entfernt worden sein, ein ermutigendes Zeichen. Dass jemand hineintappte, war noch besser. Alys wandte sich von ihrem Ehemann ab und gab acht, auf jeden Zweig und Ast zu treten und sich so geräuschvoll zu bewegen wie möglich.

Sie musste dafür sorgen, dass er einen neuerlichen Schrei in der Ferne nicht hörte.

Hoffentlich war ihm der erste entgangen.

Er passte sich ihren Schritten ein wenig ungeduldig an, und sie riskierte einen Seitenblick, bemerkte aber keine Anzeichen, dass er irgendetwas Beunruhigendes gehört hatte. Vielleicht hatte er den Schrei für den Ruf eines Vogels gehalten.

»Was soll ich deiner Ansicht nach tun, Alys?«, fragte er. »Sie widersetzen sich mir und versetzen die Menschen unter meinem Schutz in Angst und Schrecken.«

Sie sah ihm in die Augen, in der Annahme, dass er sie verspottete, und fand seinen Ausdruck nachdenklich. »Biete ihnen eine Zuflucht. Sorge für ihr Wohlergehen.«

Er schüttelte den Kopf. »Ich fürchte, das wäre, wie Wölfe an meinen Herd zu bringen. Oder ist dies dein Plan, mich zu vertreiben?«

Alys öffnete den Mund und schloss ihn wieder, dachte dabei, dass zwischen ihnen kein Mangel an gegenseitigem Misstrauen herrschte. »Ich habe keinen Plan«, gab sie resigniert zu. »Aber ich möchte, dass du gehst.«

»Aye? Weil ich nicht das tue, was du willst? Was erwartest du von einer Ehe?«

»Eine Wahl.«

Er schnaubte. »Du weißt es besser, Alys. Überall auf der Welt werden Frauen wegen ihrer Schönheit und ihrer Fähigkeit, Söhne zu gebären, verheiratet, nicht mehr und nicht weniger. So geht es in der Welt zu.«

»Nicht in meiner. Denke daran, dass ich fünfundzwanzig Sommer gesehen habe und dennoch Jungfrau war.« Wieder sah sie ihn direkt an. »Ich bin keine Schönheit.«

Er lächelte ein wenig. »Da würde ich dir widersprechen.« Er berührte ihre Wange, nur ganz leicht und mit einem Finger, aber in der Geste schien Zuneigung zu liegen.

Alys' Wangen brannten. »Du verspottest mich!«

»Ich bewundere dich«, sagte er, seine Stimme so tief, dass sie erneut ein prickelndes Bewusstsein seiner Nähe in ihr hervorrief.

»Es ist nicht dasselbe.«

»Dasselbe wie was?« Seine Augen verengten sich. »Hattest du keinen Wunsch zu heiraten?«

»Spielt es eine Rolle?«

»Ich frage«, sagte er nachdrücklich.

Alys nickte. Sie wusste, welche Sache sie von ihm verlangen konnte, die er ihr nie würde geben können. Am Flussufer blieb sie stehen und wandte sich zu ihm um. »Dann werde ich es dir sagen. Meine Mutter war der Ansicht, ein Mann, der seine Frau liebte, würde sie mit Ehre und Würde behandeln, ganz gleich, welches üble Schicksal ihnen vielleicht zustieße. Eine Frau lebe nur dann in Sicherheit, wenn sie aus Liebe heiratete, sagte sie. Sie selbst hatte diese Wahl getroffen, und für mich wollte sie dasselbe.«

Er blinzelte, und sein scharfer Blick fesselte sie. »Aber du hast gesagt, sie sei bei deiner Geburt gestorben. Woher kannst du wissen, was sie sich für deine Zukunft wünschte?«

»Mein Vater erzählte es mir.« Er hob eine Augenbraue. »Es gab einen Brief. Sie schrieb ihn mir, während ich noch in ihrem Leib heranwuchs.«

»Wo ist dieser Brief?«

»Verbrannt«, sagte sie und überließ es ihm zu begreifen, wann und wo.

Er runzelte die Stirn. »Und dein Vater hat mit ihr übereingestimmt?« Auf ihr Nicken hin fuhr der Silberwolf fort: »Aber welcher Wert liegt in einer Heirat aus Liebe?« Er klang herausfordernd, als wären ihre Worte eine Torheit. »Nur, weil ein Mann seine Zuneigung erklärt, ist das keine Garantie dafür, dass er seine Frau verteidigen oder für ihr Auskommen sorgen wird.«

»Aber die Liebe selbst besitzt einen Wert. Mein Vater lebte in Bequemlichkeit. Er war reich. Er hatte Land und war von adligem Blut, aber ohne meine Mutter an seiner Seite sah er keinen Grund zu leben.«

Einmal mehr musterte er sie mit scharfem Blick. »Nicht einmal für seine Tochter?«

Natürlich musste dieser so scharfsinnige Mann den Kern der Sache erkennen.

Alys schüttelte den Kopf. Ein Kloß bildete sich in ihrer Kehle, als sie die Wahrheit gestand. »Er wollte keine andere Frau. Er begehrte nur meine Mutter und hätte alles getan, um sie wiederzubekommen.«

Der Silberwolf hob eine Braue. »Selbst seine Seele verkauft?«

»Selbst das, und ohne zu zögern.«

Er nickte. »Ist das nicht eine Warnung davor, welchen Preis die Liebe fordert?«

»Es wäre einer, den auch ich bereitwillig zahlen würde, wenn ich einen Mann aus ganzem Herzen liebte.«

Er betrachtete sie, als wären ihre Worte unverständlich, schüttelte dann den Kopf und richtete sich gerade auf. »Ich nicht. An deiner Stelle würde ich einen Ehemann wollen, dessen Taten mehr sagen als seine Worte, einen Mann, der mich verteidigt und für mein Auskommen sorgt.«

»Aber einer, der vielleicht am Ende eine andere liebt?« Alys schüttelte den Kopf. »Einen, der von mir erwartet, seine Aufmerksamkeit zu teilen? Ich wünsche das nicht, Sir – andererseits hatte ich keine Wahl.« Ihre Blicke trafen sich und hielten einander fest. Einmal mehr sprühten Funken zwischen ihnen. Sie waren sich uneins wie zuvor, aber es lag eine neue gegenseitige Erkenntnis darin, das Wissen, dass sie einander mit einer Berührung Vergnügen bereiten konnten. Es erschütterte Alys bis ins Mark, denn lange hatte sie geglaubt, allein die Liebe könne eine Ehe versüßen.

Es war klar, dass sie die Macht des Verlangens unterschätzt hatte.

Als er näherkommen wollte, hob Alys die linke Hand hoch und forderte ihn heraus: »Warum, denkst du, wurden diese Worte in den Ring graviert?«

»Nicht von mir«, sagte er schnell.

»Nein, aber auf den Wunsch eines Mannes hin, der aus Liebe heiratete.«

Er runzelte die Stirn, und Alys wandte sich ab, fragte sich, wie sie den Fluss überqueren sollte. Normalerweise wäre sie einfach hindurchgewatet, aber sie wusste Nathalies Güte zu sehr zu schätzen, um das Überkleid zu ruinieren.

Dann fiel ihr auf, dass sie die Geschichte ihrer Mutter niemals jemandem erzählt hatte, und warf ihrem wachsamen Gatten einen Blick zu.

Natürlich beobachtete er sie noch immer. Seine Augen waren von einem sehr lebhaften Blau. »Und du wärst ihrem Rat gefolgt und hättest aus Liebe geheiratet?« Er schaute zur Sonne hoch, dann hob er sie auf einmal hoch und überquerte kurzentschlossen mit ihr den Fluss. Alys fand sich in seinen starken Armen wieder, und ihr Körper reagierte selbst auf diesen Kontakt.

Die Erkenntnis ließ sie einen scharfen Ton anschlagen. »Wenn ich die Wahl gehabt hätte. Aber du hast sie mir genommen.«

Skeptisch schüttelte der Silberwolf den Kopf. »Mit fünfundzwanzig Jahren? Auf wen wäre deine Wahl gefallen? Nur wenige Männer würden eine Jungfrau dieses Alters heiraten, meine Alys, schon gar keine, die sich im Wald versteckt und als Brigant gelebt hat. Ich habe dir nichts genommen, sondern dir eine Gelegenheit geboten.«

Diese Worte waren so empörend, dass Alys ihn finster anstarrte. Und dann, wie es bei diesem Mann so oft der Fall war, offenbarte sie zu viel.

KAPITEL 10

»$\mathcal{E}$s gab einen Mann, vor zehn Jahren, der gelobt hatte, mich zu heiraten«, gab Alys hitzig zu, dann wollte sie sich auf die Zunge beißen, weil sie diese Tatsache enthüllt hatte.

Der Silberwolf war eindeutig interessiert. »In der Tat?«

»Ich werde dir nicht davon erzählen.«

Mitten im Fluss blieb er stehen. Das Wasser umspülte seine Füße. Die Knappen hatten die Pferde gesattelt, und die versammelte Gruppe erwartete sie auf dem Feld vor dem Lager und beobachtete sie. »Ich werde warten«, gelobte er leise, und Alys wusste, er würde es tun.

Verflixter Mann!

Alys gestand den Rest in einem einzigen Wortschwall. »Mein Vater hat eine Ehe für mich vereinbart, als ich noch ein Kind war. Ich war mit dem Sohn eines seiner Freunde verlobt. Der Mann hatte drei Söhne, von denen der älteste das Erbe seines Vaters antreten sollte. Den mittleren Sohn erwartete ein Erbe von der Seite seiner Mutter, aber dem jüngsten blieb kein Vermächtnis. Da mein Vater wusste, dass ich sein einziges Kind bleiben würde, schlossen er und sein Freund die Vereinbarung, dass der dritte Sohn und ich heiraten sollten, und Godfroy sollte nach dem Tod meines Vaters der Laird von Kilderrick werden. Wir gelobten uns einander zu Mitsommer an. Ich war sieben Jahre alt.

Die Ehe sollte acht Jahre später geschlossen werden, als ich fünfzehn war.«

Der Silberwolf war still, lauschte so aufmerksam ihren Worten, dass er dabei kaum zu atmen schien.

Zweifellos missfiel ihm der Gedanke, dass er einen Rivalen hatte.

Alys spürte den Drang, seinen Stolz zu verletzen, indem sie die Wahrheit ausschmückte – sofern das überhaupt ging.

»Godfroy war fünf Jahre älter als ich, sehr gütig und klug und ein geschickter Schwertkämpfer. Ich verlor mein Herz an ihn und konnte den Tag kaum erwarten, da wir die Hochzeitsschwüre ablegen würden.« Alys seufzte und versuchte, ihrer Geschichte einer verlorenen Liebe Glaubwürdigkeit zu verleihen. Zwischen ihr und Godfroy Macdonald hatte keine Liebe bestanden. All seine Begierde hatte nur Kilderrick gegolten. Sie war für ihren Verlobten ebenso eine Trophäe gewesen wie für den Silberwolf – aber ihrem Ehemann gefiel es nicht, dass sie einem anderen versprochen gewesen war.

Alle Dinge, die ihn ärgerten, waren Dinge, die Alys ihm erzählen würde.

Zum Glück stimmte der größte Teil dessen, was sie ihm als Nächstes sagte. »Aber dann kamst du, und Kilderrick brannte nieder, mein Vater starb und ich allein blieb übrig, um die Wahrheit zu bezeugen.« Sie hielt ihre vernarbte linke Hand hoch und sah zum ersten Mal etwas wie Schuld in seinem Gesicht.

»Es tut mir leid, Alys. Wenn ich gewusst hätte, dass du dort warst, hätte ich für deine Sicherheit gesorgt.«

Dieses Eingeständnis schockierte Alys umso mehr, weil es aufrichtig klang.

»Ich war nur ein Kind, und ein Mädchen.« Sie wusste, dass diese beiden Eigenschaften sie für ihren Vater weniger wertvoll gemacht hatten, und nahm an, der Silberwolf teilte diese Einschätzung.

Aber er schüttelte entschlossen den Kopf. »Ein Ritter gelobt, die zu verteidigen, die schwächer und verwundbarer sind als er. Meine Männer und ich halten uns an denselben Ehrenkodex. Im Krieg gibt es ausreichend Blutvergießen, dass die Unschuldigen vor Leid geschützt werden sollten.«

Alys war alarmiert, dass seine Worte an ihr Herz rührten. Sicher würde dieser Mann sie doch nicht auf seine Seite ziehen? Sie wich seinem durchdringenden Blick aus. »An dem vereinbarten Mitsommertag erwartete ich meinen Verlobten zusammen mit der Heilerin Morag. Ich war fünfzehn und nicht das hübsche Mädchen, das ich zuvor gewesen war. Der Freund meines Vaters und sein Sohn kamen nach Kilderrick. Sie wussten, dass mein Vater tot war, und auch, dass die Burg niedergebrannt war, aber Godfroy glaubte fest daran, ich würde meinen Schwur halten und ihn dort an jenem Tag willkommen heißen. Und ich war dort.«

Sie schaute in das fließende Wasser hinab, als sie log. »Ich war bereit, meine Schwüre abzulegen, und er ebenfalls, aber sein Vater warf einen Blick auf mich und brach den Schwur. Er sagte, ich sei seines geliebten Sohns nicht länger würdig, und sie ritten davon, ließen mich in der Ruine Kilderricks allein zurück.« Alys schluckte. Sie erinnerte sich gut an die Zurückweisung, auch wenn sie sich in Wirklichkeit anders zugetragen hatte. »Das letzte Mal, als ich den Mann sah, den ich liebte, schaute er zu mir zurück, machtlos gegen die Entscheidung seines Vaters, denn er war auf diesen Mann angewiesen, um zu überleben. Aber Godfroys Herz lag in seinem Blick, und ich wusste, dass ich nicht die Einzige war, die von dem, was sich zu getragen hatte, zutiefst betroffen war.«

In Wirklichkeit war es nicht Godfroys Vater gewesen, der die Vereinbarung gebrochen hatte, sondern Godfroy selbst. Alys würde niemals die Abscheu in seinen Augen vergessen, als er ihre Narben gesehen hatte, oder die Art, wie er vor ihr zurückgeschreckt war.

Der Silberwolf nickte. »Ich hatte mich schon gefragt, ob es dich einen Verehrer gekostet hatte.«

»Einen Verehrer?«, wiederholte Alys. »Es kostete mich meinen Geliebten! Es kostete mich den Mann, der dazu bestimmt war, seine Hand in meine zu legen, mich bis in alle Ewigkeit zu lieben, Vater meiner Kinder zu werden und mich all meine Tage und Nächte in den Armen zu halten. Es kostete mich mein Glück und es kostete mich meine Liebe, und ich werde dir für diesen Verlust niemals vergeben.« Sie war vehement, *zu* vehement, und wusste es. Einen Moment dachte sie, er würde erkennen, dass sie nicht so leidtragend war, wie sie behauptete, aber der Silberwolf blieb still.

Sie wagte es, ihn anzuschauen und stellte fest, wie ernst sein Gesichtsausdruck wirkte. Er schüttelte den Kopf und ging bis ans Ufer, wo er sie auf die Füße stellte. Er hob eine Hand an ihre Wange, und sie konnte nicht wegsehen. »Liebe«, sagte er leise. »Ich hätte nicht gedacht, dass du, Alys, von allen Frauen an eine solche Torheit glaubst.«

»Es ist keine Torheit. Es ist die mächtigste Kraft auf der ganzen Welt.«

»Wohl kaum.« Er betrachtete sie, und die Art, wie er zärtlich mit dem Finger ihre Wange berührte, hielt sie mit der Macht einer Fessel an seiner Seite. »Wenn Liebe alles ist, worauf sich eine Frau verlassen kann, wo es um ihre Zukunft geht, dann steht ihr das Unglück ins Haus. Gebäre mir einen Sohn, Alys, und du wirst wie eine Königin bis ans Ende deiner Tage leben.«

Sie wandte sich mit einer scharfen Bewegung von ihm ab, einmal mehr wütend auf sich selbst, weil sie in Versuchung geriet, seinen Worten zu glauben. »Bis du dich in eine andere Frau verliebst.«

»Ich bin kein solcher Nichtsnutz.« Er hielt mit ihr Schritt und griff sie beim Ellbogen, als sie sich dem Rest der Gruppe näherten. »Wir werden zu spät zur Kirche kommen.«

»Ich werde dich niemals lieben«, sagte sie hitzig. »Du hast mich geheiratet und mit mir geschlafen, und du magst mich dazu zwingen können, dir Söhne zu schenken, aber ich werde dich niemals lieben.«

Der Silberwolf zeigte sich ungerührt. »Das könnte mir nicht gleichgültiger sein, Alys. Allein Loyalität ist von Wichtigkeit.«

»Loyalität?«

»Aye.« Er blieb stehen und schaute auf sie herab. Seine Miene war steinern. »Sei so närrisch, mich zu verraten, und ich werde dir eigenhändig das Herz herausschneiden.« An der Wahrheit seiner Worte bestand kein Zweifel, nicht, wenn sein Blick so kalt war.

Alys entzog ihm ihren Ellbogen und versuchte zu verbergen, wie sehr seine Worte sie beeindruckten. »Es gibt kein Pferd für mich.«

»Und zwar deshalb, weil wir zusammen reiten werden.« Er deutete auf sein Schlachtross. »Ich gebe dir nicht einfach so die Mittel, vor mir zu fliehen, Alys.«

»Nicht einmal, wenn ich loyal bin?«, fragte sie süßlich, und er lachte leise.

»Es wird sich erst noch herausstellen, ob das der Fall ist. Wie auch immer, Rafael wird heute seinen Lohn erhalten. Du wirst sehen, wie ich denjenigen, die mir gegenüber loyal sind, ihre Treue vergelte.«

»Was heißt das?« Ohne viel Federlesens wurde Alys in den Sattel gehoben. Sie wusste, der Silberwolf hatte ihre Frage gehört, wenn er es sich auch nicht anmerken ließ. Er schwang sich hinter ihr in den Sattel, schlang einen Arm fest um ihre Taille und gab mit einem Nicken das Kommando zum Aufbruch.

Was hatte er vor? Alys blieb Zeit bis Rowan Fell, das herauszufinden.

Es war genau, wie Maximilian vermutet hatte: Alys war verlobt gewesen und wegen ihrer Narben verstoßen worden. Sie gab ihm die Schuld an dem Verlust dessen, was ein Leben in größerer Bequemlichkeit und Sicherheit hätte sein sollen als jenes, das sie im Wald verbracht hatte, und das konnte er ihr nicht verübeln. Doch seltsamerweise war noch mehr daran, das ihn beunruhigte. Gehörte diesem Mann Alys' Herz noch immer? Der Gedanke machte Maximilian zu schaffen, auch wenn er das nicht sollte. Liebe war ein Märchen, eine Verlockung – Taten waren es, die zählten. Er würde ein guter Ehemann sein. Er würde für Alys sorgen, sie beschützen, und wenn alles gutging, würden sie Söhne haben. Auch seine Kinder würde er beschützen.

Aber Alys legte großen Wert auf Liebe, und Maximilian vermutete, die wichtige Lehre aus ihrer Geschichte konnte nur sein, dass sie ihm niemals ihr Herz schenken würde.

Das sollte keine Rolle spielen.

Maximilian fürchtete, dass es das tat. Würde diese Frau ihm alle Gewissheiten rauben, die er hatte?

Das Wetter war schön, der Wind frisch, der Himmel klar. Denis hatte den Knappen, die ihm mit dem Festmahl halfen, zahlreiche Anweisungen gegeben, aber er selbst fuhr im Wagen mit Marie – vermutlich auf Maries Beharren hin, dass er die Messe besuchte. Nathalie und Yves saßen ebenfalls im Wagen. Henri, der Stallbursche, ritt auf seinem Pferd, seinen Sohn vor sich, während Eudaline im Lager geblieben war.

Von seinen Männern begleitete den Silberwolf nur Rafael. Amaury war wie erwartet zur Jagd geritten, zusammen mit Oliver, und Murdoch war mit Victor, Matteo und Royce im Lager geblieben. Maximilian sah das als ein Zeichen – zweifellos wollte Murdoch nicht erkannt werden. Wer war er in Wirklichkeit?

Von den Knappen ritt nur Reynaud mit nach Rowan Fell, denn Mallory, Louis und Nicholas waren damit beauftragt, in Denis' Abwesenheit das Reh zu braten. Sie waren eine Gruppe beachtlicher Größe, aber nicht so groß, dass sie bedrohlich wirkten, und mit nur zwei Kämpfern.

Wenn er gedacht hatte, in Ruhe nach Rowan Fell reiten zu können, allein davon in Anspruch genommen, seine Frau in den Armen zu halten und sich auf eine weitere Nacht mit ihr im Bett zu freuen, hatte Maximilian sich getäuscht.

Sie hatten noch nicht einmal Kilderrick erreicht, als Alys sich umwandte und ihn herausfordernd ansah. »Was hast du vor?«, fragte sie, offenbar in der Erwartung, dass er ihr jedes seiner Geheimnisse anvertrauen würde.

Maximilian war verärgert. »Wovon sprichst du?«

»Du sagst, du willst Rafael heute für seine Loyalität belohnen. Wie?« Ihr Misstrauen war spürbar, aber Maximilian konnte keinen Grund erkennen, ihre Neugier nicht zu befriedigen.

Außerdem würde sie bald bezeugen, wie er Loyalität vergalt.

»Ich habe vor, ihn zum Sheriff von Rowan Fell zu machen.«

»Rowan Fell hat bereits einen Sheriff, es sei denn, Eamon wäre in der Nacht gestorben, und ich habe nichts dergleichen gehört.« Sie sah ihm fest ins Gesicht und hielt ihn eindeutig für fähig, eine derartige Situation herbeizuführen.

»Soweit ich weiß, geht es ihm gut. Er wurde mit seiner Frau zusammen nach Hause gebracht und für seine Mühen entlohnt.«

»Ich vermute, dass sie den Lohn gewiss nicht für ausreichend hielt, was auch immer es war.«

Maximilian bemerkte die Hitze in Alys' Ton. »Zwischen dir und Jeannie besteht Groll.«

»Wie könnte es anders sein? Sie hat ihr Bestes gegeben, mir das Leben so schwer wie möglich zu machen, und ich bin nicht geneigt, die Vergangenheit zu vergessen.«

»Dann sollte es dir nichts ausmachen, dass ich einen Sheriff haben werde, dem ich vertrauen kann, und das noch heute.«

Zu seinem Erstaunen schüttelte Alys den Kopf. »Das kannst du nicht tun.«

»Ich kann tun, was auch immer mir beliebt. Ich bin der Laird von Kilderrick.«

Alys schüttelte erneut den Kopf, als spräche er Unsinn. »Du bist kein König, und dies ist kein Hof. Es ist auch kein Schlachtfeld, wo alle verpflichtet sind, deinem Befehl zu folgen.«

»Sie werden akzeptieren …«

»Du brauchst sie, und sie brauchen dich«, sagte sie scharf, unterbrach ihn, wie es seit Jahren niemand getan hatte. Maximilian blinzelte, als sie fortfuhr. »Das Dorf und die Burg müssen sich aufeinander verlassen können, ein Band, das durch Wohlwollen und Gerechtigkeit gestärkt werden muss.«

»Ich nehme an, du wirst mir gleich erzählen, dein Vater habe dich das gelehrt.«

»Sein Kastellan hat es getan, wenn er sich bei mir über die Entscheidungen meines Vaters beschwerte. Ich kann mich nicht daran erinnern, dass mein Vater je gerecht gehandelt hätte, aber Rupert konnte es, und er beklagte den Wandel. Er sagte, nichts Gutes würde daraus entstehen.«

»Und?«

»Mein Vater weigerte sich, sich um das Wohlergehen der Menschen in seinem Haushalt zu kümmern, und sie gingen. Nur Rupert blieb, und er sagte mir einst, er würde um mein Leben fürchten, wenn er ginge. Mein Vater erhöhte die Abgaben, als eine Hungersnot herrschte, und seine Pächter verließen ihn und ihre Felder. Meines Vaters Schatzkammer wurde geplündert, aber niemand kam zu seiner Verteidigung. Dann kamst du und branntest die Burg nieder, und wieder kam niemand ihm oder Kilderrick zur Hilfe.«

Rupert war der Kastellan gewesen, der vor der Tür zur Kammer des Lairds gestorben war. Maximilian hatte die Hand nicht gegen ihn erhoben, aber der Mann war alt gewesen. Vielleicht war der Schock über die Ankunft eines Söldners zu viel für ihn gewesen. Ob Maximilian direkt für den Tod des Kastellans verantwortlich war oder nicht, es war klar, dass Alys ihm die Schuld daran gab.

Bestimmt stand es auf ihrer Liste.

»Dies ist keine Laune und keine Ungerechtigkeit«, sagte er zu ihr. »Ich brauche einen Sheriff, dem ich vertrauen und der das Dorf zur Not verteidigen kann.«

»Aber du kannst einen Sheriff, der diese Position seit Jahren innehat, nicht ohne guten Grund entlassen, nicht, wenn du das Wohlwollen der Menschen erlangen möchtest, die unter deiner Herrschaft leben.«

»Sie leben noch nicht unter meiner Herrschaft. Ich werde sie mir heute die Treue schwören lassen.«

»Und wenn du Eamon entlässt, einen Mann, den sie kennen, einen Mann, den sie zu ihren Verbündeten zählen, ob sie ihn nun mögen oder nicht, werden viele das nicht tun. Was wirst du dann tun? Wer wird deine Steuern und den Zehnt entrichten, wenn die Dörfler fortgehen?«

Maximilian atmete tief aus. Er begriff, dass ihre Worte Sinn ergaben. »Ich werde keinen Sheriff dulden, der mich bestiehlt.«

»Dann beweise sein Verbrechen. Zeig ihnen diese Beweise, und danach kannst du ihn entlassen und sie werden es verstehen.«

»Und wenn es nicht zu beweisen ist?«

»Dann musst du Eamon als Sheriff dulden.«

Maximilian holte scharf Atem.

»Du möchtest der Laird sein, kein Brigant«, sagte sie. »Das bedeutet, du bist die Stimme der Gerechtigkeit, und diese muss auch deinen Entscheidungen zugrunde liegen.«

»Ich bin der Laird«, beharrte er.

»Nur, wenn du auch als solcher handelst«, gab sie zurück und wandte ihm dann wieder den Rücken zu. Es gelang ihr sogar, ein wenig Abstand zwischen sie zu bringen, was angesichts des steten Kanters, in dem Tempest lief, keine geringe Leistung war.

Maximilian kochte innerlich. Niemand stellte sein Urteilsvermögen oder seine Führung infrage. Niemand wagte das.

Außer seiner Frau.

Doch als seine Wut allmählich nachließ, war Maximilian gezwungen zuzugeben, dass sie recht haben mochte.

ALS OLIVER die geknickten Zweige erblickte, duckte er sich ins Gebüsch, ließ das Plätschern des Baches das Geräusch seiner Schritte übertönen. Amaury stürmte weiter, verfolgte ein Reh und nahm offenbar an, Oliver wäre hinter ihm. Die Hunde rasten vorweg, bellten und interessierten sich für nichts anderes als ihre Beute.

Oliver wartete im Schatten, bis er Amaurys Pferd nicht mehr hören konnte und das Hundegebell von weiter entfernt erklang. Er wartete noch länger und folgte unterdessen mit dem Blick einer Fährte geknickter Zweige und Abdrücke im weichen Boden.

Jemand war hier entlanggekommen, und zwar, nachdem der Regen aufgehört hatte.

Mehr als eine Person, den Fußabdrücken nach zu urteilen, Menschen, die weniger Gewicht mitbrachten als seine bewaffneten Gefährten. Sie wurden von mehreren Ponys begleitet, vielleicht von dreien.

Oliver war den Frauen auf der Spur.

Als nur noch die üblichen Geräusche des Waldes zu hören waren, kam er langsam aus seinem Versteck hervor und folgte der Fährte. Sie wand sich auf Umwegen durch den Wald. Hier verlief sie im Kreis, dort überkreuzte sie sich mit einer anderen, führte um Bäume herum und mehrfach über den Fluss, verlief letztlich aber stets wieder in die gleiche Richtung. Nach Osten und ein wenig bergan.

Oliver folgte achtsam dem Pfad, während die Sonne höher stieg. Es wurde wärmer, vor allem, seit der Wind sich gelegt hatte.

Der Wald war ihm unvertraut, unterschied sich aber nicht so sehr von anderen Wäldern. Oliver bewegte sich so leise, dass die wilden Tiere aus ihren Verstecken kamen, Vögel auf Ästen neben ihm landeten und ihn verdutzt beobachteten. Er hörte Mäuse unter den trockenen Blättern am Boden rascheln und sah mehr als einen großen Vogel über den Bäumen fliegen. Er bemerkte Hasen und Rebhühner und zwei Ricken, und dann auf einmal bemerkte er die Stille ringsum.

Er wurde beobachtet. Oliver war überzeugt davon, auch wenn er es nicht wagte, seine Anwesenheit kundzutun. Die Frauen waren in der Nähe und hatten sicher einen Plan. Er erinnerte sich an die Fallgrube, in die der Silberwolf gestürzt war. Rafael war in den Sumpf gelockt worden. Dies war vielleicht seine Gelegenheit, sich gefangen nehmen zu lassen.

Oliver blieb stehen und schaute sich um, als sei er verwirrt oder hätte sich verlaufen, suchte dabei in Wirklichkeit jedoch nach einem Anzeichen für eine Falle. Schließlich fand er sie, einen Bereich auf einer kleinen Lichtung, wo das Laub ein wenig zu künstlerisch arrangiert war. Noch eine Fallgrube? Er nahm an, dass die Frauen genügend Zeit gehabt hatten, welche zu graben. Äste ragten über die Lichtung, und er entdeckte auf einmal Seile zwischen dem Boden und den Bäumen. Wenn die Bäume belaubt wären, wären sie komplett verborgen, aber an diesem hellen Tag gelang es ihm, sie auszumachen.

Auch wenn er das Gegenteil vortäuschte.

Es war ein Fangnetz. Oliver näherte sich ihm und bemühte sich, ahnungslos zu wirken. Er drehte sich um, als ob ihn die Fremdheit des Waldes überwältigte, fuhr sich mit der Hand durch das Haar und gab sich den Anschein, nicht zu wissen, in welche Richtung er sich wenden sollte. Dann betrat er ganz bewusst den Bereich, wo das Netz versteckt sein musste.

Er schrie auf, als sich das Netz um ihn schloss und ihn in die Höhe zog, sodass er darin über dem Boden hing. Er ruderte mit den Armen und schrie, als sei er über alle Maßen geschockt. Es verlangte Oliver alles ab, sein Lächeln zu unterdrücken, als die beiden jungen Frauen unter ihm triumphierend lachten.

Schon bald würde er erfahren, wo sich ihr Unterschlupf befand und was ihre Pläne waren, und anschließend dem Loup Argent Bericht erstatten.

Ihm blieb Zeit, sich selbst zu einem gelungenen Unterfangen zu gratulieren, bevor das Netz auf einmal zur Seite schwang und er mit dem Kopf gegen einen Baumstamm stieß. Oliver sah Sterne und versank in Bewusstlosigkeit.

~

IN ROWAN FELL war es still, denn alle befanden sich in der Kapelle. Maximilian sah sich in dem kleinen Dorf um, das er zum ersten Mal im hellen Sonnenschein sah. Ein Dutzend Häuser standen im Kreis, in der Mitte die Kapelle. Sie bestand aus Stein und stand zwischen zwei alten Bäumen, deren knorrige Äste sich in den Himmel streckten. Maximilian nahm an, es waren diese Ebereschen, die dem Dorf seinen Namen gegeben hatten. Die Tür und die Bäume waren fast miteinander verschmolzen, so lange standen sie schon beieinander.

Ein Bach, der in Kilderrick in den Fluss mündete, verlief nördlich des Dorfes am Fuß eines steilen Hügels. Das Dorf war friedlich, allerdings nicht sonderlich wohlhabend. Er konnte ummauerte Gärten hinter den Häusern sehen, hörte einen Ochsen im Stall muhen und schaute auf die geraden Ackerfurchen, die sich bis zum Bach hinunterzogen. Die Ernte musste schon eingebracht worden sein, und er fragte sich, ob sie gut ausgefallen war.

Er verstand wenig von der Felderwirtschaft, aber er vermutete, ihm blieb Zeit bis zum Frühjahr, mehr darüber lernen.

Die Stimme des Priesters erklang, der die Messe las. Hühner stoben davon, als die Pferde mitten in das Dorf kanterten. Zwei Hunde bellten in ihren Hütten. Als die Pferde anhielten, verklang die Stimme des Priesters.

Maximilian schwang sich aus dem Sattel und half Alys herunter. Sie zog sich die Kapuze seines dunklen Mantels über den Kopf und versteckte ihre Gesichtszüge. War sie noch wütend auf ihn, oder war sie schüchtern? Er hätte sie fragen sollen, wann sie das letzte Mal im Dorf oder der Kapelle gewesen war, aber nun war es zu spät. Er geleitete sie zur Tür, während Nathalie ihnen dichtauf folgte. Dahinter kamen die übrigen Dörfler aus Château de Vries. Rafael bildete den Schluss. Reynaud blieb bei den Pferden, eine Hand auf dem Griff seines Dolches.

Die Dörfler aus Rowan Fell wandten sich um, als der Silberwolf und seine Leute in das dunkle Innere der Kirche traten. Auf mehr als einem der Gesichter, die sich ihm zuwandten, zeigte sich ein Hauch von Furcht, und es überraschte Maximilian nicht, wie viele von ihnen die Blicke senkten. Sie wussten es besser, als sich ihm offen zu widersetzen, aber Alys' Worte ließen ihn sich fragen, ob sie auf andere Weise gegen ihn rebellieren würden, wenn er ihnen Anlass gab.

Das gleiche Recht, das er zu sprechen hatte, galt auch für ihn. Das war neu, und er war froh, dass Alys ihn daran erinnert hatte. Obwohl Maximilian kein ungerechter Mann war, hatte er sich niemals um Feinheiten kümmern oder die Loyalität von Menschen erringen müssen, die keine Kämpfer waren so wie er. Die Compagnie Rouge kam an, tat, wofür man sie bezahlt hatte, und ging – immer und immer wieder. Ein Laird zu sein war etwas anderes, denn er würde in Kilderrick bleiben.

Alys hatte ihm einen klugen Ratschlag erteilt.

Er war froh, dass sie es gewagt hatte.

Die Fenster besaßen keine Glasscheiben, nicht in diesem abgelegenen Land, und die Gläubigen standen in Reihen auf dem steinernen Boden. Das einzige Möbelstück war der Tisch vor dem Altar, auf dem ein weißes Tuch lag und ein Becher und ein Teller standen. Dahinter stand der Priester in einer schlichten Robe. Hinter ihm an der Wand hing ein Kreuz. Der Priester war groß und eckig gebaut, seine Tonsur weiß, sein Blick forschend.

Alys hielt das Kinn hoch erhoben, als sie auf den Altar zuging. Ihre Schritte verhielten auf einer großen Steinplatte, die sich unmittelbar davor befand, doch sie fasste sich schnell und verneigte sich vor dem Kreuz. Maximilian sah, dass auf dem Stein ein Name stand und begriff, es musste sich ein Grab darunter befinden. Erst, als Alys zur Seite getreten war, konnte er den Namen lesen und begriff, wessen Grab es war.

Robert Armstrong.

Es schien unglaublich, dass der Mann, der zu seinen Lebzeiten der Hexerei bezichtigt worden war, vor dem Altar der Kapelle in Rowan Fell zur Ruhe gebettet worden war, aber vielleicht hatte eine großzügige Spende alle Einwände zum Verstummen gebracht.

Oder vielleicht war Roberts Hexerei wie die seiner Tochter nur eine Täuschung gewesen.

Aber wer hätte eine solche Spende machen können? Und wer hatte sich um sein Begräbnis gekümmert? Alys war ein Kind gewesen, schwer verletzt, und die Diener waren fort.

Hatte sie überhaupt gewusst, dass der Stein sich hier befand? Angesichts ihres Zögerns vermutete Maximilian, es hatte sie überrascht. Sie konnte an der Beerdigung nicht teilgenommen haben. Vielleicht hatte sie nicht einmal gewusst, dass ihr Vater in dieser Kapelle beerdigt worden war.

Maximilian neigte den Kopf und bekreuzigte sich, während sich seine Gedanken überschlugen. Er bemerkte die anderen Steine auf der linken und rechten Seite, zweifellos Alys' Ahnen. Er führte Alys auf die rechte Seite. In diesem Moment fiel ihm etwas auf.

Sie musste den Namen auf dem Stein gelesen haben.

Seine neue Frau war gebildet oder kannte zumindest genügend Buchstaben, um zu wissen, dass es sich um das Grab ihres Vaters handelte.

Das war in der Tat erstaunlich.

Und eine Fähigkeit, die sich als sehr nützlich erweisen konnte. Maximilian würde darüber nachdenken müssen. Unterdessen war ihm wohl bewusst, dass der Sheriff und seine Frau gerade ihre Plätze hatten räumen müssen, damit Alys und er Platz fanden, und ihm entging der giftige Blick, mit dem Jeannie seine Frau musterte, keineswegs.

In diesem Moment begriff er, was er zu tun hatte. Alys mochte sehr gut recht haben, was seinen Plan anging, den Sheriff grundlos einfach zu ersetzen. Aber davon abgesehen war Maximilian klar, dass jede Rache, die der Sheriff – oder eher seine Frau – nehmen würden, gegen Alys gerichtet wäre.

Das würde Maximilian nicht zulassen. Er würde Alys beschützen, was bedeutete, dass er ihrem Rat folgen musste.

Rafael konnte auf seinen Posten ein wenig länger warten.

Er nickte dem stummen Priester zu, der erneut mit dem Gottesdienst begann, wenngleich er nervös wirkte. Maximilian war sich des Tuschelns der Menge und Rafaels regloser Silhouette an der Tür bewusst, und ihm war klar, dass die Dörfler von ihm wenig Gutes erwarteten. Es herrschte Unruhe, und er spürte auch das Gewicht von Rafaels Erwartungen.

Wie würde Alys reagieren, wenn er zeigte, dass er ihrem Urteil traute? Maximilian wusste es nicht, was bedeutete, er konnte nur das Beste hoffen.

Seine Gemahlin würde ihn vielleicht stets raten lassen.

Diese Erkenntnis brachte Maximilian zum Lächeln.

~

ALYS WAR seit Jahren nicht in der Kapelle gewesen – nicht seit ihrer Kindheit. Sie hatte nicht gewusst, dass ihr Vater dort begraben lag, obwohl es natürlich Sinn ergab. In Wahrheit hatte sie nicht darüber nachgedacht. Es hatte fast ein Jahr gedauert, sich von ihren Verbrennungen zu erholen, und zu diesem Zeitpunkt hatte sich seine Leiche nicht mehr in der Ruine befunden. Wenn sie hätte raten müssen, hätte sie vermutet, dass Morag ihn irgendwo begraben hatte, ohne die Stelle zu markieren.

Besser, dass er hier war. Die Wahrheit war für Alys eine Erleichterung. Ihre Mutter lag zu seiner Linken, und ihre Großeltern ruhten ebenfalls an Ehrenplätzen. Morag musste dafür gesorgt haben. Alys' Ahnenreihe ließ sich zurückverfolgen bis zu dem ersten ihrer Vorväter, dem damals Kilderrick übertragen worden war. Sie alle lagen in dieser Kirche begraben, und Alys faltete ihre Hände. Sie fürchtete, der Silberwolf würde die Namen lesen und das Muster erkennen.

Der wahre Schatz von Kilderrick lag in ihrem Blut, in ihrer Ahnenreihe. Wenn der Silberwolf jemals die Wahrheit erriet, würde er sie niemals gehen lassen.

Sie fühlte sich beinahe entblößt und hielt den Kopf gesenkt, als könnte sie sich vor seinem durchdringenden blauen Blick verbergen.

Es fühlte sich seltsam an, den Stein mit dem Namen ihres Vaters zu sehen, und sie spürte seine Anwesenheit in der dunklen Kapelle. Hätte er diese Ehe gutgeheißen? Nicht angesichts der Zerstörung Kilderricks, aber er hätte den Silberwolf verstanden. Vielleicht hatte er das sogar damals.

Alys entging weder Jeannies genaue Musterung noch ihre Verachtung. Um ehrlich zu sein, verlieh ihr die Entscheidung des Silberwolfs, den Sheriff zu ersetzen, eine gewisse Befriedigung, allerdings musste es richtig gemacht werden, um sicherzugehen, dass er dabei nicht die Unterstützung aller in Rowan Fell verlor.

Würde er ihren Rat beherzigen? Alys konnte es nicht sagen, und das ließ sie ihre Hände noch fester ineinanderkrampfen. Sie war sich bewusst, dass die Dörfler starrten und flüsterten, und war froh, dass der Mantel ihres Ehemanns eine Kapuze besaß. Auf keinen Fall wollte sie sie zurückschrecken oder voller Abscheu das Gesicht verziehen sehen.

In diesem Moment begriff sie, dass ihr Gemahl das nie getan hatte. Tatsächlich hatte sie ihr Aussehen in seiner Gegenwart beinahe vergessen. Wie gelang ihm das nur?

Der Sheriff selbst stand neben Alys, ruhelos und voller Unsicherheit. Er musste sich fragen, was der Grund für die Anwesenheit des neuen Lairds war. Sie konnte den scharfen Geruch von Eamons Furcht riechen, wie es einem Raubtier gelänge, und war hinreichend boshaft, um sich darüber zu freuen.

Natürlich schuldete sie Jeannie und ihrem Ehemann nichts. Die Frau des Sheriffs hatte die widerlichen Gerüchte über Alys und ihre Gefährtinnen verbreitet, wenn nicht sogar selbst in die Welt gesetzt. Sie hatte Männer in den Wald geschickt, deren verzweifelte Begierde nach körperlicher Befriedigung sie gefährlich machte. Einer hatte Ceara sogar verletzt, auch wenn er für diesen Übergriff mit dem Verlust eines Auges bezahlt hatte. Schlimmer noch, Jeannie hatte Frauen zu Alys und ihren Freundinnen geschickt, Frauen auf der Suche nach Zaubersprüchen, die ihnen die Liebe schenken oder ihnen ein ungewolltes Kind nehmen sollten, Frauen, die in ihrem Leben gefangen und zu bemitleiden waren. Diese Frauen waren eine Warnung gewesen, welches Schicksal Alys vielleicht bevorstand, wenn sie den Wald je verließ, und sie dachte daran, während der Silberwolf still an ihrer Seite stand.

Eamon war nicht der Einzige, der vermutete, dass ihr Ehemann aus einem bestimmten Grund nach Rowan Fell gekommen war. Die Nervosität der versammelten Dörfler war spürbar. Alys kannte nicht viele von ihnen und erkannte selbst die, die sie einst gekannt hatte, kaum wieder. Da waren der Sheriff und seine Frau, der Priester, die Frau, die Ziegen hielt und ihre Milch und ihren Käse verkaufte, der Schmied und seine beiden Söhne. Der ältere Sohn hatte anscheinend geheiratet, und seine Frau hielt ein Baby in ihren Armen. Nerida und ihre Enkelin hielten Bienen und pflanzten Blumen. Sie waren Freundinnen von Morag gewesen und hatten mit ihr gehandelt. Es war noch ein weiteres halbes Dutzend Menschen dort, die Alys nicht erkannte, überwiegend älter, und sie nahm an, dass das Fehlen eines Lairds sich auf Rowan Fell nicht förderlich ausgewirkt hatte.

Es half nicht, dass Rafael, der ausgesprochen gefährlich und unberechenbar aussah, die Tür bewachte. Er wirkte triumphierend, als würden seine Träume bald wahr werden. Man sollte meinen, er hätte die Erlaubnis erhalten, sie alle abzuschlachten, denn er sah ganz so aus wie jemand, der diese Aufgabe genießen würde. Niemand würde den Raum verlassen, während er dort stand, die Hände in die Hüften gestemmt, mehr Waffen an seinem Gürtel, als ein Mensch besitzen sollte. Kein Wunder, dass die Dörfler beunruhigt waren. Selbst die Geräusche der Pferde draußen waren in diesem stillen Dorf ungewöhnlich, wo es nur einen einzigen Ochsen gab, den sich alle beim Pflügen teilten.

Die Dörfler, die dem Silberwolf aus Château de Vries gefolgt waren, waren in einer anderen Stimmung. Sie waren glücklich, der Messe zu lauschen und den Segen zu empfangen, besonders Marie, und lächelten den Silberwolf strahlend an. Es kam Alys absurd vor, dass sie je geglaubt hatte, sie seien Sklaven oder Gefangene. Sie vertrauten ihm komplett, und einmal mehr fragte sie sich, was sie nicht über ihn wusste. Das Glück und das Zutrauen seiner Leute standen in deutlichem Kontrast zum Misstrauen der Einheimischen.

Als der Gottesdienst vorüber war und der Priester sie Gottes Geleit anempfahl, trat der Silberwolf vor. Er wandte sich zur Gemeinde um und hob die Hand, um aller Aufmerksamkeit zu erlangen. Das war unnötig, da sie bereits über ihn staunten und sofort still wurden.

»Ich bin Maximilian de Vries«, sagte er mit Autorität. Er sprach normannisches Französisch, allerdings so langsam und klar, dass man ihn verstehen konnte. »Bekannt in vielen Ländern als der Silberwolf, und nun der Laird von Kilderrick. Meine Gemahlin ist Alys, die Tochter von Robert Armstrong, dem letzten Laird von Kilderrick, und sein einziges Kind.« Ein Raunen ging durch die Menge, und Alys wusste, dass mehr als einer versuchte, einen besseren Blick auf sie zu erhaschen. Sie hielt den Kopf gesenkt.

Der Silberwolf fuhr fort. »Zusammen werden wir die Burg wiederaufbauen und dem Land den Wohlstand zurückbringen, den es verloren hat. Rowan Fell bleibt unter der Herrschaft Kilderricks und wird von diesem Tag an von mir verteidigt werden. Einmal im Monat werde ich einen Gerichtstag in Kilderrick abhalten, bei dem mir auch alle Angelegenheiten aus Rowan Fell vorgebracht werden können, jeweils am Tag nach Neumond. Die Steuern werde ich jährlich zum Michaelistag einfordern.«

Alys lächelte im Stillen, weil er so praktisch war und die wichtigsten Einzelheiten ohne Zaudern zusammenfasste. Es gab einiges Geflüster ringsum, und Alys spürte, dass sein Blick zu ihr wanderte.

Sie trat an seine Seite und wiederholte seine Worte auf Gälisch.

»Ihr seid aufgefordert, mir all eure Sorgen in Kilderrick zu Gehör zu bringen«, fuhr er fort. »Das Dorf dort wird ebenfalls wiederaufgebaut werden, und die von euch, die gern sofort eine Anstellung in der Burg finden wollen, sind eingeladen, mit mir über den Umzug dorthin zu sprechen. Ihr müsst vielleicht beim Wiederaufbau der Hütten helfen. Ich erwarte, dass die Felder wieder bestellt werden, beginnend im Frühjahr, und werde dafür sorgen, dass ein kräftiger Ochse für den Pflug und Saatgut für die Aussaat bereitstehen. Und Ihr seid willkommen, Euer Wissen darüber zu teilen, was in dieser Erde am besten wächst. Ich bin hierbei auf Eure Kenntnisse angewiesen.«

Nach Alys' Übersetzung ging ein interessiertes Murmeln durch die Reihen, obwohl alle noch skeptisch waren.

»An diesem Tag lade ich euch alle nach Kilderrick ein, um mir als dem neuen Laird die Treue zu schwören und anschließend an dem Festmahl teilzuhaben, mit dem wir meine Hochzeit mit Alys Armstrong feiern. Ihr werdet eure eigenen Schüsseln und Löffel bringen müssen, aber es gibt Essen genug für alle.«

Das weckte noch mehr Interesse.

»Die Rehe braten, während wir sprechen!«, sagte Denis, und ein erneutes Flüstern setzte ein.

»Der erste Gerichtstag findet Mittwoch in einer Woche statt, und ich lade euch alle ein, daran teilzunehmen.« Der Silberwolf wandte sich dem Priester zu. »Ich danke Euch für den Gottesdienst heute und bitte Euch, meine Ehe mit meiner Gemahlin zu segnen.«

Der Priester war aus dem Konzept gebracht. »Ich habe den Austausch der Gelöbnisse nicht bezeugt«, begann er zu protestieren, aber der Silberwolf deutete auf Eamon und Jeannie.

»Glücklicherweise waren der Sheriff und seine Frau so gütig, das zu tun.«

»Aye«, gab Eamon zu. »Die Gelöbnisse wurden abgelegt, wie es üblich ist, aber es wurde kein Aufgebot bestellt.«

»Alle wissen, dass meine Frau noch keinen Ehemann hatte, und ich gebe Euch mein Wort, dass ich ebenfalls unverheiratet war. Mein Bruder wird es beschwören.« Er deutete auf Rafael, und Rafael verbeugte sich. Alle drehten sich zu ihm um, bevor ihre Blicke wieder zum Silberwolf wanderten.

Eindeutig erkannte der Priester, dass jeder Protest angesichts des unbezwingbaren Willens des Silberwolfs vergeblich wäre. Er hob die Hände und segnete sie beide, als sie vor ihm niederknieten. Alys war sich der Feindseligkeit gewahr, die von Jeannie ausging, und würdigte die Frau ihrerseits keines einzigen Blickes.

Herr im Himmel, sie betete, dass ihr Ehemann den Sheriff nicht vor dem ganzen Dorf demütigte, wenn er ihn schon seines Postens beraubte. Die Dörfler waren vielleicht keine Kämpfer, aber der Groll, den ein solches, als Unrecht betrachtetes Vorgehen hervorrufen würde, würde nicht ungesühnt bleiben.

»Und nun benötige ich die Aufzeichnungen«, sagte der Silberwolf zu dem Priester, der überrascht blinzelte. Er warf dem Sheriff einen flüchtigen Blick zu. »Führt Ihr nicht die Bücher für dieses Lehen? Ich hätte erwartet, dass Ihr einer der wenigen hier seid, die des Lesens und des Schreibens mächtig sind.«

»Das bin ich, Mylord. Natürlich«, stammelte der Priester.

»Und die Aufzeichnungen der Gerichtstage, bitte. Ich möchte die örtlichen Sitten und Gepflogenheiten kennenlernen.«

Der Priester scharrte mit den Füßen und verbeugte sich. »Natürlich, Mylord. Ich muss sie aus der Sakristei holen, wo sie verwahrt werden.«

»Ich begleite Euch«, sagte der Silberwolf glatt. »Vielleicht könnt auch Ihr heute nach Kilderrick kommen, um die Namen derer festzuhalten, die mir die Treue schwören.« Es war keine Frage, und der Priester gab rasch mit einem Nicken seine Zustimmung. Der Silberwolf wandte sich an Alys. »Verteile deine Almosen, Mylady, und ich warte draußen auf dich.«

»Ich dachte, du hättest an diesem Tag noch etwas anderes vor«, sagte sie und beobachtete ihn aufmerksam.

Ihr Ehemann lächelte. »Das hatte ich, aber ich habe einen klugen Rat erhalten, dem ich folgen werde.« Sein Blick hielt ihren einen Moment lang fest, sein Gesichtsausdruck so eindringlich, dass Alys beinahe das Herz stehenblieb.

Er hörte auf sie. Ihre Knie wurden bei dieser Erkenntnis weich, und sie konnte nicht anders, als sein Lächeln zu erwidern. Der Silberwolf blinzelte, als ob ihn das erstaunte, und drehte sich dann rasch um und folgte dem Priester.

Rafael öffnete die Türen weit, und Nathalie war rasch bei Alys, einen Beutel mit Münzen in der Hand. Sie reichte Alys eine nach der anderen, und Alys gab sie fort, mindestens fünfzig silberne Pennys, in eifrig ausgestreckte Hände. Mehr als einer der Empfänger stahl einen Blick unter ihre Kapuze, und es erschütterte sie ein wenig, wie gierig sie nach den Münzen griffen. Wie schlecht erging es den Menschen in Rowan Fell?

Als das Geld alle war, fand sie sich neben dem großen schwarzen Pferd wieder, und in der Abwesenheit ihres Mannes stand Rafael dicht neben ihr. Der Söldner schien etwas weniger selbstzufrieden als zuvor, aber Alys hütete ihre Zunge. Der Silberwolf kam mit zwei Truhen aus der Kirche, einer kleineren und einer größeren, die er beide Yves über-antwortete. Als sie im Karren verstaut waren, hob er Alys in den Sattel. Binnen weniger Augenblicke war die ganze Gruppe aufgestiegen oder saß im Wagen, und unter dem Donner der Hufschläge verließen sie Rowan Fell. Die Dörfler standen vor der Kapelle, ihre Pennys fest in den Händen, und starrten ihnen hinterher.

»Das ist gut gelaufen, denke ich«, sagte der Silberwolf. »Wenn schon nichts anderes, so hat mich meine Gemahlin immerhin zum ersten Mal angelächelt.«

Alys drehte sich zu ihm um, als sie die Befriedigung in seiner Stimme bemerkte. »Du hast auf mich gehört.«

»Aye. Bereitet dir das Freude?«

»Das tut es«, gab Alys zu, die die Wahrheit nicht verbergen konnte.

Er schlang den Arm fester um ihre Taille und zog sie wieder an sich. »Ich habe dir gesagt, dass wir ein gutes Paar abgeben, meine Alys, und du beweist mir, dass ich recht hatte.« Er gab seinem Pferd die Sporen. Im Galopp ritten sie zurück nach Kilderrick, der Wind in Alys' Gesicht, ihr Ehemann hinter ihr, und sie spürte eine Welle der Euphorie.

Es war nicht nur seine Berührung oder die Tatsache, dass er ihr zugehört hatte. Was, wenn er wirklich vorhatte, Kilderrick wiederaufzubauen und ihr ihr Vermächtnis zurückzugeben? Die Aussicht ließ ihr Herz einen Sprung machen. Wie schön es wäre, die Türme wieder in den Himmel ragen zu sehen, den Schutz der Mauern um sich zu spüren.

Selbst, wenn es dem Silberwolf nur um seine eigene Macht ging, Alys war es egal.

Was diese eine Angelegenheit anging, so hoffte sie, er würde sein Wort halten.

KAPITEL 11

Verdammtes Weibsbild.

Jeannie hatte nicht geglaubt, dass der Silberwolf seine monströse Frau zur sonntäglichen Messe in die Kapelle bringen würde, bis die beiden verfluchten Menschen durch die Tür gekommen waren. Was für ein Paar sie abgaben: der kriegslüsterne Söldner und die Hexe aus den Wäldern. Beide furchterregender als die schlimmsten Dämonen, und beider Herzen so dunkel und böse, dass allein ihre Anwesenheit Jeannie erschaudern ließ. Beinahe hatte sie erwartet, das Dach der Kapelle würde einstürzen, als sie die Schwelle überschritten, oder ein Blitz das Dach treffen, aus einem klaren blauen Himmel ohne eine Warnung.

Zu ihrem Missfallen spürte sie darüber hinaus, wie der Widerstand ihres Ehemanns gegenüber dem neuen Laird schwand. Angesichts solcher Macht verlor er seinen Mut, und Jeannie wusste, wenn sie seinen Willen nicht stärkte, würde Eamon gänzlich unter der Knute des sogenannten neuen Lairds stehen.

Jeannie sah den Silberwolf und seine entstellte Braut davonreiten, seine Gefolgsleute dicht hinter ihm, und spuckte auf den Boden. »Ist das zu ertragen?«, fragte sie empört ihren Ehemann. »Ein echtes Monster, mit dem Blick eines Basilisken, und dennoch rümpft sie die Nase über mich. Eine Hure und eine Hexe. Sie ist nicht würdig, die Lady von Kilderrick zu sein!«

»Aber der Laird hat sie erwählt«, sagte Rona, die Ziegenhirtin. Noch am Vortag hätte sie es nicht gewagt, Jeannies Worten zu widersprechen. »Es gefällt mir, dass er über ihre Narben hinwegsieht.«

»Aye«, stimmte die Frau des jungen Schmieds zu. »Daran erkennt man einen guten Mann.«

Nerida nickte zustimmend, und in den Augen ihrer Enkelin stand ein Funkeln. »Und er sieht so gut aus«, sagte das Mädchen und seufzte.

»Taten sind es, die zählen, nicht das Äußere«, sagte Jeannie verächtlich. »Ein guter Mann? So wollen wir den Silberwolf jetzt nennen? Er ist ein Söldner und ein Dieb, der Mann, der Kilderrick niedergebrannt und den vorigen Laird getötet hat. Er hatte die Frechheit, auf dem Grab des Mannes zu stehen und einen Segen für die Heirat mit seiner Tochter zu verlangen!«

Ihre Worte lösten eine gewisse Beunruhigung aus.

»Ich war dort!«, erinnerte sie Jeannie. »Sie hatte nicht das Verlangen, ihn zu heiraten. Aber er hat diese Hure eine Nacht lang geritten, und nun ist sie ihm verfallen.« Sie spuckte erneut aus. »Sie sind wie Schmutz, dreckige Menschen, denen wir nichts schuldig sind. Wir sollten sie nicht in der Burg dulden. Wir sollten sie vertreiben!«

Zu Jeannies Ärger fand ihr äußerst kluger Plan keine Zustimmung.

»Er reitet mit einem Dutzend Kämpfer«, lautete ein Einwand.

»Sie sind bewaffnet und für die Schlacht ausgebildet«, ein anderer.

»Er hat die Burg für sich beansprucht und die Erbin, und er hat das Siegel. Wir können ihn nicht vertreiben. Das Recht ist auf seiner Seite.«

Es gab eine längere Pause.

»Und wir sind zum Essen an die Tafel des Lairds eingeladen«, fügte Rona hinzu. »Wie lange ist es her, seit du ein Stück Rehbraten gekostet hast?«

»Seit dem letzten Mal, als der Schmied ein Reh gestohlen hat«, erklang der Scherz, der sie alle zum Lachen brachte.

»Aber es wird ein Festmahl sein«, beharrte Rona und merkte wahrscheinlich nicht einmal, dass sie sich die Lippen leckte. »Ein Hochzeitsschmaus wie in den alten Zeiten. Ich werde gehen und auf die

Gesundheit des neuen Paars trinken. Mich würde es nicht betrüben, Kilderrick wieder hergerichtet zu sehen.«

»Mich auch nicht«, stimmte ein Bauer namens William zu.

»Ich werde gehen«, sagte die Frau des jungen Schmieds und stieß ihren Ehemann an.

»Ich auch«, sagte er, denn ihm blieb keine große Wahl. Sein jüngerer Bruder Tynan nickte entschlossen. Nerida bürstete sich die Röcke ab, als wollte sie im Palast des Königs persönlich tanzen.

Sie wechselten Blicke und schauten in Richtung der zerstörten Burg.

»Gewährt ihm keine Unterstützung«, drängte Jeannie, aber sie hatte sie verloren und wusste es. Die Dörfler gingen heim, um ihre Schüsseln, Löffel und Servietten zu holen, ihre besten Mäntel anzuziehen und ihre Hühner in den Stall zu sperren. Dann verließen sie das Dorf in Richtung Kilderrick, in einer langen Reihe. William brachte sogar seine Harfe mit.

»Du kannst nicht gehen«, sagte Jeannie zu Eamon, als er mit seinem Mantel kam. »Du schuldest ihm die Abgaben aus fünfzehn Jahren, und er wird das nicht vergessen.«

»Und wir haben das Geld nicht mehr. Ich werde mir eine feine Mahlzeit gönnen, selbst, wenn es meine letzte ist.«

»Er wird dich nicht verletzen!«

»Er hat das Recht dazu.« Ihr Ehemann seufzte und leckte sich die Lippen. »Rehbraten. Es wird ein schönes Fest werden, da bin ich sicher.«

»Er schuldet mir eine Ente.«

»Vielleicht wird eine aufgetischt. Komm mit mir, Jeannie. Es ist viel zu lange her, seit der Laird seinen Wohlstand mit uns geteilt hat.«

Jeannie presste gequält die Lippen zusammen. Ihr Ehemann würde sich nicht gegen den Silberwolf stellen, und der König würde auch vielleicht nicht auf Eamons Hilfegesuch antworten, aber sicher würde jemand den neuen Laird von Kilderrick herausfordern.

Jeannie konnte nur hoffen, dass der Tag bald kommen würde.

∼

»Geht es ihm gut?«, fragte Elizabeth beunruhigt und ging um den bewusstlosen Knappen herum. »Wenn wir jemanden töten, der dem Silberwolf verschworen ist, wird er nicht ruhen, bis wir selbst tot sind.«

»Du warst es, die uns gewarnt hat, dass er einen Spion schicken würde«, erinnerte Ceara sie verächtlich. Manchmal konnte sie die Ängstlichkeit der Adligen nicht ertragen. Wenn sie selbst in einem reichen Haus aufgewachsen wäre, besäße sie die Zuversicht, dass der Lohn der Welt ihr zustand.

»Aye, aber ich dachte, wir würden ihn mit falschen Nachrichten zurückschicken«, sagte Elizabeth. »Ich hatte nicht damit gerechnet, dass er verletzt werden würde.«

»Dass er sich den Kopf stoßen würde, hat niemand von uns vorausgesehen«, sagte Nyssa.

Ceara und Nyssa hatten das Netz herabgelassen und waren dabei, den Jungen auszuziehen. Er trug nur einen Dolch am Gürtel und besaß keinen Schmuck, der einen hohen Preis erzielen würde. Seine Stiefel waren abgetragen, aber sie passten Ceara und waren besser als ihre eigenen. Sie nahm seine und stellte ihre auf den Haufen mit seinen Kleidern. »Sein Hemd ist fein«, sagte sie und legte es ebenfalls beiseite.

Nyssa warf Elizabeth einen bezeichnenden Blick zu. »Du könntest dich nützlich machen. Beginne mit dem Waid. Wir müssen fertig sein, bevor er erwacht, und es lässt sich nicht sagen, wann das sein wird.«

Elizabeth verzog das Gesicht und tauchte den Finger in die Salbe, die Nyssa angerührt hatte. Es war eine dünne Paste aus Fett, die mit getrockneten und gemahlenen Waidwurzeln gefärbt war und einen blauen Farbton besaß. Sie begann, dem Jungen die Salbe auf die Haut zu reiben, beginnend mit dem Arm, der ihr am nächsten war.

Ceara, nicht annähernd so schüchtern, strich ihm die Salbe aufs Gesicht, in sein Haar und verteilte sie auf seiner Brust. »Wie jung er ist«, sagte sie und lächelte. »Kaum ein Haar auf der Brust oder am Kinn.«

»Aber …«, sagte Nyssa und machte eine Geste. Ceara lachte mit ihr, während Elizabeth errötete.

»In gewisser Weise ist es einfacher, dass er sich den Kopf angeschlagen hat«, sagte Ceara. »Er bekommt nichts mit.«

»Aber wie können wir ihn festhalten? Er wird früher oder später aufwachen«, sagte Elizabeth und begann, sein Bein zu bemalen.

»Wir werden ihn zurückbringen«, sagte Nyssa zufrieden. »Nackt und blau von Kopf bis Fuß, mit einem Pentagramm um den Hals.«

»Und einem mit Ruß auf seine Stirn gemalt«, sagte Ceara.

Nyssa nickte. »Es wird sie in Furcht versetzen.« Sie betrachtete den Jungen. »Und noch etwas anderes, denke ich, um ihn zu verwirren.«

»Was denn?«, fragte Elizabeth.

Nyssa lächelte. »Eine Überraschung von einer Hexe, natürlich.« Elizabeth schaute verwirrt, aber Nyssa sagte nichts weiter. Ceara konnte sich gut vorstellen, was die andere Frau tun würde. Einmal hatte sie eine frisch ausgebrütete Schlange in den Stiefel eines unwillkommenen Besuchers getan, den sie ebenso nackt, aber ansonsten unverletzt zurückgelassen hatten. Seinen Schrei, als er sie gefunden hatte, hatte man wahrscheinlich bis nach Edinburgh gehört. Das war gewesen, bevor Elizabeth zu ihnen gestoßen war.

»Ich kann aus seinem Mantel eine Schlinge machen«, sagte Ceara. »Und ihn im Wald darin schaukeln lassen, während er schläft, wie ein Baby in der Wiege.«

»Behalte seinen Dolch«, wies Nyssa sie an.

»Natürlich, auch wenn er nicht so schön ist wie der des Söldners.« Ceara hatte den Dolch bereits in die Scheide an ihrem Gürtel gesteckt, neben die Klinge, die sie dem dunkelhaarigen Kämpfer abgenommen hatte. Sie bewunderte alle beide. »Bald habe ich eine Sammlung.«

»Lass uns hoffen, dass der Silberwolf und seine Leute vorher gehen«, sagte Nyssa. Zusammen stemmten sie den Jungen hoch.

Ceara fragte sich, ob er je gehen würde, aber sie zog es vor, das nicht laut auszusprechen. Nein, es war besser, sich einen Weg einfallen zu lassen, ihn zur Abreise zu veranlassen.

Auch, wenn sie noch nicht wusste, welcher das war.

MAXIMILIAN WAR ZUFRIEDEN. Die Dörfler kamen. Eine lange Reihe von ihnen marschierte über den Hügel auf sein Lager zu, während die Sonne hinter ihnen unterging. Sie hoben sich nur als Silhouetten vor dem orangefarben getönten Himmel ab, aber er erkannte einige bereits. Er war erleichtert, als er Eamon am Ende der Reihe sah, gefolgt von Jeannie.

Sein Stuhl war aus dem Zelt geholt worden, und er saß darauf und freute sich schon auf den Tag, da er eine große Halle haben würde, in der er seine Gäste und an Festtagen seine Dörfler willkommen heißen konnte. Amaury war von der Jagd mit weiteren Rebhühnern und Hasen zurückgekehrt sowie einigen Wachteleiern. Er machte sich Sorgen, weil Oliver sich verirrt hatte, aber Maximilian beruhigte ihn, da er ja wusste, dass der Junge nur seinen Anweisungen folgte.

Alles lief gut.

»Du hast deinen Plan geändert?«, fragte Rafael, der eindeutig gewartet hatte, bis sie allein waren. Er sprach Venezianisch, seine Muttersprache, und in seinen Worten vibrierte der Ärger.

»Ich habe ihn nur aufgeschoben«, sagte Maximilian.

»Warum?«

»Ich muss erst beweisen, dass Eamon den Posten nicht verdient«, erklärte er. »Sodass es gerechtfertigt scheint, ihn zu ersetzen, und nicht nur wie eine Laune erscheint.«

»Spielt das denn eine Rolle?«, fragte Rafael barsch. »Du bist der Laird, und dein Befehl ist Gesetz.«

»Aber wir sind nicht im Krieg, und in Friedenszeiten ist es vielleicht geboten, die Taktik zu ändern.«

Rafael fluchte und rollte die Augen. »Macht dich deine Frau so furchtsam? Stehst du bereits unter ihrem Bann?«

»Sie hat Gründe für einen Aufschub angeführt, die ich für klug hielt. Sie weiß mehr über dieses Land als ich.« Maximilian beäugte seinen Bruder, der Ungeduld ausstrahlte, und dachte, die Lektion könnte ihnen beiden guttun. »Ich werde mein Wort nicht brechen, Rafael. Du wirst deinen Lohn erhalten.«

»Du *hast* dein Wort gebrochen«, sagte Rafael und hob seinen Arm, um die Narbe zu präsentieren, die von ihrem Bluteid zurückgeblieben war. »Und damit warst du es, der unsere Allianz aufgekündigt hat.«

»Ich werde dir den Posten geben …«

»Ich glaube dir nicht, Bruder.« Rafael streckte abwehrend die Hand aus. »Ich bin dir ans Ende der Welt gefolgt in der Hoffnung auf eine

Belohnung, aber es wird keine geben. Selbst jener Posten war nur ein magerer Lohn für die Jahre der Treue in deinen Diensten, und nichts verglichen mit dem, was du für dich beanspruchen und besitzen wirst. Du teilst nicht, Maximilian. Du beobachtest. Du nimmst. Und am Ende wirst du der einzige wohlhabende Mann unter uns sein.« Er verzog das Gesicht und schnaubte. »Ich habe meine Position in der Compagnie Rouge nicht hierfür aufgegeben! Ich hätte Hauptmann deiner Wache in Château de Vries werden sollen!«

»Und ich werde dafür sorgen, dass du auch hier bald deinen Lohn erhältst.«

Rafael schnaubte erneut. »Das tust du besser, oder ich hole ihn mir von dir. Bisher sehe ich nur, dass allein du bei diesem Unterfangen gewinnst. Das muss sich ändern, und zwar bald.« Er wandte sich auf dem Absatz um, bevor Maximilian antworten konnte, und ging davon, während Alys und Yves näher kamen.

Maximilian sah, wie wütend Rafael wirkte, und dachte über seinen Ausbruch nach. Rafael brauchte eindeutig eine Frau. Sein hitziges Temperament regte sich immer, wenn er zu lange keusch lebte. Vielleicht würde sich das Problem diese Nacht lösen, denn es gab mehrere hübsche Mädchen in Rowan Fell.

Und er wusste, Rafael würde seinen Schwur halten, ganz gleich, wie vehement er über die Bedingungen stritt. Alles würde gut werden.

Mit einer Geste winkte Maximilian Alys an seine Seite. Sie machte Anstalten, sich die Kapuze ihres Mantels überzuziehen, aber er hielt sie mit einer Berührung davon ab. »Verstecke die Wahrheit nicht, Alys. Nur, wenn du dich duckst, sehen dich andere Menschen als schwach.«

Sie warf ihm einen Blick aus funkelnden Augen zu, der ihre Zweifel verriet, doch sie nahm die Kapuze ab. Ihr Haar hob sich ein wenig im Wind. Sie stand aufrecht an seiner Seite, eine Frau, die er mit Stolz seine Gemahlin nannte, und Maximilian sah, wie der Priester aus Rowan Fell, der sich ihnen näherte, beim Anblick ihres Gesichts zurückschrak.

Alys' Gesichtsausdruck blieb unverändert, und sie zog sich nicht zurück. Sie schaute den Priester lediglich an und forderte ihn stillschweigend heraus, etwas zu sagen. Maximilian wusste, sie stand steifer da als üblich, aber sie duckte sich nicht und versuchte kein zweites Mal, ihr Gesicht zu verstecken.

Der Mann stammelte etwas, und sein Blick wanderte erneut von Maximilian zu Alys, bevor er dann Maximilian ansprach. »Mylord, ich werde die Liste schreiben, wie Ihr es verlangt habt.«

»Und seid so gut und verratet mir den Namen jedes Mannes.«

»Natürlich, Mylord.«

»Ich möchte auch ihre Berufe erfahren, wenn es recht ist«, sagte Alys, leise aber entschlossen. Maximilian lächelte beinahe über das Unbehagen des Priesters, aber als dieser Alys wieder ansah, zuckte er nicht zurück. »Natürlich, Mylady.«

»Und Ihr könnt ruhig die Sprache der Inseln sprechen«, sagte Maximilian. »Ich weiß, es ist Eure Muttersprache. Meine Frau wird alles für mich übersetzen.«

»Natürlich, Mylord«, sagte der Priester, beinahe so überrascht wie Alys selbst. Er wandte sich um und winkte die ersten Dörfler herbei. Maximilian nahm Alys' Hand in seine, legte sie auf seine linke Schulter und hielt sie dort fest. Er sah die Reaktion des ersten Mannes in der Reihe, die der des Priesters sehr ähnlich war. Seine Frau, die einen Schritt hinter ihm stand, erblasste und schaute zu Boden.

Das war unerträglich. Maximilian würde nicht zulassen, dass Alys gekränkt wurde.

Sie mussten sie ansehen und ihren Wert erkennen.

Der Priester sagte etwas. Alys stellte eine Frage und sprach dann zu Maximilian. »Dies ist Niall Carter«, sagte sie. »Ihm gehört der Ochse, und seine Frau Beth ist Brauerin.«

»Schwört erst meiner Frau die Treue«, befahl Maximilian, Stahl in der Stimme, und als Alys übersetzte, war Niall gezwungen, ihr erneut ins Gesicht zu sehen.

Diesmal schwankte sein Blick nicht. »Aye, Mylord«, sagte er vorsichtig, dann schluckte er und legte seinen Schwur ab.

ALYS HATTE DAS GEFÜHL, das Ablegen der Gefolgschaftsschwüre würde niemals enden. Sie hatte es schwierig gefunden, die Reaktionen der

Dörfler zu ertragen, aber sie verstand, warum der Silberwolf ihnen befahl, auch ihr den Treueeid zu leisten. Indem er sie zwang, Alys anzusehen, minderte er ihre Furcht vor dem Anblick ihrer Narben. Der Schrecken in ihren Augen erstarb nach und nach, besonders, wenn sie direkt mit ihnen sprach.

Die Entscheidung des Silberwolfs, dass sie Gälisch sprechen sollten, war eine strategische Entscheidung, und eine, von der sie wusste, er hatte sie ihr zuliebe getroffen. Es gefiel Alys, eine Aufgabe und sein Vertrauen zu haben, denn müßig zu sein lag ihr nicht. Und auf diese Weise erschien sie in ihrer Rolle als seine Frau, die Lady von Kilderrick, seine Partnerin bei diesem Unterfangen.

Gütiger Gott, sie hoffte nur, er täuschte sie nicht über sein Vorhaben, die Burg wiederaufzubauen.

Sie fragte die Dörfler nach ihren Berufen, ihren Kindern, ihren Hühnern und ihren Gärten. Einige zeigten offene Zuneigung zu ihr, besonders Nerida, die Alys' Hand ergriff und Freudentränen zurückblinzelte. Sie wusste, dass der Silberwolf lauschte, und prägte sich alles, was sie für ihn übersetzte, ein.

Und die Erfahrung minderte ihre eigene Furcht vor der Zurückweisung. Zu dem Zeitpunkt, als Eamon und Jeannie vor ihr standen, spürte Alys kein Verlangen mehr, sich zu verstecken. Sie wusste, dass sie aufrechter dastand, und sah Jeannie gelassen ins Gesicht.

Es war die Frau des Sheriffs, die zauderte, nicht Alys.

Als die Schwüre einmal abgelegt waren, wurde die Stimmung heiter. Aus den Zelten waren Tische gebracht worden, einschließlich dessen, der sonst im Zelt des Silberwolfs stand, und andere wurden aus Baumstümpfen und Holzscheiten improvisiert. Es gab sogar eine hölzerne Vorrichtung, die Rafael zu gehören schien, die zu seiner offenkundigen Missbilligung zweckentfremdet verwendet wurde. Schüsseln mit Eintopf, Scheiben vom Rehbraten, Teller mit Brot und noch mehr wurden herumgereicht. Die Schüsseln, die die Dörfler mitgebracht hatten, wurden gefüllt, die Becher flossen über mit Ale und Wein, und viel Lachen erfüllte die Luft, als die Getränke geleert wurden. Amaurys Hunde wuselten durch die Reihen der Feiernden in der Hoffnung auf einen heruntergefallenen Bissen oder zwei, und der kleine Sohn des Stallknechts half den Knappen dabei, alle zu bedienen.

Seit dem Tod ihres Vaters hatte Alys an keiner Hochzeit und keinem Festmahl teilgenommen. Es war sogar noch einige Jahre länger her, und sie erinnerte sich nur schwach. Nun überraschte es sie, wie fröhlich alle wirkten, obwohl sie sich noch fremd waren, aber vielleicht waren der Wein und das Ale am Werk. Der Silberwolf war stets in Bewegung, machte hier einen Scherz und ließ dort einen Becher füllen, tätschelte einen Hund, bewunderte ein Kind oder stellte eine Frage. Alys war klar, dass er dies absichtlich tat und den Plan verfolgte, die Unterstützung der Dörfler zu gewinnen, dennoch war auch sie von ihm eingenommen. Sie ertappte sich dabei, wie sie lachte, und war sich bewusst, dass der Blick ihres Ehemanns ihr folgte, als wären sie wirklich ineinander verliebt. Als sie aufschaute, lächelte er, nur ein kleines bisschen, und Alys fühlte sich auf einmal begehrenswert.

Es entging ihr auch nicht, dass die Dörfler sie beide beobachteten und die Frauen flüsterten und lächelten. Eindeutig verbreitete sich bereits das Gerücht, dass der neue Laird in seine Frau verliebt war. Alys wusste, dass es nicht stimmte – immerhin glaubte der Silberwolf nicht an die Liebe – aber es gefiel ihr, wenn sein Blick auf ihr ruhte.

Tatsächlich errötete sie, als sie an die vor ihr liegende Nach dachte. Würde seine Berührung die gleiche überwältigende Lust in ihr wachrufen? Oder war es nur die Neuheit des Ganzen gewesen?

William begann, auf der Harfe zu spielen, und ein anderer Mann sang eine Ballade, die Alys vage vertraut vorkam. Der Silberwolf kehrte an ihre Seite zurück, um zu lauschen, sein Arm warm an ihrem. Alys bemühte sich, ihre Reaktion auf seine Gegenwart zu verbergen. In einem letzten Glühen von Orange und Gold ging die Sonne unter, die Flammen des Feuers stiegen in den Nachthimmel und die Sterne kamen hervor.

Und dann stand der Silberwolf auf, verbeugte sich vor ihr und forderte sie zum Tanzen auf. »Mylady?«, sagte er, die Hand ausgestreckt und die Augen leuchtend blau.

Alys war sich bewusst, dass alle Versammelten zusahen, mit Mienen, die von Wohlwollen bis Neugier reichten.

»Ich kann mich nicht an die Schritte erinnern«, flüsterte sie und spürte, wie sie errötete.

»Du bist die Lady«, sagte er mit stiller Überzeugung. »Du kannst tanzen, wie auch immer es dir beliebt.« In seinem Gesicht lag eine Herausforderung, der Alys nicht widerstehen konnte. Sie legte ihre Hand in seine und ließ sich von ihm in die Mitte der Gruppe führen, während die Melodie munterer wurde. Die Dörfler begannen, im Takt zu klatschen, der Silberwolf ergriff ihre Hände, und zusammen wirbelten sie herum. Der Rhythmus war unwiderstehlich, und sie passte sich seinen Schritten an, ertappte sich dabei, wie sie vor Freude laut lachte. Dabei war sie sich der Stärke seiner Hände und der Wärme seines Blickes sehr bewusst. Obwohl er sie kaum berührte, fühlte sie sich zittrig, und ihr war heiß und kalt zugleich.

Als die Melodie endete, war sie atemlos, und dann zog er sie in die Arme und küsste sie gründlich. Die rasche Umarmung erfüllte Alys mit noch mehr Hitze, und ihr war ein wenig schwindlig, als die Musik von Neuem begann. Die Dörfler applaudierten ihnen. Die Söldner hatten sich bereits aufgestellt, um die Braut zum Tanz zu bitten, Rafael als Allererster.

Wie Alys es hätte erwarten sollen, sorgte der strenge Blick ihres Ehemanns dafür, dass keiner von ihnen mehr als ihre Hände berührte. Rafael war ein eleganter und kraftvoller Tänzer. Einige Dörflerinnen beobachteten ihn sehr genau. Amaury führte Nathalie zum Tanz, Denis und Marie tanzten ebenfalls, und alle klatschten und schauten zu. Der Sohn des Schmieds forderte seine Frau zum Tanzen auf, und selbst Eamon und Jeannie gesellten sich schließlich dazu.

Alys tanzte immer wieder. Ihr Vertrauen in ihre Schritte wuchs mit jedem Lied. Der nächste Söldner stellte sich als Victor vor, derjenige, den Alys als ihre Wache erkannte. Er war ein großer Mann mit dunkler Haut, der an der linken Hand einen Finger verloren hatte. Ihm fehlte auch ein Zahn, eine Tatsache, die unübersehbar war, wenn er laut lachte – was er oft tat.

Der nächste Söldner, der sie aufforderte, hieß Matteo, und bei ihm handelte es sich um denjenigen, der am Vortag mit dem Silberwolf nach Rowan Fell geritten war. Er war so schlank und elegant wie eine große Katze, sein Haar an den Schläfen von Silber durchzogen, und seine Augen funkelten. Auf der Wange hatte er eine Narbe und hinkte leicht beim Tanzen, aber langsamer machte es ihn nicht.

Royce war der Letzte und Größte von ihnen, ein bärtiger Riese mit

Haar, das ihm bis zur Taille reichte, und einem Ring an jedem Finger. Er hätte ein großer Bär sein können, aber er tanzte besser, als jeder Bär es vermochte. Ihm fehlte ein Auge und vielleicht auch ein Teil seines Ohrs, aber er tanzte mit einer Wildheit, dass sie außer Atem geriet.

Erst, als ein jeder von ihnen sie herumgewirbelt hatte, fiel ihr auf, dass die Männer des Silberwolfs angesichts ihrer Verletzungen niemals mit der Wimper gezuckt hatten. Sie nahm an, sie hatten in ihrem Leben schon Schlimmeres gesehen.

Als Royce sie zu ihrem Sitz zurückbrachte, verbeugte er sich vor Marie, die kicherte, als sie seine Hand nahm und mit ihm zu tanzen begann. Der Silberwolf tanzte mit Nathalie, obwohl er dabei so viel Abstand hielt, dass Alys ihre frühere Vermutung über die Natur ihrer Beziehung in Zweifel zog. Die Musik war erhebend, und der Boden bebte förmlich unter der Ausgelassenheit ihrer stampfenden Füße. Alys fächerte sich Luft zu und beobachtete, wie der Silberwolf die Partnerin wechselte und nun mit Eudaline tanzte. In diesem Moment näherte sich ihr Yves und verbeugte sich tief.

Der ältere Mann hatte offensichtlich zu viel Wein genossen. Er war rot im Gesicht und deutlich heiterer, als Alys ihn bisher erlebt hatte. Sie nahm seinen Ellbogen und brachte ihn dazu, sich zu setzen. »Vielleicht seid Ihr den Wein nicht gewöhnt«, sagte sie sanft, und er grinste sie an.

»So ist es, Mylady, aber der wirkliche Grund ist meine Erleichterung.«

»Weshalb?«

»Wegen Maximilian. Ich war so sehr um seine Zukunft besorgt, als er noch ein Junge war. Hat er Euch erzählt, dass er in Château de Vries aufgewachsen ist?«

»Nathalie hat es getan.«

Yves nickte, und sein Blick ruhte auf Maximilian. »Ich arbeitete in dieser Feste seit meiner eigenen Kindheit, als ich dorthin geschickt wurde, um dem Châtelain als Schreiber zu helfen.«

»Seid Ihr in dem Dorf dort geboren?«

Der ältere Mann schüttelte den Kopf. »Das Kloster schickte mich. Ich lernte dort meine Rechenaufgaben und meine Buchstaben, aber es gab zu viele von uns. Der Châtelain aus de Vries kam regelmäßig zu uns, weil das Kloster eine Stiftung jener Familie war, und er mochte mich. Meine Position im Château verdankte ich ihm und wusste es auch. Ich strebte danach, in meiner Zeit dasselbe zu tun, und verschaffte vielen Kindern eine Anstellung im Château.«

»So auch Nathalie.«

»In der Tat. Aber nur wenige arbeiteten so hart, wie sie es getan hat.« Er stützte die Hände auf die Knie und lächelte, während er Maximilian zusah, dem gerade wieder kurz mit Nathalie tanzte.

»Sie ist eine gute Magd«, sagte Alys. Obwohl sie von solchen Dingen nur wenig verstand, vermutete sie, Yves würde froh sein, dass sie sich mit Nathalies Arbeit zufrieden zeigte.

Er neigte leicht den Kopf. »Ich fühle mich geehrt, dass Sie Euch gute Dienste leistet, Mylady.«

»Aber warum genau seid Ihr nun erleichtert?«, fragte sie, als er verstummte. Sie konnte den Taufnamen ihres Mannes nicht laut aussprechen.

»Ich hielt ihn damals für das ärmste Kind auf der Welt«, sagte Yves. »Ich fürchtete, es würde nicht gut ausgehen.«

Alys war verdutzt. »Aber Ihr wurdet in ein Kloster gegeben. Man könnte einwenden, dass Ihr selbst großes Pech erlitten habt.«

»Maximilian wäre es besser ergangen, wenn seine Familie diese Wahl getroffen hätte«, sagte der alte Mann zu ihrem Erstaunen.

»Aber er war der Sohn des Hauses, oder nicht?«

Yves verzog das Gesicht. »Wisst ihr, wie er gezeugt wurde?«

»Auf die übliche Weise, würde ich annehmen.«

Der ältere Mann lachte ein wenig. »Es war keine wundersame Empfängnis, nein. Dazu ist es in der Tat nur ein einziges Mal gekommen.« Er wurde ernster. »Aber es war grausam. Ich war dort. Ich sah es.« Er schluckte sichtlich und verstummte wieder.

»Was habt Ihr gesehen?«, fragte Alys schließlich. Ihre Neugier machte es ihr unmöglich, still zu bleiben.

»Die Burg wurde von dem berüchtigten Söldner Jean le Beau angegriffen. Habt Ihr in diesem Teil der Welt von ihm gehört?«

»Aye, er stand in den Diensten der Familie Percy, als ich ein Kind war, und verdingte sich danach bei anderen. Ich vermute, dass der Silberwolf beim ersten Mal auf Jean le Beaus Befehl nach Kilderrick kam.«

»Aye. Jean le Beau war niemand, der lange einem Herrn diente, denn er kümmerte sich nur um sich selbst.« Yves schüttelte den Kopf. »Er war ein gutaussehender Mann, der Bastardsohn eines Herzogs, ein Mann von unendlicher Gier, fähig zu schrecklicher Gewalt. Er war stark, stolz und skrupellos. Die einzige Gnade ist es, dass Männer seiner Art so selten sind.«

Alys erwähnte Jeans Sohn oder dessen Ruf lieber nicht, da sie erriet, dass Yves den Silberwolf mochte – obwohl sie sich nicht erklären konnte, wieso. »Und Jean le Beau kam nach Château de Vries?«

Yves nickte. »Lord de Vries war ein Adliger einer bedeutenden Linie, ein verdienter Ritter und ein Mann mit festen Ansichten. Er weigerte sich, vor dem Söldner, der an den Toren seiner Burg stand, zu kapitulieren. Er dachte, er hätte die Macht, einem Angriff zu widerstehen, aber er lag falsch – und Jean sorgte dafür, dass er für seinen Irrtum zahlte. Jean nahm nicht nur die Feste ein, sondern machte auch Jagd auf den Herrn, wobei seine Männer alles zerstörten, was sie in die Hände bekamen, in voller Absicht. Er fand den Lord in der Kapelle mit dem Priester und seiner einzigen Tochter, Mathilde. Der Sohn des Lords, Gaston, ebenfalls ein Ritter, war nicht daheim. Viele aus dem Haushalt – wie ich selbst – hatten sich ebenfalls dorthin geflüchtet. Der alte Lord dachte wirklich, dass der Unmensch, der ihn ohne einen Grund angegriffen hatte, das Kirchenasyl achten würde.« Yves schüttelte ob dieser Torheit den Kopf.

»Ich möchte wetten, er tat es nicht«, riet Alys.

»Nicht Jean. Er und seine Männer brachen die Türen auf. Er verlangte, Mathilde zu heiraten, denn er würde sich zum neuen Lord de Vries erklären. Der alte Lord war so empört, dass er sein Schwert zog, um seine Ehre zu verteidigen – die seiner Familie und die seiner Tochter. Aber er hatte keine Chance. Er wurde niedergestreckt und verlor seine Schwerthand. Er nahm das Schwert in die andere Hand, da er geübt hatte, beide zu benutzen, und seiner linken Hand widerfuhr das gleiche Schicksal.«

Alys entging die Ähnlichkeit zwischen ihrer Situation und der Mathildes nicht, aber bevor sie dazu eine Bemerkung machen konnte, fuhr Yves fort und erklärte ihr den Unterschied.

»Dann schlitzte Jean den alten Lord vom Gemächt bis zur Brust auf.

Er sorgte dafür, dass er nicht an seinen Verletzungen starb, allerdings hilflos blieb. Daraufhin stieß Jean den Priester beiseite und vergewaltigte Mathilde vor unser aller Augen. Er war brutal, denn es bereitete ihm Vergnügen, ihr wehzutun.«

Alys starrte Yves schockiert an.

»Aye, es war ein Akt des Krieges. Der alte Lord war entsetzt, aber Jean ließ ihn am Leben, damit er zusehen konnte. Der Priester verheiratete sie, während Jean sie festhielt. Dann nahm er sie noch einmal, wie ein Hund, nachdem die Schwüre abgelegt waren. Und schließlich stieß er sie beiseite – ich erinnere mich noch, wie sie wie betäubt auf dem Boden landete, – und nahm dann das Siegel aus der Tasche des alten Lords. Ich sah ihn lächeln, als er dem Mann den Todesstoß versetzte.« Yves holte zittrig Atem. »Es war das einzige Mal, dass ich Lady Mathilde je weinen hörte. Sie war stets eine zurückhaltende, beherrschte junge Frau gewesen, aber nach der Demütigung jenes Tages war sie nie mehr dieselbe. Ihr war alles gleich, als hätte er ihr auf ewig das Herz gebrochen.«

Alys starrte Yves an, entsetzt von seiner Geschichte. Es bestätigte, was Nathalie ihr gesagt hatte, enthielt aber so viele weitere Einzelheiten.

Yves schaute auf und hielt ihren Blick fest. »Maximilian war das Ergebnis dieser Vereinigung.«

Alys war geschockt und konnte es nicht verbergen. Wie konnte ein Kind, das auf diese Weise empfangen worden war, nicht zu einem Unmenschen heranwachsen? In diesem Augenblick spürte sie ein Mitgefühl für den Silberwolf, dessen Heftigkeit sie verdutzte.

»Jean le Beau war eine Heimsuchung«, fuhr Yves fort. »Es war eine Gnade Gottes, dass er Château de Vries am selben Tage verließ und nur einmal im Jahr zurückkehrte, um die Steuern einzutreiben. Lady Mathilde sorgte stets dafür, dass sie in ihrem Gemach eingeschlossen war, wenn ihr Ehemann kam.«

»Und was war mit ihrem Sohn?«

»Sie konnte ihn nicht ansehen, ohne sich an jenen Tag zu erinnern. Ein feiner, gesunder Junge, aber einer, der genauso gut hätte unsichtbar sein können, gemessen an der Fürsorge, die man ihm zuteilwerden ließ.«

Alys' Herz zog sich schmerzhaft zusammen. Ihr Vater hatte den Verstand verloren, aber sie erinnerte sich noch an die Jahre, als er sie zärtlich geliebt hatte, so wie Rupert. Und sie hatte auch Morag gehabt – barsch und ein wenig altersschwach, aber fürsorglich und voller Zuneigung.

»Während seiner Kindheit beachteten ihn beide nicht, zumindest, bis ihn sein Vater in seinem zwölften Sommer holen kam.« Yves lächelte, als er sich erinnerte. »Er war so ein kluger Junge. Still und nachdenklich. Aufmerksam. Er spielte nicht wie die anderen Kinder, andererseits hatte er nicht die Gelegenheit dazu. Ich konnte ihn nicht einfach im Stich lassen. Er brauchte ein wenig Zuwendung.«

»Alle Kinder tun das«, stimmte Alys zu.

»Er hätte mein eigener Sohn sein können, so nahe standen wir uns. Ich brachte ihm bei, Schach zu spielen, das Spiel der Könige, denn ich dachte, es passte zu seinem Wesen. Bald tat er sich darin hervor.«

Das vermochte Alys ohne Weiteres zu glauben. »Aber dann holte ihn sein Vater.«

»Aye, das tat er. Und obwohl es nicht Maximilians Wahl gewesen wäre, erfüllte er seine Pflicht – vielleicht hatte ich ihn gelehrt, dass ein verdienter Mann seine Verantwortung stets wahrnimmt, und alle Männer schulden ihren Vätern Gehorsam.«

»Selbst, wenn ihr Vater Jean le Beau ist«, sagte Alys leise.

»Aye, und er hat diesem Dämon jahrelang gedient.«

Alys zweifelte nicht daran, dass er in diesen Jahren viel von seinem Vater gelernt hatte, und dieser Gedanke ließ ihn in ihrer Achtung wieder sinken.

»Es war alles für sein Erbe, Château de Vries, aber als Jean le Beau tot war, brachte ihn Maximilians Onkel Gaston um seinen Lohn.« Er hob die Brauen. »Obwohl die Schuld auch hierfür Jean le Beau zugewiesen werden kann.«

»Ich verstehe nicht.«

»Als Jean Château de Vries eroberte, war Lady Mathildes jüngerer Bruder Gaston mit einer Lady aus einer guten Familie verlobt. Die betreffende Dame, Lady Florine, hatte keine Brüder, und Gaston sollte bei ihrer Hochzeit das Erbe ihres Vaters antreten.«

Alys war diese Strategie vertraut, denn ihr Vater hatte, was Kilderrick anging, ähnliche Pläne für ihre Heirat gehabt.

»Lady Florine war eine gütige Frau von großzügigem Wesen und kam zur Geburt von Lady Maries Kind von Jean le Beau nach Château de Vries. Damals hielt ich es für eine kluge Entscheidung, denn ich war mir nicht sicher, was Lady Mathilde beim ersten Blick auf ihr Kind tun würde, wenn man ihren Hass auf ihren Gemahl und die Demütigung bei ihrer Hochzeit in Betracht zog. Aber am Ende zahlte Lady Florine einen hohen Preis.«

»Inwiefern?«

»Sie war hübsch.« Yves schaute Alys ins Gesicht. »Jean kam zur Geburt seines Kindes, so sehr war ihm an einem Sohn gelegen. Natürlich sah er Florine und wollte sie. Es spielte keine Rolle, dass sie nicht ihm gehörte. Er nahm sie, vielleicht mehrfach und zweifellos mit Gewalt, und auch sie wurde schwanger.« Yves seufzte. »Gaston war wütend und gedemütigt, aber er heiratete Florine dennoch.«

»Wegen des Erbes ihres Vaters«, riet Alys. Angesichts seiner Familiengeschichte war es ein Wunder, dass der Silberwolf nicht zehnmal schlimmer war, als er sich bisher gezeigt hatte.

Andererseits war Alys erst seit einem Tag mit ihm verheiratet. Was wusste sie schon wirklich über ihn?

»Wir hatten alle Geheimhaltung gelobt, aber Lord Amaury ist dieses Kind. Leider sagte man ihm bis zu Jeans Begräbnis nicht die Wahrheit.« Yves runzelte die Stirn. »Gaston hat sich Château de Vries zurückgeholt und es Maximilian als Strafe für die Verbrechen seines Vaters vorenthalten, und darüber hinaus hat er Amaury verstoßen, den er als seinen eigenen Sohn aufgezogen hatte, weil er Jeans Bastard ist. Ich bin mir nicht einmal ganz sicher, dass Maximilian davon überrascht war, denn er hat von seinem Vater gelernt, allen Menschen zu misstrauen. Amaury war über alle Maßen erschüttert.«

»Der Silberwolf sagte, er hätte nur sein Pferd, seinen Falken und seine Hunde.«

»Nicht einmal einen Knappen oder einen Silberpfennig«, stimmte Yves zu.

»Es gefällt ihm sicher nicht, dem Silberwolf verpflichtet zu sein.«

»Ich möchte wetten, dass es das nicht tut. Sicher gefällt es ihm ebenso wenig, dass die Freuden eines Lebens im Überfluss nun der Vergangenheit angehören. Ich vermute, er wollte eine schöne Erbin heiraten und Turniere in Château Puissance abhalten, statt allein in Schottland auf die Jagd zu reiten und in einem Zelt zu schlafen.«

»Er ist nicht der Einzige, dessen Leben anders verläuft als erwartet«, fühlte Alys sich gezwungen zu bemerken. Sie bedauerte Amaury mit seinen vielen Jahren der Muße und des Wohlstands nicht, auch wenn sich seine Umstände nun geändert hatten.

»Nein, Mylady, das ist er nicht, aber ich bete darum, dass es ihn nicht bitter werden lässt.« Der ältere Mann strahlte sie an. »Manchmal lassen sich auf der Straße, die man nicht freiwillig gewählt hätte, unerwartete Schätze finden. Bitterkeit kann einen davon abhalten, sie als solche zu erkennen, wenn das geschieht.«

Alys fragte sich, was er über den Schatz von Kilderrick wusste. Aber Yves lächelte sie lediglich an, als ob es nur eine beiläufige Bemerkung gewesen war.

Als Alys nicht antwortete, erhob er sich. »Ich danke Euch für Eure Aufmerksamkeit, Mylady«, sagte er und verbeugte sich vor ihr. Sein Ton klang nun wieder förmlich. »Ich wünsche Euch und Maximilian großes Glück und viele Kinder.«

»Er möchte Söhne.«

Yves lachte leise. »Alle Männer wollen Söhne, bis sie eine Tochter haben, die ihnen das Herz stiehlt. Macht Euch keine Sorgen um das Geschlecht Eures ersten Kindes, Mylady.« Er blinzelte, dann ging er davon und ließ Alys mit reichlich Stoff zum Nachdenken zurück.

Trotz allem verspürte sie Mitgefühl für den Silberwolf, wenn sie an seine Kindheit dachte. Aber keine Geschichten über erlittenes Unrecht milderten die Schwere dessen, was er ihr angetan hatte.

Aye, zweifellos hatte er Yves angewiesen, ihr seine Geschichte zu erzählen, weil er hoffte, ihren Widerstand gegen seinen Charme zu schwächen. Alys schüttelte den Kopf ob dieser Torheit und nahm eine weitere Aufforderung zum Tanzen an.

KAPITEL 12

»Was nun?«, fragte Ceara. Sie und Nyssa hatten den Mantel des Knappen in den Bäumen befestigt, in der Nähe der Stelle, wo sie für gewöhnlich das große Pentagramm anbrachten. Er schlief noch, aber zweifellos würde er am Morgen entdeckt werden.

Aus dem Lager des Silberwolfs hörten sie Musik und Gelächter und bemerkten, dass das Feuer munter brannte. Sie hatten das Lager im Süden umrundet, lagen nun auf dem Hügel und blickten auf etwas herab, das eine Festlichkeit zu sein schien.

»Eine Hochzeitsfeier«, murmelte Nyssa.

Ceara klang verächtlich. »Das ganze Dorf nimmt daran teil. Sieh! Dort ist Jeannie, sitzt am Feuer und stopft sich voll.«

»Sie müssen ihm die Treue geschworen haben«, sagte Nyssa und stützte ihr Kinn auf die Fäuste. »Sonst würde er kein Festessen für sie ausrichten.«

»Und so macht er aus jeder Seele im Tal einen Verbündeten.« Ceara war eindeutig wütend. »Mit jedem verstreichenden Moment werden unsere Chancen, diesen Mistkerl zu vertreiben, geringer.«

Hinter ihnen erklangen Schritte, als sich Elizabeth näherte. Sie duckte sich und legte sich neben Nyssa auf den Hügel. Ihre Neugier war anscheinend groß genug, dass sie ihr Mut verlieh. »Dorcha ist im

Unterschlupf«, sagte sie. »Ich habe mehr Äste auf das Dach gelegt, und er hat sich auf seine Stange gesetzt.«

»Ich werde einen Monat lang schlafen, wenn diese Leute fort sind«, sagte Ceara. »Ich dachte, du würdest im Versteck bleiben«, fügte sie, an Elizabeth gewandt, hinzu.

Elizabeth kniff entschlossen die Lippen zusammen. »Ich werde nicht in das Heim meines Vaters zurückkehren. Dies ist unser Zuhause, und wir müssen es verteidigen.«

»Dem stimme ich zu«, sagte Ceara. »Aber wir brauchen einen Plan.«

Nyssa unterdessen dachte nach. »Das ganze Dorf ist hier«, wiederholte sie leise und spürte Cearas Seitenblick.

»Ja, und?«

»Sie sind also nicht in Rowan Fell.« Nyssa rollte sich auf den Rücken und schaute zu den Sternen hinauf. »Ich frage mich, ob alle im Dorf schon ihre Schweine geschlachtet haben.«

Es war in Rowan Fell unter den Einwohnern, die es sich leisten konnten, üblich, im Frühjahr ein Ferkel zu kaufen, es den Sommer über zu mästen und es zwischen Samhain und dem Julfest zu schlachten. Die meisten salzten das Fleisch und aßen im Winter, wenn das Wild knapp war und das Gemüse noch knapper, den Schinken.

»Wie lautet dein Plan?«, fragte Ceara.

»Die neuen Verbündeten des Silberwolfs gegen ihn aufzubringen. Sie müssen ihn für eine Tat verantwortlich machen, ein Verbrechen, das im Dorf begangen wurde.«

»Wir werden niemanden töten!«, protestierte Elizabeth alarmiert, woraufhin die anderen beiden ihr rasch zu verstehen gaben, die Stimme zu senken.

»Natürlich nicht«, sagte Nyssa. Mit der Hand tippte sie auf die beiden Dolche an Cearas Gürtel. »Du kannst dir aussuchen, wer schuld sein soll.«

Ceara grinste, als sie begriff. »Wenn es eine Wahl zwischen diesem gutaussehenden Schurken und einem Botenjungen ist, besteht sie gar nicht.« Sie zog den Dolch des Söldners aus der Scheide. »Und er hat die Feierlichkeiten mit dieser Frau aus dem Dorf verlassen«, setzte sie mit einer Empörung hinzu, die darauf hindeutete, dass es ihr mehr ausmachte, als sie zugeben wollte. »Hast du sie nicht in das Zelt gehen sehen? Sie sind schon lange dort.«

Nyssa lächelte. »Vielleicht ist er ein besonders gründlicher Liebhaber.«

Ceara schniefte. »Das ist mir gleich. Es bedeutet nur, dass die anderen nicht wissen, wo er ist, also können wir ihn beschuldigen.«

»Also gut. Gib mir den anderen Dolch«, sagte Nyssa. »Vielleicht gibt es einen Weg, ihn Alys zukommen zu lassen.«

Ceara schlich sich den Hügel hinunter, außer Sichtweite des Lagers. »Lass uns schnell nach Rowan Fell gehen.«

»Was ist mit mir?«, fragte Elizabeth.

Ceara zuckte die Schultern und ging weiter den Hügel hinab.

Nyssa wiederum konnte der anderen Frau nicht den Rücken zuwenden. »Es ist deine Entscheidung. Wenn du lieber zu den Ponys zurückkehren und auf sie achtgeben würdest, dann wäre auch das von Nutzen.«

Zu Nyssas Überraschung straffte Elizabeth die Schultern. »Nein. Die Ponys kommen schon zurecht. Wir müssen Alys helfen, und das bald.«

ALYS WAR AUSSER ATEM, als sie sich nach ihrem Tanz mit Amaury wieder setzte. Überraschenderweise erschien Rafael an ihrer Seite. Sie hatte ihn eine ganze Weile nicht beim Tanz gesehen, fiel ihr auf – seit er sie gleich als Erster aufgefordert hatte.

Wo war er gewesen?

Und was wollte er von ihr?

Nichts Gutes, wenn sein listiger Gesichtsausdruck ein Hinweis war. Alys nahm an, sie würde eine weitere Geschichte darüber hören, was für ein ehrenhafter Mann der Silberwolf war, und begrüßte Rafael mit einem gewissen Misstrauen.

Immerhin waren die beiden Brüder und in ihrem Streben verbündet.

Rafael hatte zwei Becher Ale in der Hand und hielt ihr einen davon hin. Alys, die sich an ihre Erfahrung in der Nacht zuvor erinnerte, nahm ihm den anderen ab. Immerhin hatte der Silberwolf Rafael als Botschafter gesandt.

Der Söldner grinste und hob seinen Becher Ale zum Salut. »Glückwünsche zu Eurer Hochzeit.« Sein Ton war so spöttisch, als sähe er ebenso wenig Gutes in dieser Ehe wie sie.

»Seid Ihr gekommen, um die Tugenden meines Gemahls zu preisen?«, fragte sie und trank von dem Ale. Es war kühl und herb, die perfekte Erfrischung.

»Ihr klingt belustigt.«

»Yves war sehr darauf bedacht, den Charakter des Silberwolfs zu verteidigen.«

»Ah, die traurige Geschichte seiner einsamen Kindheit, zweifellos.« Rafael rollte die Augen. »Denn Eure und meine waren so viel besser.« Er prostete ihr mit dem Becher zu und trank, während sie sich über seinen spöttischen Tonfall wunderte. Er warf ihr einen Blick zu, der sie an eine Schlange erinnerte, die jeden Moment zuschlagen würde. »Habt Ihr Euch nicht gewundert, warum er uns hergeführt hat?«

»Aye, das habe ich, und ich habe ihn gefragt. Er sagte, Kilderrick sei ihm einst versprochen worden.«

Rafael nickte. »Und doch hat er in den vergangenen fünfzehn Jahren nicht versucht, dieses Versprechen einzulösen. Warum? Was hat sich geändert?«

»Sein Vater, der es ihm verwehrt hatte, ist gestorben?«, riet Alys.

»Das stimmt.« Er trank sein Ale. »Aber bedenkt, dass Maximilian die Führung der Compagnie Rouge abgegeben hat, um an der Beerdigung Jean le Beaus teilzunehmen. Bedenkt, dass er erwartet hatte, das Siegel zu dem Heim seiner Kindheit, Château de Vries, zu erben.«

»Aber sein Onkel hat es ihm wie auch Amaury verweigert, nach dem, was ich gehört habe.«

Rafael warf ihr einen Blick zu, der ihr die Kälte in die Knochen jagte. »Und so hat er stattdessen entschieden, über den Rand der bekannten Welt hinaus zu reisen, in einem kalten Klima zu leben, weit entfernt von allen, die er gut kennt, und Euch zur Frau zu nehmen. Es ergibt keinen Sinn.«

In Alys sträubte sich alles. »Er sagt, dass die Heirat mit mir seinen Anspruch untermauere.«

»Welchen Anspruch?« Rafael machte eine ausholende Handbewegung. »Kilderrick ist eine Ruine. Er könnte jede Münze ausgeben, die er besitzt, um es wiederaufzubauen, und im besten Fall wird es eine Burg oder eine Zuflucht sein. Niemals wird ein Palast daraus werden wie de Vries. Es wird nie in der Mitte der Welt liegen, die wir kennen. Könige und Höflinge werden diese Halle nicht betreten, niemand wird ihn je um Rat fragen oder ihm zur Hilfe kommen. Maximilian hat sein Leben in Jeans Diensten verbracht, durch sein Wirken aber auch die Welt verändert. Er hat Könige auf den Thron gesetzt. Er hat Herzogtümer ausgelöscht. Er hat die Träume mächtiger Männer überall im Abendland zunichtegemacht oder aber wahr werden lassen. Doch Ihr glaubt, er käme her, um den Rest seines Lebens hier zu verbringen.« Rafael schnaubte und schüttelte den Kopf, während er sein Ale leerte.

»Er sagt, er würde nicht lügen.«

Rafael lachte. »Was an sich schon eine Lüge sein mag.« Er wandte sich Alys ein wenig zu und sprach eindringlich. »Maximilian triumphiert. Maximilian erobert. Maximilian hat jeden erdenklichen Luxus genossen, und er ist ein exzellenter Krieger. Er kommt nicht nach Kilderrick, um sich auf ewig aus der Welt zurückzuziehen. Er kommt hierher für einen Aufschub, damit sich Gaston in Sicherheit wiegt, bevor er erneut zuschlägt. Mit einer Armee wird er aus dem Norden zurückkehren wie ein Racheengel und sich das nehmen, von dem er immer erwartet hat, es würde ihm gehören.«

»Château de Vries«, sagte Alys mit trockenem Mund. »Ich dachte, es wäre zerstört.«

Rafael winkte ab. »Ein Feuer in der Schatzkammer. Zweifellos ist alles bereits wieder hergerichtet, schöner als zuvor.«

Sie musste fragen. »Und was ist mit Kilderrick?«

Rafael grinste. »Ihr könnt nur deshalb glauben, diese Ländereien seien reizvoll, weil Ihr die Opulenz von de Vries nicht gesehen habt. Es ist prächtig, eine Burg für einen Champion – und jeder Mann wäre bereit, viel auf sich zu nehmen, um sie sein Eigen zu nennen.« Er warf ihr einen Blick zu. »Maximilian nimmt sich am Ende immer das, was er will.«

Alys senkte den Blick. Sie wollte nicht glauben, dass der Silberwolf sie bewusst getäuscht hatte.

Rafael senkte die Stimme zu einem Flüstern. »Ich dachte, Ihr wärt von scharfem Verstand«, flüsterte er. »Ich dachte, Ihr wärt für Maximilians Charme nicht anfällig. Aber selbst Ihr müsst wissen, dass kein Mann – schon gar kein Mann, der immer bekommen hat, was er wollte, wenn er es wollte – wirklich diese gottverlassene Ruine haben wollte, und ein Ungeheuer als Frau.« Alys schaute auf und öffnete den Mund, um sich zu verteidigen, doch die Bosheit in Rafaels Augen brachte sie zum Verstummen. »Er wird Kilderrick verlassen, und er wird *Euch* verlassen, vielleicht mit seinem Kind in Eurem Leib. Das Kind wird zwar kein Bastard sein, es wird aber auch kein echtes Erbe haben. Wird Euer Leben dann besser sein, allein im Wald mit einem Neugeborenen?«

Alys versuchte, ihren Schrecken bei dieser Aussicht zu verbergen, aber Rafaels Lächeln sagte ihr, dass es ihr nicht gelang. Er nahm ihr den anderen Becher aus der Hand, leerte ihn und erhob sich. Seine Verbeugung war so spöttisch wie sein Ton. »Wie ich schon sagte, Glückwünsche zu Eurer Ehe.«

Dann war er fort, ging mit großen Schritten über die Lichtung hin zu den Bierfässern. Er grüßte einen der übrigen Söldner, während Alys über seine Worte nachdachte und die Angst vor der Zukunft heiß und drängend in ihr aufstieg.

Rafael war nicht nur der Bruder des Silberwolfs, sondern auch sein Waffengefährte. Er musste die Absichten des Silberwolfs besser als jeder andere kennen – oder zumindest besser als sie. Es alarmierte sie, dass sie jetzt schon bereit gewesen war, ihren Gemahl nicht für vollkommen böse zu halten.

Erst ein Tag, und sie vergaß sich bereits.

Das war die Tücke des Silberwolfs.

Er blieb in Kilderrick, um eine eigene Streitmacht aufzustellen, wie Rafael es gesagt hatte, und würde wieder gehen. In der Zwischenzeit wollte er nicht, dass sein Bett in der Nacht kalt blieb.

Aber Alys würde ihm kein Kind gebären. Sie würde nicht zulassen, dass er sie mit einem Baby in ihrem Bauch zurückließ. Sie würde sich ihm und seiner Berührung verweigern.

Und vielleicht würde es seine Abreise beschleunigen, wenn sie ihre ehelichen Pflichten nicht erfüllte.

Sie konnte es nur hoffen.

~

WAS HATTE Rafael zu Alys gesagt? Maximilian wäre bereit gewesen, sein letztes Geld darauf zu verwetten, dass sein Bruder Unheil gestiftet hatte, aus Rache für die Verzögerung, bevor er seine neue Position erhielt. Alys mied seinen Blick und hielt die Lippen fest aufeinandergepresst. Nachdem sie sich in sein Zelt zurückgezogen hatten, wurde er zunehmend ungeduldig mit Nathalie und Reynaud. Er wollte unbedingt mit Alys allein sein und der Sache auf den Grund gehen.

»Hast du mit allen Männern getanzt?«, fragte er leichthin, als Reynaud endlich gegangen war. Das große Feuer glühte nur noch, die Dörfler waren heimgegangen – singend – und einige Männer schnarchten bereits laut in ihren Zelten. Die Wachen waren auf ihren Posten, und alles war gut. Maximilian zweifelte nicht daran, dass Oliver unterdessen etwas über den Aufenthaltsort der anderen Frauen in Erfahrung gebracht hatte, das ihn in die Lage versetzen würde, in dieser Hinsicht schon bald Fortschritte zu erzielen. Er fühlte sich gleichermaßen belebt und erschöpft, von dem erfolgreichen Tag beschwingt.

Es war die Aussicht auf eine weitere Nacht mit Alys, die Maximilian vergessen ließ, wie lang der Tag gewesen war. Sein Blut stand in Flammen. Sie jedoch schien seine Vorfreude nicht zu teilen.

Verfluchter Rafael!

Alys spielte mit dem Band ihres Unterkleids, dann warf sie ihm einen hitzigen Blick zu. »Yves hat mir von deiner Kindheit erzählt«, sagte sie in herausforderndem Tonfall. »Ich vermute, er wollte, dass ich deinen wahren Wert anerkenne.«

Sie sagte das, als sei das ein unmögliches Unterfangen.

»Und du willst ihm nicht glauben?«, fragte er und kämpfte darum, sich seine Gereiztheit nicht anmerken zu lassen.

Sie durchbohrte ihn mit einem Blick. »Rafael behauptet, du würdest bald zurückkehren, um Château de Vries zu erobern, und seist nur hier, um deinen Onkel Gaston in Sicherheit zu wiegen.«

Maximilian überkreuzte die Arme vor der Brust. »Ich habe dich nicht angelogen, Alys.«

»Ich denke, du verschweigst gelegentlich die Wahrheit, was einer Lüge sehr nahe kommt. Es ist jedenfalls eine Form von Täuschung.« Ihre Stimme klang hart.

»Inwiefern habe ich dich getäuscht?«

»Du hast bestimmt nicht vor, die Burg wiederaufzubauen«, sagte sie und erhob sich. »Und du hast bestimmt nicht vor hierzubleiben.« Sie überbrückte den Abstand zwischen ihnen und sah ihm ins Gesicht. In ihrem Blick schwelte der Ärger. »Und ich werde nicht die nächste Frau sein, die von dir oder jemandem von deinem Blut mit einem Kind im Leib im Stich gelassen wird.«

Was für ein Glück aber auch, dass Alys nicht zu schüchtern war, ihre Gedanken laut auszusprechen.

Zugleich war Maximilian von der Bedeutung ihrer Worte verblüfft. Er hob eine Hand und wollte ihre Wange berühren, aber sie wich vor ihm zurück, und in ihren Augen loderte es. »Aber wir sind verheiratet.«

»Und die Ehe ist vollzogen. Das kann ich nicht ändern, aber ich kann mich weigern, erneut das Bett mit dir zu teilen.«

Wenn sie nach einem Anlass für einen Streit suchte, hatte sie ihn gefunden.

»Nein, Alys, das wird nicht geschehen. Wir werden miteinander schlafen, und wir werden einen Sohn bekommen.«

»Das werden wir nicht.« Sie hob eine Hand und gestikulierte. »Nimm eine Frau aus dem Dorf. Mir ist es gleich!«

»Mir nicht!« Maximilians Temperament regte sich, obwohl er wusste, es würde ihm wenig bringen. »Du bist meine Frau, und zwar in jeder erdenklichen Hinsicht.«

»Wirst du mich festhalten und mich vergewaltigen?«, schleuderte sie ihm feindselig entgegen. »Wie dein Vater es mit deiner Mutter getan hat? Wirst du mir dein wahres Wesen enthüllen, nun, da ich mich nicht von dir bezaubern lasse?«

Maximilian atmete scharf ein. »Ich bin nicht mein Vater.«

»Aber du bist sein Sohn. Und was in deinen Adern kreist, ist sein Vermächtnis. Er wählte dich dafür aus, ihm zu folgen und sein Handwerk zu lernen. Er unterrichtete dich. Ich möchte wetten, dass er begriffen hatte, dass ihr beide von gleicher Art seid.« Sie hob ihr Kinn, und ihre Augen blitzten. »Nur zu, zeige mir, wer du wirklich bist, Sir. Immerhin sollte es zwischen Mann und Frau keine Geheimnisse geben.«

Wenn sie versuchte, ihn dazu zu bringen, dass er sie schlug, dann waren ihre Worte sicherlich dazu geeignet.

Aber Maximilian würde sich niemals auf ein so niedriges Niveau herabbegeben.

»Aye, also gut, das werde ich«, gelobte er leise und sah die Angst in ihren Augen aufblitzen. »Victor!«, rief er und folgte Alys durch das Zelt, während er sein Hemd aufschnürte. Er hielt den Blick auf sie gerichtet und sah dabei, wie heftig der Puls an ihrem Hals schlug.

»Aye, Sir?«

»Ignoriert diese Nacht alle Schreie meiner Frau«, sagte Maximilian und sah, wie sich Alys' Augen ein wenig weiteten. »Sie bedarf einer Lektion der besonders intimen Art.«

Victor lachte leise. »Aye, Sir.«

Maximilian zog sich das Hemd über den Kopf und warf es beiseite. Er war über alle Maßen erregt, und Alys warf einen raschen Blick nach unten und atmete scharf ein, als sie es sah. Sie stieß beinahe gegen die Zeltwand, und er wusste, wenn sie fliehen wollte, würde sie den Versuch jetzt wagen müssen.

Sie duckte sich und versuchte, an ihm vorbeizugelangen, aber er war darauf vorbereitet. Er griff sie um die Taille und hob sie hoch, ignorierte die Schläge auf seinen Kopf und seine Schultern. Es gelang ihm, ihren Tritten auszuweichen und sie auf das Bett zu werfen, auf ihr zu landen und sie dort festzuhalten. Sie hätte sein Gesicht gekratzt, wenn er nicht ihre Handgelenke gegriffen und sie festgehalten hätte. Hilflos kämpfte sie unter seinem Gewicht. Als ihre Mühen vergeblich blieben, atmete sie schließlich aus und starrte ihn böse an, während sich ihr Brustkorb hob und senkte.

»Barbar«, murmelte sie. »Widerling. Untier.«

»Du hast ,Ehemann' vergessen.«

Alys atmete scharf ein. Die Bewegung ließ ihre Brüste auf eine äußerst verlockende Weise gegen seinen Oberkörper stoßen. »Ich hasse dich«, sagte sie heftig.

»Das spielt keine Rolle, Alys«, murmelte er, obwohl ihre Worte ihm einen Stich versetzten.

Sie kämpfte gegen seinen Griff, aber er hielt sie fest. »Lass mich los!«

»Ich habe dir versprochen, dass wir jede Nacht miteinander schlafen werden, solange, bis wir beide wissen, dass du ein Kind empfangen hast«, erinnerte er sie und sprach betont maßvoll.

»Das war kein Versprechen, um das ich gebeten habe.«

»Aber du hast es bekommen. Ich habe auch gelobt, dafür zu sorgen, dass du in diesen Momenten Lust erfährst.«

Alys sah ihn böse an. »Das kannst du nicht. Nicht heute Nacht.«

Maximilian lächelte. »Ich mag Herausforderungen, Alys, und die, du mir bescherst, ist beträchtlich. Heute Nacht werde ich dich verführen, aber wie es scheint, kann ich nur meinen Mund dafür benutzen.«

»Nimm mich nicht mit Gewalt«, sagte sie mit zusammengebissenen Zähnen.

Maximilian sah ihr in die Augen. »Ich bin nicht mein Vater, Alys. Du wirst mich dazu einladen.«

Ihre Augen verengten sich. »Auf diese Einladung wirst du lange warten.«

»Wir werden sehen.« Sie starrte ihn wütend an, während er sich vorbeugte, um das Band ihres Unterkleids zwischen die Zähne zu nehmen. Vorsichtig zog er die Schleife auf und ließ die Zunge vorschnellen, damit sich das Band weiter lockerte. Er küsste die Stelle, wo ihr Puls schlug. Obwohl seine Lippen ihre Haut nur ganz flüchtig berührten, zitterte sie. Schon konnte er spüren, wie ihr Körper aufhörte zu kämpfen, aber er würde sichergehen, dass kein Zweifel bestand, wer ihm Erlaubnis gegeben hatte. Langsam zog er mit den Zähnen den Ausschnitt ihres Unterkleids herunter. Ihre Brüste lagen nackt vor ihm, die Brustwarzen so steif, dass er wusste, sie war erregt. Er hielt inne, um sie anzuschauen.

»Wunderschön«, murmelte er.

»Untier«, entgegnete sie und schluckte dann, als er ihren Blick festhielt und weiter abwärts wanderte. Er presste Küsse auf ihre Brüste, dann auf die Brustwarze, und nahm sie schließlich sanft in den Mund. Alys keuchte, als er ein wenig saugte und anschließend die Zunge über die steife Spitze gleiten ließ, und erschauerte bis in die Zehen. Sie öffnete den Mund, um zu protestieren, gab aber keinen Laut von sich und musste sichtlich schlucken. Ihre Finger umklammerten nun seine Hände. Er sah, wie ihre Haut sich rötete, hörte sie leise stöhnen und wusste, diese Nacht würde er sie erobern.

Und dabei hatte er mit seinem amourösen Angriff gerade erst begonnen.

ERNEUT WAR ALYS GESCHOCKT DAVON, wie bereitwillig ihr Körper auf die Berührung des Silberwolfs reagierte. Sie konnte nicht glauben, dass sie nach nur einer Nacht bereits so sehr nach seinen Liebkosungen hungerte. Wie zuvor war es seine Sanftheit, die ihre Willenskraft schwächte. Das hätte nicht unerwartet sein sollen, nicht mehr, aber dennoch war sie auf diese Zärtlichkeit nicht vorbereitet.

Und seine Küsse ließen ihre Knochen zu weichem Wachs werden.

Ihre Haut wurde warm, und ihr Herz machte einen Sprung, als er erst eine Brustwarze mit Küssen neckte, dann die andere. Er ließ ihre Handgelenke nicht los, aber er wanderte weiter abwärts und zog ihre Hände dabei mit. Es überraschte sie, wie viel Zeit er sich ließ, bevor er einen weiteren Kuss auf ihre Haut presste. Wenn er seine Zunge vorschnellen ließ, sandte es einen Schauder durch sie. Ihre Augen schlossen sich, als er noch weiter nach unten rückte, ihre Hände auf Höhe ihrer Hüften festhielt und zwischen ihre Beine glitt. Sie spürte seinen Atem auf ihren Schenkeln und konnte nicht glauben, dass er sie *dort* küssen würde, aber er tat es. Seine Berührungen waren sicher und geschickt, und er presste den Mund auf ihre Knospe, sodass Alys bei der Lust, die sie durchfuhr, laut aufkeuchte.

Das war noch nichts verglichen mit den intimen Küssen, die nun folgten, dem gelegentlichen Knabbern, dem Spiel seiner Zunge. Sie wand sich unter ihm, ihre Finger wanderten in sein Haar und sie bog den Rücken durch, während sie sich einem Vergnügen hingab, das alle Erwartungen überstieg. Einmal mehr erweckte er dieses Fieber in ihr. Einmal mehr beschwor er einen Sturm herauf und steigerte ihn bis zu einem Orkan. Einmal mehr ließ er sie alle Hemmungen und alle

Entschlossenheit, ihn zurückzuweisen, vergessen. Alys wusste nicht, wie viele Male er sie beinahe bis zum Höhepunkt brachte und dann von ihr abließ, gerade, bevor sie Befriedigung fand. Sie wusste nicht, wann er ihre Handgelenke losgelassen hatte und stattdessen ihre Hüften festhielt. Nichts ankerte sie mehr in der Welt als der verführerische Kuss des Silberwolfs.

Und als die Hitze erneut wiederkehrte, durch seine Berührung erweckt, hoffte sie nur noch auf Erlösung. Sie sagte etwas und konnte ihr eigenes Flehen nicht einmal verstehen, aber der Silberwolf begriff. Er bewegte sich zielbewusster, *befahl* ihr geradezu, sich den Empfindungen auszuliefern. Ihr Herz raste wieder, sein Kuss forderte erneut, der Atem stockte ihr und das Feuer lief durch ihre Venen. Dieses Mal stoppte er nicht, sondern steigerte ihre Lust immer weiter, bis Alys das Gefühl hatte, sie stünde im Herz der Sonne.

Sie schrie auf, als der Moment der Erlösung kam, schrie und bebte und erzitterte bis ins tiefste Innere. Als sie die Augen öffnete, fürchtete sie, ihr Herz würde ihr aus der Brust springen, so heftig schlug es. Sie hörte, wie Victor sich draußen räusperte, und errötete noch tiefer, dann sah sie dem Silberwolf in die funkelnden Augen. Noch immer lag er zwischen ihren Schenkeln, mit zerzaustem Haar und einem selbstbewussten Lächeln.

»Du bist stolz auf dich«, gelang es ihr zu sagen, und er grinste, wirkte jünger als der Mann, der sie zur Frau genommen hatte.

»Sollte ich das nicht sein?«, fragte er, wartete aber nicht auf ihre Antwort. Zu ihrer Überraschung verließ er das Bett und ging zu seinem Koffer hinüber, nahm einen Weinschlauch heraus und goss ein wenig von dem Inhalt in einen Becher. Er stand nackt da, und sie bewunderte seine schlanke, muskulöse Stärke, wobei ihr auffiel, dass er selbst noch keine Befriedigung gefunden hatte.

»Ich dachte, dir würde es vor allem um dein eigenes Vergnügen gehen«, sagte sie.

Er warf ihr einen flammenden Blick zu. »Ich bin nicht mein Vater«, sagte er, und seine Stimme klang angespannt. »Ich warte auf eine Einladung.«

Ihre Blicke hielten einander fest, die Macht des Verlangens so greifbar wie seine eiserne Beherrschung, dann wandte er sich von ihr ab – als könnte ihn ihr Anblick in Versuchung führen, seine noblen Absichten zu vergessen. Das war bemerkenswert. Er verbarg seine Reaktion auf sie nicht, und das gefiel Alys ebenfalls. Trotz allem konnte sie nur Bewunderung für ihn fühlen. Es zeugte von Ehre, die Verhaltensweisen seines Vaters abzulehnen und alle Eigenschaften, die er vielleicht geerbt hatte oder gelehrt worden war.

Und es war verführerisch, wenn ein Kämpfer wie er ihr die Wahl ließ. Er hätte sich nehmen können, was er von ihr wollte. Er hätte sie zwingen können nachzugeben. Aber stattdessen schenkte er ihr Lust und hielt sich dann zurück.

In dieser Tatsache lag etwas Verlockendes. Alys musste eingestehen, dass ihre Befriedigung noch nicht vollkommen war. Ja, ihre Begierde wuchs erneut, allein durch die Erkenntnis, wie erregt er war.

Konnte sie wirklich das Bett mit dem Silberwolf teilen und seiner Berührung nicht erliegen? Das konnte sie nicht, begriff sie. Seine Liebkosungen waren zu berauschend, die Lust, die er ihr schenkte, machte süchtig. Sie wusste, er würde den gleichen amourösen Angriff jede Nacht von Neuem beginnen, und sie würde nicht in der Lage sein, sich ihm zu verweigern. Alys sehnte sich nach mehr und wollte diese Lust wieder und wieder erfahren.

Was, wenn sie mit ihm verhandeln konnte?

Der Silberwolf drehte sich erneut um und bot Alys den Becher an, als ob er sich verspätet seiner Manieren entsann, aber sie schüttelte den Kopf. Sie sah seine Augen glitzern, während sein Blick über sie wanderte. Seine Nasenflügel weiteten sich, dann trank er aus dem Becher, angespannt, aber beherrscht wie immer. Sein Adamsapfel bewegte sich, als er schluckte, und er biss die Zähne zusammen.

Er brannte für sie.

Alys fühlte sich mächtig, als ob zwischen ihnen ein Gleichgewicht bestand, das sie vorher nicht bemerkt hatte. Dies war ihr Moment, diese Verhandlung zu führen. Sie stieg aus dem Bett, war sich bewusst, dass er sie aus den Augenwinkeln betrachtete, und begann, langsam ihren Zopf zu lösen. Nun wandte sich der Silberwolf um und betrachtete sie offen, sein Gesichtsausdruck unlesbar, sein Blick voller Hitze.

»Ich habe dich noch nicht eingeladen«, sagte sie.

»Das ist mir aufgefallen.« Wie es schien, konnte er den Blick nicht von ihr abwenden. »Und nun wirst du mich quälen.«

»Deine monströse Ehefrau kann dich wohl kaum quälen, oder?«

»Du bist nicht monströs, Alys«, sagte er leise und mit Nachdruck. »Du bist wunderbar. Lass dir von keinem Mann etwas anderes erzählen.«

Auch, wenn es nur das Verlangen war, das seinen Worten zugrunde lag, sie verliehen Alys Genugtuung. Sie schüttelte ihr Haar aus, dann nahm sie den Kamm zur Hand und begann, es zu kämmen. Der Silberwolf sah ihr zu, als sie näher kam, als sei sie die anziehendste Verführerin in der ganzen christlichen Welt.

»Wirst du Kilderrick verlassen?«, fragte sie, als sie nur mehr eine Armeslänge Abstand von ihm hatte. Sie glaubte die Hitze spüren zu können, die von ihm ausging; dennoch berührte er sie nicht.

»Das ist nicht mein Plan.«

»Nicht einmal für Château de Vries?«

Er holte Atem und schaute weg. »Ich nehme an, die Tatsache, dass Gaston es nun in Besitz genommen hat, bedeutet, dass er es bei seinem Tod einem seiner Söhne überantworten wird«, sagte er mit Bedacht.

»Amaury?«

»Amaury ist nicht Gastons Sohn«, erinnerte er sie. »Gaston war noch zweimal verheiratet und hat zwei Söhne. Auf der Beerdigung meines Vaters hat er Château Puissance dem älteren übertragen, Philip. Ob es nun Philip ist, dem de Vries nach Gastons Tod zufällt, oder der jüngere Sohn, Gaspard, ist für mich nicht von Interesse.« Er sah ihr in die Augen und trank aus seinem Becher. Die Luft zwischen ihnen sprühte Funken. Sein Blick blieb mit einem Hunger auf ihr Gesicht gerichtet, den Alys wiedererkannte.

Sie wollte ihm glauben. Sie war geneigt, ihm zu glauben. Aber sie brauchte eine Garantie.

Alys trat einen Schritt näher und legte dem Silberwolf einen Finger auf den Unterarm. Sie spürte das Beben des Verlangens, das ihn durchlief, und dieser Beweis, welche Macht ihre Berührung besaß, war über alle Maßen aufregend. »Ich schlage dir einen Handel vor.«

»Tust du das?« In seinem Tonfall lag ein Hauch von Belustigung.

Alys begegnete seinem Blick. Das Leuchten seiner blauen Augen verblüffte sie. »Wenn du schwörst, mir das Siegel von Kilderrick zu übergeben und den Inhalt seiner Schatzkammer, wann auch immer du gehst, dann werde ich jede Nacht mit dir schlafen.«

Er schüttelte ein wenig den Kopf und kniff die Augen zusammen, als ob er sie nicht verstand.

»Rafael sagte, ich wäre kaum besser dran als zuvor, wenn du Kilderrick verließest und ich allein zurückbliebe, denn ich würde wieder im Wald leben, ein Kind an der Brust. Ich werde kein Kind empfangen, das gezwungen wäre, auf diese Weise zu überleben, denn ich weiß, wie schwer das ist.«

»Ich habe dir gesagt, dass ich nicht gehen werde.«

»Das bleibt abzuwarten.«

Er kniff ungeduldig die Lippen zusammen – weil sie damit andeutete, dass er sein Wort nicht halten würde. »Und wenn ich nicht gehe?«

Alys hob das Kinn. »Dann wird dieses Kind vielleicht Geschwister bekommen.«

Sie sah den Glanz in seinen Augen. Seine Mundwinkel verzogen sich zu einem Lächeln. »Und wenn ich deinen Bedingungen zustimme?«

»Dann werde ich dich einladen, mit mir das Bett zu teilen, Ehemann«, sagte sie und ließ ihre Fingerspitze über seinen Arm hinauf zu seiner Schulter gleiten.

Die Augen des Silberwolfs blitzten auf, und er ließ den Becher beinahe fallen in seiner Eile, sich ihr zuzuwenden. »Ich schwöre es, Alys. Ich schwöre auf alles, was heilig ist, und auf vieles, das es nicht ist. In meiner Abwesenheit soll Kilderrick dein sein, Siegel, Stein und Schatzkammer. Ich gelobe es dir.«

Alys beugte sich vor, ließ ihre Brüste gegen seinen Oberkörper stoßen und fuhr mit beiden Händen seine Arme zu seinen Schultern hinauf. Sie kam sich kühn und unverschämt vor, aber dem Silberwolf schien es nicht zu missfallen, ja, seine Augen glühten, und Alys lächelte unwillkürlich – und nicht nur wegen ihres Erfolgs. »Dann komm zu Bett, Gemahl«, murmelte sie. »Es gilt einen Handel einzuhalten.«

Ihr blieb keine Chance, mehr zu sagen, denn er vergrub die Finger in ihrem Haar, umfasste ihr Gesicht und nahm sie mit einem besitzergreifenden Kuss gefangen, dessen Macht sie verblüffte. Ohne sie loszulassen, zog er sie in seine Arme und trug sie zum Bett hinüber, ließ sich auf den Rücken sinken, sodass sie auf ihm saß. »Ich bin dein, meine Alys. Erobere mich«, flüsterte er mit heiserer Stimme. »Reite mich, bis du es nicht länger ertragen kannst.«

~

Alys! Sie übertraf alle Erwartungen und Hoffnungen. Sie hob ihn in höchste Höhen und verlangte immer noch nach mehr. Sie stellte ihn auf die Probe und provozierte ihn und erregte ihn mehr als jede andere Frau vor ihr – und in ihren Armen vergaß Maximilian sogar, dass es je andere Frauen gegeben hatte. Jede Liebkosung, jede Position, jede Form des Liebesspiels war Alys neu, und so entdeckte auch er alles ein zweites Mal.

Als sie ihn erkundete, mit den Händen, und dann mit dem Mund seinen Körper erforschte, war es eine so süße Folter, dass Maximilian wusste, er würde nicht lange durchhalten. Ihre Berührung entfachte ein Inferno in ihm, und ihr seltenes Lächeln ließ sein Herz wie Donner schlagen. Es gefiel ihm, wie neugierig sie war, und dass sie eine ganz neue Kühnheit in sich entdeckte.

Es machte ihm nicht einmal etwa aus, dass sie von ihm einen Lohn gefordert hatte, denn er würde ihn bereitwillig zahlen. Tatsächlich würde er das und mehr für Alys tun, auch wenn er wusste, er musste sie davon noch überzeugen.

Die Wahrheit überraschte selbst ihn, aber die Hitze, die zwischen ihnen bestand, war so mächtig, dass er sich seine Nächte schon jetzt nicht mehr ohne sie vorstellen konnte.

Ohne Alys.

Als er ihre Berührung nicht länger ertragen konnte, schwang sie sich auf ihn und quälte ihn lustvoll, nahm ihn schmerzlich langsam in sich auf. Dann ritt sie ihn endlich, die Hände auf seine Brust gestützt, ein Funkeln in ihren Augen, weil er ihr ausgeliefert war. Maximilian konnte sich keinen besseren Ort auf der Welt vorstellen. Er genoss es zu sehen, wie Alys ihre eigene Macht entdeckte. Das Haar floss wie ein dunkler Strom über ihre Schultern, glänzte im schwachen, letzten Lichtschein, während das Dunkel sie mysteriös und verführerisch wirken ließ. Ihr Lächeln war schwach, wurde dann sicherer, und ihre Augen glänzten. Er berührte sie zunächst sanft, dann kühner, und sah, wie ihre Lust sich steigerte. Wieder errötete sie tief. Wieder keuchte sie. Wieder funkelten ihre Augen, versteiften sich ihre Brustwarzen, bis sie die Augen schloss und Erlösung fand.

Und als sie ihre Muskeln so eng um ihn schloss, als wollte sie geloben, ihn niemals gehen zu lassen, stöhnte Maximilian seine Befriedigung heraus, ganz gleich, wer zuhörte. Er umfasste sie fest, sein Herz raste und seine Haut war schweißnass. Dann brach sie auf ihm zusammen und ihr seidiges Haar fiel auf sein Gesicht. Maximilian lächelte, als er die Arme um sie schloss, und spürte eine tiefe Zufriedenheit.

»Ist es immer so?«, fragte sie in heiserem Flüsterton.

Er schüttelte den Kopf. Sprechen konnte er noch nicht wieder.

Sie stützte die Ellbogen auf seinen Brustkorb und schaute auf ihn herab. »Denn niemand würde je sein Schlafgemach verlassen, wenn es so wäre.«

»Ich verlasse es vielleicht tatsächlich nie mehr«, sagte er, ein tiefes Knurren, und sah sie erröten. Er strich ihr mit der Fingerspitze über die Wange. »Tatsächlich ist es selten so wunderbar.«

»Warum?«

Er ließ seine Fingerspitze zu ihren Lippen gleiten. »Vielleicht, weil in Kilderrick eine Hexe lebt.«

Sie lachte, und er starrte sie an, gebannt von der Verwandlung, die mit ihrem Gesicht vor sich ging. Er erinnerte sich daran, wie anziehend sie während des Festes gewirkt hatte, lächelnd beim Tanz, und schwor sich sicherzugehen, dass sie immer einen Grund zum Lächeln fand. »Oder ein Beschwörer«, entgegnete sie und wirkte unbesorgt. »In deiner Berührung liegt Zauberkraft.«

»Oder vielleicht besteht zwischen uns eine Magie, die wir nur miteinander heraufbeschwören können.«

Ihr Blick wanderte zu dem Ring an ihrem Finger. Sicher dachte sie an die Inschrift. Sie sah ihn an, als wartete sie auf ein Wort oder eine Geste von ihm.

»Im Bett bist du ganz anders!«, beschuldigte sie ihn schließlich.

»Meine Augen sind geschlossen?«, schlug er vor, nur, um zu sehen, ob sie wieder lächeln würde.

Sie tat es. »Du scherzt!«

»Und du lächelst. Vor dem heutigen Tag habe ich dich nicht lächeln sehen.«

Alys schüttelte leicht den Kopf, und ihr Ton war trocken. »Wir sind erst seit einem Tag verheiratet. Ich würde annehmen, dass es viel gibt, das du noch nicht gesehen hast.« Wieder sah sie ihm ins Gesicht. »Und viel, das ich erst noch sehen muss.«

Er dachte, sie spräche über ihn, aber stattdessen schaute sie stirnrunzelnd durch das Zelt. »Ich habe Kilderrick noch nie verlassen«, sagte sie. Sowohl das Eingeständnis selbst als auch dessen Zeitpunkt überraschte ihn.

»Niemals?«

Alys schüttelte den Kopf, ohne sich bewusst zu sein, dass die dunkle Flut ihres Haas dabei in Bewegung geriet und er nur fasziniert zusehen konnte. »Ich kenne die Landschaft, den Verlauf des Flusses, den Geruch des Windes und seine Kunde, und das war immer genug.« Sie sah ihn an. »Nun werde ich neugierig. Sind andere Länder ganz anders?«

»Ja und nein. Die Landschaft und das Wetter unterscheiden sich. Die Ackerpflanzen. Die Vögel.« Maximilian runzelte die Stirn. »Aber die Menschen sind überall dieselben. Sie arbeiten und sie feiern.«

»Und manche begehren, was ihnen nicht gehört.«

»Das ist unvermeidlich.« Eigentlich sollte er aufstehen und sich waschen, aber er genoss es zu sehr, dass Alys auf ihm lag und eine Unterhaltung mit ihm führte.

»Und Amaury und Rafael sind auch die Söhne deines Vaters.« Sie runzelte die Stirn. »Aber ich glaube nicht, dass Amaury böse oder gierig ist. Verwöhnt vielleicht.«

»Das war er zumindest eine Weile. Vielleicht ist es schlimmer, wenn man zunächst verwöhnt wird und einem dann auf einmal alles verweigert wird, als wenn man von vornherein nur Zurückweisung erfährt.«

Ihre Blicke trafen sich. »Yves hofft, dass es ihn nicht verbittert.«

»Auf jeden Fall hat es ihn jetzt bereits härter gemacht.«

»Inwiefern?«

Wie seltsam, mit einem anderen Menschen über seine Gefährten zu sprechen, seine Gedanken und Eindrücke zu teilen. Maximilian konnte sich nicht erinnern, je einen so unbeschwerten Austausch mit Rafael gepflegt zu haben – und er bezweifelte, dass es künftig dazu kommen würde. Aber Alys war seine Frau und damit seine Partnerin: Im Prinzip war sie seine Stellvertreterin, denn sie würde über Kilderrick herrschen, sollte er aus irgendeinem Grund gezwungen sein, es zu verlassen. Und sie hatte ihm bereits einen guten Rat gegeben, was den Sheriff anging. »Amaury ist weniger vertrauensselig, weniger geneigt, etwas anzunehmen, das man ihm anbietet, und sei es eine helfende Hand. Dieser Tage rechnet er mit einer List.«

»Wird sich das ändern?«

»Wer kann das sagen? Es ist keine schlechte Sache, achtzugeben, wem man vertraut.«

Alys sah ihn forschend und mit klarem Blick an. »Und was ist mit dir? Wie würdest du dich ändern, wenn du verwöhnt würdest, statt dass man dir alles verweigerte?« Als Maximilian lächelte, beugte sie sich vor. Ihre Augen leuchteten »Nun? Sag es mir?«

»Ich weiß es nicht, aber ich habe die Veränderung an dir gesehen, wenn du im Licht stehst, statt verborgen zu sein.« Er berührte mit einer Fingerspitze ihre Wange. »Ich sagte dir schon, Alys, dass du wunderbar bist, dabei habe ich nur flüchtig eine erste Verheißung dessen gesehen, was aus dir werden kann.«

»Du musst mich nicht necken«, sagte sie und wandte errötend den Blick ab. »Wir haben unseren Handel geschlossen …«

»Ich scherze nicht«, sagte er eindringlich und nötigte sie mit einer sanften Berührung, ihn erneut anzusehen. »Diese Nacht auf dem Fest hast du mich in Staunen versetzt, Alys.«

»Eine unwillige Braut, im Wald aufgewachsen, die in einem geborgten Kleid tanzt und die Schritte nicht kennt?« Sie schüttelte den Kopf und lächelte schwach. »Das denke ich nicht.«

»Dann sind wir uneins.«

Sie beäugte ihn. »Ich bin nicht wie du. Ich bin nicht weit gereist oder habe große Taten bezeugt. Ich weiß nichts über herrschaftliche Burgen, Könige und Königinnen, Diebe und Huren. Es ist nur eine Frage der Zeit, bis du dich nach mehr sehnst.«

Maximilian spürte bei diesem Gedanken Irritation, aber er sah wenig Sinn darin zu gestehen, dass er noch nie zuvor in das Bett einer Geliebten zurückgekehrt war. Sie könnte denken, er sei wie sein Vater, ein Mann, der niemals zufrieden war – statt einem, der Zurückhaltung zu schätzen wusste. »Rafael will Zwietracht sähen, als Rache dafür, dass er die Position des Sheriffs noch nicht erhalten hat.«

»Aber in seiner Vermutung liegt ein Teil Wahrheit. Du wirst meiner und Kilderricks müde werden. Warum solltest du das nicht?«

Maximilian legte ihr einen Finger auf die Lippen, um sie zum Schweigen zu bringen. »Weil du meine Frau bist und die Lady von Kilderrick, Alys. Weil ich noch nie eine Frau wie dich getroffen habe. Und weil ich verzaubert bin.«

Alys stand ungeduldig vom Bett auf. »Heute Nacht werden wir uns nicht noch einmal vereinigen. Spare dir deine Komplimente für den Morgen.« Sie begann sich zu waschen, und während er zusah, kehrte die Unsicherheit in ihre Bewegungen zurück. Sie wandte ihm den Rücken zu, auf einmal wieder schüchtern, und Maximilian bedauerte es.

»Ich werde dich hinbringen, wohin auch immer du gehen willst, Alys.«

Sie antwortete nicht, aber er kam an ihre Seite. Sie schaute auf, Misstrauen in ihren schönen Augen.

»Ganz gleich, wohin«, gelobte er und versuchte sie dazu zu bringen, dass sie ihm glaubte. Bevor sie widersprechen konnte, beugte er sich vor und legte seine Lippen auf ihre. Er spürte, wie sie sich versteifte, doch dann landete ihre Hand auf seiner Schulter und ihr Mund wurde unter seinem weich. Er hörte sie seufzen, als sie in seine Arme kam, ebenso machtlos gegen die Anziehungskraft zwischen ihnen, wie er es selbst war. Sie öffnete den Mund und erwiderte den Kuss.

Das war alles, was Maximilian in diesem Moment von ihr verlangte, und so viel mehr, als er anfangs von ihrer Ehe erwartet hatte.

Aber er wäre nicht der Mann gewesen, der er war, wenn er nicht auf noch mehr gehofft hätte.

KAPITEL 13

Eamon wusste, dass etwas falsch war, noch bevor er die Tür zu ihrem Cottage in Rowan Fell öffnete. Er roch Schweinemist, und das, obwohl ihr eigenes Schwein bereits geschlachtet und gesalzen war, und schimpfte leise darüber, dass der Schmied das Tor seines Gartens nicht ordentlich schließen konnte.

Jeannie hatte sich den ganzen Weg zurück ins Dorf beschwert, bemängelte die Gastfreundschaft des Silberwolfs und jammerte über ihren nun geringeren Status. Ihrer Ansicht nach war es unvermeidlich, dass sie schließlich im Wald verhungern würden. Eamon wünschte sich, sie wäre still, und war es leid, mit ihr zu streiten. Er hatte zu viel Ale getrunken und wollte nur sein Lager, am liebsten dicht am Feuer.

»So ein Gestank«, sagte Jeannie in säuerlichem Ton. »Das Schwein des Schmieds sollte schon tot und haltbar gemacht sein, aber sie müssen die Aufgabe ja aufschieben. Faul, das sind sie …«

Eamon öffnete die Tür und erstarrte auf der Schwelle. Er blinzelte, als der Geruch sich enorm verstärkte.

Ein Schwein grunzte empört und rannte an ihnen vorbei, brachte Eamon beinahe zu Fall, als es ihn in seiner Eile, zu entkommen, rammte. Er drehte sich um und sah das Schwein, quiekend und grunzend, über den Dorfplatz galoppieren, und blinzelte erneut, während er versuchte, das Gesehene zu begreifen.

Wie war das Schwein des Schmieds in ihr Cottage gelangt?

Jeannie keuchte und schob sich an ihm vorbei. »Meine Teller!«, schrie sie, und tatsächlich, die beiden Zinnteller, die sie über alles schätzte, waren von ihrem Platz im Regal verschwunden. Eamon zündete die Lampe an, dachte dabei, dass die Teller vielleicht heruntergefallen wären, und starrte dann verständnislos auf die Verheerung. Die Strohmatten waren beschmutzt, genau wie der Boden, der Abfalleimer war umgekippt und der Inhalt aufgefressen, abgesehen von kleinen Stückchen Kohl, die überall verteilt lagen. Eine Bank war umgestürzt. Eamon stand da und starrte auf die unübersehbaren Anzeichen dafür, dass das Schwein hier eine Weile gefangen gewesen war.

Aber wie? Er hatte die Tür verriegelt, als sie gegangen waren, und während Schweine schlaue Tiere waren, waren sie doch nicht *so* schlau.

Und was war mit den Tellern passiert? Seine Gedanken waren vom Wein benebelt, ein unvertrautes Vergnügen, Jeannie aber lief hektisch im Cottage hin und her.

»Die Teller sind weg«, sagte sie und wirbelte zu ihm herum, als sei allein er daran schuld. »Das Schwein hat sie nicht genommen, so viel ist sicher.«

Eamon nahm die Lampe und hielt sie hoch. Er verzog das Gesicht, als ihm im Licht noch weitere Schäden auffielen. Ihr Cottage war verwüstet. Im Lichtschein sah er auch den Griff des Dolches, dessen Spitze in der Mitte ihres Tisches steckte.

Wie eine Herausforderung.

Der Sheriff hatte diese Klinge zuvor gesehen, insbesondere ihren Griff, der aus der Scheide eines Kämpfers geragt hatte. Er trat näher, um sicherzugehen.

Es war derselbe Dolch.

Jeannie kam an seine Seite und untersuchte die Klinge ebenfalls. »Der Gefährte des Silberwolfs!«, flüsterte sie, dann runzelte sie die Stirn. »Der, der meine Teller so bewundert hat. Nun hat er sie gestohlen! Dieser Dieb, dieser Schuft! Das darf nicht ungesühnt bleiben. Eamon, was wirst du tun?«

Eamon wurde auf einmal bewusst, dass es viel zu still war. Aye, er konnte die Hühner nicht hören. Er ging hinaus in den Garten und schaute dann in das Hühnerhaus, wo die Enten und Hühner jede Nacht sicher eingesperrt wurden. Die Tür stand offen, kein gutes Zeichen, und die Vögel waren alle fort. Er seufzte und runzelte die Stirn, sah sich um, obwohl er sie gewiss nicht in der Nähe finden würde. Wer hatte das getan? War es wirklich der Gefährte des Silberwolfs gewesen?

Oder hatte jemand anders diesen Moment ausgenutzt, um ihm zu schaden?

Wie sollte jemand an den Dolch des Söldners gelangt sein? Eamon wollte wetten, dass der Mann ihn nicht freiwillig hergegeben hatte. Er fuhr sich mit der Hand durch das Haar, verfluchte die Trunkenheit durch den Wein und fürchtete sich davor, dem Silberwolf diese Kunde zu überbringen.

Auf wessen Seite würde sich der neue Laird von Kilderrick stellen? Ihre würde es nicht sein, fürchtete Eamon.

»Nun?«, fragte Jeannie von der Türschwelle. »Was wirst du tun?«

Ein Wolf heulte in der Ferne. Das Geräusch ließ Eamon frustriert die Fäuste ballen. Drei weitere Enten hatte es sie gekostet, ihren Vorrat an Eiern und Jeannies Lieblingsteller. Der Sheriff von Rowan Fell wusste, wo er sich beschweren musste.

Er musste dem Silberwolf die Sache zu Gehör bringen und hoffen, dass der Mann für Gerechtigkeit sorgen würde.

ALYS ERWACHTE in der Nacht und spürte die Hitze des Silberwolfs neben ihr. Sein Körper war von Schultern bis Knien an sie gepresst, sein Atem streifte ihr Haar und das Gewicht seines Arms ruhte auf ihrer Taille. Weiche Felle bedeckten sie, und sie wusste, sie schliefen unter seinem großen schwarzen Mantel. Das Feuer im Kohlenbecken war heruntergebrannt und glühte nur noch schwach. Im Lager außerhalb des Zeltes war es still. In stetigen Intervallen hörte sie die Schritte eines Mannes: Einer der Söldner hielt Wache. Einer von Amaurys Hunden gab ein leises Jaulen von sich – sicher ein Traum, in dem er Hasen jagte. Sie konnte das Rauschen des Flusses hören. Der Wind ließ die Glockenspiele bimmeln, die im Wald in den Bäumen hingen. Der Atem des Silberwolfs ging langsam und regelmäßig.

Sie hatte geträumt, auch wenn die Bruchstücke des Traums bereits zu nichts verblassten. Es war ein Gefühl, als versuchte sie, Nebel mit den Händen zu greifen, und es frustrierte sie, dass sie sich nicht an den Traum erinnern konnte. Es musste ein Albtraum gewesen sein, denn ihr Herz raste, aber sie konnte sich an keine Einzelheit erinnern.

Außer an das Feuer. Alys wurde der Mund trocken, und sie rieb sich unwillkürlich die verbrannte Hand. Aye, es hatte ein Feuer gegeben.

Wollte der Traum sie daran erinnern, wer der Silberwolf in Wirklichkeit war? Dass sie tief genug schlief, um zu träumen, und das in seinen Armen, war verwunderlich genug. Dass sie den Drang verspürte, sich von ihm trösten zu lassen, schien unfassbar.

Alys wandte sich zu ihm um. Wider Erwarten schlief er in ihrer Gegenwart fest.

Aber nach dem vergangenen Tag war das kein Wunder. Auch Alys war müde. Unter dem Mantel war es warm, und ihre Gefühle für den Mann neben ihr wurden immer verwirrender. Erst vor wenigen Tagen hatte sie nur Verachtung für ihn empfunden, aber inzwischen musste sie zugeben, dass in ihm auch Gutes war.

Das war die Macht einer warmen Mahlzeit – oder drei.

Und ihre Vereinigung war noch erstaunlicher gewesen als in der ersten Nacht. Wenn überhaupt, war ihre Reaktion noch stärker ausgefallen, als ob die Hitze, die zwischen ihnen entstand, mit jedem Mal, das sie miteinander schliefen, nur noch größer wurde. Das war eine verlockende Aussicht und eine, die in ihr beinahe den Wunsch wachrief, ihn zu wecken.

Sie zweifelte nicht, dass Yves die Anweisung erhalten hatte, ihr von seinen Tugenden zu erzählen, aber dennoch rief seine Geschichte Neugier in ihr wach. Anscheinend war der Silberwolf nicht vollkommen böse, oder zumindest wollte er, dass sie an der Schwärze seines Herzens zweifelte.

Welch eine Kindheit er hatte erdulden müssen …

Und dann ein Leben im Dienste seines Vaters. Er kannte nur die Einsamkeit und den Kampf, und dennoch war er so zärtlich zu ihr.

Wenn ein Mann sich an seinen Taten messen ließ, dann konnte sich Alys über sein Betragen in den letzten Tagen nicht beschweren. Davon abgesehen, dass er sie gezwungen hatte, ihn zu heiraten, hatte er sie ehrenhaft behandelt, seit sie seine Frau war. Er hatte sie beschützt und verteidigt. Er hatte auf ihren Rat bezüglich des Sheriffs gehört und zugesichert, ihr Kilderrick zu übertragen, falls er fortgehen sollte. Dass er Morags Hütte zerstört hatte, lastete sie ihm an, aber in der Nacht, allein mit ihren Zweifeln, musste Alys zugeben, dass es eine kluge Entscheidung gewesen war. Ihre Gefährtinnen würden überleben, obwohl es gewiss kein komfortabler Winter werden würde.

Konnte sie als Lady von Kilderrick irgendwie für ihr Wohlergehen sorgen?

Das war ein verlockender, wenn auch absurder Gedanke, einer, der von ihr verlangte, in jeder Hinsicht die Ehefrau und Partnerin des Silberwolfs zu werden. Alys erinnerte sich an die Zerstörung ihres Heims, den Tod ihres Vaters, ihre eigenen Narben, aber sie konnte nicht mehr den gleichen eisigen Hass auf den Mann neben ihr heraufbeschwören, der einst in ihr gebrannt hatte.

Tatsächlich bestand zwischen ihnen eine neue Unbeschwertheit. Sie begannen, sich aufeinander zu verlassen, obwohl Alys es besser wissen sollte, als dem Frieden zu trauen. Aber sie konnte sich nicht davon abhalten. Immerhin hatte sie ihm den Handel angeboten, verführt von seiner Berührung, aber nun, für den Augenblick befriedigt, fragte sie sich, ob das von Anfang an sein Plan gewesen war.

Sie musste auch daran denken, dass Yves dem Silberwolf das Schachspielen beigebracht hatte.

Genauso wenig konnte sie vergessen, wie Rafael darauf beharrt hatte, der Silberwolf bekäme immer, was er wolle, und verfolge seine Ziele äußerst geduldig.

Das führte unweigerlich dazu, dass sie sich fragte, ob Rafael recht hatte, wenn er sagte, das Verlangen des Silberwolfs gelte in erster Linie Château de Vries. Sie konnte nicht glauben, dass der Mann, den sie kannte, einfach vergessen würde, wie sein Onkel ihn um das erwartete Erbe gebracht hatte.

Er war nicht die Art Mann, die einen solchen Verrat ungesühnt ließ.

War sein Wort so verlässlich, wie er behauptete? Würde er ihr Kilderrick bei seiner Abreise wirklich übertragen? Es wäre ein Traum, der alle Erwartungen überstieg, das Siegel in ihrer Hand zu halten und über die Schatzkammer zu verfügen, selbst wenn sie leer war. Sie würde nicht viel Gold brauchen, um ihr Überleben, das ihrer drei

Freundinnen und vielleicht das eines Kindes zu sichern. Alys war sich des Gewichts des Rings an ihrem Finger bewusst. Die Inschrift ließ sie nicht los.

Du und keine andere.

Er hatte ihn nicht für sie fertigen lassen. Er hatte wahrscheinlich auch nicht dafür bezahlt. Irgendein anderer Mann war so in seine Braut verliebt gewesen, dass er den Ring in Auftrag gegeben hatte. Hatte sie ihn angenommen? Hatte sie ihn mit Stolz getragen? Es war die reine Albernheit, aber in der Stille der Nacht fragte sich Alys, ob der Ring einen eigenen Willen besaß.

Fragte sich, ob er die Macht hatte, in ihrem Herzen Liebe für ihren Ehemann zu wecken.

Das war ein besorgniserregender Gedanke. Gegen ihren Willen hatte sie bereits begonnen, den Silberwolf zu bewundern. Es wäre eine Schwäche, ohne Zweifel, eine Achillesferse, die er in seinem Streben nach Triumph ausnutzen konnte. Aber wie? Musste er es überhaupt wissen?

Der gedankliche Aufruhr machte sie rastlos. Alys drehte sich um und sah im Dunkeln ein metallisches Glitzern. Der Dolch des Silberwolfs lag auf der großen Truhe. Er steckte in der Scheide, war aber nicht eingeschlossen. Alys hielt bei seinem Anblick den Atem an.

Unfreiwillig hatte er ihr die Mittel an die Hand gegeben, ihren Schwur zu erfüllen.

Sie konnte den Silberwolf töten, während er schlief, wie sie es angekündigt hatte. Vielleicht würden seine Gefährten dann gehen, sich zerstreuen, weil sie keinen Anführer mehr hatten.

Alys biss sich auf die Lippen. Wahrscheinlich würde einer seiner Brüder das Kommando übernehmen.

Das ließ sie zögern, denn sie vermutete, der Sieger könnte Rafael sein, und sie war sich nicht sicher, ob ihm die Disziplin so wichtig wäre wie dem Silberwolf. Das Lager würde sich vielleicht in eine Ansammlung gesetzloser Plünderer verwandeln, und man würde ihre Gefährtinnen ergreifen und sie den Männern, die sie begehrten, als Lustsklavinnen ausliefern.

Nein, sie brauchte einen besseren Plan, bevor sie handelte.

Vielleicht war der Dolch dort auch nicht zufällig liegengeblieben.

Vielleicht war es ein Test.

Und wenn Alys die Nacht in den Armen des Silberwolfs schlief, würde sie sich vielleicht ein wenig mehr Vertrauen erarbeiten. Sie schmiegte sich dichter an ihn und schloss die Augen, gar nicht so unzufrieden damit, im Bett zu bleiben.

Es dauerte nicht lange, bis ihr Atem langsamer ging, und sie sah nicht, wie sich die Lippen ihres Ehemanns zu einem zufriedenen Lächeln verzogen, bevor auch er wieder einschlief.

OLIVER ERWACHTE FRÖSTELND, ohne zu wissen, wo er war. Die Sonne begann gerade den Himmel zu erhellen. Er war nackt und fror, erkannte aber, dass er in seinem eigenen Mantel lag. Der Kopf tat ihm weh und er hatte Hunger. Über sich sah er nur die kahlen Äste der Bäume vor einem wolkigen Himmel. Unter sich konnte er den Fluss rauschen hören.

Was war geschehen, seit er in die Falle getappt war? Es war Nachmittag gewesen, also musste zumindest eine Nacht vergangen sein.

Wo waren die Frauen und die Ponys?

Er setzte sich schnell auf, was sein Bett dazu brachte, wie eine Wiege im Wind zu schaukeln. Die Welt drehte sich um ihn, und ein Anfall von Schwindelgefühl ließ ihn erzittern. Er verzog das Gesicht, als er mit den Fingerspitzen die schmerzende Stelle an seinem Hinterkopf fand, und schloss daraus, dass die Frauen ihn übertölpelt haben mussten. Sein Mantel war an die Äste über ihm gebunden, formte eine Schlinge, in der er schwang. Ihm war kalt, aber er konnte sehen, dass ein Bündel mit seinen Kleidern an einem nahen Baum hing. Er streckte die Hand aus und stellte fest, dass seine Haut blau war.

Blau.

Er war blau von Kopf bis Fuß, und vor allem fror er. Er rieb über seine Haut, und ein wenig Farbe blieb an seiner Hand haften, was ihn erleichterte. Etwas baumelte um seinen Hals, und er entdeckte, dass man ihm ein Pentagramm aus Stroh umgehängt hatte.

Die Frauen hatten ihn erwischt.

Oliver hing über dem Fluss, ganz in der Nähe der Stelle, wo in der

Nacht ihrer Ankunft das brennende Symbol gehangen hatte. Durch die Bäume konnte er das Lager des Silberwolfs erkennen und meinte, Denis beim Feuermachen zu sehen.

Die Frauen hatten ihn hier zurückgelassen, unverletzt, aber in Nähe des Lagers. Oliver wusste, er sollte erleichtert sein, aber tatsächlich ängstigte es ihn. Er schnappte nach seinem Kleiderbündel, entschlossen, sofort dem Silberwolf Bericht zu erstatten, und erschrak, als sich das Bündel in seinen Händen bewegte.

Es war, als wären seine Kleider lebendig. Der Stoff schien in seinen Händen zu brodeln. Kaum hatte er den Knoten gelöst, da sprangen Dutzende winziger Mäuse heraus und liefen in alle Richtungen davon, krabbelten über ihn, quiekten und versuchten hastig zu entkommen.

Oliver schrie entsetzt auf und versuchte, sich zu befreien. Die Mäuse liefen über ihn, gefangen in seinem Mantel, unwillig, nach unten ins Wasser zu springen. Eine Maus, wahrscheinlich die Mutter, war größer, und ihre kleinen Krallen gruben sich in ihn, während sie ihren Nachwuchs verfolgte.

Dann biss sie ihn an einer sehr empfindlichen Stelle.

Voll Abscheu warf er das Bündel in den Fluss.

Als er einmal begonnen hatte zu schreien, konnte er nicht aufhören. Oliver sprang aus dem Mantel und landete unter großem Platschen im Fluss, dann rannte er nackt – und blau – los und flüchtete sich in die Sicherheit des Lagers des Silberwolfs.

EIN ENTSETZTER SCHREI LIEß ALYS MIT pochendem Herzen erwachen.

Der Silberwolf hatte ihn anscheinend auch gehört. Er sprang aus dem Bett, zog in aller Hast Beinkleider und Stiefel über und eilte aus dem Zelt. Sie hörte ihn dem Wachposten irgendeinen Befehl erteilen, dann entfernten sich die Schritte beider Männer sehr eilig. Wer auch immer da schrie, befand sich in der Nähe und hörte nicht auf. Es klang nach einem Jungen, nicht nach einem Mann, denn die Stimme war ein wenig höher als die der Söldner. Die Worte waren auf Französisch, klangen aber zu panisch, als dass sie sie hätte verstehen können.

Was war los?

Alys verließ das warme Bett und ging in ihrem Unterkleid zur Zeltklappe hinüber. Ihr Herz schlug wie verrückt. Sie hob eine Ecke und schaute nach draußen, überrascht, dass niemand mehr vor dem Zelt Wache hielt. Sie hörte Männer in einiger Entfernung brüllen, und wer auch immer so geschrien hatte, verstummte endlich.

Es war noch früh. Die Dämmerung hatte gerade eben begonnen, und Alys wusste, am Fluss würde Nebel herrschen. Die Luft war feucht, der Boden kalt, und sie konnte den Fluss riechen.

Dann zischte jemand ihren Namen.

Es war Ceara!

Alys griff nach ihren Stiefeln und zog sie über, warf sich den kurzen Mantel des Silberwolfs über die Schultern. Sie zwängte sich nach draußen und rannte nach links, in die Richtung, aus der Cearas Stimme erklungen war.

Dort war niemand, nicht mehr, aber ein Dolch in einer Scheide lehnte an der Seite eines Zelts. Er war nicht heruntergefallen, sondern dort für sie hinterlegt worden. Alys spähte zwischen den Zelten umher, als sie den Griff umfasste, dann schaute sie zur Kuppe des Hügels hinauf, der sich vor ihr erhob. Obwohl noch Nebel über dem Boden hing, erhaschte sie einen Blick auf Cearas schalkhaftes Grinsen. Die andere Frau winkte, dann verschwand sie.

Eine Waffe.

Ihre Gefährtinnen hatten dafür gesorgt, dass sie bewaffnet war.

Und der Silberwolf würde nichts davon wissen.

Alys hatte den Dolch gerade erst in ihren Stiefel gesteckt, als sich ein Mann hinter ihr räusperte. Sie wirbelte herum, fürchtete, sie würde gezwungen sein, die Waffe wieder abzugeben, und sah den Schotten hinter sich stehen.

Er war derjenige, den der Silberwolf Murdoch Campbell genannt hatte. Sie hatte ihn nie von Nahem gesehen, und er war der Einzige, der am Vorabend nicht mit ihr getanzt hatte. Warum nicht? Es war lange her, seit Alys Ruperts Sohn gesehen hatte, so lange, dass sie damals beide noch Kinder gewesen waren. Sie hätte nicht sagen können, ob er der Mann war, der vor ihr stand oder nicht.

»Ihr werdet Euch nicht an mich erinnern«, sagte er in raschem

Gälisch, auch wenn sein steter Blick verriet, dass er das Gegenteil annahm.

»Er sagte, Ihr wärt Murdoch Campbell«, sagte Alys. »Ich kannte einen Jungen mit diesem Namen.«

»Und ich kannte ein Mädchen, dessen Vater der Dienstherr meines Vaters war.« Sein Blick wanderte zu der Ruine und dann zurück zu ihr. »Unsere Väter starben in derselben Nacht, durch die Hand desselben Bösewichts.«

Er *war* Ruperts Sohn.

»Ihr habt gestern Abend nicht mit mir getanzt.«

»Ich wagte es nicht, das Risiko einzugehen, dass Ihr mich erkennen würdet, während der Silberwolf zusah.«

Alys nickte verständnisvoll. »Denn Ihr werdet ihn verraten.«

Wie seltsam, dass das erste Wort, das ihr in den Sinn kam, »Verrat« war, nicht »Gerechtigkeit«. Alys legte die Stirn in Falten. Es gefiel ihr nicht, dass der Silberwolf Einfluss auf ihre Gedanken hatte.

Murdoch unterdessen hob einen Finger. »Vor Jahren schon habe ich dem Silberwolf, Jean le Beau und all ihren Blutsverwandten Rache geschworen. Ich habe gelobt, meinen Vater zu rächen, und viele Jahre trainiert, um sicher zu sein, dass ich bereit wäre. Im Frühjahr folgte ich der Compagnie Rouge zu Jean le Beau, tötete ihn, als er allein war, und benutzte dann seine Leiche, um Zugang zu Château de Vries zu erhalten.«

»Weil Ihr Euch den Gefolgsleuten des Silberwolfs anschließen wolltet.«

»Um zu erfahren, was sein Ziel war. Vielleicht, um ihn ahnungslos zu überraschen.«

»Um nach Hause zu gelangen?«

Murdoch hob die Augenbrauen. »Ich war überrascht, als er schwor, nach Kilderrick zurückzukehren.« Er schüttelte den Kopf. »Es ist alles eine List, Teil eines größeren Unterfangens.«

Und hier war noch jemand, der glaubte, dass der Silberwolf nicht dauerhaft in Kilderrick bleiben würde. Vielleicht würde Alys doch noch selbst über ihr Erbe verfügen.

Murdoch war grimmig. »Er wird keine Chance dazu haben, denn erst werde ich meinen Lohn fordern.«

»Wie? Wann?«

Er trat zurück und schaute über seine Schulter. »Ich reise heute ab auf der Suche nach Unterstützung, aber fürchtet Euch nicht. Ich werde zurückkehren, und wir werden beide gerächt werden.« Murdoch warf ihr einen harten Blick zu. »Vielleicht kann die Macht Kilderricks dann wieder auf seine rechtmäßigen Erben übergehen.«

Erben? Es gab nur einen Erben Kilderricks, soweit Alys wusste – sie selbst.

Bevor sie fragen konnte, was Murdoch damit genau meinte, drehte er um und verschwand leise zwischen den Zelten. Die Männer brüllten immer noch und kamen näher, und Alys kehrte rasch ins Zelt des Silberwolfs zurück. Sie zog die Stiefel aus, um zu verbergen, dass sie es verlassen hatte, und ließ den Dolch versteckt in einem davon zurück. Sie blieb in ihrem Unterkleid stehen, als wäre sie gerade erst aufgestanden, und legte den Mantel wieder ab. Dann wandte sie sich dem Eingang zu und achtete darauf, dass ihr Gesichtsausdruck Verwirrung verriet.

In diesem Moment kehrte der Silberwolf zurück, öffnete die Klappe weit und kam herein. Er musterte sie rasch, als könnte ihm ihr Anblick die Wahrheit verraten.

»Wer hat so geschrien?«, fragte sie.

»Oliver. Der Knappe, der Amaury zugeteilt ist.« Er war kurz angebunden, anscheinend verärgert. Mit einer Geste der Verachtung warf er einen Gegenstand auf den Tisch.

Es war ein Pentagramm an einer Schnur, eine einfach gefertigte Halskette.

»Als er erwachte, war er nackt und von Kopf bis Fuß blau angemalt«, sagte er, seine Worte so hart wie ein Schlag. Er durchbohrte sie mit seinem Blick, seine Augen von einem feurigen Blau. »Was weißt du davon?«

~

ALYS ZÖGERTE.

Ihr Mund öffnete und schloss sich, ihr Blick war auf die Halskette gerichtet, und Maximilian war versucht zu glauben, dass sie nicht wusste, was Oliver zugestoßen war.

Aber *irgendetwas* wusste sie. Er hatte gespürt, dass sie etwas vor ihm verbarg, als er zurückkehrte, denn sie begegnete seinem Blick nicht mit der üblichen Offenheit. Wie immer enthüllten ihre Augen die Wahrheit, und wenn sie seinen Blick mied, betrachtete er das als Warnung.

Aber von der Halskette wusste sie nichts. Darauf hätte er sein Leben verwettet.

»Blau?«, wiederholte sie mit verdutzter Miene.

»Aye, von oben bis unten, als hätte man ihn in einen Farbeimer getaucht.«

Ihr Blick hellte sich auf. »Waid. Es ist Waid.«

»Ist das nicht eine Pflanze, mit der man Stoff färbt?«

»Aye, aber es heißt, im Norden habe es Kämpfer gegeben, Pikten, die nackt gekämpft und sich mit Waid blau angemalt hätten, um ihre Feinde zu erschrecken.« Sie zuckte die Schultern. »Nyssa stammt aus dem Norden. Es könnte ihr Werk sein.«

Maximilian ließ sich in seinen Stuhl sinken, dann legte er die Fingerspitzen beider Hände zusammen und betrachtete Alys. Oliver war also auf seiner Mission gefangen genommen worden, aber anscheinend hatte er nichts Nützliches in Erfahrung bringen können. »Erzähle mir von deinen Gefährtinnen.«

»Ich sehe keinen Sinn darin«, sagte Alys und hockte sich auf die kleinere Truhe. Ihr Blick war nun stet. Ihr Widerstand regte sich erneut.

»Ich möchte meine Feinde kennen.«

»Ich möchte meine Freundinnen nicht verraten.« Sie lächelte ein wenig, eine Herausforderung in den Augen. »Du hast gesagt, du wüsstest Loyalität zu schätzen.«

Maximilian beugte sich vor und hielt ihren Blick fest, ließ sie seine Entschlossenheit erkennen. »Und du solltest mir von allen die größte Loyalität entgegenbringen. Seit unserer Ehe bist du in erster Linie mir verpflichtet.«

Alys kniff die Lippen zusammen und wandte den Blick ab. »Ich kann frühere Allianzen nicht so einfach vergessen.«

»Erzähle mir von ihnen.«

Sie starrte ihn an, und das wütende Feuer war in ihre Augen zurückgekehrt. »Das werde ich nicht.«

»Erzähl mir hiervon«, forderte er sie auf und hob die Halskette.

Sie betrachtete sie und zuckte die Schultern. »Es war das Symbol, das auf die Mauer im Hof von Kilderrick gemalt war. Mein Vater frischte es bei jedem Vollmond auf.« Ihre Augen verengten sich ein wenig. »Er zündete Kerzen an und sprach Beschwörungen.« Wieder sah sie ihn an. »Ich sollte davon nichts wissen und es schon gar nicht sehen.«

»Ging er mit Dämonen um?«

»Wer kann das schon sagen?«

»Hast du je einen gesehen?«

Sie starrte das Symbol einen Moment lang an. »Er sagte, es gäbe einen Kobold oder Dämon – eine Rotkappe –, der seine Mütze im Blut seiner Opfer tränkte. Dieser Dämon sei an ihn gebunden und müsse seinen Willen erfüllen. Er sprach oft mit ihm, besonders des Nachts, aber ich sah ihn nie.«

»Du denkst nicht, dass er wirklich existierte?«

»Das habe ich nicht gesag.‟ Ein Zittern durchlief sie. »In der Vollmondnacht herrschte eine seltsame Stimmung in der Burg, eine Rastlosigkeit, die sich nicht erklären ließ. Gegenstände verschwanden und die Diener flüchteten aus Furcht.«

»Außer Rupert, dem Kastellan.«

»Außer Rupert«, bestätigte sie. »Obwohl ich seine Angst oft spüren konnte. Er sagte mir, mein Vater betätige sich auf eine Weise, wie er es nicht sollte, aber mehr als das erzählte er mir nicht.«

»Aber ihr gebraucht das Symbol, über dem Fluss, wenn ihr die Viehdiebe angreift.«

Alys' Lächeln wurde breiter. »Es ist nur ein Symbol, allerdings eins, das den Leuten Angst macht. Sein Anblick allein hielt jahrelang alle Menschen von Kilderrick fern, und es hat uns gute Dienste geleistet, um mit den Banditen fertig zu werden.«

»Aber du glaubst nicht an seine Macht.«

Sie zögerte und schaute erneut auf das Symbol. »Dinge verschwanden, ohne dass ich es mir erklären konnte. Ich mag es nicht ganz verstehen oder daran glauben, aber ich respektiere es.«

»Ich nicht«, sagte Maximilian. Er griff das Symbol und zerdrückte es in seiner Hand, während er Alys beobachtete. Das Stroh und die Zweiglein fielen auseinander, aber er sah sie zusammenzucken und vermutete, ihr Glaube daran war doch stärker, als sie zugegeben hatte.

Er warf die Überreste auf den Tisch und erhob sich. »Ich werde dir Nathalie schicken, sodass wir essen und uns dann gemeinsam die Ruine anschauen können.«

~

ERST, als er Alys bereits zu der Ruine Kilderricks geleitet hatte, fragte sich Maximilian, ob das eine kluge Entscheidung gewesen war. Er war es gewesen, der Kilderrick zerstört hatte, wenn er auch auf Befehl seines Vaters gehandelt hatte, und sie war in dem Feuer gefangen gewesen, das in der Burg gewütet hatte. Er hatte sich die zerstörte Burg nur genauer ansehen wollen und nicht bedacht, dass es sie vielleicht verstören würde, dorthin zurückzukehren. Irgendwie war er davon ausgegangen, sie wäre oft hier gewesen, aber die steife Haltung, mit der sie die Ruine betrachtete, ließ ihn an seiner Annahme zweifeln.

Alys' Lippen waren fest zusammengepresst und ihre Schultern angespannt. Doch sie zauderte nicht, und er empfand Respekt für ihre Willenskraft. Er hätte ihr seine Hand geboten, aber sie kletterte mühelos allein auf die Mauer und bewies einmal mehr, dass sie ihn nicht brauchte.

Maximilian hatte vor, sie eines Besseren zu belehren.

Unsicher, was er sagen sollte, betrachtete er im Tageslicht die Ruine. Die alte Burg war ein dunkler Haufen Steine, zwischen denen sich während des Regens Pfützen gebildet hatten. Das Fundament bestand aus Stein, wie Maximilian sich erinnerte, und stand noch, obwohl die Steine auch rußgeschwärzt waren. Es hatte zwei Gebäude gegeben, durch einen Hof verbunden. Im größeren, westlich gelegenen hatte sich ein großer, gemeinschaftlich genutzter Wirtschaftsraum befunden, darüber im ersten Stock eine Halle mit hoher Decke und darüber wiederum zwei kleine Kammern. In einem der beiden Räume hatte er den Laird gefunden.

Die Burg war von einer dichten Dornenhecke umgeben gewesen,

die er verbrannt hatte, hatte aber nicht über einen Burggraben oder sonstige, aus Erde errichtete Verteidigungswälle verfügt. Der kleinere Turm im Osten hatte vermutlich Ställe und die Küche beherbergt und war als Lagerraum benutzt worden. Die zerstörte Burg wirkte trostlos, und Alys' Schweigen ließ ihn sich fragen, was sie dachte. Er konnte sich nicht davon abhalten, nach unten zu schauen, wo sich einst der Keller befunden hatte, in dem Alys gefangen gewesen war. Er konnte ihren Gesichtsausdruck nicht lesen, denn ihre Züge waren sehr starr.

Sie blickte in die Pfützen hinunter, die sich dort bildeten, wo der Keller gewesen war, und er erinnerte sich an den Stoffsack und an die hastigen Versicherungen des Kastellans. »Hast du wirklich vor, es wiederaufzubauen?«

»Aye, aber stärker, sodass es nicht so leicht zu erobern ist. Es war eher ein Haus als eine Festung.«

Sie warf ihm einen Blick zu. »Du sagtest, die Steinmetze würden aus Carlisle kommen. Ich hielt es für eine Geschichte, vielleicht eine, von der du glaubtest, ich wollte sie hören.«

Er schüttelte den Kopf. »Ich erzähle keine Geschichten, Alys«, erinnerte er sie.

Sie stellte diese Aussage nicht infrage. »Eine Burg dieser Größe wiederaufzubauen, ist kein geringes Unterfangen. Es wird viel Geld kosten.«

Maximilian nickte. »Ich habe dem Baumeister gesagt, dass ich vor dem Julfest ein Quartier brauche und im Frühling eine Burg. Er versprach mir, in aller Eile zu kommen.«

Sie hob die Brauen. »Du hast also durch deine Taten so viel Geld verdient? Durch das Plündern und Rauben?«

»Indem ich für Menschen gearbeitet habe, die für Resultate zahlen«, korrigierte er sie und begleitete seine Worte mit einem entsprechenden Blick. Alys schaute weg, und er versuchte, die Stimmung zwischen ihnen zu verbessern. »Das Problem mit Geld, fürchte ich, ist, dass ganz gleich, wie viel davon man hat, man immer mehr braucht, besonders, wenn es um das Bauen geht. Ich werde Pächter suchen und das Dorf unterhalb der Burg wiederaufbauen, denn dann nehme ich mehr Steuern ein.«

»Du denkst wirklich, sie werden dich als Laird akzeptieren.«

»Zu unserem Hochzeitsfest sind sie jedenfalls sehr bereitwillig gekommen«, bemerkte er. »Und sie haben mir die Treue geschworen.«

Sie nickte und ging auf der Mauer entlang, etwas, das anscheinend ihrer ganzen Aufmerksamkeit bedurfte. Maximilian zweifelte daran.

»Du hast deinen Vater hinterher gesehen«, sagte er, da er erriet, welche Richtung ihre Gedanken nahmen.

Sie nickte. »Kurz. Und Rupert auch.« Sie seufzte, dann schaute sie in die Ferne.

Maximilian hatte schon häufig verbrannte menschliche Überreste gesehen, und es widerte ihn noch immer an. Ihren eigenen Vater so sehen zu müssen, als sie noch ein Kind gewesen war – und den Kastellan, den sie so gut kannte – konnte für Alys nur entsetzlich gewesen sein.

»Ich habe Rupert nicht getötet«, gestand er, und sie wirbelte mit großen Augen zu ihm herum. »Es gab keinen Grund dazu. Er hat sich meinen Befehlen sofort gefügt und mich durch die gesamte Burg geführt. Er hat die Türen und Truhen aufgeschlossen und war sehr zuvorkommend.«

»Und hat über den Sack im Keller gelogen.«

»Das wusste ich damals nichts.« Maximilian setzte sich auf die Mauer und beobachtete sie. »Er war ein loyaler Diener, und ich hatte keinen Streit mit ihm.«

»Und doch ist er in jener Nacht gestorben.«

»Aye. Ich bin über seine Leiche gestolpert, als ich aus der Kammer des Lairds floh, aber ich habe ihn nicht getötet.« Er hielt ihren Blick fest, ließ sie erkennen, dass er die Wahrheit sprach, und stieß erst dann den angehaltenen Atem aus, als sie die Stirn runzelte und den Blick abwandte.

»Erzähle mir davon«, forderte sie ihn auf, die Arme vor der Brust überkreuzt.

»Mein Vater befahl mir, die Festung einzunehmen. Er selbst war in Northumberland, in den Diensten der Familie Percy, und wünschte, andere Einkommensquellen zu erschließen. Er sandte mich hierher mit einer kleinen Kompanie und einem Versprechen.«

Bei diesen Worten blickte Alys auf.

»Er sagte, wenn ich den Schatz von Kilderrick fände, könnte ich die

Burg und den Schatz für mich behalten. Damals schon wehrte ich mich innerlich gegen seine Autorität, also war das genau die richtige Versuchung. Ich kam mit einem halben Dutzend Männer her, aber sie ließen mich im Stich, als sie das Symbol auf der Mauer des Hofes sahen. Rupert zeigte mir alles, das ich zu sehen verlangte, dann brachte er mich zu deinem Vater.« Er schüttelte den Kopf, während er sich zurückerinnerte. »Der Wind in jener Nacht wehte heftig, und es lag etwas Beunruhigendes in der Luft.«

»Es war Vollmond«, sagte Alys. »Der Zeitpunkt, zu dem er seinen Dämon beschwor, oder so zumindest heißt es.«

»Du hast es nie gesehen?«

Sie schüttelte den Kopf und blickte auf ihre Hände herab, die sie in ihrem Schoß gefaltet hatte. »Ich wollte es nicht. Ich fühlte es, und das reichte aus.«

Maximilian wollte wetten, dass sie einen Teil der Wahrheit vor ihm verbarg, aber er fuhr mit seiner Erzählung fort. Selbst wenn er sie fragte, würde sie es ihm nicht sagen, nicht, bis sie selbst dazu bereit war – wenn dieser Tag jemals kam. »Er rief nach seinem Dämon, als er mich sah, und befahl ihm, mich zu packen. Ich hielt ihn für verrückt, denn ich konnte nicht sehen, mit wem er sprach. Der Kastellan weigerte sich, die Kammer des Lairds mit mir zu betreten, seine Angst war zu groß. Ich dachte, wenn er nicht verrückt wäre, müsste es eine List sein. Ich wollte nur den Schatz an mich nehmen.«

»Wusste dein Vater, worum es sich handelte?«

Maximilian schüttelte den Kopf. »Edelsteine oder Münzen, nahm ich an. In Wirklichkeit dachte ich, dein Vater hätte ihn vielleicht verschluckt.«

Alys schaute überrascht auf.

»Manche Männer tun das, und dann müssen sie einen Tag oder zwei ihren Stuhlgang untersuchen, aber es ist eine Methode, etwas Kostbares zu verbergen.«

Sie blinzelte. »Das klingt übel.«

»Aber es ist effektiv. Und ich wollte … ihn ermutigen zu enthüllen, wo das Juwel war. Ich dachte, die Flammen würden seine Zunge lösen. Aber der Wind fuhr auf eine höchst unnatürliche Weise durch die Kammer, und die Flammen loderten viel höher auf als erwartet. Er rief nach seinem Dämon und erteilte der Kreatur Befehle, und obgleich ich noch immer an dessen Existenz zweifle, kann ich nicht leugnen, dass die Flammen ein Eigenleben entwickelten.« Er schüttelte den Kopf. »Ich hatte nicht vor, ihn zu töten, Alys.«

»Hat er dir von dem Schatz erzählt?«

Maximilian schüttelte den Kopf. »Nein. Als er starb, schrie er von Blut, zweifellos, damit der Dämon seine Kappe darin badete.«

Sie wirkte nachdenklich.

»Was weißt du über Kilderricks angeblichen Schatz?«, fragte er schließlich.

Alys schüttelte den Kopf und wandte sich erneut von ihm ab. »Die Reichtümer meines Vaters wurden gestohlen, bevor du kamst«, sagte sie, und Maximilian wünschte sich, er könnte ihr in die Augen sehen. »Diebe kamen und leerten die Schatzkammer, stahlen jede einzelne Münze. Sie nahmen jeden Bissen Nahrung und jeden Gegenstand, der sich verkaufen ließ. Sie ließen uns mit nichts zurück.« Als sie ihn ansah, war ihr Gesichtsausdruck kühl. »Deshalb räche ich mich an ihnen.«

Das konnte Maximilian ihr nicht verübeln. »Also existiert der Schatz nicht mehr.«

»Mein Vater beharrte, er habe das Juwel dieses Hortes so gut verborgen, dass niemand es entdecken würde. Soweit ich weiß, hat es auch niemand.«

»Weißt du, wo es ist?«

Alys zuckte die Schultern und wandte sich wieder der Ruine zu, als sei die Angelegenheit von keinerlei Interesse. »Ich dachte, ich wüsste es, aber ich irrte mich. Ich nehme an, dass es auch gestohlen wurde. Ich war nur ein Kind.«

Das musste die Wahrheit sein, wenngleich etwas an ihrem Benehmen ihn zweifeln ließ. Welche Erbin wäre nicht entschlossen, den Schatz zu finden, der ihr gehörte, wenn alles andere verloren war? Sie musste es versucht haben. Er war fort.

Ein Vermächtnis mehr, das man seiner Gemahlin gestohlen hatte.

Alys deutete auf die Ruine, als wollte sie ihn ablenken. »Man kann sehen, dass der größere Turm hier stand, auf der Westseite, aber du hast ihn vor all den Jahren ja auch betreten.« In ihrem Blick lag eine vertraute Herausforderung. »Du musst dich daran erinnern.«

»Aye.« Er erlaubte sich, sich ablenken zu lassen. »Die Treppe war innen, an der Nordwand, und im zweiten Stock gab es eine große Kammer. Darüber lagen das Gemach des Lairds und ein zweites, kleines Zimmer. Bei klarem Himmel muss man einen guten Ausblick gehabt haben.«

»Das hatte man« Sie lächelte ein wenig bei der Erinnerung. »Ein Teil der Treppe steht noch. Und der Keller, natürlich.« Sie straffte die Schultern und drehte sich mit einem Stirnrunzeln um. »Im Osten war der kleinere Turm, in dem sich die Küche und die Lagerräume befanden.«

»Und dazwischen lag ein ummauerter Hof, wo ich das Pentagramm auf der Mauer sah.«

»Wie willst du die Burg wiederaufbauen? So, wie sie war?«

»Größer«, gestand Maximilian und sah ihre Überraschung. Er griff ihre Hand, sprang von der Mauer und begann, die Außenlinie mit den Füßen zu markieren. »Dieser westliche Turm muss größer und höher werden, damit man einen besseren Blick auf das Tal hat und er besser geeignet ist, unseren Haushalt unterzubringen. Ich würde ihn bis hierher ausdehnen. Über dem Keller wird sich die Küche befinden, mit einem Herd in dieser Ecke. Darüber die große Halle und oben die Kammer des Lairds.«

Sie schaute belustigt. »Du hast darüber nachgedacht.«

»Aye.« Er ging die Strecke zur anderen Seite. »Ganz oben würde sich eine Plattform für Wachposten befinden, und der Hof würde ebenfalls größer.«

»Mehr Raum für den monatlichen Gerichtstag«, sagte sie, und er nickte zustimmend.

»Ich würde auch einen Gewölbekeller unter dem zweiten Turm anlegen, der Lagerräume und Quartiere für diejenigen enthalten würde, die in der Burg arbeiten.«

»Die Hecke?«

»Wird neu gepflanzt.«

»Mein Vater sprach immer davon, Wälle zu bauen, aber das geschah nie.«

»Ich werde welche graben lassen, hier und hier.« Bevor sie protestieren konnte, hatte Maximilian sie von der Mauer gehoben. »Wo waren die Stallungen?«

»Mein Vater hatte nur wenige Pferde. Im Hof gab es einen Unterstand. Es heißt, sie wären einst im Dorf an der Burg untergebracht worden, wo sich auch eine Kapelle und die Schmiede befanden. Es war bereits verlassen, als du das erste Mal nach Kilderrick kamst.« Sie ging ein kleines Stück voraus, führte ihn zu den Überresten des Dorfes, das neben der Burg gelegen hatte.

Maximilian waren die steinernen Grundrisse aufgefallen, als er nach Rowan Fell geritten war, aber er hatte sie noch nicht untersucht. Bei seinem ersten Aufenthalt in Kilderrick waren die Hütten bereits leer gewesen. »Was geschah mit den Dörflern, die hier lebten?«

»Einige gingen nach Rowan Fell, aber nicht alle.« Sie schaute ihn an. »In den Jahren, bevor du kamst, war der Einfluss meines Vaters stark geschwunden, und die Ernte blieb mehrere Jahre in Folge aus. Es ist ein hartes Land hier, und wir leben selten im Überfluss. Vielleicht solltest du lieber versuchen, dich auf anderen Ländereien niederzulassen.«

»Ich habe meine Wahl getroffen, Alys, und werde nicht zaudern.«

Statt zu antworten, richtete sie sich auf und schaute nach Westen, beschirmte ihre Augen mit der Hand. Er folgte ihrem Blick, noch bevor sie in die Richtung deutete. »Was ist das?«

Eine Gruppe Dörfler näherte sich, die offensichtlich aus Rowan Fell kamen. Sie wurden von Finlay, dem alten Schmied, angeführt, und von Eamon, dem Sheriff. Hinter ihnen gingen ihre Familien. Ihnen folgte eine Gruppe weiterer tuschelnder Dörfler, die offenbar von Neugierde auf das Geschehen erfüllt waren.

Was hatte das zu bedeuten?

KAPITEL 14

Der Silberwolf hatte gesagt, er habe ihren Vater nicht absichtlich getötet, und Rupert gar nicht. Beide Behauptungen verblüfften, aber was Alys weitaus mehr beunruhigte, war ihre Neigung, ihm zu glauben. Er war ihr aufrichtig vorgekommen.

Entweder stimmte es, dass er niemals log, oder er erzählte mit einer solchen Leichtigkeit Lügen, dass sie wie die Wahrheit klangen. Alys wünschte, sie wüsste, was von beidem zutraf.

Und er war wegen des Schatzes nach Kilderrick gekommen: Tatsächlich war er ihm versprochen worden. Er wusste noch immer nicht, dass *sie* der Schatz war, der Anteil königlichen Blutes in ihren Adern. Wenn Alys gestand, dass er den Schatz von Kilderrick bereits *hatte*, würde der Silberwolf vielleicht niemals gehen.

»Was ist das?«, fragte er in offensichtlicher Verwirrung, als er die näherkommenden Dörfler sah.

»Ich möchte wetten, dass sie etwas vor Gericht bringen wollen.«

Deutlich zeigte sich seine Überraschung in dem Seitenblick, den er ihr zuwarf. »Warum?«

»Weil du der Laird bist und sie dir Treue geschworen haben. Dörfler sind nicht nur eine Einnahmequelle. Auch du schuldest ihnen etwas. Zumindest Sicherheit und Gerechtigkeit.«

»Es wird ein Gerichtstag am Tag nach Neumond stattfinden. Das habe ich ihnen bereits gesagt.«

»Anscheinend können manche Angelegenheiten nicht warten.« Alys trat vor, um die Dörfler zu begrüßen. Ihre eigene Neugier war geweckt. Aus der Flut von Beschwerden und Anklagen, alle auf Gälisch, erfuhr sie die Wahrheit. Sie wandte sich dem Silberwolf zu. »Der Sheriff von Rowan Fell bittet um eine Anhörung.«

Ungeduld zeigte sich im Gesicht ihres Ehemanns, die im nächsten Moment verschwand, als wäre sie nie da gewesen. »Es wird einen Gerichtstag geben«, wiederholte er fest.

»Eamon sagt, man hätte ihn beraubt.«

Der Silberwolf hob die Brauen.

»Und der Schmied, Finlay, verlangt ebenfalls einen Urteilsspruch, denn die Ehre seiner Tochter wurde beschmutzt.«

Ihr Ehemann blinzelte. »Und das geht mich etwas an?«

Alys lachte angesichts seines Missfallens beinahe laut auf. »Du bist nicht nur der Laird von Kilderrick, sondern diese Vorfälle ereigneten sich auch während des Festes letzte Nacht.« Der Schmied redete weiter, wütend und mit Gusto, und als er endlich still wurde, gab sie ihrem Gemahl eine übersetzte Zusammenfassung. »Und Finlays Schwein wurde gestohlen.«

»Ich wäre ebenso wütend wie er, wenn es ein Pferd gewesen wäre statt eines Schweins.«

Alys neigte sich ihrem Ehemann zu und senkte die Stimme. »Das Schwein ist, was sie diesen Winter essen werden«, flüsterte sie und hielt seinen Blick. »Es ist für ihr Überleben so wichtig wie dein Schlachtross es für das deine war.«

Der Silberwolf wurde ernster und dachte offenbar nach. »Aber sie sind doch nicht ohne Verstand. Ich werde über die wichtigen Angelegenheiten richten, nicht über Diebstahl oder den Verlust von jemandes Unschuld.«

»Du bist Laird«, erinnerte sie ihn erneut.

Nun war er gereizt. »Aber das sind unwichtige Angelegenheiten. Sicher können sie solche Trivialitäten untereinander entscheiden.«

»Du bist Laird«, sagte Alys einmal mehr und warf ihm einen so strengen Blick zu, dass die Dörfler still wurden und sie misstrauisch ansahen. »Du schuldest ihnen eine Anhörung, noch heute.« Sie wandte sich dem Sheriff und dem Schmied zu. »Ich fürchte, mein Ehemann bedarf meiner Hilfe«, sagte sie auf Gälisch zu ihnen. »Um Eure Worte wie auch unsere örtlichen Bräuche zu verstehen.«

»Was hast du gesagt?«, fragte der Silberwolf, und sie erzählte es ihm. Er zog die Brauen zusammen. »Ich weiß genug über Recht und Gesetz …«, begann er, aber Alys unterbrach ihn entschlossen.

»Aber du verstehst kein Gälisch«, bemerkte sie, und er schloss den Mund so rasch, dass sie sich fragte, ob das wirklich stimmte.

Sie war überzeugt gewesen, dass er kein Gälisch sprach, denn er hatte sie gebeten, ihm die Dörfler vorzustellen und für ihn zu übersetzen. Nun fragte sie sich, ob das lediglich eine List gewesen war, damit ihn seine Bauern unterschätzten.

Sein Blick hatte bei ihrer Behauptung, er brauche ihre Hilfe, ein wenig geflackert, dann hatte er zustimmend genickt – aber einen kleinen Moment hatte er gezögert.

Anscheinend zählte es nicht als Täuschung, jemanden zu falschen Annahmen zu verleiten.

Wirklich, sie verstand den Silberwolf mit jeder verstreichenden Minute besser. Es wunderte sie, wie sie ihn für unlesbar und leidenschaftslos hatte halten können. Zwei Nächte hatten seine Leidenschaft für sie bewiesen, und wachsame Beobachtung hatte gezeigt, wie oft er auf subtile Weise seine Gedanken enthüllte.

Wie seltsam, dass er dachte, solche üblichen Anliegen der Gerichtsbarkeit gingen ihn nichts an. Wenn er wollte, dass die Dörfler ihm Respekt erwiesen – und ihre Steuern zahlten – dann würde er solche Angelegenheiten für sie entscheiden müssen. Bei der Beziehung eines Lairds zu den Menschen auf seinem Land ging es weniger um eine Herrschaft über sie als um eine Partnerschaft.

Wenn der Silberwolf das erst lernen musste, würde Alys es ihm beibringen. Sie würde nicht danebenstehen, während er die Fehler ihres Vaters wiederholte.

~

ZUSAMMEN GINGEN alle zum Lager und der Lichtung, wo sie in der Nacht zuvor gefeiert hatten. Es roch wunderbar nach Suppe, und Denis war am Feuer beschäftigt. Der Silberwolf setzte sich auf seinen Stuhl, komplett gerüstet mit Kettenhemd und Waffenrock, seinen Mantel um die Schultern und sein Schwert am Gürtel.

Sein herrschaftliches Erscheinungsbild erfüllte Allys mit unerwarteter Genugtuung, und ihr wurde warm, als sie daran dachte, was sie im Bett miteinander getan hatten. Er warf ihr einen flüchtigen Blick zu, der eine seltene Ungeduld verriet, und es gefiel ihr, dass er einmal mehr auf ihren Rat hörte.

Sie ging zu ihm, und er streckte ihr eine Hand hin, ohne in ihre Richtung zu sehen – wusste genau, wo sie war. Seine Finger schlossen sich um ihre, und er zog sie an seine Seite, eine besitzergreifende Geste, die den Dörflern nicht verborgen blieb.

Ging es nur um den äußeren Anschein? Das glaubte Alys nicht. Er schien ihre Hilfe zu wollen, und sie wagte zu hoffen, sie könnten über Kilderrick gemeinsam herrschen. Er konnte nicht ahnen, wie sehr diese Aussicht ihr gefiel.

Der Silberwolf sah wie ein wohlhabender Krieger aus, und sein Status wurde umso deutlicher, wenn man ihn mit den einfachen Kleidern des Schmieds und des Sheriffs verglich. Jeannie hatte ihren Ehemann natürlich begleitet, und ihre Lippen waren in säuerlicher Missbilligung verzogen.

Der ältere Schmied, Finlay, stand bei seinen Söhnen und seiner Tochter. Er arbeitete mittlerweile nicht mehr in der Schmiede und ging gebeugt, sein Haar war silbern, seine Gestalt ausgezehrt. Sein ältester Sohn Cormac stand neben ihm, die kräftigen Arme über seinem breiten Brustkorb verschränkt, und runzelte finster die Stirn. Von Cormacs Frau und seinem Kind war nichts zu sehen. Die Tochter des Schmieds, Isobeal, ein hübsches Mädchen, weinte, während sie zwischen ihrem Vater und ihrem ältesten Bruder stand. Tynan, der jüngere Sohn, ein stiller, dunkler Mann, der über seine Verwandten aufragte, hielt sich hinter den dreien und schaute aufmerksam zu.

Finlay beschwerte sich laut darüber, einer der Männer des Silberwolfs habe seiner Tochter die Unschuld gestohlen, und erging sich in einer lebhaften Beschreibung, wie jener Mann Isobeal – und somit auch ihren Vater – um ihren zustehenden Lohn gebracht hatte. Anscheinend war auch sein Schwein verschwunden, und er verlangte zu wissen, wer von den Männern des Silberwolfs es gestohlen habe. Es war vielleicht besser, dass der Silberwolf ihn nicht verstand, denn Finlays Tirade war voller verächtlicher Bemerkungen über Söldner und Männer des Kriegs.

»Was sagt er?«, fragte der Silberwolf Alys leise, als sich keine Anzeichen erkennen ließen, dass der Wortschwall bald ein Ende haben würde. Alys war sich nicht sicher, ob Finlay überhaupt zwischendurch Luft holte. Er stand im Mittelpunkt der Aufmerksamkeit aller Versammelten und schien die Blicke zu genießen, die auf ihm ruhten.

»Dass man seiner Tochter die Unschuld gestohlen hat und ihm sein Schwein.«

Der Silberwolf warf ihr einen ungeduldigen Blick zu. »Das sind zehn Wörter. Er hat mindestens fünfhundert gesagt.«

Alys kämpfte gegen ein Lächeln. »Er nimmt sich beide Kränkungen sehr zu Herzen.«

Der Silberwolf seufzte, während Finlay unverdrossen fortfuhr. »Es kann kein so schlimmes Verbrechen sein, wenn es ihm solches Vergnügen bereitet, davon zu berichten«, murmelte ihr Ehemann, aber Alys antwortete nicht.

Nach und nach erschienen die Gefährten des Silberwolfs, angelockt vom Klang der Stimme des Schmieds. Alys sah, dass Oliver sich gewaschen hatte, die blaue Farbe des Waids ihm aber noch immer anhaftete und sich in seinen Haarwurzeln zeigte. Es sah auch ganz so aus, als hätte jemand ihm mit Ruß ein Pentagramm auf die Stirn gezeichnet.

Das brachte Alys zu Bewusstsein, dass es nur noch wenige Nächte bis zum Vollmond waren. Elizabeth hatte kleine Symbole überall im Lager verteilt, und der Anblick hatte die Dörfler, die mit dem Silberwolf aus Frankreich gekommen waren, erschreckt. Würden Ceara und Nyssa zu Vollmond erneut etwas tun, um sie in Schrecken zu versetzen?

Sie bezweifelte, dass sich ihr selbst eine solche Gelegenheit bieten würde, was ihr die Entscheidung ersparte, ob sie etwas Derartiges tun sollte oder nicht. Der Silberwolf würde sich nicht beeindrucken lassen, aber was, wenn seine Gefolgsleute Kilderrick verließen? Würde er folgen?

Würde er ihr das Siegel aushändigen, wenn er es tat? Alys biss sich auf die Lippen und grübelte.

Murdoch erschien am Rand der Gruppe, gepackte Satteltaschen in den Armen, und stellte sie ab, um zuzusehen. Er begann, für Yves und Denis zu übersetzen, die sich um ihn drängten, Nathalie und Marie dicht hinter ihnen.

»Er war es!«, rief der Schmied plötzlich und deutete auf Rafael, der gerade eben auf die Lichtung geschlendert kam. Isobeal brach erneut in Tränen aus, die allerdings ein wenig künstlicher wirkten, als Alys erwartet hatte.

»Diese Art der Reaktion ist mir neu«, murmelte Rafael auf Französisch, und Victor stieß ein schnaubendes Lachen aus. Rafael grinste über seinen eigenen Scherz und die Reaktion des anderen Söldners.

»Anscheinend war er es«, murmelte der Silberwolf.

Alys schaute ihn überrascht an. Hatte er Finlays Fingerzeig gedeutet oder die Worte des Schmieds verstanden?

»Und er war es auch, der unsere Hütte ausgeraubt hat!«, schrie Eamon und deutete seinerseits auf Rafael.

Rafael blinzelte, dann schaute er zum Silberwolf, der Alys Finger drückte, ein Zeichen, dass sie übersetzen sollte.

»Der Schmied beschuldigt Euch, seiner Tochter letzte Nacht die Unschuld genommen zu haben«, sagte sie zu Rafael. »Während der Sheriff Euch vorwirft, sein Haus ausgeraubt zu haben. Es ist noch nicht klar, wer das Schwein des Schmieds gestohlen hat.«

Rafael schnaubte, dann wandte er sich an den Silberwolf. »Und eine Anklage reicht, um mich schuldig zu sprechen?«

»Bist du es?«, fragte der Silberwolf.

»Nein.« Rafael nahm sich einen Apfel aus einem Korb neben dem Feuer, polierte ihn an seinem Waffenrock und biss hinein. Seim Blick war eine Herausforderung. Und seine Erwiderung wurde verstanden, denn die Dörfler aus Rowan Fell murmelten missbilligend.

»Euer Dolch steckte in meinem Tisch!«, sagte Eamon und hob den fraglichen Dolch in die Höhe.

Alys übersetzte für den Silberwolf und für Rafael, die beide sichtlich überrascht waren. »Er steckte *darin*?«, fragte der Silberwolf skeptisch.

»In das Holz hineingetrieben, die Spitze darin versunken«, erklärte der Sheriff. »Ihr könnt die Kerbe an der Klinge sehen.«

Während Alys übersetzte, zeigte Eamon den Dolch vor.

»Das ist feiner Stahl aus Toledo!«, sagte Rafael wütend, als er die Kerbe sah. Obwohl er Englisch sprach, verstanden ihn viele der Dörfler. »Kein Mann von Verstand würde eine solche Klinge jemals so respektlos behandeln!« Er nahm Eamon die Waffe weg, der dabei vor ihm zurückschrak. Bei einem genauen Blick auf die Klinge verzog er das Gesicht. »Seht Euch die Spitze an«, murrte er und drehte die Klinge, sodass sie im Licht glänzte. »Es ist ein Sakrileg.« Er drehte sich zum Sheriff um, den Dolch erhoben. »Seht es Euch an. Habt Ihr die Waffe so zugerichtet?«

Der Sheriff machte zwei Schritte zurück und hielt die Hände hoch. »Ich nicht!«

»Ich auch nicht!«, sagte Rafael und näherte sich dann dem Silberwolf, um ihm die Klinge mit offensichtlicher Abscheu zu zeigen.

Der Silberwolf schüttelte mitfühlend den Kopf. »Und das bei einer so feinen Klinge. Vielleicht lässt sie sich wieder schärfen ...«

»Sie wird nie mehr sein, wie sie war«, sagte Rafael klagend, und beide starrten die Klinge an. Sie waren sich offensichtlich einig.

»Ich wurde beraubt!«, röhrte Eamon auf Englisch. »Ist das für keinen von Euch von Belang?«

Die beiden Söldner schauten verblüfft auf. »Was wurde gestohlen?«, fragte der Silberwolf.

Eamon holte tief Atem. »Drei Enten, sechs Hühner, zwei Zinnteller ...«

»Aye, die waren hübsch«, bemerkte Rafael und wedelte mit seinem Dolch. »Deren Verlust würde mich sicherlich schmerzen.«

Jeannie starrte ihn böse an. »Und das Schwein des Schmieds wurde in unserem Haus eingeschlossen«, sagte sie, wobei sie zurück ins Gälische wechselte.

»Dann habt *Ihr* unser Schwein gestohlen«, sagte der Schmied zu ihr.

»Ich habe Euer Schwein nicht gestohlen«, gab Eamon zurück. »Ich habe es aus meinem Cottage herausgelassen.«

»Aber dann seid Ihr dafür verantwortlich, dass es verschwunden ist«, behauptete Finlay.

»Nicht, wenn Ihr es in unserem Haus eingeschlossen habt«, erwiderte Eamon.

Finlay deutete mit dem Finger auf den Sheriff. »Dieses Schwein hätte uns den ganzen Winter lang ernährt …«

»Und es sollte längst geschlachtet sein«, mischte Jeannie sich ein. »Meine Mutter sagte, man solle nach Samhain keine Schweine mehr mästen …«

Eamon unterbrach sie und deutete auf Finlay. »Euer Schwein hat in meinem Cottage eine Bank zerstört und unsere Strohlager beschmutzt …«

»Was ist mit meiner Unschuld?«, klagte Isobeal, deren Weinen wieder an Lautstärke zunahm.

»Und was ist mit meinen Enten?«, fragte Jeannie den Silberwolf.

Der Silberwolf kniff sich in den Nasenrücken, während alle mit lauter werdenden Stimmen stritten, in schnellem Gälisch, und auf der Lichtung das reine Chaos ausbrach. Er ließ sie streiten, bis ihre Stimmen verklangen. Wie gereizt er war, war offenkundig. Schließlich erhob er sich befehlsgewohnt.

Die Dörfler verstummten erwartungsvoll. Alys nahm an, der Silberwolf würde sie ohne eine Antwort zurück nach Rowan Fell schicken, wie ihr Vater es getan hätte, aber einmal mehr überraschte sie ihr Ehemann.

Er deutete auf Isobeal. »Hat Euch dieser Mann entjungfert?«, fragte er sie auf Englisch, sprach dabei klar und deutlich und deutete auf Rafael.

»Aye, Sir«, sagte sie, während ihr Blick zu Rafael huschte und dann wieder fort.

»Sie war keine Jungfrau«, gab Rafael zurück. Isobeal errötete, ihr Vater begann sich zu empören, und zu Alys' Überraschung meldete sich Tynan, der jüngere Sohn des Schmieds, leise zu Wort.

»Er sagt die Wahrheit. Es war der Sohn des Müllers, der diesen Preis errang.«

Erstauntes Raunen erklang unter den Dörflern, und erneut erhoben sich Stimmen.

»Verflucht«, murmelte der Silberwolf.

Isobeal keuchte auf und wirbelte wütend zu ihrem Bruder herum. »Tynan!«

»Ich wusste, ich war nicht der Erste, der diese Pforte durchschritten hatte«, sagte Rafael und nickte entschieden.

Isobeal drehte sich zu ihm herum und wechselte in ihrer Aufregung ins Gälische. »Und nun wird mein Vater mich verstoßen, und der Sohn des Müllers wird mich nicht haben wollen, und es ist *alles Eure Schuld*.«

Rafael schaute Alys an, die Brauen erhoben.

»Sie macht Euch verantwortlich«, schien die treffendste Zusammenfassung zu sein.

»Sie sollte mir danken«, antwortete der Söldner und grinste Isobeal an. »Ich danke *Euch* für einen vergnüglichen Ritt.«

Sie errötete tief, verstand offensichtlich die Botschaft, wenn auch nicht die Worte. »Schuft!«

Aber in ihren Augen lag ein Funkeln, und Alys war sich sicher, sie war keine unwillige Partnerin gewesen.

»Und die Hütte?«, fragte der Silberwolf Rafael.

»Ich bin dort nicht mehr gewesen, seit du und ich sie verlassen haben.« Er hob den Griff seines Dolches, und Alys sah, dass etwas in dem runden Kristall in seinen Knauf eingeschlossen war. Er hielt den Blick des Silberwolfs und küsste den Kristall. »Ich schwöre es auf diesen Splitter des Wahren Kreuzes.«

Im Knauf seines Dolches steckte ein Splitter des Wahren Kreuzes? Alys war überrascht, genauso überrascht wie die Dörfler, die die Hälse reckten, um die betreffende Waffe besser sehen zu können.

»Wie ist dein Dolch dann dorthin gelangt?«, fragte der Silberwolf. »Hat man ihn dir gestohlen?«

Rafael wirkte unbehaglich. »Ich habe ihn jemandem gegeben, der Frau, die Phantôm gestohlen hat.«

»Warum?«

»Sie bot an, im Austausch dafür mit mir zu schlafen, als ich im Sumpf gefangen war.« Rafael zuckte die Schultern. »Sie hat gelogen.«

Wieder schaute der Silberwolf zu Alys.

»Das war Ceara«, steuerte sie bei.

»Kann es sein, dass sie die Hütte des Sheriffs ausgeraubt hat?« Sein Blick war forschend.

Alys konnte nicht leugnen, dass es Ceara Vergnügen bereitet hätte, das zu tun. Und Ceara hätte es besonders genossen, dafür zu sorgen, dass man einen der Söldner dafür verantwortlich machte. »Alles ist möglich«, gestand sie ein und fühlte sich bei diesen Worten illoyal.

Sein Blick war prüfend. »Deine früheren Gefährtinnen verursachen weiterhin Aufruhr. Weißt du, wie man sie vielleicht besänftigen könnte«

»Du könntest ihnen Obdach im Ausgleich für ihre Treue anbieten.« Der Vorschlag war kühn und zuvor auf Ablehnung gestoßen, aber zu Alys' Überraschung schien der Silberwolf ihn diesmal zu erwägen.

»Würden sie solche Bedingungen akzeptieren?«

»Vielleicht.«

»Würden sie sich daran halten?«

»Das würde ich hoffen.«

»Ich auch Alys, ich auch.« Er räusperte sich und deutete auf Rafael. »Du wirst Isobeal Smith zwei Silberpennys zahlen, denn ganz gleich, ob sie ihre Unschuld verloren hat oder sich als Hure verdingen will, sie muss für die Dienste, die sie dir geleistet hat, entschädigt werden.«

Alys übersetzte dies rasch für die Dörfler, während er wartete. Es gab einiges Geraune, aber sie spürte, dass man dieses Urteil für fair hielt.

Zwei silberne Pennys waren eine beachtliche Entschädigung, selbst, wenn sie noch Jungfrau gewesen wäre.

Der Silberwolf wandte sich an Mallory und Reynaud. »Ihr werdet das Schwein des Schmieds suchen und es bis zum Abend zu seinem Hof zurückbringen.«

»Aber wo sollen wir das Schwein suchen, Sir?«

»Dort, wohin auch immer Schweine sich flüchten«, antwortete der Silberwolf, und sein Verdruss zeigte sich erneut. »Ich verstehe nichts von Schweinen. Fragt!«

Die Jungen verbeugten sich, und Alys sagte: »Schaut bei den Küchenabfällen in den Gärten der anderen Dörfler.«

»Und sammelt alle Hühner und Enten ein«, fuhr der Silberwolf fort.

»Ich werde nach dem Mittagessen nach Rowan Fell kommen, und wir werden feststellen, welcher Vogel welchem Dörfler gehört.«

Die beiden Jungen nickten und machten sich auf den Weg ins Dorf.

»Was ist mit meinen Tellern?«, fragte Jeannie.

»Ich werde den Schuldigen finden, aber bis ich das getan habe, kann ich sie Euch nicht zurückgeben«, sagte der Silberwolf, und der Tadel in seiner Stimme war so klar, dass selbst Jeannie verstummte. Er deutete auf Amaury, der mit funkelnden Augen ganz hinten stand. »Und du wirst mit Oliver die Frauen im Wald ausfindig machen und sie zu mir bringen. Achte besonders darauf, Jeannies Teller zu finden, sofern das möglich ist, und bemühe dich, die Frauen nicht zu verletzen. Wir werden sehen, ob sie das Angebot von Obdach akzeptieren werden, das die Lady und ich ihnen machen werden.«

»Ich könnte nach ihnen suchen«, bot Rafael an.

»Du hast bereits genug getan«, antwortete der Silberwolf, und sein Ton klang so hart, dass selbst Rafael den Blick senkte. Alys übersetzte für die Dörfler, die mit ihrem Nicken Begreifen und Zustimmung signalisierten. »Seid Ihr einverstanden?«, fragte er die Bauern von Rowan Fell.

»Aye!«, kam die übereinstimmende Antwort.

Finlay Smith zeigte sich zufrieden mit dem Silberpfennig, den er von Isobeals Lohn einbehalten hatte. Er grinste den neuen Laird an und nickte heftig, dann sank er vor ihm auf ein Knie. Cormac strahlte ebenfalls. Jeannie war zwar alles andere als glücklich, aber sie forderte den Silberwolf nicht weiter heraus. Eamon katzbuckelte geradezu, als er sich vorbeugte, um dem Laird die Hand zu küssen. Alys hätte ihm um nichts in der Welt den Rücken zugekehrt.

Erst, als die Dörfler nach Rowan Fell zurückkehrten und dabei lebhaft über das Ergebnis ihres Ansuchens diskutierten, dachte Alys darüber nach, was für ein Wunder es war, dass sie sich überhaupt an den Silberwolf gewandt hatten. Sie hatten ihm die Treue geschworen und er hatte sie mit einem Festmahl belohnt, aber sie vertrauten schon jetzt darauf, dass er tun würde, was seit Jahrzehnten kein Laird mehr getan hatte.

Der Silberwolf unterschied sich nicht nur von seinem eigenen Vater – er unterschied sich auch von ihrem.

~

IN DIESER ANGELEGENHEIT Recht zu sprechen, war einfacher, als Maximilian erwartet hatte. Was die Dörfler wirklich wollten, war ein Vermittler. Nicht so sehr jemanden, der eine Entscheidung traf, sondern jemanden, der half, eine Lösung zu finden, auf die sich alle einlassen konnten. Er war es gewöhnt, das für die Compagnie Rouge zu tun, aber nicht für das einfache Volk. Seine Truppen fielen in ein Dorf ein und besetzten es für gewöhnlich nur eine kurze Weile, bevor sie weiterzogen. Bei den Streitigkeiten zwischen den Söldnern ging es um gestohlene Münzen oder Rationen, oder es gab Streit über Anteile an der Beute oder die Gunst einer Frau. Hühner und Schweine unterschieden sich gar nicht so sehr davon, wie man meinen mochte. Er begann zu verstehen, was Alys meinte, wenn sie von einer Partnerschaft zwischen dem Laird und seinen Leuten sprach. Mit ihrer Hilfe, dachte er, würde er der Aufgabe bald gewachsen sein.

Und Alys versetzte ihn weiterhin in Erstaunen. Sie hatte keine Furcht davor, ihn vor seinen eigenen Dörflern herauszufordern, ja, darauf zu beharren, dass er die Dinge auf ihre Weise sah. Sie war kühn, und sie hatte recht.

Ihre Ratschläge würden ihnen beiden gute Dienste erweisen.

Murdoch wählte diesen Moment, um sich zu verabschieden, und es war beinahe, als säße der Silberwolf in einer großen Halle. Er blieb auf seinem Stuhl auf der Lichtung, während sich der Schotte ihm näherte, und Alys stand weiterhin an seiner Seite. Einmal mehr fragte er sich, ob die beiden einander kannten, aber sie würdigten sich gegenseitig keines Blickes.

Ein misstrauischer Mann könnte auf den Gedanken kommen, dass sie einander etwas zu offensichtlich ignorierten.

»Ich danke Euch für die gemeinsame Reise«, sagte Murdoch und verbeugte sich. »Wenn es Euch recht ist, Sir, werde ich meinen Weg nach Norden in meine Heimat fortsetzen.«

»Ihr habt nie erwähnt, wo sie liegt«, sagte Maximilian.

Murdoch lächelte dünn. »Ich bezweifle, dass Ihr sie kennen würdet, Sir.«

Maximilian erkannte eine Ausflucht, wenn er eine hörte, aber er würde dem Schotten keinen Grund geben, ihn für misstrauisch zu halten. Wenn der Mann einen Plan oder eine Absicht hatte, würde das erst offenbar werden, wenn er sie verlassen hatte. Je früher er ging, desto früher konnte Maximilian dafür sorgen, eine mögliche Bedrohung aus dem Weg zu räumen. Sie tauschten gute Wünsche, dann machte sich Murdoch auf den Weg.

Maximilian musste Rafael nicht erst sagen, dass er ihm folgen sollte.

Zu Maximilians Überraschung war der jüngere Sohn des Schmieds zurückgeblieben, nachdem die anderen ins Dorf zurückgekehrt waren. »Tynan, nicht wahr?«, fragte Maximilian, bevor Alys ihn dazu auffordern konnte. Er war ein großer Mann mit dunklem Haar und dunklen Augen und so kräftig, wie es ein Schmied Maximilians Ansicht nach sein sollte.

Tynan verbeugte sich. »Ich hatte überlegt, Euch meine Dienste hier in Kilderrick anzubieten, Mylord«, sagte er und verbeugte sich.

»Arbeitet Ihr nicht in der Schmiede in Rowan Fell?«

»Mein älterer Bruder wird die Schmiede erben. Mein Vater hat sich entschieden.« Tynan zuckte die Schultern, und sein Blick erhellte sich, als er die Pferde hinter den Zelten stampfen hörte, auch wenn er sie von seiner Position aus nicht sehen konnte. Er sah Maximilian ins Gesicht. »Nachdem ich Isobeals Lüge aufgedeckt habe, werde ich daheim am Herd nicht mehr so willkommen sein.«

Ah.

»Und Ihr habt Pferde«, fügte Tynan hinzu.

»Aye.«

»Schlachtrösser.« Tynan gab dem Wort die Betonung, die es verdiente.

»Aye. Sechs Schlachtrösser und achtzehn Zelter. Und nun eine Reihe von Ponys. Eine wahre Herde.«

»Ein wahrer Segen«, murmelte Tynan ehrfürchtig. »Pferde werden den Winter nicht ohne einen Unterstand überstehen, Mylord.«

»Nein. Sie brauchen einen Stall. Lässt sich einer im alten Dorf bauen, neben der Ruine der Burg?« Maximilian deutete auf die verfallenen Hütten. Es gab sieben davon, obwohl ihnen die Dächer fehlten und sie mit Schutt und Unrat gefüllt waren.

»Es wäre viel Arbeit ...«, bemerkte Tynan, den die Aussicht allerdings nicht zu schrecken schien. »Und man müsste die Wölfe vertreiben.«

»Aye, das lässt sich leicht bewerkstelligen. Wir können unser Lager rund um das alte Dorf aufschlagen.« Tynan drehte sich um, um darüber nachzudenken, während Maximilian drei leise Töne pfiff. Sofort erschien Nicholas und rannte auf ihn zu.

»Aye, Mylord.« Er war außer Atem, aber eindeutig neugierig.

»Hol bitte Henri her.«

»Aye, Sir.« Nicholas wandte sich um und rannte zurück zu den Pferden.

»Mein Stallknecht«, sagte Maximilian zu Tynan. »Er hat bestimmte Erwartungen an einen Schmied.«

»Und das sollte er auch. Ein Schlachtross ist ein wertvolles Gut.« Nicholas kehrte zurück, gefolgt von Henris gedrungener Gestalt.

»Aye, Mylord?«, sagte Henri und verbeugte sich tief vor Maximilian.

»Henri, Tynan ist ein Grobschmied, der eine Anstellung sucht.«

»Ah!« Der Stallknecht lächelte, dann schüttelte er Tynan herzlich die Hand. »Ich habe einen Zelter, der in der Nacht vor unserer Ankunft im Norden ein Eisen verloren hat, aber wir mussten durch den Regen gelangen. Und ich habe ein Schlachtross, das lahmt, weil sein Huf geschnitten werden muss, aber dafür muss das Eisen herunter.« Er sprach schnell, so schnell, dass Tynan seinen Worten nicht folgen konnte. Bevor Maximilian Alys bitten konnte zu helfen, lächelte Henri. »Kommt mit und zeigt mir, was Ihr vollbringt«, sagte er langsam, und Tynan nickte zustimmend. Er verbeugte sich erneut vor Maximilian und dann vor Alys, bevor er Henri hinüber zu den Pferden folgte.

»Henri ist so redselig wie Tynan still«, sagte Alys leise.

Maximilian lächelte. »Ich vermute, sie haben ihre Liebe zu Pferden gemeinsam.«

»Ich könnte übersetzen …«

»Nein, Alys. Lass sie selbst einen Weg finden, sich miteinander zu verständigen. Ich möchte nicht, dass du für alle vermittelst. Immerhin bist du die Lady.« Er nickte ihr zu und sah, wie ihr die Röte in die Wangen stieg. »Wir werden essen und dann nach Rowan Fell reiten, um über die Hühner zu entscheiden. Zweifellos werde ich dort deine Hilfe brauchen.«

Mit einem Nicken gab sie ihre Zustimmung.

»Weißt du, wo sich ein Waffenschmied finden lässt?«, fragte er sie. »Rafaels Dolch ist die erste Klinge, die neu geschärft werden muss, aber es wird nicht die letzte sein. Ich vermute, dass Tynan nur begrenzte Erfahrung mit Waffen und Rüstungen hat, wenn er hier ausgebildet wurde.«

Alys dachte nach. »Carlisle, nehme ich an, es sei denn, es gelingt dir, jemanden herzulocken, der in den Diensten eines anderen Lairds steht.«

Maximilian vermutete, dass dies noch am ehesten auf den König zutraf, und Carlisle lag deutlich näher als Stirling.

»Wie viel verstehst du von Hühnern?«, fragte Alys. Ihre Augen funkelten auf eine äußerst anziehende Weise.

»Gar nichts«, gestand Maximilian. »Aber mehr als von Schweinen.«

Er ertappte sich dabei, dass er lächelte und sich am Klang des Lachens seiner Lady erfreute.

Aye, Fröhlichkeit verwandelte sie, und er konnte nur über die Veränderung staunen, die sie in ihm bereits bewirkt hatte. Wie war es möglich, dass er kein Interesse an einer anderen Frau hatte und seine Faszination mit ihr nicht nachließ? Wie war es möglich, dass es ihm so viel Freude bereitete, sie glücklich zu machen oder ihr zögerliches Vertrauen zu gewinnen?

Du und keine andere.

Die Inschrift schien mit jedem Augenblick passender. Er hatte Liebe niemals gekannt und hatte keine Erfahrung, die es ihm erlaubte, Vergleiche zu diesem Konzept zu ziehen, aber als Maximilian seine Gemahlin ansah, fragte er sich, ob die Leidenschaft, die in ihm wuchs, die Liebe war, von der die Troubadoure sangen.

Er hatte ihr gegenüber bereits so viele Zugeständnisse gemacht, und dennoch bereitete ihm das keine Sorgen.

Vielleicht veränderte er sich, da er die Gunst seiner Lady genoss.

Vielleicht war das alles, was die Liebe brauchte, um fruchtbaren Boden zu finden.

~

ALYS WAR ÜBERRASCHT, als man ihnen außer dem Schlachtross des Silberwolfs noch ein gesatteltes Pferd brachte. Die Stute war viel kleiner als der Hengst, von kastanienbrauner Farbe und mit einem weißen Stern auf der Stirn. Sie schnupperte sanft an Alys' Hand, und der Silberwolf gab ihr einen von Denis' Äpfeln zu fressen.

Sein Schlachtross schnaubte und fühlte sich ob dieses Anzeichens von Benachteiligung offenbar gekränkt, bis der Silberwolf einen zweiten Apfel für den Hengst hervorholte.

»Kannst du reiten?«, fragte er mit einem dieser raschen, eindringlichen Blicke.

»Ich konnte es einmal, aber wir hatten Ponys, und ich war noch ein kleines Mädchen.«

Royce kam zu ihnen, bereits im Sattel. Das Schlachtross, das er ritt, musste ihm gehören, denn es war ein riesiges Tier, groß genug, sein Gewicht ohne Mühe zu tragen. Anscheinend würde er sie begleiten.

»Es ist nicht weit bis nach Rowan Fell«, sagte der Silberwolf. »Und es wird bequemer sein, wenn du selbst reitest, sobald wir uns weiter hinauswagen.« Er sah sie lächelnd an. »Ich halte es für unwahrscheinlich, dass du gern auf einem Karren fahren würdest.«

Es brachte Alys zum Lächeln, wie richtig er mit seiner Einschätzung lag. Dann entschuldigte sie sich. Er sah ihr hinterher, als sie ging, offenkundig verwirrt, aber sie kehrte nur eilig in sein Zelt zurück. Dort zog sie ihre Stiefel aus und ihre alten Beinkleider über. Als sie erneut in die Stiefel schlüpfte, steckte sie auch den Dolch wieder hinein. Während sie zum Silberwolf zurückeilte, hob sie den Rocksaum, um ihm zu zeigen, was sie getan hatte. Er lächelte, griff sie um die Taille und hob sie in den Sattel.

Es fühlte sich heikler an, als vor ihm auf dem Pferd zu sitzen. Er behielt die Zügel in der Hand, schwang sich selbst in den Sattel und führte ihren Zelter in einem stetigen Schritttempo. Alys versuchte, sich nicht an der Mähne der Stute festzuhalten, sondern mit ein wenig Würde zu reiten. Zu ihrer Erleichterung setzte der alte Instinkt ein, noch bevor sie die Ruinen erreicht hatten. Ihr entging nicht, dass ihr Pferd zwischen den beiden Schlachtrössern lief, und nahm an, das entsprach der Absicht ihres Ehemanns.

»Willst du mich beschützen, oder misstraust du mir?«, fragte sie leichthin, was ihr einen raschen Seitenblick einbrachte.

Royce betrachtete angelegentlich den Horizont und vergrößerte den Abstand zwischen ihrem Pferd und seinem.

»Ich bin gern auf alle Eventualitäten vorbereitet«, sagte der Silberwolf, und Alys kämpfte gegen ein Lächeln.

»Ich habe keinen Ort, an den ich mich flüchten kann«, sagte sie.

»Ist das so«, murmelte er, und es war keine Frage.

Sie erreichten Rowan Fell und fanden Mallory und Reynaud vor der Kapelle, von Hühnern und Enten umgeben. Jemand hatte den Jungen einen kleinen Beutel mit Körnern gegeben, und sie streuten sie auf den Boden, um die Vögel in der Nähe zu halten. Die Dörfler waren bereits versammelt, und Alys erfuhr, dass das Schwein in Nialls Schuppen gefunden worden war. Es hatte bei seinem Ochsen Zuflucht gesucht. Ronas Ziegen wanderten umher und meckerten, und mehrere Hunde bellten begeistert. Zwischen den Erwachsenen sprangen ein paar Kinder umher, und Alys sah eine Katze auf einer Stufe sitzen, die das Geschehen beobachtete.

Der Silberwolf stieg vom Pferd. Sogleich entspann sich eine lebhafte Diskussion über die Hühner. Die Enten gehörten offensichtlich Jeannie, denn sie war die Einzige, die welche hielt, damit war diese Frage rasch beantwortet. Es gab Hühner in jeder Farbe, von Braun bis Gold, und von unterschiedlicher Größe, was es den Dörflern vergleichsweise leicht machte, die eigenen Tiere zu identifizieren. Der Silberwolf schenkte der Angelegenheit seine volle Aufmerksamkeit, ertrug lange Beschreibungen auf Gälisch über die Ahnenreihe der kostbarsten Hennen. Ein- oder zweimal fing Alys seinen Blick auf und kämpfte gegen den Drang, über seinen Ernst zu lachen.

Die Dörfler waren begeistert.

Als alles erledigt war und die Hühner ihren rechtmäßigen Besitzern wieder übergeben worden waren, brachte ihnen Beth Becher mit Ale, um den Anlass zu feiern. Alle prosteten dem Silberwolf zu und er trank von ihrem Bier aus einem einfachen Steingutbecher. Dann schenkte ihm Cormac Smiths Frau ein Huhn.

Einen Augenblick lang war klar, dass der Silberwolf nicht wusste, was er tun sollte. Cormacs Frau hielt ihm das Huhn hin, das mit seinen goldenen und weißen Federn eine wirklich hübsche Henne abgab. Das Huhn schaute den Silberwolf an und er schaute zurück. Die Dörfler schienen alle den Atem anzuhalten.

Hatte er jemals ein Huhn berührt? Alys vermutete, nicht.

Sie trat an seine Seite und nahm das Huhn entgegen, dankte Cormacs Frau überschwänglich. »Du musst es nehmen«, sagte sie zu dem Silberwolf. »Sonst kränkst du sie. Es ist ein großzügiges Geschenk.«

»Ein Huhn als Tribut«, sagte er, und sie verkniff sich mühsam ein Lachen.

»Es ist, wie einen frischen Laib Brot in den Händen zu halten«, sagte sie zu ihm. »Zerquetsche es nicht.«

Nur Alys konnte seinen leisen Fluch hören. Er streckte die Arme nach dem Huhn aus, wenn sie auch sah, wie skeptisch er wirkte, und sie reichte es ihm. Er betrachtete die Henne – die ihn weiterhin ansah –, verbeugte sich dann tief vor Cormacs Frau und bedankte sich überschwänglich. Es war keine Übersetzung nötig: Sie errötete vor Freude.

Dann klemmte er sich das Huhn unter den Arm, als wäre es ein Helm, und schwang sich wieder in den Sattel. Die Henne gackerte und ließ sich auf seinem Bein nieder. Der Ausblick schien ihr zu gefallen. Sein Pferd stampfte und blähte die Nüstern, aber der Silberwolf sagte ein einziges Wort, und das Tier beruhigte sich. Beim Anblick des berüchtigten Söldners mit einem Huhn im Arm musste Alys darum kämpfen, ihr Lachen zu unterdrücken.

Es war Royce, der Alys zurück in den Sattel half, und diesmal hielt sie ihre eigenen Zügel fest, während sie mit ihrem Huhn zurück ins Lager ritten.

»Sie braucht einen Namen«, sagte Alys, die nicht widerstehen konnte, den Silberwolf ein wenig zu necken.

Er warf ihr einen zweifelnden Blick zu. »Ein Huhn?«

»Nicht einfach irgendein Huhn«, tadelte sie. »Ein Huhn als Tribut für den Laird von Kilderrick.«

»Es muss ein guter Name sein«, sagte Royce, der gegen ein Lächeln ankämpfte und verlor. »Nobel.«

»Ehrenvoll«, sagte Alys, und dem Söldner entwich ein Lachen.

Der Silberwolf runzelte die Stirn. »Odette«, sagte er schließlich. »Sie heißt Odette.«

Die Henne gackerte und schüttelte ihr Gefieder, als wollte sie zustimmen, und Royce lachte so laut, dass Alys fürchtete, er würde aus dem Sattel fallen. Auch sie selbst konnte nicht aufhören zu lächeln, und als sie es wagte, einen Blick auf den Silberwolf zu werfen, sah sie, dass er ebenfalls breit grinste.

IM ZWIELICHT ihres Unterstandes legte Elizabeth den Zinnteller beiseite. Diese Zuflucht bot noch weniger Schutz als die zerstörte Hütte. Es war nicht mehr als ein überhängendes Dach an einer Wand, die Schutz vor dem Wind bot und zur Waldseite hin offen war. Ohne ein Feuer, in der Dunkelheit, mit Ästen über und unter ihnen, fand Elizabeth nicht, dass er ihnen viel Schutz bot. Noch immer waren ihr die Geräusche des Waldes und der ständige Eindruck, dass viele Augenpaare sie beobachteten, unheimlich. Es gefiel ihr nicht, so viele Tiere zu ihren Füßen und über ihrem Kopf zu haben.

Sie kannte Fußböden aus Stein oder Holz, Mauern aus Stein und gezimmerte Dächer, Herde und Kohlenbecken und dicke Matratzen, gefüllt mit Dauern.

Was hätte sie diese Nacht nicht für eine heiße Mahlzeit oder ein Feuer gegeben! Aber einmal mehr hatte Ceara entschieden, dass sie kein Feuer riskieren konnten, da sie dem Lager des Silberwolfs noch immer zu nahe waren. Zumindest hatten sie das Brot und den Käse, die Ceara aus Jeannies Speisekammer gestohlen hatte, aber ein feiner Teller allein machte noch keine Mahlzeit.

Sie hörte ihren Gefährtinnen nur mit halbem Ohr zu und fragte sich währenddessen, ob der Preis, den sie dafür bezahlt hatte, das Heim ihres Vaters zu verlassen, zu hoch gewesen war. Es stimmte, dass sie ihre Entführung durch die Banditen weder geplant noch vorhergesehen hatte, nachdem sie vor der Ehe geflohen war, die ihr Onkel nach dem Tod ihres Vaters vereinbart hatte. Sie hatte nicht erwartet, ihre Jungfräulichkeit an einen Fremden zu verlieren. In dem Wissen, dass dieser Verlust ihren Wert in den Augen ihres Onkels und ihres künftigen

Gatten gemindert hatte, seufzte sie. Nach Beaupoint zurückzukehren, würde wahrscheinlich kein Problem lösen.

Sie hatte einen Fehler begangen, der sich nicht korrigieren ließ.

Es stimmte: Manche Dinge wusste man erst zu schätzen, wenn sie einem gestohlen worden waren. Sie hatte sich nie für einen Menschen gehalten, der Bequemlichkeit oder Luxus brauchte, aber die nüchterne Wirklichkeit eines Lebens im Wald war entmutigend. Was hatte sie für Aussichten? Keine, oder nur die auf eine Ehe, die noch schlimmer war als die, die ihr Onkel zunächst für sie vorgesehen hatte. Einst war ihre Zukunft verheißungsvoll gewesen, aber nun sah sie vor sich nur Leid und Entbehrungen.

An das gebratene Rebhuhn würde sie noch lange Zeit voll Dankbarkeit denken. Sie lächelte ein wenig, als sie sich daran erinnerte, wie der Falke auf ihrer Faust gesessen hatte, ein Gefühl, das ihr die vielen Annehmlichkeiten im Heim ihres Vaters in Erinnerung rief.

Sie war eine Närrin gewesen, eine fürchterliche Närrin.

»Willst du das nicht essen?«, fragte Ceara und deutete auf den Rest von Elizabeths Brot und Käse.

Sie schüttelte stumm den Kopf, denn sie wollte die Mahlzeit, die Ceara ihnen besorgt hatte, nicht kritisieren.

Die andere Frau griff nach dem Teller und begann, hungrig zu essen. »Ich denke, ich sollte morgen nach Carlisle reiten«, sagte sie und schaute zu Nyssa. »Da deine List nicht funktioniert hat.«

»Ich dachte, der Junge würde sich fürchten«, sagte Nyssa.

»Das hat er auch, aber es war nicht ausreichend, um den Silberwolf dazu zu bringen, sein Lager abzubrechen«, sagte Ceara. »Ein ganzer Tag des Wartens und Beobachtens. Ich kann nicht glauben, dass du nicht ebenso viel Hunger hast wie ich«, sagte sie zu Elizabeth, während sie das Brot vertilgte.

»Sie sind zu ihm gegangen«, sagte Nyssa und schüttelte den Kopf. »Die Dörfler haben sich mit ihrem Anliegen an den Silberwolf gewandt.«

»Es ist ihm gelungen, sie zufriedenzustellen«, sagte Elizabeth. Sie musste ihn dafür bewundern, dass er ein besserer Anführer war, als sie es von einem Söldner erwartet hätte.

»Und Alys ist mit ihm gegangen«, fuhr Nyssa fort und seufzte. »Vielleicht lernt sie, ihn zu tolerieren.«

»Vielleicht bleibt ihr keine Wahl«, sagte Ceara finster.

»Sie hat das Messer«, erinnerte Nyssa sie, und alle verstummten.

»Sie haben ihm ein Huhn geschenkt«, sagte Elizabeth, und alle drei lächelten.

»Das hätte ich gern gesehen«, sagte Ceara, deren Hand über dem letzten Stück Brot auf dem Teller schwebte, den sie und Nyssa sich geteilt hatten. Dorcha krächzte protestierend, als Nyssa nickte und Ceara es sich nahm, doch dann brach Ceara ein Stück ab und warf es ihm zu.

Als Brot und Käse aufgegessen waren, schauten sie einander an. Elizabeth zog ihren Mantel ein wenig enger um sich. »Was nun?«, fragte sie schließlich.

»Carlisle«, sagte Ceara, stets entschlossen. »Das Geld wird sehr willkommen sein. Ich werde sehen, welche Vorräte ich kaufen kann, während ich dort bin.«

»Aber du wirst zu Fuß zurückkommen müssen«, protestierte Elizabeth.

»So weit ist es gar nicht. Ich habe es schon zuvor getan.« Ceara nickte. »Und ich kann mehr tragen, als ihr denkt.«

Nyssa runzelte die Stirn. »Ich fühle keine Vorzeichen«, begann sie, und dann fingen die Ponys an, verängstigt zu wiehern.

Die drei Frauen sprangen auf die Füße, als die Umrisse mehrerer Männer aus dem Wald hervortraten. Elizabeth sah nicht, wie viele es waren: Sie hielt nicht inne, um zu zählen. Sie wirbelte herum und floh in die Dunkelheit. Nyssa lief in die entgegengesetzte Richtung, während Dorcha protestierend krächzte. Ceara musste auf eins der Ponys gesprungen sein, denn Elizabeth hörte das Donnern ihrer Hufe.

Viel wichtiger: Sie hörte, dass ihr jemand folgte. »*Attendez!*«, rief er, aber Elizabeth würde niemals mehr freiwillig zulassen, dass ein Mann sie ergriff. Sie rannte, so schnell sie nur konnte, und ihr Herz raste vor Furcht, als er den Vorsprung langsam wettmachte.

Er hatte Hunde, die bellten, während sie ihr folgten. Sie wurde gehetzt wie ein Reh, und sie fürchtete, die Jagd würde mit ihrem Tod enden.

Elizabeth rannte, so schnell sie nur konnte, hielt ihre Röcke hoch. Sie war blind für ihre Umgebung, unsicher, welche Richtung sie eingeschlagen hatte, allein darauf bedacht, dem Jäger zu entkommen. So plötzlich gelangte sie an einen der Bäche, die in den Fluss mündeten, dass sie auf dem matschigen Ufer beinahe ausrutschte.

Unwillkürlich schaute sie zurück. Sie war allein, und er war dicht hinter ihr. Sie konnte die Hunde sehen, das Glitzern in ihren Augen und ihre Zähne. Ihr blieb keine Wahl, als zu versuchen, den Bach zu durchqueren. Sie trat auf den ersten Stein, der im Wasser lag, hastete voran. Es schien eine Ewigkeit zu dauern, das andere Ufer zu erreichen, während das Bellen der Hunde immer lauter wurde. Der Jäger rief etwas, und Elizabeth schaute zu ihm zurück, noch während sie wieder zu rennen begann.

Sie trat in den Matsch und rutschte aus, fiel auf den Boden und knickte dabei um. Nein! Er durfte sie nicht fangen. Sie versuchte, auf die Füße zu kommen und weiterzulaufen, aber als sie ihren Fuß belastete, durchschoss sie ein stechender Schmerz. Nein! Tränen stiegen auf, als sie verzweifelt versuchte, sich an den umstehenden Büschen festzuhalten, die am Ufer wuchsen, in der Hoffnung, sich verbergen zu können. Wild bellend stürmten die Hunde in den Fluss. Der Mann pfiff sie zurück.

Elizabeth sah seine Silhouette, als er ihnen in den Fluss folgte, und erhaschte einen Blick auf sein entschlossenes Gesicht. Es war derjenige, dem der Falke gehörte – und somit auch der, der ihnen das Rebhuhn gebracht hatte. Er musste gekommen sein, um sich seinen Lohn zu holen.

Seine Entschlossenheit ließ ihr Herz vor Angst wie Donner schlagen, dann umringten sie die Hunde und nahmen ihr die Sicht. Einer, ein riesiges, dunkles Tier mit langem Fell, stupste sie mit der Schnauze an, und Elizabeth schreckte zurück. Der Hund bellte, wedelte mit seinem langen, haarigen Schwanz und fuhr ihr dann mit der Zunge über die Wange.

Er würde sie bei lebendigem Leib auffressen!

Als die Gestalt des Ritters auf einmal über ihr aufragte, war Elizabeths Entsetzen so groß, dass sie ohnmächtig wurde.

KAPITEL 15

Es war Amaurys Schuld.

Er hatte die junge Frau so unmäßig erschreckt. Das war kein angemessener Dank dafür, dass sie Persephone beschützt hatte. Er wusste, dass sie sich den Knöchel verletzt hatte, da er sie hatte fallen sehen. Bei seinem Anblick war sie ohnmächtig geworden, ein sicheres Zeichen, dass er der Grund für ihren Schrecken war. Er kniete neben ihr nieder und zog den Handschuh aus, um zu überprüfen, ob sie noch atmete. Zu seiner Erleichterung spürte er ihren unregelmäßigen, flachen Puls an ihrer Kehle.

Ihre Haut war so weich, dass ihm der Mund trocken wurde.

Er hob den Saum ihres Rocks, wovon sie gewiss entsetzt gewesen wäre. Ihr Knöchel schwoll bereits an, und bald würde sie nicht mehr laufen können. Wie sollte sie dann im Wald überleben, ohne eine richtige Unterkunft oder die Hilfe ihrer Gefährtinnen?

Er musste alles richten.

Seine Hunde umringten ihn und wedelten aufgeregt mit den Schwänzen, fasziniert von diesem Wesen, das sie auf eine so wilde Jagd geführt hatte. Bête stupste ihre Hand an, wo sie sich einen Kratzer zugezogen hatte, und die anderen schnüffelten an ihrem Kleid und schienen Essen zu riechen. Aber es gab kein Essen, nur eine blasse, zarte Schönheit, die am Ufer des Flusses schlief.

Amaury war von ihr bezaubert. Der Saum ihres Kleids war schmutzig, genau wie der ihres Mantels. Auf ihrer Wange befand sich ein Schmutzstreifen, und ihre Hände waren blutbeschmiert, aber nichts davon beeinträchtigte ihre Vollkommenheit. Zuvor, als er Persephone gesucht hatte, hatte er nur einen flüchtigen Blick auf sie erhascht, aber nun betrachtete er sie genauer, zumal sie nicht erfahren würde, was er sich herausnahm.

Eine Schönheit, verirrt im Wald.

Eine Jungfer, die allen Schutz brauchte, den er ihr geben konnte.

Amaury hob sie vorsichtig hoch. Sie regte sich nicht. Ihr Kopf fiel gegen seine Schulter, und er trug sie zurück zu der Hütte, die nun leer stand. Es gab keinen Hinweis auf die Anwesenheit der beiden anderen, aber Oliver war dort, und sein Gesichtsausdruck verriet, dass sie ihm entkommen waren. Doch immerhin hatte der Knappe die beiden Silberteller, was bewies, dass die Frauen für die Ereignisse im Dorf am Abend zuvor verantwortlich waren. Amaury legte seine kostbare Last vorsichtig ab, anschließend zog er seinen pelzgefütterten Mantel aus und wickelte sie darin ein, bevor er sie erneut auf die Arme nahm.

Oliver sah schweigend zu, dann folgte er Amaury, während dieser seine kostbare Bürde zurück ins Lager trug. Amaury hatte geschworen, jene, die schwächer waren als er, zu verteidigen, als man ihn zum Ritter geschlagen hatte, und das würde er auch tun, was diese Jungfer anging.

Ganz gleich, was für Pläne sein Bruder, der Silberwolf, mit ihr hatte, Amaury würde sie mit seinem Leben verteidigen.

Als sie den Fluss überquerten und sich dem Lager näherten, fiel das Mondlicht auf ihre Gesichtszüge, den verlockenden Schwung ihrer Lippen, die dichten, langen Wimpern, die Wölbung ihrer Wange und die zarten Augenbrauen. Eine solche Frau sollte in die kostbarsten Gewänder gekleidet sein und in einer Burg leben, nicht in einem Wald am Rand der Welt.

Amaury konnte sehen, dass ihr Mantel aus Samt bestand und einmal smaragdgrün gewesen war. Um die Schultern war die Farbe verblichen, aber nicht unter der Kapuze. Saum und Ecken waren mit Goldfäden bestickt gewesen, die nun zerrissen waren oder fehlten. Ihre Schuhe bestanden aus feinem Leder, wenn die Sohlen auch durchgelaufen waren, und mochten einmal rot gewesen sein.

Sie war eine Adlige, und sie war ohne Schutz.

Nur großes Pech oder eine Tragödie konnten sie an diesen Ort geführt haben. Amaurys Entschlossenheit wuchs, als er sie zurück zum Lager trug. Vielleicht war sie in den Wald gekommen, weil sie keinen Beschützer hatte, aber das hatte sich diese Nacht geändert – denn Amaury de Vries fürchtete, dass er sein Herz wirklich und wahrhaftig an sie verloren hatte.

Dabei wünschte er nur, er hätte nicht auch jede Chance auf ein Erbe verloren. Er konnte dieser jungen Frau nicht die Zukunft geben, die sie verdiente, aber er konnte dafür sorgen, dass sie eine hatte.

Das würde genügen müssen.

MAXIMILIAN KONNTE sich nicht daran erinnern, wann er je so zufrieden gewesen war. Ihn erfüllte ein neu gefundener Optimismus, sowohl, was Kilderrick anging, als auch, was seine Ehe betraf. Er und Alys hatten sich heute verbündet, für das Wohl ihrer Ländereien zusammengearbeitet, und das war in der Tat ein Triumph. Am Morgen würde er sie um Hilfe bitten, die Bücher zu überprüfen.

Er war kein Mann, der pfiff oder sang, aber Maximilian kam der Gedanke, er könnte mit beidem beginnen. Er hatte nicht viel von einer Ehe erwartet, hatte nicht einmal gewusst, ob er je heiraten würde. Hätte man ihn gefragt, hätte er behauptet, Söhne seien der einzige Lohn einer Heirat, vielleicht noch das Erbe einer Lady, aber dieser Gedanke an eine Partnerschaft war so verlockend wie Alys selbst. Nie zuvor hatte er seine Befehlsgewalt geteilt, andererseits war er in der Kriegsführung ausreichend talentiert, dass ihm der Erfolg sicher war. In Friedenszeiten und in Kilderrick brauchte er Alys, und sie brauchte ihn.

Es war das perfekte Gleichgewicht.

Dazu kam die Befriedigung, dass sich die Dinge in Kilderrick stetig weiter hin zu dem Ziel entwickelten, das er vor Augen hatte. Während des Nachmittags hatten sie die Zelte abgebaut, und nun stand das Lager zwischen der Burgruine und dem alten Dorf. Maximilian kam es wie eine Stadt vor. Er hatte einen Schmied und würde bald einen Stall haben. Tynan hatte mit Nicholas und Louis daran gearbeitet, das Dach einer der kleinen Hütten neu zu decken, dabei den Jungen mit Gesten verdeutlicht, wie es gemacht wurde. Am Morgen würden sie eine weitere Hütte für Denis und Marie decken, dann eine dritte für Tynan und seine Schmiede. Tynan hatte darum gebeten, am nächsten Morgen den Wagen auszuleihen, um seine Werkzeuge aus Rowan Fell zu holen. Es gab ein größeres Gebäude, das Obdach für die Schlachtrösser bieten würde, und Henri plante, dort mit seinem Sohn zu wohnen. Yves würde in der Burg selbst leben, wenn sie vollendet war, und deshalb vorerst in seinem Zelt bleiben.

Am Ende hatten alle daran mitgearbeitet, das Dach zu decken, da es am Morgen zu regnen drohte, und je vertrauter sie mit der Aufgabe wurden, desto schneller ging sie ihnen von der Hand. Denis und Marie hatten mit Begeisterung auf das Huhn reagiert, und Maximilian wollte wetten, dass Odette bereits jetzt der verwöhnteste Vogel in ganz Schottland war. Yves hatte ihm eine Liste mit Vorräten gebracht, die sie in Kürze brauchen würden, und Oliver war wohlbehalten zurückgekehrt.

Alys' frühere Gefährtinnen versuchten noch immer, ihn und seine Gefährten zur Abreise zu bewegen, aber er war erleichtert, dass sie bisher niemanden schwer verletzt hatten. Das veranlasste ihn zu der Vermutung, dass man ihnen letztlich würde trauen können.

Was ihm nach und nach vertraut wurde, war die Vorfreude auf die Nacht mit Alys. Sie hatte sich zum Baden zurückgezogen, und nachdem er noch einmal das Resultat all der harten Arbeit des heutigen Tages betrachtet hatte, wandte sich Maximilian in Richtung ihres Zeltes in der Absicht, sich ihr dort anzuschließen.

In diesem Augenblick betrat Amaury das Lager, eine bewusstlose junge Frau in den Armen. Oliver folgte ihm mit zwei Zinntellern, die Maximilian wiedererkannte.

Die Schuldigen waren gefunden.

~

ALYS STAND ALLEIN im Zelt und betrachtete den Dolch. Im Licht der Lampe und des Kohlenbeckens besaß er einen goldenen Glanz und sah so kostbar wie tödlich aus. Die Scheide hatte tagsüber ihre Haut wundgerieben, aber sie hatte keine andere Möglichkeit, die Waffe zu verstecken. Maximilian würde die Rötung auffallen, da war sie sich sicher, denn beim Liebesspiel war er ausgesprochen gründlich. Nathalie würde sie sicher ebenfalls bemerken, und außer der Wahrheit hatte Alys keine Erklärung dafür vorzubringen. Barfuß stand sie vor dem Tisch im Zelt und musterte die Klinge.

Brauchte sie sie wirklich?

Sollte sie sie vor ihm verstecken?

Noch vor wenigen Tagen wäre die Antwort offensichtlich gewesen. Aber ihr Verlangen, ihren Ehemann tot zu sehen, schrumpfte mit jedem verstreichenden Moment, mit jedem Versprechen, das er hielt, mit jedem Anzeichen, dass der Silberwolf seinen Verpflichtungen nachkam und sich ehrenvoll verhielt. Was war mit seiner Behauptung, er habe Rupert nicht getötet und auch nicht beabsichtigt, ihren Vater zu töten? In Alys' Gedächtnis regte sich etwas, und sie spürte, dass es da eine Einzelheit gab, die sie vergessen hatte – oder sich entschlossen hatte zu vergessen. Würde es ihn entlasten, wenn sie sich daran erinnern könnte?

Waren die Geschichten ihres Ehemanns nur eine List, um ihre Unterstützung zu gewinnen? Alys konnte das nicht glauben. Die einzige Täuschung, die sie ihm vorwerfen konnte, war, dass er vorgab, kein Gälisch zu verstehen. Allerdings konnte sie sich nicht erinnern, dass er das behauptet hätte, und es ergab aus seiner Sicht sehr viel Sinn, wenn er vorgab, nicht zu verstehen. Es war oft eine bessere Strategie, sich unterschätzen zu lassen.

Dieselbe Logik gebot, dass sie den Dolch behielt.

Alys runzelte die Stirn. Es fühlte sich falsch an, die Waffe überhaupt in ihrem Besitz zu haben. Woher hatte Ceara sie? Sie war hin- und hergerissen, als sie an der Zeltklappe einen Laut hörte. Sie nahm an, dass es Nathalie mit ihrem Badewasser war, und schaute über die Schulter. Aber es war der Silberwolf, der das Zelt betrat. Rasch bückte sie sich, steckte das Messer in ihren Stiefel und wandte sich dann zu ihm um.

Er schien nichts bemerkt zu haben, und ihr wurde bewusst, dass sie ihn noch nie so abgelenkt gesehen hatte. Er runzelte die Stirn, als sei er verwirrt.

»Was ist geschehen?«, fragte Alys.

Sein Blick wanderte mit der üblichen Intensität zu ihr. »Amaury hat die Zuflucht deiner Gefährtinnen entdeckt.«

Alys trat einen Schritt auf ihn zu. »Was ist mit ihnen? Was hat Amaury getan?«

»Er hat Jeannies Teller gefunden.« Er stellte die beiden Zinnteller bewusst auf den Tisch, dann schaute er Alys an.

Also waren Ceara und Nyssa für den Vorfall in der Hütte des Sheriffs verantwortlich. Alys nickte, denn sie wusste, Ceara hasste Jeannie, und das nicht ohne Grund.

»Du bist nicht überrascht«, sagte er und beobachtete sie genau.

»Ich hielt es für möglich. Ceara und Jeannie haben eine alte Fehde.«

»Ceara? Der Rotschopf, der Rafael in den Sumpf geführt hat?«

»Aye, sie stammt von den Inseln. Ihre Familie züchtet Pferde.«

»Aber sie ist nicht diejenige, die Amaury gefangen genommen hat.«

Alys war alarmiert. »Er hat eine von ihnen gefangen? Wen?«

»Ich kenne ihre Namen oder ihre Herkunft nicht«, sagte der Silberwolf in strengem Tonfall. »Ich weiß nichts über diese Frauen, außer, dass sie mit dir im Bunde sind, denn du hast dich geweigert, mir von ihnen zu erzählen.«

Die Anklage in seinen Worten brachte Alys zum Erröten. Sie begriff, dass er ihre Loyalität zu ihm auf die Probe stellte und von ihrer Antwort viel abhing. »Du musst verstehen, dass sie all diese Jahre meine einzigen Verbündeten waren. Ich kann sie nicht verraten.«

»Ich verlange nicht von dir, sie zu verraten.« Sein Blick war stet. »Ich bitte dich, zu entscheiden, wem deine Treue gilt: deinem Ehemann oder deinen Freundinnen.«

Gestern noch wäre das eine leichte Entscheidung gewesen. Nun fragte sich Alys, ob sie eine Närrin war, ihm zu vertrauen – und wie viel sie zu verlieren hatte, wenn sie ihn erneut reizte.

Sie sollte ihm etwas über sie erzählen, ohne alles zu enthüllen, was sie wusste.

Damit war die Entscheidung getroffen. »Nyssa hat sich mir als Erste angeschlossen«, sagte Alys. »Sie stammt aus dem Norden und es heißt, sie sei eine Zauberin. Diese Tatsache und der Ruf, den Kilderrick bereits hatte, brachten uns auf den Gedanken, die Leute in dem Glauben zu bestärken, wir übten uns in schwarzen Künsten.«

»Und wie kann ich sie erkennen?«

»Ihr Haar ist blond. Sie ist groß und schlank.«

Er nickte, und Alys wusste, er würde kein Wort von dem vergessen, was sie ihm erzählte.

»Ceara kam als Nächste. Sie ist diejenige, die sich mit Rafael gemessen hat.«

»Der Rotschopf von den Inseln, deren Familie mit Pferden handelt.«

Alys nickte. »Und Elizabeth kam kürzlich erst zu uns, letztes Frühjahr. Sie ist die Tochter eines Adligen, auch wenn sie nicht davon spricht.«

»Woher weißt du es dann?«

»Ihre Kleider waren sehr fein, und es fällt ihr schwer, so zu leben, wie wir es tun. Ich glaube, sie vermisst das bequeme Leben in einer großen Halle.«

Sein Blick war scharf. »Warum hat sie sie dann verlassen?«

Alys zuckte die Schultern. »Ich weiß es nicht. Sie hat es uns nie erzählt.« Sie war sich bewusst, dass der Silberwolf auf weitere Einzelheiten wartete. Wie immer war es zu leicht, sich ihm anzuvertrauen. »Ich möchte wetten, dass ein Mann daran schuld war, vielleicht einer, der sich zu viel herausgenommen hat. Sie ist eine sanfte Seele und selbst jetzt noch ängstigt sie sich schnell.«

»Ah.« Er senkte den Blick, und Alys nahm an, dass er viel über Männer wusste, die sich zu viel herausnahmen. »Und wie genau ging es zu, dass sie zu euch stieß?«

»Sie war von Viehdieben gefangen genommen worden. Als wir sie überfielen, befreiten wir sie.«

»Sie hat rotbraunes Haar und einen samtenen Mantel?«

»Aye.«

»Dann ist es diese Elizabeth, die nun bei uns ist.«

Alys berührte seinen Arm, als er sich abwenden sollte. »Ich muss sie sehen! Sie gerät leicht in Furcht.«

»Nicht heute Abend.« Er sprach voll Autorität. »Eudaline hat ihr Mohnpulver verabreicht.« Als Alys protestieren wollte, hob er eine Hand. »Sie hat sich den Knöchel verletzt, und Eudaline sagte, Schlaf würde ihr am besten helfen. Du kannst dich darauf verlassen, dass Eudaline sich um sie kümmern und Amaury für ihren Schutz sorgen wird.«

»Aber Amaury …?«

»Liebt die Geschichten der Troubadoure über alles und nimmt seinen Schwur als Ritter sehr ernst. Er wird ihr Schutzengel sein, aber er wird sich nichts herausnehmen. Es liegt nicht in seiner Natur.«

Alys spürte eine gewisse Erleichterung, auch wenn sie bezweifelte, dass Elizabeth das ebenfalls tun würde. »Was ist mit Ceara und Nyssa?«

»Sie sind Amaury anscheinend entkommen. Es ist möglich, dass er nicht einmal versucht hat, sie zu verfolgen.« Der Silberwolf wandte sich erneut zu ihr um, und seine Augen waren tiefblau. »Wohin würden sie gehen?«

Alys war hin- und hergerissen, und sie sah, dass er es wusste. Dennoch wartete er auf ihre Antwort. »Haben sie die Ponys noch?«

»Ich denke schon.«

»Dann wird Ceara sie vielleicht nach Carlisle bringen, um sie dort zu verkaufen.«

»Und Nyssa?«

»Möglicherweise begleitet sie Ceara, aber wahrscheinlich nicht. Nyssa mag keine Städte, und sie kann selbst ohne eine Unterkunft im Wald überleben.« Er wartete noch immer. »Wenn ich raten müsste, würde ich vermuten, dass Amaurys Kommen sie überrascht hat und sie beschlossen haben, sich vorerst zurückzuziehen. Ich nehme an, Ceara ist nach Carlisle gegangen, und Nyssa wird sich mit ihr bei ihrer Rückkehr an einem bestimmten Tag des Mondes irgendwo treffen.«

»Am Ninestang Ring?«, fragte er.

»Vielleicht.« Sie konnte ihm nicht sagen, dass Nyssa am ersten Neumond nach Samhain ohnehin da sein würde, da sie nach jedem hohen Feiertag dort hinging. Das konnte sie nicht offenbaren, ohne das Gefühl zu haben, Nyssa zu verraten. »Du hast von Nyssa nichts zu fürchten.«

»Solange sie glaubt, dass es dir gutgeht«, sagte er und wandte sich dann ab. Er seufzte. »Du musst begreifen, dass ich sie, deinem eigenen Rat folgend, für ihren Diebstahl zur Rechenschaft ziehen muss.«

»Aber du hast die Teller wieder!«

»Aber Ceara und Nyssa ist das nicht zu verdanken.« Er warf ihr einen so kühlen Blick zu, dass ihr Herz einen Schlag aussetzte. »Wenn du wirklich meine Ehefrau und Verbündete wärst, würdest du mir bei diesem Unterfangen helfen.«

»Wie?«

»Indem du mir hilfst, sie zu fangen.«

»Das kann ich nicht tun!«

Sein Gesichtsausdruck wurde grimmig. »Und ich werde ihre Gesetzlosigkeit nicht innerhalb meiner Grenzen dulden. Das kann nicht so weitergehen, das musst du einsehen.«

In Alys regte sich Beunruhigung. »Lass mich am Morgen mit Elizabeth sprechen ...«

»Nein!« Die Stimme des Silberwolfs war scharf. »Du wirst sie nicht sehen. Du wirst nicht mit ihr sprechen, um dich mit ihr gegen mich zu verschwören.« Er stieß mit dem Finger auf den Tisch, und die Wucht seiner Bewegung ließ die Teller vibrieren. »Ich werde das nicht dulden, Alys. Du musst eine Entscheidung treffen.«

Alys wusste nicht, was sie sagen sollte. Wie sollte sie ihm eine Zusicherung geben, ohne ihre Freundinnen zu verraten? Wie konnte sie sicher sein, dass ihnen nichts zustoßen würde, wenn er sie gefangen nahm? Sein Gesichtsausdruck war so hart, dass er wie ein Fremder erschien – oder vielmehr wie der Mann, der frisch in Kilderrick eingetroffen war. Wie hatte sie nur vergessen können, wer er war?

Einen Augenblick später hörte sie ein Schaben an der Zeltwand und wusste, er hatte es noch vor ihr gehört. Er öffnete die Zeltklappe für Nathalie, die errötete und lächelte, während ihr Blick zwischen ihnen hin und her wanderte.

»Wird Mylady baden?«, fragte sie.

»Das wird sie, in der Tat«, stimmte der Silberwolf zu, dann neigte er den Kopf und wandte sich um. Alys sah ihn gehen und fürchtete, alles zwischen ihnen hatte sich verändert. Sie spürte den Verlust der unerwarteten Kameradschaft und des frisch erblühenden Vertrauens in ihrem Gemahl.

Nein, mehr als das. Konnte sie diesen Mann in all seinen Stimmungen lieben?

Würde sie die Gelegenheit haben, es herauszufinden?

~

ALYS HATTE EIN MESSER.

Ein verstecktes Messer.

Das konnte nichts Gutes bedeuten. Er hatte gedacht, sie hätten ein Übereinkommen erzielt, aber seine Frau traute ihm offensichtlich nicht, wenn sie das je tun würde. War das der Grund, warum sie der Versuchung widerstanden hatte, seinen Dolch an sich zu nehmen, den er offen hatte herumliegen lassen?

Maximilian konnte kaum glauben, dass sie zu einer solchen Täuschung fähig war, nicht mehr, nicht, nachdem sie ihn getadelt und zur Rechenschaft gezogen und ihn im Bett willkommen geheißen hatte, aber er hatte die Klinge mit eigenen Augen gesehen.

Wenn er sie nicht gesehen hätte, hätte das heute Nacht gut seinen Tod bedeuten können.

Das Ausmaß seines Irrtums zu begreifen, machte ihn wütend. Er, der sonst so misstrauisch war, der den Ruf genoss, ein guter Menschenkenner und Stratege zu sein, hatte sich beinahe von einer Frau übertölpeln lassen, mit der er erst seit drei Tagen verheiratet war. Er war ein Narr, so viel war sicher, ein verliebter Narr – denn immer noch wollte er mit ihr schlafen, ihre Augen funkeln sehen, sie zum Lachen bringen und ihr Vertrauen gewinnen.

Es war nicht hilfreich, dass sie ihre Gefährtinnen beschützen wollte, selbst vor ihm. Er hatte ihr gesagt, sie müsse entscheiden, wem ihre Treue galt, aber er wusste, das hatte sie bereits getan. Ja, es dauerte seine Zeit, in einer Ehe Vertrauen aufzubauen, aber sie musste doch sehen, dass die Taten ihrer Freundinnen ihn alles kosten konnten. Wenn er sie nicht vor Gericht für den Diebstahl der Teller bestrafte, dann würde Jeannie sehr viel Unheil stiften.

Er hatte geglaubt, sie hätten eine Allianz geschlossen. Was für ein Narr er war. Oh, Alys hatte ihn bei seiner Ankunft bekämpft – er warf einen Blick auf das halbmondförmige Mal an seinem Handgelenk, das sich mittlerweile grünlich verfärbt hatte – und sie hatte ihn herausgefordert, aber er hatte sich zuversichtlich gefühlt. Er hatte gedacht, sie wären Partner.

Jedenfalls war es ihr gelungen, sein Vertrauen zu gewinnen, und das war der springende Punkt.

Maximilian mochte Alys. Er bewunderte sie. Er dachte, er würde sie verstehen.

Und er hatte sich geirrt. Diese Wahrheit ließ sich nicht ignorieren.

Was für ein Dummkopf er doch war!

Woher hatte sie die Klinge? Bei dem flüchtigen Blick, den er erhascht hatte, hatte er sich an den Dolch erinnert gefühlt, den er Oliver vor Jahren geschenkt hatte. Er kannte nicht jede Waffe im Lager, aber er erkannte die, die er selbst verschenkt hatte, weil er sie persönlich für die Beschenkten ausgewählt hatte. Er suchte nach Oliver, während seine Frau badete, und ließ sich bestätigen, dass die Frauen aus dem Wald ihm seinen Dolch abgenommen hatten, was der Knappe verlegen und beschämt eingestand.

Vielleicht wollte Alys nur ein Mittel haben, sich zu verteidigen, und nicht notwendigerweise gegen ihn.

Das war möglich.

Wenn, dann hätte sie ihm die Klinge allerdings zeigen und eingestehen könnten, dass sie in ihrem Besitz war – oder anbieten, sie zurückzugeben.

Gern hätte Maximilian geglaubt, dass das die Antwort auf das Rätsel war, aber es erklärte nicht, warum sie die Waffe vor ihm verbarg.

Er holte sich einen Becher Ale und setzte sich an das große Lagerfeuer. Seine Gedanken kamen nicht zur Ruhe, während er den Becher in seinen Händen drehte. Er wagte es diese Nacht nicht, in Alys' Gegenwart ein Auge zuzumachen, nicht, während sie das Messer hatte, nicht, während er sich über ihre Absichten nicht im Klaren war. Er würde seinen Plan, einen Sohn zu zeugen, weiter verfolgen, und diese Nacht mit ihr schlafen – tatsächlich konnte er dieser Versuchung nicht widerstehen – aber hinterher würde er damit beginnen, die Gerichtsaufzeichnungen zu studieren, während sie schlief.

Und er würde sich nicht ins Bett zurückziehen, bevor Rafael mit Nachricht über Murdoch zurückgekehrt war. Wenn Alys in der Zwischenzeit schlief, würde er sie zum Zweck ihrer Vereinigung wecken. Es wäre vielleicht einfacher, so bliebe weniger Gelegenheit für eine Unterhaltung.

Wenn auch weitaus weniger befriedigend. Maximilian streckte die Beine aus und überkreuzte die Knöchel, wickelte den Mantel enger um sich und trank sein Bier.

Während er auf Rafael wartete, grübelte er weiter über seine rätselhafte Ehefrau nach.

~

»MYLADY!«, flüsterte Nathalie drängend, als der Badezuber voll war und sich der Dampf im Zelt verbreitete. Die Augen der Dienstmagd leuchteten, und ihre Wangen waren errötet. Nun, da sie miteinander allein waren, schlug sie einen vertraulichen Tonfall an. »Habt Ihr ihn nicht gesehen?«

»Wen?«

»Den neuen Schmied.« Nathalie holte begeistert Atem und wirbelte schwungvoll durch das Zelt, um die Temperatur des Badewassers zu überprüfen. »Was für ein Mann!« Sie griff Alys beim Ärmel. »Sagt mir seinen Namen.«

Alys lächelte. Der Enthusiasmus der Magd brachte sie dazu, ihre eigenen Sorgen zu vergessen. »Tynan Smith.«

»Und was könnt Ihr mir über ihn erzählen, Mylady?«

»Er ist der jüngere Sohn von Finlay Smith. Sein Bruder erbt die Schmiede in Rowan Fell, daher hat er selbst keine Anstellung.« Alys wünschte sich, sie wüsste mehr über ihn, denn Nathalie hörte wie gebannt zu. »Ich halte ihn für ehrlich, denn er hat die Lüge seiner Schwester aufgedeckt.«

»Aye, ein guter Mann, wahrlich.« Nathalie nickte. »Hat er eine Verlobte?«

»Ich weiß es nicht.«

Bei diesen Worten runzelte Nathalie die Stirn. »Er hat heute so hart gearbeitet, dass Eudaline und ich uns diese Nacht eine Hütte teilen können.« Sie schnürte Alys das Kleid auf. »Ein starker Mann. Jung genug für mich, aber alt genug, um ein Handwerk auszuüben. Ein Schmied sorgt sicher gut für seine Familie, nicht wahr?«

»Möchtest du, dass ich eine Ehe für dich vereinbare, Nathalie?« Alys musste sie ein wenig necken.

Die Magd schüttelte nüchtern den Kopf. »Noch nicht, Mylady. Erst müsst Ihr mir beibringen, mit ihm zu sprechen, dann werde ich sein Herz ergründen.«

Alys wandte sich ihrer Magd nachdenklich zu. »Sein Herz ergründen?«

Nathalie nickte heftig. »Ich muss seinen Wert und sein Wesen kennenlernen. Ich muss wissen, ob er meinen Wunsch nach Kindern teilt, und erfahren, wie er über die Ehe und den Platz einer Frau denkt.« Nathalie lächelte Alys an. »Es gibt viel zu bedenken, bevor ich meine Hand für immer in seine lege. Immerhin ist er ein Fremder, ganz gleich, wie gut er aussieht. Er ist kein Ehrenmann, dessen Ruf weithin bekannt ist, wie der Silberwolf. Nein, Mylady, ich muss mir seiner sicher sein.« Sie half Alys rasch aus dem Kleid und dem Unterkleid, dann deutete sie auf den Zuber. »Mir wird kein solches Glück beschieden sein wie Euch, Mylady, aber ich werde einen guten Mann meinen Ehemann nennen.« Sie lächelte. »Und Ihr werdet mir dabei helfen. Aye?«

Alys nickte. »Aye, Nathalie. Ich werde mein Möglichstes tun.«

Als sie in das warme Badewasser sank, dachte sie über Nathalies Vertrauen auf die Ehre des Silberwolfs nach – und über ihre eigene Überzeugung, dass die Magd damit richtig lag. Wie sich ihre Meinung in den letzten Tagen gewandelt hatte!

Und warum war er heute Abend so barsch und kurz angebunden gewesen? Was hatte sie getan, um seinen Zorn zu verdienen? Vielleicht hatte er von ihr erwartet, mehr über ihre Gefährtinnen zu enthüllen, als sie es getan hatte.

Vielleicht hatte Elizabeth irgendetwas gesagt.

»Du teilst dir die Hütte mit Eudaline, hast du gesagt?«, fragte Alys, und Nathalie nickte.

»Sie ist klein und einfach, aber trocken, Mylady. Ich wollte mich nicht beschweren, aber das Zelt gefällt mir nicht so gut. Und da wir so viele sind …« Nathalie erschauderte in Abscheu.

»Und Elizabeth, meine Gefährtin aus dem Wald, die Amaury gefangen genommen hat, ist sie auch bei euch untergebracht?«

»Aye, denn sie hat sich den Knöchel verletzt. Eudaline kümmert sich um sie.« Nathalie legte die Hände zusammen. »Sie sei gefallen und habe sich verletzt, sagte Lord Amaury, dann sei sie ohnmächtig geworden. Er hat sie in seinen Mantel eingewickelt den ganzen Weg zurück zum Lager getragen, und Oliver sagte, er sei nie geschwankt. Selbst jetzt sitzt er vor dem Cottage und wacht über sie.« Die Zofe lächelte. »Sie ist *jolie*.«

»Aye, das ist sie.«

Die Dienstmagd senkte ihre Stimme zu einem Flüstern. Ihre Augen glänzten. »Denkt Ihr, Lord Amaury wird ihr Streiter sein? Es wäre wie in einer der alten Geschichten.«

～

DER MOND STAND HOCH am Himmel, als Rafael zurückkehrte. Maximilian hörte Phantôms Hufschläge und Henris leise, an Ross und Reiter gerichtete Bemerkungen. Er lächelte bei sich und wusste, wem von beiden die herzlichere Begrüßung zuteilwerden würde. Er war nicht der Einzige, der wach geblieben war und gewartet hatte.

Endlich trat Rafael selbst in den Feuerschein. Er wirkte müde, und Maximilian fragte sich, wie weit er geritten war. Der andere Söldner ließ sich eine Schüssel Eintopf von Denis reichen, der sich beim Klang der Hufe von seinem Lager erhoben hatte, kam dann hinüber zu Maximilian und setzte sich neben ihn. Maximilian hielt noch immer seinen Becher mit Ale in der Hand – das nicht so gut war wie das von Beth Carter – und schaute ins Feuer.

»War dieser Ritt meine Strafe dafür, dass ich mich letzte Nacht mit deiner Frau unterhalten habe?«, fragte Rafael, als sein Mund gerade leer war. »Oder waren es die zwei Silberpennys für Isobeal Smith?«

Zu Maximilians Erleichterung schien Rafael keinen Groll zu hegen. Das Zwischenspiel mit Isobeal schien seine übliche gute Laune wiederhergestellt zu haben. Maximilian hob seinen Becher und prostete ihm zu. »Wenn ich dir Gold abgenommen hätte, hätten alle erraten, dass es nicht um das Mädchen ging«, bemerkte er.

Rafael lachte. »Aber der Preis ist hoch genug, dass ich mich ihr kein zweites Mal zuwenden werde.« Er warf Maximilian einen nachdenklichen Blick zu. »Du hast Erwartungen geweckt.«

»Kannst du mir einen Vorwurf machen? Ich kann nicht erlauben, dass du ein Dutzend Kinder in Rowan Fell zeugst, wenn du Sheriff werden sollst.«

Rafaels Seitenblick verriet sein Interesse. »Soll ich das?«

»Ich habe es dir gelobt, und so soll es auch sein.«

»Aber gestern …?«

»Ich habe auf die Warnung meiner Frau gehört. Es ist nicht wie in der Compagnie Rouge. Wir kommen nicht an, tun, wie uns beliebt, und brechen dann wieder auf. Wir müssen hierbleiben, und deshalb müssen wir Vertrauen erwerben. Wir müssen die Konsequenzen unserer Taten bedenken, weil wir damit werden leben müssen.« Maximilian wechselte das Thema, da ihm bewusst war, dass er wie Alys klang und sein Bruder ihn zweifelnd musterte. »Was hast du Alys gestern Abend erzählt?«

»Nur, dass du Château de Vries mehr willst als alles andere.« Rafael warf ihm einen durchdringenden Blick zu. »Du bist derjenige, dem Ehrlichkeit so wichtig ist. Die Frau verdient es, deine Absichten zu kennen.«

»Ich habe ihr meine Absichten offenbart.«

»Anscheinend nicht, was Château de Vries angeht, denn sie war überrascht.«

»Vielleicht habe ich meine Ansichten geändert.«

Rafael schnaubte. »In all den Jahren, die wir Seite an Seite gekämpft haben, habe ich stets von dir gehört, Château de Vries sei der einzige Ort in der christlichen Welt, der etwas tauge.«

Zu einem früheren Zeitpunkt hätte Maximilian dem zugestimmt.

In den letzten Tagen hatte er das genaue Gegenteil gedacht.

Aber Alys besaß einen verborgenen Dolch.

»Wenn du deine Meinung geändert hast«, fuhr Rafael fort, »dann nur, weil dein Ziel nicht zu erreichen ist. Du warst nie jemand, der nach dem Unmöglichen strebte.«

»Vielleicht hat mich dieser Ort verzaubert«, sagte Maximilian und schwenkte seinen Becher. »Dieses Land besitzt eine Majestät. Und seine Wildheit gefällt mir.«

Rafael beäugte ihn. »Dann musst du wirklich verzaubert sein. Ich finde es trostlos und kalt, ohne jeden Reiz.«

»Ich mag den Wind und die Wölfe«, gab Maximilian zu.

»Und sogar eine der Hexen, möchte ich wetten«, murmelte sein Bruder und wandte seine Aufmerksamkeit wieder dem Eintopf zu.

Weder stimmte Maximilian zu, noch widersprach er. »Amaury hat heute Abend eine der Frauen aus dem Wald gefangen.«

»Die mit dem flammend roten Haar?«, fragte Rafael mit offensichtlicher Neugier.

»Die im samtenen Mantel.«

Rafael winkte ab. »Die andere ist schöner. Ich werde mir meinen Lohn von ihr holen, dessen kannst du dir sicher sein, denn sie hat mich dazu eingeladen.« Er schüttelte den Kopf. »Sie hat meinen Dolch zurückgelassen, damit man mich für die Angelegenheit mit dem Schwein verantwortlich machen würde, und die Klinge beschädigt. Und das, nachdem sie Phantôm gestohlen und mich allein im Sumpf zurückgelassen hat.« Grimmig leerte er seinen Eintopf. »Der Tag der Abrechnung wird kommen, darauf kannst du dich verlassen.«

»Ich nehme an, es wird ein fröhlicher Tag werden«, murmelte Maximilian, und Rafael lachte.

»Aye, vielleicht.« Er warf Maximilian einen Blick zu. »Wo ist die Gefangene?«

»Sie schläft, dank des Mohnpulvers. Aber ich glaube nicht, dass sie fliehen wird.«

»Hat Amaury bereits ihr Herz erobert?«

»Nein, ich glaube, er hat ihr Angst gemacht. Nach allem, was Alys erzählt, mag sie bestimmte Annehmlichkeiten tröstend finden.« Wieder wechselte Maximilian das Thema. Er hatte bereits bemerkt, dass Amaury von Elizabeth gefesselt war. Dass zwei seiner Männer in sie vernarrt waren und sich von ihren Pflichten ablenken ließen, konnte er nicht gebrauchen. »Was ist mit Murdoch?«

Rafael stellte die leere Schüssel beiseite. »Ich glaube, er hat vermutet, dass ich ihm folge. Er hat nie zurückgeschaut, sondern ein stetiges Tempo an den Tag gelegt und ist die ganze Zeit in eine Richtung geritten. Ich bin ihm so weit gefolgt, wie ich konnte, um es noch diese Nacht zurückzuschaffen.«

»Du meinst, er wird irgendwann umkehren?«

»Vielleicht. Ich vertraue ihm nicht.«

»Ich auch nicht.«

»Konntest du herausfinden, ob deine Frau ihn kennt?«

Maximilian schüttelte den Kopf und dachte an seinen Eindruck, dass Alys und Murdoch einander *zu wenig* beachteten. Aber das behielt er für sich. Er stellte seinen Becher ab, als sich ihm das Huhn näherte. Es sprang hoch und ließ sich zu Rafaels großer Belustigung auf seinem Schoß nieder.

»Eine neue Freundin?«

»Ein Geschenk.«

Rafael lachte lauthals. Er streckte die Hand aus, um Odette zu tätscheln, und zum Dank hackte sie nach ihm und kuschelte sich dann tiefer in Maximilians Schoß. »Ich glaube, ich weiß, wie ich den Sheriff in Misskredit bringe«, sagte er und streichelte ihr Federkleid. »Aber es wird einige Tage dauern. Ich bitte dich um deine Geduld.«

»Und um mein Schweigen gegenüber deiner Ehefrau.«

»Wie immer verstehen wir einander«, sagte Maximilian. »In der Zwischenzeit möchte ich, dass du nach Carlisle reitest. Alys glaubt, Ceara, die Frau, die dir so übel mitgespielt hat, werde die Ponys dort hinbringen, um sie zu verkaufen. Außerdem brauchen wir Mehl, und darüber hinaus könnte es dort Kunde über diese Elizabeth geben.«

»Wenn sie von Stand ist und vermisst wird, aye.« Rafael nickte zustimmend. »Yves hat dir eine Liste gegeben, nehme ich an.«

»In der Tat.« Maximilian zögerte nur einen Moment, bevor er einem Impuls folgte. Er würde vielleicht nicht so bald wieder die Gelegenheit haben, Geschenke für Alys zu kaufen. »Suche dir eine Frau oder drei. Es wird deine Stimmung verbessern.« Rafael lachte, widersprach aber nicht. »Und ich möchte, dass du Stoffe für meine Frau aussuchst. Ausreichend für zwei Überkleider und zwei Unterkleider, dazu blaue Wolle für Nathalie und genügend Stoff für ein Unterkleid. Ihr Geschenk für Alys muss vergolten werden.«

Rafael wirkte überrascht. »Du traust mir zu, Einkäufe für deine Frau zu machen?«

»Ich traue dir zu, zu wissen, welche Farbtöne einer Frau gut stehen«, antwortete Maximilian in trockenem Tonfall. »Ich habe dich schon zuvor Geschenke und Flitterkram einkaufen sehen.«

Rafael lachte. Es stimmte. »Soll ich morgen früh aufbrechen?«

Maximilian nickte. »Wenn es dir recht ist.«

»Ich werde Mallory mitnehmen«, sagte Rafael, und Maximilian händigte ihm Yves' Liste und einen Sack voll Münzen aus. »Drück mir die Daumen, dass ich diese Frau finde, Ceara. Sie schuldet mir etwas.«

Ceara war allerdings nicht die Einzige, die Schulden hatte.

Maximilian überließ die schlummernde Odette Marie, dann betrat er sein Zelt und wappnete sich gegen einen Streit mit Alys wegen der Teller.

Und um die Wahrheit zu sagen, freute er sich auf die Versöhnung, jedenfalls ein bisschen. Diese Frau war ein Feuer in seiner Seele, eins, das er nicht verlöschen sehen wollte. Würde das Verlangen ihm am Ende zum Verhängnis werden?

Maximilian konnte nur hoffen, dass das nicht der Fall sein würde.

ALYS WUSSTE, dass sie ihrem Ehemann heute Nacht ihre Loyalität beweisen musste. Als Nathalie ging, zog sie ihr Unterkleid aus und stieg nackt ins Bett, kuschelte sich zwischen die weichen Wolfspelze. Mit Mühe blieb sie wach, nachdem das heiße Bad sie müde gemacht hatte, und hörte schließlich die Schritte des Silberwolfs am Zelteingang. Sie blieb im Bett liegen, als schliefe sie, beobachtete ihn aber in Wirklichkeit unter ihren Lidern hervor.

Wie immer machte ihr Herz beim Anblick ihres Ehemanns einen Sprung. Er erfüllte das Zelt mit der Macht seiner Gegenwart. Seinen Mantel warf er beiseite und hatte seinen Gürtel gelöst, bevor Reynaud kam. Der Knappe stellte eine Öllampe auf den Tisch, die das Gesicht des Silberwolfs in Gold tauchte, als wäre er eine uralte Gottheit oder ein Engel, der gekommen war, um seinen weltlichen Anspruch geltend zu machen. Alys Herz zog sich zusammen, weil er so gut aussah. Ein Finger wies Reynaud an, still zu sein, und der Junge half seinem Lord rasch dabei, Waffenrock und Kettenrüstung loszuwerden. Wenige Minuten später stand der Silberwolf nur mit seinem Hemd bekleidet da, und der Knappe war entlassen.

Sein Blick ruhte auf ihr, das brodelnde Verlangen ausreichend, um selbst die unaufmerksamste Seele zu wecken – und Alys war nicht unaufmerksam. Sie setzte sich auf und ließ die Felle über ihre Taille gleiten. Beim Anblick ihrer Nacktheit hielt er den Atem an. Sie begann ihren Zopf zu lösen, weil sie wusste, dass er ihr offenes Haar mochte, und sah, wie sich seine Augen verdunkelten. Er zog sich das Hemd über den Kopf und warf es ungeduldig beiseite, dann überbrückte er mit gemessenen Schritten den Abstand zwischen ihnen. Er stand da und beobachtete sie, seine Augen wie Saphire funkelnd, bis sie mit den Händen durch ihr Haar fuhr und es über ihre Schultern fallen ließ. Sie schüttelte den Kopf, und er beobachtete sie hungrig. Dann erhob sie sich auf die Knie. Er bewegte sich noch immer nicht.

Alys begriff. Er wollte eine Einladung, keine Eroberung. Er wollte, dass sie ihm gegenüber loyal war, in dieser Angelegenheit wie in allen anderen. Für Alys war die Entscheidung einfach. Diesmal würde sie ihn verführen. Diesmal würde er ihr erliegen. Diesmal würde er wissen, dass seine Berührung willkommen war.

Sie griff nach ihm, fühlte sich dabei unerhört kühn, und legte beide Hände um sein Gesicht. Er war angespannt und vibrierte förmlich mit der Kraft, die es ihn kostete, gegen sein eigenes Verlangen anzukämpfen. Seine Hände ballte er zu Fäusten, während er wartete. Alys küsste flüchtig seinen einen Mundwinkel. Ihr eigenes Begehren wuchs; sie spürte seinen Atem, spürte die Hitze, die von ihm ausging. Sie küsste auch den anderen Mundwinkel und riskierte dann einen Blick in sein Gesicht. Sie hielt seinen Blick fest, als sie ihre Lippen flüchtig über seine gleiten ließ.

»Willkommen, mein Ehemann«, flüsterte sie und legte dann ihren Mund fester auf seinen, beanspruchte ihn mit einem Kuss für sich, triumphierend und verführerisch, und kaum einen Herzschlag später schlossen sich seine Arme um sie. Er zog sie an sich, hielt sie an seiner Brust fest, und erwiderte den Kuss fordernd und verlangend.

Ineinander verschlungen fielen sie aufs Bett. Alys spürte ein neues Gefühl der Macht bei dem Gedanken, dass dieser Krieger von seinem Verlangen nach ihr so beherrscht wurde. Mit ihrer Berührung konnte sie einen Zauber auf ihn legen, so, wie sie unter seinem stand, und die Erkenntnis ließ sie kühner werden. Sie berührte ihn mit neuem Selbstbewusstsein, wagte zu fordern und zu erkunden. Dabei nahm sie sich zum Beispiel, wie er sie in der Vergangenheit berührt hatte, merkte sich, was ihm am meisten Lust bereitete, und arbeitete mit jeder Liebkosung an einem eigenen Arsenal von Berührungen.

Alys hätte nicht geglaubt, dass ihre Vereinigung noch leidenschaftlicher sein konnte als zuvor. Sie hätte nicht geglaubt, dass die Lust sich noch steigern ließ, oder dass sie mehr als einmal in kurzem Abstand zum Höhepunkt gelangen konnte. Sie hätte nicht gedacht, dass zwei Menschen einander allein durch Berührungen so viel sagen konnten, denn in dieser Nacht liebten sie sich schweigend. Es gab nur Küsse und Liebkosungen, nur die Eindringlichkeit des Silberwolfs, die Zärtlichkeit seiner Umarmung, ihre eigene Entschlossenheit, ihm zu zeigen, dass sie ihm ihre Treue schenkte. In dieser Nacht schenkte sie dem Silberwolf *alles*, und das schien er zu begreifen. Und er sorgte dafür, dass sie keine Reue fühlte: Zusammen stillten sie ihre Lust, mit neuer Hemmungslosigkeit und Intensität. Als sie endlich das letzte Mal Befriedigung fanden, war sich Alys sicher, dass man ihre Schreie bis nach Paris hören konnte.

Und ihr war es egal, denn sie schlief, geborgen in den Armen des Silberwolfs, und das Vertrauen zwischen ihnen war genährt von der Magie, die sie im Bett miteinander heraufbeschworen hatten.

Das Schicksal, so schien es, hatte ihr mehr geschenkt, als sie sich je hätte träumen lassen.

KAPITEL 16

$\mathcal{E}$s *war* Olivers Dolch.

Maximilian holte ihn aus Alys Stiefel, nachdem sie nach dem Liebesakt eingeschlafen war. Er hatte gehofft, er läge falsch. Er hatte gehofft, für die wunde Stelle an ihrem Bein gäbe es eine andere Erklärung. Als sich seine Finger um den kalten Griff der im Stiefel versteckten Waffe schlossen, setzte sein Herz einen Schlag aus, weil er bereits wusste, was er sehen würde. Er zog den Dolch heraus und starrte darauf, hoffte, es sei etwas anderes, als es war.

Also hatte sie irgendwie die Klinge von Nyssa und Ceara bekommen. Irgendwie stand sie in Kontakt mit ihnen, und irgendwie hatten sie sich verschworen, ihn zu töten. Das war eine bittere Erkenntnis, eine, mit der Maximilian zu kämpfen hatte.

Er wusste nicht, wie lange er dort stand, aber es hatte begonnen zu regnen, und der Regen wurde stärker. Er richtete sich gerade auf, betrachtete seine Frau und fragte sich, warum sie heute Nacht so feurig gewesen war. Nie zuvor hatte sie solche Leidenschaft gezeigt, war so kühn und so wild gewesen, und Maximilian misstraute diesem Wandel.

Konnte es eine Täuschung sein, eine Ablenkung?

Der Dolch ließ seine Zweifel sich vervielfachen.

Maximilian zog sein Hemd und seine Stiefel an, denn es war kalt, legte Kohlen nach und schürte die Glut und machte sich dann an die

Arbeit. Er war sich des Ärgers bewusst, der tief in ihm brodelte, obwohl er ihn gern geleugnet oder gar unterdrückt hätte. Er war ein Mann, der auf dem Weg zu einem Ziel viel erdulden konnte. Seine Geduld mit Alys jedoch schwand, und während der Arbeit quälte ihn die Tatsache, dass sie entschieden hatte, den Dolch vor ihm zu verbergen.

Sie vertraute ihm nicht, so viel war klar. So sehr er ihr auch vertrauen wollte, Maximilian würde es nicht länger tun. Er fürchtete, er sehnte sich nach etwas, das sie ihm für immer vorenthalten würde, und begriff, seine Schwäche für sie übertraf alle Erwartungen.

Er würde nicht zulassen, dass seine Sehnsucht nach der aufrichtigen Zuneigung seiner Frau ihn verwundbar machte.

Stattdessen würde er warten. Er würde sein Wort halten und Alys gegenüber seine Pflicht tun, ihr nicht mehr und nicht weniger geben, als er gelobt hatte. Er würde warten, ein Feldherr, der eine Festung belagerte. Seine Verlässlichkeit würde ihre Verteidigungswälle untergraben. Bis Alys nach dem hungerte, was er ihr geben konnte.

Maximilian würde warten, und die Festung Alys Armstrong würde fallen.

Er konnte nur hoffen, dass es schon bald sein würde.

Es ist Samhain, die Nacht, die Alys am meisten fürchtet. Aus der Kammer des Lairds ruft ihr Vater nach ihr, aber sie will seinem Ruf nicht Folge leisten. Der Wind weht stürmisch, und sie spürt die Vorboten des Unheils, obwohl sie zu jung ist, um sie beim Namen zu nennen.

Sie tut, als ob sie ihn nicht hört, und spielt weiter im Hof, aber das wird nicht lange gutgehen. Und da ist auch schon Rupert, um sie zu holen, mit grimmigem Gesichtsausdruck. »Er wird keinen Widerspruch dulden, Mädchen«, sagt er. »Nicht heute Nacht.«

Alys weiß, dass das stimmt, auch wenn sie wünschte, es wäre nicht so. »Ich möchte nicht«, protestiert sie.

Rupert seufzt und wirft einen Blick nach oben zum Turm. Jetzt schon ist er von Rauch umgeben, der durch die Zwischenräume in den Läden dringt und sich mit dem aus dem Fluss aufsteigenden Nebel mischt. Die Sterne sind diese Nacht verschwunden, mit dem Mond zusammen hinter schweren Wolken verborgen, und Alys fürchtet, die Dunkelheit wird sie alle verschlingen. Vielleicht kommt der Morgen nie.

Rupert nimmt ihre Hand und führt sie zum Turm. Sie zögert, doch sie weiß, der Befehl ist nicht seine Schuld. Auf den Stufen schlurft sie mit den Füßen, fröstelt vor Furcht, und erstarrt beinahe zu Stein beim Anblick ihres Vaters, der auf sie wartet. Er steht in der Tür zum Gemach des Lairds. Flammen tanzen im Kohlenbecken hinter ihm, denn er hat das Feuer heftig geschürt. Seine Augen wirken wild, wie sie es in den letzten Jahren häufig tun, und das Lächeln, das bei ihrem Anblick in sein Gesicht tritt, ist furchterregend.

»Komm her!«, ruft er und greift nach ihren Händen, zieht sie von Rupert fort. Der Kastellan würde vielleicht protestieren, aber ihr Vater bringt den Mann mit einer Geste zum Schweigen. »Du wirst dich nicht einmischen, Rupert. Es geht dich nichts an.« Ihr Vater macht ein Zeichen, das Alys als Fluch erkennt, und Rupert zieht sich mit weit aufgerissenen Augen zurück.

Ihr Vater schlägt die Tür zu, sodass der ganze Turm mit der Wucht zu vibrieren scheint. Die Kammer ist voller Rauch, und Alys kann ihre Furcht vor dem, was geschehen wird, nicht unterdrücken. Die kleinen Härchen im Nacken richten sich auf, fast, als ob jemand außer ihrem Vater im Raum ist. Über dem Kohlenbecken hängt ein Symbol aus Zweigen, ein Pentagramm, das sich in der heißen Luft, die vom Feuer aufsteigt, dreht.

Die Handfläche ihres Vaters ist einmal mehr blutig, von dem Symbol, das er in seine linke Handfläche geschnitten hat. Jeden Samhain erneuert er es, ein Zeichen, dass seine Seele an eine finstere Macht gebunden ist, von der Alys nichts wissen will. Der Vater, an den sie sich erinnert, der, den sie geliebt hat, ist fort, ersetzt durch diesen fürchterlichen Finsterling, der sie gewaltsam zum Kohlenbecken zerrt.

»Schwöre«, flüstert er, hält sie am Handgelenk fest und hebt den Dolch. »Schwöre, für alle Zeiten seine Dienerin zu sein. Dies wird mein wahres Vermächtnis sein, den Schatz von Kilderrick in seine Dienste zu stellen.«

»Nein!« Alys schreit, als das Messer sich herabsenkt. Sie tritt ihren Vater, kämpft verzweifelt darum, zu entkommen, beißt ihm dann in die Hand. Er lässt das Messer fallen, schlägt sie, und sie wirbelt herum und versucht zu fliehen.

Sie ist nicht schnell genug. Er umfasst sie, bevor sie die Tür erreicht hat, und trägt sie zurück zum prasselnden Feuer. Mit unnachgiebigem Blick packt er ihre Hand und hält sie über die Flammen.

»Schwöre ihm die Treue«, fordert er sie auf, »und du wirst unverwundbar gegen das Feuer sein.« Sie kämpft gegen ihn, entschlossen, stumm zu bleiben. »Es wird unmöglich sein, dich zu verbrennen und dich zu fesseln, denn genau wie ich wirst du über solche weltlichen Sorgen erhaben sein.« Ihr Vater hält ihre Hand ins Feuer, und die Flammen züngeln an ihrer Haut entlang. Sie wehrt sich heftiger. »Schwöre ihm die Treue, Alys. Rette dich, während du noch kannst.«

Dann stößt er ihre Hand in die Flammen, so tief hinein, dass sie die Kohlen berührt. Sie sieht, dass seine Haut nicht brennt, während ihre eigene verkohlt. Der Schmerz ist schlimmer als alles, was sie je erduldet hat, aber sie weiß, wenn sie laut schreit, wird er Befriedigung darin finden. Unbarmherzig hält er ihre Hand fest, und als ihr Kleid Feuer fängt begreift sie, er wird dort stehen und sie bei lebendigem Leib verbrennen, ohne die geringste Reue.

Ihre Haut schlägt Blasen. Das Feuer wandert ihr Handgelenk hinauf, über ihren Ellbogen, zu ihrem Oberarm. Sie spürt die Hitze auf ihrer Schulter, ihrem Hals, ihrer Wange. Ihr Kleid steht in Flammen und ihr Haar, und als das Feuer ihr die Sicht nimmt, kann sie nicht mehr schweigen.

Sie schreit, und als sie einmal angefangen hat, kann sie nicht aufhören. Die Tür fliegt auf, Rupert flucht. Ihr Vater stürzt, als sein eigener Kastellan ihn angreift; das Kohlenbecken fällt um und ihr Vater beeilt sich, die Flammen zu löschen. Rupert erstickt die Flammen an Alys' Körper, nicht aber den Schmerz.

»Lauf«, ruft er ihr zu, und Alys lässt es sich nicht zweimal sagen. Sie flieht aus der Kammer des Lairds, während ihr Vater protestierend brüllt, stolpert die Treppe hinunter und versteckt sich. Sie hört Pferde, aber es ist ihr gleich. Die kalte Stille ihres Verstecks im Keller ist die einzige Lösung, und sie versteckt sich dort zitternd und weinend, bis die Erschöpfung sie schließlich überwältigt.

ALYS ERWACHTE PLÖTZLICH und war sich einen langen Moment nicht sicher, wo sie war. Ihr Herz schlug wie wild, und ihre Handflächen waren feucht. Sie lag allein im Bett im Zelt des Silberwolfs, und es war nicht dunkel. Regen fiel auf das Dach des Zeltes. Sie schaute auf ihre Handfläche und erwartete beinahe, dort eine Narbe zu sehen, den Umriss des Pentagramms, das man in ihr Fleisch geschnitten hatte.

Aber es gab keine, und sie atmete erleichtert aus.

Wie war es möglich gewesen, dass die Hand ihres Vaters nicht gebrannt hatte? Hatten ihre Augen sie getäuscht?

Eine Laterne brannte auf dem Tisch, und der Silberwolf saß dort in seinem Hemd und runzelte die Stirn über irgendein Dokument. Auf dem Tisch standen zwei Truhen – wahrscheinlich die, die er aus Rowan Fell mitgebracht hatte. Eine war offen und hatte anscheinend die Dokumente enthalten, die er rings um sich ausgebreitet hatte. Dunkelheit und Kälte verrieten ihr, dass es Nacht war, aber er schlief nicht.

Warum nicht? Welche wichtige Angelegenheit hielt ihn wach?

Alys setzte sich auf, dann bemerkte sie, dass sie wieder ihr Unterkleid trug und ihr Haar geflochten war. Ihr Herz erwärmte sich bei diesem Anzeichen, dass er sich um ihr Wohlergehen sorgte, bei der Überzeugung, dass sie in seiner Gegenwart sicher war.

Dann erinnerte sie sich an die Einzelheiten ihres Traums und war von Neuem verblüfft. Der Silberwolf war nicht für ihre Narben verantwortlich. Das war eine erstaunliche Tatsache, eine Erkenntnis, die sie tief in sich begraben hatte, um die Erinnerungen an ihren Vater nicht zu trüben.

Während sie darüber grübelte, schaute der Silberwolf nicht von seiner Arbeit auf. Offenbar hatte er noch nicht bemerkt, dass sie wach geworden war.

Sie sehnte sich danach, seine Wärme an ihrem Rücken zu spüren, fest in seinen Armen gehalten zu werden, ihm vielleicht sogar von ihrem Traum zu erzählen. Aber seine Haltung ließ sie schüchtern werden.

»Welche Arbeit hält dich wach, Sir?«, fragte sie und hörte das Zittern in ihrer eigenen Stimme.

Er warf ihr einen Blick zu. Seine Augen waren von jenem besonders lebhaften Blau, das sie mit starken Gefühlsregungen in Verbindung brachte. »Ich addiere fünfzehn Jahre Abgaben und Steuern«, sagte er. »Um genau zu berechnen, wie viel der Sheriff von Rowan Fell dem Laird schuldet.«

»Konnte das nicht bis zum Morgen warten?«

»Je schneller es getan ist, desto besser, Mylady.« Sein Tonfall war scharf, und mehr noch, er nannte sie nicht bei ihrem Namen.

»Ich könnte dir helfen.«

»Nicht heute Nacht. Schlafe, und wir sprechen am Morgen darüber.« Er winkte ab, dann entrollte er ein anderes Pergament und gab sich beschäftigt.

Er traute ihr nicht.

Alys ahnte nicht, was sich verändert hatte oder warum, aber sie begriff es instinktiv. Sie sank zurück auf das Bett, ihre Gedanken in Aufruhr, und beschloss, dass sie sein Vertrauen gewinnen würde. Sie würde sich dieser Ehe vollends widmen – und sie konnte nur hoffen, dass sie diese Entscheidung nicht zu spät traf.

ALS REYNAUD am nächsten Morgen erschien, rieb sich Maximilian müde die Augen. Der Knappe verbeugte sich tief und reichte ihm zwei dampfende Schüsseln. In beiden befand sich heiße Hafergrütze, aber Reynaud trug auch noch eine dritte Schale, in der sich ein braunes Ei und ein Stück Brot befanden. Er schaute auf und begegnete dem Blick seines Knappen.

»Ein Geschenk von Odette, lässt Denis ausrichten«, sagte der Junge grinsend. »Marie sagt, das Erste stünde Euch zu, und als Junge hätten die Eier Euch geschmeckt, wenn sie so zubereitet wurden.«

Wie lang war es her, dass Maximilian ein gekochtes Ei gegessen hatte?

Als wollte sich das Huhn vergewissern, dass Reynaud seine Aufgabe auch ordentlich erledigte, gackerte es vor dem Zelt. Maximilian nickte, und Reynaud stellte seine Last ab und öffnete die Zeltklappe. Odette hüpfte herein. Sie erkundete das Zeltinnere und sprang dann neben Maximilian auf die Truhe. Einmal mehr ließ sie sich auf seinem Schoß nieder, als wollte sie dort einschlafen, und Reynaud kämpfte gegen ein Lächeln.

»Sie darf nicht wissen, was Ihr essen werdet«, sagte der Junge.

Maximilian lachte leise. »Nein, das darf sie nicht.« Das Ei war noch warm. Er ließ die Schale kaputtgehen, indem er es über den Tisch rollte, pellte es dann und legte das Ei selbst in die Schüssel. Wie erwartet, lief das gelbgoldene Eigelb heraus, als er es aufschnitt, und er stippte zufrieden das Brot hinein.

Es schmeckte wie Sonnenschein im Hof von Château de Vries, wie heiße Steine unter seinen bloßen Füßen und der Duft von frischem Brot aus der Küche. Es erinnerte ihn an die Tage, die er im Obstgarten oder in den Marschen verbracht hatte, an die Schachspiele in der großen Halle mit Yves, eine einsame Kindheit, die er nicht wirklich zu schätzen gewusst hatte, bis sie vorüber gewesen war.

»Richte ihnen bitte meinen Dank aus«, sagte er zu Reynaud, dann bemerkte er, dass Alys sich regte. »Ich werde mich in Kürze anziehen. Bitte schicke Nathalie, damit sie meiner Gemahlin hilft.«

»Aye, Mylord.« Reynaud verbeugte sich und verschwand.

Alys erhob sich und ging ihren morgendlichen Verrichtungen nach, während Maximilian den Blick fest auf seine Arbeit gerichtet hielt. Einige Augenblicke später bemerkte er, dass sie ihn beobachtete, und schaute auf. Ihr Gesichtsausdruck wirkte unerwartet unsicher. Maximilian fragte sich, was sie in der Nacht zuvor wohl geträumt hatte. Es schien sie erschüttert zu haben, andererseits ließen alle Albträume in ihren Opfern ein Gefühl der Beunruhigung zurück.

Er überprüfte weiterhin seine Summen, aß mit einer Hand und addierte mit der anderen. »Guten Morgen, Mylady. Ich hoffe, du hast gut geschlafen.« Er sprach neutral, als würde sie das dazu bewegen, ihm von dem Messer zu erzählen.

»Hast du überhaupt geschlafen?«, fragte sie und kam um den Tisch herum. Ihr Unterkleid war hinreichend dünn, um verlockende Schatten zu enthüllen, also schaute Maximilian nicht hin. Dort standen ihre Stiefel. Würde sie ihm das Messer geben, wenn sie sie anzog?

»Mir war nicht danach«, sagte er schlicht und wartete gespannt.

Zwischen ihnen herrschte Schweigen, nur vom Regen unterbrochen. Alys bückte sich und zog ihre Stiefel an. Enttäuschung flutete Maximilian.

»Das Huhn hat einen bequemen Platz für sich gefunden«, sagte sie, während er andere Worte erwartet hatte.

»Sie scheint ihn zu mögen, Mylady. Ich beschwere mich nicht, denn sie ist schön warm.«

Er merkte, wie Alys ihn ansah, aber ihr Geständnis ließ auf sich warten. Das Messer musste gegen die bereits wunde Haut an ihrem Bein stoßen, aber sie ließ es sich nicht anmerken. Maximilian spürte, wie sich etwas in ihm verhärtete, und wusste, es war sein Wille auszuharren, bis er ein Nachgeben in ihr spürte.

»Willst du mich nicht länger bei meinem Namen nennen, Mylord?«, fragte sie leise, und Maximilian schaute auf.

»*Du* hast mich noch nie bei meinem Namen genannt«, bemerkte er kühl. »Ich sehe keinen Grund für eine solche Ungleichheit.«

Etwas flackerte in ihren Augen, dann richtete sie sich auf und wandte den Blick ab.

Er deutete auf die Dokumente, die vor ihm lagen. »Kannst du rechnen?«

»Warum?«

»Dies sind die Aufzeichnungen von den Gerichtstagen in Rowan Fell.«

»Mein Vater hat seinen Gerichtstag hier in Kilderrick abgehalten.«

»Und seit seinem Tod hat er in Rowan Fell unter der Aufsicht des Sheriffs stattgefunden.«

Alys runzelte die Stirn. »Ja, und?«

Er tippte mit einem Finger schwer auf das Pergament. »Ein Anteil an jedem Bußgeld steht demjenigen zu, der Recht spricht – in diesem Fall dem Sheriff – und einer dem Laird. Vielfach geht auch ein Anteil an den König.«

Alys neigte den Kopf. »Eine Brauerin wurde für schuldig befunden, auf dem Markt zu wenig Bier ausgeschenkt zu haben, und musste eine Strafe von zwei Shilling zahlen.«

»Also kannst du lesen«, sagte Maximilian voll Genugtuung.

»Aye. Rupert hat es mich gelehrt.«

»War das seine Aufgabe, dein Lehrer zu sein?«

»Nein, aber sein Augenlicht ließ nach. Er brauchte Hilfe, und ich gewährte sie ihm.« Sie hob ein Dokument auf und betrachtete es. »Warum liest du dies alles?«

»Denk darüber nach – wer hat in diesen fünfzehn Jahren den Anteil des Lairds bekommen?«

»Es gab keinen Laird.«

Er griff in seinen Beutel und legte das Siegel von Kilderrick auf den Tisch, bemerkte, wie ihr Blick darauf verharrte. Das war alles, wonach es sie verlangte, ohne Zweifel. »Aye, es gab einen, auch wenn er nicht hier war. Mein Vater besaß das Siegel, was ihn zum Laird machte, und nun habe ich es, also bin ich an seiner Stelle Laird. Und du warst hier, die Erbin von Kilderrick. Enttäusche mich nicht mit dem Eingeständnis, dass der Sheriff dir zweimal jährlich deinen Anteil übergeben hat, wie es seine Pflicht war.«

»Natürlich nicht«, sagte Alys lachend.

Maximilian lachte nicht. »Wo ist dann unser Anteil? Der Sheriff sagt, er hätte ihn aufbewahrt, aber er lügt. Er hat das Geld nicht in Verwahrung, oder er hätte es mir übergeben, als ich ihn bedrohte.«

Alys betrachtete die Truhe. »Du hast nach den Aufzeichnungen verlangt, um die genaue Summe zu ermitteln.«

»Man muss wissen, wie hoch die Schulden sind, bevor man sie eintreiben kann.«

Alys nickte. »Und wenn sie nicht eingetrieben werden können, hat der Sheriff seine Pflichten vernachlässigt.«

»Genau.«

»Zeig es mir«, sagte sie entschlossen und setzte sich auf den Stuhl gegenüber, als Nathalie das Zelt betrat. »Ich kann tun, was immer nötig ist, um Kilderrick wiederaufzubauen«, sagte sie mit einer Überzeugung, die er nicht in Zweifel zog. Sie begegnete Maximilians Blick, und sein Herz schlug schneller, als er die Entschlossenheit in ihrem Gesicht sah. »Ich werde in jeder Weise deine Frau sein, Sir.«

Maximilian war beeindruckt, aber er gab ihr keine Zusicherungen. Er entrollte lediglich das erste Pergament und zeigte ihr, wo sie anfangen sollte.

DER SILBERWOLF HATTE auf ihren Rat gehört und suchte nach einem Grund, den Sheriff von Rowan Fell zu entlassen. Alys war froh darüber und wollte ihn gern dabei unterstützen.

Nachdem Nathalie ihr beim Anziehen geholfen hatte, nahm sie ihr Frühstück ein und half dem Silberwolf dabei, die alten Aufzeichnungen durchzugehen und die einzelnen Beträge aufzusummieren. Er stand auf und ließ sich von Reynaud beim Ankleiden helfen. Danach beugten sie sich gemeinsam wieder über die Pergamente, verglichen und besprachen, was sie darin fanden. Die Summe, die er errechnete, wuchs, während der Regen fiel.

Sie arbeiteten so freundschaftlich zusammen, als hätten sie es immer schon getan.

Und zugleich stand etwas zwischen ihnen – und es war nicht das Huhn. Alys spürte seine Beherrschung, seine Verschlossenheit, und da er sie Reynaud gegenüber nicht an den Tag legte, wusste sie, sie musste schuld sein. Das unterschwellige Begehren, das ihr in seiner Gegenwart vertraut geworden war, war gedämpft, als hinge ein Schatten zwischen ihnen.

Wusste er von dem Dolch?

Würde sie so dumm sein, ihn ihm auszuhändigen? Sie wusste es nicht und konnte sich nicht entscheiden.

Es musste etwa Mittag sein, als Alys auf einmal Männer singen hörte. Der Silberwolf schaute von seinem Pergament auf. Sein Lächeln verriet, dass er ihre Verwirrung nicht teilte. Er forderte sie auf, mit ihm zu kommen, und führte sie aus dem Zelt zu dem Hang, der zum Fluss hinunterführte, von dem aus man die Straße überblicken konnte. Es regnete unablässig, und sie zog seinen Mantel enger um sich. Die Jungen kümmerten sich um die Pferde, Tynan trimmte unter Henris Aufsicht die Hufe eines Zelters. Immer lauter wurden die Geräusche eines sich nähernden Trosses. Die Schlachtrösser wandten sich der Straße zu und stellten neugierig die Ohren auf.

Alys runzelte die Stirn. »Das können keine Banditen sein«, sagte sie.

Der Silberwolf schüttelte den Kopf. »Sind es auch nicht.«

Alys verstand noch immer nicht. Langsam kam die Gruppe auf der Straße in Sicht, eine lange Reihe von Wagen, von Pferden und Ponys gezogen, begleitet von einer kleinen Armee von Männern. Die Männer wirkten sehr kräftig und sangen beim Gehen. Ihre Wagen waren schwer beladen und rollten langsam – mehr als einer blieb beinahe im Matsch stecken.

»Wohlan! Kilderrick!« Der Mann an der Spitze deutete auf die Ruinen. Andere Jubelrufe ertönten, gute Laune verbreitete sich. Die Karren fuhren schneller, die Pferde anscheinend beschwingt von der Aussicht auf eine Rast.

Als sie sah, dass das erste Fuhrwerk mit Steinblöcken beladen war, keuchte Alys auf. Sie hob die Hände an den Mund und starrte den Silberwolf aus großen Augen an.

»Steinmetze, Mylady«, sagte er zu ihr. »Wie versprochen.«

Sie stieß einen begeisterten Ruf aus, dann warf sie sich dem Silberwolf in die Arme. Einen Moment erstarrte er, dann fing er sie auf und wirbelte sie herum. »Du wirst es wirklich wiederaufbauen!«

»Nein, *sie* werden es tun.«

Alys war vor Glück beinahe überwältigt. Sie starrte auf ihn herab, im Bann seines eindringlichen Blicks, und begriff, dass sie ihr Herz verloren hatte, an den unwahrscheinlichsten aller Männer, den Söldner, der sie gezwungen hatte, ihn zu heiraten.

Aber er war nicht an ihren Verbrennungen schuld. Sie glaubte ihm, dass er ihren Vater und Rupert nicht absichtlich getötet oder Kilderrick bewusst niedergebrannt hatte. Und nun würde er alles wiedergutmachen, und diese Tatsache, zusammen mit seiner Bereitschaft zuzuhören und zu lernen, hatte in Wahrheit ihr Herz erobert.

Sie hätte es ihm vielleicht gesagt, aber in diesem Moment setzte er sie ab, nachdem man ihn gerufen hatte, und ging den Steinmetzen entgegen. Alys blinzelte Tränen des Staunens zurück, während er mit dem Baumeister zusammen die Strecke abschritt und die Außenmaße des großen Turms markierte, und sie wusste, es würde genau so werden, wie er es ihr beschrieben hatte.

Er hatte es getan.

Der Silberwolf hatte sein Wort gehalten.

ALYS' Freude hatte Maximilian zutiefst gerührt. Er war kurz davor gewesen, sie bis zur Besinnungslosigkeit zu küssen, und wollte an ihrem Glück ein wenig teilhaben.

Dann hatte er sich an den Dolch erinnert, ein sicheres Zeichen der Täuschung.

Sie war heute zu bereitwillig, zu hilfreich, unterschied sich zu sehr von der Furie, die er kennengelernt hatte, als dass er der Veränderung hätte trauen können. Es war, als ob sie den Wandel in ihm spürte und den Grund dafür kannte. Es war, als wollte sie ihn davon überzeugen, ihr nicht das Vertrauen zu entziehen.

Maximilian würde sich nicht so leicht umstimmen lassen.

Er ging zu den Steinmetzen und verbrachte einen Großteil des Tages damit sicherzugehen, dass ihr Lager so aufgeschlagen wurde, wie sie es wollten, und dass sie genau verstanden, was ihm vorschwebte. Er bestand darauf, dass Alys vor dem Regen Zuflucht suchte, und sie hatte sich in sein Zelt zurückgezogen, wo sie jedes Mal, wenn er nachschaute, gewissenhaft arbeitete.

Odette folgte ihm treu überall hin, zur Belustigung aller im Lager.

Und so entwickelte sich zwischen Alys und ihm eine Routine. Tagsüber lasen sie die Schriftrollen, begutachteten mittags sowie am Abend den Fortschritt der Steinmetze und schliefen dann leidenschaftlich miteinander. Er vertraute sich ihr nicht an. Sie bat nicht mehr darum, Elizabeth sehen zu dürfen. Maximilian schlief in dem Zelt, das sich Rafael und Amaury teilten, und stellte einen der anderen Söldner dazu ab, seine Frau zu bewachen. Er wusste, dass Alys mit Eudaline sprach und nahm an, dass sie sich über die Kräutermedizin und die Salbe für ihre Haut austauschten.

Wenn der versteckte Dolch nicht gewesen wäre – und ihre Gefährtinnen, die sich im Wald herumtrieben – wäre Maximilian zufrieden gewesen. Aber die Tage verstrichen, und sie enthüllte noch immer nicht, dass sie den Dolch besaß. In seinen Gedanken nahm diese Tatsache immer mehr Raum ein.

Er fürchtete, sie waren in eine Sackgasse gelangt, denn er würde nicht als Erster nachgeben.

AN DEM TAG, an dem Rafael mit seinen Einkäufen zurückkehrte, begrüßte Maximilian ihn mit einem herzlichen Handschlag. Sie umarmten sich und setzten sich mit einem Becher Bier zusammen ans Feuer. Rafael war von seinem üblichen Überschwang erfüllt und lachte herzlich, als ihn die anderen Söldner mit Scherzen begrüßten. In seinen Augen lag ein Funkeln, das Maximilian verriet, dass er mindestens eine hübsche Frau gefunden hatte, die mit ihm das Lager geteilt hatte, und diese Tatsache mit für seine Ausgelassenheit verantwortlich war.

Er gab Maximilian das Geld, das er mit dem Verkauf der Pferde erzielt hatte. »Nicht so viel, wie ich gehofft hatte«, sagte er.

»Hast du dein Talent für das Feilschen verloren?«, spottete Maximilian.

Sein Bruder lachte. »Sie war zuerst da. Die Frau aus dem Wald mit ihren Ponys.«

»Ceara«, sagte Maximilian.

»Sie hat ihnen erzählt, ich wäre ein Dieb und Betrüger.« Rafael schüttelte den Kopf. »Ich hatte Mühe, die Pferde überhaupt zu verkaufen, und musste mich mit einem niedrigeren Preis zufriedengeben. Sie ist gerissen, das muss ich ihr lassen.«

»Hast du sie gesehen?«

Rafael schüttelte den Kopf. »Ich war zu beschäftigt, um eine zusätzliche Herausforderung zu suchen.« Sie grinsten sich an. »Und du? Hat deine Braut weitere Fortschritte bei deiner Zähmung gemacht?« Der harte Unterton in der Stimme seines Bruders ließ Maximilian aufschauen.

»Mit ihrer Hilfe habe ich Beweise gegen den Sheriff gesammelt und werde sie am Tag nach dem Neumond beim Gerichtstag vortragen. Zum Julfest solltest du Sheriff von Rowan Fell sein.«

Rafael schüttelte den Kopf. »Ich will diese Position nicht länger.«

»Warum?«

»Weil sie zu unbedeutend ist, Maximilian. Ich habe nicht den Ehrgeiz, ein Dorf zu regieren. Vielleicht ist Eamon für diese geringe Aufgabe durchaus geeignet.« Er schaute Maximilian an. »Und Kilderrick wird dir nicht reichen. Du musst wissen, dass du es leid werden und dich nach mehr sehnen wirst.«

»Ich habe vor, in Kilderrick zu bleiben. Die Mauern wachsen.« Er deutete auf die Burg. »Ich habe eine Frau und werde einen Sohn haben …«

Rafael schüttelte den Kopf. »Du wirst keinen Sohn haben.«

»Das kannst du nicht wissen …«

»Sie wurde von einer weisen Frau aus den Wäldern unterwiesen, Maximilian«, sagte Rafael mit einem mitleidigen Blick. »Sie wird nie ein Kind von dir empfangen, dafür wird sie sorgen. Frauen haben ihre Mittel, und sie wird sie kennen.« Er beugte sich vor. »Sie macht dich weich, auf eine Weise, die mir nicht gefällt, und verfolgt dabei ihre eigenen Ziele. Sie wird dich ruinieren, Maximilian, und dann den Besitz ihrer Familie für sich beanspruchen.«

Die Anklage fiel auf den fruchtbaren Boden von Maximilians Zweifeln, und er musste seinen Blick abwenden.

»Was hat sie mit dir gemacht? Ich habe noch nie erlebt, dass du mit einer Frau mehr als einmal das Bett geteilt hast, und doch kannst du dieser hier nicht widerstehen. Warum? Sie ist keine Schönheit. Du sagst, sie sei eine Jungfrau gewesen. Wie konnte sie dich so in ihren Bann ziehen?«

»Ich bewundere ihre Willensstärke.«

Rafael lachte und trank sein Ale aus. »Obwohl du nicht das bist, was sie will? In diesem Ehebett lauert die Gefahr.«

»Ich schlafe nicht länger bei ihr.«

»Zumindest kehrt dein Verstand zurück.« Rafael hielt ihm den Becher hin, um sich Ale nachschenken zu lassen.

»Was wirst du tun?«

»Ich werde gehen, aber nicht vor dem Frühjahr. Eigentlich wollte ich sofort aufbrechen, aber ich sehe die Ungewissheit in dir. Ich werde warten, Maximilian, in der Annahme, dass wir diesen gottverlassenen Ort spätestens im Frühjahr gemeinsam verlassen.«

Sicher lag Rafael falsch – aber zu seinem Missvergnügen konnte Maximilian die Argumente seines Bruders nicht einfach von der Hand weisen.

Rafael prostete Maximilian mit seinem Bier zu, leerte dann die Tasse und stellte sie auf den Tisch. »Soll ich Nathalie den Stoff bringen, oder willst du es tun?«

»Ich werde es machen, denn du steckst heute Nacht voller Teufeleien.«

Rafael lachte, und sein Blick wanderte hinüber zum Wald. »Vielleicht sollte ich jeden Tag mit Amaury gemeinsam auf die Jagd geben, auch wenn ich meine Beute nicht mit dem Rest der Gesellschaft teilen will.«

»Du solltest die beiden gefangen nehmen«, sagte Maximilian. »Damit sie sich für den Diebstahl der Teller verantworten müssen.«

Rafael grinste. »Ja, das ist eine sehr verlockende Aufgabe.«

Maximilian sagte nichts weiter dazu, aber er nahm den Stoff, den Rafael gekauft hatte. Er überbrachte Nathalie das Geschenk und sah dabei, dass es Elizabeths Neugier weckte. Schon kurz darauf sprachen die beiden über das neue Kleid, da Elizabeth anscheinend gut mit der Nadel umgehen konnte.

Maximilian betrachtete das Tuch, das für seine Frau bestimmt war, und beschloss, es wieder einzupacken. Niemand sonst unter seinen Leuten bestritt, dass seine Treue zuallererst dem Silberwolf galt. Niemand außer ihr lehnte es ab, ihm die Treue zu schwören.

Niemand, nur seine Gemahlin. Maximilian wusste, es sollte ihn nicht überraschen.

Aber er würde warten. Er würde sein Geschenk für einen Moment in der Zukunft aufsparen, wenn er Alys komplett vertrauen konnte.

Wenn dieser Tag je kam.

IN JENER NACHT wartete Alys im Zelt auf den Silberwolf. Ihr Puls schlug vor Erwartung schneller. Sie ging in ihrem Unterkleid auf und ab, dachte darüber nach, welche Worte sie wählen sollte, und hoffte, die richtigen würden helfen, das Einvernehmen zwischen ihnen wiederherzustellen.

Es war spät, als er endlich ins Zelt kam, und er trug noch seine Kettenrüstung und den Waffenrock. Seine Handschuhe zog er aus und warf sie auf den Tisch, seinen Mantel aber nicht. Irgendetwas trug er bei sich, das er ihr nicht zeigte. Stattdessen öffnete er die größere der beiden Truhen und legte sein Bündel hinein. Seine Bewegungen waren beinahe verstohlen. Schließlich wandte er sich ihr zu. Sein Gesichtsausdruck verriet ihr nichts, und Alys fragte sich, welcher Stimmung er war.

»Du solltest wissen, dass wir morgen Vormittag nach Rowan Fell reiten werden«, sage er.

»Ich werde bereit sein, Mylord.«

Er runzelte die Stirn und schüttelte einmal den Kopf. »Du wirst hierbleiben, Mylady. Royce und ich werden beim ersten Licht aufbrechen.«

»Aber du wirst doch sicher von Eamon eine Rechtfertigung verlangen«, sagte Alys und kämpfte gegen ihre Enttäuschung. »Und gewiss sollte ich diesem Ereignis beiwohnen.«

»Gewiss nicht«, sagte der Silberwolf kühl. »Es wird vielleicht eine Auseinandersetzung geben. Ich erwarte nicht, dass Jeannie Eamon erlaubt, seine Position so einfach aufzugeben.« Er runzelte die Stirn. »Vielleicht werde ich gezwungen sein, ihm eine Frist einzuräumen, um das Geld, das er mir schuldet, aufzutreiben. Ich werde das von seinem Benehmen abhängig machen.«

»Aber ich würde gern …«

»Was du gern würdest, Mylady, ist in dieser Angelegenheit nicht von Bedeutung«, sagte er und sprach dabei so streng, dass es sich für Alys anfühlte wie ein Schlag ins Gesicht. »Ich habe entschieden, und so wird es geschehen. Unterdessen wird Rafael im Wald nach Nyssa und Ceara suchen, damit sie sich beim kommenden Gerichtstag für den ihnen zur Last gelegten Diebstahl verantworten.«

»Das kannst du nicht tun!«, protestierte Alys und erntete einen kühlen Blick für ihren Kommentar.

»Du warst es, die darauf bestanden hat, der Laird müsse für Gerechtigkeit sorgen, Mylady.«

Was hatte sie getan, um seine Kälte und seine Verachtung zu verdienen? Nun, da war die Sache mit dem Dolch, aber der Silberwolf tat geradezu so, als hätte sie ihn verraten. Und um die Wahrheit zu sagen, vermisste sie es, dass er ihren Namen aussprach.

»Welches Verbrechens bin ich schuldig, Sir?«

»Verbrechens?« Er hob in offenkundiger Überraschung die Augenbrauen. »Stehst du unter Anklage?«

»Nein, das tue ich nicht, aber du hast dich verändert.«

Er verengte ein wenig die Augen. »Es gibt Schlachten, Mylady, die man nicht gewinnen kann. Ein kluger Mann weiß, wann er das Feld räumen muss.« Seine Augen funkelten, und Alys grübelte erneut über sein Verhalten. »Du solltest Rafael einige Hinweise für seine Suche geben«, schlug er leise vor, und sie wusste, es ging ihm um ihre Treue.

»Ich kann meine Gefährtinnen nicht verraten«, sagte sie und sah, wie er die Lippen zusammenkniff und den Blick abwandte. Sie wandte sich um und deutete auf das Lager. »Willst du mit mir zu Bett gehen, Mylord?«

»Nicht heute Nacht«, sagte der Silberwolf in entschlossenem Tonfall und hob seine Handschuhe auf. Er verbeugte sich leicht, sein Blick ruhte auf ihrem Gesicht. »Ich wünsche dir eine erholsame Nacht.«

Sie wollte ihm sagen, dass ihre Blutungen wahrscheinlich bald einsetzen würden – die Worte lagen ihr schon auf den Lippen –, aber sein Benehmen ließ sie still bleiben. Sie würde warten, bis sie es sicher wusste.

Wie konnte er von ihr erwarten, eine solche Entscheidung zu treffen?

Einen Moment lang zögerte er, und sie hoffte, er würde noch etwas sagen, aber nichts kam. Er drehte sich so abrupt auf dem Absatz um, dass Alys fast den Eindruck gewann, er wolle fliehen.

Binnen eines Augenblicks war der Silberwolf gegangen, offenbar ohne die Absicht zurückzukehren, und die Anspannung, die noch immer in der Luft lag, ließ sie frösteln.

Irgendetwas war falsch, und sie wusste nicht alles, was es zu wissen gab.

Einem Impuls folgend ging sie durch das Zelt und öffnete seine Truhe. Sie war nicht verschlossen, was an sich schon sehr seltsam war. Wollte er, dass sie hineinschaute? Alys konnte es nicht sagen. Die Waffen, die er von den Viehdieben erbeutet hatte, waren lange fort, zweifellos an seine Männer verteilt.

Das mysteriöse Bündel lag auf seinem zweiten Waffenrock und Hemd. Alys lauschte, aber draußen waren nur Victors stete Schritte zu hören, während er umherging, und das entfernte Geräusch der Steinmetze, die zusammen zechten.

Ihr Herz schlug schneller, als sie nach dem Bündel griff und es auf den Tisch legte. Es war schwer und flach, ein rechteckiges Bündel von beträchtlichem Gewicht, eingewickelt, aber nicht verschnürt, als sei es bereits geöffnet worden, was bedeutete, dass ihre Untersuchung nicht so leicht bemerkt werden würde.

Darin lagen fünf Bahnen Stoff. Alys berührte sie staunend. Zwei waren aus feinem Leinen, eine weiß, die andere cremefarben, so weich und glatt, dass sie Unterkleider der höchsten Qualität abgeben würden.

Geeignet für eine Königin.

Alys biss sich auf die Lippen. Es gab zwei Bahnen wunderschöner Wolle, fein gewebt und glatt. Eine war tiefrot, möglicherweise mit dem Saft der roten Beete gefärbt, aber von einem so satten Farbton, dass Alys bei dem Anblick der Atem stockte. Die zweite war von einem wundervollen Grün, einem Farbton, der sie an die volle Pracht des Sommers erinnerte. Und dann gab es noch eine dunkle Bahn Wolle schwererer Machart, die für einen Mantel geeignet war. Was für ein Mantel das wäre!

Die Farben und die feine Machart der Stoffe deuteten darauf hin, dass sie für eine Lady höchsten Ranges bestimmt waren, eine Frau, die so hoch geschätzt wurde, dass die Kosten nicht ausschlaggebend waren, wenn es darum ging, sie zu kleiden.

Aber der Silberwolf hatte diese Stoffe nicht Alys gegeben.

Welche Kunde hatte Rafael ihm aus Carlisle gebracht? Sie zweifelte nicht, dass der Söldner ihre Position bereitwillig untergraben würde. Warum war er so lange fort gewesen? Hatte er eine Ehe für den Silberwolf vereinbart?

Alys sank auf den Stuhl. Oder begehrte ihr Gemahl eine andere Frau? Sie bekam seine Briefe nicht zu sehen und konnte nicht wissen, was für Nachrichten er vielleicht erhalten hatte. Welchen Preis würde sie dafür zahlen, dass sie Ceara und Nyssa beschützen wollte?

Dass er ihr das Tuch nicht gegeben hatte, erschien von Wichtigkeit. Er gebrauchte ihren Namen nicht mehr. Er wollte nicht mit ihr schlafen. Es ging um mehr als das Ärgernis, das Ceara und Nyssa darstellten – die für diese Männer wirklich keine Bedrohung waren und bisher nur Streiche angestellt hatten – und auch als der Dolch, den sie versteckt hielt.

Er würde sie für eine andere verlassen. Sein verwandeltes Benehmen war eine Warnung, auf die sie hören sollte. Hatte er sein Herz an eine andere Frau verloren oder war es lediglich eine bessere Allianz, die ihm diese unbekannte Frau bot? Alys konnte es nicht sagen, aber sie fürchtete sich vor der Wahrheit. Dass ihre Blutung bevorstand, wusste sie, denn sie konnte die monatlichen Veränderungen in ihrem

Körper spüren. Es würde dem Silberwolf leichter fallen, sie zu verstoßen, wenn sie nicht sein Kind unter dem Herzen trug.

Alys wickelte die Stoffe wieder ein und legte das Bündel zurück in die Truhe, achtete darauf, dass alles unberührt wirkte. Sie fühlte sich krank, wusste aber nicht, was sie tun oder sagen sollte.

Wenn sie ihn zu Nyssa und Ceara führte, würde sie ihm ihre Gefährtinnen vielleicht ganz umsonst ausliefern. Wenn sie ihm gestand, dass sie das Messer besaß, würde er es ihr abnehmen – und sie hätte keine Mittel, sich zu verteidigen, wenn es nötig war. Wenn sie blutete und er nicht mehr mit ihr schlief, konnte sie auch kein Kind von ihm empfangen.

War es überhaupt möglich, den Silberwolf wieder für sich zu gewinnen, wenn er bereits entschieden hatte, sie und Kilderrick zu verlassen?

KAPITEL 17

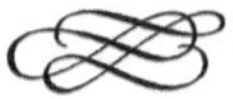

Nyssa wusste nicht, was sie tun sollte – ob sie Alys helfen konnte, ob Alys überhaupt Hilfe wollte, wie sie Elizabeth unterstützen konnte, ob der Moment gekommen war, Kilderrick zu verlassen und weiterzuziehen. Wenn Nyssa jemals Beistand für die Zukunft gebraucht hatte, war es in dieser Nacht.

Sie entschied sich, zum Ninestang Ring zu gehen, wie sie es an jedem ersten Neumond nach einem hohen Feiertag tat, und auf eine Vision zu hoffen. Es war nicht Neumond, sondern Vollmond. Aber Nyssa wagte nicht zu warten, wenn so viel auf dem Spiel stand. Es war natürlich nicht ohne Risiko, da die Leute des Silberwolfs in Kilderrick lagerten, aber Nyssa hatte das Gefühl, keine Wahl zu haben.

Sie musste es wissen.

Ceara, so überzeugt von ihrem eigenen Weg wie eh und je, lehnte es ab, Nyssa zu begleiten. Seit ihrer Rückkehr aus Carlisle verbrachte sie ihre Zeit damit, das Lager des Silberwolfs zu beobachten und jede kleine Veränderung zu registrieren. Die Ankunft der Steinmetze und das Legen des Fundaments für die neue Burg hatten Ceara ebenso unglücklich gemacht wie das, was sie von dem Söldner namens Rafael sah. Sie erstattete Nyssa jeden Abend Bericht, und Nyssa hatte begonnen sich zu fragen, ob es Loyalität gegenüber Alys war, die Ceara in die Nähe des Lagers lockte oder nicht vielmehr ihre Fixierung auf Rafael.

In der Nacht des Vollmonds war der Wind still, und in der Luft lag die Verheißung von Schnee. Schon lag eine Eisschicht auf der Oberfläche des Flusses, und viele Kreaturen des Waldes hatten sich bereits für den Winter in ihre Baue zurückgezogen. Der Mond leuchtete beinahe so hell wie die Sonne. Nyssa machte einen großen Bogen um Kilderrick, überquerte den Fluss ein gutes Stück weiter flussaufwärts und wandte sich dann in Richtung des Steinkreises. Dorcha flog über ihr, so treu wie ein Schatten, nur über ihrem Kopf statt auf dem Boden.

Wie immer sandte der Anblick der Steine ein erwartungsvolles Beben durch sie. Wie immer prickelte ihre Haut mit einer Wahrnehmung von mehr als dem, was sie mit den Augen sah. Wie immer war die Luft im Steinkreis warm und hieß sie willkommen.

Nyssa verbeugte sich vor dem Stein, der ihr der liebste war, nicht derjenige, den Alys als Anführer bezeichnete, sondern ein kleinerer, der danebenstand. Er schien mit einem Finger auf die Sterne zu deuten, die Nyssa aus ihrer Ausbildung kannte, die Sterne, die sie sich ihrer Heimat in Sutherland, die sie verlassen hatte, näher fühlen ließen. Sie hielt den Hexenstein fest umschlossen in der Hand. Was würde sie sehen, wenn sie diese Nacht hindurchsah?

Sie hatte den Kopf gesenkt, und Dorcha war auf dem Stein gelandet, als sie unerwartet Stimmen hörte.

Männerstimmen.

Täuschten sie ihre Ohren?

Dorcha schaute sich um, und legte den Kopf auf die Seite, als er die beiden Männer erblickte, die er offenbar für Eindringlinge hielt.

Nyssa teilte seine Einschätzung.

Sie glitt hinter den Stein, ging im Schatten in die Hocke und beobachtete sie. Es waren zwei Männer, die sich neben dem größten Stein auf den Boden setzten. Sie reichten etwas, das wie ein Weinschlauch aussah, hin und her. Gefährten also, Kameraden oder vielleicht Brüder. Sie lachten, als ob ihnen das Gebräu die Zunge löste, und ihre Stimmen drangen durch die Dunkelheit.

Sie sprachen Gälisch, und Nyssa musste sich nicht anstrengen, um sie verstehen zu können.

»Du willst mir wirklich erzählen, dass sie ihre Schwüre in einem Grab abgelegt haben?«, fragte einer ungläubig, als sei das überaus erheiternd.

»Aye! Sie sind ins Loch gefallen, und er hat darauf bestanden, dass sie dort heiraten.«

Nyssa kniff die Augen zusammen. Sie wusste, der Spott galt Alys und dem Silberwolf.

Der erste Mann schnaubte. »Im Dunkeln musste er sie nicht ansehen. Vielleicht machte es das leichter.«

Der Zweite lachte leise.

Der Erste fuhr fort. »Habt Ihr sie gesehen? Sie ist unfassbar entstellt, vernarbt und hässlich.« Er griff sich den Weinschlauch und nahm einen langen Zug. »Ich konnte sie nicht schnell genug loswerden. Stellt Euch vor, wie es wäre, *das* jede Nacht bei sich im Bett zu sehen!«

»Vielleicht schläft er im Dunkeln mit ihr«, mutmaßte der zweite Mann.

Der erste fand das wiederum erheiternd. »Vielleicht zieht er ihr eine Kapuze über, sodass er ihr nicht ins Gesicht sehen muss.« Trunken lachte er über seinen eigenen Scherz. »Aber wenn Euer Plan aufgeht, wird er die Bürde, sich mit ihr paaren zu müssen, nicht mehr lange tragen müssen.«

»Das hängt davon ab, was Ihr in Erfahrung bringen konntet.«

»Der König ist angeblich erfreut, den Silberwolf in seinem Land zu haben«, sagte der erste Mann höhnisch. »Mein Vater sagt, der König habe vor, ihn zu ermutigen, die Grenze mit noch größerem Enthusiasmus zu überfallen.«

»Was für eine Ermutigung schwebt ihm vor?«

»Harte Münzen natürlich. Was sonst könnte er einem Söldner von solchem Ruf anbieten?«

»Eine Frau?« Der zweite Mann klang nicht so, als hätte er viel von dem getrunken, was sie da teilten. Nein, seine Stimme klang leise und stet, dabei aber eindringlich. Nyssa wünschte sich, sie könnte sein Gesicht sehen.

Der erste Mann schnaubte. »Und wenn man die Erfahrungen meiner eigenen Mutter zugrunde legt, spielt es keine große Rolle, ob der betreffende Mann bereits eine Frau hat. Mein Vater war gezwungen, sie zu verstoßen, um die Tochter des Königs zu heiraten.«

»Und Euch und Eure Brüder zu enterben.«

»In der Tat.« Der erste Mann spuckte voll Abscheu aus. »Aber ich bin kein solcher Narr, dass ich den alten Mann das Ausmaß meines Zorns erkennen ließe. Ich lächle, nicke und höre zu, wenn er Neuigkeiten vom Hof erzählt.«

»Und zieht Euren Vorteil daraus.«

»Aye.« Wieder wurde der Weinschlauch gehoben.

Der zweite Mann räusperte sich erneut. »Und wie lautet der Plan des Königs?«

»Den Silberwolf zu einer Unterredung einzubestellen. Und nach übereinstimmenden Berichten wird er es bald tun. In diesem Moment hat er den Hof meines Vaters auf den Inseln verlassen. Er wird in Bewcastle Halt machen. Das liegt Kilderrick am nächsten.«

»Und es geht schneller, als den Silberwolf nach Stirling einzuladen.«

»Aye. Der König möchte Annandale so schnell wie möglich einnehmen.« Der erste Mann stieß den zweiten an. »Aber Ihr schmiedet Pläne, den Silberwolf zu töten! Das ist keine leichte Aufgabe.«

»Es kann nicht in der Halle des Königs geschehen, oder in der Halle, in der er zu Gast ist«, sagte der zweite Mann. »Der König reist mit zu vielen Männern.«

»Aye. Und ich möchte wetten, es kann auch nicht in Kilderrick geschehen, aus dem gleichen Grund.«

»Deshalb muss der Angriff unterwegs erfolgen«, sagte der zweite Mann ruhig. »Auf der Straße zwischen Kilderrick und Bewcastle.«

»Denn der Silberwolf wird nur in Begleitung einer kleinen Gruppe reisen. Der Plan hat seine Vorzüge, ganz gewiss.«

Als er nicht weitersprach, ergriff der zweite Mann wieder das Wort. »Aber Ihr habt kein Interesse an diesem Plan?«

»Das habe ich nicht gesagt.«

»Ihr habt Alys Armstrong schon einmal zurückgewiesen. Vielleicht wollt Ihr sie auch jetzt nicht.«

Nyssa runzelte die Stirn und dachte an die Geschichte darüber, wie Alys wegen ihrer Narben ihren Verlobten verloren hatte. Wie hatte sein

Name noch gelautet? Er war ein Sohn des Königs der Inseln gewesen, daran erinnerte sie sich.

Ceara würde es wissen.

»Nicht nur Alys, das Monster, sondern auch Kilderrick, die Ruine«, bestätigte der erste Mann. »Jetzt sieht es schon viel besser aus und wird bald in neuem Glanz erstrahlen. Für so einen Lohn könnte ich vieles erdulden, selbst eine Vettel im Bett.«

»Die Schatzkammer, so heißt es, ist gefüllt.«

»Aye, das sollte sie besser auch sein, wenn ich sie zur Frau nehmen soll. Und ich hoffe, im Keller gibt es Ale, mit dem ich mein Verlangen schüren kann.«

»Darauf möchte ich wetten.« Der zweite Mann räusperte sich. »Sie haben die Ehe vollzogen. Vielleicht ist sie jetzt bereits schwanger mit seinem Kind.«

»Umso besser«, sagte der erste Mann. »Viele Frauen sterben im Kindbett. Wem sollte es auffallen, wenn es eine mehr wäre? Selbst ich kann weniger als ein Jahr lang Ergebenheit vortäuschen.«

»Und das Kind?«

»Wenn es eins gibt, wird es nicht überleben.«

»Schwört es mir.«

Der erste Mann gab sein Ehrenwort und verlangte dann dasselbe von dem zweiten Mann, der gehorchte. Anschließend nahmen beide einen Schluck aus dem Weinschlauch, als wollten sie feiern, dass sie sich gegen Alys verschworen hatten und sie zur Witwe machen und töten wollten.

Nyssa ballte die Fäuste. Sie hatte ihre Vision der Zukunft, und die gefiel ihr kein bisschen.

Was konnte sie tun?

»Einen guten Plan habt Ihr, Murdoch. Er gefällt mir«, sagte der erste Mann herzlich und erhob sich. Er schwankte ein wenig und stützte sich mit einer Hand an dem großen Stein ab, um auf seinen Gefährten hinabzusehen. »Ich nehme an, Ihr hättet gern eine Position in meinem neuen Haushalt?«

Murdoch. Nyssa merkte sich den Namen.

»Aber keineswegs«, gelobte Murdoch. »Eure neuen Reichtümer werden vor mir sicher sein, Godfroy.«

War das der Name von Alys' Verlobtem gewesen? Nyssa war sich nicht sicher.

»Warum verfolgt Ihr dann diesen Plan?«, fragte Godfroy. »Was ist es, das Euch so viel wert ist?«

Murdoch erhob sich. In jeder seiner Bewegungen zeigte sich Zielbewusstsein, und sein Ton zeugte von grimmiger Entschlossenheit. »Der Silberwolf wird sterben, und ich werde es sein, der den Schlag führt. Das ist ausreichend Lohn für mich.« Selbst im Halbdunkel kam er Nyssa vertraut vor, und sie wusste, sie hatte ihn schon zuvor gesehen. Dieser buschige Bart …

Sie legte den Kopf zurück und dachte nach, dann auf einmal erinnerte sie sich an den Schotten im Lager des Silberwolfs. War das dieser Murdoch? Sie würde sich mit Ceara beraten müssen. Und wie hatte der Name von Alys' Verlobtem noch gelautet? Nyssa kannte sich mit Königen und Adligen schlecht aus, aber vielleicht wusste Ceara mehr.

Unterdessen schüttelten die Männer sich die Hände und verließen dann den Kreis in Richtung Westen. Wo lagerten sie? Es sah nicht aus, als wären sie nach Rowan Fell unterwegs, aber der betrunkene Mann würde nicht weit kommen. Dorcha krächzte und erhob sich in die Luft, erschrak die Männer, sodass Godfroy zusammenzuckte und stolperte. Sie lachten und gingen dann Arm in Arm weiter zu zwei angebundenen Ponys, die sie zuvor nicht bemerkt hatte.

Nyssa beobachtete sie aus dem Verborgenen, dann folgte sie ihnen lautlos.

Je mehr sie über die beiden wusste, desto bessere Pläne konnten Ceara und sie gegen sie schmieden.

Der Brief kam am Mittag, überbracht von einem einsamen Reiter auf einem Zelter.

Maximilian und seine Gefährten waren seit zwei Wochen in Kilderrick, obwohl es ihm deutlich länger vorkam. Er hatte Eamon eine Frist bis zum Ende des Jahres eingeräumt, um die Abgaben, die er dem Laird schuldete, zu entrichten, und trotz Rafaels Bemühungen waren die Frauen im Wald noch immer nicht gefasst. Jeannie war zumindest ein wenig besänftigt, weil sie ihre Teller wiederhatte. Aber er schlief nicht mehr mit Alys. Sie hatten tatsächlich einen toten Punkt erreicht, einen, von dem er fürchtete, er würde nicht so bald überwunden werden. Vor wenigen Tagen erst hatte sie ihm berichtet, ihre Blutungen hätten eingesetzt, und er hatte es nicht vermeiden können, an Rafaels Worte zu denken. Yves brachte seiner Frau bei, Schach zu spielen, und sagte, sie hätte ein Talent für das Spiel.

Maximilian konnte sich das lebhaft vorstellen.

Alle erhoben sich, als sie hörten, dass sich das Pferd näherte. »Ich suche Maximilian de Vries, den Silberwolf!«, rief der Mann, als er ins Lager ritt.

Auch Maximilian erhob sich und hob eine Hand, was eine Beschwerde von Odette zur Folge hatte, die dabei von seinem Schoß purzelte. »Hier!«, rief er, und der Bote sprang vom Pferd und eilte auf ihn zu. Er trug die Livree des Königs und warf seinen Mantel über eine Schulter, als er sich auf ein Knie sinken ließ und ihm den Brief hinhielt. Maximilian spürte, das Alys an seine Seite trat. Er wusste, seine Laune war schlecht, schob es aber darauf, dass er zu viel zu tun hatte.

In Wirklichkeit vermisste er seine Nächte im Bett mit Alys, aber er würde die Belagerung fortsetzen, bis die Festung fiel.

»Eine Nachricht vom König, Sir«, sagte der Bote. »Ich soll auf eine Antwort warten.«

»Ihr seid den ganzen Weg aus Edingburgh hergeritten?«, fragte Maximilian, während er das Siegel brach.

»Der König weilt zurzeit in Bewcastle, Sir.«

Maximilian schaute zu Alys. »Etwa einen halben Tag östlich von hier«, sagte sie, da sie seine Frage offenbar vorausgeahnt hatte. »Auf einem guten Pferd weniger.«

Der Bote nickte zustimmend.

Maximilian las den Brief. Er wurde zu einer Unterredung mit dem König nach Bewcastle berufen, so bald wie möglich, mit der Einladung, dort eine Nacht oder zwei zu verbringen. Der König hoffe, ihn bald zu sehen, zusammen mit seiner Gemahlin. Der König hatte auch einen Brief beigefügt, der ihm überantwortet worden, jedoch an den Silberwolf adressiert war, und wünschte während ihres Gespräches mehr über dessen Inhalt zu erfahren.

»Richtet ihm aus, wir kommen morgen«, sagte Maximilian zu dem Boten.

»Ihr seid eingeladen, Euch an unserer Tafel zu erfrischen«, sagte Alys freundlich. Sie legte Maximilian die Hand auf den Arm, als wären sie glücklich verheiratet. »Mein Ehemann wird gewiss darauf bestehen.«

»Ich danke Euch für Eure Gastfreundschaft, Mylady«, sagte der Bote. »Ich wäre Euch sehr dankbar.«

Auf Maximilians Nicken hin geleitete Alys den Mann zum Tisch und rief Denis herbei. Worte und Lachen erklangen, als der Bote seine Wahl unter den angebotenen Speisen und Getränken traf und ihm ein Becher gefüllt wurde, aber Maximilian wusste, er wäre ein Narr, auf jeden Mann eifersüchtig zu sein, dem seine Frau ihre Aufmerksamkeit schenkte.

Stattdessen betrachtete er den beigelegten Brief und runzelte die Stirn, als er sah, dass das Siegel bereits gebrochen war. Der König hatte vermutlich das Recht, etwas zu lesen, das ihm anvertraut worden war, aber es gefiel Maximilian nicht.

Zu seiner Überraschung war der Brief von seinem Cousin Philip.

Er wollte seinen Vater, Gaston, ins Exil treiben, und dafür den Silberwolf und seine Männer anheuern.

Als Belohnung versprach er ihm Château de Vries.

Maximilian hielt den Atem an. Er schloss den Brief und schaute sich um, geschockt, dass das Ziel, das er so lange verfolgt hatte, nun in Reichweite war.

Genauso schockte ihn die Erkenntnis, dass er es gar nicht mehr wollte.

Tatsächlich hatten ihn der Wind und die Wölfe verzaubert, und eine besondere Frau, von deren Herz er sich wünschte, er könnte es erobern. War er ein Narr, in Kilderrick zu bleiben und auf mehr zu hoffen?

Rafael beobachtete ihn. Er wusste, was sein Bruder ihm raten würde. Sie konnten nach Süden reiten, die Compagnie Rouge zur Hilfe holen und de Vries erobern. Rafael konnte Hauptmann der Wache werden, wie versprochen, und Maximilian würde sein Erbe antreten.

Aber das wollte er nicht länger. Nein, Maximilian würde zum König reiten, um zu erfahren, was der Mann wollte, und dann entscheiden.

Sein Blick ruhte auf Alys. Sein Hunger nach ihrer Berührung war wie ein Fieber. Sie schien zu spüren, dass er sie ansah, denn sie wandte sich um und lächelte ihn an. Er konnte sie nur anstarren.

»Was ist denn?«, fragte sie leise und trat an seine Seite, als hätte er sie herbeigerufen.

Er reichte ihr den Brief und sah zu, während sie ihn las. Er war überrascht, dass sie erblasste. »Wirst du gehen?«, fragte sie, und ihr Blick war forschend, als ob seine Antwort ihr wirklich wichtig war.

Fürchtete sie sich vor seinem Aufbruch, oder sah er nur, was er sehen wollte?

»Erst muss ich erfahren, was der König von mir will.«

»Natürlich.« Alys schaute auf den Brief und schluckte. »Ich bitte dich, heute Nacht zu mir zu kommen, Mylord«, sagte sie leise und durchbohrte ihn dann mit einem Blick. »Ich sehne mich nach dir und dem Sohn, den wir zusammen zeugen werden.«

Und wenn sie ihn so ansah, konnte Maximilian sie nicht zurückweisen. »Das werde ich«, gelobte er und stand dann da und blinzelte staunend, als seine Lady ihn anlächelte.

»Gut!«, sagte sie zufrieden und reckte sich dann, um ihn auf die Wange zu küssen. Selbst diese flüchtige Liebkosung ließ Hitze in ihm aufsteigen. »Gut.«

Vielleicht war die erste Mauer gefallen.

BEWCASTLE LAG ein Stück östlich Kilderricks, weiter im Süden. Es war nicht mehr als ein halber Tagesritt, aber im Dezember waren die Tage kurz. Der Silberwolf verließ Kilderrick gegen Mittag mit einem kleinen Tross.

Sie waren zu siebt. Der Silberwolf ritt sein Schlachtross, während Alys neben ihm auf einem Zelter saß. Reynaud ritt mit Nathalie hinter Alys, der Söldner Matteo mit Oliver hinter ihnen. Rafael bildete das Schlusslicht. Ihre Absicht war es, nur eine Nacht in Bewcastle zu bleiben, daher hatten sie nur wenig Gepäck mitgenommen, das in Gänze Reynaud und Nathalie überantwortet war.

Amaury hatte den Befehl über Kilderrick und Royce und Victor zu seiner Unterstützung.

Alys konnte ein Gefühl der Furcht nicht abschütteln, eins, das durch den hastigen Liebesakt mit dem Silberwolf in der Nacht zuvor noch verstärkt wurde. Er war ihr dabei distanziert und verschlossen erschienen, auch wenn er dafür gesorgt hatte, dass sie Befriedigung fand. Sie hatten nicht miteinander gesprochen, und er war nicht im Bett geblieben. Als sie nach einem kurzen Moment des Dösens erwacht war, war er fort gewesen.

Bis zum Morgen hatte sie ihn nicht wiedergesehen. Die kurze Begegnung war schön gewesen, aber sie wollte mehr von ihm. Wenn er geblieben wäre, hätte sie ihm das Messer gegeben. Sie hätte ihn gefragt, wie sie ihm nützlich sein konnte. Sie hätte vielleicht sogar eingewilligt, Nyssa und Ceara zu finden.

Aber diese Chance hatte sie nicht gehabt.

Alys fürchtete, er vergnügte sich nur mit ihr, bis er bei seiner Geliebten sein konnte. Aber welche Frau mochte das sein? Die Frage quälte sie. Vielleicht war es eine Frau, die er gekannt hatte, bevor er nach Kilderrick gekommen war, eine, von der er nicht erwartet hatte, sie wiederzusehen, von der er nicht geglaubt hatte, sie je für sich zu gewinnen. Sie wusste es nicht. Aber ihr Schicksal würde sich heute vielleicht entscheiden.

Und ihm war Château de Vries in Aussicht gestellt worden. Würde er gehen? Rafaels mahnende Worte ließen sie es befürchten, denn der Mann kannte ihren Ehemann besser als jeder andere.

Aye, alles schien auf eine baldige Entscheidung hinauszulaufen, eine, die sie selbst nicht beeinflussen oder ändern konnte. Alys gefiel das gar nicht. Nicht einmal auf dieser Reise konnte sie sich mit ihrem Ehemann besprechen. Alle ritten zu eng beisammen, und sie wünschte nicht, dass jemand anders von ihren Zweifeln erfuhr.

Die Straße führte durch den Wald. Die Stille ringsum erstaunte sie. Seit Monaten schon waren die Bäume kahl, aber nun schien der Wald gänzlich in Schattierungen von Grau dazustehen, tot und schlafend. Die Wolken über ihnen waren grau, der Himmel so verhangen, dass niemand überhaupt einen Schatten warf. Alys konnte nicht sagen, wo die Sonne stand. Der Wind war kalt, zerrte an ihren Mänteln und pfiff ihnen um die Ohren. Ihre Pferde hatten die Ohren angelegt und beeilten sich auf dem Weg in die warmen Ställe Bewcastles.

Weiter vorn rückten die Dornensträucher zu beiden Seiten der Straße eng zusammen, sodass der Weg schmaler wurde. Der Silberwolf ritt voraus. Vor ihnen lag eine Biegung, und dahinter, das wusste sie, weitete sich der Pfad wieder und führte aus dem Wald hinaus.

Aber gerade, als ihr Ehemann ein Stück vor ihr war, rief jemand seinen Namen. Er gab seinem Pferd die Sporen und folgte dem Ruf kühn.

»Nein!«, rief Alys, aber Rafael schloss zu ihr auf. Auf sein Kommando hin bildeten sie einen engen Kreis, und Matteo griff die Zügel ihres Pferds, um sie davon abzuhalten, ihm zu folgen.

»Nein, Mylady«, sagte der Söldner entschieden.

Auf Rafaels Nicken hin ritten sie langsam weiter um die Biegung, während die Söldner den Wald auf allen Seiten wachsam im Auge behielten. Alys wollte nichts mehr, als vorauszueilen, denn sie vermutete, dass den Silberwolf hinter der Wegbiegung nichts Gutes erwartete.

CEARA HOCKTE neben Nyssa und beobachtete, wie die Falle zuschnappte. Es brachte ihr Blut zum Kochen, dass es nichts gab, was sie tun konnte, um die Tragödie aufzuhalten, aber ebenso wenig konnte sie sich abwenden. Zwei Frauen mit einem Dolch waren dieser Gruppe von Kriegern nicht gewachsen. Sie musste abwarten und hoffen, dass sich eine Gelegenheit zum Eingreifen bot.

Sie waren den Eindringlingen durch den Wald gefolgt, hatten Abstand gehalten und sich vor ihren Blicken verborgen. Zehn Männer auf Ponys in Harnischen aus gehärtetem Leder, mit Mänteln und gegürtetem Tuch um die Hüften. Jeder bewaffnet mit Dolch und Schwert, und einer, der ihr äußerst vertraut war.

Murdoch Campbell.

Genau, wie Nyssa gesagt hatte, war Murdoch nicht nur nach Kilderrick zurückgekehrt, sondern hatte diese Gruppe von Kämpfern mitgebracht. Sie waren alle sehr ähnlich gekleidet, und auch, wenn Ceara keinen von ihnen wiedererkannte, waren ihr doch ihre Kleidung und ihr Betragen vertraut – und Nyssa hatte ihr den Namen ihres Anführers genannt: Godfroy. Er war der jüngste Sohn des Lords of the Isles, und Ceara kannte seinen Ruf. Er war mit Alys verlobt gewesen, und Ceara hatte gehört, dass er sie zurückgewiesen hatte. Aus welchem Grund auch immer, aber er war zurückgekehrt, um Chaos zu stiften. Sie sah die Wut in ihren Gesichtern, besonders in dem Godfroys.

Wenn sein finsteres Stirnrunzeln nicht gewesen wäre, hätte er gut aussehen können. Doch es wirkte, als hätte er so lange schon in düsterer Stimmung gelebt, dass sich sein Gesicht niemals mehr aufhellen würde, geschweige denn lächeln. Er hatte dunkles Haar, war groß und kräftig, mit Augen so blau wie die See. Sie erinnerte sich an das, was sie über ihn gehört hatte, über seinen Charme und seine vielen Vergnügungen, die Unfähigkeit seiner Mutter, ihm einen Wunsch zu verweigern. Wenn das, was Nyssa gehört hatte, stimmte, war er ohne eine Vorwarnung enterbt worden, und Ceara bezweifelte, dass ihm das gefiel. Nein, er hatte das Benehmen eines Mannes, der andere für sein Pech verantwortlich machen würde.

Die Straße war wenig mehr als ein breiter Pfad, denn außer nach Bewcastle führte sie von Kilderrick aus nirgendwohin, und seit Jahren gab es nicht mehr viel Verkehr zwischen beiden Orten. Dornenranken wuchsen über den Weg, der so lange nicht genutzt worden war, und dort, wo der Wald am tiefsten war, würden die Reisenden einzeln hintereinander reiten müssen. An genau dieser Stelle machte der Weg eine Biegung, und der nächste Abschnitt war nicht einzusehen. Dort hatten die Eindringlinge sich versteckt und warteten.

»Heil, Silberwolf«, rief Murdoch Campbell in spöttischem Ton, als er sein Pony auf die offene Straße lenkte.

Der Silberwolf erschien an der Wegbiegung. Seine Augen blitzten, als er mit seinem Schlachtross in gemäßigtem Tempo weiterritt.

»Murdoch Campbell«, sagte er beim Näherkommen, und Ceara sah, dass seine Hand auf dem Griff seines Schwertes ruhte. »Ich wusste, dass ich Euch nicht zum letzten Mal gesehen hatte.«

»Aber ich sehe Euch heute das letzte Mal«, sagte Murdoch und zog sein eigenes Schwert. »Ich habe Jean le Beau getötet. Ich habe ihn gefunden, indem ich Euch zu seiner Unterkunft gefolgt bin, und habe ihn im Schlaf ermordet, nachdem Ihr wieder aufgebrochen wart.«

»Wie tapfer von Euch«, sagte der Silberwolf mit einer gewissen Verachtung. »Warum?«

»Er hat meine Mutter ruiniert«, gestand Murdoch. »Und auf ihrem Totenbett schwor ich, an ihm Rache zu nehmen.«

Der Silberwolf lächelte. »Wie seltsam, Gemeinsamkeiten zwischen uns zu entdecken«, sagte er leise. »Denn Jean le Beau hat auch meine Mutter ruiniert.«

»Ihr könnt mich nicht umstimmen …«

»*Wie* hat er sie ruiniert?«, fragte der Silberwolf. Sein Schlachtross näherte sich Murdochs Pony im stetigen Schritt. Ceara fand, dass er zu viel Abstand zwischen sich und den Rest seiner Gruppe gebracht hatte, aber sie begriff, dass er vorhatte, den Schotten selbst zu töten. Rafael, den sie absolut *nicht* bewunderte, hatte die anderen dazu gebracht, einen engen Kreis zu bilden. Er selbst ritt vorweg, der andere Söldner am Schluss, und beide hatten ihre Schwerter gezogen.

»Ich werde nicht darüber sprechen«, sagte Murdoch hitzig.

»Hat er anderen befohlen, sie festzuhalten, während er sie vergewaltigte?«, fragte der Silberwolf milde. »Beging er diese Tat vor den Augen ihres eigenen Vaters, nachdem er sichergestellt hatte, dass der Mann nicht eingreifen konnte?« Er nickte. »Aye, ich weiß sehr gut, was für ein Unmensch Jean le Beau war. Die Geschichte über die Schändung meiner Mutter wurde mir häufig erzählt. Wart Ihr das Resultat einer solchen Vereinigung? Konnte Eure Mutter es nicht ertragen, Euch anzusehen?«

»Ihr könnt nicht wissen …«

»Ich denke, das tue ich. Ich glaube, Ihr seid ein weiterer von Jean le Beaus Bastardsöhnen. Habe ich recht?«

»Was macht das für einen Unterschied?«

»Wenn Ihr das seid, könnt Ihr Euch uns anschließen.«

»Ihr lügt!«

»Ich lüge nie«, antwortete der Silberwolf gelassen. Er streckte seine Hand aus. »Schließ dich uns an, Bruder. Wir können mehr erreichen, als unser Vater es für uns vorgesehen hat. Wir können das Unrecht der Vergangenheit überwinden und auf eine bessere Zukunft hinarbeiten.«

»Ihr seid schon mit den anderen im Bunde.«

»Wie viele auch immer wir am Ende sein werden.« Der Silberwolf lächelte. »Mir gefällt der Gedanke einer Allianz unter Männern, die die bösen Taten ihres Vaters verbinden. Schließ dich mir an.«

Es gab einen Moment, in dem Ceara dachte, dass Murdochs Entschlossenheit wankte, aber dann griff er die Zügel seines Ponys fester. »Die beste Zukunft ist eine ohne Euch«, erklärte er. »Ich habe geschworen, Euch zu töten, und ich werde es tun.«

»Dann nennt einen Zeitpunkt und einen Ort«, forderte ihn der Silberwolf heraus und zog seine Hand zurück.

»Hier und jetzt.« Murdoch lächelte höhnisch. »Wenn Ihr es wagt.«

Damit wendete Murdoch sein Pony, spornte es an und ritt im Galopp die Straße in Richtung Bewcastle entlang. Der Silberwolf presste die Lippen zusammen und schaute zurück, vergewisserte sich, dass die Gruppe sicher hinter ihm war. Dann folgte er, und sein Schlachtross war so schnell, dass er rasch aufholte.

Auf einmal wurde hinter Murdochs Pony ein Seil hochgezogen. Es war unter Blättern versteckt gewesen. Die Männer, die im Hinterhalt lagen, hielten es straff gespannt, sodass es auf Taillenhöhe eine Barriere bildete.

Der Silberwolf ließ die Zügel seines Pferdes los.

Ceara gelang es, still zu bleiben – unter größter Mühe und dank Nyssas Fingern, die sich in ihren Arm gruben. Er hatte die Zügel losgelassen! Er kannte sein Pferd und dessen Fähigkeiten. So wie er dem Pferd traute, würde auch Ceara es tun, aber ihr Herz raste.

Das schwarze Schlachtross sprang mit solcher Anmut über das Seil, dass Ceara ihm beinahe laut zujubelte.

Dieser Mann durchschaute Jeannie, und er verstand etwas von Pferden. Wenn Alys den Silberwolf nicht wollte, Ceara würde ihn nehmen.

Schreie erklangen, als die Gruppe hinter ihm von den lauernden Männern überfallen wurde. Ceara hörte das Wiehern der Pferde und roch ihre Angst. Sie hörte den Klang von Stahl auf Stahl und sah, dass der Kampf bereits tobte. Die Eindringlinge hatten gewartet, bis genügend Abstand zwischen dem Silberwolf und seinen Leuten war. Nyssa hatte ihren Bogen gespannt, aber das Durcheinander war zu groß, um ordentlich zu zielen, und Ceara wusste es. Alys schrie wütend auf, als ein Mann nach ihr griff, und der Silberwolf schaute zu ihr zurück.

Nur einen Moment lang, aber es war genug.

Auf einer Seite stürzte ein Angreifer aus dem Wald, und das Schlachtross scheute, um die Kollision mit dem Pony zu vermeiden. Der Silberwolf wendete sein Pferd, aber ein Pfeil kam aus dem Wald geflogen und traf ihn in die Schulter. Er hätte ihn ignoriert und wäre Alys zur Hilfe gekommen, als der andere Reiter von seinem Pony sprang. Er packte den Silberwolf um die Taille, der durch sein Gewicht aus dem Sattel glitt und zu Boden stürzte. Die Männer rangen am Boden miteinander, rollten auf der engen Straße hin und her und verschwanden dabei mehrfach im Gestrüpp. Der Kampf war erbittert und wild.

Das Schlachtross, sah Ceara, war etwa zehn Schritte entfernt stehen geblieben und tänzelte, während seine Zügel am Boden schleiften. Es wartete auf einen Befehl des Silberwolfs.

Was für ein edles, loyales Tier.

Der zweite Angreifer griff nach den Zügeln, aber das Schlachtross stampfte auf und wich mit bebenden Nüstern zurück.

Es roch Blut.

Aye, auf der Straße war Blut zu sehen, als Ceara wieder zu den Kämpfenden schaute, und es gehörte dem Silberwolf. Er saß nun auf seinem Angreifer und schlug dem Mann ins Gesicht, während ihm selbst Blut aus der Nase und von der Schulter tropfte. Sein Angreifer wurde schlaff, und der Silberwolf sprang auf die Füße und schaute zu seinen Leuten hinüber. Er brach den Pfeil ab, der ihm in der Schulter steckte, und warf den Schaft beiseite. Alys kämpfte gegen einen der Angreifer, der sie offensichtlich packen wollte. Sie trat und wehrte sich, während der Silberwolf bereits auf sie zulief.

Dann erstarrte sie, als ein dunkelhaariger Angreifer sie auf einmal hochhob. »Alys Armstrong«, röhrte Godfroy. »Erkennst du deinen Verlobten nicht, der zurückgekehrt ist, um die Dinge ins rechte Lot zu bringen?«

Alys keuchte auf und starrte auf ihn herab, während er sie umfangen hielt. »Godfroy Macdonald«, sagte sie erstaunt. »Du bist es.«

Der Silberwolf blieb stehen. Offenbar kannte auch er diesen Namen.

Godfroy lachte und stellte Alys ab. Es machte den Anschein, als wollte er sie triumphierend küssen. Der Silberwolf war nicht der Einzige, der ihn anstarrte. Auch Nyssa und Ceara blickten gefesselt auf die Szene.

Die Pfeile waren für sie alle ein Schock. Ohne eine Warnung wurden sie aus dem Wald abgefeuert. Zwei, in dichter Abfolge. Einer traf den Silberwolf ins Bein, der andere jedoch in die Brust. Der Silberwolf stolperte und stürzte dann mit dem Gesicht nach unten auf die schmutzige Straße.

»Maximilian!«, schrie Alys, und das Entsetzen in ihrer Stimme sagte Ceara alles, was sie wissen musste, um zu begreifen, was ihre Freundin für diesen Mann fühlte. Mit neuer Heftigkeit wehrte Alys sich gegen Godfroy. »Nein! Nicht Maximilian!«

Aber der Silberwolf rührte sich nicht.

Und sein Schlachtross, das offenbar begriff, was Ceara nicht glauben wollte, wieherte, stieg und wirbelte herum und stürmte in die entgegengesetzte Richtung davon. Es galoppierte in Richtung Bewcastle – mit flatternden Zügeln und wehender Mähne. Sein leerer Sattel und seine Aufregung waren ein so beunruhigender Anblick, wie Ceara ihn sich nur vorstellen konnte.

»Sie liebt ihn«, flüsterte Nyssa, und Ceara konnte ihr nur zustimmen. Sonst hätte Alys nicht so geklungen. Sie wechselten einen Blick und nickten beide, denn diese Erkenntnis gab ihnen ein klares Ziel.

GODFROY WAR ZURÜCKGEKEHRT!

Alys war verblüfft und verwirrt. Sie wusste es besser, als von diesem Mann, der sie vor zehn Jahren verstoßen hatte, irgendetwas Gutes zu erwarten. Warum sollte er sie jetzt auf einmal wollen? Das konnte nicht sein. Er tat es nicht.

Es war Kilderrick, das er begehrte, denn er hatte Maximilian getötet, den Laird von Kilderrick, und hatte offenbar vor, sie für sich zu beanspruchen. Es konnte keinen anderen Grund geben als die Ländereien.

Alys wusste, er wollte sie nicht, auch wenn er so tat. Sie wollte sich seinem triumphierenden Kuss entziehen, konnte sich aber gerade noch beherrschen und wappnete sich dagegen. Doch es war Godfrey, der das Gesicht abwandte. Seine Lippen berührten kaum ihre Wange. Alys erinnerte sich noch allzu lebhaft an seine Abscheu. Hieß das, ihre Tage waren gezählt? Sie wagte es nicht, sich ihm zu widersetzen, bevor sie mehr wusste.

Maximilian war tot. Alys wollte es nicht glauben, dabei hatte sie ihn fallen sehen. Schlimmer noch, er hatte sich nicht mehr gerührt. Wenn noch ein Funken Leben in ihm wäre, das wusste sie, hätte er sich aufgerichtet, um zu ihrer Verteidigung zu kommen.

Dennoch war es unmöglich zu glauben, dass er nicht im nächsten Moment brüllend auf die Füße kommen würde, so kraftvoll und gesund wie immer, so entschlossen, wie sie ihn kannte, mit funkelnden blauen Augen, die Lippen zu einer grimmigen Linie verzogen. Aye, er würde Godfrey in Stücke reißen, weil er sie angerührt hatte, und Alys würde Beifall klatschen.

Aber sie starrte über Godfroys Schulter, und Maximilian regte sich nicht. Blut floss, mischte sich mit dem Schmutz der Straße. Er regte sich nicht. Ihr wurde kalt, und bei dem Gedanken, ihn verloren zu haben, fühlte sie sich krank.

Ja, sie liebte ihn.

Die Erkenntnis kam zu spät, um sie zu trösten, denn sie hatte ihm nicht mehr sagen können, dass er ihr Herz erobert hatte. Er war in dem Glauben gestorben, sie liebte Godfroy, denn sie hatte ihn deshalb belogen. Maximilian war gestorben, ohne zu wissen, dass sie sein war, mit Herz und Seele, sondern hatte geglaubt, durch Godfroys Rückkehr wäre sie mit ihrem Geliebten wiedervereint.

Das war ungerecht.

Maximilian hatte Besseres verdient.

Aber er würde es nicht mehr bekommen. Godfroy hob Alys auf ihr Pferd und griff dessen Zügel. Sie wusste, sie war sein Besitz, genau wie das Pony, das er ritt. Obwohl ihr klar war, dass es töricht war, den Mann zu provozieren, in dessen Gewalt sie war, konnte sie sich nicht davon abhalten, noch einmal zurückzuschauen.

Sie sah Murdoch neben dem gefallenen Laird stehen bleiben, sah ihn auf Maximilian spucken, der sich noch immer nicht regte. Der

Mann, den sie liebte, hätte eine solche Kränkung nicht erduldet. Dann kamen zwei Männer aus dem Wald, beide bäuerlich gekleidet und stämmig. Murdoch erteilte ihnen irgendeinen Befehl und ritt dann mit seinen anderen beiden Kameraden auf Godfroy zu. Seine Miene war eisig, als er neben ihr hielt, seine Lippen fest zusammengepresst.

»Ihr habt mich angelogen«, sagte Alys und bemühte sich darum, gleichmütig zu klingen. »Ihr seid nicht Ruperts Sohn, nicht, wenn der Silberwolf recht hat.«

»Nicht durch mein Blut«, gestand Murdoch ein. »Aber Rupert war eher mein Vater, als der Mann, der mich gezeugt hat, es je sein könnte. Er hat meine Mutter von ganzem Herzen geliebt, und als sie nach Hause zurückkehrte, Jean le Beaus Kind im Leib, heiratete er sie und zog mich als seinen eigenen Sohn auf. Meine Mutter vergaß die Schande, die mit meiner Empfängnis verbunden war, niemals. Es war ein Segen, dass sie starb, als ich noch ein Kind war.« Er schaute Alys aus seinen eisigen blauen Augen an. »Und auch Ihr werdet vermutlich nie vergessen, was der Silberwolf Euch angetan hat, denn der Sohn folgt dem Vater in jeder Hinsicht.«

Godfroy nickte zustimmend. Seine Augen waren dunkel. »Er hat sich genommen, was mir gehört«, sagte er und musterte Alys mit einem vernichtenden Blick. »Und du wirst den Rest deines Lebens für deine Treulosigkeit bezahlen.«

Alys senkte den Kopf. Ihre Gedanken überstürzten sich. Sie war so gut wie tot, wenn Godfroy vorhatte, sich an ihr zu rächen. Sie nahm an, dass er vorhatte, sie zu heiraten, um sich Kilderrick und seine Schatztruhen anzueignen, und dann würde sie sterben.

Was bedeutete, sie hatte nichts zu verlieren.

Und wenn es ihre letzte Tat war, an diesem Unhold für Maximilians Tod Rache zu üben, würde Alys bereitwillig in den Tod gehen.

MAXIMILIAN LAG AUF DER STRASSE, betäubt von dem Schmerz, der seinen Körper erfüllte. Wie üblich versuchte er abzuschätzen, wie schwer seine Verletzungen waren, wie die Lage war und welche Chance bestand, sich zu erholen. Es war eine lange eingeübte Gewohnheit.

Der erste Pfeil war nicht sonderlich tief in seine Schulter gedrungen. Der zweite, der auf seine Brust gezielt hatte, war von seiner Kettenrüstung aufgehalten worden – der Aufprall hatte ihm die Luft genommen und würde eine Prellung hinterlassen, die aber nicht tödlich war. Die Pfeilwunde in seinem Bein musste versorgt werden und würde vielleicht nicht ordentlich heilen. Er hatte Männer an ähnlichen Wunden sterben sehen. Zumindest würde er humpeln. Seine Nase blutete, und auf seiner Wange hatte er einen Bluterguss von einem Schlag, aber das war nur eine leichte Verletzung.

Er war schon zuvor verwundet gewesen, aber an diesem Tag hatte er nicht den Willen, einen weiteren Tag zu erleben. Er konnte Murdoch nicht vergessen und die Wut, die in ihm schwelte, eine Wut, die Maximilian in der Vergangenheit selbst empfunden hatte. Oh, wie sehr er seinen Vater verachtet hatte. Er erinnerte sich daran, dass er sich betrogen gefühlt hatte, weil jemand anders den tödlichen Schlag geführt hatte. Aber Kilderrick hatte das alles geändert – oder vielmehr, Alys hatte das getan. Maximilian hatte entdeckt, dass es einen besseren Grund für das Überleben gab als die Aussicht auf Rache.

Bis Alys ihm gezeigt hatte, dass seine Liebe zu ihr nicht erwidert wurde. Er würde für sie durch die Hölle gehen, ja, hätte das selbst heute noch getan, aber ihr Geliebter war zurückgekehrt. Sie wollte Godfroy und keinen anderen. Denn sie liebte Godfroy, das hatte sie ihm gesagt. Er hatte die Veränderung in ihrem Gesicht mit seinen eigenen Augen gesehen. Und nun, da Godfroy zu ihr zurückgekehrt war, hatte Maximilian keinen Platz in ihrem Leben.

Ohne Alys hatte er nicht das Verlangen, sein eigenes fortzusetzen.

Er hätte direkt nach Château de Vries reiten sollen.

Er hörte Tempest davonstürmen und hoffte, jemand würde sich um das Pferd kümmern. Zweifellos würde Godfroy Alys, Kilderrick und alles Geld für sich beanspruchen. Vielleicht war das Maximilians Aufgabe gewesen: ihr wiederzugeben, was er ihr vor all den Jahren genommen hatte. Möglicherweise war das der Grund für seine Reise in dieses Land gewesen.

Er war sich bewusst, dass ein Pony sich näherte und neben ihm stehen blieb, aber er konnte sich nicht dazu bringen, seine Augen zu öffnen. Es war ihm gleich.

»Allianz«, murmelte Murdoch Campbell und spuckte aus. »Als ob der Sohn Jean le Beaus seinen Schwur mir gegenüber je halten würde.«

Unter anderen Umständen hätte Maximilian Belustigung empfunden, denn offenbar hatte er mit seiner Vermutung über Murdochs Abstammung richtig gelegen. Es war die beste Erklärung für den Hass des anderen Mannes, aber in diesem Moment konnte Maximilian sich nicht dazu durchringen, sich zu bewegen.

»Schafft seine Leiche in die Burg«, befahl Murdoch jemandem auf Gälisch. »Godfroy wird einen Beweis brauchen, dass der Silberwolf tot ist, wenn er sich Kilderrick sichern will.«

Wie seltsam, dass er Alys nicht einmal erwähnte. Maximilian hätte erwartet, dass ein Mann, der um seine Verlobte betrogen worden war, sie zumindest als einen Teil seiner Beute benennen würde.

Nicht, dass es ihn noch länger etwas anging.

Ein Mann gab eine undeutliche Antwort – oder vielleicht waren es zwei. Das Pony trabte davon, und die Gruppe entfernte sich. Maximilian spürte, wie ihm die Sinne schwanden, als der Schmerz in seinem Bein wuchs, und er vermutete, dass die Männer, die zurückgeblieben waren, es nicht eilig hatten, ihre Befehle zu erfüllen. Vielleicht warteten sie darauf, dass er starb, denn das war einfacher, als ihn selbst zu töten.

Endlich rollte jemand Maximilian auf den Rücken. Maximilian kämpfte oder protestierte nicht. Er konnte den Atem des anderen Mannes riechen, als dieser sich über ihn beugte und wahrscheinlich Maximilians Puls überprüfen wollte. Zu einem anderen Zeitpunkt hätte Maximilian vielleicht einen unerwarteten Angriffsversuch unternommen, aber er hatte nicht länger den Mut zu kämpfen.

Zu seiner Überraschung hörte er ein schmerzerfülltes Grunzen.

Der zweite Mann fluchte.

Dann fiel der erste vornüber auf ihn, und warmes Blut lief Maximilian über die Haut.

Maximilian riss die Augen auf. Dem Mann steckte ein Pfeil im Hals, und er war bereits tot – seine Zunge hing heraus und seine Augen waren blicklos. Maximilian schaute hoch und sah noch, dass der andere Mann erschrocken in den Wald starrte. Aber ihm blieb kaum Zeit, sich zu fürchten. Die beiden Pfeile trafen ihn plötzlich und sauber, einer ins Auge und der andere in den Hals, und er fiel tot zu Boden. Ein Pfeil brannte sogar, was Maximilian an den ersten Überfall auf ihn und seine Leute auf dem Weg nach Kilderrick erinnerte.

Alys Gefährtinnen, Ceara und Nyssa.

Das Geräusch eilender Füße erklang, dann knieten die beiden Frauen neben ihm nieder. Maximilian nahm an, dass sie ihn ausrauben wollten. Ihm kam der Gedanke, dass ebenso gut sie seine wertvolle Rüstung haben konnten wie jemand anders. Doch stattdessen beugten sie sich über die Angreifer, und die Rothaarige ging sicher, dass beide tot waren. Das musste Ceara sein. Die Blonde befreite Maximilian von dem Gewicht des Toten, der auf ihm lag, und stieß seine Leiche beiseite. Bestimmt war das Nyssa.

Dann untersuchte Nyssa Maximilians Wunden und presste die Lippen zusammen, als sie die Verletzung in seinem Schenkel sah. Entschlossen sah sie ihm ins Gesicht.

»Ihr könnt nicht sterben«, sagte sie mit Nachdruck. »Nicht, wenn Alys Euch so sehr liebt.«

»Sie liebt Godfroy«, gelang es ihm zu sagen, aber Nyssa schüttelte den Kopf.

»Er hat sie verschmäht.«

Er schaute sie an und stellte fest, dass aus ihren Augen eine willkommene Überzeugung leuchtete.

»Sie wurden von ihren Vätern verlobt«, brachte Maximilian heraus. »Und sollten in ihrem sechzehnten Jahr zu Mitsommer heiraten.«

»Aye«, bestätigte sie. »Und sie hat auf ihn gewartet, aber als er kam, sah er sie an und wies sie zurück.«

Maximilian runzelte die Stirn. »Sie sagte, sein Vater habe das Verlöbnis gelöst, wegen ihrer Narben.«

Nyssa schüttelte entschlossen den Kopf. »Der Vater war nicht dort. Es war Godfroy allein, der sich weigerte, Alys zu heiraten.« Sie beugte sich über ihn, während Maximilian die Tragweite von Alys' Lüge bewusst wurde. »Und ich hörte, wie sie sich zu Neumond am Ninestang Ring besprachen«, gestand sie im Flüsterton. »Godfroy und Murdoch. Murdoch sagte, er würde Euch töten, dann würde Godfroy sich Alys, Kilderrick und Euer Geld nehmen.«

Ceara ging auf Maximilians anderer Seite in die Hocke. »Aber Alys würde die Hochzeit nicht lange überleben«, fügte sie hinzu.

Maximilian spürte, wie sich die Wut in ihm regte.

»Murdoch sagte, sie könnte vielleicht schwanger sein, mit Eurem Kind«, fuhr Nyssa fort. »Und Godfroy sagte, das sei das Beste, denn Frauen stürben andauernd im Kindbett. Das Kind, sagte er zu Murdoch, würde auch nicht überleben.«

Ceara griff ihn bei seinem heilen Arm. »Ihr müsst ihr helfen!«

»Aber sie ist freiwillig mit ihm gegangen …«

»Weil Sie dachte, Ihr wärt tot«, sagten beide Frauen gleichzeitig.

»Habt Ihr nicht gehört, wie sie Euren Namen gerufen hat?«, fragte Ceara. »Ihr Herz lag in ihrer Stimme.«

Und sie hatte ihn zum ersten Mal bei seinem Namen gerufen.

Maximilian erfüllte eine neue Entschlossenheit. Es gelang ihm, sich aufzusetzen, während er über einen Plan nachdachte.

»Wir könnten angreifen«, schlug Ceara mit einem kühnen Selbstvertrauen vor, das ihn an Rafael erinnerte. »Wir haben unsere Bögen, und Ihr seid nicht vollkommen wehrlos.«

Das reichte gegen eine solche Gruppe nicht.

»Nein, man muss Euch für schwach halten, damit man Euch überhaupt ins Lager lässt. Man darf Euch nicht fürchten.« Maximilian schaute zwischen den beiden nüchternen Gesichtern von Alys' Gefährtinnen hin und her. »Ihr könntet Euch als alte Frauen ausgeben, Bettlerinnen, die die Leichen in der Hoffnung auf eine Münze oder zwei ins Lager bringen.« Er griff in seinen Beutel und holte das Siegel hervor. »Und Ihr müsst behaupten, es sei mein letzter Wunsch gewesen, dass dies der Lady von Kilderrick übergeben würde. Ihr müsst es Ihr in die Hand legen und sagen, ich hätte um einen letzten Kuss zum Abschied gebeten.«

»Warum?«, fragte Nyssa.

Maximilian lächelte, obwohl es ihn schmerzte. »Weil Alys ein Messer bei sich trägt«, sagte er voll Genugtuung.

Ceara lachte. »Das, das ich ihr gegeben habe«, sagte sie triumphierend. »Gut.«

»Aye«, stimmte Maximilian zu. »Das Überraschungsmoment wird auf unserer Seite sein.«

KAPITEL 18

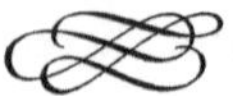

Godfroy war mit einer kleinen Armee gekommen, auch wenn seine Männer weder organisiert noch diszipliniert waren. Alys zweifelte nicht daran, dass sie alle im Gegenzug etwas von ihm erwarteten. Es war eine raue, wilde Truppe, groß genug, dass die Steinmetze sich weigerten, Partei zu ergreifen. Sie hatten ihre Arbeit früher beendet und sich in ihr eigenes Lager zurückgezogen. Die Menschen, die dem Silberwolf verschworen waren, hatten sich um Denis' Feuer versammelt. Die Männer hatten die Frauen in die Mitte genommen, denn Elizabeth war bereits verschwunden und Nathalie fürchtete sich. Tynan wirkte wie ein Gewittersturm, der jederzeit losbrechen konnte. Rafael stand da, die Füße fest auf dem Boden, die Arme über der Brust verschränkt, und in seinen Augen loderte die Wut.

Godfroy lachte, als man ihm erzählte, zwei seiner Männer hätten die Schönheit mit dem rotbraunen Haar entführt und Amaury, der Bruder des Silberwolfs, hätte seinen Posten verlassen, um ihnen zu folgen

»Jemand wird heute Nacht einen langen, schönen Ritt haben«, sagte er und rief dann nach Denis, ihm eine Mahlzeit zu bringen.

Niemand rührte sich, die Gesichter blieben ausdruckslos.

Godfroy fluchte und brüllte noch einmal, doch erneut kam keine

Antwort. Er wandte sich Alys zu. »Was tust du?«, herrschte er sie an, bereits wütend über die Beleidigung.

»Ich tue nichts. Sie sprechen kein Gälisch.«

»Ich bin hier der Laird, und sie werden meine Befehle befolgen, oder du wirst darunter leiden«, sagte er. »Erzähle ihnen das.«

Alys, die sich bewusst war, dass Murdoch wartete und zuhörte – und ihn dafür verachtete, dass er die Lektionen seines Vaters über Ehre und Pflicht so missachtete – tat es. Die Mahlzeit wurde unverzüglich zubereitet, obwohl sie sich nicht dazu bringen konnte, mehr als einen Bissen zu essen. Zusammen mit den übrigen Mitgliedern des Haushalts wurde sie in eins der Zelte geführt – das, das sich die Dörfler aus Château de Vries teilten – und fand Rafael neben sich.

»Sagt es Ihnen, Mylady«, drängte er sie leise. Im Zelt war es dunkel, obwohl es noch Tag war, denn man hatte ihnen keine Laterne mitgegeben. Augenpaare waren in der Dunkelheit auf sie gerichtet, und Alys wusste, sie alle hörten zu.

Und sie verdienten es, die Wahrheit zu erfahren.

»Sie haben den Silberwolf getötet«, sagte sie schlicht und fühlte, wie der Schock alle durchlief. »Er wurde von seinem Pferd gezogen und dann von zwei Pfeilen getroffen. Er war von uns getrennt worden und hatte keine Möglichkeit, sich zu verteidigen. Sie haben meinen Geliebten getötet und ihn auf der Straße zurückgelassen.« Sie schaute zu Rafael auf, ließ ihn ihre Wut und ihre Tränen sehen, und sah, wie er schluckte.

»Es war alles im Voraus geplant. Murdoch hat uns verraten«, sagte er.

»Nachdem wir ihn wochenlang in unserer Mitte geduldet haben?«, rief Yves empört.

»Er war es, der Jean le Beau getötet hat, und es war von Anfang an seine Absicht, auch Maximilian zu töten.«

Wütendes Flüstern erklang im Zelt.

Rafael jedoch ließ sich vor Alys auf ein Knie sinken. »Ich bedauere Euren Verlust, Mylady«, sagte er mit heiserer Stimme.

»Ich danke Euch«, sage Alys, gerührt von seiner Respektbezeugung, »aber Euer Bedauern ist nicht so groß wie meins.«

»Weil Ihr ihn geliebt habt«, sagte Nathalie.

»Aye, aber das ist an diesem Tag nicht der einzige Kummer.«

»Godfroy will Euch heiraten und Kilderrick für sich beanspruchen«, erriet Rafael.

»Und ich werde danach nicht mehr lange leben, dessen bin ich mir sicher.«

Ihre Blicke trafen sich einen Moment, und sie erkannte, dass sein Durst nach Rache so groß war wie ihr eigener.

»Dann müssen wir dafür sorgen, dass jede Gelegenheit zählt«, sagte Rafael leise, und das Kalkül in seinem Blick erinnerte sie stark an Maximilian.

»Nicht weniger würde er erwarten«, stimmte sie zu. »Stimmt es, was sie über Lord Amaury gesagt haben?«

Victor verzog das Gesicht. »Sein Aufbruch gab ihnen die Gelegenheit, nach der sie suchten«, gab er zu. »Wenn er geblieben wäre …« Er hob eine Hand. »Aber was geschehen ist, ist geschehen. Ich hoffe nur, dass er Lady Elizabeth rechtzeitig findet.«

Aye, diese Hoffnung bestand immerhin noch.

STUNDEN SPÄTER HOB sich die Zeltklappe, und Alys sprang auf die Füße. Man hatte ihnen weder Essen noch Trinken gegeben, aber Eudaline hatte sich um alle Verwundeten gekümmert, so gut sie das vermochte, und Alys hatte ihr geholfen.

Murdoch stand dort, sein Gesicht so steinern wie stets. »Man lässt Euch rufen«, sagte er zu Alys. Rafael hätte sie begleitet, doch Murdoch hielt eine Hand hoch. »Nur die Lady«, stellte er klar, und Rafael presste die Lippen zusammen, als er zurück ins Zelt ging.

Alys hielt das für kein gutes Vorzeichen. Sie ging zum Feuer hinüber und zitterte ein wenig in der kühlen Luft. Es war Nacht geworden, und der Himmel war dunkel, aber sternenklar. Ein frischer Wind wehte, und das Feuer, das Denis für gewöhnlich sorgfältig eindämmte, brannte mit voller Kraft. Seine Flammen stiegen hoch in den Himmel. Godfroys Männer hatten offenbar das Ale und die Vorräte gefunden, denn sie waren betrunken und lachten. Im Lager der Bauleute war alles seltsam still.

Aber ein Stück entfernt von den Männern stand eine gebückte alte Frau. Einige der Männer waren nähergekommen, um sie anzuschauen – und das, was sie brachte. Für Alys sah es ganz so aus wie eine Sammlung blasser Bündel, und erst, als sie näher kam, sah sie, dass es Leichen waren, die auf einem improvisierten Schlitten lagen. Wie hatte die alte Frau ein solches Gewicht einen so weiten Weg gezogen? Die Leichen waren nackt, und die Frau setzte sich auf den Boden, anscheinend ermüdet von der Anstrengung. Godfroy stand da und beobachtete sie. Abscheu verzerrte seine gutaussehenden Züge.

Als Alys näherkam, wandte er sich um. »Sie behauptet, sie müsse mit dir, und dir allein sprechen.« Er rollte die Augen. »Mit der Lady von Kilderrick persönlich. Ich habe ihre Gefährtin fortgeschickt. Eine werde ich vielleicht bezahlen, aber nicht zwei.«

»Ich bin die Lady von Kilderrick«, sagte Alys auf Gälisch, und als die Frau auf ihre Worte nicht reagierte, fügte sie hinzu: »Ich bin Alys Armstrong.« Die Frau legte den Kopf zur Seite, um zu ihr aufzusehen. Alys zuckte beinahe zusammen, als sie Nyssa erkannte, das Gesicht mit Ruß beschmiert, das helle Haar schmutzig, ihre Kleider zerrissen.

»Aye, das seid Ihr«, sagte Nyssa, krächzend und schwankend und offenbar bemüht, ihre Stimme zu verstellen. Sie erhob sich, was sie scheinbar große Mühe kostete, dann griff sie nach Alys Hand. Alys zuckte unwillkürlich alarmiert zusammen, und Godfroy lachte leise. »Ein Wunsch auf dem Totenbett muss erfüllt werden«, intonierte Nyssa. Ihre Stimme jagte Alys einen Schauer über den Rücken. »Ein Versprechen, das einem Toten gegeben wurde, muss gehalten werden.«

Sie zog Alys zu den Leichen hinüber, die alle mit Blut beschmiert waren.

»Ihre Kleider gehören mir, als Gegenleistung für meinen Schwur«, sagte sie und wies dann auf eine von ihnen. »Der dort«, sagte sie zu Alys und deutete auf die Leiche, die zuunterst lag. Obwohl sein Gesicht versteckt war, erkannte Alys den Körper ihres Ehemanns. Sie verzog beinahe das Gesicht, als sie das viele Blut sah, das ihn bedeckte, und den Pfeil, der in seinem Schenkel steckte. Mit erstaunlicher Kraft zog die Frau die beiden zuoberst liegenden Toten beiseite und enthüllte Maximilian komplett.

»Er hat verlangt, dass ich ihm einen Gefallen erweise«, sagte sie und kakelte dann. »Er sagte, er müsse seinen Schwur gegenüber seiner Gemahlin halten.« Sie hob Alys' Hand und legte den Siegelring von Kilderrick hinein.

Alys hielt den Atem an. Er hatte versprochen, ihr das Siegel zu übergeben, wenn er die Burg verließ, und Maximilian hielt stets seine Schwüre.

Godfroy trat näher. »Was ist das?«

»Das Siegel Kilderricks.« Alys wusste, was Maximilian damit meinte: dass das Geld und alles andere ihr gehörte, wie er es geschworen hatte, und sie konnte ihre Tränen nicht zurückhalten. Sie schaute auf seine reglosen Züge herab und wünschte einmal mehr, er würde seine Augen öffnen und ihr sagen, es sei alles ein Scherz. Nur einen Herzschlag länger wollte sie in seiner Gegenwart sein, damit sie gestehen konnte, was sie in Wahrheit fühlte, aber das sollte nicht sein.

Sie hätte ihn nach den Stoffen fragen sollen. Sie hätte ihm von dem Dolch erzählen sollen. Sie hätte ihm dabei helfen sollen, Nyssa und Ceara zur Rechenschaft zu ziehen, denn die beiden hatten selbst entschieden, Unfug anzustellen.

Sie hätte von ihm verlangen sollen, sich zu erklären, selbst, wenn er dabei gestanden hätte, dass er eine andere liebte. Aber nun würde nie wieder eine Chance bestehen, seine Stimme zu hören oder sein Lächeln zu sehen.

Was für eine Närrin sie gewesen war.

Währenddessen lachte Godfroy und trank den Rest seines Ales aus. »Wie überaus rücksichtsvoll von dem Silberwolf.« Selbst Murdoch lachte.

Aber Nyssa umklammerte Alys' Arm. »Im Gegenzug, Mylady, möchte er, dass Ihr ihm auf seiner Reise in die Dunkelheit einen Abschiedskuss gebt.«

Was sollte das? Alys konnte sich nicht vorstellen, warum Maximilian so etwas verlangen sollte – und seine kalte Leiche zu berühren, würde jede Hoffnung auf seine Rückkehr endgültig zerstören. Vielleicht war das seine Absicht. Er war kein Mensch gewesen, der der Wahrheit aus dem Weg ging, ganz gleich, wie schmerzhaft sie sein mochte. Vielleicht wollte er sichergehen, dass sie seinen Tod akzeptierte.

Alys hielt das Siegel fest in der Hand und näherte sich zögernd Maximilians Leiche. Sie betrachtete ihn in dem Wissen, dass sie ihn zum letzten Mal sah, und wollte sich jede Einzelheit einprägen. Sie musste neben ihm niederknien und konnte sich nicht davon abhalten, seine Wange zu berühren und mit der Fingerspitze über seinen Mund zu fahren.

Seine Haut war warm.

Alys erstarrte. Sie musste sich irren. Es war ein halber Tag verstrichen. Aber sie bewegte sich so, dass ihr Rücken Godfroy die Sicht nahm, und berührte dann den Hals ihres Ehemanns. Als sie seinen Puls spürte, so kräftig wie ihr eigener, durchfuhr sie Erleichterung, eine Erleichterung, die sie unbedingt verbergen musste. In diesem Moment begriff Alys Nyssas Plan – denn es war in Wirklichkeit seiner. In jener Nacht, in der sich alles geändert hatte, musste er das Messer in ihrem Besitz gesehen haben. Und dass sie es vor ihm versteckt hatte, hatte er als Verrat und als Bedrohung angesehen.

Aber nun war es ein Vorteil, den sie sich zunutze machen konnten, ein Weg, ihm unbemerkt eine Waffe zu verschaffen. Als sie das begriff, wusste Alys, was sie zu tun hatte.

RAFAEL GING UNRUHIG auf und ab.

Ihm gefiel die Situation überhaupt nicht. In Maximilians Abwesenheit musste er die Frau seines Bruders verteidigen – aber wie konnte er das, wenn man Alys von ihnen getrennt hatte? Und wie sollte er Godfroy davon abhalten, sich Kilderrick und Alys zu nehmen? Sie besaßen nicht einmal mehr ein Messer. Er hasste das Gefühl der Hilflosigkeit. Er vermisste Maximilian und sein Talent, eine Lösung für jedes Problem zu finden, eine Fähigkeit, von der er sich wünschte, er besäße sie ebenfalls.

Als draußen vor dem Zelt eine Frauenstimme erklang, wirbelte er herum. Sie lachte auf eine sinnliche Weise, sagte etwas auf Gälisch, das wie eine Einladung klang. Der Wachposten schien sich darauf einzulassen – er gab eine scherzhaft klingende Antwort, und seine Stimme klang beifällig.

Rafael schaute verwirrt zu Matteo. Es gab keine Huren in Maximilians Lager und auch nicht in Rowan Fell, sonst hätte Rafael sie bereits gefunden.

Er näherte sich dem Zelteingang und lauschte. Der Wachposten lachte leise. Die Frau lockte. Dann erklang auf einmal ein Grunzen, und etwas Schweres fiel zu Boden.

Im Zelt hielten alle den Atem an.

Als sich die Zeltklappe öffnete, war Rafael bereit, den Eindringling mit bloßen Händen anzugreifen, aber es war die Verführerin mit dem flammenfarbenen Haar. Obwohl sie Lumpen trug und ihr Gesicht rußverschmiert war, hätte er sie unter allen Umständen erkannt. Sie hielt sich einen Finger an die Lippen, und in ihren Augen funkelte eine Warnung. Rafael schaute an ihr vorbei zu dem toten Wachposten, und seine Augen weiteten sich. Sie hatte dem Mann mit beträchtlichem Geschick die Kehle durchgeschnitten.

»Ihr müsst Euch beeilen«, flüstere sie in langsamem Französisch und hielt Rafael einen Sack hin. Der Inhalt gab ein vertrautes, tröstliches metallisches Klirren von sich. »Die einzige Chance liegt in der Überraschung.«

Dann war sie fort und verschwand zwischen den Zelten in der Nacht. Rafael schaute in den Sack und grinste beim Anblick der Waffen darin.

Aye, sie würden den Silberwolf rächen, und zwar schon bald.

ES GAB nichts Besseres als eine Frau mit scharfem Verstand.

Maximilian wusste genau, wann Alys die Wahrheit erkannte. Er hörte sie scharf einatmen, was man der Erschütterung hätte zuschreiben können, weil sie eine Leiche berührte, aber die sanfte Berührung ihrer Finger auf seiner Haut sagte ihm, sie wusste, dass er noch lebte. Sie kniete neben ihm nieder und breitete ihre Röcke aus, sodass sein linker Arm vor Blicken verborgen war. Er griff nach dem Stiefel, in dem sie das Messer versteckt hielt, während sie die Hand unter den Stoff gleiten ließ und den Griff hervorzog. Sie hätte seine Hand an die richtige Stelle geführt, aber seine Finger schlossen sich bereits um den kalten Stahl, und Befriedigung durchflutete ihn, dass er wieder eine Waffe in der Hand hielt.

Olivers Dolch. Er kannte die Form, das Gewicht, die Form des Griffs und die Länge der Klinge so sicher wie seinen eigenen Namen.

Unterdessen beugte Alys sich über ihn und berührte mit der anderen Hand seine Wange, presste dann ihre Lippen mit exquisiter Langsamkeit auf seine. Sie küsste seine Wange, kurz darauf berührten ihre Lippen sein Ohr. »Ich liebe dich, Maximilian«, flüsterte sie so leise, dass nur er die Worte vernehmen konnte, obwohl sein Herz so laut schlug, dass er fürchtete, alle könnten es hören. »Schneide ihm das Herz heraus – für uns beide«, fügte sie mit der Wildheit hinzu, die er so gut kannte. Dann küsste sie ihn erneut und weinte dabei so bitterlich, dass er glaubte, in ihren Tränen zu ertrinken.

»Was dauert so lange?«, fragte Godfroy verärgert und ungeduldig, und Maximilian begriff, was sie plante. »Er hat um einen einzigen Kuss gebeten, und den hast du ihm gegeben.«

»Aber ich kann ihn nicht verlassen«, sagte Alys und ließ ihre Stimme zu einem lauten Wehklagen anschwellen. Sie schluchzte. »Mein Ehemann, der Vater meines Kindes!«, jammerte sie, auch wenn Maximilian klar war, sie hatte noch nicht so schnell empfangen können. Sie hatten erst in der Nacht zuvor wieder miteinander geschlafen.

»Frauen«, sagte Godfroy verächtlich. »Der Priester kommt, um uns zu verheiraten, sodass wir die Ehe heute Nacht vollziehen können.« Er tat einen hörbaren Schritt in ihre Richtung, und Maximilian öffnete seine Augen ein klein wenig.

Die Lippen des anderen Mannes verzogen sich ungeduldig, als Alys nicht gehorchte. In ihrem Kummer schien sie auf Maximilian zusammenzubrechen. In Wirklichkeit stützte sie sich ab und gab ihm genug Raum, um sich zu bewegen.

Seine Frau war ein wahres Wunder.

»Mach schon«, befahl der Mann und griff Alys bei den Schultern. Godfroys Aufmerksamkeit galt allein ihr, und er war nun so nahe, dass Maximilian wusste, er konnte nicht verfehlen.

Er sprang auf die Füße und stieß dem erstaunten Godfroy den Dolch tief in den Bauch. Dann zwang er die Klinge nach oben, schlitzte ihn vom Nabel bis zur Brust auf, während Godfroy zurücktaumelte.

Schwäche ließ Maximilian schwanken, aber Alys kam neben ihm auf die Beine. Sie hatte sich Godfroy entzogen, griff den Dolch, wobei sich ihre Hand um Maximilians schloss. Mit einer Kraft, die er in diesem Moment nicht besaß, trieb sie die Klinge weiter nach oben, beendete, was er begonnen hatte.

Aye, sie waren eine Einheit, in ihrem Streben vereint.

Godfroy würgte. Er fiel auf die Knie und starrte geschockt auf die Eingeweide, die ihm aus dem Bauch quollen. Er hätte vielleicht geschrien, doch die Klinge hatte seine Lunge getroffen, und er hustete Blut. Aus dem Lager erklangen Schreie und das Geklirr von Waffen, während Maximilian darum kämpfte, auf den Füßen zu bleiben. Er lächelte, als er Rafael erblickte, der eine Gruppe aus Söldnern, Knappen und Dörflern anführte. Sie fielen mit Ingrimm über Godfroys betrunkene Männer her und schlugen sie vernichtend, sodass die Überlebenden davonliefen und sich in die Hügel flüchteten.

»Ach, Alys«, sagte Maximilian, als sie die Arme um ihn schlang, um ihn zu stützen, damit er aufrecht blieb. Er zog sie an sich, erlaubte sich, den Nachhall ihrer süßen Worte zu genießen. »Ich wusste, dass wir gut zueinander passen würden.«

»Was ist mit den Stoffen in deiner Truhe?«, fragte sie. »Für wen kaufst du ein solches Geschenk?« In ihren wunderschönen Augen blitzte eine Wut, die ihm verriet, dass sie es erraten hatte.

Oder dass sie gehofft hatte.

»Ich kaufe Geschenke für niemanden außer meiner Gemahlin«, gestand er. »Sicher hast du doch die Inschrift auf dem Ring noch nicht vergessen?«

Alys lachte und presste Küsse auf sein Gesicht. »Ich dachte, ich hätte deine Zuneigung verloren«, flüsterte sie. »Ich hätte dich niemals täuschen sollen.«

»Und ich hätte dich niemals vor eine solche Entscheidung stellen sollen. In Zukunft, meine Alys, werden wir keine Geheimnisse mehr voreinander haben.«

»Das werden wir nicht«, stimmte sie glücklich zu und wurde dann ernster. »Denk nur, wenn sich alles heute zum Schlechten gewandt hätte«, begann sie, aber er legte ihr einen Finger auf den Mund, um sie zum Schweigen zu bringen.

»Aber das hat es nicht«, sagte er und sah ihr in die Augen, bis sie erneut lächelte. »Was das Tuch angeht, so wollte ich dich damit in einem glücklichen Moment überraschen.«

»Es kann keinen glücklicheren Moment geben als diesen«, gelobte sie zu seiner Befriedigung. Er hätte einen triumphierenden Kuss gestohlen, aber sie zog sich zurück und hob gespielt mahnend den Finger. »Abgesehen davon, dass du gelogen hast, Sir«, sagte sie, wobei ihr Lächeln verriet, dass es ihr weniger ausmachte, als der Ton andeutete. »Du hast mich denken lassen, du seist tot.«

»Ich fand, das Leben meiner Gemahlin sei eine kleine Täuschung wert«, gab Maximilian zu, und ihr strahlendes Lächeln ließ sein Herz einen Sprung machen.

»Erschrecke mich nur nie wieder so«, tadelte sie im Flüsterton.

»Niemals«, gelobte er und berührte bewundernd ihre Wange. »Denn ich liebe dich, meine Alys, wie ich nie gedacht hatte, dass ich jemanden lieben könnte.«

»Gut«, gelang es ihr zu sagen, bevor er sie mit einem Kuss zum Schweigen brachte.

Es war sehr spät, als sie das Lager geordnet, alle Wunden versorgt und die Toten an einer Stelle aufgebahrt hatten. Godfroys Männer und ihre Ponys waren verschwunden, als hätte es sie nie gegeben. Murdoch war mit ihnen gegangen. Maximilian hatte gebadet, und seine Wunden waren versorgt, aber er hatte darauf bestanden, zu den übrigen zurückzukehren. Alys blieb dicht an seiner Seite, was ihm sehr recht war.

Wirklich, er war noch nie so zufrieden gewesen.

Sie hatten sich um das große Feuer versammelt, und Denis hatte allen, die das wollten, vom Eintopf angeboten. Eudaline umsorgte Maximilian weiter, aber er wollte Alys' Hand nicht loslassen. Sie lächelte ihm zu und lehnte sich an ihn, umsorgte ihn ebenfalls auf sehr willkommene Weise. Odette saß einmal mehr auf seinem Schoß. Yves hatte das letzte Fass Wein angestochen, und alle feierten den glücklichen Ausgang der Ereignisse des Tages. Die Steinmetze waren aus ihrem Lager gekommen, um zu schauen, wie viel Schaden an ihrer

Arbeit entstanden war, und ermutigt worden, ihre Arbeit am nächsten Morgen wieder aufzunehmen.

Der Klang von Hufen ließ Rafael aufspringen, und Matteo und Royce desgleichen. Maximilian wusste, er war nicht der Einzige, der sich fragte, was aus Murdoch geworden war. Doch wie sich herausstellte, war es der Tross des Königs persönlich, der da ankam, einen nervösen Tempest am Zügel.

»Er kam zu unseren Toren, Eure Insignien auf der Schabracke, und wir wussten, Euch war auf der Straße etwas zugestoßen«, sagte der König und gab Maximilian zu verstehen, dass er sitzen bleiben sollte. Anscheinend war offensichtlich, dass er verwundet war, auch wenn es Maximilian störte, dass er einen König nicht angemessen respektvoll begrüßen konnte. »Wir haben das Blut auf dem Weg gesehen«, bemerkte der König mit aufmerksamem Blick. »Aber wenn es allein Eures gewesen wäre, wärt Ihr nicht mehr am Leben, um mich zu begrüßen.«

»Meine beiden Angreifer wurden getötet«, enthüllte Maximilian, dann bedeutete er den Umstehenden, für den König einen Stuhl zu bringen. Die Pferde der Neuankömmlinge wurden davongeführt, den Männern bot man Wein und Eintopf an, und der König hörte zu, während Maximilian ihm berichtete, was geschehen war.

Der König nickte. »Der hier ist sehr gut«, sagte er zu dem Wein, dann schaute er sich um, als wäre er überrascht, dergleichen an diesem Ort zu finden.

»Aus Bordeaux, Mylord«, erklärte Yves. »Vor einem Monat hätte er besser geschmeckt, aber noch hält er sich.«

»Er stammt von einer Gruppe Banditen«, ergänzte Maximilian. »Sie reiten mit ihrer Beute durch das Tal, und Eure Erlaubnis vorausgesetzt, würde ich offiziell einen Zoll darauf erheben.«

Der König warf ihm einen interessierten Blick zu. »Jahrelang habe ich gehört, es sei für die Banditen durch dieses Tal eine gefährliche Reise, weil Hexen und Dämonen in Kilderrick ihren Tribut forderten.« Er öffnete die Augen weit, wie um zu zeigen, dass er diesen Geschichten skeptisch gegenüberstand, dann lächelte er.

Alys wandte den Blick ab, um ihr Lächeln zu verbergen, aber Maximilian sah, dass es dem König auffiel.

»Aye, aber ich habe dem bereits ein Ende gesetzt«, begann Maximilian, doch der König schüttelte den Kopf.

»Ich möchte, dass Ihr es fortführt«, sagte er. »Und ich möchte, dass Ihr selbst auf Raubzug nach Süden geht.« Er beugte sich vor und stützte die Ellbogen auf die Knie. »Ich habe vor, Annandale einzunehmen, und das schon bald, und um dabei Erfolg zu haben, brauche ich Chaos an diesem Teil der Grenze. Ich habe nach Euch rufen lassen, um Euch diese Aufgabe zu übertragen.« Er lehnte sich zurück und trank seinen Wein. »Im Austausch für Eure Lehenstreue, natürlich.«

»Und einen Anteil an der Beute?«

Der König lächelte. »Einen sehr kleinen Anteil, zumindest vorerst, denn Ihr werdet das Geld brauchen. Was ist mit der anderen Angelegenheit?«, fragte er und schien sich damit auf Philips Bitte zu beziehen. »Anscheinend ist jemand der Ansicht, ich würde Euch nicht in meinem Land haben wollen, auch wenn das ein mangelndes Verständnis der Lage zeigt.«

»Ich möchte hier in Kilderrick bleiben«, gestand Maximilian und spürte, wie Alys fest seine Hand drückte. »Mein Cousin kann seine Angelegenheiten selbst regeln.« Er runzelte die Stirn. »Oder vielleicht wird mein Bruder Rafael sich der Herausforderung stellen.«

»Ich sähe es lieber, wenn Ihr beide hierbliebt, so viel ist sicher.« Der König lächelte Alys an, und sie errötete und lächelte zurück. Verwirrt schaute Maximilian zwischen beiden hin und her. Seine Verwirrung zeigte sich, denn der König hob die Brauen. »Weiß er es nicht, Mylady?«, fragte er Alys, und sie schüttelte den Kopf.

»Er hat mich geheiratet, weil ich als Roberts Tochter Anspruch auf Kilderrick habe.«

»Und es ist mir eine Ehre, die Lady zu meiner Frau zu haben«, sagte Maximilian und erntete ein Lächeln von Alys.

»Das ist nicht fair, Mylady«, tadelte der König sanft. »Er mag Euch vielleicht als den Schatz, der Ihr seid, verteidigen müssen. Tatsächlich hat er das heute Nacht bereits getan. Er sollte wissen, warum.« Er warf Alys einen eindringlichen Blick zu, und sie nickte.

»Aye, Mylord. Ich werde es ihm heute Nacht noch sagen.«

»Und am Morgen werde ich mir die neue Burg anschauen. Kilderrick hat sich seit meinem letzten Besuch sehr verändert und sieht viel besser aus.« Der König stellte seinen Becher ab und kostete den Eintopf. Sein Gesichtsausdruck wandelte sich und verriet unerwartete Freude. »Oh, das schmeckt ausgezeichnet.«

»Es heißt, Hunger sei die beste Beilage, Mylord«, sagte Yves, und der König lachte.

»Das hier würde mir schmecken, auch wenn ich nicht hungrig wäre«, sagte der König. »Ich muss Eurem Koch ein Kompliment machen.« Er erhob sich und deutete mit dem Löffel auf Alys. »*Jetzt*«, sagte er streng. Damm ging er über die Lichtung zu Denis hinüber.

»Ich verstehe nicht«, sagte Maximilian, während Alys noch zögerte zu erklären. Sie errötete, ihre Augen funkelten und sie wirkte gleichermaßen erfreut und unsicher. Er nahm ihre andere Hand in seine. »Sage es mir.«

»Vor all diesen Jahren kamst du wegen des Schatzes nach Kilderrick.«

»Aye. Mein Vater hatte ihn mir versprochen, aber ich habe ihn nie gefunden.«

»Damals nicht.« Sie sah ihm direkt ins Gesicht, und ihre Augen funkelten. »Aber nun besitzt du ihn.«

»Alys!«, sagte er ungeduldig und begriff noch immer nicht.

Sie beugte sich vor, um ihm ins Ohr zu flüstern, und er schloss die Augen, als ihm der süße Duft ihrer Haut in die Nase stieg. »*Ich* bin der Schatz von Kilderrick.«

Maximilian zog sich ein wenig zurück und runzelte die Stirn. »Das verstehe ich nicht.«

»Meine Urgroßmutter, die Großmutter meiner Mutter, war die illegitime Tochter von König Alexander III..«

Maximilian war fasziniert. »Hättest du damit nicht einen besseren Anspruch auf den Thron als Robert selbst?«

Alys lächelte. »Wenn ich ein Mann wäre, vielleicht. Mein Vater besaß ein Schriftstück, das ihre Abkunft bezeugte.«

Maximilian starrte sie an. »Aber es wurde bei dem Brand in Kilderrick vernichtet.«

Sie nickte und schaute auf ihre verschlungenen Hände herab. »Und so hast du den Wert des Schatzes zerstört, ohne dir bewusst zu sein, was du getan hattest.«

Dies war zweifellos ein weiterer Grund, warum Godfroy sie verschmäht hatte.

Maximilian umfasste mit einer Hand ihr Gesicht und sah ihr in die Augen. »Der Wert dieses Schatzes wächst mit jedem verstreichenden Tag, meine Alys. Zweifle nie daran.« Er war bezaubert, nicht nur von ihrem Lächeln, sondern auch von dem äußerst befriedigenden Kuss, den sie ihm schenkte.

Maximilian gefiel der Gedanke, dass Alys der Schatz war, der ihm vor so vielen Jahren versprochen worden war, und, mehr noch, dass sie ganz sicher ihm gehörte.

Für immer.

~

DIESER MANN.

Alys sah, wie Maximilian tapfer gegen die Schmerzen kämpfte, so entschlossen, sich dem König gegenüber als guter Gastgeber zu zeigen, dass sie ihn nicht überzeugen konnte, die Festivitäten zu verlassen. Es wurde spät, und sie fragte sich, wann der König sich zurückziehen würde.

Dann kam Amaury an, mit schmutzigen Kleidern und finsterem Gesicht. »Ich habe sie verloren«, gestand er gegenüber niemand im Besonderen. »Ich hätte meine Hunde mitnehmen sollen.« Die betreffenden Hunde kamen beim Klang seiner Stimme angerannt und warfen sich ihm vor die Füße, glücklich über seine Rückkehr. Er lächelte nur schwach, während er ihnen Bäuche und Ohren kraulte.

»Du hättest das Lager nicht ungeschützt zurücklassen sollen«, sagte Rafael beim Näherkommen. Er deutete auf Amaury. »Du hattest den Befehl. Das Schicksal einer einzigen Frau war nicht deine hauptsächliche Verantwortung.«

»Sie war allein!«, widersprach Amaury und sprang auf die Füße. »Sie wurde entführt! Wenn nicht ich sie verteidigt hätte, wer dann?«

»Aber du hast sie nicht verteidigt«, bemerkte Rafael. »Wie du selbst gesagt hast.« Er hob die Hände. »Du hast deine Pflicht nicht erfüllt und die Jungfrau nicht gerettet. Was hast du diesen Tag geleistet?«

»Nicht so harsch«, warnte Maximilian, und Rafael rollte die Augen.

»Es hätte sehr leicht übel ausgehen können«, sagte Rafael.

Amaury setzte sich abrupt wieder hin und rieb sich die Stirn. »Ich habe sie im Stich gelassen«, sagte er und seufzte.

Die am Feuer Versammelten schauten sich an. Seine Niedergeschlagenheit zog betroffenes Schweigen nach sich.

Der König räusperte sich leise. »*Wer* wurde entführt?«

»Die Frau, der mein Herz gehört«, sagte Amaury.

»Eine der Frauen, die zuvor mit Lady Alys im Bunde waren«, korrigierte Rafael. »Um Viehdiebe und Reisegruppen wie die unsere anzugreifen.«

Der König schaute Alys an und wartete offenbar auf eine Antwort.

»Elizabeth«, sagte sie. »Sie hat uns nie ihren Namen gesagt oder von ihrer Familie erzählt. Eine Gruppe von Banditen hielt sie gefangen, und wir befreiten sie. Ich glaube, sie ist Engländerin, zumindest spricht sie so. Jedenfalls kann sie kein Gälisch.«

»Aber normannisches Französisch?«, fragte der König.

»Aye.«

Der König wirkte nachdenklich. »Wann trug sich das zu?«

»Letzten Winter«, sagte Alys. »Vor beinahe einem Jahr, nach dem Julfest.«

Der König nickte voll Überzeugung. »Eine hübsche Frau mit rotbraunem Haar?«

»Das wie Seide glänzt«, ergänzte Amaury. »Schlank und anmutig, sanft wie ein Reh.«

Er klang diese Nacht wirklich wie ein Troubadour. Alys fing Maximilians Blick auf. Er wirkte recht nachsichtig.

Der König stellte seine Schüssel hin. »Elizabeth D'Acron ist vor beinahe einem Jahr verschwunden, zum großen Ärger ihres Onkels und ihres Verlobten.«

»Ihres Verlobten?«, wiederholte Amaury.

»Oh«, sagte Alys und dachte erneut an Elizabeths Furcht vor Männern.

Der König beugte sich vor und stützte erneute die Ellbogen auf die Knie. »Ihr Vater, Percival D'Acron, war ein treuer Verbündeter von Walter Steward, und ich hatte große Hoffnungen in ihn gesetzt. Doch unmittelbar nach meiner Krönung starb er. Seine Besitzung, Beaupoint, fiel seinem jüngeren Bruder James zu, einem Geistlichen, der auch die Vormundschaft über Percivals schöne Tochter Elizabeth übernahm. Beaupoint liegt westlich von Carlisle.«

Amaury beugte sich vor und lauschte gespannt auf jede Einzelheit.

»Für die Lady wurde eine Ehe vereinbart, eine, die sie, wie ich meine, unerträglich fand. Wo habe ich das noch gehört? Vielleicht hat Euphemia es mir gesagt.« Alys wusste, er sprach von seiner Frau. »Wie dem auch sei, es heißt, James und Elizabeth hätten vehement gestritten. Dann kam offenbar der Verlobte, um sie zu holen, und stellte fest, dass sie verschwunden war. Seither gibt es keine Kunde von ihr, obwohl der Verlobte eine beträchtliche Belohnung für ihre … Ergreifung ausgesetzt hat.«

»Wer war dieser Verlobte?«, fragte Amaury.

»Calum Moffatt«, sagte der König, und Amaury erhob sich mit neuer Energie. Der König hob warnend die Hand. »Es ist keine Familie, die Schulden vergisst, und schon gar keine, die sich freiwillig von etwas trennt, das sie für ihren rechtmäßigen Besitz hält.«

»Ich werde für ihr Glück sorgen, nicht mehr und nicht weniger«, gelobte Amaury.

Der König betrachtete ihn. »Dann wollt Ihr vielleicht Caerlaverock, den Stammsitz ihrer Familie, aufsuchen«, schlug er milde vor und widmete sich wieder seinem Eintopf.

Amaury wirbelte zu Maximilian herum.

»Nimm Oliver mit«, sagte Maximilian, der die Bitte seines Bruders offensichtlich vorhersah. »Ich glaube, der Ort liegt im Westen.« Er schaute fragend zu Alys.

»Südlich von Dumfries«, sagte sie. »Keine zwei Tagesritte.«

Mehr als das brauchte es nicht, bevor Amaury mit energischen Schritten loszog, um Vorbereitungen für den Aufbruch in aller Frühe am nächsten Morgen zu treffen.

Zu Alys' Erleichterung zog sich der König ebenfalls zurück, und Maximilian willigte ein, dasselbe zu tun. Rafael half ihm zum Zelt, und Alys folgte mit Eudaline. Die Männer scherzten, während Maximilian sich mühsam auszog und ins Bett stieg. Nachdem Rafael gegangen war, sah Eudaline noch einmal nach Maximilians Wunden. Sie zwinkerte

Alys zu, als sie ging, und drückte ihr dabei wie besprochen etwas in die Hand.

Reynaud war zweifellos bereits dabei, Maximilian Kettenrüstung und den Waffenrock zu säubern. Nathalie erholte sich unter den wachsamen Augen von Tynan Smith von ihrem Schrecken, und Alys selbst hatte das Gefühl, eine Woche schlafen zu können. Maximilian döste bereits ein, aber er brauchte mehr Erholung.

Nachdem sie sich bettfertig gemacht hatte, nahm Alys das Pulver, das Eudaline ihr gegeben hatte, und ließ es in den Rest des Weins in ihrem Becher rieseln, wobei sie ihrem Ehemann den Rücken zuwandte. Dann wandte sie sich ihm nur in ihrem Unterkleid zu und gähnte. »Ich kann den Becher nicht mehr austrinken, Maximilian, und es wäre eine Schande, den letzten Wein zu vergeuden. Willst du ihn trinken?« Er sah aus wie ein großer Löwe, ausgestreckt auf dem Bett, und wirkte trotz seiner Verletzung kräftig und vital. Sein Haar war zerzaust, und das Licht des Kohlenbeckens tauchte sein Gesicht in Gold, während er sie müde beobachtete.

»Vielleicht wird er mir beim Schlafen helfen«, stimmte er zu und streckte die Hand aus.

Sie reichte ihm den Kelch und half ihm, die Finger darum zu schließen. Er öffnete die blauen, funkelnden Augen weit.

»Ich bin kein Invalide, Alys«, murmelte er. Seine Stimme war ein tiefes Murmeln.

»Aber das wirst du mir heute Nacht nicht beweisen.«

Er hob eine Braue, und es trat ein vertrauter Glanz in seine Augen. »Möchtest du unsere glückliche Ehe nicht feiern?«, fragte er und leerte den Becher.

»Ich möchte lieber deine vollständige Gesundung feiern«, antwortete sie und nahm ihm den leeren Becher aus der Hand. »Ich habe vorhin nicht gescherzt. Ich liebe dich, Maximilian.«

»Und ich liebe dich, meine Alys.«

Einen langen Moment lächelten sie einander an, dann blinzelte er, als könnte er sich nicht davon abhalten. Sie konnte ihr Lächeln nicht vollständig unterdrücken, und natürlich fiel es ihm auf.

»Was belustigt dich so?«

»Wir sind quitt, Sir, was diese besondere Form der Täuschung angeht.«

Er öffnete den Mund, um zu fragen, was sie meinte, und wurde dann offenbar von seinem eigenen Gähnen überrascht. Sein Blick wanderte zu dem Becher, während ihm die Lider schwer wurden, und er schüttelte amüsiert den Kopf. »Mohnpulver«, murmelte er ein wenig verärgert.

»Auf Eudalines Anweisung hin.«

Schon schlossen sich seine Augen und sein Atem ging tiefer. »Bleib bei mir, Alys«, sagte er, seine Worte nicht mehr als ein Hauch.

»Das werde ich, Maximilian«, versprach sie. Sie stellte den Becher ab, schürte noch einmal das Feuer und glitt dann neben ihm ins Bett, schmiegte sich erleichtert an seinen warmen Körper.

Er hatte überlebt, und er liebte sie. Der Tag hätte nicht besser enden können.

EPILOG

S ie feierten die Jahreswende zu Mitwinter in Kilderrick. Die Steinmetze wollten zum Julfest wieder in Carlisle sein, und ihre Leistung musste honoriert werden, bevor sie gingen.

Die ersten beiden Stockwerke des großen Turms waren vollendet, und im Sommer würden die Bauleute zurückkehren, um ihre Arbeit fortzusetzen. Schon jetzt war es so viel behaglicher als bei Maximilians Ankunft. Denis hatte seinen Herd in der Küche im Erdgeschoss, und an einer Seite befand sich ein Ofen, in dem Marie backen konnte. Die Vorräte im Keller reichten aus, dass Yves stets damit beschäftigt war, sie zu zählen, und das erste Stallgebäude war vollendet.

Häufig erklang Tynans Hammer in der Schmiede, wenn er sich um die Hufe der Pferde kümmerte. Er ging bei dem Rüstungsschmied in die Lehre, den sie aus Carlisle hergelockt hatten, und erweiterte Denis' Sammlung von Töpfen, wenn ihm die Zeit dazu blieb. Royce hatte eine ganze Reihe Schüsseln und Löffel geschnitzt, die nun auf einem Regal in der Küche lagerten. Die Männer hatten ein Julscheit aus dem Wald geholt, das im Kamin in der großen Halle brannte, im Stockwerk über der Küche, und den großen Raum mit Wärme und Licht füllte. In der Halle hatten die Frauen immergrüne Zweige aufgehängt. Auf den Tischen, die für das Festmahl aufgestellt waren, standen große Bienenwachskerzen, die Nerida gemacht hatte.

Ceara und Nyssa waren beim Gerichtstag erschienen, um sich für ihre Taten zu verantworten, aber Maximilian hatte sie begnadigt, weil sie dabei geholfen hatten, Godfroy zu besiegen. Jeannie war die einzige Person, die damit unzufrieden war. Alys' frühere Gefährtinnen hatten es allerdings abgelehnt, in Kilderrick oder Rowan Fell zu leben, und Maximilian hatte ihnen Männer geschickt, die ihnen dabei halfen, Morags alte Hütte wiederaufzubauen.

Die einzige Person, die auf dem Fest fehlte, war Rafael, denn er war nach Château de Vries geritten, um Philip zur Hilfe zu kommen.

Doch der größte Schatz in Kilderrick war ohne Zweifel Maximilians Gemahlin. Alys trug ein prächtiges rotes Kleid, ihr Haar war so aufwändig geflochten wie das einer Königin. Ein Reif schmückte ihr Haar, Maximilians Ring ihren Finger. Neridas Enkelin war eine wahre Zauberin mit der Nadel und Alys' neues Kleid ein echtes Wunderwerk. Aber die Lady selbst war ein größeres. Ihre Augen strahlten, wenn sie Maximilian ansah, und jedes Mal, wenn sie ihn anlächelte, dachte er, sein Herz würde vor Liebe zu dieser Frau bersten, die so gut zu ihm passte.

Als sie sich satt gegessen hatten, stand Maximilian mit seinem Becher Ale in der Hand auf und bat um Aufmerksamkeit. Er prostete den Steinmetzen zu und dankte ihnen, und alle stimmten mit ein. Dann beglückwünschte er Denis und Marie zu dem gelungenen Festmahl, was noch größeren Beifall hervorrief.

Schließlich hob er den Becher höher. »Diesen Sonntag wird in der Kirche das Aufgebot für Tynan Smith und Nathalie bestellt«, fuhr er fort und deutete mit dem Becher in ihre Richtung. Nathalie errötete hold und nickte, während Tynan vor Stolz strahlte. »Ich erwarte, zur Hochzeit eingeladen zu werden«, sagte Maximilian, was großes Gelächter nach sich zog.

»Aye, Mylord, denn Mylady hat die Ehe gestiftet«, sagte Nathalie lächelnd.

Jubelrufe erklangen, und das verlobte Paar wurde gedrängt, sich in aller Öffentlichkeit zu küssen.

»Und nun tanzen wir!«, rief Maximilian, bevor er seinen Becher leerte. Die Feiernden stimmten ihm mit Applaus zu, dann wurden rasch die Tische beiseitegeräumt. Wie immer führte Maximilian Alys zuerst zum Tanz, begleitet von dem Beifall des Haushalts, und ohne sein schwaches Humpeln zu bemerken. Es war ein Preis, den er gern für Alys gezahlt hatte.

Sie war seine Königin. Die Königin seines Herzens.

»Freust du dich für Nathalie?«, fragte er, als er sah, wie sehr ihre Augen funkelten.

»Natürlich, aber das ist heute Abend nicht alles, was mich glücklich macht.« Sie wirbelte vor ihm herum, bezauberte und erfreute ihn, wie er wusste, dass sie es immer tun würde. »Ich habe ein Geheimnis«, flüsterte sie, als sie wieder zusammenkamen. »Aber es wird nicht lange eins bleiben.«

»Weil du es mit mir teilst?«

»Ja, und weil es nicht lange verborgen bleiben wird.« Sie lachte ob seiner Verwirrung, und dann röteten sich ihre Wangen, als sie die Hand auf ihren Bauch lebte.

Als sich Maximilian die Bedeutung erschloss, war er erst verblüfft und empfand dann ein tiefes, unerwartetes Glück. »Ein Baby?«

»Vielleicht sogar ein Sohn«, sagte sie und entfernte sich mit einem Tanzschritt von ihm.

Als sie wieder beieinander waren, nahm Maximilian ihre Hände und hielt sie still. »Aber solltest du dann tanzen?«

»Ich muss tanzen, denn ich freue mich über alle Maßen.«

»Aber …«

Alys blieb stehen und legte ihm einen Finger auf den Mund, um ihn zum Schweigen zu bringen. »Ich bin gesund, Maximilian, und Nyssa berät mich. Alles wird gut werden.« Sie ersetzte ihre Fingerspitze durch ihre Lippen, und er schloss die Arme um sie, über alle Maßen dankbar, dass sie ihm gehörte.

»Ich könnte es sonst nicht ertragen«, gab er zu, und seine Stimme war heiser, als er ihre Wange berührte. »*Vous et nul autre*«, murmelte er.

In Alys' Augen tanzte der Schalk. »Du hast mich nicht einmal gekannt, und doch hast du den richtigen Ring gewählt.«

Maximilian lachte, denn es stimmte. Er glaubte nicht an das Wahrsagen oder die Hexerei, aber er glaubte an das Schicksal.

Und diese Frau, diese kühne, furchtlose Frau, war wirklich die einzige, die zu ihm passte. Er hob sie hoch und wirbelte sie herum. Sie lachte ihn an, während die Menschen ringsherum voll Wohlwollen zusahen, dann zog er sie an sich und eroberte sie von Neuem mit einem unwiderstehlichen Kuss.

ÜBER DEN AUTOR

Die mit Preisen ausgezeichnete Bestsellerautorin Claire Delacroix hat über siebzig Romane und Erzählungen veröffentlicht. Ihr erstes Buch, „Romance of the Rose", erschien 1993. Ihre Werke sind USA-Today-Bestseller und gehören auch landesweit zu den bestverkauften Büchern. Ihr mittelalterlicher Liebesroman „The Beauty" war ihr erstes Werk, das es auf die Bestsellerliste der New York Times schaffte.

Claire Delacroix ist das Pseudonym, das Deborah Cooke für ihre historischen und fantastischen Liebesromane benutzt. Sie schreibt auch moderne und paranormale Liebesgeschichten unter ihrem eigenen Namen und veröffentlichte außerdem Bücher als Claire Cross. 2009 wurde sie Writer in Residence der Toronto Public Library. Es war das erste Mal, dass die Stadtbibliothek von Toronto dieses Residenzstipendium im Genre „Liebesroman" vergab. 2012 wurde Deborah Cooke die Ehre zuteil, vom Verband amerikanischer Liebesromanautoren und -autorinnen (Romance Writers of America, RWA) zur Mentorin des Jahres ernannt zu werden. Sie steht ebenfalls auf der Ehrenliste dieses Verbandes.

Claire lebt mit ihrer Familie in Kanada und strickt leidenschaftlich gern.

http://Delacroix.net

~

BÜCHER VON CLAIRE DELACROIX

Die Juwelen von Kinfairlie:

Die schöne Braut

Die rosenrote Braut

Die schneeweiße Braut

Die Ballade von Rosamunde

Die Ritter von Sankt Euphemia:

Des Kreuzfahrers Braut

Des Kreuzfahrers Herz

Des Kreuzfahrers Kuss

Blutsbrüder

Der Wolf und die Hexe

Die Bräute von North Barrows

Die Wette des Gentlemans

Die Tarnung des Dukes

Das Herz des Barons

Die Braut des Earls

Ein Klagelied für Melusine